今昔物語集

天竺篇

全現代語訳

国東文麿

講談社学術文庫

原本まえがき

古来、わが国で全世界を意味する三国、すなわち天竺《てんじく》・震旦《しんだん》・本朝（印度・中国・日本）の説話千数十話を三十一巻（うち第八・十八・二十一巻を欠く）に分けて抱え込み、量的にも、内容の多様さにおいても、また文学的興趣においても、わが国の多くの説話集中群を抜く独自な存在として高く評価されている『今昔物語集』は、十二世紀の初頭、平安末、院政中期のころの成立と推定されているが、その撰者とともに著作意図・成立事情などについては深い謎に包まれて、いまだ明確にされていないのが現状である。

ところで本集は類聚《るいじゅ》説話集であって、分類された説話は一定の理念のもとに整然と、かつ重層的に組織化されていて、一大建造物さながらのきわめて構築性の強い説話集になっている。その概要をいえば、まず全巻が天竺・震旦・本朝の三部に大きく分けられていて、巻一～巻五が天竺説話、巻六～巻十が震旦説話、巻十一～巻三十一が本朝説話となっており、一方また全巻がいわゆる仏教説話の巻と世俗説話の巻に二分される。巻一～巻五（天竺）・巻六～巻九（震旦）・巻十一～巻二十（本朝）が仏教説話の諸巻であり、巻十（震旦）・巻二十二～巻三十一（本朝）が世俗説話の諸巻である。仏教説話諸巻においては、天竺・震旦・本朝のいずれも、はじめの部分にその国の仏教の発生と展開を述べる形においていくつかの説話を配置し、いわば説話による三国それぞれの仏教史を意図しているようである（天竺部は巻一第一話から第八話まで、震旦部は巻六第一話から第十話まで、本朝部は巻十一第一話から巻十二第十話まで）。つぎに三宝（仏・法・僧）霊験説話を配置する。そのはじめは仏ないし仏像霊験説話で（天竺部は巻一第九話から巻一末話まで、震旦部は巻六第十一話から第三十話まで、本朝部は巻十二第十一話から第二十四話まで）、つぎは法宝霊験説話。これは天竺部においては釈尊《しやくそん》の説法説話を当てるが（巻二全話）、震旦部・本朝部では諸経典の霊験説話である。そしてその経典は主として天台五時教の順に従って説話配列を試みている（震旦部は巻六第三十一話から巻七末話まで、本朝部は巻十二第二十五話から巻十三、巻十四を通して巻十五の末話まで。ただし本朝部は本集成立期におけるわが国の仏教事情を反映して、法華経霊験説話を他の諸経霊験説話に優先させ、その数も多くなっており、また浄土往生説話は弥陀関の法宝霊験説話と捉《とら》え、巻十五の一巻をそれに当てている）。法宝霊験説話のつぎには僧宝霊験説話を配置する。僧宝は天竺部にあっては仏弟子《ぶつでし》・羅漢《らかん》等であり（巻三全話）、震旦部・本朝部では観音《かんのん》・地蔵等の菩薩《ぼさつ》および諸天である（震旦部巻八は欠巻であるが、これら菩薩・諸天の霊験説話が収められるはずの巻であり、本朝部は巻十六が観音霊験説話、巻十七が地蔵その他の霊験説話を収めている）。三宝霊験説話のあとには因果応報説話を中心とする仏教教訓説話が配置される。天竺部においては巻四・巻五がそれに当たると思われ、震旦部では巻九、本朝部では巻十九・巻二十が該当する。

以上の仏教説話諸巻の組織に対し、世俗説話諸巻はどのようになっているか。世俗説話は前記のように、震旦部の最終巻、巻十と本朝部の巻二十二から巻三十一までの十巻である。まず、本朝部から各巻の内容を略示してみよう。本朝部の世俗説話は本来は巻二十一からはじまるものと推定されるが、この巻は欠巻となっている。欠巻となった理由はともかく、この巻は皇室（天皇）関係説話が収められるはずの巻と考えられている。巻二十二は藤原鎌足《ふじわらのかまたり》以下藤原氏歴代の主要人物の逸話が列伝的に並べられており、巻二十三は主として僧俗、相撲人《すまいびと》などの剛力談が収められ、巻二十四は工芸・医術・陰陽《おんよう》・管弦・詩・歌などの芸能名誉・名人談、巻二十五は主として源平武人の武勇・合戦談、巻二十六は主として地方民衆にかかわる不思議な運命談（宿報談）が集められ、巻二十七は霊鬼・狐《きつね》・野猪《くさいなぎ》による怪異談、巻二十八は貴賤僧俗にかかわる滑稽諧謔《こっけいかいぎゃく》談、巻二十九は盗賊談を中心において、種々の犯罪談や動物相闘談を収める。巻三十は恋愛歌話や和歌伝説を集めており、巻三十一は以上の各巻に入らない雑多な奇聞、口碑伝承談を収める。

本朝世俗説話各巻の内容はおおむね右のようになっているが、その全体を通観すると、巻二十二〜巻二十五の四巻は主として各説話の主人公的人物の行為性情などを賛美するものとなっており、巻二十六〜巻三十一の六巻は多く各説話の主人公的人物の行為性情によせて何らかの処世訓を述べるものとなっている。ところで、もし本朝世俗説話の冒頭の巻二十一（欠巻）が皇室関係説話を集めようとしたもので、それによって本朝の歴史（皇室史）を意図しようとするものであれば、本朝世俗説話は、歴史（巻二十一）・人物賞賛（巻二十二〜巻二十五）・処世教訓（巻二十六〜巻三十一）の巻配列となり、前記仏教説話における三国それぞれの配列が、仏教史・三宝霊験（三宝賞賛）・因果応報（仏教教訓）の順序となっているのに対応せしめたものと考えてよいであろう。さてその上に立っての巻二十一から巻三十一までの配列（巻序）については、本集独自の社会意識・文化意識などが強く働いているものと思われるが、その詳細については今は触れないでおこう。震旦《しんだん》の世俗説話は巻十の一巻にすぎないが、その一巻の中の説話配列には本朝世俗説話諸巻の配列に準ずるものが見いだせる。かようなことから、世俗説話全体の組織は大きくは仏教説話の組織と対応し、その一方で社会・文化面からのある世俗的基準による組織を試みているようである。

ともあれ、『今昔物語集』全巻は確然とした宗教的・処世的教導意識と社会的・文化的意識のもとに整然と組織化された作品であって、単に文学作品としてのみ捉《とら》えるべきでなく、撰集に当たっては何らかの現実的目的をもって企画された作品であると考えてよかろう。

以上の組織の問題と並んで注目すべき現象は個々の説話の配列方法である。筆者はこれを二話一類様式と名づけたが、それを簡単に説明すると次のようである。本集各巻中の説話は第一話から二話ずつが、主題とか話の内容をなす、あるできごととかの類似によって一括されて並べられている。そして、一括された二話どうしについてみると、前に置かれた二話のあとの話と、次に置かれた二話の前の話との間にも何らかの関連事項があり、言い換えれば、強い類似によって一括された二話が、些少な関連を求めて次の二話に結びつきながら、つぎつぎに展開しているという、いわば連鎖的展開方法をとっているのである。二話の一括が例外的に三話の一括になっている個所も全巻中にはある程度存在するが、大部分は二話一括の連鎖的展開方法をとっており、これが執拗《しつよう》なまでに徹底的に行なわれている。『今昔物語集』の収載説話のほとんどは『今昔物語集』に先行する内外の説話集その他の書を出典に仰いでいると思われるが、そういう先行書から『今昔物語集』撰者が前記の組織に合わせつつ、一方で二話一類の説話配列をも満足するように説話を選出し、しかもそのすべてを『今昔物語集』独自の表現形式に統一していった作業はまさに驚異に値するといわねばならない。これを遂行し得た撰者はいったいだれなのか。また何のためにこのような困難にあえて立ち向かったのか。それらはまだ明確にされていない。撰者はかつては源隆国とされていた。しかし現在では種々の点から否定意見が強く出されている。『今昔物語集』がきわめて整然と組織化された一大類聚説話集であるからには、本来ならば堂々とした序文を具えていて然《しか》るべきである。それさえあれば、撰者も成立事情もおのずから明らかにされていたであろう。それがないのは本集の流伝過程に欠落したものであろうか。いや、そうは考えられない。現在伝わる古本系諸本の本文を検討していくと、本集が結局未完成のままに終わった作品であることを推測させる。そのため、序文も書かれることなく放置されたもののようである。

『今昔物語集』が、あらかじめ前記のような組織をもった説話集を企図し、収載する説話を内外の先行書に求めようとする、いわば形式性の強い、硬い姿勢において作られた作品であるにしては、この説話集には文学的にすぐれた説話を多く抱え持っている。その理由の一つは、それら説話がたとえ先行書を出典としたものであっても、かつてそれが口誦《こうしょう》されたものであれば、その折に獲得された、口誦説話独得の文学性を先行書を通じて継承しているからであり、また一つは、撰者のもつ生《なま》の人間および人間性に対する興味、この世のさまざまなできごとに対する豊かな関心が、それに応ずる内容をもった説話を、組織と配列の規制の中で、より積極的に選びとり、独自の表現化を行なっているからである。芥川竜之介が『今昔物語集』説話の文学性を野性的な美しさと捉《とら》えたが、それがすべてではないにせよ、喜怒哀楽の人の世、善悪美醜、賢くもあり愚かしくもある人間存在に対する撰者の飽《あ》くことのない興味が、『今昔物語集』という大説話集を総じてはたくましい写実文学的作品たらしめているといえよう。

『今昔物語集』ははじめにふれたように、院政中期の成立（未完）と考えられているが、以後近世初頭に至るまであまり多くの人の目にふれることがなかった。それには、あるいは成立事情の謎がからんでいるのかもしれない。が、それはともかく、このために伝承系統の複雑さはなく、古本といわれる数種の写本も、すべて鎌倉中期に書写されたと推定される鈴鹿本と称する一本に遡及《そきゆう》されるといわれている。そのこともあり、また作品が古来文学史上軽視された説話集であるということもあって、作品研究の歴史は浅く、文学的・文献学的・考証学的・国語学的等の諸方面よりする本格的研究となると緒についたばかりであるといっていい。本書の上梓も他の著名な古典に比べて少なく、近代以降も数種にすぎない。近年に至って頭注を施したものがあいついで上梓されているが、一、二を除いてはおおむね本朝諸巻（第十一巻以下）に限られている。現代語訳も一、二あるが、これも本朝諸巻だけである。

本文庫の現代語訳は『今昔物語集』説話の文体の味わいをできるだけ残すようにつとめ、語釈は各説話内容をよりよく理解させるため、事物の説明に意を用い、国語学的方面からの細説は略した。

国東文麿

目次

巻二

巻三

巻四

巻五

凡　例

一、原文（本書では割愛）は底本として、基本的には実践女子大学蔵本（黒川家旧蔵）を用いている。

一、語釈について——同種の説話には同じ固有名詞や語彙が繰り返し出てくる。それらの語意を各説話ごとに記すのは煩瑣《はんさ》であるが、またいちいち前の説話の語釈について探索するのも厄介である。そこで煩瑣ではあるが一説話単位に必要と思われるものに限り繰り返し取りあげて略記した。

一、一説話の文の長いものは適当に区切り、一区切りごとに語釈を加えた。

一、実践女子大学蔵本をかつて披見させていただくに当たり、山岸徳平博士・三谷栄一博士から多大のご便宜を得た。

今昔物語集　天竺篇　全現代語訳

巻一

釈迦如来《しゃかにょらい》、人界《にんがい》に宿り給える語《こと》、第一

今は昔、釈迦如来《しゃかにょらい》がまだ仏に成られる以前は釈迦菩薩《ぼさつ》と申して、兜率天《とそつてん》の内院《ないいん》という所に住んでおいでになった。ところが、その天上界《てんじょうかい》からこの閻浮提《えんぶだい》に生まれようとお思いになったとき、天人が天上界から退転することを示す五衰《ごすい》の相《そう》を現わしなされた。その五衰の相というのは、その一は、天人はまばたきすることがないのに、まばたきする相である。その二は、天人の頭上の花鬘《けまん》は萎《しぼ》むことがないのに萎む相である。その三は、天人の衣には塵《ちり》が付くことがないのに、塵や垢《あか》が付く相である。その四は、天人は汗をかくことがないのに、脇の下から汗が出てくる相である。その五は、天人は自分の座を変えることがないのに、その座にじっとしていようとせず、すき気ままな場所にすわる相である。

この五つの衰相を現わされたのを見たもろもろの天人や菩薩《ぼさつ》は、不思議に思って、釈迦菩《しゃかぼ》薩《さつ》に向かい、「われわれは、今日この相を現わしなされたのを見て、身も震《ふる》え心も転倒するばかりです。なにとぞわれわれのためにこの相を現わされたわけをお話しください」という。すると、釈迦菩薩《しゃかぼさつ》は諸天に対し、「よろしいか、森羅万象《しんらばんしょう》はことごとく止まることなく移り変わるものだということを知らねばなりません。わたしもやがて久しからずしてこの天上の宮殿を捨て、人間界に生まれることになるのです」とお答えになった。これを聞いて、すべての天人はいいようもなく嘆き悲しんだ。さて、釈迦菩薩《しゃかぼさつ》は、自分が人間界に生まれる

時、だれを父とし、だれを母としようかとお考えになって人間界をご覧になったが、迦毘羅《かびら》衛国《えこく》の浄飯王《じょうぼんおう》を父とし、摩耶夫人《まやぶにん》を母とするのが最もよいとお定めになった。

そして、癸丑《みずのとうし》の年の七月八日に、摩耶夫人の腹にお宿りになった。夫人が夜ご就寝中の夢に、菩薩が六牙《ろくげ》の白象《びゃくぞう》に乗り、大空の中から飛んで来て夫人の右の脇の下から身体の中におはいりになった。それははっきりすき通って見え、瑠璃《るり》の壺《つぼ》の中に物を入れたようであった。夫人は、はっと思って目をさまし、浄飯王《じょうぼんおう》の所に行ってこの夢のことをお話しなさった。王はお聞きになって、夫人にこうおっしゃった、「わしもまた同じような夢を見たよ。だが、それがなにを意味するのか、自分一人では決めかねる」。そこで、さっそく善相婆羅《ぜんそうばら》門《もん》という人をお召しになり、美しく香《こう》ばしい花やいろいろのご馳走《ちそう》を整えて婆羅門《ばらもん》を供養したうえで夫人の見た夢のことをお尋ねになると、婆羅門は、「夫人が妊《みごも》られた太子にはさまざまの勝《すぐ》れてりっぱな相が具わっておられます。くわしくご説明はできませんが、いま、その概略をご説明いたしましょう。この夫人の体内の御子は、必ず光を放つ釈迦の種族であります。体内から出られる時にはすばらしく光明を放つことでしょう。梵天《ぼんでん》・帝釈《たいしゃく》および諸天はみな尊び敬うでしょう。この相はまぎれもなく仏になるべき瑞相《ずいそう》の現われです。もし、かりに出家しないとすれば、転輪聖王《てんりんじょうおう》としてその治める世界じゅうに七宝《しっぽう》が満ち満ち、千人の子を持つことになりましょう」と大王に申しあげた。

大王は婆羅門《ばらもん》のこの言葉をお聞きになって、このうえなくお喜びになり、莫大《ばくだい》の金銀および象馬《ぞうめ》・車などの宝をこの婆羅門にお与えになった。夫人《ぶにん》もまたさまざまの宝を与えられた。婆羅門は大王と夫人のお与えになった宝を受領し終わって帰って行った、とこう語り伝えているということだ。

〈語釈〉

○**釈迦如来**《しゃかにょらい》　釈迦仏《しゃかぶつ》に同じ。仏教の開祖、釈迦牟尼《むに》のことで、略して釈迦というが、釈迦は種族の名である。釈迦牟尼《むに》とは釈迦氏《うじ》の聖者という意。開悟成道《じょうどう》して仏・如来と称する。中インド迦毗羅《かびら》衛《え》国王浄飯《じょうぼん》王の太子、母は摩耶《まや》。西紀前五六五年生。生後七日、生母を失い姨母摩訶波闍波提《おばまかはじゃはだい》の養育を受けた。幼名を喬答摩《きょうどんま》または悉達多《しっだるた》（悉達《しつだ》・悉駄）という。長じて耶輸陀羅《やしゅだら》を娶り羅睺羅《らごら》を生む。二十九歳（または十九歳）出家。修行後、三十五歳のとき、仏陀伽耶《ぶだがや》の菩提樹《ぼだいじゅ》下で成道《じょうどう》し仏陀《ぶっだ》（仏）となる。以後多くの人を教化し、八十歳の二月十五日（西紀前四八六年）拘尸那掲羅《くしながら》城外の跋《ばっ》提河《だいか》畔、沙羅双樹《しゃらそうじゅ》下で入滅《にゅうめつ》した。釈迦仏はほかに釈迦文・世尊《せそん》・釈尊《しゃくそん》なども称する。なお、如来《にょらい》とは「諸仏と同じ道を歩んでこの世に来《きた》り現われる人」または「如実の真理に随順してこの世に来り真理を示す人」の義であるが、漢訳ではこの義を承《う》けて「如より来世した人」とする。

○**菩薩**《ぼさつ》　四聖（前項を見よ）の一。菩提薩埵《ぼだいさった》の略で扶薩・薩埵ともいい、覚有情・開士・大士・始士・高士などと訳す。菩薩は大心を発《おこ》して仏道に入り、四弘誓願《ぐぜいがん》を発し六波羅蜜《ろくはらみつ》を修し、上は自ら菩提を求め、下は一切衆生《いっさいしゅじょう》を化益し、自利・利他の多くの修行を重ね、五十一の修業階梯《かいてい》（初地から五十一地）を経て仏と成るもの。

○**兜率天**《とそつてん》　六欲天の第四天。六欲天は天上界のことで、六種に分けられ、欲界六天・六天ともいう。ここにある天衆（天人）はみな欲楽を持つのでこの名がある。1．四王天　2．忉利天《とうり》　3．

夜摩《やま》天　4. 兜率《とそつ》天　5. 化楽《けらく》天（楽変化天）　6. 他化自在《たけじざい》天。このうち、兜率《とそつ》天は都史多天ともかき、喜足《きそく》天・知足《ちそく》天ともいう。須弥山《しゅみせん》（世界の中央にそびえる高山）の頂上十二万由旬《ゆじゅん》（あるいは夜摩《やま》天の上十六万由旬）の処にあり、七宝の宮殿、無量の諸天が住む。これに内・外の二院があり、外院は天衆の欲楽処で、内院は弥勒菩薩《みろくぼさつ》の浄土とする。弥勒はここにいて説法し、閻浮提《えんぶだい》（人間世界）に下生《げしょう》成仏する時の来るのを待っている。ここに生まれたものは五欲（色《しき》・声《しょう》・香《こう》・味《み》・触《そく》の五つの欲）の楽しみにおいて喜足《きそく》の心を生じ、男女手を執るのみで淫事を成すという。その身長は四由旬《ゆじゅん》、天衣の長さ八由旬、広さ四由旬、重さ一銖《しゅ》半。生まれた時は人間の八歳の時のようで、色円満で衣服はおのずから備わり、寿命は四千歳、人間の四百歳をこの天の一日一夜とする。

○**閻浮提**《えんぶだい》　人間世界。須弥《しゅみ》四洲の一。古代インドの世界説で、世界の中央金輪の上にそびえたつ高山須弥山《しゅみせん》の南方にある洲。南閻浮提《なんえんぶだい》・南瞻部洲《なんせんぶしゅう》ともいう。十六の大国、五百の中国、十万の小国があるという。仏にあい、仏法を聞くにはもっともよい洲とされる。元来インドのことであったが、中国・日本を含め、ひろく人間世界・現世の称とする。須弥山《しゅみせん》は須弥楼・修迷楼《しゅめいろ》・蘇迷盧《そめいろ》などともいい、また妙高・妙光・安明《あんめい》・善積《ぜんしゃく》ともいう。周囲に七山（持双《じそう》・持軸《じじゅく》・檐木《えんぼく》・善見《ぜんけん》・馬耳《ばじ》・象鼻《ぞうび》・持辺《じへん》）・八香海と、その外囲に鉄囲山《てっちせん》がある。水中に入ること八万由旬《ゆじゅん》、水上に出ること八万由旬で、頂上は帝釈《たいしゃく》天、中腹は四天王《してんのう》（多聞《たもん》・広目《こうもく》・増長《ぞうちょう》・持国《じこく》）の住処となっている。

○**五衰**《ごすい》　天人が天の歓楽尽きてまさに命の終わろうとする時に現わす五種の衰相。いわゆる天人五衰。五種については諸説不同であるが、因果経には「一者《いつは》菩薩眼《ぼさつのめ》現瞬動《あらわにまじろきうごく》、二者《には》頭《ず》上花萎《じょうのはなしぼむ》、三者《さんは》衣受塵垢《えにじんくをうく》、四者《しは》腋下汗出《えきかにあせあゆ》、五者《ごは》不楽本座《もとのざにたのしまず》」とあり、本文はこれに依っている。

○**花鬘**《けまん》　華鬘《けまん》。天人が頭上に戴《いただ》く美しい花の髪飾り。また仏堂内にかけられた装飾をもいう。

○**人間界**《にんげんかい》　人間の住む世界。十界（十法界ともいう）の一。十界は迷・悟の両界を総括して十種としたもので、地獄《じごく》・餓鬼《がき》・畜生《ちくしょう》・修羅《しゅら》・人間《にんげん》・天上（以上迷界、六道・六趣）・声聞《しょうもん》・縁覚《えんがく》・菩薩《ぼさつ》・仏（以上悟界、四聖《ししょう》）をいう。
○**迦毘羅衛国**《かびらえこく》　ヒマラヤ山麓《さんろく》、今のネパール王国のタライ地方にあり、釈迦《しゃか》族の住んでいた国。都城を迦毘羅衛城という。釈尊《しゃくそん》の生存中舎衛国《しゃえこく》に攻められて滅んだ。
○**浄飯王**《じょうぼんおう》　白浄王ともいう。師《し》子頬《しきょう》王の子で、拘利《くり》城主善覚王《ぜんがくおう》の妹摩耶《まや》を妃としたが、摩耶は釈尊《しゃくそん》（悉達多《しつだった》）の誕生後死んだので、その妹摩訶波闍波提《まかはじゃはだい》が妃に入り難陀《なんだ》を生んだ。晩年は政治的失意を味わったが、仏法に帰依《きえ》するようになり、七十九歳で死んだ。
○**摩耶夫人**《まやぶにん》　本巻第二話では妹摩訶波闍波提《まかはじゃはだい》とともに善覚長者の女としている。○**七月八日**　因果経では四月八日とする。
○**六牙**《ろくげ》**の白象**《びゃくぞう》　六本の牙《きば》のある白象。神秘的な動物として釈尊の入胎の象徴にされ、また普賢菩薩《ふげんぼさつ》の乗りものとされる。○**瑠璃**《るり》　七宝《しっぽう》の一。青色の宝石。
○**善相婆羅門**《ぜんそうばらもん》　人相を見ることの上手な婆羅門。名は阿私陀《あしだ》（阿斯陀《あしだ》、阿私、阿私仙）。婆羅門は古代インドにおける四種の階級の最上位。僧侶階級で、宗教・文学・典礼を職掌とする。その宗教は婆羅門教。
○**供養**　三宝（仏・法・僧）または死者の霊に物を供え功徳をつむこと。
○**梵天**《ぼんでん》　梵天王を指す。色界初禅天《しきかいしょぜんてん》の主で梵王・大梵天王・婆羅門天ともいう。娑婆《しゃば》世界を主宰し、帝釈《たいしゃく》とともに正法《しょうぼう》護持の神として仏の出世ごとに必ず最初に来て法輪を転じられる（説法する）ことを請うといい、また常に仏の右辺に侍して白払子《ほっす》を持つという。十二天の一。なお、色界とは三界（生死流転やむことのない迷界で、欲界・色界《しきかい》・無色界《むしきかい》に分ける）の一。欲界は六道（趣）で、諸欲の存する世界。色界《しきかい》は欲界の上に位し、欲界のような婬欲《いんよく》食欲などの貪欲《とんよく》より離れてはいるが、まだ無色界のようにまったく物質を離れ純精神的にならない中間の物的世界をいう。この色界を禅定《ぜんじょう》（静慮）の浅深麁《そ》妙により大別して四禅天《しぜんてん》（初・二・三・四）とし、これをさらに分けて十八天とする。梵天《ぼんでん》はこの中の初禅天のことで、これが三天に分かれ、1．梵衆天　2．梵輔《ぼんぶ》天　3．大梵天　とする。梵天王はこの大梵天中の高楼閣を住処とする。

○**帝釈**《たいしゃく》　帝釈天のこと。梵天王とともに仏法の守護神。また十二天の随一として東方の守護者。天《てん》帝釈《たいしゃく》・釈提桓因《しゃくだいかんいん》とも称せられる。須弥山《しゅみせん》の頂上、忉利天《とうりてん》の中央に住し、喜見城（善見城）の主である。

○**瑞相**《ずいそう》　めでたいしるし。吉兆。

○**転輪聖王**《てんりんじょうおう》　転輪王ともいい、飛行《ひぎょう》皇帝などともいう。古代インドにおいて、須弥山《しゅみせん》四洲すなわち全世界を支配する理想的帝王。身に三十二相を具備し、位につくとき、天より輪宝《りんぽう》を感得し、その輪宝を転じて四方を威伏するから転輪王といい、また空中を飛行《ひぎょう》するから飛行皇帝という。

釈迦《しゃか》如来《にょらい》、人界《にんがい》に生れ給える語《こと》、第二

今は昔、釈迦《しゃか》如来《にょらい》の御母摩耶《まや》夫人《ぶにん》が、春の始めの二月八日、父の善覚長者《ぜんがくちょうじゃ》とともに嵐毘尼《らんびに》園《おん》の無憂樹《むゆうじゅ》の下に行かれた。夫人《ぶにん》が園にお着きになり、宝で飾った車を下りて、まずさまざ

まの美しい瓔珞《ようらく》でその身をお飾りになってから無憂樹《むゆうじゅ》の下にお進みになった。夫人のお供に従っている侍女は八万四千人、それらが乗ってきた車は十万輛《りょう》におよんだ。大臣、公卿《くぎょう》のほか百官の者がみなそれぞれに控えていた。その樹《き》のさまをいえば、梢《こずえ》から根元まで同じように葉がびっしり付いていて、枝もたわわに生い広がっている。そのなかばは緑で、なかばは青い。その色が照り輝いて孔雀《くじゃく》の首のようである。夫人が樹の前にお立ちになって右の手を挙《あ》げ、樹の枝を引き取ろうとしたとき、右の脇の下から太子がお生まれになった。大いに光をお放ちになる。

その時、すべての天人・魔王・梵天《ぼんでん》・沙門《しゃもん》・婆羅門《ばらもん》などことごとくが樹の下に満ち満ちた。太子が生まれおちてしまわれると、天人は手を添えて、太子を四方におのおの七歩お歩かせ申しあげる。太子が御足を上げると、そこに蓮花《れんげ》が生じて御足をお受けする。南に七歩進んでは、無数の衆生《しゅじょう》のためにご自身が上福田《じょうふくでん》になることを示し、西に七歩進んでは、ご自身がこの世の生老病死の四苦を断つ最後の身《しん》であることを示された。北に七歩進んでは、ご自身がもろもろの生死流転の苦を離れることを示し、東に七歩進んでは、御自身が衆生を導く主導者であることを示した。四隅《よすみ》の方に七歩進んでは、御自身が種々の煩悩《ぼんのう》を断って仏になることを示された。上方に七歩進んでは、御自身が不浄の者によっても穢《けが》れぬことを示し、下方に七歩進んでは、御自身が法の雨を降らして地獄《じごく》の火を消滅させ、地獄の衆生《しゅじょう》に安穏の楽しみを受けさせることをお示しになる。太子はこうしておのおの七歩進み終わってから、次の頌《じゅ》を唱えられた。

わが生胎の分尽く
これ、最末後の身なり
われすでに漏尽《ろじん》を得たり
当後、衆生《しゅじょう》を度《ど》せん

進むことが七歩であるのは七覚《しちかく》の心を表わすものであり、蓮花《れんげ》が地から生じるのは地神《じじん》が化したものである。

〈語釈〉

○**二月八日**　通説は四月八日。因果経には「四月八日、日初出時」とある。釈尊出生日には異説が多い。

○**善覚長者**《ぜんがくちょうじゃ》　普通には、摩耶夫人《まやぶにん》は拘利《くり》城主善覚王の妹とする。善覚王は中インド拘利《くり》城の主で、釈迦種族の一支族拘利《くり》族に属する。妹摩訶摩耶《まかまや》および摩訶波闍波提《まかはじゃはだい》はともに迦毗羅衛《かびらえ》城主浄飯王《じょうぼんおう》の妃となった。王には二子があり、提婆達多《だいばだった》は王の後を継ぎ、耶輸陀羅女《やしゅだらのむすめ》は浄飯《じょうぼん》王の子悉達多《しつだるた》に嫁した。悉達多が出家して釈尊《しゃくそん》となり、妃の耶輸陀羅《やしゅだら》は一子羅睺羅《らごら》とともに長く故郷に残されたから、善覚《ぜんがく》王はこれを喜ばず、仏成道《じょうどう》後十四年のころ、ある日仏が迦毗羅衛《かびらえ》城に行乞《ぎょうこつ》している所を襲ってこれを妨げたことがあった。

○**嵐毗尼園**《らんびにおん》　迦毗羅《かびら》城内の花園。藍毗尼園。

○**無憂樹**《むゆうじゅ》　阿輸迦《あしゅか》樹。赤色の花が咲き、無憂華という。
○**瓔珞**《ようらく》　インドの上流階級の人々が頭・頸《くび》・胸にかける装身具。珠玉、貴金属で作られている。仏像・仏殿の装飾にも用いる。
○**魔王**　天魔（天子魔）・魔天。波旬《はじゅん》ともいう。欲界の最高所、他化自在天《たけじざいてん》（六欲天の第六天）にいる。他化自在天は大海の上百二十八万由旬《ゆじゅん》、虚空密雲の上にあって縦横八万由旬《ゆじゅん》。ここに欲界の天主大魔王（天魔）の宮殿がある。この天は他人の変現する楽事をかりて自由に自己の快楽とするからこの名がある。天人の寿命は一万六千歳で、その一日一夜は人間の千六百年に当たる。男女はたがいにあい見るだけで婬事《いんじ》を満足し、児を欲する時はその欲念に従って膝《ひざ》の上に化現する。生まれたときは人間の十歳の童子の如く、色円満で衣服はおのずから備わる。天人の身長は十六由旬《ゆじゅん》、天衣の長さ三十二由旬、広さ十六由旬、重さは半銖《しゅ》である。
○**沙門**《しゃもん》　勤息、すなわち善を勤《つと》め悪を息《や》める人の意。出家して仏門に入り道を修める人。僧侶。出家。桑門《そうもん》。
○**婆羅門**《ばらもん》　四姓（婆羅門・刹帝利《くしゃとりや》・毘舎《ばいしゃ》・首陀羅《しゅどら》）の一。古代インド四姓中最高位に位する種族で僧侶の階級である。婆羅門教の全権を掌握《しょうあく》して王者の上に位し、政権の陪審《ばいしん》をし、みずから神の後《こう》裔《えい》と称して事実上神の代表者として権威をふるった。その生活には梵行《ぼんぎょう》・家住・林棲・遊行《ゆぎょう》の四時期があり、幼時は父母の膝下《しっか》にあるが、やや長じて家を離れ師に従って吠陀《べいだ》を学習し、壮年に至って家に帰り妻を迎えて生業を営み、老いて家督を子に譲り林間に隠遁して苦行し、のち山林を出て四方に遊行し世事を超脱して人の施与物により生活するという。その奉ずる婆羅門教はインド最古の宗教教典である吠陀《べいだ》の歌頌《かしょう》と経文上の哲理を詮議して梵天観知《ぼんでんかんち》の方法を説いた理智冥想の教えである。

○**衆生**《しゆじよう》　いっさいの生物。いっさいの人類や動物。生きとし生けるもの。有情。

○**上福田**《じようふくでん》　福を生ずべき田の意で、三宝に供養すると田に作物ができるように福徳を生ずること。

○**最後の身**《しん》　生死流転《るてん》の最後の生の身。阿羅漢《あらかん》または等覚の菩薩身をいう。

○**生死**　生死は生《しよう》・老・病・死の四苦の終始をいう。すなわち、すべての衆生《しゆじよう》（生物）のこの世における存続の始めと終わりをとらえ、衆生の流転・輪廻《りんね》の苦をいう語。

○**煩悩**《ぼんのう》　迷いの心。妄念《もうねん》。衆生の心身を悩乱し、迷界につなぎとめるいっさいの妄念。貪《とん》・瞋《じん》・痴《ち》・慢《まん》・疑《ぎ》・見《けん》を根本煩悩とするが、その種類は多く、百八煩悩、八万四千煩悩などいう。この煩悩を絶滅することが解脱《げだつ》である。煩悩は垢《く》・塵垢《じんく》などともいう。

○**法の雨を降らして**　説法を雨に例えたもの。

○**地獄**　三途《さんず》（三塗とも書く。火途・刀途・血途で、地獄・餓鬼《がき》・畜生《ちくしよう》のこと）の一。また三悪趣（三悪道ともいう。地獄・餓鬼・畜生）の一。また六趣《ろくしゆ》（六道《ろくどう》ともいう。地獄・餓鬼・畜生・修羅《しゆら》・人・天）の一。那落迦《ならか》・泥梨《ないり》などともいうが、地獄はその意訳である。衆生がみずから造る悪業により趣《おもむ》くべき地下の牢獄《ろうごく》で、閻魔《えんま》がこれを主宰し牛頭馬頭《ごずめず》などの鬼が罪人を苛責《かしやく》する。

閻浮提《えんぶだい》（人間世界）の地下二万由旬《ゆじゆん》を過ぎて無間《むけん》地獄がある。縦横深さともに二万由旬、その上の一万九千由旬の間に重層して下から大焦熱《だいしようねつ》・焦熱・大叫喚《だいきようかん》・叫喚・衆合・黒縄《こくじよう》・等活《とうかつ》の七地獄がある。これを合わせて八熱《はちねつ》（八大）地獄という。この八熱地獄のおのおの四面に四門があって、門外に各四小地獄があり、これを合わせて十六遊増地獄という。八熱地獄とすべての小地獄を合わせると百三十六地獄となる。

また八熱《はちねつ》地獄の周囲・横に頞部陀《あぶだ》・尼剌部陀《にらぶだ》・頞哳吒《あせちだ》・臛々婆《かかば》・虎々婆《ここば》・嗢鉢羅《うはら》・鉢特摩《はどま》・摩訶《まか》鉢特摩《はどま》の八寒《はちかん》地獄がある。また、山間曠野《こうや》などに散在する地獄を孤独地獄という。等活《とうかつ》地獄は苦を受けて死に、冷風に吹かれて蘇生しふたたび苦を受ける地獄、黒縄《こくじょう》地獄は熱鉄縄《ねってつじょう》で四肢《しし》をつりさげ、後に斬鋸《ざんきょ》される地獄、衆合地獄は多数の苦具《くぐ》がともに来て身を逼《せ》め合党《がっとう》して相害する地獄、叫《きょう》喚《かん》地獄は衆苦にせめられて苦しみ叫ぶ声を発する地獄、大叫喚地獄《だいきょうかんじごく》は劇苦にせめられさらに大哭声《だいこくせい》を発する地獄、焦熱地獄は炎熱身をとり囲み、苦熱の堪え難い地獄、大焦熱地獄はきわまりない苦熱を受ける地獄、無間《むけん》地獄は阿鼻《あび》地獄ともいい、間断なく苦に逼迫《ひっぱく》される地獄である。

八寒《はちかん》地獄は寒氷をもって苦しめられる地獄で、頞部陀《あぶだ》地獄は極寒身にせまり身上皰《ほう》を生ずる地獄、尼剌部陀《にらぶだ》地獄は厳寒身にせまり身分皰裂《ほうれつ》する地獄、頞哳吒《あせちだ》・臛々婆《かかば》・虎々婆《ここば》の三地獄は寒《かん》にせまられて発する叫び声によって名づけられたもの、嗢鉢羅《うはら》地獄は厳寒逼迫《ひっぱく》して身分青瘀《せいお》となり皮肉裂けて青蓮華《しょうれんげ》のようになる地獄、鉢特摩《はどま》地獄は紅蓮《ぐれん》地獄ともいい、皮肉紅色となり破裂すること紅《こう》蓮華《れんげ》のようになる地獄、摩訶鉢特摩《まかはどま》地獄は大紅蓮《だいぐれん》地獄ともいい、身分紅色に変じ皮肉裂けて大紅蓮華のようになる地獄である。

○**頌**《じゅ》　仏徳または教理を賛嘆する詩で、多く四句よりなる。偈《げ》。

○**わが生胎の分尽く……**　私は無限の過去以来長い間生死を流転して来たが、今度生まれたのが最後の生で、もう流転することはない。私はすでに人間の迷妄を断ちきることをえて覚者となり、すべての者を救済するつもりだ（漏《ろ》は迷妄・煩悩《ぼんのう》）。

○**七覚**《しちかく》　七覚支《しちかくし》。覚（悟）に達する七方法。択法覚支《ちゃくほうかくし》（教法の中から真実を選びとって虚偽を捨てること）・精進覚支・善覚支・軽安《けいあん》覚支・捨覚支・定覚支・念覚支。

といわれる。

○**地神**《じじん》　大地を堅固ならしめる神。堅牢地神。仏法を流布する所に行き、法座の下にいて守護する

この時、四天王が天上界の絹織物をもって太子を包み取り、宝の机の上にお置きする。帝《たい》釈《しゃく》は宝の傘《かさ》を持ち、梵天《ぼんでん》は白い払子《ほっす》を手にして左右に控える。難陀《なんだ》・跋難陀《ばつなんだ》の竜王《りゅうおう》は虚空《こくう》の中から清浄の水を吐いて太子の御身におかけ申した。それは一度は温《あたた》かで、一度は涼しい。その御身は金色で三十二相を具《そな》えておられる。大光明を放ち、三千大千世界をくまなく照らし給う。天竜八部は虚空の中で天上界の音楽を奏する。天からは天人の衣裳や瓔珞《ようらく》が雨のように乱れ降ってくる。

その時、大臣に摩訶那摩《まかなま》という者がいたが、大王の所に参って、太子がお生まれになったことを奏聞し、また種々の不思議なさまを申し上げた。大王は驚いて、かの園に行幸なさる。すると、一人の女が、大王のおいでになったのを見て園の内に入り、太子をお抱き申して大王の御許《みもと》にお連れし、「太子よ、さあ、父の王にご挨拶《あいさつ》なさいますように」という。王は「いや、まずわが師の婆羅門《ばらもん》に挨拶してのちわしと対面するようにせよ」と仰せられる。そこで、女が太子を抱いて婆羅門の所にお連れした。婆羅門は太子を見奉って、大王に向かい、「この太子は必ず転輪聖王《てんりんじょうおう》になられるでしょう」と申し上げた。

大王は太子をお連れして迦毗羅《かびら》城におはいりになる。この城からさほど遠くない所に天神があり、その名を増長天《ぞうじょうてん》という。その天神の社《やしろ》は多くの釈迦《しゃか》一族の者が常にお詣《まい》りし、礼拝

して心中の願いごとを祈願する社である。大王はその社に太子をお連れしてお詣《まい》りされ、諸大臣に、「わしはいま、太子にこの天神を拝ませようと思う」と仰せられた。そこで、乳母《めのと》が太子をお抱きして天神の前にお詣《まい》りしようとしたとき、女天神で名を無畏《むい》というものがいて、その堂から下りて太子をお迎えし、合掌《がっしょう》して敬い尊び、太子の御足のもとにひれ伏して礼拝し、乳母にこういった、「この太子は人に勝れた方でいらっしゃる。けっして軽々しくお扱いしてはならぬ。また、太子にわたしを拝ませるようなことをしてはいけない。わたしが太子を拝み申しましょう」。

さてその後、大王と太子・夫人は城に帰って行かれた。摩耶夫人《まやぶにん》は太子がお生まれになってから七日目におなくなりなさった。そこで、大王を始めとして国じゅうを挙げていいようもなく嘆き合った。太子はまだ幼なくておられるので、だれにお養いさせたらよかろうかと大王はお嘆きになる。夫人の父の善覚長者に八人の娘がおり、その第八番目の娘を摩訶波闍《まかはじゃ》といったが、その人が太子をお養いすることになった。それは実の母とまったく同じである。この方は太子の叔母に当たられる。太子の御名は悉駄《しつだ》と申しあげる。摩耶夫人《まやぶにん》はなくなられて、忉利天《とうりてん》にお生まれになった、とこう語り伝えているということだ。

〈語釈〉

○**四天王** 六欲天の第一天である四王天は須弥山《しゅみせん》の中腹、海抜四万由旬《ゆじゅん》にある持国《じこく》(東)・増長《ぞうじょう》(南)・広目《こうもく》(西)・多聞《たもん》=毘沙門《びしゃもん》(北)の四天であり、この天の衆生は身長半由旬、寿命五百歳、一日一夜は人間の五十年に当る。四天の王を持国天《じこくてん》・増長天《ぞうじょうてん》・広目天《こうもくてん》・多聞天《たもんてん》(毘沙門天《びしゃもんてん》)といい、三十三天主帝釈天《たいしやくてん》に仕え、八部衆（鬼神）を支配し四方を鎮護し、帰依《きえ》の人を守護する。

○**難陀《なんだ》・跋難陀《ばつなんだ》**　仏法守護の兄弟の竜王。八大竜王の一。八大竜王は難陀・跋難陀・沙伽羅《しやがら》（娑羯羅）・和修吉《わしゆきつ》・徳叉迦《とくしやか》・阿那婆達多《あなばだった》・摩那斯《まなし》・優鉢羅《うはつら》。

○**三十二相**　仏の身体に具わっている三十二の標相。三十二大人相・三十二大丈夫相ともいう。この相を具える者は俗にいては転輪王、出家しては仏陀《ぶつだ》となるという。

1・足安平相《そくあんぺいそう》（足裏の肉平満）　2・千輻輪相《せんふくりんそう》（足裏の網紋、千の輻輪をなす）
3・手指繊長相《しゆしせんちようそう》　4・手足柔軟相《しゆそくにゆうなんそう》
5・手足縵網相《しゆそくまんもうそう》（手足の指の中間に蹼《みずかき》があり金色の文を有する）
6・足跟満足相《そくこんまんぞくそう》　7・足趺高好相《そくふこうこうそう》
8・腨如鹿王相《せんによろくおうそう》（股《こ》肉漸次《にくぜんじ》繊円《せんえん》）
9・手過膝相《しゆかしつそう》（直立して手を延ばせば膝を過ぎる）
10・馬陰蔵相《ばいんぞうそう》（陰部清浄、かつ隠れて見えない）
11・身縦広相《しんじゆうこうそう》（身体の縦横均等）　12・毛孔青色相《もうこうしようじきそう》（一孔より一毛を生じ青色柔軟）
13・身毛上靡相《しんもうじようびそう》（諸毛みな上に靡《なび》き右旋する）
14・身金色相《しんこんじきそう》　15・身光面各一丈相《しんこうめんかくいちじようそう》（身光四面一丈を照らす）
16・皮膚細滑相《ひふさいかつそう》
17・七処平満相《しちしよびようまんそう》（両掌・両足下・両肩・頂中平満端正）
18・両腋満相《りようえきまんそう》（左右の腋下円満、くぼんでいない）
19・身如師子相《しんによししそう》（往住坐臥の威儀厳粛、師子王に等しい）

20・身端直相《しんたんじきそう》（身容端正、傴曲しない）　21・肩円満相《けんえんまんそう》（両肩の肉豊腴《ほうゆ》）
22・四十歯相《しじゅうしそう》（歯が四十枚ある）　23・歯白斉密相《しびゃくせいみつそう》
24・四牙白浄相《しがびゃくじょうそう》（四犬歯殊に浄い）　25・頬車如獅子相《きょうしゃにょししそう》（両頬隆満）
26・咽中津液得上味相《いんちゅうしんえきとくじょうみそう》（咽喉中の津液が食物を上味ならしめる）
27・広長舌相《こうちょうぜつそう》（舌広長柔軟にして細薄、展べれば面を覆い髪際に至る）
28・梵音深遠相《ぼんおんしんえんそう》（音声高低自在、遠近に達する）
29・眼色如金精相《げんしきにょこんせいそう》　30・眼睫如牛王相《げんしょうにょごおうそう》（睫毛殊勝）
31・眉間白毫相《みけんびゃくごうそう》（眉間に白毫があり右旋して常に放光する）
32・頂成肉髻相《ちょうじょうにくけいそう》（頂上に肉隆起し髻形をなす、また無見頂相ともいう、何人も見るを得ないからである）

○**三千大千世界**　広大無辺の世界。小千世界を千合わせて中千世界とし、中千世界を千合わせて大千世界とする。小・中・大三つ重なるのでこれを三千大千世界という。すなわち、一世界である日月・須弥山《しゅみせん》・四天下《してんげ》・四王天《しおうてん》・忉利天《とうりてん》・夜摩天《やまてん》・兜率天《とそつてん》・化楽天《けらくてん》・他化自在天《たけじざいてん》および色界《しきかい》初禅の梵《ぼん》天《でん》を千個合わせたものを一小千世界と名づけ、色界の第二禅天《ぜんてん》がこれを覆う。この小千世界を千個合わせたものを一中千世界と名付け、色界第三禅天がこれを覆う。中に百万の一世界と千の二禅天がある。この中千世界を千個合わせたものを大千世界と名付け、色界第四禅天がこれを覆う。中に百億（千万を一億とする）の一世界と百万の二禅天、一千の三禅天とある。これを三千世界といい、また三千大千世界ともいう。一仏の教化の範囲である。

○**天竜八部**　仏法を守護する八部の異類。天・竜・夜叉《やしゃ》・乾闥婆《けんだつば》・阿修羅《あしゅら》・迦楼羅《かるら》・緊那羅《きんなら》・摩睺《まご》羅迦《らか》。天と竜とは八部中の上相なので天竜八部（衆）という。
○**摩訶那摩《まかなま》**　摩訶南・摩訶男ともかく。釈尊の父浄飯王《じょうぼんおう》の弟斛《こく》（黒）飯王の子とも、また甘露飯王《かんろぼん》の子ともいい、弟の阿那律が出家して仏門に入って後は、家を治め大いに仏法を重んじ、仏が入滅する前年拘薩羅《こうさら》国（舎衛《しゃえ》国）の瑠璃《るり》王が軍を率いて迦毗羅衛《かびらえ》城を攻め釈迦《しゃか》族を討とうとしたとき、浄飯王《じょうぼんおう》に代わって迦毗羅衛《かびらえ》城主となったが、戦い利あらずして城を開放し、河中に身を投じて死んだ。なお、同一名をもつ仏弟子（五比丘《びく》の一）がある。また、次の第三話では悉達《しつだ》の妃耶輸陀羅《やしゅだら》は摩訶那摩《まかなま》の女《むすめ》とする。
○**迦毗羅城《かびら》**　迦毗羅衛《かびらえ》城に同じ。迦毗羅衛国の都城。
○**摩訶波闍《まかはじゃ》**　摩訶波闍波提《はだい》。摩耶《まや》夫人《ぶにん》の妹。難陀《なんだ》の母。
○**悉駄《しつだ》**　悉達多《しつだるた》。
○**忉利天《とうりてん》**　六欲天の第二天。須弥山《しゅみせん》の頂上、閻浮提《えんぶだい》の上八万由旬《ゆじゅん》にある。中央に帝釈天《たいしゃく》の止住する城（喜見城または善見城）があり、その四方の峰には各八天あり、合わせて三十三天となる。

悉達《しつだ》太子、城《みやこ》に在りて楽《たのしび》を受けたまう語《こと》、第三

今は昔、浄飯《じょうぼん》王の御子《みこ》の悉達《しつだ》太子は御年十七歳になられたので、父の大王は諸大臣を集めて合議をされ、「太子はもはや成人なされた。もうお妃《きさき》を迎えてさしあげるべきだ。ところで、理想にかなう妃として誰か適当な人がいるだろうか」とおっしゃると、大臣が、「釈迦《しゃか》

一族の婆羅門《ばらもん》が一人おります。名を摩訶那摩《まかなま》といいます。それに娘がおり、耶輸陀羅《やしゅだら》といいます。容姿人にすぐれ、まことに聡明です。太子の妃として十分の資格を具えております」とお答えした。大王はこれを聞いて大いに喜ばれ、その父の婆羅門《ばらもん》の家に使いをやって、「太子はすでに成人して妃を求めているが、そなたの娘がそれに適当である」と申し込ませなさった。父は謹んで大王の仰せを承わる。

そこで大王は大臣とともに吉日を選び定め、万輛《りょう》の車を連ねてお迎えなさった。こうして宮殿に入ってのち、太子は世間一般の夫婦のように振舞いなさる。大王はまた数多くのすばらしい美女を選んで侍女とし、日夜、遊宴を尽くさせなさった。だが、太子は妃と二人だけでおいでになることはまったくない。太子はそのはじめ、まだあまり世の道理のおわかりでない時から、夜は静かに心をしずめ、思いを乱さずに聖《ひじり》の道を深くお考えになっていた。大王は日ごと多くの侍女に、「太子は妃と仲良くしておられるか」とお尋ねになる。侍女たちが「太子が妃と仲良くなさっているご様子をまだ見たことがございません」とお答えすると、これをお聞きになった大王はひどくお嘆きになり、歌舞《かぶ》の美女をさらに数多く加えて太子をお慰めしようとした。だがそれでも妃とうちとけなさることはなかった。それで、大王はいよいよ恐れお嘆きになる。

〈語釈〉

○**城**《みやこ》 都城。周囲に城壁を巡らせた都市。

○**婆羅門**《ばらもん》 古代インドの僧侶階級。

○**耶輪陀羅**《やしゅだら》　釈尊出家以前の妃。善覚王の女ともする。耶輪陀羅の前生譚が巻三第十三話に見える。
○**恐れお嘆きになる**　大王がなにを「恐れ」るのか明らかでないが、因果経によれば「時ニ王深ク恐ル二不能男《ふのうなん》ナルコトヲ一」とあるところから、太子が妃と睦《むつ》ばぬのはなぜかと恐れたのである。それを婉曲《えんきょく》に表現しようとして省略したものであろう。

　ある時、太子は、庭の花が今を盛りと咲きほこり、泉の水が清く澄んで冷《すず》しげであるとお聞きになり、庭に出て遊んでみようと思われて、この侍女を大王の許《もと》にやり、「宮殿の中ばかりにおりますと、一日が長くて楽しみがありません。しばらくの間庭に出て遊んでみようと思います」と申された。これを聞いて大王は喜ばれる。ただちに大臣や諸役人に命じて道を造らせ、諸所を清掃させた。太子はまず父王の御許《みもと》に行き、王を拝してから出て行かれた。王は老練で才智があり諸事に通じた大臣を太子のお供につけてやった。こうして、太子は多数の従者たちを引き具し、城の東門からお出になる。国内の上中下の男女が雲のように集って来てこの様子を見申しあげる。

　その時、浄居天《じょうごてん》が身を変えて老翁《ろうおう》の姿になった。頭は白く背はまがり、杖《つえ》にすがって弱々しげに歩いて来る。太子はこれをご覧になり、お供の人に、「あれはどういう者か」とお尋ねになる。「あれは老いた人でございます」。太子がまた、「老いた人というのはどういうことか」と尋ねられる。「この人は、昔は若く血気盛んでした。今は年が積もり、容姿が衰えました。これを老いた人というのでございます」とお答えした。すると、太子がまた、「この人だけが老いたのか。それとも、すべての人がこのようになるのか」と尋ねられる。「すべての人がみなこのようになるのでございます」とお答えすると、太子は車をめぐらして宮殿に帰って行かれた。

〈語釈〉

○浄居天《じょうごてん》　色界の第四禅八天の中の五浄居天（無煩・無熱・善現・善見・色究竟《しきくぎょう》の五天）に住む聖者。

そののちしばらくして、太子はまた王に向かい前のように城から出て遊びに行きたいとおっしゃった。王はこれをお聞きになって嘆かれ、「太子は先日城を出て、道で老人を見、憂《うれ》いを抱いて楽しむ心がなくなった。どうしてもう一度出せようか」とお思いになってお許しにならない。しかしながら、諸大臣を集めて協議なさったうえ、「太子は先日城の東門から出て老人に出会い、楽しむ心を失った。いまふたたび出ようとしているが、このたびは道の先払いをして、前の老人のような連中をうろつかせてはならぬ」と仰せられてお許しになった。

太子は前のように百官を引き連れて城の南門から出て行かれた。浄居天《じょうごてん》は身を変えて病人の姿になった。弱々しげな様子で、腹は大きくふくれ、ぜいぜい息を切らせてうめいている。太子はこれをご覧になり、「あれはどういう者か」とお尋ねになる。「あれは病気にかかった病人というものです」とお答えする。太子がまた、「病人とはどういうことか」とお尋ねになる。「病人というのは、いかに好きな物を食べても身体がよくならず、身体の元になっている四大（地・水・火・風）が整わなくなり、それがますますひどくなって、いたる所のふしぶしに痛苦を覚えます。気力もすっかり衰え、横になっても安眠できません。手足はあっても自分で動かすこともできず、他人の力を借りてやっと寝起きします。こういうのを病人というのでございます」とお答えした。太子は持ちまえの慈悲心から、その病人を自分のことのように悲しんで、重ねてお尋ねになる。「あの者だけがかように病気にかかるのか。またほかの者もみなそうなのか」。「人はことごとく、貴賤をえらばず、みなこのように病気にかかるのです」。これをお聞きになるや、太子は車をめぐらして宮殿にお帰りになり、心中この事を悲しんで、ますます楽しむ心を失った。王はお供の者に、「太子はこんどは城を出て楽しんだか。どうであったか」とお尋ねになる。「南門をお出になったとき、道で病人を見て、このことをお尋ねになってから、ますます楽しむ心を失われました」とお答えすると、王はこれを聞かれ、大いにお嘆きになって、今後太子が城を出ることを恐れられるとともに、前にもまして太子のご機嫌《きげん》をとるようになさった。

〈語釈〉

○道の先払い　因果経には「修治シ二道路一ヲ、懸ケ二繒《かとり》ノ幡蓋《ばんがい》一ヲ、散ラシレ華《はな》ヲ焼《た》キレ香ヲ、皆使《し》メ二華麗一ナラ、無シレ令《し》ムルコト下臭穢《しうゑ》諸不浄潔、及ビ以テ二老病一ヲ在ラ中道ノ側ニ上也」とある。

時に一人の婆羅門《ばらもん》の子がいた。名を憂陀夷《うだい》という。聡明で知恵があり、物に通じていた。

王はこの人を宮廷に招いて、「太子はいまこの世におりながら五欲を求め楽しもうとしない。あるいは近々家を出て聖《ひじり》の道を学ぼうなど言いだすかもしれない。そなたはさっそく太子の友となり、この世の欲望の楽しいことを話して聞かせ、出家を願う心をとどまらせるようにしてくれ」とおっしゃる。憂陀夷《うだい》は王の仰せを承り、太子のおそばから一時《いっとき》も離れず、常に歌舞を奏してお見せした。そのうちしばらくして、太子がまた、「城を出て遊びに行こう」と仰せられた。王は、憂陀夷《うだい》が太子の友となったからは、この世を厭い出家を願う心はなくなったであろうとお思いになって、それなら城を出てもよかろうとお許しになった。太子は憂陀夷《うだい》のほか百官を引き連れ、香《こう》をたき花を散らし、さまざまの音楽を奏して城の西門からお出になった。

浄居天《じょうごてん》は心中に、「この前は老と病の二つのさまを現わしたところ、人々みなこれを見て王に申しあげた。王は、太子がこの老・病のさまを現わし、人々がこれを見て楽しみの心が失《う》せなさったのを知ってお怒りになった。今度死のさまを見て王に知らせたなら、王はいっそう怒って、自分は罰を受けるだろう。そこで今日はただ太子と憂陀夷《うだい》の二人にだけ死のさまを見せて、他の者には見せまい」とこう思って、姿を変えて死人になった。死人を輿《こし》に乗せ、香華《こうげ》をその上に散らせる。人々がみな泣きながら葬送する。このさまは太子と憂陀夷《うだい》の二人が見るだけであった。太子は憂陀夷《うだい》に、「あれはどういう人なのか」と尋ねられる。憂《う》陀夷《だい》は王のお言葉を恐れて答えない。太子は三度お尋ねになったが答えようとしなかった。

〈語釈〉

○**憂陀夷**《うだい》　烏陀夷・鄔陀夷ともかく。迦毘羅衛《かびらえ》城の国師の子。浄飯王《じょうぼん》に抜擢《ばってき》されて悉達《しつだ》太子の学友となり、能弁をもって太子の出家を阻止《そし》しようとしたが、太子出家、成道後《じょうどうご》に出家して仏弟子《ぶつでし》となり、勧導第一といわれた。○**五欲**　色《しき》・声《しょう》・香《こう》・味《み》・触《そく》の五種の欲望。五感に基づく欲望。

その時、浄居天《じょうごてん》は神通力《じんずうりき》で憂陀夷《うだい》の本心を失わせ、「これは死人です」と答えさせた。すると太子が「どういうものを死人というのか」とお尋ねになる。憂陀夷《うだい》が、「死というのは、体内の風大《ふうだい》が身体《からだ》を解《と》き壊《こわ》し、精神と意識が身体から離れ、全身の機能がすっかり失われてしまうことなのです。この人はこの世で欲望に執着し、財宝を深く愛して、まったく無常ということを知らずにいた。今はいちどきにこれらを捨てて死んでしまった。父母も親戚も従者たちも、命終《みょうじゅう》してのちは一人として伴なってはくれない。まったく草木のようなものです。このように、死んでゆく者はまことに哀れむべきものです」と答えると、太子はこれをお聞きになり、ひどく恐れられて、憂陀夷《うだい》に、「ただこの人だけが死ぬのか、他の人もまた同じように死ぬのか」とお尋ねになる。「人はみなこのように死ぬのです」と答えるや、太子は車をめぐらして宮殿にお帰りになった。

王は憂陀夷《うだい》を呼んでお尋ねになる。「太子は城を出て楽しんだか。どうだった」。憂陀夷は、「城をお出になってあまり行かないうちに、道に死人がいました。どこから来たものかわかりません。太子はわたしと同様、これを見ました」と答える。王はこれをお聞きになり、「太子と憂陀夷《うだい》とだけがこれを見て、他の者はだれも見なかったのだ。これはきっと天人が、現わしたものだろう。諸臣の罪ではない。まさに阿私陀《あしだ》（善相婆羅門《ぜんそうばらもん》）が言ったとおりだ」とお思いになって、ひどく嘆き悲しみなされ、日々に人を遣《つか》わして太子をお慰めになり、「この国すべてはそなたのものなのだ。それなのに、どういうわけでいつも悲しんでばかりいて楽しもうとしないのか」と太子におっしゃった。そして諸臣に、「太子は、さきに東・南・西の三門から出られた。まだ北門からは出ておられない。今度はかならず北門から出て遊びに行くと言われるであろう。だから、その道をきれいにし、さきざきのような者どもを近づけてはならぬ」と命じられ、心中に、「太子がもし城の門を出たなら、なにとぞ諸《しょ》天《てん》よ、不吉なことを現わして太子の心をうれえ悩ますことのないように」と祈願なさった。

〈語釈〉

○**風大《ふうだい》が身体《からだ》を解《と》き壊《こわ》し**　人の命が終わろうとするとき、体中の風大《ふうだい》（地・水・火・風・空の五大の一）が動揺し、身を分解する。この時、刀で切られるように苦痛がおしよせる。これを風刀苦《ふうとうく》（刀風は風刀に同じ）という。正法念経《しょうぼうねんぎょう》に「見《のぞ》ミ二命終ノ時一ニ、刀風《とうふう》皆動キ、皮肉筋骨《ひにくきんこつ》、脂髄精血《しずいせいけつ》、一切《いっさい》解《と》ク哉」とある。

○**諸天《しょてん》**　六欲天に住むもろもろの天人。

さて、太子はまた王に、城を出て遊びに行きたいと申し出られた。王は憂陀夷《うだい》および百官をお供として太子の前後におつけになった。城の北門を出て庭園におつきになり、馬から下り木の下に正しくおすわりになって、多くのお供の者をしりぞけ、心を一つにして世間の老・病・死の苦しみを深くお考えになる。その時、浄居天《じょうごてん》が僧の姿に身を変え、僧衣をきちんとつけ、鉢を持ち錫杖《しゃくじょう》を手にして現われ、太子の前に立った。太子はこれをご覧になり、「そなたはだれか」とお尋ねになる。僧が、「わたしは比丘《びく》です」と答えると、太子はまた、「比丘《びく》とはどういうものか」と尋ねられる。すると、僧が答えた。「煩悩《ぼんのう》を断《た》って、二度と迷いの世界に輪廻《りんね》しない者を比丘《びく》といいます。世間のことは、ことごとく生滅《しょうめつ》変化してやみません。わたしの学んだものは無漏《むろ》の正道です。色に対して賞《め》でず、声に心を動かさず、香《こう》におもねることなく、味《み》に耽《ふけ》る心なく、触《そく》にとらわれず、法に迷わず、永久に無為（絶対）の境地を得て解脱《げだつ》の岸に達しております」。こう言い終るや、神通力によって虚空《こくう》に昇り、飛び去っていった。

王は憂陀夷《うだい》にお尋ねになる。「太子はこの様子をご覧になり、馬に乗って宮殿に帰って行かれた。憂陀夷《うだい》は、「太子は今度は道で不吉なことにお会いになりませんでした。しかし庭園について木の根元にお座りになったとき、一人の人が来ました。髪を剃《そ》り、衣を染めていました。それが太子の御前で何か話をしました。そして話しが終わるや空に昇り飛び去りました。何を話したか知りません。太子はこの人と話をなさっている時は喜んでおられました。宮殿にお帰りになってからは、やはりお悲しみのご様子にお見受けしました」と答えた。王はこれをお聞きになり、これがなんの前兆であるかおわかりにならなかった。ただ、太子が家を出て、聖《ひじり》の道を学ばれるであろうとの危懼《きぐ》の念を懐《いだ》いて、前にもましていいようもなく恐れ嘆かれるのであった、とこう語り伝えているということだ。

〈語釈〉

○**錫杖**《しゃくじょう》　僧侶・修行者のもつ杖《つえ》。杖の上部に錫《すず》製の数個の環《わ》をかけるからの命名ともいい、また、これを地にひく時、錫々《しゃくしゃく》の音を立てるから名づけたともいう。もと、インドで僧が山野を遊行《ゆぎょう》するとき、これを振り鳴らして毒虫などを追い払ったものという。托鉢《たくはつ》の際、人の門口に立ったのを知らせたり、誦経《ずきょう》の際の調子とりにも用いた。

○**比丘**《びく》　僧。出家得度《とくど》して具足戒《ぐそくかい》を受けた男をいう。

○**無漏**《むろ》　煩悩を離れたこと（漏《ろ》は煩悩の意）。有漏《うろ》の対。

○**法**　達磨に同じ。それ自身に特性を保持し、軌範となり、他のものに一定の了解をひき起こさせるものを法という。色（物）・心などの一切万有。「法に迷わず」は一切のもの、一切の認識に心をまどわされない、の意。

○**無為**　絶対。因縁によって造作されないもの。生住異滅の四相の転変のないもの。有為《うい》の対。○**解脱**《げだつ》　さとり。涅槃《ねはん》。煩悩《ぼんのう》・束縛から離脱して自由になること。苦悩を克服して絶対自由の境地に入ること。

悉達《しつだ》太子、城《みやこ》を出《い》でて山に入りたまえる語《こと》、第四

今は昔、浄飯王《じょうぼんおう》の御子悉達《しつだ》太子は十九歳になられると、心中深く出家しようとお思いになり、父王の所にいらっしゃった。その時のご様子は正しく威儀《いぎ》を整えられ、帝釈《たいしゃく》が梵天《ぼんでん》の所

におうかがいする有様のようであった。すると大臣が太子のおいでになったことを王に奏上する。王はお聞きになり、悲しみのうちにもたいそう喜ばれた。太子は王に向かい頭を垂れてお礼をなさる。王は太子を抱《かか》えるようにして座に着かせなさった。太子は座にすわり、王にこうおっしゃった。「深い愛情で結ばれた親子・兄弟・夫婦にもかならず別離というものがあります。なにとぞ私の出家学道《がくどう》をお許しください。私は一切衆生《いっさいしゅじょう》の愛別離苦《あいべつりく》をみな解《と》き放ってやりたいと思います」。王はこれをお聞きになり、心に非常な苦痛を覚えられたが、それはまさに金剛山《こんごうさん》をこなごなに砕くがごとくであった。身体が震《ふる》えおののき、じっと座っていられない。太子の手を取りさめざめとお泣きになる。太子は、王が涙を流して出家を許してくださらないのをご覧になり、恐懼《きょうく》して帰って行かれた。だが、出家のことのみ思い続け、楽しむ心がおありにならない。王はこの心を見てとり、大臣に命じて城の四つの門を堅く守らせた。門扉を開け閉じするその響きは四十里四方に聞こえた。

さて、太子のお妃《きさき》の耶輪陀羅《やしゅだら》がある夜寝ていて三つの夢を見た。一は月が地に落ちた夢、二は歯が欠け落ちた夢、三は右の臂《ひじ》がなくなった夢である。目が覚めて太子にこの三つの夢のことを語り、「これはなにの前兆でしょう」とおっしゃる。すると、太子は、「月は依然として天にある。歯もまた欠け落ちてはいない。臂《ひじ》もそのまま身体に付いている。その三つの夢は無意味なもので真実を示したものではない。そなた、恐れることはない」と仰せられた。

太子に三人の妻があった。一を瞿夷《くい》といい、二を耶輪《やしゅ》といい、三を鹿野《ろくや》という。宮廷内に三つの御殿を造り、おのおのに二万人の侍女をおかせた。すると、法行《ほうぎょう》天子が宮廷に来て、神通力《じんずうりき》ですべての侍女の身体や装いをああこう自在に変えてきちんとした姿をさせないようにしてしまった。あるいは衣裳を脱ぎすて目を見開いたまま眠る者がいる。まるで死体のようである。あるいはあおのけざまに大の字に横たわり、大口を開けて眠る者もいる。あるいは身に着けたさまざまの瓔珞《ようらく》をときはずしたり、あるいはきたない大便小便をたれ流したまま眠る者もいる。太子は燈火《ともしび》を手にしてこうしたさまざまの姿をご覧になり、「女の姿というものはかくもきたなく醜いものなのだ。どうしてこんなものに愛着することがあろう」とお思いになられた。

〈語釈〉

○威儀《いぎ》　作法にかなった立居振舞い。

○帝釈《たいしゃく》が梵天《ぼんでん》の所におうかがいする有様　帝釈《たいしゃく》は欲界六天（六欲天）の中の忉利天《とうりてん》の主であり、梵《ぼん》天《でん》王は色界初禅天《しょぜんてん》の主である。色界は欲界の上に位するので、帝釈《たいしゃく》は梵天《ぼんでん》王の下風に立つ。そこで帝釈が梵天王の所へ詣ずる折は「威儀《いぎ》」を整えることになる。

○学道《がくどう》　仏道を学ぶこと。**○一切衆生《いっさいしゅじょう》**　すべての生物。いきとし生けるもの。

○愛別離苦《あいべつりく》　愛し合うものも別れねばならぬ苦しみ。八苦の一。八苦は生・老・病・死の四苦に、愛別離苦・怨憎会苦《おんぞうえく》・求不得苦《ぐふとくく》・五陰盛苦《ごおんじょうく》の四苦を合わせたもの。

○金剛山《こんごうさん》をこなごなに砕くがごとく　因果経に「猶シ如三金剛ノ摧《さい》二破《は》スルガ於山ヲ一」とある。これに従い、「金剛」を摧破《さいは》（くだき破る）の主語とすると、金剛は執金剛神（仁王《におう》＝五百の夜叉神《やしゃじん》を駆使して仏法を守護する神）となり、それが山を摧破《さいは》する状を心の痛苦に例えたことになる。「金剛」を山の名とすると、金剛山は世界をとりまく鉄囲山《てっちせん》、または世界の中心にそびえる須弥山《しゅみせん》のことで、それを摧破《さいは》する状を心の痛苦に例えたことになる。なお、金剛は堅固の意をもつ。
○**瞿夷**《くい》　倶夷・裘夷・瞿波などとも書く。善覚王《ぜんがく》の女《むすめ》、あるいは水光長者の女で、太子の第一夫人という。○**耶輸**《やしゅ》　種施長者の女。○**鹿野**《ろくや》　釈長者の女。
○**法行天子**《ほうぎょう》　仏本行集経《ぶっほんぎょうしゅうきょう》巻十六耶輸陀羅《やしゅだら》夢品では、諸天が降りてきて城中の人民を深く眠らせる記事がある。
○**瓔珞**《ようらく》　珠玉や貴金属で作られた装身具。

真夜中も過ぎたころ、浄居天《じょうごてん》および欲界の諸天人たちが空いっぱいに満ちて、声を合わせて太子に向かい、「宮廷内外の一族郎等はことごとく眠り臥《ふ》している。今がまさに出家する時である」と申しあげる。太子はこれをお聞きになってみずから車匿《しゃのく》の所においでになり、「私を乗せるために犍陟《けんじょく》に鞍を置いて曳《ひ》き出して来い」とお命じになる。車匿《しゃのく》は天人の神通《じんずう》力《りき》で眠らずにいた。太子のお言葉を聞くや、身心ともに、震《ふる》えおののいて口もきけない。しばらくして、涙を流しながら、「私は太子のお心に逆らうまいと思いますものの、一方、大王の勅命を背いてはなるまいと思うとそれが恐ろしいのでございます。また、こんな時刻はお遊びにおでかけになるべき時ではありませんし、さりとて、今日は敵を降伏《ごうぶく》させなさるべき日でもありません。どうしてこんな夜更けに馬をお召しになるのでしょうか。いったい、どこにお出かけなさるおつもりですか」と申しあげる。

すると太子は、「私はいま、一切《いっさい》の衆生のために煩悩《ぼんのう》・結使の賊を降伏させようと思っている。お前は私の心に逆らってはならぬ」とおっしゃった。これを聞いた車匿《しゃのく》は涙を雨のように流す。そして再三おことわりしたが、ついに馬を曳《ひ》いて来た。しばらく行ってから、太子は車匿《しゃのく》と犍陟《けんじょく》に言い聞かせなさる。「深い愛情を交わしあう親子・兄弟・夫婦のような間柄もいったんは会ったところでやがて離れるものである。この世の無常はかならず恐れなくてはならぬ。といって出家しうるか否かは前世の因縁によるもので、だれでも出家を遂《と》げ得るとは限らぬものなのだ」。車匿《しゃのく》はこれを聞いて一言もなく、犍陟《けんじょく》もまたいななこうともしない。その時、太子は御身から光明を放って十方を照らされた。「過去の諸仏が出家なさった時はみなこのようであった。私も今それと同じである」。諸天人は馬の四肢《しし》を捧げ持ち、車匿を引き連れ、帝釈《たいしゃく》は天蓋《てんがい》を手にし、天人のすべてが太子につき随《したが》った。そして、城の北門を自然に開かせる。まったく音を立てない。

太子が門をお出になると、空中の諸天人がこのうえなく賛《ほ》めたたえる。その時、太子はこのような誓《ちかい》を立てられた。「私がもし生老病死《しょうろうびょうし》・憂悲苦悩《うひくのう》を断ち切らなかったなら、永久に宮廷には帰るまい。私が菩提《ぼだい》を得ず、また、法輪を転ずることがなかったなら、帰って父王にお目にかかることはしまい。私が恩愛の心を滅し尽くさなかったなら、帰って摩訶波闍《まかはじゃ》および耶輸陀羅《やしゅだら》に会うまい」。このように誓を立てたが、夜あけまでに進んで行った道程は三由《ゆ》旬《じゅん》であった。諸天人は太子に付き随《したが》ってそこまで行き、たちまち見えなくなった。馬の早いことは金翅鳥《こんじちょう》のごとくであったが、車匿《しゃのく》はおそばを離れずにお供をした。

〈語釈〉

○**車匿**《しゃのく》　御者《ぎょしゃ》の名。悉達《しつだ》太子が城をのがれ苦行の一歩を踏み出そうとしたとき、白馬犍陟《けんじょく》を牽《ひ》いて従った。のち出家したが悪口の性やまず、悪口車匿・悪性車匿とかいわれた。仏は入滅に際し、阿《あ》難《なん》に命じ黙擯《もくひん》の法をもってこれを治し、ついに証果を得たという。

○**犍陟**《けんじょく》　悉達《しつだ》太子の愛馬の名。犍徳・乾陟などともかく。また俗に金泥駒《こんでいごま》という。

○**降伏**《ごうぶく》　威力をもって他を降し伏させること。調伏。

○**結使**　煩悩の異名。煩悩は身心を束縛し、苦を結成するから結と言い、衆生に随逐《ずいちく》し、また衆生を駆使するから使という。「賊」というのは、煩悩が衆生の求道にとって恐るべき障害をなすので例えたもの。

○**因縁**　事物を成立させる（果をもたらす）ための親因を因といい、その資助となるものを縁という。事物の直接・間接の原因。

○**生　老病死**《しょうろうびょうし》　いわゆる四苦《しく》。生苦とは報分のはじめて起こる時の苦。すなわち托胎《たくたい》より出胎《しゅったい》に至るまでの苦。老苦とは出世より命終に至るまでの衰変する間に受ける苦。病苦とは病の時受ける苦。死苦とは命終する時の苦で、病没または水火の難により夭折《ようせつ》する時の苦。

○**菩提**《ぼだい》　煩悩を断じ不生・不滅の真如《しんにょ》の理を語って得る仏果。仏の正覚の知恵。覚。道。真如。智。さとり。

○**法輪**　仏の教え。仏の教化が衆生の迷妄をくだき、展開して他に伝わるのを車輪にたとえて法輪という。法輪を転ずとは仏法を説くこと。
○摩訶波闍《まかはじゃ》 摩訶波闍波提《まかはじゃはだい》。釈尊の母摩耶夫人《まやぶにん》の妹で、摩耶夫人の死後、浄飯王《じょうぼん》の妃となる。すなわち釈尊の義母。
○由旬《ゆじゅん》 古代インドの里程の単位で、一由旬は聖王一日の行程。六町一里で四十里、三十里、あるいは十六里の称といい、また、大由旬を八十里、中由旬を六十里、小由旬を四十里ともいう。**○金翅鳥《こんじちょう》** 妙翅鳥《みょうじちょう》。迦楼羅《かるら》。仏典に見える想像上の鳥で、竜を捕えて食い、口から火炎を吐く鳥類の王。

太子は跋伽《ばか》仙人が苦行している林の中にお着きになる。馬からお下りになり、馬の背を撫でながら、「お前は私をここまで連れて来た。このうえなく嬉《うれ》しく思うぞ」とおっしゃる。また車匿《しゃのく》に、「世の中の人間は、ある者は心が善くても容貌《ようぼう》が伴なわず、ある者は容貌が善くても心がそれに応じないことが多い。お前は心と容貌がともにすぐれている。私は国を捨ててこの山にやって来たが、私に随《したが》って来たのはお前一人だけだ。まことに稀《まれ》に見る男である。私は聖《ひじり》の所に来た。お前はすぐさま犍陟《けんじょく》を連れて宮廷に帰りなさい」とおっしゃる。

車匿《しゃのく》はこれを聞いて地に倒れ、いいようもなく泣き悲しんだ。犍陟《けんじょく》も太子が「帰れ」とおっしゃったのを聞いて、膝《ひざ》を折り蹄《ひづめ》を舐《な》めて、雨のように涙を落とした。車匿《しゃのく》は、「私は宮廷内で大王の勅命に背《そむ》き、犍陟《けんじょく》を曳《ひ》き出してきて太子にさしあげ、お供いたしました。大王は太子を失われてかならずや悲しみ惑《まど》うておいででしょう。また、宮廷内の騒ぎは並たいていではありますまい。このようでは、私はどうして太子を捨てて宮廷に帰り得ましょうか」

という。

するとと太子は、「この世の定めは、一人が死ぬ、一人が生まれる。だれ一人永久にいっしょにいられることはないのだよ」と仰《おお》せられて、車匿《しやのく》に向かいこう誓われた。「過去の諸仏も菩提《ぼだい》を達成しようがために髪飾りを捨て髪をお剃《そ》りになった。いま私もそのようにしよう」。こうおっしゃって、宝冠と髻《もとどり》の中の明珠《みようじゆ》を抜いて車匿《しやのく》に与え、「この宝冠と明珠《みようじゆ》を父王にさしあげるように」といわれ、身に着けた瓔珞《ようらく》をはずして、「これを摩訶波闍《まかはじや》にさしあげよ。身に着けた装飾具は耶輸陀羅《やしゆだら》に与えるように。そしてお前は私を慕う心を永久に抱いてはならぬぞ。犍陟《けんじよく》を連れてただちに宮廷に帰りなさい」とおっしゃったが、車匿《しやのく》はなんとしても帰らず、泣き悲しんでいた。

〈語釈〉

○**跋伽仙人**《ばかせんにん》　釈尊《しやくそん》が出家後最初に師事した婆羅門《ばらもん》の苦行者。○**苦行している林**　釈尊が出家後六年間苦行した場所。中インド摩訶陀国伽耶《まかだかや》城の南、尼連禅河《にれんぜんが》の付近にある。

○**聖**《ひじり》　跋伽《ばか》仙人をさす。因果経「我今既已至閑静処」。

そのあと、太子はみずから剣《つるぎ》を取って髪をお剃《そ》りになった。帝釈《たいしやく》が来てその髪を取って行ってしまわれた。大空の諸天人は香をたき花を散らして、「ああ、りっぱなことだ、りっぱなことだ」と賛《ほ》め申しあげる。その時、浄居天《じようごてん》が猟師《りようし》の姿になり袈裟《けさ》を着けて太子の御前に立った。太子はこれを見てお喜びになり、「お前の着ている衣は寂静《じやくじよう》の衣である。その昔の諸仏の袈裟《けさ》である。それを着ながら、どうして殺生《せっしょう》の罪を造るのか」とおっしゃる。猟師《りょうし》は、「私は袈裟《けさ》を着て多くの鹿《しか》を誘い出します。鹿は袈裟《けさ》を見ると、みな私に近づいてきます。それを私が殺すのです」と答えた。

太子は、「お前が袈裟《けさ》を着るのは鹿を殺すためで、解脱《げだつ》を求めて着たのではない。では、私はこの七宝《しっぽう》の衣をお前に与え、お前が着ている袈裟を私が着て、一切《いっさい》の衆生を救うことにしよう」とおっしゃった。猟師《りょうし》は、「それはありがたいことです」といい、袈裟を太子の衣と取りかえた。太子は猟師の袈裟を取ってお召しになる。そのとき、浄居天《じょうごてん》がもとの姿になって大空に昇ると、空が光明を放つ。車匿《しゃのく》はこれを見るや、太子はもうお帰りにはなるまいと知って、地に倒れ伏し、前にも増して悲しんだ。

太子は車匿《しゃのく》に、「お前は早く宮廷に帰り、私のことをくわしく奏上しなさい」とおっしゃる。車匿《しゃのく》は大声で泣き叫び、犍陟《けんじょく》も泣き悲しんで、もとの道をたどって帰っていった。宮廷に帰りついてことの次第をくわしく申しあげると、大王を始めとして、ありとある者はこのうえなく泣き悲しみ騒ぎ合った。さて、この犍陟《けんじょく》は太子の御馬であり、車匿《しゃのく》は舎人《とねり》である、とこう語り伝えているということだ。

〈語釈〉

○**寂静**《じゃくじょう》　煩悩《ぼんのう》を離れて苦患《くげん》を絶った境地。さとり・解脱《げだつ》・涅槃《ねはん》の境地。

○**七宝**《しっぽう》　七種の宝玉。1・金（黄金・紫金《しこん》ともいい、上位のものを閻浮檀金《えんぶ》という）。2・銀（白銀ともいう）。3・瑠璃《るり》（毗瑠璃《びるり》・吠瑠璃耶《べるりや》・鞞頭梨《びずり》とも書き、紺青色《こんじょういろ》の宝玉）。4・玻璃《はり》（水晶のこと)。5・硨磲《しやこ》(白珊瑚《さんご》のこと)。6・赤珠《しやくしゆ》(赤真珠のこと)。7・碼碯《めのう》(翠緑玉=エメラルド、すなわち深緑色の光を有する宝石)。以上は阿弥陀《あみだ》経所説。法華《ほけ》経・仏地論では玻璃を除き玫瑰《まいかい》を加える。

○**舎人《とねり》**　貴人に従う雑人。牛車の牛飼い、または乗馬の口取り。御者《ぎよしや》。

悉達《しつだ》太子、山に於《お》いて苦行したまえる語《こと》、第五

今は昔、悉達《しつだ》太子は跋伽《ばか》仙人が苦行している林の中で出家なさって、この仙人の住家においでになった。仙人は太子をお迎えして深く敬《うやま》い、「多くの仙人には威光というものがありません。それで、太子を迎えてここにお置きするのです」と申しあげた。太子がその仙人の修行をご覧になると、ある者は草を衣としており、ある者は水や火の側《そば》に住んでいる。このような苦行をご覧になって、跋伽《ばか》仙人にお尋ねになる、「彼らは何を求めようとしているのか」。仙人がお答えした、「この苦行を修めて天上界に生まれようと願っているのです」。太子はこれを聞いて、「彼らは苦行を修めるとはいえ、だれも仏道を願っているのではない。私はここに止《とど》まっているべきではない」とお思いになり、仙人に、「私はここを去ろうと思う」とおっしゃった。すると、諸仙人が太子に、「もしここを去ろうとお思いになるのなら、ここから北に向かっておいでなさい。そこには大仙人がいます。その名を阿羅邏迦蘭《あららからん》といいます。あなたさまはそこに行かれるがよろしい」と教えた。

さて、車匿《しやのく》は犍陟《けんじよく》を曳《ひ》いて宮廷に帰ってきた。宮廷の人々が摩訶波闍波提《まかはじやはだい》および耶輸陀羅《やしゆだら》に、「車匿《しやのく》と犍陟《けんじよく》だけがいま帰って来ました」と申しあげる。波提《はだい》はこれを聞き、泣く泣く王にお知らせする。王は聞いて床に倒れ伏し気を失ってしまった。しばらくして正気づき、諸臣に命じて四方八方太子を捜《さが》し求めさせ、車千輛《りよう》にたくさんの食糧を積み、「これを太子の御許《みもと》に送り、時に応じてご供養申し、ご不自由をさせてはならぬ」と仰せられた。車匿《しやのく》は太子の御許《みもと》にまいり、この食糧をさしあげたが、太子はどうしてもお受け取りにならない。そこで、車匿《しやのく》はひとりとどまって、千輛《りよう》の車を王の御許《みもと》に送り返した。そして、太子に付き随《したが》って朝夕おそばを離れずにいた。

〈語釈〉

○**水や火の側《そば》に住んで**　婆羅門《ばらもん》教などの外道《げどう》の苦行として水や火を用いるものがある。

○**彼らは何を求めようとしているのか**　因果経「欲《スルカ》レ求《メント》二於何等ノ果報《ヲ》一」。こういう苦行を修してどういう報いを得ようとするのか。

○**阿羅邏迦蘭《あららからん》**　数論《すろん》派の学者。インド毘舎離《びしやり》城付近に住し、釈尊《しやくそん》が跋伽《ばか》仙人のもとを辞し、次に南下して欝頭羅仙《うずらせん》を訪問する途中、出離得脱《しゆつりとくだつ》の法を尋ねた仙人。

○**摩訶波闍波提《まかはじやはだい》**　釈尊《しやくそん》の叔母で義母に当たる。○**耶輸陀羅《やしゆだら》**　釈尊《しやくそん》の妃。○**波提《はだい》**　摩訶波闍波提《まかはじやはだい》。

太子は阿羅邏《あらら》仙人の所においでになった。すると諸天人が仙人に、「悉達《しつだ》太子が国を捨て父と別れ、無上正真《むじようしようしん》の道《どう》を求め、一切衆生《いつさいしゆじよう》の苦を救おうとお思いになってここにやって来られた」と告げる。仙人は天人のお告げを聞き、出ていって太子のお姿を見ると、そのお姿はいいようもなく美しい。ただちにわが住家にお迎えし座にお着けした。そして仙人は、「昔の諸王は、血気《けつき》盛んな時には五欲のままに勝手気ままなことを行なったが、国を捨て出家して道を求めるということはしなかった。ところが、今、太子は血気《けつき》盛りでありながら五欲を捨ててここにおいでになった。まことにまれにみる御方であります」という。

太子が、「あなたの言葉を聞いて私はうれしく思います。あなたは私のために生老病死《しようろうびようし》の四苦を断《た》ち切る法を説いてください」とおっしゃると、仙人は、「衆生《しゆじよう》は冥初《みようしよ》から始まります。その冥初から我慢《がまん》が生じます。我慢から痴心《ちしん》を生じます。痴心から染愛《ぜんあい》を生じます。染愛から五微塵気《ごみじんき》を生じます。五微塵気から五大を生じます。五大から貪欲《とんよく》・瞋恚《しんい》などのもろもろの煩悩《ぼんのう》を生じます。このようにして生老病死《しようろうびようし》・憂悲《うひ》苦悩《くのう》の中に流転《るてん》するのです。これは、人間の苦の生ずる根本を太子のためにいま概略説いたものです」といった。

太子は、「私はあなたの説いた人間の苦の根本がわかりました。それで、どういう方法でそれを断ち切ることができましょうか」とお尋ねになる。仙人は、「もし人間の苦の根本を断ち切ろうと思うなら、出家して戒《かい》を保ち、忍辱《にんにく》の行《ぎよう》をなし、静かな所で座禅《ざぜん》を修めて、欲望や悪行などの不善のことを遠ざけるようになさい。それを解脱《げだつ》というのです」と答えた。すると太子がまた、「あなたは何歳で出家したのですか、梵行《ぼんぎよう》を修めてまた何年になるのですか」とお聞きになる。仙人は、「私は十六歳で出家し、梵行を修めて以来百四年になります」といった。

太子はこれをお聞きになり、百四年も梵行を修めて得た真理というのがこの程度のものか。私はこれに勝《まさ》る真理を求めようとお思いになって、座を立って仙人にお別れになった。二人の仙人は太子が去って行かれるのを見て、太子の知恵がまことに深く、考えも及ばぬほどだと思い、掌《て》を合わせてお見送りした。

〈語釈〉

○**阿羅邏《あらら》仙人** 阿羅邏迦蘭《あららからん》に同じ。

○**無上正真《むじょうしょうしん》の道《どう》** 無上正真道。阿耨多羅三藐三菩提《あのくたらさんみゃくさんぼだい》の訳。無上の覚智。悟り。涅槃《ねはん》。

○**一切衆生《いっさいしゅじょう》** すべての生物。いきとし生けるもの。

○**五欲** 五感に基づく五種の欲望。色《しき》・声《しょう》・香《こう》・味《み》・触《そく》の五つの欲。

○**冥初《みょうしょ》** 数論外道《すろんげどう》でいう二十五諦《たい》の一である冥諦に同じ。物質的本体をいう。これは万物の本源で冥漠《みょうばく》のもの。万物はこれより出生するから、冥性・自性・本性・勝性などいい、万物の元初であるから冥初ともいう。二十五諦は宇宙万有を二十五の諦理に分かち、その開展する状態順序を説明したもので、以下に見える我慢《がまん》・五微塵気《ごみじんき》（五唯とも）・五大などもその各諦である。

○**我慢《がまん》** われを恃《たの》んで自らたかぶりおごること。自我意識。

○**痴心《ちしん》** 愚痴《ぐち》の心。愚痴は三毒の一。三毒は根本煩悩《ぼんのう》の三つである貪欲《とんよく》・瞋恚《しんい》・愚痴《ぐち》（貪《とん》・瞋《じん》・痴《ち》）。貪欲《とんよく》は自己の情に順応する事物に愛着し、これをむさぼって厭《あ》くことのないこと。すなわち世間の色欲財宝等をむさぼり愛して足るを知らぬこと。瞋恚《しんい》は自己心に反するものに対して憎みいかり、身心ともに安らかでない心をいう。愚痴《ぐち》は事象にまどい真理をわきまえぬことをいう。

○**染愛**《ぜんあい》　情欲の心が外物に浸染して愛着すること。

○**五微塵気**《ごみじんき》　五唯。すなわち、色《しき》・声《しょう》・香《こう》・味《み》・触《そく》の五。この五物は純粋無雑の原質で他物の混合でなく、その物自ら自体であってまたよく五大を生ずるから五唯という。

○**五大**　その体性広大でよく万有を生成《せいせい》し、また独立に存在する五種の要素。その体性広大であるから大という。地大・水大・火大・風大・空大。また、数論《すろん》二十五諦の一科。この順序に、声《しょう》・触《そく》・色《しき》・味《み》・香《こう》の五唯（五微塵気《ごみじんき》）より生ずるという。

○**貪欲**《とんよく》・**瞋恚**《しんい》　むさぼる心といかる心。三毒の二。

○**流転**《るてん》　流は相続すること、転は転起することで、衆生が三界《さんがい》（欲界・色界・無色界）六道《ろくどう》（地獄・餓鬼《がき》・畜生・修羅《しゅら》・人間・天上）の苦しみ迷いの世界を転々として生まれ死に、これを繰り返して止まることのないのをいう。輪廻《りんね》。

○**忍辱**《にんにく》　もろもろの侮辱悩害をよく忍耐してうらみの心を起こさぬこと。六波羅蜜の一。

○**解脱**《げだつ》　煩悩《ぼんのう》・束縛から離脱して自由になること。涅槃《ねはん》。悟。

○**梵行**《ぼんぎょう》　婬欲《いんよく》を断《た》つ行法。また涅槃《ねはん》経に見える五行《ごぎょう》（聖行・梵行・天行・嬰児行・病行）の一で、清浄な慈悲心をもって衆生の苦を抜き楽を与えること。

○**二人の仙人**　内容からは阿羅邏《あらら》仙人ひとりでなければならない。

　太子はつぎに迦蘭《からん》仙人が苦行している所においでになった。ここには憍陳如《きょうじんにょ》など五人の比《び》丘《く》の住家がある。ここから尼連禅河《にれんぜんが》のほとりにおいでになり、座禅《ざぜん》修行をして苦行をなさった。ある日は胡麻《ごま》の実一粒を食べ、ある日は米一粒を食べ、あるいは七日の間に胡麻《ごま》と米一粒ずつを食べるというふうであった。憍陳如《きょうじんにょ》などもまた苦行を修め、太子をご供養してその傍らを離れずお仕えした。

太子は、「私が苦行を始めてからすでに丸六年になった。それでもまだ真理を悟りえない。もしこの苦行により身が疲れ命を失って真理に到達しえなかったならば、もろもろの外《げ》道《どう》は、私が餓死《がし》したというであろう。それゆえ、進んで食物をとり真理を得ることに努めよう」とお思いになり、座を立って尼連禅河《にれんぜんが》に行かれた。水に入って沐浴《もくよく》なさる。沐浴が終ったが、身体がやせ疲れておられるので、岸にお上りになれない。そこへ天神が現われ、木の枝にお乗せして岸に上らせなさった。

この川の岸に大きな木があった。それを頞離那《ありな》という。その木に神がいて、柯倶婆《かくば》という名である。その神が瓔珞《ようらく》で飾った臂《ひじ》を延ばして、太子を引き迎え申しあげる。太子は木の神の手をとって川をお渡りになった。そして例の胡麻《ごま》の実と米をお食べになり、食べ終って金の鉢を川の中に投げ込み、菩提樹《ぼだいじゅ》のある方に向って行かれた。

その林の中に一人の牛飼女がいた。名を難陀波羅《なんだはら》という。浄居天《じょうごてん》がその女の所に来て、「太子がこの林の中においでになった。お前はご供養をなさい」と勧《すす》める。女はこれを聞いて喜んだ。その時、池の中に自然に千本の蓮花《れんげ》が生じた。その上に乳で作ったかゆが載っている。女はこれを見て不思議なことだと思い、ただちにこの乳のかゆを取って太子の所に行き、礼拝してこれを献上した。太子は女の布施《ふせ》を受けなさると、身から光を放ち気力が充満なさった。

五人の比丘《びく》はこれを見て驚き怪しみ、「われわれはこの布施《ふせ》を受けると、せっかく苦行して得た境地から転落してしまうだろう」といって、おのおのもといた場所に帰っていった。太子は一人、そこより菩提樹《ぼだいじゅ》の下におもむかれた、とこう語り伝えているということだ。

〈語釈〉

○**迦蘭《からん》仙人**　阿羅邏迦蘭《あららからん》のことであるが、ここでは前の阿羅邏仙人と別人のように取り扱っている。○**憍陳如《きょうじんにょ》**　阿若《あにゃ》憍陳如ともいう。五比丘《びく》の一。釈尊《しゃくそん》が出家の時、浄飯王《じょうぼんおう》の命で仕えたが、釈尊が苦行をすてたのでその許《もと》を去った。後、釈尊の教化《きょうけ》をうけ弟子《でし》となった。

○**尼連禅河《にれんぜんが》**　インドのビハール（古代の摩伽耶《まかや》王国）にある川。ガンジス川（恒河）の一支流。今はバルグ川という。河畔の菩提樹《ぼだいじゅ》下に釈尊が結跏趺座《けっかふざ》して悟りを開いたと伝える。

○**外道《げどう》**　仏教以外の教え、およびそれを奉ずる者。仏教から見て邪教《じゃきょう》として外道《げどう》という。その種類は九十六あり、特に仏在世に六種の外道があった。元来、外道の梵語《ぼんご》は神聖な尊敬すべき隠遁《いんとん》者の意をもつものであったが、仏教からみれば自家以外のすべての教学すなわち外道は邪教である。

○**瓔珞《ようらく》**　珠玉・貴金属で作った装身具。仏像・仏殿の装飾にもする。

○**菩提樹《ぼだいじゅ》**　畢波羅樹《ひっぱらじゅ》。釈尊《しゃくそん》がこの木の下で成道《じょうどう》したので菩提樹という。クワ科の常緑高木で、インド・インドネシアに産する。高さ三十メートルぐらい。葉は心臓形、鮮緑色。花・果実は球形で、いちじくに似る。

天魔、菩薩《ぼさつ》の成道《じょうどう》を妨げんと擬《せ》る語《こと》、第六

今は昔、釈迦《しゃか》菩薩《ぼさつ》は菩提樹《ぼだいじゅ》の下に行かれ、過去の諸仏は何を座にして仏道《ぶつどう》を達成なされたのであろうかとお思いになったが、草をもって座とすべきであると思いつかれた。その時、帝釈天《たいしゃくてん》が人に身を変えて草を取って来た。菩薩《ぼさつ》が「そなたはだれであるか」とお尋ねになると、「名は吉祥《きちじょう》というものです」と答えた。菩薩は喜んで、「私は不吉祥《ふきちじょう》を破って吉祥となった。ところで、そなたが手に持っている草をもらえるだろうか」とおっしゃる。すると、吉《きち》祥《じょう》が草を菩薩《ぼさつ》にお授けし、「菩薩《ぼさつ》よ、あなたが仏道を達成なさった時には、まず私をお導きください」とお願いした。菩薩《ぼさつ》は草を受け取って座とし、その上に結跏趺座《けっかふざ》なさったが、その姿は過去の諸仏のようであった。そして自《みずか》ら誓いを立て、「もし自分が正しい悟りを達成しなかったなら、永久にこの座を立つまい」とおっしゃった。

その時、天竜《てんりゅう》八部はみな歓喜し、虚空《こくう》の諸天人は限りない讃嘆の声を発した。そのため、第六天の魔王の宮殿がおのずから振動した。そこで魔王は、「これは沙門瞿曇《しゃもんくどん》（釈迦《しゃか》）が樹下におられて五欲を捨て、端座冥想《めいそう》して正しい悟りを得ようとするのであろう。もし、悟りを得て広く一切衆生《いっさいしゅじょう》を救うことになれば、かれらは自分の住む忉利天《とうりてん》以上の楽しい境地に住むことになろう。わしは、彼がまだ悟りを得ぬ前に行って、彼の冥想を乱し壊《こわ》してやろう」と考えた。

〈語釈〉

○**天魔**　天魔は人が修道するのを見ては、これはわが眷属《けんぞく》を亡ぼし、他化自在天《たけじざいてん》にあるわが宮殿を破壊するものと考え、魔軍を起こして修行者を悩乱し正道を妨害する。○**菩薩**《ぼさつ》　釈迦菩薩《しゃかぼさつ》。

○**成道**《じょうどう》　成仏または成道正覚ともいう。仏果に到達すべき道である修行を成就すること。悟りを開くこと。○**擬**《せ》**る**　思うの意。「……せんとす」と読ませる。○**過去の諸仏**　過去世に出現した諸仏。「過去七仏」は毘婆尸仏《びばしぶつ》・尸棄仏《しきぶつ》・毘舎浮仏《びしゃふぶつ》・倶留孫仏《くるそんぶつ》・倶那含牟尼仏《くなごんむにぶつ》・迦葉仏《かしょうぶつ》・釈迦牟尼仏《しゃかむにぶつ》。

○**帝釈天**《たいしゃくてん》　忉利天《とうりてん》に住む仏教守護神。

○**吉祥**《きちじょう》　普通名詞としては、めでたいしるし、吉兆、の意であるが、それを固有名詞（名前）に用いたもの。○**不吉祥**《ふきちじょう》　吉祥の対。

○**結跏趺座**《けっかふざ》　跏《か》は足の裏、趺《ふ》は足の表、足の表裏を結んで坐する円満安生の相。如来または禅定《ぜんじょう》修行の座相。足背で左右それぞれのももを押さえる形。

○**天竜**《てんりゅう》**八部**　仏法守護の天・竜など八つの異類。

○**第六天の魔王の宮殿**　第六天は六欲天の第六天、他化自在天《たけじざいてん》。ここに欲界の主、天魔（魔王）の宮殿がある。○**沙門瞿曇**《しゃもんくどん》　沙門は僧、瞿曇《くどん》は釈迦一族の姓。拘曇。喬答摩《きょうどんま》。○**端座**　正座。

魔王の子に、名を薩陀《さつだ》というものがいた。父が嘆き憂《うれ》えているさまを見て、父に、「いったいなにを嘆き憂《うれ》えておいでなのです」という。魔王は、「沙門瞿曇《しゃもんくどん》がいま樹の下に座して悟りを得、このわし以上の境界を造ろうとしている。だからわしは彼の冥想《めいそう》を乱し壊《こわ》してやろうと思っているのだ」といった。魔王の子は父を叱責《しっせき》し、「菩薩《ぼさつ》は清浄であって比べるものもありません。天竜八部がこぞって守護しています。菩薩《ぼさつ》の神通《じんずう》の知恵はなにひとつ明らかでないものはありません。邪魔をなさるべきことではないのです。どうして悪をなして罰を招くようなことがあってよいでしょうか」といさめた。

また、魔王に三人の娘がいるが、みな容姿美しく、天女の中でもいちだんと勝れていた。長女を染欲《ぜんよく》といい、次女を能悦人《のうえつにん》といい、三女を可愛楽《かあいらく》という。この三人の娘が菩薩《ぼさつ》の御許《みもと》に参り、「あなたさまはこのうえない徳がおありで、人間にも天人にも限りなく敬われておいでです。わたくしたちは女盛りで、美しさは並ぶ者もおりません。父の天人は供養させるためわたくしたちをあなたさまのもとにつかわしました。これから朝夕お仕えいたしましょう」という。菩薩《ぼさつ》は、「お前たちは、前世にいささかの善行をしていたので、いま天人の身に生まれたのだ。容貌《ようぼう》は美しいとはいえ、心にこの世の無常であることを思わない。だから、死ねばかならず三悪道の中に落ちるであろう。私はお前たちの奉仕をうける気など毛頭ない」とおっしゃった。そのとたん、この三人の天女はたちまち老いぼれ姿に変わり、髪は白く顔は皺《しわ》だらけになり、歯は落ちてよだれをたらす。腰はまがり腹はふくれて太鼓《たいこ》のようである。そして、杖《つえ》にすがってよろよろし、歩きもできぬ様子である。

魔王はこれを見て優しげな言葉で、菩薩《ぼさつ》のご機嫌《きげん》をとるように、「もしあなたが人間世界の楽しみを望まれないのなら、あなたを天上界の宮殿に上らせてあげましょう。私は天上界の位と五欲の満足をみな捨てて、あなたにさしあげましょう」といった。菩薩《ぼさつ》は「そなたは前世にわずかの善行をしたがために、いま自在《じざい》天王と成り得たのである。福を受けるにも期限があって、ついには三途《さんず》（三悪道）に沈み、そこから出られる時はあるまい。その天上界の位とか五欲の満足とかが罪の因《もと》なのだ。私はそれらをまったく必要としない」とおっしゃる。すると魔が「私の果報をあなたは知っている。あなたの果報はだれが知っているのですか」ときいた。菩薩は、「私の果報は天地が知っているのだ」とお答えになった。

このようにお説きになった時、大地が六種に震動し、地神《じじん》は中に蓮花《れんげ》を満たした七宝の瓶《かめ》を地中から取り出して魔王に向かい、「釈迦《しやか》菩薩《ぼさつ》は、昔、頭目《ずもく》・髄脳《ずいのう》・国城・妻子などを人に与えて、無上菩提《むじようぼだい》をお求めになった。それゆえ、お前はいま、菩薩《ぼさつ》を悩ませるようなことをしてはならぬ」といった。魔王はこれを聞いて恐怖を生じ、身の毛が逆立った。地神はまた、菩薩《ぼさつ》の足を肩に掛け、花を供養した上で消え失せた。

そこで魔王は、「こうなってはわしはこの瞿曇《くどん》の心を悩まし乱させることはやめよう。そのかわり、こんな方法を取ろう。多数の軍勢を集め、力で攻略するのだ」と思い直した。たちどころに大軍が虚空《こくう》に満ちあふれる。その姿はどれもさまざまで、あるいは戟《ほこ》を取る者、剣《つるぎ》を持つ者、頭に大樹を頂く者、手に金剛杵《こんごうしよ》を取る者があるかと思えば、あるいは猪《いのしし》の頭をした者、竜の頭の者など、こういう恐ろしい姿をした者たちが無数にいた。また、魔の姉妹がいて、一人を弥伽《みか》といい、他を迦利《かり》といったが、その二人がそれぞれ手に髑髏《どくろ》の食器を持って菩薩《ぼさつ》の御前に近づいて来て、さまざまに姿を変える。

その他の多くの魔は醜悪な姿をして菩薩《ぼさつ》をおどそうとする。だが、菩薩の眉毛《まゆげ》一本動かし申すことができない。そこで魔王はいっそう憂《うれ》え嘆く。すると、空の中に員多《いんた》と名づける神がいるが、それが身を隠していった、「私がいま釈迦牟尼《しゃかむに》尊を見申しあげると、心が安らいで害しようなどいう心はまったく生じない。ここにいる魔の者たちよ、悪心をおこして非道に牟尼《むに》尊《そん》を害しようとする心を抱いてはならぬ」。魔は空中のこの声を聞いて悔い恥じ、慢心や嫉妬《しっと》心を永久に捨てて、もとの天の宮殿に帰っていった、とこう語り伝えているということだ。

〈語釈〉

○**薩陀**《さつだ》　ここでは固有名詞。普通名詞では、有情・衆生のこと。薩埵《さつだ》。

○**神通**《じんずう》　神変不可思議で無礙《むげ》自在《じざい》な力や働き。神通力。

○**父の天人**　父の天魔（魔王）。○**無常**　すべてのものは生滅変化してやまぬこと。

○**三悪道**　地獄・餓鬼《がき》・畜生の三世界。三悪趣。

○**自在天王**《じざいてんのう》　天魔・魔王に同じ。大自在天王。摩醯首羅《まけいしゅら》ともいう。三目八臂《び》で白牛にのり白払《びゃくほつ》をとり大威力を有する神で、外道《げどう》はこの神を世界の本体とし、また創造の神とし、この神が喜べば衆生安楽となり、この神が怒れば衆生苦しみ、万衆が滅すればみなこの神に帰するという。

○**果報**　果と報と。同類因（性類の同じ結果を招くべき原因）より生ずる結果を果といい、異熟因（異なる結果を招くべき原因）より生ずる結果を報という。

○**六種に震動**　世に祥瑞《しょうずい》があるとき、大地が震動する六種の相。動・起・涌・震・吼・覚。

○**地神**《じじん》　堅牢《けんろう》地神のこと。大地を堅固にし、仏法の流布する所に行き、法座の下にいて敬い護る。

○**無上菩提**《むじょうぼだい》　悟り。涅槃《ねはん》。
○**金剛杵**《こんごうしょ》　インドの武器の一。密教では煩悩《ぼんのう》を破摧《はさい》し菩提《ぼだい》心を表わす金属性の法具をいう。細長く手に握れるほどの大きさで、中ほどがくびれ両端は太く、手杵《きね》に似る。両端がとがって、分かれていないものを独鈷《とっこ》、三叉《みつまた》のものを三鈷《さんこ》、五叉《いつつまた》のものを五鈷《ごこ》という。
○**員多**《いんた》　もとは雷神の名。○**牟尼**《むに》**尊**　牟尼《むに》は聖者の意。釈迦牟尼《しゃかむに》。釈尊《しゃくそん》。

菩薩《ぼさつ》、樹下《じゅげ》に成道《じょうどう》したまえる語《こと》、第七

今は昔、天魔が種々の手段を考えて、釈迦《しゃか》菩薩《ぼさつ》の悟りを妨げ申そうとしたが、菩薩は芥子《けし》粒ほども犯されなさらない。慈悲の力によって美しい天女の姿をも破り去り、刀剣による謀《はかりごと》からも遁《のが》れ、二月七日の夜をもってこれらの天魔をすべて降伏《ごうぶく》し終わり、大光明を放って禅定《ぜんじょう》に入り、大真理を深く瞑想なさる。また、夜中に至って天眼《てんげん》を得、第三夜に至って無《む》明《みょう》の闇《やみ》を破り知恵の光を獲得なされ、永久に煩悩《ぼんのう》を断ち切って一切種智《いっさいしゅち》を達成なさった。これ以来、釈迦《しゃか》と称し奉るのである。

釈迦牟尼如来《しゃかむににょらい》は黙々として座しておいでになった。その時、大梵天《だいぼんでん》王がやって来て、「一《いっ》切衆生《さいしゅじょう》のために法をお説きください」とお願いする。釈迦如来《しゃかにょらい》は、仏眼《ぶつげん》をもってもろもろの衆生の上中下《げ》根、および菩薩《ぼさつ》の下《げ》中上根を観察されているうち二七日（十四日）経過した。世尊《せそん》（釈迦《しゃか》）は、「私は甘露《かんろ》のような仏法を説いて、かの阿羅邏《あらら》仙人を導いてやろう」とお

思いになった。すると空中で声がして、「阿羅邏《あらら》仙人は昨夜命を終えた」という。釈迦仏は、「私はかの仙人が昨夜命を終えたことを知っている」とおっしゃった。仏はまた、「迦蘭《からん》仙人はまことに利口な人物である。まず彼を導いてやろう」とお思いになると、また空中で声がして、「迦蘭《からん》仙人は昨夜命を終えた」という。仏は、「迦蘭仙人が昨夜命を終えたことを私は知っている」とおっしゃった、とこう語り伝えているということだ。

〈語釈〉

○**芥子**《けし》　「けし」の種子。非常に小さいもののたとえに用いる。
○**降伏**《ごうぶく》　威力をもって他を降し伏させること。
○**天眼**《てんげん》　五眼（肉・天・法・慧・仏）の一。禅定などによって得た眼。遠く広く微細に事物を見ることができ、また衆生の未来における生死を前知し得る眼。
○**第三夜**　午後十一時から午前一時（三更《さんこう》）。○**無明**《むみょう》　邪見・妄執《もうしゅう》のために一切《いっさい》諸法の真理にくらいこと。根本の煩悩《ぼんのう》。十二因縁の第一。また三惑の一。○**煩悩**《ぼんのう》　迷いの心。妄念。○**一切種智**《いっさいしゅち》　仏の知恵。一切諸法の個々を精細に知る知恵。
○**釈迦**《しゃか》　釈迦如来。釈迦仏。○**釈迦牟尼如来**《しゃかむににょらい》　釈迦仏。釈尊。「牟尼」は聖者の意。
○**仏眼**《ぶつげん》　五眼の一。諸法の真性を照了する仏の眼。
○**上中下**《げ》**根**　根は根性、能力、機根の意で、上根は勝れた智恵を持ち修行に堪えうる能力の大なる者、中根はその中程度のもの、下根は仏道の修行に堪えこれを完成し得る能力の弱少なるもの。
○**世尊**《せそん》　仏の十号（如来・応供《おうぐ》・等正覚《とうしょうがく》・明行足《みょうぎょうそく》・善逝《ぜんせい》・世《せ》間解《けんげ》・無上士調御丈夫《むじょうしちょうぎょじょうぶ》・天人師《てんにんし》・仏《ぶつ》・

世尊《せそん》）の一。仏はあらゆる功徳《くどく》を円満に具備して、よく世間を利益し世に尊重されるから世尊という、また世において独り尊いから世尊という。釈尊《しゃくそん》。
○甘露《かんろ》　釈迦の説く説法を甘露にたとえる。甘露はソーマの汁。諸天の飲料で不死の効がある。
○阿羅邏仙人《あららせんにん》　阿羅邏迦蘭《あららからん》。○迦蘭仙人《からんせんにん》　前の阿羅邏仙人に同じ。

釈迦《しゃか》、五人の比丘《びく》の為に法を説きたまえる語《こと》、第八

今は昔、釈迦如来《しゃかにょらい》が波羅奈国《はらなこく》に行かれて、憍陳如《きょうじんにょ》など五人の比丘《びく》が住んでいる所においでになった。この五人は如来《にょらい》がおいでになるのをはるかに見て、「沙門瞿曇《しゃもんくどん》は苦行をやめて、食物を得ようとここにやって来られた。われわれはこちらから進んで立っていって彼をお迎えしよう」と互いにいいあった。そして、如来《にょらい》が近くまでやって来られると、五人はおのおの座を起《た》ち、礼拝してお迎えする。

その時、如来《にょらい》は五人に向かい、「そなたたちは未熟な知恵をもって私の悟りが達成したかしないかなどと軽々しく疑ってはならぬ。そのわけは、苦行を修めれば心が乱される。楽しみを求めようとすれば心は欲望にとらわれることになる。そこで私は苦楽の二道を去って中《ちゅう》道《どう》の修行をした結果、いま菩提《ぼだい》を達成することができたのだ」とおっしゃって、五人のために、苦《く》・集《じゅう》・滅《めつ》・道《どう》の四諦《したい》の理をお説きになった。五人はこれを聞き、煩悩《ぼんのう》の苦から離れて法眼浄《ほうげんじょう》を得ることができた。五人というのは一人は憍陳如《きょうじんにょ》、一人は摩訶迦葉《まかかしょう》、一人は頞鞞《あへい》、

一人は跋提《ばだい》、一人は摩男拘利《まなんくり》という者である。なに故にこの五人がこうなったかといえば、昔、迦葉仏《かしょうぶつ》の世に、九人の同学の者がおり、四人は生来利口であったのですでに悟りを開いたが、五人は生来愚鈍のため□はじめて悟りを開く者たちであって、釈迦如来がこの世に現われて悟りを開く時に生まれ会おうと願を立てたからである、とこう語り伝えているということだ。

〈語釈〉

○**波羅奈国**《はらなこく》　中印度摩竭陀《まかだ》国の西北にあった国。別名を迦尸《かし》という。ガンジス川の北岸、パラナ川の合流点にあり、今のベナレス市の地に当たる。この国の鹿野苑において釈尊《しゃくそん》が五比丘《びく》に説法した。二百年後、阿育《あいく》王がここに石柱二基を建てた。以来聖地として民衆が来集し、ガンジス川に浴して罪垢《ざいく》の消滅を願っている。

○**憍陳如**《きょうじんにょ》　釈尊《しゃくそん》出家のとき、浄飯王《じょうぼん》の命により仕え、ともに苦行した。

○**比丘**《びく》　僧。○**沙門瞿曇**《しゃもんくどん》　釈尊を指す。

○**中道**《ちゅうどう》　二辺のかたよりを離れた中正な道。○**菩提**《ぼだい》　悟り。涅槃《ねはん》。正覚。

○**四諦**《したい》　四聖諦ともいう。諦《たい》は真理の意で、仏教の綱格を示す四つの真理。苦諦《くたい》・集諦《じゅうたい》・滅諦《めったい》・道《どう》諦《たい》。苦諦は現実の相で、人生は苦なりとみること。集諦は苦の理由・根拠・原因である。苦の原因は煩悩《ぼんのう》であるが、特に愛欲ならびに業《ごう》とすること（以上は流転苦悩の因果である）。滅諦《めったい》は悟りの目標、理想の涅槃《ねはん》をいう。道諦《どうたい》は涅槃《ねはん》に至る方法、実践の手段である（この二は悟りの因果である）。

○**法眼浄**《ほうげんじょう》　清浄法眼《ほうげん》ともいう。法眼は一切《いっさい》諸法の真理を見る眼。五眼の一。

○**摩訶迦葉**《まかかしよう》　仏十大弟子の一。大迦葉ともいう。大富長者の子で、はじめ婆羅門《ばらもん》の修行をしていたが、のち仏に帰依《きえ》し、少欲知足の頭陀行《ずだぎよう》第一の聖者として大いに重んじられた。仏滅後、摩竭陀国《まかだこく》阿闍世《あじやせ》王の外護を受け、自ら首座となり、王舎城の畢波羅窟《ひつぱらくつ》において第一回の仏典結集《けつじゆう》を行なった。禅宗では拈華微笑《ねんげみしよう》の説話により、西天二十八祖の第一とする。

○**頞鞞**《あへい》　馬勝《めしよう》。威儀端正で名高く、舎利弗《しやりほつ》を導き仏に帰依させた。

○**跋提**《ばだい》　跋提梨迦《りか》。釈迦種族の出身で、斛飯王《こくぼんおう》の子とも、白飯王の子とも、甘露王の子ともいう。

○**摩男拘利**《まなんくり》　摩訶南《まかなん》。釈迦が出家修行中、父浄飯王《じようぼん》の命により随侍《ずいじ》し、のち仏弟子となる。

○**迦葉仏**《かしようぶつ》　過去七仏の第六。○□　原典二字分欠語。意不明。

舎利弗《しやりほつ》、外道《げどう》と術を競《くら》べたる語《こと》、第九

今は昔、釈迦如来《しやかによらい》の御弟子《みでし》の舎利弗尊者《しやりほつそんじや》は、もとは外道《げどう》の子である。母が舎利弗をみごもったとき、腹にいるうちから知恵があり、母の腹を破って出ようとした。そのため、母は鉄の帯をしていた。生まれて、舎利弗《しやりほつ》と名づけた。長爪梵志《ちようそうぼんじ》という外道《げどう》を師として、その書籍を学んだ。そのころ、仏の御弟子《みでし》である馬勝比丘《めしようびく》が四諦《したい》の法を説くのを聞いて、ただちに外道《げどう》の一門を背《そむ》いて釈迦《しやか》の御弟子となり、初果《しよか》を得た。その後、仏のもとに参り、七日目に阿《あ》羅漢果《らかんか》を得た。すると、大智外道《げどう》・神通《じんずう》外道・韋随《いずい》外道を始めとして多くの外道が心を合わせてひどく舎利弗《しやりほつ》を憎み、舎利弗と会って秘術を競べようとたくらんだ。やがて日を決めて

勝負を行なうことになった。

このことが十六大国の大評判になって、見物人が市《いち》をなすという有様、上中下の人々がことごとく集まった。さて、勝軍王《しょうぐんおう》と申す大王の前で術競べがはじまる。舎利弗《しゃりほつ》はただ一人座っておられる。外道《げどう》の方は無数である。双方左右に相対して座り、たがいに術を出す。まず外道の方から舎利弗《しゃりほつ》の頭上に大きな木を現出して頭を打ち砕こうとする。すると、舎利弗《しゃりほつ》の方から毗嵐《びらん》という風を起こし、その木をはるか遠くに吹き飛ばしてしまった。次に外道《げどう》の方から洪水を現出する。舎利弗《しゃりほつ》の方から大象《ぞう》が出てきて、あっというまに水を吸い干してしまった。次に外道《げどう》の方から大山《おおやま》が現出する。舎利弗《しゃりほつ》の方から力士が出てきて、拳《こぶし》でそれを打ち砕いてしまった。次に外道《げどう》の方から青竜を現出した。舎利弗《しゃりほつ》の方から金翅鳥《こんじちょう》が出てきて、それをはるか遠くに追っ払った。次に外道《げどう》の方から大きな牛を出した。舎利弗《しゃりほつ》の方から獅子《しし》が出てきて、牛をまったく近寄せない。次に外道《げどう》の方から大夜叉《やしゃ》を出した。舎利弗《しゃりほつ》の方から毗《び》沙門《しゃもん》が出てこられて、それを降伏《ごうぶく》させなさった。このようにして外道《げどう》はついに負け、舎利弗《しゃりほつ》がお勝ちになったので、以後、釈迦《しゃか》の面目・法力が貴くして偉大なことがますます五天竺《ごてんじく》の評判になった。このあと、多くの外道《げどう》が舎利弗尊者《しゃりほつそんじゃ》の門に入り、長く仏道を尊ぶようになった、とこう語り伝えているということだ。

〈語釈〉

○**舎利弗尊者**《しゃりほつそんじゃ》　仏十大弟子の一。知恵第一の人。尊者は聖者・賢者の意で羅漢《らかん》の尊称。父は室沙。摩竭陀国《まかだこく》王舎城の北、那羅聚落《ならじゅらく》に生まれ、隣村の目犍連《もくけんれん》とともに外道の沙然に師事していたが、のち馬勝比丘《めしょうびく》（五比丘の一）によって釈尊《しゃくそん》に接しその門に入った。釈尊の入滅に先んじて寂《じゃく》した。○**外道《げどう》**　仏教以外の教えを奉ずる者。

○**長爪梵志《ちょうそうぼんじ》**　舎利弗《しゃりほつ》の叔父。学問をして爪を切るひまがなかったのでこの名がある。のち仏に帰し十大弟子の一人となり、問答第一といわれる。

○**馬勝比丘《めしょうびく》**　五比丘の一。

○**初果《しょか》**　声聞四果《しょうもんしか》の初位。声聞は元来、釈迦《しゃか》の音声を聞いた仏弟子《ぶつでし》の意であるが、大乗教《だいじょう》において、縁覚・菩薩《ぼさつ》に対する時は釈迦の直弟子に限定せず、仏の教法により三生六十劫《ごう》の間、四諦《したい》（苦《く》・集《じゅう》・滅《めつ》・道《どう》）の理を観じ、みずから阿羅漢《あらかん》となるを理想とする仏道修行者をいう。四果はその声聞《しょうもん》の者の悟りの四階梯《かいてい》。

1・須陀洹果《しゅだおんか》（預流果、初果《しょか》）は三界（欲《よく》・色《しき》・無色《むしき》）の見惑《けんわく》（宇宙の真理がわからないで起こる迷い）を断じつくし、はじめて聖者の群れに入った初位をいう。

2・斯陀含果《しだごんか》（一来果《いちらいか》）は欲界九地の思惑《しわく》（情・意の迷い）九品《くほん》の中、前六品《ろっぽん》を断じつくし、なお三品《さんぼん》を残すから人間と天上界（六欲天）とを一度往来受生する位。

3・阿那含果《あなごんか》（不還果《ふげんか》）は前果に残った三品の惑を断じつくし、欲界に再生しない位。

4・阿羅漢果《あらかんか》（無学果）は四果の最上位で、三界の見思《けんし》の惑《わく》（智・情・意から起こる迷い）を断じつくし修学完成し、再び迷界に生まれることなく尊敬と供養を受けるに足る聖者の位をいう。

○**阿羅漢果《あらかんか》**　声聞《しょうもん》四果の最上位。

○**十六大国**　天竺《てんじく》を東・西・南・北・中の五に分け（五天竺）、その中に十六国がある。東―鳩留《くる》、

南—憍薩羅《きようさら》・舎衛《しやえ》・罽賓《けいひん》・迦湿弥羅《かしみら》・乾陀衛《けんだえ》・沙陀《さだ》・波提《はだい》、西—波羅奈《はらな》、北—鳩睒弥《くえんみ》・僧伽陀《そうかだ》・健《けん》拏掘闍《どくつしや》、中—迦夷羅《かいら》・摩竭陀《まかだ》・迦羅乾《からけん》・鳩尸那《くしな》。この他諸説がある。

○**勝軍王**《しようぐんおう》　舎衛《しやえ》国王波斯匿王《はしのく》のこと。

○**毘嵐**《びらん》　暴風の名。世界の初め終わりに起こるという。賢愚経では旋嵐風とする。

○**金翅鳥**《こんじちよう》　迦楼羅《かるら》。竜を捕食し火炎を吐くという想像上の鳥。

○**大夜叉**《やしや》　天竜八部の一。威徳・暴悪などと訳す。毘沙門《びしやもん》の眷属《けんぞく》となり北方を守護する鬼神。○**毘**《び》**沙門**《しやもん》　四天王《してんのう》の一。多聞天《たもんてん》に同じ。倶吠羅ともいう。須弥山《しゆみせん》の中腹第四層の水精楼に住し、夜叉《やしや》・羅刹《らせつ》の二鬼を従え北方を守護する。形像は普通甲冑《かつちゆう》をつけ、左手に塔を捧げ右手に宝珠を持つ。

○**降伏**《ごうぶく》　威力をもって他を降し伏させること。調伏《ちようぶく》。○**法力**　仏法の威力。

○**五天竺**《ごてんじく》　天竺を東・西・南・北・中の五つに分けた総称。

提婆達多《だいばだつた》、仏《ほとけ》と諍《あらそ》い奉《たてまつ》れる語《こと》、第十

今は昔、提婆達多《だいばだつた》という人がいた。この人は仏の御父方の従弟《いとこ》である。仏は浄飯王《じようぼんおう》の御《み》子《こ》、提婆達多《だいばだつた》は浄飯王の弟の黒飯王《こくぼんおう》の子である。ところで、提婆達多《だいばだつた》が太子であったころ、雁《かり》を射たが、その雁が矢を射立てられながら飛んで、悉達《しつだ》太子の庭園に落ちた。太子はその雁をごらんになり、もともと慈悲の心が深いので、哀《あわ》れに思って抱き取り、矢を抜いて手当てを加えておいでになると、提婆達多《だいばだつた》が太子の所に来て雁をよこせという。お与えにならなかったところ、ひどく怒り、これをきっかけにして、悉達《しつだ》太子と提婆達多《だいばだつた》とは仲たがいをするようになった。悉達《しつだ》太子が仏になられてからは、提婆達多《だいばだつた》は外道《げどう》の書物を習い、ますます仏を憎み申し、自分の奉ずる道をりっぱなものと思って、事ごとに仏と争うようになった。

〈語釈〉

○**提婆達多**《だいばだつた》　調達・天授などともいう。釈尊《しやくそん》の父浄飯王《じようぼんおう》の弟斛《こく》（黒）飯王《ぼんおう》の子。釈尊には従弟《いとこ》に当たる。あるいは白飯王《びやくぼんおう》の子ともいう。釈尊成道《じようどう》後出家して弟子となった。生来、名聞利養《みようもんりよう》の心強く、その出家前においても悉達《しつだ》太子としばしば対抗し、出家後も釈尊《しやくそん》の威勢を嫉《ねた》み、兄の阿難《あなん》について神通の術を学び、阿闍世《あじやせ》王と結んで釈尊を滅ぼしみずから新仏となろうと企てたが成らず、ついに五百の比丘《びく》を糾合《きゆうごう》して一派を立てた。のち阿闍世《あじやせ》王はその党を離れ、また五百の比丘も提婆達《だいばだつ》多《た》の睡眠中ことごとく帰仏したため、かれは悶々の中に死に、死後地獄におちたという。

○**黒飯王**《こくぼんおう》　斛飯王とも書く。迦毗羅衛《かびらえ》城主師子頰王《しきようおう》の第三子。○**外道**《げどう》　仏教以外の教えを奉ずる者。

こんな具合で、仏が霊鷲山《りようじゆせん》で説法なさっているとき、提婆達多《だいばだつた》が仏のみ許《もと》に参り、「仏には御弟子《みでし》がたいそう多い。私に少し分けていただきたい」と申し出た。仏はご承知にならない。すると、提婆達多《だいばだつた》は最近仏弟子となったばかりの者五百人を手なずけて、これらを提婆達多の住家のある象頭山《ぞうずせん》にそっと移住させてしまった。提婆達多はこの時、逆罪の一の破僧《はそう》の罪を犯し、転法輪《てんぼうりん》を中止させたわけで、天上天下すべての者が嘆き悲しんだ。

提婆達多《だいばだつた》はこのあと、象頭山《ぞうずせん》で五法・八支正道《しようどう》の法を説いた。舎利弗《しやりほつ》はこの五百人の新しい比丘《びく》を取り返そうと機をうかがっていたが、提婆達多《だいばだった》がよく眠っている時を見はからって襲いかかる。目連《もくれん》は五百人の比丘を袋に包んで鉢《はち》に入れ、空を飛んで仏の所に連れて行った。これを見た提婆達多《だいばだった》の弟子の倶迦利《くかり》は大いに怒り、靴《くつ》を振り上げて師の顔をたたくと、やっと目を覚まし、五百人の新比丘《びく》が取り返されたことを知って、烈火のごとく憤《いきどお》った。

そこで提婆達多《だいばだった》は仏の所に出かけて行き、三十肘《ちゅう》もある大石を仏に投げつけたが、山神が石を防いでわきに落とした。その砕けた破片が飛び散って仏の御足に当たり、親指から血が流れた。これが第二の逆罪である。提婆達多《だいばだった》はその時、自分の手の指の端に毒を塗り、仏の御足を礼拝するふりをして毒をつけようとしたところ、毒がたちまち薬に変わって傷がなおってしまわれた。

また、阿闍世《あじゃせ》王は提婆達多《だいばだった》にいわれて、大象に酒を飲ませ、よく酔わせたあと、その酔った象を解き放って仏を害しようとたくらんだ。この象を見た五百人の羅漢《らかん》は恐れて空に飛び上った。仏はその時、御手から獅子《しし》の頭を五つお出しになったので、酔った象はこれを見て逃げ去ってしまった。それから、仏は阿闍世《あじゃせ》王の宮殿に入り、説法教化《きょうけ》をなさって王の供養をお受けになった。それを見た提婆達多《だいばだった》はいっそう悪心をつのらせ宮殿から出ていった。また、提婆達多《だいばだった》は蓮華比丘《れんげびく》（尼《に》）という羅漢比丘尼《らかんびくに》の頭をなぐりつけたが、これが第三の逆罪である。この羅漢比丘尼《らかんびくに》は打ち殺されてしまった。その後、提婆達多《だいばだった》は、大地が破裂して地獄に堕《お》ちた。その堕ち込んだ穴は今でも残っている、とこう語り伝えているということだ。

〈語釈〉

○**霊鷲山**《りょうじゅせん》　摩竭陀《まかだ》国王舎城の東北にある山。今のチャタ山。釈尊《しゃくそん》説法の地として著名。耆闍崛山《ぎしゃくっせん》・霊山・鷲峰ともいう。

○**象頭山**《ぞうずせん》　伽耶山《かやせん》ともいう。伽耶城の近く、霊鷲山の北にある。山頂が象の頭部に似ているので名づけられたという。

○**破僧**《はそう》　五逆罪の一。和合僧《わごうそう》（僧の衆団）を破壊すること。五逆罪は仏教における五種の逆悪重罪。小乗《しょうじょう》の五逆罪は殺父・殺母・殺阿羅漢《あらかん》・破和合僧《わごうそう》・出仏身血（仏陀《ぶつだ》の肉体を傷害して出血させること）の五。あるいは初めの二を合一してさらに第五に破羯摩僧《はかつまそう》（作法行事をなしつつある僧に妨害を加えること）を入れる。大乗の五逆は塔寺を壊し経像を焼き三宝を盗むこと、三乗法をそしり聖教を粗末にすること、僧侶を罵《ののし》り責め使うこと、小乗の五逆罪を犯すこと。因果の道理を信じず悪口邪淫《あっこうじゃいん》等の十不善業をなすこと。

○**転法輪**《てんぼうりん》　仏が教法を広めること、すなわち仏の説法。転輪王が輪宝《りんぽう》を転ずると、その赴くところすべて退治され帰服するが、そのように仏の説法はすべての煩悩《ぼんのう》を破り邪見を砕くから転法輪という。

○**五法**　諸法（森羅万象）の自性を分別して五種としたもの。相・名・分別・正智・如々をいう。

○**八支正道**《しょうどう》　八正道支ともいう。仏教の実践修行の項目を八種に細分したもの。正見・正思惟・正語・正業・正命・正精進・正念・正道の八つで、仏が最初の説法中に説いた。

○**目連**《もくれん》　目犍連《もくけんれん》。仏十大弟子の一。王舎城に近い拘離迦《くりか》村の婆羅門《ばらもん》の子。はじめ舎利弗《しゃりほつ》とともに波《は》離《り》闍婆《しゃば》外道《げどう》の刪闍耶《さつしゃや》（沙然）について学んでいたが、舎利弗が五比丘の一人である馬勝《めしょう》にあい仏法を知り解悟するや、ともに竹林精舎に至り仏弟子となる。仏教に入ってからは各地に修行して仏の教化を助け、神通第一の声誉をえた。

○**倶迦利《くかり》**　瞿伽離《くかり》ともかく。提婆達多《だいばだった》の弟子。

○**三十肘《ちゅう》**　一肘は一尺五寸（約四十五センチメートル）または二尺（約六十センチメートル）。

○**第二の逆罪**　「出仏身血」の逆罪で、五逆罪の一。

○**阿闍世《あじゃせ》王**　未生怨《みしょうおん》ともいう。摩竭陀《まかだ》国王。頻婆娑羅《びんばしゃら》王を父とし、韋提希夫人《いだいけぶにん》を母とする。はじめ父王は老いて子無きを憂え神に祈ったが、一相師が、毘富羅山《びふらせん》に住む仙人が近く死んでのち生まれ代わることを告げたので、父王はその死期を待たず仙人を殺したが、まもなく韋提希《いだいけ》夫人は懐妊した。子は生まれる前すでに怨《うらみ》を懐《いだ》いているということで未生怨《みしょうおん》の名をもつ。さて生まれるに当たり相師に占わせると、生児は怨を懐くと告げたので、高楼を造りそこから産み落とさせたが一指を折っただけであった。のち成長し、折から新教団組織の野心を持っていた提婆達多《だいばだった》の教唆《きょうさ》にあい、父王を殺し母を幽閉《ゆうへい》するという悪逆をはたらいたが、やがて仏に帰依《きえ》し教団の外護者になり、仏典第一次結集の事業を全うさせた。仏滅後二十四年に死んだ。

○**羅漢**　羅漢《らかん》は阿羅漢果《あらかんか》（声聞《しょうもん》四果の最上位）を得た聖者。

○**蓮華比丘《れんげびく》**　蓮華比丘尼《れんげびくに》。蓮華色《れんげしき》・優鉢華色《うばけしき》・華色ともいう。仏弟子。中インド王舎城の人。長じて優繕那邑《うぜんなむら》の人に嫁し一女を挙げたが、のちその夫がひそかに母に通じたのを知り、去って波羅奈《はらな》城の一長者の婦《ふ》となった。その後、長者が優繕那邑を過ぎ蓮華色《れんげしき》の生んだ女子を見てその美しいのを愛で、百千金を払って連れ帰った。さて蓮華色は少女を愛し少女は蓮華色を母のように慕い、ともに面白く暮していたが、後になりその少女がわが子であることを知り、また母子ともに夫を同じくするに至ったことを悲しみ、ふたたび長者の家を出で毘舎離《びしゃり》城に行き婬女《いんじょ》の群れに投じてその主となった。やがて王舎城に移り、目連《もくれん》の教化《きようけ》を受けてついに仏門に入り比丘尼《びくに》となった。提婆達多《だいばだつた》が逆心を起こし仏を殺害しようとした時、これを責めたため提婆の怒りを買い殴打され、眼球潰《つぶ》れてついに死去したという。あるいはまた、かつて王舎城にあって婬女であった時、その容色を慕っていた一婆羅門《ばらもん》のために拳打《けんだ》されたともいう。

○**比丘尼《びくに》**　出家受戒した女。尼僧。○**第三の逆罪**　「殺阿羅漢《あらかん》」の逆罪。

○**穴**　摩竭陀《まかだ》国の宮城の北門の外に卒都婆《そとば》があり、そこをその跡という（『大唐西域記』巻九）。

仏、婆羅門《ばらもん》の城《みやこ》に入り、乞食《こつじき》したまえる語《こと》、第十一

今は昔、仏が婆羅門《ばらもん》の都に入って乞食《こつじき》をなさろうとした時、この都の外道《げどう》どもが心を合わせて、「近ごろ、拘曇比丘《くどんびく》（釈迦《しやか》）という奴が一軒一軒托鉢《たくはつ》して歩いている。憎らしく、くそ面白《おもしろ》くもない。とはいえ、もとは高貴の出の者だ。浄飯王《じようぼん》の御子《みこ》で、王位を継ぐはずであったのに、いつのまにか山に入り、仏になったということだ。人の心をたぶらかす奴だから、これにだまされる者がたくさんいる。絶対これに供養《くよう》はするまい」といい合わせ、「もしこの誓いを破って供養する者がいたら国外に追放だ」とふれ回したので、その後は仏がおいでになっても、ある家では門を閉じてお入れせず、ある家では返事もせず、いつまでも戸外にお立たせし、またある家ではお立寄りをことわって追い払い申した。

このようなぐあいで、日が高くなるまで供養をお受けにならない。空《から》の鉢《はち》を胸におあてに

なったまま疲れきった様子で帰って行かれた。すると、ある家から、女が米のとぎ汁の、何日もおいて腐ったものを捨てようとして外に出たが、仏が供養も受けられずに帰って行かれるのをお見受けしてお気の毒に思い、なんぞご供養しようと思ったが、貧しいためご供養すべきものがなにもない。どうしようかと思って目に涙を浮かべて立っている様子を仏がご覧になり、「そなたはなにを嘆いているぞ」とお尋ねになると、女は、「仏が日が高くなるまで供養をお受けなさらずにお帰りになるのを拝見して、私がご供養しようと思ってはみたものの、家が貧しくて、ご供養すべきものがなにひとつありません。それで嘆いているのでございます」といって涙を流して泣いた。すると、仏が、「そなたが持っているその桶《おけ》には何が入っているのか」とおっしゃる。

女が、「これは米のとぎ汁の腐ったものを捨てに行こうとしているのです」と答えると、仏は「かまわぬからそれを供養しなさい。米のにおいがするからけっこうなものだよ」とおっしゃった。女は、「これはどうにもしようのないものですが、仰《おお》せに随《したが》いましょう」といって御鉢《はち》に入れた。仏はこれをお受けになり、鉢を捧げて、「そなたはこの功徳《くどく》により、もし天上界に生まれたなら忉利天《とうりてん》の王となり、人間界に生まれたなら国王となろう。これは限りない功徳である」とおっしゃって呪願《しゅがん》なさった。

〈語釈〉

○**乞食**《こつじき》　僧が人家の門に立ち食を乞い求めること。托鉢《たくはつ》。分衛《ぶんね》。

○**外道**《げどう》　仏教以外の教えを奉ずる者。

○**拘曇比丘《くどんびく》**　釈尊《しやくそん》のこと。第六・八話に「沙門瞿曇《しやもんくどん》」とあるのに同じ。○**功徳《くどく》**　神仏からよい報《むく》いをうるような善行。また、神仏のめぐみ。○**忉利天《とうりてん》**　須弥山《しゆみせん》の頂上にある天で、中央に帝釈天《たいしやく》が住む。○**咒願《しゆがん》**　法会や食事のとき、導師の僧が法語を唱《とな》え、施主《せしゆ》または亡《もう》者《じや》のために福利を祈願すること。

仏がどの家からも追い払われて、日が高くなるまで供養もお受けにならず、疲れ切って帰って来られる途中、女の捨てた腐れ水をもらって咒願《しゆがん》なさったのを、外道《げどう》が高楼の上から見て、下りていって、仏に、「仏はどうしてそんなでたらめを言って人をだまされるのか。よい物ならいさ知らず、腐れ汁を捨てに行く女に出会ってそれを貰い受け、天上界に生まれるの、国王になるのと言われる。まったくのでたらめだ」といって嘲笑《ちようしよう》した。すると仏は、「そなたは高堅樹《こうけんじゆ》の実を見たことがあるか」とお尋ねになる。外道《げどう》が「見たことがある」と答えると、仏が、「どれほどの大きさか」とおっしゃる。外道《げどう》が、「芥子《けし》よりももっと小さい」というと、仏は、「高堅樹《こうけんじゆ》の木はどれほどか」といわれる。外道《げどう》は、「枝の下に五百の車を隠してもまだ木陰が余るほどだ」と答えた。すると仏は、「そなたはそれを例えとして心得るがよい。芥子《けし》よりも小さい種から生えた木が、その下に五百の車を隠してもまだ陰が余っている。そのように、仏にわずかな物を供養しても、その功徳ははかり知れないものがある。この現世のことでもこういうことがある。まして来世の功徳はこれによって知るべきである」とおっしゃった。

外道はこれを聞いて尊いことだと思う心が生じ、仏を礼拝し奉った、と同時に知らぬ間に頭髪が落ちて羅漢《らかん》になった。女も来世の記別《きべつ》を聞いて、礼拝して立ち去った、とこう語り伝えているということだ。

〈語釈〉

○**高堅樹**《こうけんじゅ》　地中に百年間あって、芽を出すと一日で百丈に達するという想像上の樹。迦葉仏《かしょうぶつ》（過去仏）がこの樹下で成道《じょうどう》したといわれる。また栴檀《せんだん》の樹とも菩提樹《ぼだいじゅ》の一名ともいう。好堅樹とも書き、尼拘盧陀樹《にくるだじゅ》・尼拘類樹《にくるいじゅ》ともいう。

○**羅漢**《らかん》　阿羅漢果《あらかんか》（声聞《しょうもん》四果の一）を得た聖者。

○**記別**《きべつ》　仏が修行者に対し、未来に成仏《じょうぶつ》することを一々区別して、あらかじめ説くこと。修行者に対する仏の予言。記莂とも書く。ここでは「天上界に生まれたなら忉利天《とうりてん》の王となり、人間界に生まれたなら国王となろう」をさす。なお、この予言を説き授けることを授記という。

仏、勝蜜外道《しょうみつげどう》の家に行きたまえる語《こと》、第十二

今は昔、天竺《てんじく》に外道《げどう》がいた。その名を勝蜜《しょうみつ》という。仏をどうにかして殺害しようと思い、一つの計略を立て、仏をお招きしようと考えた。そこで仲間を集め、「仏が簡単においでになるようなら、仏も並《なみ》の人間と同じでいらっしゃることがわかる。おいでにならないとすると、本当に賢い方でおいでだと思わなければならぬ」と話し合って、使いを出しお招きした

ところ、即座においでになるというご返事があった。勝蜜外道《しょうみつげどう》をはじめとしてみなが、「そっとやれ、そっとやれ」と各自手を左右に振り、喜びながら計略にとりかかった。門の内がわに広く深い穴を掘って、底にたくさんの火を入れ、すきまもなく剣《つるぎ》を立て並べる。穴の上には薄い板を敷き、その上に砂をかけておいた。

こうして仏のおいでになるのをお待ちしていたが、外道の数人の子の中の一人が父に向かい、「たとえ父上でおありでも、こんな計略をお立てになるとはほんとにばかばかしい。仏はこんな計略におかかりになるはずはありません。ずっと末端の御弟子でさえ人の計略にかけられることはないのです。まして仏の知恵は計りようもないものです。こんな馬鹿なことをなさるとはあきれたことです。すぐにおやめください」といっていさめた。だが父の外道《げどう》は、「仏が賢い方ならば、このような計略があると知っておでかけにならぬはずなのに、すぐにおいでになろうとおっしゃったのはうまうま計略にかけられなさるということなのだろう。だから、お前はつべこべ言うな。だまって見ていろ」と手ひどく叱ったので、子は返す言葉もなくひきさがった。

〈語釈〉

○**天竺《てんじく》**　古代のインドのこと。上古に、アーリア民族が中央アジアから南下し、パミール（葱嶺）を越えてインドの境に入り、青々と草木の生い茂った豊饒《ほうじょう》な平原を見て（あるいは洋々たるインダス川を見て）、驚嘆のあまり発したシンド（大洋・水の義）という言葉がこの地方（またはこの川）の名称となり、これを中国で辛頭《しんとう》・身毒《しんどく》・賢豆《けんず》と音訳し、これが転訛《てんか》して天竺《てんじく》となった。天竺の称は早く漢・魏《ぎ》のころから用いられた。印度《インド》の称も身毒等の転訛《てんか》である。
○外道《げどう》　仏教以外の教えを奉ずる者。
○子の中の一人　経律異相《きょうりつ》によれば、名は旃羅法。

さて、外道《げどう》たちは仏をお迎えする用意をし、かならず殺してしまう計略をこしらえてお待ちしていると、仏は光を放って、静々《しずしず》としだいに歩いておいでになった。御弟子《みでし》の声聞《しょうもん》や大《だい》衆《しゅ》などは仏の御後ろに随《したが》っている。仏は門の前におつきになると、「お前たち、けっしてわしの前や横に立ってはならぬ。ただわしの後ろに続いて歩いて来い。また、物を食べる時も、わしが食べたあとで食べるようにせよ。わしが食べる前に、けっして箸《はし》をおろしてはならぬ」といましめなさって門にお入りになった。

外道《げどう》や家の者はみなことごとく連れ立って門のわきに居並び、仏が門にお入りになる姿をじっと見まもりながら、今に穴に落ち込まれ、火に焼け剣に貫かれなさるぞとほくそえんでいると、穴の中から大きな蓮花《れんげ》が咲き満ち、仏はその上を悠然《ゆうぜん》と歩いて家に入って行かれた。御弟子たちもみな仏の御後ろに続いて歩いて行く。外道《げどう》どもは不思議に思うとともに、いいようもなく落胆《らくたん》した。仏が御座所にお着きになったので、飲食をお供えする。外道は、いかに仏でも、毒をおあがりになっては絶対生きてはおいでになれまいと思って、さまざまの毒を調味してお供えした。だが、仏が召しあがると、お供えした毒が逆に甘露《かんろ》の薬となったので、仏はみなあがってしまわれた。御弟子《でし》たちもみな食べてしまわれたが全然毒にはならなかった。これを見た外道《げどう》はにわかに後悔の心を生じ、おろかにもつまらぬ計略を立てた次第を細々《こまごま》と仏に申しあげた。その時、仏は慈悲《じひ》を垂れ、彼らのために説法教化《せっぽうきょうけ》なさったので、彼らは法を聞いて、みな阿羅漢《あらかん》になった、とこう語り伝えているということだ。

〈語釈〉
○**声聞**《しょうもん》　四諦《したい》の理を観じ、自ら阿羅漢《あらかん》になるを理想とする仏道修行者。
○**大衆**《だいしゅ》　摩訶《まか》僧伽。衆多の僧。
○**甘露**《かんろ》　ソーマの汁。諸天の飲料で不死の効がある。
○**阿羅漢**《あらかん》　阿羅漢果《あらかんか》（声聞四果《しょうもんしか》の最上位）を得た者。

満財長者《まんざいちょうじゃ》の家に仏《ほとけ》の行きたまえる語《こと》、第十三

今は昔、天竺《てんじく》に満財長者《まんざいちょうじゃ》という人がいた。この人に一人の男の子がいた。また、須達《しゅだつ》長者という人がいたが、この人には一人の女の子がいた。満財《まんざい》が須達《しゅだつ》の家に行ってみると女の子がいて、たいそう美しく、光を放つようであったので、満財《まんざい》は須達《しゅだつ》に、「私にはひとり息子がいます。あなたの娘さんと結婚させてください」といった。須達《しゅだつ》は、「それは絶対にできない」という。「どういうわけで結婚させないというのですか」と満財《まんざい》がいうと、須達《しゅだつ》は、「私の娘は仏にさし上げてしまいました。毛頭、私が口をさしはさむことではないのです。そのうえ、あなたのお子さんはすでに外道《げどう》の教えに随《したが》っています。となれば、妻は夫の言葉

に随《したが》うのが習いですから、娘も外道《げどう》の教えに随《したが》うことになりましょう。こんなわけで結婚をおことわりするのです」と答えた。だが満財《まんざい》は、「ぜひとも結婚させてくれ」と迫るので、須達《しゅだつ》は仏の御許《もと》にまいりこのことを申しあげるので、須達《しゅだつ》は、「ではちょっと待ってください。仏に申しあげてみます」と答えて、須達は仏の御許にまいりこのことを申しあげると、仏は、「それは結構なことだ。さっそく結婚させなさい。私も満財《まんざい》の家に行って彼を教化《きょうけ》しよう」とおっしゃった。満財《まんざい》はまた須達《しゅだつ》に、「須達《しゅだつ》よ、もしあなたの娘を私の息子と結婚させたなら、十六里の間の道に黄金を敷き、さらにその道を七宝で飾って迎えよう」という。須達《しゅだつ》はとうとう娘を満財《まんざい》の子と結婚させた。満財《まんざい》は言ったとおり道を飾り、黄金を地上に敷いた。ましてそのほかのことは想像に余りある。このようにして須達《しゅだつ》の娘を満財《まんざい》の家に嫁として迎えた。

〈語釈〉
○**須達長者**《しゅだつ》　須達《しゅだつ》は須達多とも書く。中インド舎衛《しゃえ》城の富豪（長者）で波斯匿《はしのく》王の主蔵吏。釈尊《しゃくそん》に祇園精舎《ぎおんしょうじゃ》を寄贈した。貧人を恵んだので給孤独《きっこどく》と称せられた。
○**七宝**　七種の宝玉。

その時、仏《ほとけ》が阿難《あなん》に、「そなたは満財《まんざい》の家に行き、その様子を見て仏道に引き入れよ。仏道に入らないとすれば、彼はそなたを打ち、追い払うだろう。その時は、神通力《じんずうりき》によって帰って来なさい」とおっしゃる。阿難《あなん》は仏の教えを受けて満財《まんざい》の家に行った。家の者が驚き騒ぎ、「やあ、昔も今もかつて見たことのない悪人がやって来たぞ。こいつはもしや狗曇沙門《くどんしゃもん》じゃないか」といって、なぐりかかり追い払おうとする。満財《まんざい》の家の嫁が懇切にこれを制止した。

すると、満財《まんざい》の子が妻に、「この僧はお前の師か」ときく。妻が、「そうではありません。私の師の御弟子《みでし》、阿難《あなん》さまでしょう」と答えると、夫は、「この僧はきっとお前に恋慕してやって来たのだろう。かまわぬから、ぶちのめして追い払え」という。「とんでもないことです。あなたはほんとに愚かな方《かた》ですね。この方は三界《さんがい》の迷いを断ち切って、永久に愛欲の心を離れた方です。帰って行く時の様子をしばらく見ておいでなさい」と妻がいうやいなや、阿難《あなん》は虚空《こくう》にのぼって光を放ち、神通《じんずう》の姿を示して去って行った。満財《まんざい》の子はこれを見てまことに不思議なことに思った。

その後、二日たって、仏はまた舎利弗《しゃりほつ》を満財《まんざい》の家にやった。満財の子は舎利弗《しゃりほつ》が来たのを見て妻にきいた、「お前の師というのはこの僧か」。妻は、「ちがいます。これも御弟子《みでし》の舎《しゃ》利弗《りほつ》がおいでになったのでしょう」と答える。今度もまた前のように光を放ち、神通《じんずう》の姿を示して去っていった。仏はさらに富楼那《ふるな》・須菩提《しゅぼだい》・迦葉《かしょう》などの御弟子を遣わしたが、おのおの満財《まんざい》の家に行き、光を放ち、神通《じんずう》を現わした。そこで、満財《まんざい》とその子は、「仏の御弟子《みでし》はすばらしい神通力《じんずうりき》を持つ者たちだ。その神通力はわが外道《げどう》の術より勝れている。これではその師の神通力はどれほどのものであろうか。ひとつ見たいものだ」という心が生じた。その時、仏は眉間《みけん》の白毫相《びゃくごうそう》の光を放ち、満財《まんざい》の家を照らしなさった。そして東西南北・四隅の方角、地の上下が六種に震動し、天から曼陀羅華《まんだらげ》・摩訶曼陀羅華《まかまんだらげ》などの四種の花が降り、栴《せん》檀《だん》・沈水《じんすい》の香りが全世界に充満するという、すばらしい瑞相《ずいそう》を現出した。

〈語釈〉

○**阿難**《あなん》　阿難陀。仏十大弟子の一。釈尊《しゃくそん》の従弟、提婆達多《だいばだった》の兄（釈尊《しゃくそん》の父浄飯王《じょうぼん》の弟斛飯王《こくぼん》の子というが、また甘露飯王《かんろぼん》、白飯王《びゃくぼん》の子ともいう）。八歳で出家し修行に入ったが、美男であったので女難を蒙《こうむ》ること度々であった。しかし志操堅固で身を護り修行を全《まっと》うした。多聞《たもん》第一の弟子《でし》といわれ、仏滅後、大迦葉《だいかしょう》を中心として開いた第一次結集の重要な位置を占めた。また、仏の姨母《おば》憍曇弥《きょうどんみ》（摩訶波闍波提《まかはじゃはだい》）の出家に尽力した。

○**狗曇沙門**《くどんしゃもん》　釈尊《しゃくそん》のこと。

○**三界**《さんがい》　生死流転止むことのない迷いの世界を分類して欲界・色界・無色界とし、総称して三界という。

○**舎利弗**《しゃりほつ》　仏十大弟子の一。智恵第一の人。

○**富楼那**《ふるな》　仏十大弟子の一。説法第一の人。憍薩羅国《きょうさらこく》の人。婆羅門《ばらもん》の出身で、父は迦毘羅衛国浄飯王《かびらえこくじょうぼん》（釈尊《しゃくそん》の父）の国師。巨富の家の出身で、釈尊と生年月を同じくする。幼時より聡明で諸方面に通じていたが、俗世を厭い入山学道《がくどう》した。釈尊が成道《じょうどう》し、鹿野苑《ろくやおん》で説法するのを見、仲間とともに仏弟子《ぶつでし》となり阿羅漢果《あらかんか》を得た。弁舌すこぶる巧みで、その説法と人格により各地におもむいてよく人を教化した。世に富楼那《ふるな》の弁という。

○**須菩提**《しゅぼだい》　仏十大弟子の一。舎衛《しゃえ》城鳩留《くる》長者の子。祇園精舎で仏弟子となり、諸法皆空《かいくう》の真解に悟入した第一人者。解空・無諍第一と称せられている。

○**迦葉**《かしよう》　摩訶迦葉《まかかしよう》（大迦葉《だいかしよう》）。仏十大弟子の一。頭陀行《ずだぎよう》第一の人。
○**白毫相**《びやくごうそう》　仏の三十二相（仏が具えているという三十二のすぐれた姿・形）の一。眉間《みけん》に白い毛があり、右旋して常に光を放つ。
○**六種に震動**　世に祥瑞がある時、大地が震動する六種の相。
○**曼陀羅華**《まんだらげ》　仏典に見える聖花で、天上に咲くという想像上の美しい花。また、インド・中国・日本などにある一種の毒草をもいう。日本ではチョウセンアサガオ・ハリナスビ・テンジクナスビなどと名付ける。
○**摩訶曼陀羅華**《まかまんだらげ》　「摩訶《まか》」は「大」の意。
○**栴檀**《せんだん》　ビャクダン（白檀）科の常緑高木。高さ六メートル余。葉は対生し卵形、黄緑色。雌雄異株。花は初め淡黄色、後赤色。材は帯黄白色で香気が強い。皮は香料に供し、材は器具製造用。インドネシアの産で、古くからわが国にも渡来、薫物《たきもの》とし、また彫刻材とした。「栴檀《せんだん》は双葉より芳《かんば》し」の諺がある。
○**沈水**《じんすい》　沈香、沈水香。ジンチョウゲ科の常緑高木。アジアの熱帯地方に産する。高さ約十メートル。花は白色、材は香料として著名。また、これから採取した天然香料の名をもいう。この樹の生木または古木を土中に埋めて腐敗させて製する光沢ある黒色の優良品を伽羅《きやら》という。

その時、三摩耶外道《さんまやげどう》がやって来て、満財《まんざい》に、「お前の家に悪人が来たぞ。お前と家の中の千万人の人間を殺そうとしている。まだわからないのか」という。満財《まんざい》が、「わかりません」と答えると、外道《げどう》は、「大地が震動し、東西南北どこもみなひしめいているし、天からはよからぬ物が降ってきて、さまざまの悪相が現出しているではないか。今までそれがわからぬとは不思議なことよ」という。満財は、「どういう理由があって狗曇沙門《くどんしゃもん》が私を殺さなければならないのか」ときいた。外道《げどう》は「お前の家の嫁はすでに狗曇沙門《くどんしゃもん》の妻になっている。妻を取られて平気でいるものがいったいいるだろうかね」という。「では、どうしたらいいのか」と満財《まんざい》が尋ねる。外道《げどう》は、「さっそくその嫁を追い出してしまえ」といった。

そこで、満財《まんざい》は子に、「お前の妻を追い出せ。命があったら、それよりもっといい妻と結婚させてやるから」という。子は、「子が父母を先立たせることは、すべてこの無常の世にあっては当然のことです。父上・母上はもはや年老いておられます。今年か来年のうちには亡くなられるでしょう。それに、私は妻を片時も見ないではいられないのです。たとえ死ぬことがあっても、妻と二人、互いに手を取り合って死のうと思います。絶対に妻は離婚しません」といって追い出そうとしない。すると外道《げどう》は、「いますぐに軍勢がやって来るぞ。そうなれば、長者のお前は人手にかかるだろう。そうなるのは、ばからしい。自害をせよ」といった。満財《まんざい》は従者に、「わしの部屋に五百の剣《つるぎ》がある。その一番いいものを取って来い」と命じる。即座に持って来た。満財《まんざい》は剣《つるぎ》を手にしたが、「どうにも自害できかねる。鉾《ほこ》が三百本あるが、それを持って来て、この剣《つるぎ》でわしの頭を落とし、その鉾《ほこ》で腹を刺せ」といった。そこで、家にいる従者が多数やって来て、剣《つるぎ》を持って近寄り、まさに殺そうとしたとたん、突然、剣《つるぎ》の先端に蓮花《れんげ》が咲き、鉾《ほこ》のきっ先にも蓮花《れんげ》が咲いた。

その時、仏は王舎城《おうしゃじょう》の耆闍崛山《ぎしゃくつせん》から出ておいでになった。その様子といえばまことに壮厳そのもので、想像も及ばぬほどである。普賢大士《ふげんだいし》は六牙《ろくげ》の白象《びゃくぞう》に乗って仏の左方にお立ちになっている。文殊大士《もんじゅだいし》は威猛獅子王《いみょうししおう》に乗って右方にお立ちになる。無量無数の菩薩《ぼさつ》・声聞《しょうもん》・大衆《だいしゅ》たちは仏の前後をぐるりととり囲んでいる。梵天《ぼんてん》王・帝釈《たいしゃく》・四天王《してんのう》はその左右に列をなして続く。それらの従者の数はどれほどといったらよかろうか。こうして、仏が満財《まんざい》の家にお着きになると、その家の百千万の人々はことごとく仏を見申しあげて歓喜した、とこう語り伝えているということだ。

〈語釈〉

○**三摩耶外道**《さんまやげどう》　外道は仏教以外の教えを奉ずる者。三摩耶は三昧《さんまい》（禅定《ぜんじょう》）に同じ。心を一所に止《とど》めて妄念雑慮《もうねんざつりょ》を離れ寂静《じゃくじょう》の境に入ることであるが、ここでは外道の名か。

○**王舎城**《おうしゃじょう》　中インド摩竭陀《まかだ》国上代の首都で、頻婆娑羅《びんばしゃら》王《おう》・阿闍世《あじゃせ》王の居城。前四八五年、仏滅直後、城外で仏典の第一次結集が行なわれた。近くに霊鷲山《りょうじゅせん》（耆闍崛山《ぎしゃくつせん》）竹林精舎《ちくりんしょうじゃ》がある。今のパトナ市南南東ビハール地方のラジュギールはその遺跡。

○**耆闍崛山**《ぎしゃくつせん》　霊鷲山《りょうじゅせん》に同じ。釈迦説法の地。

○**普賢大士**《ふげんだいし》　普賢《ふげん》菩薩。仏の理・定・行の徳を司り、文殊菩薩とともに釈迦の脇士で、六牙の白象に乗り仏の右脇におる。一切菩薩《ぼさつ》の上首として常に仏の教化・済度を助けるという。

○**文殊大士**《もんじゅだいし》　文殊菩薩《もんじゅぼさつ》。文殊師利《しり》、また妙徳・妙吉祥などという。大乗般若《はんにゃ》の教説と関係深く、一般には普賢《ふげん》とともに釈迦の左に侍して智恵を司る菩薩。獅子《しし》に乗るを常とし、中国の五台山がその浄土として尊信されている。
○**声聞**《しょうもん》　阿羅漢《あらかん》となるを理想とする仏道修行者。○**大衆**《だいしゅ》　衆多の僧。
○**梵天王**《ぼんでんおう》　色界初禅天《しきかいしょぜんてん》の主で帝釈《たいしゃく》とともに仏法守護の神。○**帝釈**《たいしゃく》　忉利天《とうりてん》の喜見城《きけん》の主で仏教守護の神。○**四天王**《してんのう》　持国天《じこく》・増長天《ぞうちょう》・広目天《こうもく》・多聞《たもん》（毘沙門《びしゃもん》）天。

仏、婆羅門《ばらもん》の城《みやこ》に入りて、教化《きょうけ》したまえる語《こと》、第十四

今は昔、婆羅門《ばらもん》の都には仏法がなく、みな外道《げどう》の教えに随《したが》ってその教典を習っていた。仏はその都の人々を教化《きょうけ》するために、都にお入りになろうとした。ところが、その都には三摩耶外道《さんまやげどう》がいて、都の人に対し、「お前たちの都に狗曇沙門《くどんしゃもん》という僧がやって来るだろう。その僧はたいそうな悪人だ。金持ちには『この世のことは無意味だ。功徳《くどく》を作れよ』と教えて財産を失わせ貧乏にしてしまう。相思相愛の夫婦には『この世は無常なものであるぞ。それゆえ、仏道修行をせよ』と教えて離婚をさせる。女盛りで美しい女を見ては、『この世はつまらぬものだ。尼になりなさい』とだまして髪を剃《そ》らせる。このようなことばかり教えて、人をうまくだまし、損を与え、いろいろ言っては人の仲をさき、人の容姿を衰えさせる。このようなことをする悪人だ」といった。

都の人は、「では、その僧が来たらどうすればいいですか」ときく。外道は、「狗曇沙門《くどんしゃもん》はただ清い川の流れや澄んだ池のほとり、または良い木の陰などを居場所にしている。だか

ら、池や川には尿《によう》や糞《くそ》などの汚物を入れ、木はみな伐り払って、人々は各自家の戸を閉じておけ。それでもなお入って来たら、弓矢を用意して射殺してしまえ」と教えた。

そこで、都の人は外道《げどう》の教えのままに、川を汚し木を伐り、弓矢や刀杖《とうじよう》の用意をして待っていると、仏が多くの御弟子《でし》を率《ひき》いてその都にお着きになり、人々に、「そなたたちは私の教えを信じなければ、ついには三悪道《さんあくどう》に堕《お》ちて、無量劫《むりようこう》の間《あいだ》絶えまなく苦しい目をみて、そこから遁《のが》れる時はないだろう。なんとも悲しいことだ」とおっしゃった。と同時に、池や川は清浄になって一面に蓮花《れんげ》が咲き、地上の樹木には花が咲いて金銀瑠璃《るり》の地となった。また人々が持っている弓矢・刀杖《とうじよう》はことごとく蓮花《れんげ》となり、それで仏を供養し奉るということになった。これを見るや都の人は地にひれ伏して、「南無帰命頂礼釈迦牟尼如来《なむきみようちようらいしやかむにによらい》」と唱え、額《ひたい》を地につけてあやまちを懺悔《さんげ》した。その善行により、都の人はみな無生法忍《むしようほうにん》の位を得た、とこう語り伝えているということだ。

〈語釈〉

○**外道**《げどう》　仏教以外の教えを奉ずる者。
○**狗曇沙門**《くどんしやもん》　釈尊《しやくそん》のこと。
○**功徳**《くどく》　よい報いを受けるような善行。
○**三悪道**《さんあくどう》　地獄・餓鬼・畜生の三道。
○**無量劫**《むりようこう》　劫はインドで梵天《ぼんでん》の一日、すなわち人間の四億三千二百万年をいう。また、通常の年月時をもっては数えきれない遠大な時間をいう。これに芥子劫《けしごう》・払石劫《ふつせきごう》の二喩《にゆ》がある。芥子劫は四方四十里の城の中に芥子を満たし、長寿の天人が三年ごとに一粒を取り去り、ついにそれがつきる間を一劫とする。払石劫は磐石劫《ばんじやくごう》ともいい、四方四十里の石を天人が三年に一度払拭《ふつしよく》し、ついにその石の磨滅《まめつ》するまでの間を一劫《こう》とする。またその劫《こう》に、大・中・小の三種がある。

○南無《なむ》 帰命・帰敬・敬礼の意をもつ。衆生が仏に向かって専心に帰依《きえ》敬順する語。南謨《なも》・納莫《のうまく》・曩謨《のうまく》に同じ。

○頂礼《ちようらい》 五体投地《ごたいとうち》の礼。**○釈迦牟尼如来《しやかむににようらい》** 牟尼《むに》は聖者の意。

○懺悔《さんげ》 過去の罪悪を仏または人に告げること。

○無生法忍《むしようほうにん》 無生忍。不生不滅《ふしようふめつ》の真理を覚知し、それに安住して動かぬことをいう。菩薩《ぼさつ》の初地《しよじ》あるいは七・八・九地の位において得る悟り。

提何長者《だいかちようじや》の子自然《じねん》太子の語《こと》、第十五

今は昔、天竺《てんじく》に提何長者《だいかちようじや》という人がいた。夫婦ともに年老いているが、子供が一人もいない。そこで妻に向かい、「天上界・人間界にあっては、子供がいる人を富裕者《ふゆうしや》とし、子供のない人はいたましいことだとしている。わしは老齢を迎えたが子供がいない。それゆえ樹神《じゆじん》に祈らねばなるまい」といって祈請したところ、妻が懐妊《かいにん》した。長者はこのうえなく喜んだ。

その時、舎利弗《しやりほつ》が長者の家においでになった。長者は舎利弗《しやりほつ》に、「妻の腹にいる子は男か女か、どちらでしょう」ときいた。舎利弗《しゃりほつ》は、「男です」と答えた。これを聞いて長者はいっそう喜び、にわかに歌を歌い出し、音楽を奏したり舞ったりして心ゆくばかり遊び楽しんだ。そうしている所に、六師外道《ろくしげどう》という者がやってきた。長者を見て、「どういうわけでいつもと違って歌ったり舞ったりしておいでなのですか」という。長者は、「舎利弗《しゃりほつ》が来て、私の妻が懐妊した子を男だと予見して帰られた。これを聞いてからうれしくてたまらず、舞い歌っているのです」と答えた。すると、外道《げどう》は舎利弗《しゃりほつ》の予言に敵意をもって、「いや、あなたの子は女ですよ」といって帰っていった。そのあとで舎利弗《しゃりほつ》がおいでになる。長者は外道《げどう》が「女だ」といったことを舎利弗に話した。舎利弗はそれでもなお、「男だ」とおっしゃる。外道はやはり「女だ」といって、双方互いにゆずらない。

〈語釈〉
○**樹神《じゅじん》**　樹木の精霊。
○**舎利弗《しゃりほつ》**　仏十大弟子《でし》の一。智恵第一の人。
○**六師外道《ろくしげどう》**　外道は仏教以外の教えを奉ずる者で、釈尊《しゃくそん》の当時、中インドでもっとも勢力のあった六人の哲学者・宗教家の教派。富蘭那迦葉《ふらんなかしょう》（善悪行為およびその応報を否定する説）・末迦黎拘賒黎子《まかりくしゃりし》（運命論で、仏教ではこれを邪命外道という）・刪闍耶毗羅胝子《さつじゃやびらていし》（詭弁論《きべん》・懐疑説）・阿耆多翅舎欽婆羅《あぎたしゃきんばら》（唯物論・快楽説）・迦羅鳩駄迦旃延《からくだかせんねん》（唯物論的な説）・尼犍陀若提子《にけんだにゃていし》（耆那教《ぎな》）の六つ。

そこで長者《ちょうじゃ》は仏の御許《みもと》に参り、どちらが正しいかお尋ねした。仏は、「男の子である。この子はかならず親を教化《きょうけ》して仏道に入れるであろう」とおっしゃった。これを聞いて、外道《げどう》はますます嫉妬《しっと》心を燃やし、長者にいった、「こうなったら、走る馬にさらに鞭《むち》打つようなもので、私も負けてはいられぬ。私はあなたと長年にわたる師僧《しそう》と檀家《だんか》との間柄だ。女であっても、私の秘術によって、男に変えてやる」。長者はこれを聞いてこのうえなく喜んだ。女であっても、外道《げどう》は家に帰ってみなと相談し、「本当は腹の子は男なのだが、仏が勝つのがじつに癪《しゃく》だ。かまうことはない。すぐにその子を殺して、子を生ませないようにしよう」と話を決め、飲めばかならず死ぬ薬を造って長者の家に送り、「この薬を一日一丸《がん》服用させなさい。これはかならず女を男に変える薬です」といって、大きさは柚《ゆず》くらいで赤い色をしたものを三粒《つぶ》届けた。長者の妻はこの薬を飲んで三日目に、ものも言わずに死んだ。長者はいいようもなく嘆き悲しむ。舎利弗《しゃりほつ》は仏の御許《みもと》に参り、このことを申しあげた。すると、仏は長者に、「そなたは母と子とどちらを生かしたいと思うか」とお尋ねになる。「男の子さえ生まれたならば、私は嘆くことはありません」。仏は「そなたの子は死なずに元気でいるよ」とおっしゃった。

さて、妻の葬式の日、外道たちは様子を見にその場所に集った。すると、仏もおいでになった。と見るや、火葬の炎の中に十三歳ほどの童子が現われた。このうえなくうるわしい。その子を毘沙門天《びしゃもんてん》に抱かせて、仏の御膝《ひざ》の上に置いた。仏はこれを自然《じねん》太子と名付けた。母がいないで生まれたゆえの命名である。仏は長者を呼んでこれをお授けになった。外道《げどう》は負けて帰っていった。長者をはじめとして全《すべ》ての人が、仏はいつわりはおっしゃらないのだとますます深く信じ奉った。さて、この子は親を教化《きようけ》し、ついに仏道に入れた、とこう語り伝えているということだ。

〈語釈〉
○**走る馬にさらに鞭《むち》打つ**　絶対に負けられないということの譬喩《ひゆ》。
○**毘沙門天《びしやもんてん》**　多聞天《たもんてん》。仏法守護の神。

鴦堀魔羅《おうくつまら》、仏《ほとけ》の指を切れる語《こと》、第十六

今は昔、天竺《てんじく》に鴦堀魔羅《おうくつまら》という人がいた。この人は指鬘比丘《しまんびく》という人の弟子《でし》である。師から受けた外道《げどう》の法を信じてそれを学んだ。ある時、指鬘比丘《しまんびく》が鴦堀魔羅《おうくつまら》に対して、「お前は今日これから出ていって千人の人の指を切り、それを天神に供え祭って、ただちに王位につき、天下を治め富貴になれ」と責めるように命じた。鴦堀魔羅《おうくつまら》はこれを聞き、竜が水を得たように奮《ふる》い立った。そこで、右手に剣《つるぎ》を握り、左手に綱《つな》を持って戸外に走り出た。

だが、かわいそうなことに、この悪人の行く道の最初に、まず釈迦如来《しやかにょらい》に出会ってしまった。それは釈迦如来《しやかにょらい》が太子の時で、はじめて仏道を求めるために父王の宮殿をひそかに出て行かれる途中であった。太子は鴦堀魔羅《おうくつまら》を見てあともどりなさった。鴦堀魔羅《おうくつまら》は大声をあげて追いかけたが、太子の逃げ足は早く、追う方は遅いので、太子は前の方に行ってしまわれ、鴦堀魔羅《おうくつまら》はくたくたに疲れて、どうしても追いつかない。どうしても追いつきようがな

いので、鴦堀魔羅《おうくつまら》は大声で、「私があなたの本願《ほんがん》を聞けば、あなたは一切衆生《いっさいしゅじょう》の願いを叶《かな》えようとの誓いを立て、王宮を出て衆生利益《しゅじょうりやく》の道に入ったということだ。私は、今日、千人の人の指を切り、天神に供え祭って王位につこうという願いを持っている。それなのに、どうしてあなたは私の願いを斥《しりぞ》け、一本の指を惜しむのか」と叫んだ。太子はこの言葉を聞いたとたん、立ち止まって指をお与えになった。鴦堀魔羅《おうくつまら》はたちまち慈悲心を生じ、以前の心を悔いて、外道《げどう》を捨て仏道を修めるようになった、とこう語り伝えているということだ。

〈語釈〉

○**鴦堀魔羅**《おうくつまら》　仏弟子《ぶつでし》。鴦仇魔羅《おうくまら》・鴦窶利摩羅《おうるりまら》とも書き、訳して指鬘《しまん》または一切世間現ともいう。十二歳の時、摩尼跋陀婆羅門《まにばだばらもん》に師事したが、あるとき師の不在中、師の夫人の誘惑にあった。師はただちに彼に対し、諸国を遍歴修行し、千人を殺し千指を鬘《かずら》に作り帰還したら授法してやると約して門を去らせた。彼は遍歴してのち満願の千人目に母を殺そうとした時、釈尊に会い、邪法を捨てて正法《しょうぼう》を聞くに至ったという。本話では鴦堀魔羅《おうくつまら》は指鬘比丘《しまんびく》と別人で、指鬘比丘《しまんびく》の弟子《でし》としている。

○**指鬘比丘**《しまんびく》　前項によれば指鬘《しまん》は鴦堀魔羅《おうくつまら》の異称であるが、本話では師弟関係となっている。誤解に基づくものか。

○**外道**《げどう》　仏教以外の教えを奉ずる者。

○**竜が水を得たように**　竜は水を得て昇天することから、大いに力を得たうれしい気持の例えにいう。

○**本願**《ほんがん》　弘誓《ぐぜい》・本誓《ほんぜい》などともいう。諸仏が過去世において仏になろうとして立てた種々の誓願（願望を達成しようとの誓い）を言う。これに総願（諸仏共通の誓願＝四弘誓願《ぐぜい》）と別願（仏により誓願を異にするもの）とがある。総願（四弘誓願）は、
1．衆生無辺誓願度《しゅじょうむへんせいがんど》（苦界の衆生はたとい無量無辺であっても誓ってこれを済度《さいど》し尽くそう）。
2．煩悩無辺誓願断《ぼんのうむへんせいがんだん》（煩悩は数限りなくとも誓ってこれを断じ尽くそう）。
3．法門無尽誓願知《ほうもんむじんせいがんち》（法門は無尽であっても誓ってこれを学知しよう）。
4．仏道無上誓願証《ぶつどうむじょうせいがんしょう》（無上菩提誓願証とも。誓って仏果を完成しよう）。
ここではその1が当たる。
○**一切衆生**《いっさいしゅじょう》　すべての生物。

仏、羅睺羅《らごら》を迎えて出家せしめたまえる語《こと》、第十七

今は昔、仏が羅睺羅《らごら》を呼び迎えて出家させようとお考えになり、目連《もくれん》を使いに出そうとしている時、このことを聞いた羅睺羅《らごら》の母耶輸陀羅《やしゅだら》は高楼に登り門を閉《と》じ、門番に、「けっして門を開いてはならぬ」と命じた。仏は目連を羅睺羅《らごら》の迎えにやるにあたって、「女というものは愚かな心のゆえに子を愛するが、それとてほんのわずかの間に過ぎぬ。死んで地獄に堕《お》ちてしまえば、母と子は互いにどうなったかもわからず、永久に別れ別れになって、絶え間《ま》なく苦を受けることになるのだ。後悔してもどうにもならない。だが、羅睺羅《らごら》が悟りを得たならば、かえって母を救い、永久に生老《しょうろう》病死の苦の根本を断ち、羅漢《らかん》になることができ

て、この私のようになろう。羅睺羅《らごら》はもう九歳に成っている。だから、いまは出家させて聖《ひじり》の道《どう》を習わせようと思っているのだ」とおっしゃった。

目連《もくれん》はこのお言葉を承り、耶輸陀羅《やしゅだら》の所にやって来た。耶輸陀羅《やしゅだら》は高楼に登り門を閉じて、すっかり気を許していると、目連は空から飛んで来て、仏の仰せを要領よく伝えた。耶《や》輸陀羅《しゅだら》はそれに対し、「仏がまだ太子でいらっしゃった時、私をめとり、私は妻になりました。私は天神に仕えるように太子にお仕えしました。そしてまだ三年もたたぬうちに、太子は私を捨てて宮殿を出て行かれました。その後は国にお帰りになることなく、私にお会いにもなりませんでした。私が寡婦《やもめ》になった今になって、わが子を取りあげてしまわれていいものでしょうか。太子が仏になられるのは、慈悲の心で衆生を安楽にさせようがためです。それなのに、いま母と子を別れさせようとなさるのは慈悲の心がないというものではありませんか」といってさめざめと泣いた。

〈語釈〉

○**羅睺羅《らごら》**　訳して覆障という。釈尊《しゃくそん》の子。母は耶輸陀羅《やしゅだら》。釈尊が悉達《しつだ》太子の時、出家学道に志を立てたが、一子の誕生によりさらに身に覆障ができたのを嘆き羅睺羅《らごら》と名づけたという。釈尊成道《じょうどう》の後出家して仏弟子となり、密行第一と称せられた。

○**目連《もくれん》**　目犍連《もくけんれん》。仏十大弟子の一。神通《じんずう》第一の人。

○**耶輸陀羅《やしゅだら》**　釈尊《しゃくそん》出家以前の妃。羅睺羅《らごら》の生母。

○**生老病死《しょうろうびょうし》**　四苦。衆生の流転《るてん》・輪廻《りんね》の苦。

○羅漢《らかん》　阿羅漢果《あらかんか》（声聞四果《しょうもんしか》の最上位）を得た聖者。○聖《ひじり》の道《どう》　聖者の道すなわち仏道。

それを聞いて目連《もくれん》は返す言葉もなく、浄飯王《じょうぼん》の御許《みもと》に行ってこのことを詳《くわ》しく申しあげた。それを聞いた大王は夫人《ぶにん》の波闍波提《はじやはだい》を呼び、「わが子、仏が目連《もくれん》を使いとして羅睺羅《らごら》を呼び迎えて仏道に入れようとなさっているが、その母が愚かなため、子を愛する心に迷って手放そうとしない。そなたは彼女の所に行き、よく言いきかせて納得《なっとく》させなさい」とおっしゃる。夫人《ぶにん》は王の仰せを承って耶輸陀羅《やしゅだら》の所に行き、王のお言葉を伝えた。すると耶輸陀羅《やしゅだら》は、「私がまだ家にいるころ、八国の諸王が争って来ては父母に私を貰いたいと言いました。だが、父母は承知せず、太子を聟《むこ》にして結婚させてしまいました。太子は才芸が人に勝れておいでだからです。ところが、太子はこの世を厭《いと》い出家してしまわれました。それゆえ、この羅睺羅《らごら》をもって国王の位を継がせなければなりません。これを出家させてはいったいどうなることでしょう」といって、あとは言葉もなくひたすら泣き崩れるばかりであった。夫人《ぶにん》はこれを聞いて返す言葉もなかった。

その時、仏はおのずから耶輸陀羅《やしゅだら》の子を惜しむ心を察知なさって、重ねて目連《もくれん》を使いに出された。目連《もくれん》は空から飛んで来て、耶輸陀羅《やしゅだら》に仏の仰せごとを伝えた。耶輸陀羅《やしゅだら》は、「羅睺《らご》羅《ら》を出家させれば、国王の位を継ぐことは永久に絶えてしまうでしょう」という。目連《もくれん》は、「仏はこうおっしゃいました。『むかし燃燈仏《ねんとうぶつ》がこの世におられた時、私は菩薩《ぼさつ》の道を修行していたが、その折、五百の金の銭をもって五百の蓮花《れんげ》を買い、仏に奉った。そなたもまた二本の花をそれに添えて奉った。その時互いに、「未来永劫《えいごう》あなたと私は夫婦となり、あなたの心に背くことはするまい」と誓い合った。その誓いにより二人は深く結ばれて、今日《こんにち》夫婦となった。ところが、そなたはいま愚かな心のゆえに羅睺羅《らごら》を惜しんでいるが、それはやめなさい。彼を出家させて聖《ひじり》の道を学ばせよう』。こういうおことばでした」といった。耶輸《やしゅ》陀羅《だら》はこれを聞いて、昔のことがいま目の前に見えるように思われ、何も言わずに羅睺羅《らごら》を目連《もくれん》に渡した。目連《もくれん》が羅睺羅《らごら》を連れ去る時、耶輸陀羅《やしゅだら》は羅睺羅《らごら》の手をとって雨のように涙を流す。羅睺羅《らごら》は母に、「私は朝な夕な仏のお顔を見るのですから、お嘆きなさいますな。すぐに王宮に帰って来てお目にかかります」といった。

〈語釈〉
○**浄飯王**《じょうぼんおう》　釈尊《しゃくそん》の父。迦毗羅衛《かびらえ》城主。
○**波闍波提**《はじゃはだい》　摩訶波闍波提《まかはじゃはだい》。摩耶夫人《まやぶにん》（釈尊《しゃくそん》の母）の妹で、摩耶《まや》の死後浄飯王《じょうぼん》の妃となり、釈尊を養育した。
○**愛する心**　特定の者に対する愛情は執着・迷妄・愚痴である。
○**太子**　悉達《しった》太子（釈尊《しゃくそん》の幼名）。
○**惜しむ心**　「愛する心」に同じ。○**燃燈仏**《ねんとうぶつ》　過去仏で、過去久遠《くおん》の昔に世に出て、菩薩《ぼさつ》であった釈《しゃ》迦《か》に、未来には必ず成仏《じょうぶつ》するとの予言（記別）を授けた仏。錠光仏。

その時、浄飯《じょうぼん》王は耶輸陀羅《やしゅだら》の嘆きをとどめようとして、国じゅうの豪族を集め、「わしの孫、羅睺羅《らごら》がいま仏の御許《みもと》に行き、出家して聖の道につこうとしている」とお告げになり、各町々から一人ずつ子供を出させ、わが孫である羅睺羅《らごら》のお供にしてみな出家させなさった。仏は阿難《あなん》をやって、羅睺羅《らごら》など五十人の子供の頭を剃《そ》った。舎利弗《しゃりほつ》は和上《わじょう》の役、目連《もくれん》は教授の役として各自に戒《かい》を授けた。そののち、仏はこの五十人の沙弥《しゃみ》のために旃陀羅《せんだら》の前世の罪報をお説きになった。沙弥《しゃみ》たちはこれを聞いて大いに嘆き、仏に向かって、「和上舎利《わじょうしゃり》弗《ほつ》は大智と福徳がおありゆえ、国じゅうの者の供養をお受けになるのに最も適しています。だが、私たちは愚かで福徳もありません。いたずらに人から飲食を受けては来世にいまお話しの旃陀羅《せんだら》のような苦を受けることになりましょう。ですから、私たちは沙弥《しゃみ》となったことを心配しているのです。仏よ、どうかお哀れみくださって、私たちが仏道を捨てて家に帰る罪をおゆるしください」とお願いした。

　仏はこれをお聞きになり、沙弥たちに例話を引いてお聞かせになる、「例えば、二人の人が急に食物を得たとする。二人ともいやになるほど食べ過ぎた。二人のうちの一人は知恵があるので、食べ過ぎたと知って医者の所に行き、薬を飲んで食べた物を消化させ、体内の苦しみをなくして命を全《まっと》うさせる。もう一人は愚かで、食べ過ぎたということがわからないので、薬を飲まず、生き物を殺して鬼神に供えものをし、命を助かろうとする。すると腹の中にたまった食べ物が風《ふう》となり、心臓が痛み、ついには死んで地獄に堕《お》ちてしまう。いまお前たちが罪を恐れて家に帰ろうとするのは、この愚かな人のようなものだ。お前たちは前世の善因があったのでわしと会えたのだ。かの、医者の所に行き苦しみをなくして死なずにすんだ人のようなものである」。こうおっしゃったのを聞いて、羅睺羅《らごら》は悩みが消え理非が明らかになった、とこう語り伝えているということだ。

〈語釈〉

○**阿難**《あなん》　阿難陀《あなんだ》。仏十大弟子の一。多聞《たもん》第一の人。

○**舎利弗**《しゃりほつ》　仏十大弟子の一。智恵第一の人。

○**和上**《わじょう》　和尚。阿闍梨《あじゃり》（教授）とともに授戒師であるものの称。のちには高徳の僧をいい、さらに近時は住職以上のものをいう。○**教授**　教授阿闍梨《あじゃり》・教授師ともいう。受戒者を引導《いんどう》して授戒の壇上における諸種の作法規式を教授する人。

○**沙弥**《しゃみ》　七衆（比丘《びく》・比丘尼《びくに》・沙弥《しゃみ》・沙弥尼《しゃみに》・式叉摩那《しきしゃまな》・優婆塞《うばそく》・優婆夷《うばい》）の一。出家して十戒を保つ年少の男子。二十歳以上になり、具足戒を受けて比丘《びく》となる。

○**旃陀羅**《せんだら》　インドの種姓の名で、四姓の下に位する最下級の賤民。賤業を営む種族。男を旃陀羅《せんだら》、女を旃陀利《せんだり》という。

○**罪報**　罪業の報い。

○**大智と福徳**　智恵資糧と福徳資糧。合わせて二種資糧という。前者は智恵を研いて仏果《ぶつか》を得る資糧とするもの、後者は布施《ふせ》等の善行を徹底的に行なって仏果を得る資糧とすること。

○**風**《ふう》　風刀苦《ふうとうく》を味わうこと。

仏、難陀《なんだ》を教化《きょうけ》して出家せしめたまえる語《こと》、第十八

今は昔、仏の御弟に難陀《なんだ》という人がいた。はじめ俗人でいる時、五天竺《ごてんじく》じゅうでこのうえなく容姿の勝《すぐ》れた美しい女を妻に持ち、それに深く愛着して仏法を信じようとせず、仏の叱責《しっせき》にも耳を貸そうとしなかった。

そのころ、仏は尼拘類園《にくるいおん》においでになったが、難陀《なんだ》を教化《きょうけ》しようと、阿難《あなん》とともに難陀《なんだ》の家に出かけられた。難陀《なんだ》は高い楼の上から遥《はる》か遠く見ていると、仏が鉢を持って托鉢しておられた。これを見るや、難陀《なんだ》は高楼《こうろう》から急いで下りて仏の御許《みもと》に行き、「あなたは転輪聖王《てんりんじょうおう》家の御出身でおいでです。どうして恥も外聞《がいぶん》もなく、鉢を持って托鉢《たくはつ》などなさるのですか」といって、自ら鉢を取って家の中に入り、おいしい飲食を盛って仏の御許《みもと》に行ったが、仏はその鉢をお受け取りにならずに尼拘類園《にくるいおん》にお帰りになろうとして、難陀《なんだ》に、「そなたがもし出家したなら、その鉢を受けよう」とおっしゃった。難陀《なんだ》はこれを聞き、仏のお言葉に随《したが》って鉢を奉ろうとした。その時、妻が出て来て、「あなた、さっさとお帰りなさい」という。難陀《なんだ》は出家を決心したので、仏の御許《みもと》に行き鉢を奉って、「どうかこれをお受けください」というと、仏は難陀《なんだ》に、「そなたはとうとうここにやって来た。さあ、頭を剃《そ》り僧衣《そうい》を着なさい。二度と帰ろうなど思ってはならぬ」とおっしゃって、神通力《じんずうりき》により難陀《なんだ》をせめふせ、阿難《あなん》に命じて出家させてしまった。そこで難陀《なんだ》は静かな室に座していると、仏はしだいに正

しい道に教え導いていかれたので、難陀《なんだ》は心から喜んだ。

〈語釈〉

○**難陀《なんだ》**　仏弟子《ぶつでし》。摩耶《まや》（釈尊《しやくそん》の生母）の妹で摩耶死後浄飯王《じようぼん》の妃となった摩訶波闍波提《まかはじやはだい》を母とし、釈尊《しやくそん》の異母弟に当たる。牧牛難陀《なんだ》と区別するため、孫陀羅難陀《そんだらなんだ》ともいう。これはもと孫陀利という美女を妻としていたからである。

○**五天竺《ごてんじく》**　天竺を東・西・南・北・中の五つに分けたものの総称。天竺全体。

○**尼拘類園《にくるいおん》**　尼拘律園ともかく。尼拘類は樹の名で、高堅樹《こうけんじゆ》ともいう。

○**阿難《あなん》**　阿難陀《あなんだ》。仏十大弟子の一。多聞《たもん》第一の人。

○**転輪聖王《てんりんじようおう》**　転輪王。古代インドにおいて、世界を支配する理想的帝王。

だが、難陀《なんだ》はそれでもまだ妻の所に行きたい思いがあり、仏がよそに行っておられる間に、そこに行こうとしたが、出ていこうとすると戸がひとりでにさっと閉じた。と同時に別の戸が開いた。そこで、その開いた戸から出ようとすると、その戸は閉じて別の戸が開く。このようにして、どうしても出られないでいるうち、仏が帰って来られたので、出て行くことができなくなった。「もう一度仏が外出なされればいい、そうすればその間に妻の所へ行こう」と思っていると、仏は外出されようとして、難陀《なんだ》に箒《ほうき》をお与えになり、「ここを掃《は》いておきなさい」といいつけて出て行かれた。急いで掃き終わろうと思い、どんどん掃いていたが、思いがけず風が吹いてきて塵《ちり》を吹き返し、まだ掃き終えぬうちに仏が帰って来られた。

その後、また仏が外出された時、難陀《なんだ》は僧房に出ていって、「この隙《すき》に妻の所に行こう。仏はきっともとの道から帰って来られるにちがいない。おれはほかの道から行こう」と考えて出て行くと、仏はおのずからその心を察知し、難陀《なんだ》が行く道から帰って来られた。難陀ははるか遠く仏がやって来られるのを見て、そこにあった大きな木の陰に隠れた。すると、樹《じゅ》神《じん》があっという間に木を空高く引き上げてしまった。そこで、難陀《なんだ》の姿はまる見えになった。仏は難陀《なんだ》をご覧になり、寺に連れ帰りなさった。このようにして、どうしても妻の所へ行くことができない。

仏は難陀《なんだ》に、「そなた、仏道を学べよ。来世を考えないのは実に愚かなことなのだ。ひとつそなたを天上界に連れていって見せてやろう」とおっしゃって、忉利天《とうりてん》に連れて昇られた。諸天《しょてん》の宮殿をいくつも見せなさったが、そこではもろもろの天子が天女とともに心ゆくまで遊び楽しんでいる。ある宮殿の中を見ると、数えられないほどの多くの宝の飾りものがある。だが、そこに五百人の天女はいるが、天子がいない。難陀《なんだ》はこれを見て、仏に、「この宮殿にはどうして天女ばかりいて天子はいないのですか」とお尋ねした。すると仏が天女にこのことをおききになる。天女は、「閻浮提《えんぶだい》に仏の弟難陀《なんだ》という人がいます。近ごろ出家しました。その功徳《くどく》により、命を終えてこの天の宮殿に生まれるでしょう。その人をもって天子とすることになっていますから、ここには天子がいないのです」とお答えした。

難陀《なんだ》はこれを聞いて、「それは自分のことだ」と思った。仏は難陀に向かい、「そなたの妻の美しさとこの天女とではどちらが勝《まさ》るか」とお尋ねになる。難陀《なんだ》は、「私の妻とこの天女とを競べて見ますと、妻はまるで猿《さる》を見るようなものです。ですから私もまたそれと同じです」と答えた。この天女を見たとたん、難陀《なんだ》はたちまち妻のことを忘れ、固く戒律を守る者となって、ここに生まれようと思う心が生じた。

〈語釈〉
○**樹神**《じゅじん》　樹木の精霊。葉守《はもり》の神。○**忉利天**《とうりてん》　須弥山《しゅみせん》の頂上にある天で、中央に帝釈天《たいしゃくてん》が住む。
○**諸天**《しょてん》　忉利天《とうりてん》の三十三天。
○**もろもろの天子**　忉利天《とうりてん》の三十三天の主たち。
○**閻浮提**《えんぶだい》　人間世界。

次に、仏は難陀《なんだ》を地獄に連れて行こうとされた。その途中、鉄囲山《てっちせん》を越えると、山の向こうに獼猴女《みこうによ》という女たちがいるが、その美しさといったらくらべるものもないほどである。その中に孫陀利《そんだり》という女がいる。難陀《なんだ》がその女を見た。仏が難陀《なんだ》に、「そなたの妻はこの孫《そん》陀利《だり》とくらべてどうだね。この獼猴女《みこうによ》のように美しいかね」とお尋ねになる。難陀《なんだ》が、「妻など、百倍千倍してもとても及びもつきません」というと、仏は、「では、孫陀利《そんだり》を天女とくらべてどう思うかね」とおっしゃる。「これも、百倍千倍したとて及びもつきません」と難陀《なんだ》は答えた。

仏は難陀《なんだ》を連れて地獄に行き着かれ、たくさんの釜《かま》をお見せなさる。釜は熱湯が猛烈に沸《わ》き上がって人を煮ている。これを見た難陀《なんだ》はいいようのない恐怖におののいた。ところが、一つの釜を見ると、湯だけ沸いていて人は煮ていない。難陀はこれを見て、「どうしてこの釜に人が入っていないのか」と獄卒《ごくそつ》にきいた。獄卒は、「人間世界にいる仏の弟の難陀《なんだ》が出家をした功徳により忉利天《とうりてん》に生まれ、その天上界の寿命が尽きた時、ついにこの地獄に堕《お》ちる。そこで、おれはいま釜の火を吹き強めてその難陀《なんだ》を待っているのだ」といった。これを聞いて、難陀は震《ふる》えあがり、仏に向かって、「どうか私をすぐ人間世界に連れ帰ってお守りください」とお願いする。仏は難陀《なんだ》に、「そなたは戒律を守り、天上界に生まれるべき善業を行うがよい」とおっしゃったが、難陀《なんだ》は、「私はもはや天上界に生まれようとは思いません。この地獄に落とすことだけはどうぞお許しください」といった。そこで仏は難陀《なんだ》とともに人間世界にお帰りになり、難陀《なんだ》のために七日の間法を説いてきかせ、阿羅漢果《あらかんか》を得させなさった、とこう語り伝えているということだ。

〈語釈〉

○**鉄囲山**《てっちせん》　九山（須弥《しゅみ》・持双《じそう》・持軸《じじく》・檐木《えんぼく》・善見・馬耳・象鼻・地辺・鉄囲）の一。須弥山《しゅみせん》（世界の中心にそびえ立つ高山）を中心とする四洲の外海を囲む山。または、九山の外囲をめぐる山。すべて鉄から成り、広・高ともに三百十二由旬《ゆじゅん》という。

○**獼猴女**《みこうにょ》　女の集団の固有名詞として使われている。

○**孫陀利**《そんだり》　難陀《なんだ》の妻の名をこういうがここでは獼猴女《みこうにょ》の一人の名としている。

○**獄卒**《ごくそつ》　地獄で亡者を呵責するという鬼。

○**阿羅漢果**《あらかんか》　声聞四果《しょうもんしか》の最上位。

仏の夷母《いも》憍曇弥《きょうどんみ》、出家したまえる語《こと》、第十九

今は昔、憍曇弥《きょうどんみ》という人は釈迦仏《しゃかぶつ》の叔母で、摩耶夫人《まやぶにん》の妹に当たる。仏が迦維羅衛国《かいらえこく》におられたとき、憍曇弥《きょうどんみ》は仏に向かって、「私は、女人でも専心に修行をはげめば沙門《しゃもん》の四果《しか》を得ると聞いております。そこで私は仏法を学び戒律を受けてぜひとも出家しようと思っております」といったが、仏は、「あなたはけっして出家を願ってはなりません」とおっしゃる。憍曇弥《きょうどんみ》は繰り返し三度もお願いしたが、仏はどうしてもお許しにならない。憍曇弥《きょうどんみ》は嘆き悲しんで立ち去った。

その後、また仏が迦維羅衛国《かいらえこく》においでになったとき、憍曇弥は前のように出家したいと申し出たが、仏はまたお許しにならなかった。仏は諸比丘《びく》とともにこの国に三ヵ月おいでになったが、いよいよ国を出て行かれようとするとき、憍曇弥《きょうどんみ》は多くの老女たちとともに、なおも出家をお願いしようと仏を追って行くと、仏はにわかにおとどまりになった。憍曇弥《きょうどんみ》は前のように出家したいと申しあげたが、仏はやはりお許しにならないので、憍曇弥《きょうどんみ》は門の外に出ていってそこにすわり、垢《あか》によごれた着物を着たまま憔悴《しょうすい》しきった顔つきをしてさめざめと泣く。阿難《あなん》がこの様子を見て、「あなたはどうしてそのように泣くのですか」ときく。憍《きょう》曇弥《どんみ》は、「私は女であるため出家ができず、嘆き悲しんでいるのです」と答えた。すると阿《あ》難《なん》は、「しばらくお待ちください。私が仏に申してみます」といって中に入った。

そして仏に、「私は仏にお仕えしてお聞きするところでは、女も専心に修行をすれば沙門《しゃもん》の四果《しか》を得るであろうということでした。いま憍曇弥《きょうどんみ》はまごころこめて出家を求め、仏法と戒律を受けようと思っています。仏よ、どうぞそれをお許しください」と申しあげた。だが仏は、「そのことを願ってはならぬ。女はわが仏法においては沙門《しゃもん》と成りえないであろう。そのわけは、女が出家して清浄に戒律を修行したなら、仏法を長く世にとどめさせることはできないであろう。そのわけをいえば、人の家で多く男子を生んだならばそれを家の繁栄とする。その男子に仏法を修行させ、この世に仏法を長く維持《いじ》させなければならない。ところが、女に出家を許したなら、女が男子を生むことが絶えてしまうので、出家を許さないのだ」とおっしゃった。

すると阿難《あなん》はまた、「憍曇弥《きょうどんみ》は非常に善の心があります。それに、仏がお生まれになったとき、まず最初に抱き取ってお育てし、ここまでご成人おさせ申した方です」と申しあげた。仏は、「憍曇弥《きょうどんみ》はまことに善の心が深い。そして私には恩がある。だが、私が仏となった今は、彼女の方で私の恩がある。彼女はひとえに私の徳によって三宝《さんぼう》に帰依《きえ》し四諦《したい》を信じ五戒《ごかい》を保つようになったのだ。もしも女が沙門《しゃもん》となろうと思えば八敬法《はちきょうほう》を学び修行すべきである。たとえていえば、洪水《こうずい》を防ぐためには堤を強固に築いて、水を一滴も漏らさせぬようなものだ。もし仏法と戒律の生活に入ろうと思うなら、よくよく専心の修行にはげまねばならぬ」と仰せられた。

阿難《あなん》ははっきりと仏の言葉を受け取り、仏を礼拝して門の外に出てきて、これを憍曇弥《きょうどんみ》に伝え、「もう嘆き悲しむことはありません。仏はあなたの出家をお許しになりましょう」といった。憍曇弥《きょうどんみ》はこれを聞いて非常に喜び、即座に出家し、戒《かい》を受けて比丘尼《びくに》となり、仏法と戒律を学び羅漢果《らかんか》を得た。

女が出家することはこれを最初とする。憍曇弥《きょうどんみ》は別名大愛道ともいい、また波闍波提《はじゃはだい》ともいっている、とこう語り伝えているということだ。

〈語釈〉

○**夷母**《いも》（表題中）　姨母。母の姉妹。おば。

○**憍曇弥**《きょうどんみ》　喬答弥・瞿曇弥ともかく。インド四姓中の刹帝利種族（王族）の一姓である喬曇摩《きょうどんま》（瞿《く》曇《どん》）の女性名詞で、釈迦種族中の一般女子に通ずる名。ここでは釈尊《しゃくそん》の姨母《おば》に当たり、義母でもある摩訶波闍波提《まかはじゃはだい》をいう。

○**摩耶夫人**《まやぶにん》　釈尊《しゃくそん》の生母。浄飯王妃。

○**迦維羅衛国**《かいらえこく》　迦毗羅衛国《かびらえこく》。

○**沙門**《しゃもん》　僧侶。出家。

○**四果**《しか》　声聞四果《しょうもんしか》（須陀洹《しゅだおん》・斯陀含《しだごん》・阿那含《あなごん》・阿羅漢《あらかん》）。

○**比丘**《びく》　僧。出家得度して具足戒を受けた成年男子。

○**阿難**《あなん》　仏十大弟子の一。多聞《たもん》第一の人。

○**三宝**《さんぼう》　仏・法・僧の三つの宝。

○**四諦**《したい》　苦《く》・集《じゅう》・滅《めつ》・道《どう》の四つの真理（諦《たい》）で仏教の綱格を示すもの。

○**五戒**《ごかい》　出家・在家《ざいけ》を問わず仏教徒すべての守るべき五つの戒。不殺生・不偸盗《ちゅうとう》・不邪淫・不妄語・不飲酒の戒。

○**八敬法**《はちきょうほう》　八敬戒・八尊師法・八不可越法・八不可過法ともいう。比丘尼《びくに》の守るべき八条の戒法。

1、百歳の比丘尼であっても、新受戒の比丘《びく》を見ればまさに起《た》って迎え礼拝し、浄座を与敷し、請うて座せしめねばならぬ。

2、比丘尼《びくに》は比丘《びく》を罵謗《ばぼう》してはならぬ。

3、比丘尼《びくに》は比丘《びく》の罪を挙げ、過失を説くことはできない。

4、式叉摩那《しきしゃまな》（学法女）はすでに戒（六法）を学んだなら、まさに衆僧に従って大戒をうけることを求めねばならぬ。

5、比丘尼は僧残罪を犯した時は、まさに半月の中に二部（比丘・比丘尼）の僧中において懺悔《さんげ》すべきである。

6、比丘尼は半月ごとに僧中において教授の人を求めねばならぬ。

7、比丘のない所で夏安居《げあんご》してはならぬ。

8、夏が終わったなら、僧中に詣《もう》でて懺悔する人を求むべきである。

○**比丘尼**《びくに》　尼僧。出家受戒した女。

○**波闍波提**《はじゃはだい》　摩訶波闍波提《まかはじゃはだい》。

〔仏、耶輸多羅《やしゅだら》をして出家せしめたまえる語《こと》、第二十〕（欠話）

阿那律《あなりつ》・跋提《ばだい》、出家せる語《こと》、第廿一

今は昔、釈迦仏《しゃかぶつ》の父、浄飯王《じょうぼん》の弟に斛飯王《こくぼんおう》という人がいた。その子に兄弟が二人いて、兄を摩訶男《まかなん》といい、弟を阿那律《あなりつ》といった。その母は阿那律《あなりつ》をかわいがって、しばらくもひざ元から離そうとしない。三時殿《さんじでん》を造って阿那律《あなりつ》に与え、美しい侍女《じじょ》たちと昼夜を問わず遊び楽しませた。ある時、兄の摩訶男《まかなん》が弟の阿那律《あなりつ》に向かい、「あれこれ釈迦《しゃか》一族の多くの者が出家している。だが、わが一家には出家した者が一人もなく、家の仕事のみにかかずらわっている。ひとつお前が出家してみよ。もしお前が出家しないのなら、お前は家の仕事をやれ、おれが出家しよう」といった。阿那律《あなりつ》は、「自分が朝夕家の仕事をやるとなればめんどうなことが多い。むしろ出家して仏道を学ぶに越したことはない」と思い、母の所に行き、「出家しようと思います」といっていとまごいをしたが、母はどうしても許そうとしない。三度このようにいっていとまを乞うたが、母は阿那律《あなりつ》への愛のための悲しみで、許そうとせず、さまざまの手だてを用いて出家をやめさせようとした。

ところで、その斛飯王《こくぼん》の弟の甘露飯王《かんろぼん》という人の子にも兄弟が二人いた。兄を婆婆《ばば》といい、弟を跋提《ばだい》といった。その母もまた弟の跋提《ばだい》を愛して出家を許さない。阿那律《あなりつ》の母は、「私はお前の出家を許さないが、しかし、もしも跋提《ばだい》が出家したなら、お前の出家を許してやろう」という。そこで、阿那律《あなりつ》は跋提《ばだい》に会って、「私が出家できるかどうかは君の出家にかかっている」というと、跋提《ばだい》はこれを聞いて阿那律《あなりつ》の勧めるままに母に出家を乞うたがこの母もまた許さない。母は口実を設《もう》け、「阿那律《あなりつ》の母上が子の出家を許したなら、私もお前の出家を許してあげよう」といった。

両方の母がたがいにこのようにいって、子の出家をいやがったが、ついには二人ともそれぞれ子の出家を許すことになった。跋提《ばだい》は、「私は母の許しを得たが、あと七年は五欲《ごよく》の楽しみを味わって、そののち出家しようと思う」というと、阿那律《あなりつ》は、「君の言うのは間違っている。人の命というのはわからないものだ。どうして七年も待てよう。七日間だけ待ってやろう」といった。跋提《ばだい》は阿那律《あなりつ》のいうままに、七日過ぎてから釈迦《しゃか》一族の八人および優婆離《うばり》の弟とともにみな心を合わせて出家しようと思い、各自に良い衣裳を着、象《ぞう》や馬に乗って迦毘羅国《かびらこく》を出たが、国境を出た所で宝の衣裳を脱ぎ、象・馬などといっしょにして優婆離《うばり》に渡し、もとの家に持ち返らせた。その時、「お前はわれわれ九人によって今まで生活を維持してきた者である。ところが、いまわれわれは出家しようとしている。そこでこの宝の衣裳や象・馬をお前に与える。これをお前の財産とするがよい」といって九人は別れていった。

優婆離《うばり》は宝の衣裳や象・馬などを貰って家に帰る途中、「自分の家に帰って家業をするよりは、この九人とともに出家しよう」と急に思いついた。そこで宝の衣裳を木の枝に掛け、象・馬を木の幹につないで、ここに来る者があったらこれらを与えようと思ったが、すぐやって来る者もなかったので、そのままにして、九人のあとを追いかけた。やがて追い付き、「私もごいっしょに出家しようと思います」といった。そこで、みなともに仏の御許《みもと》にまいり、阿那律《あなりつ》と跋提《ばだい》が仏に、「わが父母はもはや出家を許しました。仏よ、どうぞ私に出家をお許しください」とお願いした。仏はまず優婆離《うばり》を出家させようと思われたが、それは彼に憍慢《きようまん》の心がないからである。そこで最初に優婆離《うばり》を出家させた。次に阿那律《あなりつ》、次に跋提《ばだい》、次に難提《なんだい》、次に金毗羅《こんぴら》、次に難陀《なんだ》などの六人である。優婆離《うばり》がはじめに戒《かい》を受けたので、これを上座《じようざ》とした、とこう語り伝えているということだ。

〈語釈〉

○**斛飯王**《こくぼんおう》　黒飯王とも書く。迦毗羅衛《かびらえ》国王獅子頬《ししきよう》王の第三子。

○**摩訶男**《まかなん》　第二話の摩訶那摩《まかなま》に同じ。摩訶南ともかく。伯父の浄飯《じようぼん》王に代わり迦毗羅衛《かびらえ》国王となった。

○**阿那律**《あなりつ》　阿㝹楼駄《あぬるだ》・阿㝹楼首《あぬるしゆ》などともかく。仏十大弟子の一。迦毗羅衛《かびらえ》国王斛飯《こくぼん》王の子。釈尊《しやくそん》が故国に帰った時、阿㝹《あぬ》林下まで追って来て、難陀《なんだ》・阿難陀《あなんだ》・提婆《だいば》などとともに出家した。のち仏前にいて眠ったので仏の叱責《しつせき》をうけ、徹宵《てつしよう》眠らず修道に励んだため失明したが、その後、天眼通を得て仏弟子中天眼第一と称せられた。仏典結集《けつじゆう》に際しては長老となった。

○**三時殿**《さんじでん》　インドで三時（熱際時《ねつさいじ》・雨際時《うさいじ》・寒際時《かんさいじ》）に備えるために適応した設備を施した宮殿。

○**甘露飯王**《かんろぼん》　甘露浄ともいう。迦毗羅衛《かびらえ》国王獅子頬《ししきよう》王の子で、浄飯《じようぼん》王・斛飯《こくぼん》王の弟。釈尊《しやくそん》の叔父。

○**跋提**《ばだい》　跋提梨迦《ばだいりか》ともいう。五比丘《びく》の一。斛飯王《こくぼん》の子とも白飯王《びゃくぼん》の子ともいう。
○**五欲**《ごよく》　五感に基づく五種の欲望（色《しき》・声《しょう》・香《こう》・味《み》・触《そく》）。
○**釈迦一族の八人**　阿那律《あなりつ》・跋提《ばだい》・難提《なんだい》・金毘羅《こんぴら》・難陀《なんだ》・跋難陀《ばなんだ》・阿難陀《あなんだ》・提婆《だいば》の八人。
○**優婆離**《うばり》　仏十大弟子の一。持律第一の人。四姓の最下級である首陀羅（奴隷階級）出身で、釈種《しゃくしゅ》（釈迦一族）の諸王子の調髪師であったが、難陀《なんだ》・阿難陀《あなんだ》・阿那律《あなりつ》の諸王子が教団中に入るのを聞き、自分も従って行き、釈尊《しゃくそん》のもとでまず第一に済度《さいど》された。仏典第一結集に律を誦出したことで有名。なお「優婆離《うばり》の弟」とあるは誤りで、優婆離当人である。経律異相に「優婆離第九」とあるが、その「第」が「弟」と誤認されたものであろうか。
○**迦毘羅国**《かびらこく》　迦毘羅衛国。○**もとの家**　本国の家。○**九人**　前記の「釈迦一族の八人」に優婆離《うばり》の弟を加えたものだが、それを加えるのは誤解である。
○**難提**《なんだい》　乞食《こつじき》し耐忍して寒暑を厭《いと》わなかった比丘《びく》として知られる。○**金毘羅**《こんぴら》　劫賓那《こうひんな》ともかく。憍《きょう》薩羅《さら》国の人。天文暦数に通じ、仏弟子中知星宿《ちせいしゅく》第一と称せられる。○**難陀**《なんだ》　釈尊の異母弟で仏弟子。○**上座**《じょうざ》　寺内の僧を統轄してすべての事務を総覧する僧職の名。普通年長者で高徳の僧を任命する。

鞞羅羨《ひらせん》王子、出家せる語《こと》、第廿二

今は昔、仏が阿難《あなん》とともに都城に入って托鉢《たくはつ》しておられる時、城中に一人の王子がいた。

名を鞞羅羨那《ひらせんな》といった。多くの美しい侍女とともに高楼の上にいて楽しみ遊んでいたが、仏はその楽しんでいる声をお聞きになり、阿難《あなん》に、「この王子はこののち七日たって死ぬだろう。この人がもし出家しないでいたら、地獄《じごく》に堕《お》ちて苦を受けるにちがいない」とお告げになった。阿難《あなん》はこれを聞いてただちに高楼に登り、王子を教化《きょうけ》し、出家を勧めた。王子はそれを聞き終わってのち、六日間楽しみ遊び続けて七日めに出家し、一日一夜、戒《かい》を清らかにたもち、その後命を終えた。

その時、仏は、「この人は一日の出家の功徳《くどく》により、即座に四天王天《してんおうてん》に生まれ、毗沙門《びしゃもん》の子となって多くの天女と五欲の楽しみを味わうことになる。その天での寿命五百年が終わってのち忉利天《とうりてん》に生まれ、帝釈天《たいしゃくてん》の子となってその寿命は千年、その後、夜摩天《やまてん》に生まれ、その王の子となってその寿命二千年、その後、都史多天《としたてん》に生まれ、その王の子となってその寿命四千年、その後、化楽天《けらくてん》に生まれ、その王の子となってその寿命八千年、その後、他化自在天《たけじざいてん》に生まれ、その王の子となってその寿命一万六千年。このように、六欲天《ろくよくてん》に生まれて楽しみを味わうこと七遍《へん》に及ぶであろう。どの時にも途中で夭折《ようせつ》してしまうことはない。一日の出家の功徳というものは、二万劫《こう》の間三悪道に堕《お》ちることなく、常に天上界に生まれて福を受けるであろう。そして最後には人間界に生まれて裕福な身となり、年老いて世を捨てて出家し、仏道を修めて辟支仏《びゃくしぶつ》となり、その名を毗帝利《びたいり》といって、広く人間界と天上界を救うことになろう」とお説きになった。それゆえ、出家の功徳というものは不可思議なものである、とこう語り伝えているということだ。

〈語釈〉

○**阿難**《あなん》　阿難陀《あなんだ》。仏十大弟子の一。多聞《たもん》第一の人。

○**四天王天**《してんおうてん》　六欲天の第一天である四王天。四天王がここを住居とし、須弥《しゅみ》の四洲および仏法を守護する。

○**毗沙門**《びしゃもん》　多聞天《たもんてん》に同じ。四天王の一で北方を守護する。

○**五欲**《ごよく》　五感に基づく五種の欲望（色《しき》・声《しょう》・香《こう》・味《み》・触《そく》）。

○**忉利天**《とうりてん》　六欲天の第二天。中央に帝釈天《たいしゃくてん》が住む。

○**夜摩天**《やまてん》　六欲天の第三天。空居四天の一。焔摩天《えんまてん》・焔天ともかき、善時天・時分天ともいう。時にしたがって快楽を受けることから名づける。地（閻浮提《えんぶだい》）上十六万由旬《ゆじゅん》の空中にあり、この天の衆生は身長二由旬、天衣の長さ四由旬、広さ二由旬、重さ三銖《しゅ》。生まれた時は人間の七歳の時のようであり、色円満で衣服はおのずから備わり、寿命は二千歳で、その一昼夜は人間の二百年に当たる。換算すれば十四億四百万歳である。

○**都史多天**《としたてん》　都《と》（兜）率天《そってん》に同じ。六欲天の第四天。ここに生まれる者は自ら受けるところの五欲の楽しみにおいて喜足の心を生じるので喜足天・知足天ともいう。

○**化楽天**《けらくてん》　六欲天の第五天。尼摩羅天・維那羅泥天《いならにてん》・須密陀天《しゅみつだてん》ともいいまた楽変化天ともいう。この天に生まれたものは自己の対境を変化して娯楽の境とする。この天は大海の上六十四万由旬《ゆじゅん》の虚空密雲の上にあり、兜率天《とそってん》の上三十二万由旬、他化自在天《たけじざいてん》の下六十四万由旬にある。天人の身長は一倶舎盧《くしゃり》（五里または六里）とその四分の一あるという。身は常に光を放ち、寿命は八千歳。人間の八百年を一昼夜とするから換算すると二十三億四百万年に当たる。また男女たがいに向かい合って微笑するとそのまま交媾《こうこう》の目的を達し、児は男女の膝《ひざ》の上から化生《けしょう》し、生まれるや人間の九歳の童子のごとくであるという。長阿含経によれば天人の身長八由旬、衣の長さ十六由旬《ゆじゅん》、広さ八由旬、重さ一銖《しゅ》という。

○**他化自在天**《たけじざいてん》　六欲天の第六天。欲界の最高所にある天。ここに生まれる者は他人の変現する楽事をかりて自由に自己の快楽とするからこの名がある。ここに欲界の天主大魔王（天魔）の宮殿がある。

○**六欲天**《ろくよくてん》　天上界のこと。六種にわけられ、ここにある天衆（天人）はみな欲楽をもつのでこの名がある。四王天《しおうてん》・忉利天《とうりてん》・夜摩天《やまてん》・兜率天《とそつてん》・化楽天《けらくてん》・他化自在天《たけじざいてん》。

○**二万劫**《こう》　「劫《こう》」は数え得ないような遠大な時間の単位。○**三悪道**　地獄《じごく》・餓鬼《がき》・畜生《ちくしょう》の三道。

○**辟支仏**《びゃくしぶつ》　縁覚に同じ。四聖（声聞《しょうもん》・縁覚・菩薩《ぼさつ》・仏）、二乗（声聞《しょうもん》・縁覚）、三乗（声聞《しょうもん》、縁覚・菩薩《ぼさつ》）の一。仏の教えによらず、飛花落葉《ひからくよう》を観《かん》じて独悟し、自由境に到達した意で独覚という。また、十二因縁の理を観察して独悟する意で縁覚・因縁覚ともいう。

○**毗帝利**《びたいり》　普通名詞としては、祖父または餓鬼の意をもつ。

仙道王《せんとう》、仏の所に詣《いた》りて出家せる語《こと》、第廿三

今は昔、天竺《てんじく》に二つの都城があった。一つを花子城《けし》といい、一つを勝音城《しょうおん》という。この二つの都城は互いに栄えたり衰えたりしていた。その時は勝音城《しょうおん》の人はみな富み栄えてまっ盛

りであった。王を仙道王《せんとう》といい、正しく国を治め、国じゅうに病人はなく五穀《ごこく》は豊かに実っていた。后を月光《がっこう》といい、太子を頂髻《ちょうけい》といった。二人の大臣がいて、一人を利益《りやく》、一人を除患《じょげん》という。一方、王舎城《おうしゃ》（花子城《けし》）の王を影勝《ようしょう》といい、后を勝身《しょうしん》、太子を未生怨《みしょうおん》、大臣を行雨《ぎょうう》といった。

ある時、仙道王《せんとう》が宮殿に盛大な宴会を催し、多くの人を集めて、「わが国と似た楽しみを味わっている国が他にあるだろうか」と尋ねた。するとその座にいた摩訶提国《まかだこく》の商人が、「ここから東の方に王舎城《おうしゃ》という国がありますが、それがこの国と似ております」という。仙道王《せんとう》はそれを聞いて、「その国には何か不足しているものはないか」ときくと、商人は、「その国には財宝がありません」と答えた。そこで仙道王《せんとう》はすばらしい財宝を金の箱にあふれるほど満たして手紙を添え、使者にもたせて影勝王《ようしょう》のもとに送り届けた。

影勝王《ようしょう》は手紙を見、箱をあけて歓喜《かんき》の声をあげた。そして「あの国には何が不足しているか」ときくと、多くの人が、「あの国はたいそう栄えています。だが、毛織物がありませんと答えたので、影勝王は国の産物である大きな毛織物を箱一杯《いっぱい》に入れ、同じように仙道《せんとう》王のもとに送り、手紙をやった。仙道王はこれを見て驚き、使者に向かって、「そなたの国の王の姿はどのようであるか」と聞いた。使者が、「容姿は偉大で、大王様と似ております。武勇の心があり、戦《いくさ》がまことに上手です」と答えると、仙道王《せんとう》は即刻五徳《ごとく》の鎧《よろい》を造り、使者に持たせてやった。その五徳とは、一つには熱い時にこれを着ると涼しくなる。二つには刀《かたな》で切っても歯が立たない。三つには矢で射ても通らない。四つには着ると良い光を発する、などである。王はこの鎧《よろい》に手紙を添えて送った。使者はこれを持って影勝王《ようしょう》にさしあげた。王は手紙を開き鎧《よろい》を見てなんともすばらしいものだと思った。この鎧《よろい》の値段を推定すると、金の銭で十億に当たる。とすると、自分の国にはこのお返しに相当するものもないので、このうえなくお嘆きになる。

〈語釈〉

○**花子城**《けし》　華《け》氏城《しじょう》。中インド摩竭陀国《まかだこく》の王都。波吒釐子城《はたりしじょう》ともいう。波吒釐《はたり》は花樹の名で訳名を華《け》氏城《しじょう》という。現在のパトナ市（ガンジス川南岸）はその旧跡である。もと一村落にすぎなかったが、頻婆娑羅《びんばしゃら》王（影勝《ようしょう》王）の子阿闍世《あじゃせ》王（未生怨《みしょうおん》）の時、河北の強敵を防ぐため雨行《うぎょう》（行雨《ぎょうう》）大臣に命じ都城を造らせた。のち旃陀掘多王の時、王舎城より都をこの地に移した。さらに阿育《あいく》王の時に至り、無比の大領土の中心として政治上仏教上の重要の位置を占めた。東南郊外に雞園寺があり、ここで阿育王により経典の結集が行なわれた。○**勝音城**《しょうおんじょう》　未詳。

○**五穀**《ごこく》　人が常食とする五種の穀物。米・麦・粟《あわ》・豆・黍《きび》または稗《ひえ》など諸説がある。

○**王舎城**《おうしゃじょう》　摩竭陀《まかだ》国上代の都城。

○**影勝**《ようしょう》　頻婆娑羅《びんばしゃら》王。頻頭娑羅《びんずしゃら》・洴沙《びんしゃ》・瓶沙《びんしゃ》・萍沙《びょうしゃ》ともかき、影堅・影勝と訳す。中インド摩竭陀《まかだ》国《こく》の王。初め釈尊《しゃくそん》が出家するや、王はその出家学道《がくどう》の志を　翻《ひるがえ》して父浄飯《じょうぼん》王の命に従い本国に帰ることをすすめたが、のち釈 尊成道《しゃくそんじょうどう》後は深く仏に帰依《きえ》し、迦蘭陀《からんだ》に竹林精舎《ちくりんしょうじゃ》を建ててこれを供養し、また仏が長く止住し説法した霊鷲山《りょうじゅせん》の山上に通ずる石階を造った。憍薩羅夫人《きょうさらぶにん》（舎衛城《しゃえじょう》主波斯匿《はしのく》王の妹）および韋提希夫人《いだいけぶにん》（弥絺羅城毗提訶《みきらじょうびだいか》族の女）はともに王妃で、また深く仏の教法に帰依《きえ》した。王はのち、太子阿闍世《あじゃせ》（未生怨《みしょうおん》）のために獄中に殺された。仏入滅前八年の時で、在位五十年であった。

○**勝身**《しょうしん》　韋提希夫人《いだいけぶにん》。韋提希《いだいけ》は毗提訶《びだいか》族に生まれた女子の義で、訳して思惟・思勝・勝妙身・勝身という。頻婆娑羅《びんばしゃら》王の妃。子の阿闍世《あじゃせ》太子が父王を獄に幽閉した時、これを憂えてひそかに獄に入り王を慰藉《いしゃ》し、釈尊《しゃくそん》に説法を乞うた。この説法が観無量寿経《かんむりょうじゅきょう》である。これにより韋提希夫人《いだいけぶにん》は浄土他力教《たりききょう》において重視される。

○**未生怨**《みしょうおん》　頻婆娑羅《びんばしゃら》王の子、阿闍世《あじゃせ》王のこと。生前父王に怨みを懐《いだ》くことがあったので未生怨《みしょうおん》の名をもつ。

○**行雨**《ぎょうう》　雨行《うぎょう》ともいう。頻婆娑羅《びんばしゃら》王・阿闍世《あじゃせ》王の大臣。阿闍世が太子時代、父の頻婆娑羅《びんばしゃら》王を幽閉したが、行雨は提婆達多《だいばだった》を語らい太子の暴挙をたすけた。のち仏法に帰し、王を補佐して華氏城《けしじょう》を造るなど国政に尽力した。

○**摩**《ま》**訶**《か》**提**《だ》**国**《こく》　今のビハール州南部にあった。前六、七世紀頃から栄え、頻婆娑羅《びんばしゃら》王および子の阿闍《あじゃ》世《せ》王がこの地を占め、仏教・ジャイナ教の中心をなし、のち阿育《あいく》王がこの国を中心とする全インド統一王国を建設した。都城は王舎城《おうしゃじょう》、のち華氏城《けしじょう》。

○**五**《ご》**徳**《とく》**の鎧**《よろい》　五つのすぐれた力をもつ鎧《よろい》。五徳の内容は以下に述べているが、四つまでしかない。

　王の嘆かれる様子を見た行雨《ぎょうう》大臣は、「いったいなにごとですか」とお尋ねした。王はそのわけをつぶさにお答えになる。すると、大臣は、「その仙道《せんとう》王は宝の鎧《よろい》一領《りょう》を送ってきた。だが、王の国には仏がいらっしゃる。仏こそ人間界において最大のすばらしい宝です。十方世界《じっぽうせかい》に並ぶものはありません」といった。王が、「それは本当だ。では、それをどうすればよいか」とおっしゃると、大臣は、「毛織物の上に仏のお姿を描いて、大急ぎで使いに持たせてやるがよろしいと思います」とお答えした。王は、「では、わしが仏に申しあげよう」といって、仏にこのことを申し述べられた。

仏は、「それはまことによろしい。うるわしい心をもって一幅の仏像を描いてその国に送るがよい。その画像を描く時には、画像を描いて、その像の下に三帰《さんき》の文《もん》を書き、次に五戒《ごかい》を書き、その次に十二縁起《えんぎ》の流転還滅《るてんげんめつ》を書くがよい。その上には、二行の頌《じゅ》を書きなさい。その文というのは、

汝《なんじ》、まさに出離《しゅつり》を求め、仏教において勤精《ごんしょう》し、能《よ》く生死《しょうじ》の軍を降《くだ》すこと、象《ぞう》の草舎《そうしゃ》を推すが如《ごと》くすべし。この法律中において、常に不放逸《ふほういつ》を修《しゅ》し、能《よ》く煩悩《ぼんのう》海を竭《けつ》し、まさに苦の辺際《へんざい》を尽くすべし。

である」とおっしゃった。

王は仏の教えのとおりにみな書き終わって使者に授け、「お前はこの画像をあの国に持って行き、広く明かるい場所に旗《はた》と天蓋《てんがい》を掛けて美々《びび》しく飾りつけ、香《こう》をたき花を散らしたうえでこの像を開いて見せよ。もし、『これは何か』と問われたなら、お前は、『これは仏のお

姿であります。仏は王位を捨てて悟りを開かれました』と答えよ。そして、上下の文字は順序に従って答えるようにせよ」と教え、画像を金銀の箱に納め、書状を添えて仙道王《せんとう》の所に送ってやった。

使者はその国に持って行き、まず書状を王に渡した。王は書状を手に取り、開いて読むやいなやにわかに怒り出し、大臣に向かって、「わしはまだあの国の善悪の様子は知らぬが、どうしてこんな不思議なりっぱなものを送ってよこすのか」という。大臣は、「前から聞いていたことから推量しても、あの王は大王様を軽蔑《けいべつ》することはありますまい。ですから、その言葉どおりになさったらよろしかろうと存じます」と答えた。使者は道路の上に旗《はた》と天蓋《てんがい》を掛けて美々しく飾り、香をたき花を散らし、多くの人を従えて画像を仙道王《せんとう》のもとへ送り届けた。

仙道王《せんとう》は自《みずか》ら四兵《しひょう》を率《ひき》いて出向き、このすばらしい光景を見たが、心中これを信じようとせず、軽蔑《けいべつ》してやろうと思い、大臣に、「その方たち、ただちに全軍を集めよ。わしが行ってあの摩竭提国《まかだ》を討伐してやろうと思う」と命じた。だが、大臣は、「それはよくよくお考え直されたがよろしかろうと存じます」といさめる。そこで王は城にもどり、書状にあったとおり画像を開いて見た。その時、たまたま中国《ちゅうごく》の商人が来てこの仏像を見、異口同音《いくどうおん》に「南無仏陀《なむぶつだ》」と称《とな》えた。これを聞いた仙道王《せんとう》は体じゅうの毛が逆立《さかだ》ち恐怖におののいた。王は画像に書かれた文の意味を順に従って尋ねると、商人は詳《くわ》しく説き聞かせる。王はその文を誦《じゅ》して宮殿に帰っていった。そして、その文意を深く考え、払暁《ふつぎょう》に至って座したままに須《しゅ》陀洹果《だおんか》を得た。

〈語釈〉

○**十方世界**《じっぽうせかい》 東・南・西・北・四維（四隅）・上・下の世界。全世界の意。
○**三帰**《さんき》 三帰依《さんきえ》。仏・法・僧の三宝に帰依すること。
○**十二縁起**《えんぎ》 三界《さんがい》（迷いの世界で欲《よく》・色《しき》・無色《むしき》の三つの世界）における迷いの因果を十二分したもの。無明《むみょう》・行《ぎょう》・識・名色《みょうしき》・六処《ろくしょ》・触《そく》・受《じゅ》・愛・取《しゅ》・有《う》・生《しょう》・老死。
○**流**《る》**転**《てん》 流は相続、転は転起。衆生が三界・六道の苦しみ迷いの世界を転々として生まれ、止まることのないのをいう。輪廻《りんね》。○**還滅**《げんめつ》 迷情を破り悟道《ごどう》に入ること。
○**頌**《じゅ》 仏徳または教理を讃嘆する詩。偈《げ》。
○**汝**《なんじ》**、まさに出離**《しゅつり》**を……** 汝《なんじ》はまさに俗世間を出て仏教において熱心に修行にはげみ、生死という敵軍（輪廻転生《りんねてんしょう》の苦）を降す（解脱《げだつ》する）こと、象が草屋を押しつぶすようにせよ。この仏法において常に怠ることなく修行につとめ、煩悩《ぼんのう》の海（多くの煩悩）を消滅し、あらゆる苦しみをなくすようにせよ。
○**四兵**《しひょう》 転輪聖王《てんりんじょうおう》が出遊するとき随従する四種の兵（象兵・馬兵・車兵・歩兵）。
○**中国**《ちゅうごく》 中天竺《てんじく》。「中国の商人」は摩竭陀国《まかだこく》の商人をさす。○**南無**《なむ》 帰依《きえ》。帰命《きみょう》。頂礼《ちょうらい》。
○**須陀洹果**《しゅだおんか》 声聞四果《しょうもんしか》の初位。見惑（煩悩《ぼんのう》）を断じ尽くし、初めて聖者の仲間に入る位。初果《しょか》。

その後、仙道王《せんどうおう》は影勝王《ようしょうおう》の許《もと》に書状を送り、「私はあなたのご恩により、いまこの世の真理をまのあたりにし得《え》ました。願わくは比丘《びく》を見たいと思います。ここに来させてください」といってやった。影勝王《ようしょう》は書状を読み、即座に仏の御許《みもと》に参り、「仙道王《せんとう》はこのように初果《しょか》を証《しょう》し終わりました。そして、比丘《びく》を見たいといっています。私が思うに、迦多演那比《かたえんなび》丘《く》はかの国に縁があります。さっそく遣《つか》わしていただきたい」とお願いした。そこで、迦多《かた》演那比丘《えんなびく》は仏の仰《おお》せに従い、五百人の比丘《びく》を率いて勝音城《しょうおん》に行った。影勝王《ようしょう》は仙道王《せんとう》に、「あなたが十二因縁を悟って初果《しょか》を得たというのに応じて、仏が五百人の比丘《びく》をよこしました。あなたは自分からお出迎えなさい。また、寺をひとつと五百の僧房《そうぼう》を造りなさい。そうすれば無量の福を得ましょう」と勧めた。比丘《びく》は仙道王《せんとう》たちの機根《きこん》に応じて法を説いた。その結果、ある者は阿羅漢果《あらかんか》を得、ある者は大乗《だいじょう》の道に進むようになった。

その時、宮廷内の多くの女が尊者《そんじゃ》（迦多演那比丘《かたえんなびく》）をお招きした。だが、尊者《そんじゃ》は女の中に入って法を説くことを承知しない。ただ、「比丘尼《びくに》がいたら女たちのために法を説くであろう」という。そこで、仙道王《せんとう》が書状をもって影勝王《ようしょう》にこのことを言いやった。影勝王《ようしょう》は書状を見て、仏にこのことを申しあげ、「世羅《せら》など五百人の比丘尼《びくに》をお遣《つか》わしください」とお願いした。すると、仏のご命令があり、それを受けて世羅《せら》など五百人の比丘尼《びくに》が勝音城《しょうおん》におもむき、女たちのために法を説く。その後、仙道王《せんとう》の后の月光夫人《がっこうぶにん》はたちまち命終え天上界に生じた。そしてそこから下りて来て大王にこのことを告げた。

〈語釈〉

○比丘《びく》　僧。出家得度《とくど》して具足戒《ぐそくかい》を受けた成年男子。**○初果《しょか》**　須陀洹果《しゅだおんか》。

○**迦多演那比丘**《かたえんなびく》　迦旃延に同じ。仏十大弟子の一。論議第一の人。南インドの富豪の婆羅門《ばらもん》の出。釈尊《しゃくそん》より年長といわれる。

○**機根**《きこん》　教法を受くべき機と教法を聞いて修行しうべき能力と。根機に同じ。

○**阿羅漢果**《あらかんか》　声聞四果《しょうもんしか》の最上位。

○**大乗**《だいじょう》　小乗《しょうじょう》に対していう。すべての衆生《しゅじょう》を救済して仏陀《ぶつだ》の境地にまで導くことを理想とする仏教の傾向。人を載せて理想（解脱《げだつ》・涅槃《ねはん》・成仏《じょうぶつ》）に到達させる教法（乗）の中で、教理・教説およびその理想に達しようとする修行とその理想目的などがともに大きく深いもの、従ってこれを受けるもの（機）もまた大器であることを要するものを大乗という。すなわち菩薩《ぼさつ》の大機が仏果《ぶっか》の大涅槃《だいねはん》を得る法門である。これに権大乗《ごんだいじょう》（法相・三論等）と実大乗《じつだいじょう》（華厳《けごん》・天台《てんだい》・真言《しんごん》・浄土《じょうど》等）とがある。

○**尊者**《そんじゃ》　聖者・賢者ともいう。尊ばれるべき有徳者の総称。ここでは迦多演那比丘《かたえんなびく》をさす。

○**比丘尼**《びくに》　尼僧。出家受戒した女。○**世羅**《せら》　石または山の意があるが、ここでは比丘尼《びくに》の名。

これを聞いて王は現世を厭《いと》い、「わしは頂髻《ちょうけい》太子に国位を譲り、出家して仏道に入ろう」と思いつき、二人の大臣にこれを告げた。太子もこれを聞いてこのうえなく泣き悲しんだ。大王はさらにあまねく国じゅうの者にこれを告げる。国じゅうの人もこれを聞き、泣き悲しんで、王の恩に報いるために一人一人多くの財宝を醵出《きょしゅつ》し、それを集めて無遮《むしゃ》の大法会《だいほうえ》を計画し、国を挙げて大々的に営んだ。

その後、王は侍者一人を連れ、歩いて王舎《おうしや》城に向かった。その道中ははるか遠く、とても歩いて行けそうもなかったが、ひたすらな求道《ぐどう》心のゆえに、けっしてあきらめようとしなかった。太子および大臣・百官・人民などがどこまでもついていって泣く泣く見送ったが、王が強くとめたので、嘆きながらみな別れて帰っていった。王はただ一人、侍者を連れただけで道をたどり、ついに王舎《おうしゃ》城に着き、一庭園に入って影勝《ようしょう》王に来着を告げた。

影勝《ようしょう》王はこれを聞き、ただちに道路を整備して全軍を率《ひき》い、大臣・百官を従えて仙道《せんとう》王の所に至り、まず来意を問うた。仙道《せんとう》王は、「私はあなたの徳によって仏道に趣くことができました。いまはまのあたりに仏にお目にかかって出家しようと思います。そのため、国位を太子に譲り、たったひとりでやって来たのです」と答えた。これを聞いて影勝《ようしょう》王は涙を流し、心から感動した。その後、あい伴なって城に入る。当時、仏は竹林園《ちくりんおん》におられた。影勝《ようしょう》王は仙道《せんとう》王を伴ない仏の御許《みもと》にまいり、伺ったわけを述べて、「出家しようと思います」と申しあげると、仏は、「そなた、よく来た」とおっしゃった。と同時に、仙道《せんとう》王の髪《かみ》はおのずから落ち、百歳の比丘《びく》のようになった。そこで戒《かい》を受けて仏の御弟子《みでし》となった。影勝《ようしょう》王はこれを見てこのうえなく尊び、仏を礼拝して帰っていった。

仙道《せんとう》王が仏道に入ったのは、このようにひとえに影勝《ようしょう》王および行雨《ぎょうう》大臣の徳によるものである。もともと仏法を知らぬ者であったが、仏の御姿を拝したため利益《りやく》を蒙《こうむ》ったのだ、とこう語り伝えているということだ。

〈語釈〉
○**無遮《むしゃ》の大法会《だいほうえ》**　聖凡・道俗・貴賤・上下の別なく、一切《いっさい》平等に財施《ざいせ》と法施《ほっせ》（説法）を行《ぎょう》ずる大法会。無遮《むしゃ》は寛容でさえぎるもののないこと。無制限、無差別。
○**竹林園《ちくりんおん》**　竹林精舎《ちくりんしょうじゃ》のこと。摩竭陀《まかだ》国王舎城《おうしゃ》近郊迦蘭陀《からんだ》村にあり、釈尊成道《しゃくそんじょうどう》後まもなく迦蘭陀長者が仏に帰依《きえ》して竹林園を献じたが、頻婆沙羅《びんばしゃら》王は仏ならびに仏弟子《ぶつでし》のために一大伽藍《がらん》（寺院）を建てた。仏教最初の寺である。

〈郁伽《ゆが》長者、仏の所に詣《いた》りて出家せる語《こと》、第廿四〉（欠話）

和羅多《わらた》、出家して仏《ほとけ》の弟子《でし》と成《な》れる語《こと》、第廿五

今は昔、天竺《てんじく》に一人の人がいた。名を和羅多《わらた》という。その父母は大きな家を持つ富裕者《ふゆうしゃ》で、財宝は豊かにあり、なにひとつ乏しい点はなかった。ところが、この和羅多《わらた》は道心《どうしん》が深く、自分は出家して仏《ほとけ》の御弟子《みでし》になりたいと思っていた。そこで父母に暇《いとま》を乞うたが、どうしても許してくれない。和羅多《わらた》は、「どうしても出家をお許しくださらぬなら、私はいますぐ死んでしまいます」といって、三日間飲食を断って臥《ふ》してしまった。さらに五日食わず、七日食わず、臥したまま、「もう死ぬでしょう」という。

これを見た人が父母に、「和羅多《わらた》はもう七日も絶食して、死ぬ寸前です。死んでのち悔い悲しみなさるより、どうか出家をお許しください」といった。父母はこれを聞いて出家を許した。すると、和羅多《わらた》は起き上り、いつものように食事をとった。その後、仏の御許《みもと》にまいって出家するために出立しようとするとき、父母が、「お前は仏《ほとけ》の御弟子《みでし》になっても、一年に三度は必ずわたしらのもとに帰っておいで。親子の仲は、しばらくの間でも顔を見ないでいるとつらくてしかたがないものだからね」といった。和羅多《わらた》は仏《ほとけ》の御許《みもと》にまいり、出家して御弟子《みでし》となった。だが、その後親の家に帰ることはなかった。親は一年待ったがやって来ない。二年三年と待ったがやって来ない。十二年たったが帰って来なかった。

その後、和羅多《わらた》は三界《さんがい》の迷いを断ち切って羅漢果《らかんか》を得た。そして仏に、「私は父母の家に行ってみようと思います」と申し出た。仏は、「すぐに行くがよい」とおっしゃる。和羅多《わらた》は父の家の門に来て托鉢《たくはつ》をした。父はこれを見たが、すっかり見忘れて、「ここに来ている沙門《しやもん》はなに者だ」といって追っ払ったので逃げ去った。それでもまた門に来て立った。庭を掃いていた一人の下女が和羅多《わらた》を見て、「あの沙門《しやもん》は和羅多《わらた》さまではありませんか」といぅ。「そうだ」と和羅多《わらた》は答えた。下女は急いで門内に入り、主人に、「門で立っておいでの沙門《しやもん》は和羅多《わらた》さまです。おわかりにならないのですか」と告げた。

〈語釈〉
○**和羅多**《わらた》　舎衛国《しやえこく》の長者。
○**道心**《どうしん》　菩提心《ぼだいしん》。道は仏の正覚、円満な智恵のことで、この菩提《ぼだい》を求める心を道心という。

○三界《さんがい》　欲界・色界《しきかい》・無色界《むしきかい》。迷いの世界。
○羅漢果《らかんか》　阿羅漢果《あらかんか》。声聞《しようもん》四果の最上位。
○沙門《しやもん》　僧侶《そうりよ》。出家。

これを聞いた父母は泣き悲しみ、家に迎え入れてすわらせ、きれいな着物を着せたり、おいしい食べ物を与えたりして、「そなたはもう望みを達したはずだ。これからは家に止《とど》まって家業を継《つ》いでくれ。わしが莫大《ばくだい》の財産を貯えるのはただそなたのためなのだ」といって、金銀などの七宝《しつぽう》を和羅多《わらた》の前に積みあげた。また、「そなたの妻はまるで菩薩《ぼさつ》のように美しい。それが長年の間そなたを恋い慕っている。いま奥から静かに出て来た。よく見てごらん」といい、「この千万の財宝はすべてそなたのすきなようにしていいのだよ」ともいった。すると和羅多《わらた》は、「この財宝を私にくださるのですか。それならば車に積んでください」という。父は車に積んでやった。和羅多《わらた》はそれを恒伽《ごうが》川のほとりに持って行き、「世間の人はこの財宝のために三悪道から離れられないのだ」といって川に流してしまった。その後、虚空《こくう》に昇り十八変《へんげん》を現じて消え失《う》せた。

そののち、木の下に来て柴《しば》を座としてすわっていると、隣国の王が狩猟《しゆりよう》に出てその木の下にやって来た。供の一人が、「この木の下にいる沙門《しやもん》は、王の竹馬《ちくば》の時代お友達だった和羅《わら》多《た》ではありませんか」という。それを聞いて、王は馬から降り、和羅多《わらた》に向かって、「あなたはどういう理由で出家したのかね」ときいた。和羅多は、「私は三つの理由があって出家したのです」と答える。「三つというのは何々ですか」と王がきくと、和羅多《わらた》は、「三つということのその一つは、主君や父母の病気の時に身替りになれるかどうかということです」という。王は、「それはできない」といった。「その二つは、老いて死ぬ人の身替りになれるかどうかということです」。「それもできないことです」。「その三つは、地獄《じごく》に堕《お》ちて苦を受ける衆生《しゅじょう》の身替りになれるかどうかです」。「それも不可能です」。そこで和羅多《わらた》がいった。「正にそれらのことなのです。このようなことを見ているので私は出家したのです」。すると王は、「あなたは昔は私の竹馬の友でした。いま私のもとに二万人の妻妾《さいしょう》がいます。その第一のものをあなたに譲ってあげよう。また、わが国の半分を譲ろう。だから、還俗《げんぞく》なさい」といった。だが和羅多《わらた》は、「私は二万人の妻妾も欲しくはない。千の国も欲しくない。ただ私は仏に成ってあなたがた一切衆生《いっさいしゅじょう》の苦を抜き、みな仏としてあげようと思うだけです」といって、虚空《こくう》に昇り去っていった、とこう語り伝えているということだ。

〈語釈〉
○**七宝**《しっぽう》　七種の宝玉。
○**恒伽川**《ごうががわ》　ヒマラヤ山（雪山）に源を発し、東流してベンガル湾に注ぐ大河ガンジス河のこと。恒伽・恒河に同じ。支流である閻母那《えんもな》・薩落瑜《さらゆ》・阿氏羅筏底《あいらばつて》・莫醯《まひ》の四河と合わせて五河という。
○**三悪道**　地獄《じごく》・餓鬼《がき》・畜生《ちくしょう》の三道。三悪趣《あくしゅ》。
○**十八変**《へん》　仏《ほとけ》・菩薩《ぼさつ》などが現わす十八種の神変不思議。十八神変。震動《しんどう》（一切《いっさい》世界を動かす）　熾然《しねん》（身上に火、身下に水を出す）

流布（流光遍照する）　示現《じげん》（心のままに仏土・悪趣を示す）
転変《てんぺん》（水を火に、火を水にする）　往来（山石間を往来無礙《むげ》）
巻《かん》・舒《じょ》（雪山等を巻きまた伸ばす）
衆像入身《しゅぞうじゅしん》（大衆・大地を身中に収める）　同類往趣（他へ行き人衆に類同する）
隠《いん》・顕《けん》（隠顕出没自在）
所作自在《しょさじざい》（往来去住自在）　制他神通《せいたじんずう》（他の神通を制伏する）
能施弁才《のうせべんざい》（衆生《しゅじょう》に弁才《べんさい》を施す）　能施憶念《のうせおくねん》（憶念力を施す）
能施安楽（法を聞く人の身心を安楽にする）　放大光明（大光明を放って仏の事業をなす）。

○**竹馬《ちくば》の時代**　幼時（ともに竹馬に乗って遊んだ幼時の友を竹馬の友ということから）。
○**還俗《げんぞく》**　帰俗ともいう。一度僧になった者が一般の俗人にかえること。

歳百廿《としひやくにじゆう》に至りて始めて出家せし人の語《こと》、第廿六

今は昔、天竺《てんじく》に一人の人がいた。百二十歳に及んではじめて道心《どうしん》を起こし、仏の御前に参り出家して御弟子《みでし》となった。この沙門《しゃもん》は新参の弟子《でし》であるため、五百人の御弟子たちがめいめいにこき使う。沙門《しゃもん》は年老いているので立つのも苦しくすわるのもつらく、手足を洗う水を汲むにも手早くいかない。そこで、深く思い悩んで、心中に、「わしは深山に入って身を投げて死のう」と決心し、山に入った。高い峰に登り、「わしは戒《かい》を破るわけでもない。ま

た、仏に仕えまいと思うのでもない。ただ年老いて起居に堪えられぬために身を投げるのだ」といって峰から飛び降りた。

その時、仏がこの様子をご覧になり、慈悲の心をもって、百福荘厳《ひゃくふくしょうごん》の御手を差し延べ、沙門《しゃもん》を受けとめられて阿難《あなん》にお預けになり、「この沙門《しゃもん》は愚痴《ぐち》のゆえに身を投げたのである。すみやかにこれを修行させ悟りを得させなさい」とおっしゃる。阿難《あなん》は仏《ほとけ》の仰《おお》せどおりにこの沙門《しゃもん》を連れて行く途中、見れば若く年盛りのたいそう美しい女が死んで横たわっていた。その死体は腐乱《ふらん》して、太いうじが目・口・鼻から出はいりしている。沙門《しゃもん》はこれを見て、阿難《あなん》に、「これはどういう人ですか」と尋ねたが、阿難尊者《あなんそんじゃ》は答えず、さらに行くうちに一人の女が大きな釜《かま》を背負って歩いていた。女はしばらく立ち止まっていたが、釜《かま》から自然に猛火が燃え出た。炎は十丈《じょう》ほどもある。女はその釜に入った。十分煮えてから釜から出て自分の身体の肉を食い、また釜を背負って行く。驚いたことだと思いながら見送り、また歩いて行くと、高さ十丈ほどの火柱が立っている。しだいに近づいて見ると、人の形をしている。鉄の口ばしをもった虫が百千万とたかり、これに吸い付いて食っている。沙門《しゃもん》は不思議なことだと思いながら見送ってまた歩いて行くうち、大きな山があった。目も遥《はる》かに高い山である。その頂上に尊者《そんじゃ》は沙門《しゃもん》とともに登り、草座《そうざ》を敷いて座った。

その時、沙門《しゃもん》は尊者《そんじゃ》に向かって、「歩いて来る道であったさまざまのことは、いったいどういうことですか」と尋ねた。すると、尊者《そんじゃ》は、「最初、死んで横たわっていた女は国王の后だ。海に落ち込んで波に打ち上げられたものだ。太いうじ虫が這《は》っていたのは、自分の容貌の美しさに愛着していたがために、太いうじ虫となって自分の顔から離れないのだ。つぎに釜を背負った女が自分の体を煮て食ったのは、この女が前世に人の従者であった時、主人が食膳《しょくぜん》を整えて女に持たせ、沙門《しゃもん》の所にやったが、途中でその一部を盗み食いしてしまった。沙門《しゃもん》は食物の一部が分け取られているのを見て、『お前はもしやこの食物を盗み食いしたのではないか』と女に問いただすと、女は、『私がもしも盗み食いしたのなら、生々世々《しょうじょうぜぜ》わが身の肉を食べることにします』と言った。この罪により、九十一劫《こう》の間、自分の体の肉を食う報いを受けたのだ。つぎに火柱が人の形となって燃えていたのは、前世に僧のものを盗み、寺の燈火を消した者が無量劫《むりょうこう》の間、このように燃えて立っているのだ。また、高く大きな山というのは、お前が前世において一劫《いちこう》の間、ある時は犬・狐《きつね》と生まれ、ある時は鵄《とび》・烏《からす》と生まれ、ある時は蚊《か》・虻《あぶ》と生まれた、その骸骨《がいこつ》が積ってできたものなのだ。まして、無《む》量劫《りょうこう》の間、四《し》悪趣《あくしゅ》に堕《お》ちて大変な苦痛を受けるとすれば、その骨の量はどれほどのものか想像に難くない」とおっしゃった。沙門《しゃもん》はこれを聞き、立ち所に諸法の無常を観《かん》じ、たちまち阿羅漢果《あらかんか》を証《しょう》して羅漢《らかん》となった、とこう語り伝えているということだ。

〈語釈〉

○**一人の人**　賢愚経・経律異相では「戸利苾提長者《しりひつだいちょうじゃ》」、私聚百因縁集《ししゅうひゃくいんねん》では「因果長者」とある。

○**道心**《どうしん》　仏の悟り（正覚・菩提《ぼだい》）を求める心。菩提心。

○**沙門**《しゃもん》　僧侶。出家。

○**戒**《かい》　三学（戒・定《じょう》・慧《え》）の一。六度（施・戒・忍・進・禅・慧）の一。三蔵（経・律・論）の中の律蔵の扱うもの。戒は仏教道徳の総称で、梵語《ぼんご》では尸羅《しら》、制禁の意であり、一般に戒律と称せられる。戒を大別して大乗戒《だいじょうかい》と小乗戒《しょうじょうかい》にわける。前者は三帰戒・三聚浄戒・十重禁戒《じゅうじゅうきんかい》・四十八軽戒《きょうかい》等で、後者は五戒・八戒・十戒等の在家戒《ざいけかい》、および比丘《びく》の二百五十戒（具足戒《ぐそくかい》）、比丘尼《びくに》の五百戒、沙弥戒・沙弥尼戒等である。その他三千の威儀、八万の細行はみな戒に属する。ここは自殺を禁ずる戒をいう。

○**百福荘厳**《ひゃくふくしょうごん》　三十二相をいう。仏の三十二相の一々はみな因位（修行時代）において百の福業を積んだ功徳《くどく》によって備わったものであるからこういう。

○**阿難**《あなん》　阿難陀《あなんだ》。仏の十大弟子の一。多聞《たもん》第一の人。

○**愚痴**《ぐち》　三毒（貪欲《とんよく》・瞋恚《しんい》・愚痴《ぐち》）の一。事象にまどい真理を弁えぬこと。

○**尊者**《そんじゃ》　聖者。賢者。尊ばれるべき有徳者の尊称。ここでは阿難《あなん》をさす。

○**草座**《そうざ》　草でしつらえた座具。また、四方に糸を垂れて草の葉にかたどった僧の座具《ざぐ》をもいう。釈《しゃく》尊《そん》が成道《じょうどう》したとき吉祥草《きちじょうそう》を敷いた故事による。

○**九十一劫**《こう》　「劫」は数え得ないような遠大な時間の単位。

○**四悪趣**《しあくしゅ》　地獄・餓鬼《がき》・畜生《ちくしょう》・修羅《しゅら》の四悪道。

○**諸法の無常**　「諸法」は宇宙間に存在する有形無形のあらゆる事物。万法。「無常」はすべてのものは生滅《しょうめつ》変化してやまぬこと。

翁《おきな》、仏《ほとけ》の所《ところ》に詣《いた》りて出家せる語《こと》、第廿七

今は昔、天竺《てんじく》に一人の老人がいた。ずっと貧乏な暮らしをしてきて、塵《ちり》ほどの貯えもなかった。そこで、妻子・親族はみな彼を見捨て、誰《だれ》ひとりつき従う者もない。老人は嘆き悲しみ、心中ひそかに、「わしは家業を続けているが貧乏で貯えもない。いっそ出家して仏弟子《でし》になろう」と思ってただちに祇園精舎《ぎおんしょうじゃ》に行き、まず舎利弗《しゃりほつ》に会って、「私は出家して戒《かい》を受けようと思います」と言った。舎利弗《しゃりほつ》は、「ちょっと待ちなさい。そなたに出家の業《ごう》があるかどうか、わしが禅定《ぜんじょう》に入ってたしかめてみよう」と言って、三日間禅定に入り、その禅定から出て、「そなたの過去の世、八万劫《こう》を見たが、まったく出家しうる所業は積んでいない。かけらほどの善根《ぜんごん》を行なっていないからには、どうしてそなたに出家を許せよう」と言って追い払った。

そこで老人は目連《もくれん》の所に行き、「出家したいのです」と言ったが、ここでも出家しうる善根を積んでいないといって追い出した。富楼那《ふるな》・須菩提《しゆぼだい》の所に行って、「出家したい」と頼んでも、「上﨟《じようろう》がみなそなたの出家を許さないからは、わしらがどうして許せようか」と言って追い出す。五百の弟子《でし》たちもみな棒《ぼう》を持ち、瓦礫《がれき》を拾って追い、どうしても出家を許してくれない。そこで、老人は祇園精舎《ぎおんしょうじゃ》の門を出て泣き悲しんでいた。

〈語釈〉

○**祇園精舎**《ぎおんしようじや》　精舎《しようじや》は寺。中インド舎衛城《しやえじよう》の南、祇樹給孤独園《ぎじゆきつこどくおん》に建てられた寺院。釈尊《しやくそん》および衆僧の説法修道のために須達長者《しゆだつちようじや》（給孤独と称せられた）が祇陀《ぎだ》太子の園庭を買い寺を建てて寄進したもの。かつては七層の伽藍《がらん》があり壮麗を極《きわ》めたという。

○**舎利弗**《しやりほつ》　仏十大弟子の一。智恵第一の人。

○**出家の業**《ごう》　出家しうる前世からのさだめ。「業《ごう》」は身・口・意による行為・行動（三業）。善悪の業《ごう》は因果《いんが》の道理により後に必ずその結果を生ずる。この結果（果報《かほう》）をも業《ごう》という。

○**禅定**《ぜんじよう》　三昧《さんまい》。静慮。六波羅蜜《ろくはらみつ》（六度）の一で、心を一所に止《とど》め妄念雑慮から離れ寂静の境に入ること。瞑想境《めいそうきよう》。

○**八万劫**《こう》　「劫」は数え得ないような遠大な時間の単位。

○**善根**《ぜんごん》　善い果報を招くべき善因。

○**目連**《もくれん》　目犍連《もくけんれん》。仏十大弟子の一。神通《じんずう》第一の人。

○**富楼那**《ふるな》　仏十大弟子の一。説法第一の人。

○**須菩提**《しゆぼだい》　仏十大弟子の一。解空《げくう》第一の人。

○**上臈**《じようろう》　臈《ろう》（年功）を積んだ高僧。先輩の僧。臈《ろう》は僧侶の出家後の年数。僧侶受戒後、安居《あんご》を過した年数。僧の席次はその多少によって定める。これを法臈《ほうろう》・臈次《ろうじ》という。

その時、これをご覧になった仏《ほとけ》は門の所に出て行かれて、「なにゆえにそなたはここで泣いているのか。なにか願いごとでもあるのか。わしがその願いを叶《かな》えてあげよう」と老人におっしゃる。老人は、「私はこの世を過ごしながら、塵《ちり》ほどの貯《たくわ》えもなく衣食に事欠くしまつです。妻子も親族もみな私を捨てて去ってしまいました。それゆえ、私は出家して仏の御《み》弟子《でし》になろうと思い、この精舎《しょうじゃ》に参って出家したいとお願いしたのですが、舎利弗《しゃりほつ》・目連《もくれん》など五百の御弟子《みでし》たちがめいめい、お前は出家しうる善根《ぜんごん》を前世に積んでいないからだめだといって追い払い、出家させてくださいません。そこで、この門の所で泣いているのです」と答えた。すると仏は近くに歩み寄り、金色の御手《みて》で老人の頭をお撫《な》でになって、「わしが願を立てて仏《ほとけ》と成ったのは、このような衆生に出会って利益《りやく》を与えてやろうがためである。それゆえ、そなたの願いを遂げさせてやろうと思う」とおっしゃって、老人を伴ない祇園精舎《ぎおんしょうじゃ》の中にお入りになった。

まず舎利弗《しゃりほつ》をお呼びになり、「この老人を出家させるように」とおっしゃると、舎利弗《しゃりほつ》は、「過去の世の八万劫《こう》を見ましたが、この老人は出家しうる前世の善根《ぜんごん》を積んでいません。仏はなにゆえにこの老人に出家をお許しなさるのですか」と言う。仏は、「かまわぬから出家させよ」とお命じになった。舎利弗尊者《しゃりほつそんじゃ》は仏《ほとけ》のお言葉どおりに老人を出家させ戒《かい》を授けてのち、仏《ほとけ》に向かい、「衆生《しゅじょう》の善悪の果報《かほう》はみな前世《ぜんぜ》の業因《ごういん》によるものです。仏はなにゆえにこの人に出家を許されたのですか」とお尋ねした。すると仏は、「そなた、よく聞け。この老人は過去に八万劫《こう》の土地を塵《ちり》に砕きその一つ一つを一劫《こう》と数えて、その数よりも前に人間として生れていた時、猟師《りょうし》であった。鹿《しか》を射ようと思って立って待っている間に、にわかに虎《とら》が襲いかかって食おうとした。その時、猟師《りょうし》は虎《とら》の難からのがれようと、たった一回

『南無仏《なむぶつ》』と唱《とな》えた。その猟師というのがこの老人である。その善根が今に至るまで朽ちずに残っている。それゆえ出家を許すのだ。そなたはそれを知らず、出家を許そうとしないのである」と説き明かされた。舎利弗《しやりほつ》はこれを聞いて一言もなく終わった。老人は出家の功徳《くどく》により、たちまち阿羅漢果《あらかんか》を証《しよう》しえた、とこう語り伝えているということだ。

〈語釈〉
○**利益《りやく》**　神仏が衆生に利福を与えること。利生《りしよう》。
○**尊者《そんじや》**　聖者。賢者。
○**善悪の果報《かほう》**　善因善果と悪因悪果と。
○**前世《ぜんぜ》の業因《ごういん》**　この世の果報を招く因となる過去の世の善悪さまざまの行為。
○**南無《なむ》仏《ぶつ》**　南無は帰依《きえ》・帰命《きみよう》・頂礼《ちようらい》の意。「南無」と称え、五体投地の礼拝（両膝《ひざ》・両肘《ひじ》・頭を地につける最敬礼）をすること。
○**阿羅漢果《あらかんか》**　声聞四果《しようもんしか》の最上位。

婆羅門《ばらもん》、酔《えい》に依《よ》りて意《こころ》ならず出家せる語《こと》、第廿八

今は昔、天竺《てんじく》に一人の婆羅門《ばらもん》がいた。酒に酔《よ》って、祇園精舎《ぎおんしようじや》においでになる仏《ほとけ》の所にやってきた。酔っているので正気を失い、仏に、「私は出家します」と申しあげた。仏は阿難《あなん》に命じて出家させなさった。その後、婆羅門《ばらもん》は酔《よ》いがさめ、自分の姿を見ると、すでに髪を剃《そ》

り法衣《ほうえ》を着ている。とたんに奇異に思うとともに驚き怪しみ、走り去っていった。それを見て御弟子《みでし》たちが仏に対し、「なにゆえにこの婆羅門《ばらもん》は驚いて走り去ったのですか」とお尋ねすると、仏は、「この人は過去無量劫《むりょうこう》の間、出家しようという心はなかった。だが、いま酒に酔って正気を失っていたので出家して法衣《ほうえ》を着たが、酔いがさめて、驚き走り去ったのだ。とはいえ、この出家の因縁《いんねん》によって、のちには仏道において悟りを得るであろう」とおっしゃった。仏は飲酒を戒《いまし》めておられるが、この婆羅門《ばらもん》に対しては、酔ったためにかように出家したのであるから、酒をお許しになった、とこう語り伝えているということだ。

〈語釈〉

○**婆羅門《ばらもん》**　古代インド四姓中の最高位の僧侶階級で、婆羅門教を奉ずる種族の者。
○**阿難《あなん》**　阿難陀《あなんだ》。仏十大弟子の一。多聞《たもん》第一の人。
○**無量劫《むりょうこう》**　永遠の過去。「劫《こう》」は数え得ないような遠大な時間の単位。
○**仏は飲酒を戒《いまし》め**　不飲酒戒のこと。五戒《ごかい》・十戒の一。

波斯匿《はしのく》王、阿闍世《あじゃせ》王と合戦《かっせん》せる語《こと》、第廿九

今は昔、天竺《てんじく》に二つの国があった。一つを舎衛国《しゃえこく》といい、一つを摩竭提国《まかだこく》という。舎衛国《しゃえこく》の王を波斯匿《はしのく》王と称し、摩竭提《まかだ》国の王を阿闍世《あじゃせ》王と称する。この二人の王が仲が悪くなって合戦《かっせん》を始めた。双方、千万の軍勢を集結する。象《ぞう》に乗る軍勢、馬に乗る軍勢、徒歩の軍勢な

ど数え切れぬほどである。それらがおのおの奮起《ふんき》して互いに合戦《かっせん》のてはずを決める。いよいよ合戦となるに及んで波斯匿《はしのく》王の軍勢は敗れ、陣が破られた。こうして三度戦い、そのたびごとに波斯匿《はしのく》王の方が負けた。

波斯匿《はしのく》王は宮殿に帰ってこのうえなく嘆き悲しんだ。昼は物も食わず、夜は寝ようともしない。この国の長者である須達《しゅだつ》は大王が嘆いておられるのを聞き、宮殿に参上して大王に、「聞くところによれば、この国の軍勢は勇戦奮闘しましたが、兵数が相手に劣っていたので、たびごとに敗北なされたのです。されば須達《しゅだつ》はかように思案いたします。私の家には多くの倉に莫大《ばくだい》な財宝が積んであります。その財宝をことごとく取り出して軍兵に賜い、合戦を始められたならば、隣国までも伝え聞いて自然に多くの軍勢が集って来るでしょう。軍勢の数がまさったなら、摩竭提《まかだ》国の軍勢がいかに勇猛であろうとも、数で劣るからには敵対できるはずもありません」と申しあげた。波斯匿《はしのく》王はこれを聞いて喜び、須達《しゅだつ》の家に使者をやり、多くの財宝を運び出して軍兵に分配を始めると、隣国までこれを伝え聞いて多数の軍兵が雲のように集って来た。その後合戦を始める。摩竭提《まかだ》国の阿闍世《あじゃせ》王は多数の軍勢を率いて押し寄せたが、舎衛国《しゃえこく》の軍は勇猛な者を選んで第一陣を固め、次に強い者を次々の陣に配置した。このようにして戦ったが、摩竭提《まかだ》国の軍勢は数も劣り武勇も劣っているため、摩竭提《まかだ》国の陣は破られて阿闍世《あじゃせ》王は捕えられた。そして舎衛国《しゃえこく》の方の軍兵に縛《しば》られて波斯匿《はしのく》王の陣内に連れて行かれた。

波斯匿《はしのく》王はこのうえなく喜び、阿闍世《あじゃせ》王を召し寄せ、自分の飛車《ひしゃ》に同乗させて仏の御許《みもと》に連れて行き、仏に、「阿闍世《あじやせ》王は敵国の王ですから、首を取るのが当然です。しかしながら、仇《あだ》には恩をもって報いることこそ善い政《まつりごと》でありますから、殺さずにおきました」と申しあげると、仏は、「それはまことによいことであった」とお賛《ほ》めになり、「大王よ、よくぞ思いついた。仇《あだ》には徳をもって報いたなら、仇《あだ》はなくなってしまうものだ。たとい過去・現在・未来の三世《さんぜ》にわたって恨みを結んだにせよ、恩をもってそれに報いたなら、あえて仇の心を抱く者はなくなるのだ。大王はよくこのことを知って、敵の阿闍世《あじやせ》王に哀れみをかけて自国に送り帰してやろうとする。まことに賢明なことだ」とおっしゃった。そこで、波斯匿《はしのく》王は阿闍世《あじやせ》王を許し国に帰した。阿闍世《あじやせ》王は確実に首を取られると思っていたところこのように許されたので、以後敵対心がなくなり、波斯匿《はしのく》王に対して恩を抱《いだ》くようになった。それのみでなく、隣の国々までこのことを伝え聞いて、かりそめにも波斯匿《はしのく》王をおろそかに思うものはなくなった。

〈語釈〉

○**舎衛国《しやえこく》**　中インド、迦毗羅衛国《かびらえこく》（釈尊《しやくそん》の生地）の西北にあった国。釈尊が説法教化した地で、当時波斯匿《はしのく》王および瑠璃《るり》王が統治した。祇園精舎《ぎおんしようじや》はその南にある。都は舎衛城《しやえじよう》。

○**摩竭提国《まかだこく》**　今のビハール州南部にあった。都は王舎城《おうしやじよう》（華氏城《けしじよう》）。

○**波斯匿王《はしのく》**　中インド舎衛国《しやえこく》の王。幼にして北インドの徳叉尸羅《とくしやしら》国に遊学し、即位後は国がよく治まり迦尸《かし》国もその配下にあった。王子祇陀《ぎだ》太子は主蔵の臣須達《しゆだつ》（長者《ちようじや》）と力を合わせ、釈尊《しやくそん》のために祇園精舎《ぎおんしようじや》を造ったが、王もまたあつく仏法を奉じ外護の任に当たった。

○**阿闍世王**《あじゃせ》　摩竭提《まかだ》（陀）国王。頻婆娑羅《びんばしゃら》王の子。父を殺し母（韋提希夫人《いだいけぶにん》）を幽閉したことで知られる悪王。のち仏教教団の外護者となる。
○**須達**《しゅだつ》　須達多ともかく。中インド舎衛《しゃえ》城の富豪（長者）で主蔵吏。釈尊に祇園精舎を寄進した。貧人を恵んだので給孤独《きっこどく》と称せられた。
○**飛車**《ひしゃ》　風に乗じて空中を飛行するという車。
○**三世**《さんぜ》　過去世・現世・来世の三。

さて、波斯匿王《はしのく》は須達《しゅだつ》を召し、「今度の合戦《かっせん》に勝ったのは長者《ちょうじゃ》の恩によるものだ。さっそくそなたの願いを申せ。何事でも叶《かな》えてつかわそう」という。須達《しゅだつ》は膝《ひざ》を地につけ、両手を組み合わせて地に伏し、「その仰《おお》せ、まことにかたじけなく存じます。私の願いは、七日間この国の国王の位に着くことでございます。大王よ、お許しください」と申しあげた。すると大王は「須達《しゅだつ》を七日間、舎衛国《しゃえこく》の王とせよ。国の租税《そぜい》などは須達《しゅだつ》の家に送りつけよ。また、大小を問わず国事はすべて須達《しゅだつ》の命のままに行なえ」という宣旨《せんじ》を下《くだ》された。

そこで国を挙《あ》げて須達《しゅだつ》の宣旨《せんじ》に従った。まさに風に靡《なび》く草木のごとくである。その時、須達《しゅだつ》は鼓《つづみ》を打ち法螺貝《ほらがい》を吹いてこう宣旨《せんじ》を下《くだ》した。「身分の上下を問わず国内の者はすべて仏《ほとけ》を供養《くよう》申し、戒《かい》をたもつようにせよ」。それにより、国じゅうの者が仏を供養し申し、すべてが戒《かい》をたもった。七日が過ぎると位を波斯匿王《はしのく》にお返しした。須達《しゅだつ》はこの功徳《くどく》を人々に勧《すす》めようがために、国王にお願いして七日間王位についたのであった。されば仏《ほとけ》は、「須達《しゅだつ》は七日間国王になり、多くの功徳《くどく》を人に勧《すす》めたがために、来世《らいせ》は成仏《じようぶつ》して無数の衆生《しゆじよう》を引導《いんどう》するであろう」とお説《と》きになった、とこう語り伝えているということだ。

〈語釈〉

○法螺貝《ほらがい》　山伏が携え、また軍陣の合図などに用いた。法螺はもと法を伝える意を持つ。宝螺《ほら》は美称。

○戒《かい》　ここでは五戒・八戒・十戒等の在家戒をさす。

○功徳《くどく》　神仏からよい報いを得るような善行。ここでは仏への供養《くよう》と持戒《じかい》をさす。○引導《いんどう》　迷っている衆生《しゆじよう》を導いて悟道《ごどう》に入らせること。また死人を済度《さいど》する儀式。ここでは前者。

帝釈《たいしやく》、修羅《しゆら》と合戦《かつせん》せる語《こと》、第三十

今は昔、帝釈《たいしやく》の御妻《みめ》は舎脂夫人《しやしぶにん》という方で、羅睺阿修羅《らごあしゆら》王の娘である。父の阿修羅王は舎《しや》脂夫人《しぶにん》を取りもどそうとして、常に帝釈《たいしやく》と合戦した。ある時、帝釈が負けて帰って行かれるのを阿修羅《あしゆら》王が追いかけた。須弥山《しゆみせん》の北側を帝釈《たいしやく》は逃げて行かれる。その道に多くの蟻《あり》が長く列をなして這《は》っていた。帝釈はそれを見て、「わしは今日たとえ阿修羅《あしゆら》に負けて殺されるにしても、戒《かい》を破ることはしまい。わしがこのまま逃げていったなら、多くの蟻《あり》は踏み殺されるであろう。戒《かい》を破った者は善所に生まれえない。まして成仏《じようぶつ》することなどどうしてできようか」といって引き返された。その時、阿修羅《あしゆら》王が攻めて来たが、帝釈《たいしやく》が引き返されるのを見て、帝釈は多数の援軍を得て反転してこちらに追撃をかけるのだと思い、逃げ返って蓮《はす》の穴に籠《こも》ってしまった。帝釈《たいしゃく》は負けてお逃げになったが、蟻《あり》を殺すまいと思ったがために勝って帰られた。されば、戒《かい》をたもつことは三悪道《さんあくどう》に落ちず、また急難をまぬがれる道であると仏は説き給うのである、とこう語り伝えているということだ。

〈語釈〉

○**帝釈**《たいしゃく》　須弥山《しゅみせん》の頂上にある忉利天《とうりてん》の喜見城の主で、仏教守護神。

○**舎脂夫人**《しゃしぶにん》　舎脂は可愛《かあい》・研《けん》の意。

○**羅睺阿修羅王**《らごあしゅら》　阿修羅は略して修羅《しゅら》ともいい、六道《ろくどう》（地獄・餓鬼《がき》・畜生《ちくしょう》・修羅《しゅら》・人・天）の一。戦闘を好む鬼神の一であり、インド最古神の一であって、リグ・ベイダでは最勝な性霊の義に使用されたが、のち恐るべき鬼神と考えられるに至った。阿修羅王《あしゅら》は部下の阿修羅を統御して天衆（天人）と戦闘を事とする。四大阿修羅王があり、羅睺《らご》・勇犍《ゆうけん》・華鬘《けまん》・毘摩質多羅《びましったら》であるが、羅睺阿修《らごあしゅ》羅《ら》王は身量広大で遍身珠宝に飾られ、大光明を出し、天女を見ようとして日月の光をさえぎり日月蝕を現出する。如影《にょえい》・諸香《しょこう》・妙林《みょうりん》・勝徳《しょうとく》の四婬女《しいんにょ》および十二那由他《じゅうになゆた》侍女を眷属《けんぞく》として娯楽し、寿命五千歳、人間の五百歳をもって一日一夜とする。

○**須弥山**《しゅみせん》　仏教世界観で、世界の中央にそびえ立つという高山。頂上は忉利天《とうりてん》で帝釈《たいしゃく》が住む。○**戒**《かい》　ここでは不殺生の戒。○**善所**　善趣。悪趣の対。善い業因によりその果報として衆生の趣き住む所。六趣（地獄《じごく》・餓鬼《がき》・畜生《ちくしょう》・修羅《しゅら》・人・天）の中の人・天の二、あるいは修羅《しゅら》・人・天の三。

○**三悪道**《さんあくどう》　地獄・餓鬼《がき》・畜生《ちくしょう》の三道。

須達《しゅだつ》長者、祇園精舎《ぎおんしょうじゃ》を造れる語《こと》、第卅一

今は昔、天竺《てんじく》の舎衛《しゃえ》国《こく》に一人の長者があった。名を須達《しゅだつ》という。この人は一生の間に七度富貴になり、七度貧乏になった。その七度目の貧乏は前の六度以上のものであった。牛衣《うしぎぬ》ほどの着物もなく、副食に加えるほどの調味料もない。そこで、夫婦ともども嘆きながら世を渡っていたが、いつか近所の人にも憎まれ、親族にもきらわれてしまった。

こうしているうち、三日間まったく食い物もない日が続き、餓《が》死《し》寸前になった。いまはひとかけらの財宝もなくなっていたが、からっぽの倉だけは残っていたので、そこに入って、もしや塵《ちり》ほどの物でもありはせぬかと探してみると、片すみの壊れた栴檀《せんだん》の升《ます》が残っていた。これを見つけた須達《しゅだつ》は自分で市に持って行き、米五升に売って家に持ち帰り、一升を分け取っておかずを買うためにまた市に出かけた。そのあいだに妻は一升を炊《た》いて須達《しゅだつ》を待っていると、仏の御弟子《ほとけのみでし》、解空《げくう》第一の須菩提《しゅぼだい》がやって来て鉢《はち》をささげて食を乞うた。妻はその鉢を取り、その炊《た》いた飯《めし》を一粒残さず供養してしまった。そこでまた一升を炊《た》いて夫を待っていると、また、神通《じんずう》第一の目連《もくれん》が来て食を乞うた。また前のように供養《くよう》した。それでまた一升を炊《た》いて夫を待っているうち、多聞《たもん》第一の阿難《あなん》が来て食を乞うたので、前のように供養《くよう》してしまった。

その後、妻はひとりでこう思った。「米はあと一升残っている。白米にして炊き、夫婦い

っしょに食べよう。これからはどんな御弟子《みでし》がおいでになろうとも、絶対にご供養《くよう》はしまい。まず自分の命を長らえよう」。こうして炊いていると、まだ須達《しゅだつ》が帰らないうちに大師釈尊《しゃくそん》がおいでになって食をお乞いになる。妻はあれほど決心したにもかかわらず、仏《ほとけ》がおいでになったのを見て随喜《ずいき》の涙を拭いながら礼拝し、すべて供養《くよう》してしまった。その時、仏は女のために偈《げ》をお示しになった。

貧窮なれば布施《ふせ》するに難く　富貴なれば忍辱《にんにく》するに難く　厄嶮《やくけん》なれば持戒《じかい》するに難く
小時《しょうじ》なれば欲を捨つるに難し

このように説き聞かせなさってお帰りになった。

〈語釈〉
○**舎衛国**《しゃえこく》　釈尊《しゃくそん》説法の地で、波斯匿王《はしのく》が統治していた。
○**須達**《しゅだつ》　舎衛国《しゃえこく》の富豪（長者《ちょうじゃ》）。貧者を恵んだので給孤独《きっこどく》と称せられた。
○**牛衣**《うしぎぬ》　乱麻《らんま》を編んで作った粗衣《そい》。
○**栴檀**《せんだん》　白檀《びゃくだん》の異称。香り高く、皮は香料にし、材は器具に造る。
○**解空第一**《げくう》　「解空」は智恵をもって万有諸法（森羅万象《しんらばんしょう》）はことごとくこれ空（実体なく自性がないこと）であるという理をさとること。「第一」は、その解空《げくう》において第一等の人であること。
○**須菩提**《しゅぼだい》　仏十大弟子の一。

○**神通**《じんずう》　神変不可思議で無礙《むげ》自在な力や働きを示すこと。
○**目連**《もくれん》　目犍連《もくけんれん》。仏十大弟子の一。○**多聞**《たもん》　仏法について博聞多識であること。○**阿難**《あなん》　阿難陀《あなんだ》。仏十大弟子の一。
○**大師釈尊**《しゃくそん》　「大師」は仏の尊称。大導師の意。「釈尊」は釈迦牟尼世尊《しゃかむにせそん》の略称。○**随喜**《ずいき》　五悔《ごげ》（懺悔《さんげ》・勧請《かんじょう》・随喜《ずいき》・回向《えこう》・発願《ほつがん》）の一。嫉妬《しっと》の念を去り、人の善事を見てこれに随順《ずいじゅん》し歓喜すること。
○**偈**《げ》　「頌《じゅ》」と同意。仏徳または教理を讃歎する詩。多く四句よりなる。
○**貧窮なれば布施**《ふせ》**するに難く……**　貧乏であれば布施《ふせ》をするに難しく、富貴であれば忍耐すること難しく、災厄はなはだしければ戒を保つこと難しく、年若ければ欲望を捨てることが難しい。

その後、須達《しゅだつ》が帰って来ると、妻は夫に、羅漢《らかん》と仏《ほとけ》がおいでになったことを語った。夫は、「そなたはわしにとって生々世々《しょうじょうせぜ》の善知識《ぜんちしき》だ」といって心から妻を讃《ほ》め称《たた》えた。と同時に、もとからあった三百七十の蔵《くら》に、もとのように七宝《しっぽう》が満ち満ちた。それ以来またこのうえなく富貴の身になった。今度の富は前の六度の富の数倍である。それにより、長者は長くこの世に名を挙げ、閻浮提《えんぶだい》に肩を並べる者もない。

さて長者は心中に、「わしは景勝の地を求めて伽藍《がらん》を一つ建立《こんりゅう》し、釈尊《しゃくそん》および御弟子《みでし》たちをお入れして、一生の間日々にご供養しよう」と深く心に決めた。当時、一人の太子がいた。名を祇陀《ぎだ》という。この人は実にすばらしい景勝の地を領有していた。左右に池水・竹林を配し、前後に草木が植え並べられている。須達《しゅだつ》は太子に、「私は仏《ほとけ》のために伽藍《がらん》を建立《こんりゅう》したいと思っていますが、ここはまさに理想どおりの土地です。太子よ、どうかこの地を私にお譲りください」と頼んだ。太子は、「この地は東西十里、南北七百余歩《ぶ》ある。この国や隣国の豪族《ごうぞく》たちが欲しいと言って来ているが、今もって与えていない。しかし、そなたの言葉を聞くと、ひとえに仏の御ために寺院を建立《こんりゅう》するとのことだ。それならけっして惜しもうとは思わぬ。では代価として地上に黄金を六寸の厚さに敷いて私によこしなさい」という。須《しゅ》達《だつ》は太子の言葉を聞いてこのうえなく喜んだ。そこでさっそく車馬・人夫を使って黄金を運び、地上五寸の厚さに敷きつめて太子に与えたので、長者は望みどおり土地を手に入れた。

その後、伽藍《がらん》を建立《こんりゅう》し、百余院をかかえる精舎《しょうじゃ》（寺院）を造りあげた。その装飾たるやいいようもなく美しくいかめしい。中央の伽藍《がらん》（仏殿）には仏をお入れし、その他の院々房々には深智の菩薩《ぼさつ》や五百人の羅漢《らかん》をお入れして、思いつくままに種々味のよい食物を運び供え、珍らしい宝をいっぱいにとりそろえ、二十五年の間、仏および菩薩《ぼさつ》・僧を供養《くよう》し申しあげた。これを祇園精舎《ぎおんしょうじゃ》という。須達《しゅだつ》がその妻の導きにより最後の富貴を得、思いどおりに伽《が》藍《らん》を建立《こんりゅう》して仏《ほとけ》に供養《くよう》申しあげた、とこう語り伝えているということだ。

〈語釈〉

○**羅漢**《らかん》　阿羅漢。阿羅漢果《あらかんか》（声聞四果《しょうもんしか》の最上位）を得た聖者。ここでは須菩提《しゅぼだい》等三人の仏弟子《ぶつでし》をさす。

○**生々世々**《しょうじょうせぜ》　生まれかわり死にかわりして世を経ること。現世も後世も。永劫《えいごう》。

○**善知識**《ぜんぢしき》　正法を説き、人を仏道に入らせ解脱を得させる人。高徳の賢者。

○**七宝《しっぽう》** 七種の宝玉。○**閻浮提《えんぶだい》** 人間世界。現世。
○**伽藍《がらん》** 僧伽藍摩《そうがらんま》・僧伽藍《そうがらん》の略。衆園と訳す。衆僧が集まって仏道を修行する所。のち、建築物である寺院・精舎《しょうじゃ》をいう。
○**精舎《しょうじゃ》** 寺院。伽藍。
○**院々房々** 多くの僧房。

舎衛国《しゃえこく》の勝義、施《せ》に依《よ》りて富貴《ふっき》を得《え》たる語《こと》、第卌二

今は昔、天竺の舎衛城《しゃえじょう》には九億の家があった。その中に一人の人がいた。名を勝義という。この人は家がとりわけ貧しく、塵《ちり》ほどの貯《たくわ》えもなかった。そこで、夫婦ともどもこの都城の中の九億の家を一軒一軒訪れては物乞いをして世を過ごし命をつないでいた。

ある時、仏はこの勝義を教化《きょうけ》しようとして、頭陀《ずだ》（托鉢《たくはつ》）第一の迦葉《かしょう》をその家にやった。迦葉は門前に来て物を乞いなさった。勝義はこれを見て、「仏《ほとけ》の御弟子《みでし》とは申しながら、なんとものわからない方だろう。私は貧乏で塵《ちり》ほどの貯《たくわ》えもないから、この都城内の九億の家を一軒一軒回って物乞いをしながら世を過しているのですよ。どうして私の所などに来て物を乞われるのですか。ご供養《くよう》するものなどこれっぽっちもありません」という。

迦葉尊者《かしょうそんじゃ》は、「たとえどんな物でも、あったらそれをください」といったが、勝義は、「私の家にはさしあげる物などまったくありません」という。尊者が、「でもあろうが、ほんの

塵《ちり》ほどでいいからください」というと、勝義は二度と返事もしない。そこへ妻が出て来て夫を叱《しか》り、「あなたはどうしてこのお坊様にご供養《くよう》をしないのですか。あなたとわたしの間には長年一枚の麻《あさ》の着物があるではありませんか。りっぱなものを供養してくれと乞いなさったなら、なにもないけれど、ただ塵ほどの物でもいいから供養してくれとのことですよ。思いきってあの麻の着物を供養《くよう》しましょう」といった。

するとと夫は、「お前はほんとうに馬鹿だ。その着物はお前とおれとの間にあるたった一枚の着物だ。おれが出かける時はお前は裸《はだか》、お前が出かける時はおれは裸だ。それを供養してしまったら、お前とおれの命はたちまち絶たれてしまうぞ」と答えた。だが、妻は、「あなたの考えはおかしい。この身は無常の身です。命はたとえ長くともついには死なぬわけにはいきません。どれほど身体をたいせつにしても、無常の死に帰したなら塵土《じんど》になってしまう身です。わたしたちは前世に布施《ふせ》の心がなかったので、いま貧乏で貯《たくわ》えがないのです。こういう者はこの都城九億の家の中でわたしたちだけです。これが前世の報いでなくてなんでしょう。この世においてまたこのようにして死んだならば、来世には地獄《じごく》に堕《お》ちて餓鬼《がき》となり堪えがたい苦を受けることでしょう。わたしはどうあってもこの麻の着物をお坊様にご供養しますます」といって、夫が嘆くのもきかず、よくよくなだめすかしてこの着物を脱いで畳み、尊者《そんじゃ》に向かって、「尊者よ、しばらく目をつぶっていてください。わたしは赤裸《あかはだか》になるのでたいへん恥かしい。ご覧にならないでください」という。そこで、尊者は目をつぶってなにも見ないでおられた。その時、女は近寄ってその着物をさしあげた。尊者は着物を鉢に受け呪願《しゆがん》してお帰りになり、さっそく仏《ほとけ》の御許《みもと》に参り、「このような次第で、勝義の妻の供養《くよう》を受けました」と申しあげた。

〈語釈〉

○舎衛城《しやえじよう》　中インド舎衛国《しやえこく》の都。波斯匿王《はしのく》の居城。釈尊《しやくそん》説法の地。

○頭陀《ずだ》　抖擻《とそう》・修治・洗浣《せんかん》・棄除《きじよ》・淘汰《とうた》と訳す。煩悩《ぼんのう》の塵垢を去り、衣食住に貪着《とんじやく》せずして清浄に仏道を修行すること。これに十二種の行がある。

在阿蘭若処《ざいあらんにやしよ》（山林・広野に住む）

常行乞食（自《みずか》ら乞食《こつじき》して生活する）

次第乞食（貧富を問わず順次に乞食する）

受一食法《じゆいちじきほう》（一坐で食し得るだけを食し重ねて食しない）

節量食《せつりようじき》（鉢中の物のみで満足する）

中後不得飲漿《ちゆうごふとくいんしよう》（日中後は果実汁・石蜜をも飲まない）

著弊納衣《じやくへいのうい》（古衣を洗って着る）

但三衣《たんさんえ》（重衣《じゆうえ》・上衣《じようえ》・内衣《ないえ》以外に貯《たくわ》えない）

塚間住《ちよかんじゆう》（塚間墓側に住み無常観の便りとする）

樹下止《じゆげし》（住居の愛着を離れるため樹下に止まる）

露地坐《ろじざ》（樹下に宿れば漏湿・鳥尿・毒虫の害があるから露地に座す）

但坐不臥《たんざふが》（座して横臥しない）をいう。

○**迦葉《かしよう》**　摩訶《まか》（大）迦葉《かしよう》。仏十大弟子の一。
○**尊者《そんじや》**　聖者。賢者。尊ばれるべき有徳者の尊称。
○**餓鬼《がき》**　悪業の報いとして餓鬼道《がきどう》（三悪道の一）におちた亡者《もうじや》。皮肉痩《や》せ細り、咽喉《のど》細く針のようで飲食することができず、常に飢渇《きかつ》に苦しむという。上に「地獄に堕《お》ちて餓鬼となり」とあるが、正しくは「餓鬼道《がきどう》に堕ちて」とあるべきか。
○**咒願《しゆがん》**　法会や食事の時、導師《どうし》の僧が法語を唱え、施主《せしゆ》または亡者《もうじや》のために福利を祈願すること。

その時、仏は光明を放ち、東方をはじめとして南方・西方・北方の諸仏を請《しよう》じられて咒願《しゆがん》し、勝義の妻を讃嘆なさった。すると、波斯匿《はしのく》王がこの光を見て驚き怪しみ、仏《ほとけ》の御許《みもと》に参って、まず目連尊者《もくれんそんじや》にこの光の意味するところを尋ねた。目連《もくれん》はこう答えた。「勝義は家が貧しく塵《ちり》ほどの貯《たくわ》えもないので、都城内の九億の家を一軒一軒回って物乞《ものご》いをしながら世を過している。ところで、今日、迦葉尊者《かしようそんじや》が勝義の家に行き物を乞うたところ、夫は貯《たくわ》えがないといって供養《くよう》をしなかった。だが、妻が夫婦の間に一枚しかない麻の着物を惜しむことなく供養した。光は仏がこれを見てほめ称《たた》えて放たれたところのものである」。大王はこれを聞いて涙を流し、まず自分の衣服を脱いで勝義の家に送り、またその国の租税《そぜい》などをことごとく勝義のもとに納めよとの宣旨を下した。そこで勝義は富貴《ふつき》の身となり、その財宝は莫大《ばくだい》なものとなった。こういうわけであるから、人は財宝を惜しまずに仏にご供養し、僧たちに与えるべきである、とこう語り伝えているということだ。

〈語釈〉

○讃嘆　言語をもって徳をたたえること。多く偈頌《げじゅ》（詩）をもってする。説教するのをいうこともある。○波斯匿王《はしのくおう》　舎衛国《しゃえこく》王。

○目連尊者《もくれんそんじゃ》　目犍連《もくけんれん》。仏十大弟子の一。神通《じんずう》第一の人。

貧女《ひんにょ》、仏に糸を供養《くよう》せる語《こと》、第卅三

今は昔、天竺《てんじく》に一人の貧女がいた。日々に家を出て人に追い使われるのを仕事にしていた。朝、家を出、夕方帰る、これが常《つね》のことであった。ところで、仏《ほとけ》が女の家の傍《そば》に住んでおられた。女は仏のお姿を見て、夕方家に帰って来るたびに、一本の枝に糸を掛けて仏をご供養《くよう》した。その時、仏がこの女に、「そなたはなにゆえに糸を掛けて私を供養するのか。もしなにか願いごとがあるなら、はやく言いなさい」とお尋ねになった。

すると女は、「どうかこの糸によって、十方三世《さんぜ》の諸仏のお説きになる法門を、ことごとくわたくしの所に持ってきていただきたく存じます。それをみな読誦《どくじゅ》し申し、その功徳《くどく》によってわたくしはついに仏《ほとけ》と成り、一切衆生《いっさいしゅじょう》を利益《りやく》しようと思うのです」とお答えした。仏はこれをお聞きになって女をほめたたえ、「それはまことにりっぱな願いである」とおっしゃってつぎのように授記《じゅき》なさった。「そなたはそのようなことを願って私を供養《くよう》した功徳《くどく》により、来世には仏と成り、その名を善事如来《ぜんじにょらい》と申すであろう。そして願いのごとく一切衆生《いっさいしゅじょう》を利益《りやく》するであろう」とお説きになった。女は来世《らいせ》の記別《きべつ》を聞いて歓喜《かんぎ》して家に帰っていった、とこう語り伝えているということだ。

〈語釈〉

○**十方三世**《さんぜ》　十方は東・南・西・北・四維《しい》（四隅《しぐう》）・上・下。三世《さんぜ》は過去世・現世・来世。十方三世の諸仏とは悠久の過去から未来永劫にわたって大宇宙に遍満する仏をいう。

○**法門**　法は教法、門は通入の義で、諸仏の教法は衆生《しゆじよう》をして生死の苦海を脱して涅槃《ねはん》に入らしめる門であるから法門という。

○**功徳**《くどく》　神仏からよい報いを受けるような善行。○**一切衆生**《いつさいしゆじよう》　すべての生物。生きとし生けるもの。○**利益**《りやく》　神仏が衆生《しゆじよう》に利福を与えること。利生《りしよう》。

○**授記**《じゆき》　記別を授けること。記別は修行者の未来の成仏《じようぶつ》に対する予言。

○**記別**《きべつ》　前の「授記《じゆき》」を見よ。

長者の家の牛、仏《ほとけ》を供養《くよう》せる語《こと》、第卅四

今は昔、天竺《てんじく》に一人の長者《ちようじや》があった。貪欲《とんよく》・邪見《じやけん》で人に物を施す心がまったくない。年は九十余り、いまや死ぬ時が近づいた。仏は慈悲《じひ》の心から彼を教化《きようけ》してやろうと、その門に三年間立ち続けなさった。だが、長者の邪見はひるがえることなく、人に命じて、あるいは棒《ぼう》を持たせ、あるいは瓦や石を拾わせて仏を打たせたり追い払わせたりした。このようにして

毎日打ったり追い払ったりし奉ったが、仏はやはりお立ちになる。長者はますます怒り、はるか遠くに追いやりたてまつった。それでもなお門にお立ちになった。こうして三年たった。

ところで、長者の家に五百頭《とう》の牛がいた。朝追い出して夕方追い込む。その母牛が、「わが主人は邪見《じやけん》・放逸《ほういつ》な人で仏にご供養《くよう》しない。自分の腹には子をみごもっているが、出産したら自分の乳をご供養《くよう》申そう」と思い、やがて子を産んだ。そこで、乳をご供養しようと思って家を出たが、牛飼《うしかい》に追い回されてご供養できない。それでは帰ってきた時になんとかしてご供養しようと思い、帰ってきて仏の御前《みまえ》に歩み寄り立ち止まっていたが、また追われてご供養することができなかった。

三日めの夜明けがた、牛は、「自分が畜生道《ちくしようどう》に堕《お》ちて堪えがたい苦悩の境涯を受けているのはみな前世《ぜんせ》で布施《ふせ》の心が無かったためである。今生《こんじよう》ではぜひとも仏にご供養申して、畜生《ちくしよう》の鞭《むち》の苦を離れ、菩薩《ぼさつ》の道を修行《しゆぎよう》しよう」と、こう思って五百頭の牛から離れて前に進み出、仏《ほとけ》の御許《みもと》に参ってみずから乳をご供養し、「私は仏に乳をご供養いたします。あと少し残してあるのはわが子にやるものです」といった。仏は鉢を牛にお預けになって乳を受けられた。その時、子の牛が傍らに立ち、「私は草を食べます。乳は早く仏にご供養《くよう》してください」といって萱《かや》の中に隠れ伏した。すると仏は、「この牛はこの功徳《くどく》により天に生まれるであろう」とお説きになった。そののちもまた、仏に乳をご供養した、とこう語り伝えているということだ。

〈語釈〉

○**貪欲**《とんよく》　読みは「とんよく」。世間の色欲財宝等に愛着し、むさぼって飽くことのないのをいう。三《さん》毒《どく》（貪欲《とんよく》・嗔恚《しんい》・愚痴《ぐち》）の一。十悪《じゆうあく》（殺生《せつしよう》・偸盗《ちゆうとう》・邪淫・妄語《もうご》・綺語《きご》・悪口・両舌《りようぜつ》・貪欲《とんよく》＝慳貪《けんとん》・嗔恚《しんい》＝嫉妬《しつと》・愚痴《ぐち》＝邪見《じやけん》）の一。

○**邪見**《じやけん》　因果の道理を否定して善の価値を認めず悪の恐るべきを顧みないまちがった考え方。五見《ごけん》（身見・辺見・邪見・見取見・戒禁取見）の一。十悪の一。

○**放逸**《ほういつ》　我がままかってな心。人間としてなすべき善事、防ぐべき悪事をも心にとどめず、勝手気ままにさせる精神作用。

○**畜生道**《ちくしようどう》　六道または三悪道（地獄《じごく》・餓鬼《がき》・畜生《ちくしよう》）の一。畜生となるべき仕業《しわざ》をしたものが死後に往《ゆ》く所。畜生は他のために畜養される生類。苦多く楽少なく、性質無知にして、貪欲・婬欲の情のみ強く、父母兄弟の差別なく、あい残害する禽獣《きんじゆう》虫魚など。

○**功徳**《くどく》　神仏からよい報いを受けるような善行。ここでは仏に乳を供養したこと。

舎衛城《しやえじよう》の人、伎楽《ぎがく》を以《もつ》て仏を供養せる語《こと》、第卅五

今は昔、天竺《てんじく》の舎衛城《しやえじよう》の中に多くの人が住んでおり、美しく着飾って伎楽《ぎがく》を奏しながら都城を出て遊びたわむれるのを常としていた。ある時、こうして都城の門までやって来ると、たまたま仏《ほとけ》が多くの御弟子《みでし》を従えて都城に入り托鉢《たくはつ》をなさろうとするのに出会った。この伎《ぎ》

楽《がく》を奏《そう》する連中は仏をお見受けして、歓喜し礼拝し、伎楽《ぎがく》を奏して仏《ほとけ》と御弟子《みでし》の僧たちを供《く》養《よう》して去っていった。

仏《ほとけ》はこれをご覧になってほほえみを浮かべ、阿難《あなん》に、「この伎楽《ぎがく》を奏してわしを供養した者たちは、この功徳《くどく》により、来世《らいせ》一百劫《こう》の間三悪道《さんあくどう》に堕《お》ちず、天上界・人間界に生まれて変ることのない楽しみを受けるであろう。一百劫《こう》ののちはみな辟支仏《びやくしぶつ》となり、名は一様に妙声《みようしよう》というであろう」とお説《と》きになった。されば、もしも人が伎楽《ぎがく》を奏して三宝《さんぼう》を供養《くよう》するならばその功徳《くどく》は無量であろう、とこう語り伝えているということだ。

〈語釈〉

○**舎衛城**《しやえじよう》　中インド舎衛国《しやえこく》の都。波斯匿王《はしのく》の居城。釈尊《しやくそん》説法の地。

○**伎楽**《ぎがく》　音楽を奏し舞をまうこと。妓楽。

○**一百劫**《こう》　「劫《こう》」は数え得ないような遠大な時間の単位。

○**三悪道**《さんあくどう》　三悪趣《あくしゆ》。地獄・餓鬼・畜生の三道。

○**辟支仏**《びやくしぶつ》　縁覚《えんがく》（四聖＝声聞《しようもん》・縁覚・菩薩《ぼさつ》・仏の一）に同じ。

○**三宝**《さんぼう》　仏・法・僧。

舎衛城《しやえじよう》の婆羅門《ばらもん》、一迊《ひとめぐり》仏《ほとけ》を遶《めぐ》れる語《こと》、第卅六

今は昔、仏《ほとけ》が舎衛城《しやえじよう》に入って托鉢《たくはつ》をなさっていた。その時、城中の一婆羅門《ばらもん》がよそからや

って来て仏のお姿を見ると、光明を放ってなんとも雄大でいらっしゃった。婆羅門《ばらもん》は歓喜《かんぎ》し、仏を一回り巡って、礼拝して去っていった。すると、仏はほほえみを浮かべて阿難《あなん》に、「あの婆羅門《ばらもん》はわしを見て歓喜し、清浄な心をもってわしの回りを一巡りした。この功徳《くどく》により、このの ち二十五劫《こう》の間三悪道《さんあくどう》に堕《お》ちず、天上界・人間界に生まれて常に楽しみを受けよう。二十五劫《こう》ののちは辟支仏《びやくしぶつ》となり、名を持儭那祇利《じしんなていり》というであろう」とお説きになった。

されば、これにより、もし人が仏および塔を巡ったなら五種の徳を得るであろう。その一は、どこで生まれても容姿が美しく、その二は、どこで生まれても声が美しく、その三は、常に天上界に生まれ、その四は、常に王家に生まれ、その五は、涅槃《ねはん》を得ることである。それゆえ、仏を巡り塔を巡ることはやさしいが、その功徳は限りない。もっぱら真心をもって仏《ほとけ》を巡り奉るべきである、とこう語り伝えているということだ。

〈語釈〉

○**舎衛城**《しやえじよう》　中インド舎衛国の都。波斯匿《はしのく》王の居城。釈尊説法の地。

○**婆羅門**《ばらもん》　古代インド四姓中の最高位の僧侶階級で、婆羅門《ばらもん》教を奉ずる種族の者。

○**阿難**《あなん》　阿難陀《あなんだ》。仏十大弟子の一。多聞《たもん》第一の人。

○**二十五劫**《こう》　「劫」は遠大な時間の単位。

○**三悪道**《さんあくどう》　三悪趣。地獄・餓鬼・畜生の三道。

○**辟支仏**《びやくしぶつ》　縁覚（四聖＝声聞・縁覚・菩薩・仏の一）に同じ。

○涅槃《ねはん》　仏教の最終理想。すべての煩悩《ぼんのう》の束縛を解脱《げだつ》して真理をきわめ、迷いの生死を超越して不生不滅の法を体得した境地。煩悩を滅却して絶対自由となった境地。

財徳長者の幼子《おさなご》、仏《ほとけ》を称《しょう》して難《なん》を遁《のが》れたる語《こと》、第卅七

今は昔、天竺《てんじく》に財徳長者という人がいた。幼ない愛児が一人いたが、つねにこの子に「南《な》無《む》仏《ぶつ》」という言葉を唱《とな》えるよう教えていた。小児《こども》は教えられるまま、つねに「南無仏」と唱えた。寒い時だろうと熱い時だろうと、あるいは悲しい時だろうとうれしい時だろうと、一時も忘れずつねに「南《な》無《む》仏《ぶつ》」と唱えた。ところが、ある日この子がちょっと寝ている時に、にわかに空から鬼神《きじん》が下りて来て、小児を捕えて食い殺そうとした。小児は「南《な》無《む》仏《ぶつ》」と唱えた。その声がたちまち祇園精舎《ぎおんしょうじゃ》に聞こえ、仏が一瞬の間にその場所においでになって小児を保護し、鬼神《きじん》に食わせることはなさらず、「仏法の守護者よ、来《きた》れ」とお呼びになる。そのとき、十方無尽《じっぽうむじん》の執金剛神《しゅうこんごうじん》が現われ、鬼神を降伏《ごうぶく》させ神呪《しんじゅ》を説いた。これにより鬼神は誓いを立て、「私も今後仏法の守護者となってこの人を護りましょう」といった。されば、南《な》無《む》仏《ぶつ》と申すことは単純なことであるが、まさしく仏がお護《まも》りになることである。それゆえ、もっぱら仏の御名《みな》を唱えるべきである、とこう語り伝えているということだ。

〈語釈〉

○南無仏《なむぶつ》　南無《なむ》は帰依《きえ》・帰命《きみょう》・頂礼《ちょうらい》の意。

○**祇園精舎**《ぎおんしょうじゃ》　舎衛《しゃえ》城の南にあり、須達長者《しゅだつちょうじゃ》が釈尊《しゃくそん》に寄進した寺院。
○**十方**《じっぽう》　東・南・西・北・四維《しい》（四隅）・上・下。あらゆる方角をいう。
○**執金剛神**《しゅうこんごうじん》　手に金剛杵《こんごうしょ》を執《と》って仏法を守護する神。勇猛の相をなし、那羅延金剛《ならえんこんごう》とともに仁王《におう》とされる。金剛神。金剛力士《りきし》。密迹《みっしゃく》金剛。執金剛夜叉《しゅうこんごうやしゃ》。
○**降伏**《ごうぶく》　読みは「ごうぶく」。威力をもって他を降し伏させること。調伏《ちょうぶく》。
○**神呪**《しんじゅ》　神験を顕現するために口に誦する呪文《じゅもん》。陀羅尼《だらに》＝真言《しんごん》（梵文《ぼんもん》を翻訳せずそのまま音写し読《どく》誦《じゅ》するもの）をも神呪《しんじゅ》という。これを誦する者は無量の文を聞いて忘れず、無辺の義理を会得《えとく》して学解を助け、いっさいの障礙《しょうげ》を除き無量の福徳を得る等の広大な功徳がある。

舎衛《しゃえ》国《こく》の五百の群賊の語《こと》、第卅八

今は昔、天竺《てんじく》の舎衛《しゃえ》国《こく》に五百人の群賊がいた。重罪を犯しているというので、波斯匿《はしのく》王はこの群賊をみな捕え、一人一人目をくり抜き手足を切って高禅山《こうぜんざん》という山のふもとに追い払った。群賊は目や手足は失ったが、命は絶えなかったので、飢餓《きが》の苦しみはどうにも堪えがたかった。どんな手だてをめぐらしたら食物が得られるだろうかと泣き悲しみ、「われわれ五百人はもう普通の人間でなくなった。土器が壊れたようなものだ。現世でひどい苦しみを受け、また来世《らいせ》では三悪道《さんあくどう》に堕《お》ちて苦を受けるに違いない。足でもあれば仏《ほとけ》の御許《みもと》に参れるだろうし、手でもあれば掌《て》を合わせて礼拝もできるだろう。また、目があれば仏を見奉ることもできよう。これらがみな欠けて、われわれは自分の心掛けの悪さから現世・来世の両方ともだめにしてしまった」という。こうして、おのおの泣き悲しんでいる時に、群賊の中で知恵のある一人の者が、「仏がこの世に出現なさったのは、一切衆生《いっさいしゅじょう》の苦をお救いなさろうがためである。われわれは異口同音《いくどうおん》に仏《ほとけ》の御名《みな》を唱《とな》え、『この苦をお救いください』とお願いしよう」という。すると、また群賊の一人が、「われわれは目が見え、手足が自由であった時に、仏を礼拝せず仏法を聞かず僧を敬わず三宝《さんぽう》（仏・法・僧）の物をもかって気ままに盗み取った。いまさらお助けくださることはあるまい」という。また一人の群賊が、「いや、仏《ほとけ》は平等《びょうどう》の慈悲《じひ》心をおもちだ。だれに対しても自分の子への深い愛情をお掛けなさると聞いている。たとえ三宝《さんぽう》の物を勝手にしようとも、どうしてご利益《りやく》をお与えくださらぬことがあろう。やはり、仏《ほとけ》の御名《みな》を唱えてご利益《りやく》に預かろうではないか」といって、五百人が異《い》口同音《くどうおん》に声を張りあげ、「南無釈迦牟尼仏《なむしやかむにぶつ》、われわれの苦をお救いください」とお願いした。

その時、声に応じて仏がたちまち高禅山《こうぜんざん》のふもとにおいでになった。光を放って五百人の群賊の一人一人をお照らしになる。と同時に、群賊の目がいっせいに開き手足が生じてもとの体となり、仏を礼拝し敬いかしこまる。こうしてみな阿羅漢《あらかん》果を証し、御弟子《みでし》となった。いわゆる霊鷲山《りようじゆせん》の五百の御弟子《みでし》というのはこれである。逆罪《ぎやくざい》を犯した者さえ、仏を祈念し奉って利益《りやく》を蒙《こうむ》ることはこのようなものである。まして善心ある者が真心をもって仏を祈念し奉《たてまつ》ったなら、まさにむなしいことがあろうか。このように本当に目を開き手足が生じたことでさえ貴いことであるのに、さらにみな阿羅漢《あらかん》果を証《しょう》して羅漢《らかん》となり、仏《ほとけ》の御弟子《みでし》となった、とこう語り伝えているということだ。

〈語釈〉

○**舎衛国**《しゃえこく》　中インドにあった国。釈尊《しゃくそん》説法の地。

○**波斯匿王**《はしのく》　舎衛《しゃえ》国《こく》王。

○**三悪道**《さんあくどう》　三悪趣《あくしゅ》。地獄・餓鬼《がき》・畜生の三道。

○**一切衆生**《いっさいしゅじょう》　すべての生物。生きとし生けるもの。

○**利益**《りやく》　神仏が衆生に利福を与えること。利生《りしょう》。

○**南無**《なむ》　帰依《きえ》・帰命《きみょう》・頂礼《ちょうらい》の意。

○**阿羅漢果**《あらかんか》　声聞四果《しょうもんしか》の最上位。

○**霊鷲山**《りょうじゅせん》　王舎城《おうしゃじょう》の東北にある山。釈尊《しゃくそん》説法の地として著名。耆闍崛山《ぎしゃくっせん》・霊山《りょうぜん》・鷲峰《じゅほう》ともいう。

○**逆罪**《ぎゃくざい》　仏教における逆悪重罪。五種あって五逆罪という。

○**羅漢**《らかん》　阿羅漢《あらかん》。阿羅漢果を得た聖者。

巻二

仏の御父浄飯《じょうぼん》王死にたまいし時の語《こと》、第一

今は昔、仏の御父、迦毘羅衛国《かびらえこく》の浄飯《じょうぼん》大王は年老いて病《やまい》にかかり、数日たつうち、しだいに重くなってたいそうお苦しみになり、その苦痛といったら油を押し絞《しぼ》るようであった。もはや最後とお思いになり、御子の釈迦仏《しゃかほとけ》・難陀《なんだ》、孫の羅睺羅《らごら》、甥の阿難《あなん》などを見ずに死んでゆくことをお嘆きになる。これを仏のみもとにお知らせしようとしたが、仏のいらっしゃる所は舎衛国《しゃえこく》である。迦毘羅衛国《かびらえこく》より五十由旬《ゆじゅん》もある所だから、使者が行き着く間に浄飯王はお亡くなりになるであろう。そこで、このことを后・大臣などが思い悩んでいると、仏は霊《りょう》鷲山《じゅせん》におられて、父の大王が大病にかかり多くの人が嘆きあっているのをおのずと察知なさって、難陀《なんだ》・阿難《あなん》・羅睺羅《らごら》などをひき連れて浄飯《じょうぼん》王の宮殿においでになった。すると、宮殿は朝日が差し込んだようにあたり一面金色《こんじき》に照り輝いた。

それを見て、浄飯王をはじめ多くの人々は声々に驚き怪しんだ。大王はこの光に照らされて病苦がたちまち去り、このうえなく身の快さを覚えた。しばらくして、仏は難陀《なんだ》・阿難《あなん》・羅睺羅《らごら》を従えて虚空から降りて来られた。大王は仏を見奉《みたてまつ》るや雨のように涙をお流しになる。合掌して心からお喜びになった。仏が父王の御傍らにおすわりになって本生経《ほんしょうきょう》をお説きになると、大王は即座に阿那含果《あなごんか》を証しなさった。そして、仏の御手を取りわが胸に引き寄せなさった時に、阿羅漢果《あらかんか》を証しなさった。その後しばらくして、大王の御命は絶えてし

まわれた。

〈語釈〉

○**仏**　釈迦牟尼仏《しゃかむにぶつ》。釈尊《しゃくそん》。○**迦毗羅衛国**《かびらえこく》　北インドにあった。釈迦族の住んでいた国。

○**浄飯**《じょうぼん》**大王**　師子頬《ししきょう》王の子。釈尊の実父。七十九歳歿。

○**難陀**《なんだ》　仏弟子。釈尊の異母弟（釈尊の父浄飯王の妃摩耶夫人《まやぶにん》は釈尊を生んで死に、そのあとその妹摩訶波闍波提《まかはじゃはだい》が妃となって難陀を生んだ）。

○**羅睺羅**《らごら》　釈尊の実子（母は耶輸陀羅《やしゅだら》）。釈尊成道後仏弟子となる。密行第一の人。

○**阿難**《あなん》　阿難陀《あなんだ》。釈尊の従弟《いとこ》（釈尊の父浄飯王の弟斛飯《こくぼん》王の子というが、また甘露飯《かんろぼん》王、白飯《はくぼん》王の子ともいう）。仏十大弟子の一。多聞《たもん》第一の人。

○**舎衛国**《しゃえこく》　中インド、迦毗羅衛国《かびらえこく》の西北にあった国。釈尊説法の地で波斯匿《はしのく》王の居城がある。

○**由旬**《ゆじゅん》　古代インドの里程の単位。一由旬は六町一里で四十里、三十里、または十六里の称。

○**霊鷲山**《りょうじゅせん》　摩訶陀《まかだ》国、王舎城《おうしゃじょう》の東北にある山。釈尊説法の地として著名。耆闍崛山《ぎしゃくっせん》・霊山《りょうぜん》・鷲峰《じゅほう》ともいう。

○**本生経**《ほんしょうきょう》　諸本「生」を空格とする。『経律異相《きょうりついそう》』に「量摩波羅本生経《りょうまはらほんしょうきょう》」とあることから「生」を補う。本経は略して「本生経」といい、「闍多迦《ジャータカ》」の訳語。仏の前生における菩薩行《ぼさつぎょう》の本縁をのべたもの。十二部経の第九。

○**阿那含果**《あなごんか》　声聞《しょうもん》（四聖＝声聞・縁覚《えんがく》・菩薩・仏の一）の修行証果を四に分かつ（声聞四果《しか》）、その第三果位《かい》。不還果《ふげんか》・不来果《ふらいか》と訳す。欲界に死んで色《しき》界・無色《むしき》界に生まれ、煩悩《ぼんのう》が尽きているのでふたたび還り来ぬ位をいう。

○阿羅漢果《あらかんか》　前項声聞四果の最上位。無学果ともいい、三界《さんがい》の見《けん》・思《し》の惑《わく》（智・情・意から起こる迷い）を断尽し、修学完成してふたたび迷界《めいかい》（六道）に生まれることなく、尊敬と供養を受けるに足る聖者の位をいう。

その時、都城内のすべての者は声を限りに泣き悲しむ。その声は都城を響かすばかりであった。そののち、ただちに七宝《しっぽう》の棺《ひつぎ》を作り、大王の御身には香油《こうゆ》を塗《ぬ》り錦《にしき》の衣をお着せして棺にお収めした。お亡くなりになる時には、御枕もとに仏と難陀《なんだ》の二人がおすわりになり、御裾《すそ》の方には阿難《あなん》と羅睺羅《らごら》の二人がお控えになった。こうして葬送の時になると、仏は末世《まっせ》の衆生《しゅじょう》が父母の養育の恩を報じなくなることを戒められようがために、御棺《ひつぎ》を担《にな》おうとなさった。と同時に、大地が震動して世界じゅうが揺れ動いた。ために、あらゆる衆生がみなにわかに踊り騒ぐ。まさに水に浮かぶ船が大波に遭遇したかのようであった。

そこで四天王《してんのう》が御棺を担うことを仏にお願いした。仏はこれをお許しになり、担わせなさった。そして香炉を持ち、大王の前に立ってお歩きになった。墓所は霊鷲山《りょうじゅせん》の上である。霊鷲山に入ろうとするとき、羅漢《らかん》が来て海岸に流れ寄った栴檀《せんだん》の木を拾い集めて大王の御身を焼き奉った。その時、仏は無常の教えを説かれた。焼き終わると、舎利《しゃり》を拾い集め、黄金の箱に入れて塔を立て安置し奉った、とこう語り伝えているということだ。

〈語釈〉

○**七宝**《しっぽう》　七種の宝玉。金・銀・瑠璃《るり》・玻璃《はり》・硨磲《しゃこ》・赤珠《しゃくしゅ》・瑪瑙《めのう》（以上『阿弥陀経』所説）。
○**大地が震動**　世に祥瑞《しょうずい》があるとき、大地が震動する。震動に六種あり、六種震動という。動・起・涌・震・吼・覚。○**四天王**《してんのう》　欲界六天（六欲天）の第一天である四王天（四天）の王。持国《じこく》天・増長天《ぞうじょう》・広目天《こうもく》・多聞天《たもん》。四方鎮護、仏法守護の四神。○**羅漢**《らかん》　阿羅漢《あらかん》。阿羅漢果《あらかんか》を得た聖者。
○**栴檀**《せんだん》　白檀《びゃくだん》の異称。香り高く、皮を香料にする。
○**無常**　物・心諸現象は刹那《せつな》の間にも生滅変化し常住の相のないこと。
○**舎利**《しゃり》　身骨。また、仏陀・聖者の遺骨。ここでは前者。

仏、摩耶夫人《まやぶにん》の為《ため》に忉利天《とうりてん》に昇《のぼ》りたまえる語《こと》、第二

今は昔、仏の御母摩耶夫人《まやぶにん》は仏（悉達太子《しつだたいし》）をお産みなされて七日めにお亡くなりになった。後に太子は都城を出て山に入り、六年間苦行して仏になられた。そして四十余年間、種々の法を説いて衆生《しゅじょう》を教化《きょうけ》なさったが、摩耶夫人は亡くなられて忉利天《とうりてん》にお生まれなさった。

そこで仏は母を教化しようと忉利天にお昇りになり、歓喜園《かんぎおん》の中の波利質多羅樹《はりしったらじゅ》のもとにおいでになって、文殊《もんじゅ》を使いとして摩耶夫人のみもとへおつかわしになり、「摩耶夫人よ、どうか、いま私の所においでになって、私を見、仏法を聞き、三宝《さんぼう》を敬礼《きょうらい》なされませ」と伝えさせなさる。文殊は仏のご命令を受けて摩耶夫人の所においでになり、仏のお言葉をお伝

えなさる。摩耶夫人は仏のお言葉をお聞きになると同時に乳汁が自然に出てきた。摩耶夫人は、「もしあなたが、わたしが閻浮提《えんぶだい》にいる時産んだ悉達太子《しつだたいし》でいらっしゃるならば、この乳汁がそのお口に自然に到達するでしょう」とおっしゃって、両の乳をお絞りになると、その汁ははるかに飛んで仏の御口に入った。これを見た摩耶夫人《まやぶにん》はたいそうお喜びになった。

その時、世界は大いに震動する。摩耶は文殊とともに仏のみもとにおいでになった。仏は母が来られたのをご覧になり、これまたたいそう喜ばれた。そして母に向かい、「これから長く涅槃《ねはん》の道を修行して、世間の楽しみ苦しみから離脱なさいますよう」といって、摩耶のために法をお説きになった。摩耶は法を聞いてわが前世の因縁を悟り、八十億の煩悩《ぼんのう》を断って、たちまち須陀洹果《しゅだおんか》を証しなさった。そして仏に、「わたしはすでに迷いを離れ解脱《げだつ》を得ました」と申しあげる。するとその場にいる大衆はこれを聞いて、みな異口同音に、「どうか仏よ、一切衆生《いっさいしゅじょう》をみなこのように解脱させてください」と仏にお願いした。仏は改めて一切衆生のために法をお説きになる。このようにして、仏は三ヵ月の間忉利天《とうりてん》においでになった。

〈語釈〉

○**摩耶夫人《まやぶにん》**　迦毗羅衛《かびらえ》国王浄飯王《じょうぼん》の妃。拘利《くり》城主善覚王《ぜんがく》の妹。○**悉達《しつだ》**　釈尊の幼名。悉達多。

○**衆生《しゅじょう》**　すべての生物。生きとし生けるもの。

○**忉利天《とうりてん》**　六欲天（天上界）の第二天。須弥山《しゅみせん》の頂上、閻浮提《えんぶだい》（人間世界）の上八万由旬《ゆじゅん》にある。中央に帝釈天《たいしゃくてん》の住む喜見城《きけんじょう》（善見城）がある。

○**歓喜園**《かんぎおん》　前項の喜見城の北面にある苑林《えんりん》。歌舞苑《かぶおん》・大喜苑《だいきおん》ともいう。諸天人がこの園に入る時はすべて娯楽歓喜する。昔、釈尊は母后のためにこの園において一夏《いちげ》九十日間説法したという。
○**波利質多羅樹**《はりしつたらじゅ》　香遍樹《こうへんじゅ》と訳す。マメ科に属する植物で、ヒマラヤ山麓《さんろく》・セイロン（スリランカ）・ビルマ（ミャンマー）・マラッカ・ジャワ・ポリネシア等に分布する。樹幹高くそびえ樹皮は薄く灰色で、多数の小さい刺《とげ》があり、葉は羽状葉、花は房状花序をなし、大形紅色の美しい花が咲く。喜《き》見《けん》城の東北隅にあるという。
○**文殊**《もんじゅ》　文殊師利《しり》。文殊菩《ぼ》薩《さつ》。普賢《ふげん》菩薩とともに釈迦仏の脇士《わきじ》。○**三宝**《さんぼう》　仏・法・僧。
○**閻浮提**《えんぶだい》　世界の中心にそびえる高山須弥《しゅみ》山《せん》の南方にある州で、南閻浮提または南瞻部洲《なんせんぶしゅう》ともいう。人間世界、現世の称。○**大いに震動**　第一話「大地が震動」に同じ。六種震動。
○**涅槃**《ねはん》　仏教の最終理想。悟り。すべての煩悩《ぼんのう》の束縛を解脱《げだつ》して真理をきわめ、迷いの生死を超越して不生不滅の法を体得した境地。煩悩を滅却して絶対自由となった境地。菩提《ぼだい》。
○**煩悩**《ぼんのう》　衆生の心身を悩乱し、迷界につなぎとめる一切《いっさい》の妄念。迷いの心。
○**須陀洹果**《しゅだおんか》　修行の因に基づく声聞四果《しょうもんしか》の初位。初果。見惑《けんわく》（煩悩）を断じつくして初めて聖者の仲間に入る位。
○**解脱**　煩悩《ぼんのう》・束縛から離脱して自由になること。苦悩を克服して絶対自由の境地に入ること。涅《ね》槃《はん》。

　仏は鳩摩羅《くまら》に向かい、「そなたは人間世界に下りて、このわしはしばらくして涅槃《ねはん》を遂げるであろうと話してやりなさい」とおっしゃる。鳩摩羅は仏の仰せに従い、人間世界に降りて仏のお言葉を語ると、衆生《しゅじょう》はみなこれを聞いていいようもなく嘆き悲しみ、「わたくしたちはまだ仏のおいでになる所を知らなかった。いまはじめて忉利天《とうりてん》においでになると聞いて大喜びしたのに、まもなく涅槃《ねはん》にお入《はい》りになろうという。なにとぞ衆生をお哀れみくださってすみやかに人間世界におくだりください」といった。鳩摩羅《くまら》は忉利天《とうりてん》に返り昇り、衆生の言葉を仏にお伝えした。仏はこれをお聞きになり、地上世界にくだろうとお思いになった。

すると、帝釈天《たいしゃくてん》は仏がおくだりになろうとするのを自然に察知して、鬼神に命じて忉利天から地上世界に三つの道を造らせた。中央の道は閻浮檀金《えんぶだんごん》、左の道は瑠璃《るり》、右の道は瑪瑙《めのう》をもってそれぞれ飾る。その時、仏は摩耶《まや》に対し、「この生死の世界には必ず別離があります。私は地上世界に降りて、しばらくして涅槃《ねはん》に入るでしょう。お目にかかることはこれが最後です」とおっしゃる。摩耶《まや》はこれを聞いて涙にくれるばかりであった。仏は母とお別れになり、宝の階段を踏み、あまたの菩薩《ぼさつ》や大ぜいの声聞《しょうもん》を率いてお降りになると、梵天《ぼんてん》・帝《たい》釈天《しゃくてん》・四大天王《しだいてんのう》がそれぞれ左右に付き随《したが》った。そのありさまは想像に余りあるほどであった。地上世界では、波斯匿王《はしのくおう》を始めとして多くの人々が、仏の降りて来られるのを喜んで階段の下に居並んでいた。仏は階段から降りられると、祇園精舎《ぎおんしょうじゃ》にお帰りになった、とこう語り伝えているということだ。

〈語釈〉

○**鳩摩羅《くまら》**　拘摩羅《くまら》・鳩摩囉迦《くまらか》なども書き、童子と訳す。色界初禅天《しきかいしょぜんてん》の梵《ぼん》王の名。顔が童子に似るので名づけた。常に鶏をかかげ鈴を持ち、赤幡《せきばん》を持って孔雀《くじゃく》にのる。

○**帝釈天**《たいしやくてん》　仏法守護神で忉利天《とうりてん》の喜見《きけん》城の主。○**閻浮檀金**《えんぶだんごん》　閻浮は樹の名、檀は江または海の意で、閻浮樹間を流れる川から流出する砂金をいう。
○**瑠璃**《るり》　七宝の一。紺青《こんじよう》色の宝石。
○**瑪瑙**《めのう》　七宝の一。翠緑玉＝エメラルド、すなわち深緑色の光を有する宝石。
○**声聞**《しようもん》　声聞は元来、釈迦《しやか》の音声を聞いた仏弟子《ぶつでし》の意であるが、大乗教において縁覚《えんがく》・菩薩《ぼさつ》に対していう時は、釈迦の直弟子に限定せず、仏の教法により三生六十劫《こう》の間、四諦《したい》（苦《く》・集《じゆう》・滅《めつ》・道《どう》の四諦）の理を観じ、自ら阿羅漢《あらかん》となるを理想とする仏道修行者をいう。声聞の悟りには四階梯《かいてい》があり四果《しか》というが、その最上位が阿羅漢果で、それを得た者を阿羅漢という。
○**梵天**《ぼんでん》　前項の「帝釈天」と並び、仏法守護神。
○**四大天王**《しだいてんのう》　四天王（持国天《じこく》・増長天《ぞうじよう》・広目天《こうもく》・多聞天《たもん》）。
○**波斯匿王**《はしのくおう》　舎衛国《しやえこく》王。○**祇園精舎**《ぎおんしようじや》　舎衛国の南にあり、須達長者《しゆだつちようじや》が建てて釈尊に寄進した寺院。

仏、病める比丘《びく》の恩《おん》に報《むく》いたまえる語《こと》、第三

今は昔、祇園精舎《ぎおんしようじや》に一人の比丘《びく》がいた。これが重い病気にかかり、五、六年もの間大いに苦しんだ。悪いできものができて膿《うみ》や血が流れ出、垂れ流しの大便小便が鼻をつくばかりであった。そこで、人々はこれをきたながって、だれも近寄ろうとしない。寝ているあたり一帯はぼろぼろに朽ち果てていた。仏はこの人を見て気の毒にお思いになり、阿難《あなん》・舎利弗《しやりほつ》な

どの五百の御弟子《みでし》をみなよそに出してやってから、その比丘《びく》の所に行き、五本の指から光を放って遠くお照らしになり、比丘に、「どうしてそなたの看病をする者がいないのか」とお尋ねになる。比丘は、「長年にわたる病気のため、看病してくれる者もいないのです」とお答えした。

すると、帝釈天《たいしやくてん》がそこに現われ、宝瓶《ほうびよう》に水を入れて仏に奉った。仏は紫磨黄金《しまおうごん》の御手をもってこれを受け、右手でこの水を比丘《びく》の体にそそぎかけ、左手でできものをお撫《な》でになると、その一手一手に病気が直っていった。「そなたは昔わしに恩を施してくれた。そこで、いまわしがここに来てそれに報いたのだ」とおっしゃって、比丘《びく》のために説法なさった。比丘は即座に阿羅漢果《あらかんか》を得た。

その時、帝釈天《たいしやくてん》が仏に対し、「この病比丘の恩を報じなさるとはどういうことでございますか」とお尋ねした。仏は帝釈天に、「過去の無量阿僧祇劫《むりようあそうぎこう》の昔に国王がおった。財宝を手に入れようがために、非道にも一人の人とひそかにしめし合わせ、『もしだれかが公《おおやけ》の物に手を触れることがあったなら、お前はそれを処罰せよ。こうして、そやつの財宝をわしとお前で分け取ろう』と約束した。この相手の名を伍百《ごひやく》という。その時、一人の優婆塞《うばそく》がいた。ほんのわずか公の物に手を触れた。王は伍百に命じてこれを罰したが、この優婆塞《うばそく》が善を行なう人であると聞いて、伍百は罰するのをやめた。優婆塞は罰を免かれて喜んで去っていった。その折の伍百というのはこの病比丘であり、優婆塞というのはいまのこのわしである。こういうわけで、わしがここに来て恩を報じるのである」とお説きになった、とこう語り伝えているということだ。

〈語釈〉

○**祇園精舎**《ぎおんしょうじゃ》 須達《しゅだつ》長者が建てて釈尊に寄進した寺院。
○**比丘**《びく》 僧。出家得度《とくど》して具足戒《ぐそくかい》を受けた男をいう。
○**阿難**《あなん》 阿難陀《あなんだ》。仏十大弟子の一。多聞《たもん》第一の人。
○**舎利弗**《しゃりほつ》 仏十大弟子の一。知恵第一の人。
○**帝釈天**《たいしゃくてん》 須弥山《しゅみせん》（世界の中央にそびえ立つ高山）の頂上にある忉利《とうり》天《てん》の喜《き》見《けん》城の主。仏法守護神。
○**宝瓶**《ほうびょう》 華瓶《けびょう》・水瓶《すいびょう》など瓶器《びんき》の尊称。
○**紫磨黄金**《しまおうごん》 紫色を帯びた精良な黄金。紫磨金《しまごん》。紫金《しこん》。閻浮檀金《えんぶだんごん》。
○**阿羅漢果**《あらかんか》 声聞四果《しょうもんしか》の最上位。
○**阿僧祇劫**《あそうぎこう》 阿僧祇はインドの、大数の名。阿僧祇耶《あそうぎや》・阿僧企耶《あそうぎや》ともいい、略して僧祇という。訳して無数・無央数といい、算数をもって言いあらわしえない数のこと。「劫」は数え得ないような遠大な時間の単位。
○**優婆塞**《うばそく》 七衆（比丘《びく》・比丘尼《びくに》・沙弥《しゃみ》・沙弥尼《しゃみに》・式叉摩那《しきしゃまな》・優婆塞・優婆夷《うばい》）の一。仏教を信じる在家《ざいけ》の男子。諸善事をなし、また親しく善士に仕えて三帰戒《さんきかい》を受け五戒を守る者をいう。

仏、卒堵波《そとば》を拝《はい》したまえる語《こと》、第四

今は昔、仏が伽頻《かひん》国においでになって喩山陀羅樹《ゆせんだらじゅ》の下にやって行かれた。そこに一つの卒《そ》堵婆《とば》があったが、仏はこれを礼拝なさった。それを見た阿難《あなん》・舎利弗《しゃりほつ》・迦葉《かしょう》・目連《もくれん》等の御弟《みで》子《し》たちが不思議に思い、「仏はどういうわけでかくもねんごろにこの卒堵婆を礼拝なさるのですか。仏は人にこそ礼拝されるのであって、仏の他により勝《すぐ》れて貴いと思うべきものはなにものもないのではありませんか」と申しあげた。

すると仏がお答えになった。「昔、この国に大王がおった。子がないので、天に乞い竜神に祈って子を授けてほしいと願った。するとその后《きさき》が懐妊し、一人の男子を生んだ。后はこの子を手塩にかけてたいせつに養い育てた。十歳余りになるころ、父王は病に侵され、天神に祈願をかけたがどうにもならない。医薬によって治そうとしても治らなかった。ところが、一人の医師が、『生まれてこのかた、いささかも怒ったことのない人の眼と骨髄《こつずい》を取り、それを交ぜ合わせて身体に付けたなら、王の病は立ちどころに治るでしょう』といった。しかしながら、仏以外怒りの心を起さぬ者などあろうはずはない。まったく無理なことだといって嘆いていると、この太子はこれを聞いて、自分こそまだ怒ったことのない者だと思い、母后に向かって、『生まれる者はかならず滅します。会う者はきっと離れます。だれがこのことから免れえましょうか。いたずらに死んでしまうより、私はこの身を捨てて父の御命をお助けいたしましょう』という。母后はこれを聞いて涙を流し、答える言葉もなかった。太子は心中に、『自分は孝養《きょうよう》のために命を惜しむべきではない。もし惜しむ心でもあれば不孝の罪を得るであろう。たといこの身が長命であるにせよ、ついには死を免れえないのだ。死んで三悪道に堕《お》ちるのはまた疑いないことだ。ただこの身を捨てて父の御命を助け、ついには無上道《むじょうどう》を得て一切衆生《いっさいしゅじょう》を利益《りやく》しよう』との誓いを立ててひそかに一人の旃陀羅《せんだら》を呼び、このことを打ちあけて頼むと、旃陀羅はひどく恐れおののいてことわった。

〈語釈〉

○**伽頻国**《かひんこく》　伽毗羅衛国《かびらえこく》のこと。ヒマラヤ山麓《さんろく》、今のネパール国タライ地方にあり、釈迦族の住んでいた国。都を迦毗羅衛城という。釈尊の生存中、舎衛国《しゃえこく》に攻められて滅んだ。

○**喩山陀羅樹**《ゆせんだらじゅ》　喩山は固有名。陀羅樹は多羅樹とも書く。シュロ科に属する常緑高木。インド・ビルマ（ミャンマー）・セイロン（スリランカ）等の熱帯地に産し、樹高約二十メートル、周囲二メートルに及ぶ。インドではこの樹名を尺度の単位（一多羅樹を七仞《じん》、すなわち四十九尺）に用いる。葉は掌状複葉で叢生《そうせい》し、長さ三メートル、平滑堅実で紙の代用として文書をしたためる。また筵《むしろ》（アンペラ）・扇・帽子・傘《かさ》・紙を製する。花は肉穂花序で雌雄異株。果は倒卵形で赤く、ザクロに似る。材は建築用。樹液から棕櫚《しゅろ》酒・砂糖を採取する。またこの樹は幹を切るとふたたび芽を生じないので、経中ではこれを比丘《びく》が殺・盗・淫《いん》・妄《もう》の重罪を犯せば長く善根を失い知見を復することのないのに譬《たと》える。

○**卒堵波**《そとば》　「波」は普通「婆」。率塔婆・卒都婆とも書く。塔婆に同じ。遺骨または経巻を埋蔵し、または特に霊地の標示または伽藍《がらん》建築の一荘厳《しょうごん》として設けた建造物をいい、あるいは三重・五重の屋根を有する高い建築を塔、小形の板塔婆を卒塔婆・塔婆と通称する。
○**迦葉**《かしょう》　大迦葉。仏十大弟子の一。頭陀行《ずだぎょう》第一の人。
○**目連**《もくれん》　目犍連《もくけんれん》。仏十大弟子の一。神通第一の人。
○**孝養**《きょうよう》　ここでは孝行の意。○**三悪道**　地獄・餓鬼・畜生の三道。三悪趣。
○**無上道**《むじょうどう》　このうえなくすぐれた道。仏道。解脱《げだつ》。菩提《ぼだい》。悟り。○**一切衆生**《いっさいしゅじょう》　すべての生物。生きとし生けるもの。○**旃陀羅**《せんだら》　インド種姓の名で、四姓（婆羅門《ばらもん》＝僧侶階級・刹帝利《くしゃとりや》＝王族・武士階級、毗舎《ばいしゃ》〈吠奢〉＝庶民階級、首陀羅《しゅどら》＝奴隷階級）の下に位する最下級の賤民で、賤業を営む種族。男を旃陀羅、女を旃陀利という。

しかしながら、太子は孝養の心いよいよ深く、旃陀羅《せんだら》をせめ、五百の剣を与えて自分の眼と骨髄《こつずい》を取らせ、これを交ぜ合わせて父王に奉った。この薬をもって病気を治療したところ、病気は立ちどころに治った。だが、大王はこのことをご存じなく、その後、『わしの所に太子を呼んでこい。長い間太子がやって来ないのはどういうわけだ』とお聞きになる。一人の大臣が王に、『太子はすでに命を失われました。医師が、『生まれてこのかた怒ったことがない人の眼と骨髄をもって大王のご病気を治すように』といいましたので、太子は、『生まれてこのかた怒ったことのない者はただ私だけだ、私は孝養のために身を捨てよう』とこうおっしゃって、ひそかに旃陀羅《せんだら》にいい含めて眼と骨髄を取らせ、大王に奉りなさいました。それによって、大王のご病気を治療したので、すっかりお治りになれたのでございます』と申しあげた。

大王はこれを聞き、いいようもなく泣き悲しまれた。しばらくしてこうおっしゃった。『わしは、その昔父を殺して王位を奪った者があったと聞いているが、子の身肉を食って命を全《まっと》うした話はまだ聞いたことがない。なんと悲しいことだ。わしはなにも知らずに、病気の治ったことを喜んでいたとは』。そこでただちに太子のために喩《ゆ》旃陀羅樹《せんだらじゅ》の下に一基の卒《そ》堵婆《とば》をお立てになった。その時の王がわが父浄飯王《じょうぼんおう》である。その時の太子がこのわが身である。この卒堵婆はわがためにお立てになったものであるから、いまここに来て礼拝するのである。この卒堵婆により、わしは悟りを開いて一切《いっさい》の衆生《しゅじょう》を教化《きょうけ》するのである」とお説きになった、とこう語り伝えているということだ。

〈語釈〉

○浄飯王《じょうぼんおう》　迦毗羅衛《かびらえ》国王。

仏、人の家に六日宿りしたまえる語《こと》、第五

今は昔、仏が舎衛《しゃえ》国《こく》においでになる時、ある人の家に行かれて六日間お泊りになり、供養をお受けになった。七日めの朝、お帰りになろうとすると、空が曇り風が吹いて大雨となり、山も川も水びたしになった。家の主人は仏に、「今日はおとどまりください、この雨風

ではどうにもなりません。どうせのこと、さらに七日間のご供養をいたしましょう」と申しあげた。舎利弗《しゃりほつ》・目連《もくれん》・阿難《あなん》・迦葉《かしょう》等の御弟子《みでし》たちも、「今日はおとどまりください」とおすすめしたが、仏は、「いやいや、そなたたちはじつに愚かである。ひとこと言葉を交え一夜の宿をともにすることは、これみな前世《ぜんぜ》の業因《ごういん》によるものである。この家の主人よ、よく聞きなさい。そなたは前世に人間に生まれたが、人に捨てられ、寒さのために死ぬはずであったその時、わしがそなたを拾い取って膚につけ、六日間暖めて命を助けた。だが、七日めの朝、そなたは寒さに堪えず死んでしまった。こうしたわけで、わしはいまそなたの家に六日泊って供養を受けたが、またそのゆえに、わしは今日この家にとどまることはできない」とおっしゃって耆闍崛山《ぎしゃくっせん》にお帰りになった。家の主人および御弟子たちもこれを聞いてこのうえなく尊んだ。

されば、一言一宿もみな前世の約束ごとであることがわかる、とこう語り伝えているということだ。

〈語釈〉

○**舎衛国**《しゃえこく》 釈尊説法の地で、波斯匿《はしのく》王の居城がある。

○**前世**《ぜんぜ》**の業因**《ごういん》 この世の果報（結果）を招く因となる過去の世の善悪のさまざまの行為。

○**耆闍崛山**《ぎしゃくっせん》 霊鷲山《りょうじゅせん》。摩竭陀国《まかだこく》王舎城《おうしゃじょう》の東北にある山。今のチャタ山。釈尊説法の地として著名。

老母、迦葉《かしょう》の教化《きょうけ》に依《よ》りて、天《てん》に生《うま》れ恩《おん》を報《ほう》ぜる語《こと》、第六

今は昔、天竺《てんじく》で迦葉尊者《かしょうそんじゃ》が里に出て托鉢《たくはつ》をなさったが、その時尊者は、「自分は福貴《ふうき》の人の家に行くのはしばらく見合わせよう。貧乏な人の所に行ってその布施を受けよう」と思い、まず禅定《ぜんじょう》に入り、だれが貧しい人であるかと見定めなさってから、ただちに王舎城《おうしゃじょう》に入り、一人の老母の所に行った。

老母は非常に貧しく、ごみごみした町なかの糞《ふん》をよせ集めたような所に病み臥《ふ》していた。腐った米の汁を欠けた土瓶《どびん》に入れ、左右の枕もとに置いてある。迦葉がそこに行って食を乞いなさると、老母は、「わたしは貧乏で病気に侵されています。ですから、ご供養申すものはなにひとつありません。ただ腐った米の汁があるだけです。これを差しあげようと思いますが、おあがりになりましょうか」という。迦葉が、「結構です。すぐ布施なさい」というと、老母はこれを聞いて布施した。迦葉はこの水を受けてお飲みになる。飲み終わるや、虚空に昇って十八変を現じた。老母はこれを見て起き直り仰ぎ見た。迦葉は老母に向かい、「そなたはこの善根《ぜんごん》によってなにを願おうとするのか。次の世には転輪聖王《てんりんじょうおう》に生まれたいのか。帝釈天《たいしゃくてん》に生まれたいのか。四天王《してんおう》に生まれたいのか。人間に生まれたいのか。菩薩《ぼさつ》に生まれたいのか」とおっしゃった。老母は、「私は貧の苦しみがきらいですから、天上界に生まれたいと思います」と答える。数日後、老母は死に、即座に忉利天《とうりてん》

に生まれた。その様子はまことに神々しく、天地震動して一面光明が輝き、七つの日が一度に出たようであった。

帝釈天はこの女をご覧になり、その理由をお尋ねになる。女は天上界に生まれた理由をくわしく申しあげた。すでに天上界に生まれて天女になった女は、「わたしが天上界に生まれて快楽《けらく》を受けるのは迦葉《かしよう》を敬ったがためである。わたしはその恩に報いよう」と思い、侍者の天女を引き連れて香華《こうげ》を持ち、天上界から降りてきて迦葉を供養し奉った。供養し終わるとまた天上界に帰っていった。

その時、仏は阿難《あなん》に対し、「この老母の布施したものは微少ではあるが、真心がこもっているので、その得た福は非常に多いのだ。さればそなたは常に多くの人々にすすめて布施を行なわしめるべきである」とお説きになった、とこう語り伝えているということだ。

〈語釈〉

○**迦葉尊者**《かしようそんじゃ》　摩訶《まか》（大）迦葉。仏十大弟子の一。頭陀行《ずだぎょう》第一の人。仏滅後、第一回の仏典結集《けつじゅ》の首《しゅ》座《ざ》を勧めた。拈華微笑《ねんげみしょう》の説話で知られる。尊者は聖者。賢者。尊ばるべき有徳者《うとくしゃ》の尊称。

○**福貴**《ふうき》　富貴に同じ（音通）。

○**王舎城**《おうしゃじょう》　摩竭陀《まかだ》国の首都。頻婆娑羅《びんばしゃら》王・阿闍世《あじゃせ》王の居城。

○**十八変**　十八神変《じんぺん》。仏・菩薩・聖者などが現わす十八種の神変不思議。

○**善根**《ぜんごん》　善い果報を招くべき善因。

○**転輪聖王**《てんりんじょうおう》　転輪王。略して輪王ともいい、飛行《ひぎょう》皇帝ともいう。須弥《しゅみ》四洲すなわち全世界を統御する理想的大王。この王は身に三十二相を具備し、位につく時、天より輪宝《りんぼう》を感得し、その輪宝を転じて四方を威伏するから転輪王といい、また空中を飛行するから飛行皇帝という。その輪宝には金銀銅鉄の四種があり、金輪王は須弥四洲を領し、銀輪王は東西南の三洲を、銅輪王は東南の二洲を、鉄輪王は南閻浮提《なんえんぶだい》の一洲（人間世界）を統領するという。

○**帝釈《たいしゃく》天**　須弥山《しゅみせん》の頂上にある忉利天喜見《とうりてんきけん》城の主。仏法守護神。

○**四天王**　六欲天の一である四王天に住み、仏法を守護する持国《じこく》天・増長《ぞうじょう》天・広目《こうもく》天・多聞《たもん》天。

○**天地震動**　世に祥瑞《しょうずい》がある時、大地が震動する。六種震動。

○**阿難《あなん》**　阿難陀。仏十大弟子の一。多聞《たもん》第一の人。

婢、迦旃延《かせんねん》の教化《きょうけ》に依《よ》りて、天《てん》に生《うま》れ恩《おん》を報《ほう》ぜる語《こと》、第七

今は昔、天竺《てんじく》の阿槃提国《あはんだいこく》に一人の長者がいた。家は大いに富み多くの財宝を持っていた。ところが、この人はたいそうな欲張りで、慈悲の心が少ない。その家に一人の下女がいた。ちょっとばかり過ちを犯したため、長者はこれを打ちたたき、縄《なわ》で縛って倉にとじこめ、着物も着せず、食物も与えず、わずか少量の水だけ与えておいた。下女は悲しみ大声で泣いていた。

その時、迦旃延《かせんねん》はこの国においでになって下女の泣く声をはるかにお聞きになり、その場所に行って下女に、「そなたが貧乏なら、どうしてその貧乏を売らないのか」とおっしゃっ

た。下女が、「貧乏を買う人などありはしません。貧乏が売れるならば売りましょう。どのようにして売ったらいいのですか」と答えると、迦旃延は、「そなたがもし貧乏を売ってしまいたいと思うなら、わしの言葉に従って布施を行なうがよい。それによって貧乏を売るのだ」とおっしゃった。下女は、「わたしはいま貧乏で着物も食物もありません。ただ少量の水があるきりです。これは主人がやっと与えてくれたものです。これを布施してはいかがでしょう」というと、尊者は、「では、さっそくそれを布施するがいい」とおっしゃる。下女は「尊者のお言葉どおりにいたしましょう」といって、鉢に入った水を尊者の鉢に移し入れた。尊者は水を受けて、下女のために呪願《しゅがん》し、つぎに戒をお授けになってのち念仏をおすすめになる。そのあとで下女に、「そなたはどういう所で寝起きしているのか」とお尋ねになった。下女が、「わたしは臼《うす》をついたり煮炊きしたりする所で寝起きしています。また時には大便をする所に寝ることもあります」と答えると、尊者は、「そなたは主人の寝ている隙《すき》にそっと戸を開けて家の中に入り、草を敷いてそれに座り、仏を観念して悪念を起こさずにしていよ」とお教えになった。下女は夜になって、尊者の教えどおり、戸を開けて家に入り、草の上に座って仏を観念し、悪念を起こすことなく死んだ。すると、即座に忉利天《とうりてん》に生まれた。

夜が明けて、長者は下女が死んでいるのを見て大いに怒り、人をやって足に縄《なわ》をつけ、寒々とした林の中に曳《ひ》き捨てさせた。下女は天上界に生まれ、天眼《てんげん》をもって自分のもとの姿を見、ただちに五百の天人をひき連れ、香や花を持ってその林に降《くだ》って行き、香をたき花を散らして死骸《しがい》の供養をし、また、光明を放って林を照らした。長者をはじめ遠く近くの人々が林に来てこの有様を見たが、長者が、「いったい、なにゆえにこの下女の死骸を供養するのですか」ときくと、天子は、「この死骸はわたしのもとの身である」といって、天上界に生まれたことの次第を語った。長者はこれを聞き不思議に思った。

天子はそこから迦旃延《かせんねん》の所に行き、香をたき花を散らしてこの尊者を供養し、恩を報じた。尊者はまた天人のために法を説かれた、五百の天人はこれを聞いて、みな須陀洹果《しゅだおんか》を得、天上界に帰って行った、とこう語り伝えているということだ。

〈語釈〉

○**阿槃提国**《あはんだいこく》　阿般地・阿般提・頞飯底などともかく。インド古代十六大国の一。十六大国については巻一第九話語釈に列記したが、諸説があり、『長阿含《ちょうあごん》経』に見える十六大国は国名に異なるものがあるので、次に挙げてみる。

1　鴦伽《おうが》（摩竭陀《まかだ》国の東に住む民族。瞻波城を都とする）
2　摩竭《まか》（摩竭陀国。現在のパトナ市より南方ビハール地方を含む）
3　迦尸《かし》（波羅奈《はらな》国。現在のベナレス）
4　居薩羅《きょさら》（憍薩羅《きょうさら》。舎衛《しゃえ》城・娑枳多《さきた》城などはこの中にある。現在のオウド州）
5　跋祇《ばつぎ》（毗《び》舎離《しゃり》城の北方の民族）
6　末羅（毗舎離城北方の民族で拘尸那《くしな》城およびその付近に居住する）
7　支提《しだい》（ネパール地方ともいい、あるいは憍賞弥《きょうしょうみ》の東に住んだ民族ともいう）

8　跋沙《ばしゃ》（閻牟那《えんむな》河の南岸に住み憍賞弥の東を都とした民族のこと）

9　居楼《きょろう》（拘楼《くろう》または屈露多《くろた》とも書く。現在のデリー市付近のインドラプラスタを都とし、東は般闍羅《はんじゃら》、南はマツヤに接する）

10　般闍羅《はんじゃら》（居楼の東、恒河《ごうが》との中間にある。曲女城およびカンピラを都とする）

11　婆蹉《ばさ》（居楼の南、閻牟那《えんむな》河の西にある。またマツヤのことともいう）

12　蘇羅婆《そらば》（閻牟那河の西、婆蹉《ばさ》の西南にある。摩偸羅《まゆら》を都とする）

13　阿湿波《あしっぱ》（ゴダバリ河辺に住み、ポタナを都とする。一説に阿槃提の西北とするのはその原住地のことであろう）

14　阿槃提《あはんだい》（頻闍耶《びんじゃや》山の北にある。優禅尼《うぜんに》を都とする）

15　乾陀羅《けんだら》（現在のパンジャブ地方の西北部、咀叉始羅《そしゃしら》を都とする。仏の時代に国王プクサチがいた）

16　剣浮沙《けんふしゃ》（インド西北の辺地で、信度河の西にある）

○**下女**　女性の奴隷《どれい》。男女の奴隷を奴婢《ぬひ》とする。奴隷は古代インドの四姓（婆羅門《ばらもん》＝僧侶階級、刹帝利《くしゃとりや》＝王族・武士階級、毗舎《ばいしゃ》＝庶民階級、首陀羅《しゅどら》＝奴隷階級）の最下層階級。

○**迦旃延**《かせんねん》　南インドの人。仏十大弟子の一。論議第一の人。迦多演那比丘《かたえんなびく》に同じ。

○**尊者**《そんじゃ》　聖者。賢者。尊ぶべき有徳者の尊称。ここでは迦旃延。

○**呪願**《しゅがん》　法会や食事の時、法語を唱え、施主または亡者のために福利を祈願すること。

○**戒**《かい》　三学（戒《かい》・定《じょう》・慧《え》）の一。六波羅蜜（施・戒・忍・進・禅・慧）の一。仏教道徳の総称で、大乗戒・小乗戒の別があり、大乗戒は三帰戒・三聚浄戒・十重禁戒・四十八軽戒等、小乗戒は五戒・八戒・十戒等の在家戒《ざいけかい》、および比丘の二百五十戒、比丘尼の五百戒、沙弥《しやみ》戒・沙弥尼戒等をいう。ここで下女に授けたのは在家戒。
○忉利天《とうりてん》　須弥山《しゆみせん》の頂上にある天で、中央の喜見城《きけんじよう》に帝釈天《たいしやくてん》が住む。
○天眼《てんげん》　五眼（肉・天・法・慧《え》・仏《ぶつ》）の一。禅定《ぜんじよう》などによって得た眼。遠く広く微細に事物を見ることができ、また衆生の未来における生死の相を予知することができる。**○五百の天人**　忉利天《とうりてん》十三天の主たち。**○須陀洹果《しゆだおんか》**　初果（声聞四果《しようもんしか》の初位）。見惑（煩悩《ぼんのう》）を断じ尽し初めて聖者の仲間に入る位。

舎衛国《しやえこく》の金天比丘《こんてんびく》の語《こと》、第八

今は昔、舎衛国《しやえこく》の中に一人の長者がいた。家は大いに富み、数えきれないほどの財宝を蓄えていた。男の子が一人生まれたが、この子の体は金色をしており、その美しさはこの世に較《くら》べる者もない。父母はこれを見て限りなく喜びかわいがった。子の身体が金色をしているので、名を金天《こんてん》とつけた。この子が生まれた日に屋敷内に自然に一つの泉が生じ水をたたえた。広さ八尺、深さ八尺である。その水は清く澄んでおり、また、その泉からは飲食・金銀・珍宝などが出てくるので、それを取って思いどおりに使った。この子はやがて成長すると、なにかとよくでき非常に聡明である。父は、「わが子は較《くら》べもののないほど美しい。これの妻としてふさわしい女を探そう」と思った。

当時、宿城国《しゆくじようこく》に大長者がいた。女の子が一人いたが、名を金光明《こんこうみよう》といった。容姿うるわしく、体は金色をしていた。この女が生まれた日に屋敷内に自然に八尺の泉が生じ、その泉からさまざまの財宝・衣服・飲食物が出てきて、何でも思いどおりになる。この女の子の父母もまた、「わが娘は美しく、他に較《くら》べる者もない。嫁にやるにふさわしい夫はないものか」と探し求めていたが、この金天がそれに当たった。そこで金光明《こんこうみよう》に嫁がせ妻とした。その後、金天《こんてん》は仏をお招きしてご供養申しあげた。仏は金天に仏法を説き聞かせなさる。金天と妻およびその父母たちはこれを聞いてみな須陀洹果《しゆだおんか》を得た。金天夫妻はともに出家を志し、「どうぞ出家をお許しください」と父母にお願いすると、即座に許してくれた。そこで仏のみ許《もと》に参り、夫妻ともども出家して、二人は羅漢果《らかんか》を得た。

〈語釈〉

○舎衛国《しやえこく》　釈尊説法の地で、波斯匿王《はしのく》の居城。

○宿城国《しゆくじようこく》　「舎婆提《しやばだい》」に同じ。舎衛国《しやえこく》中の小国か。『賢愚経』「闍波国」、『珠林』「闍婆国」。

○羅漢果《らかんか》　阿羅漢果。無学果ともいい、声聞《しようもん》四果の最上位で、三界の見思の惑（智・情・意から起こる迷い）を断尽し、修学完成し、ふたたび迷界に生まれることなく、尊敬と供養を受けるに足る聖者の位。

その時、これを見た阿難《あなん》が仏に向かい、「金天夫妻は昔どのような福の因をなして富貴の家に生まれ、金色の身体をもち、また家に自然に八尺の泉が湧《わ》いてさまざまの財宝が生じたのですか。また、仏にお会いしてすみやかに羅漢果《らかんか》を得たのですか」とお尋ねした。すると仏は阿難に、「その昔、過去の九十一劫《こう》の時、毘婆戸仏《びばしぶつ》が涅槃《ねはん》にお入りになって後のこと、多くの比丘《びく》がいて、それらが遊行《ゆぎょう》して一つの村にやってきた。村の人がこの比丘たちを見て争って供養をした。その時、村に一組の夫妻がいた。家が貧しくわずかの米もない。夫は村の人々が比丘たちを供養するのを見て、妻に向かい涙を流して泣いた。その涙が妻の臂《ひじ》にかかった。妻は夫に向かって、『お前さん、どうして泣くのですか』ときく。夫は、『おれの父が存命中は数えきれぬほど財宝が倉に満ち満ちていた。おれの代になってひどく貧乏になり、比丘に会っても供養することができない。これは前世に布施《ふせ》を行なわなかったため、いまこの貧乏の報いを受けたのだ。いままた布施をしなかったなら、来世の報いはこれ以上のことになるだろう。そこでおれは泣いたのだ』と答えた。妻は夫に、『お前さん、ためしにお父さんのいた、もとの家にいって、少しでも何か残っていないか、隅《すみ》から隅まで探してごらんなさい』という。夫は妻のいうようにそこにいって探すと、金貨一個が見つかった。それを妻の所に持っていって見せた。すると、妻もまた、鏡を一面持っていた。さらに瓶《かめ》一個を探し出した。そこで清浄な水を瓶いっぱいに満たし、その中に金貨を入れ、鏡をその上に置いて、二人心を合わせて比丘の所へ行き、これを布施して願を立てて帰っていった。

その時の布施を行なった夫妻の貧乏人はいまの金天夫妻である。その布施の功徳により、以後九十一劫《こう》の間悪道《あくどう》に堕《お》ちることなく、天上界・人間界に生まれて常に夫妻となり、体は金色をして福楽を受けるのである。そして今、わしに会い出家して阿羅漢果《あらかんか》を得たのである」とお説きになった、とこう語り伝えているということだ。

〈語釈〉

○**阿難**《あなん》 阿難陀。仏十大弟子の一。多聞《たもん》第一の人。

○**劫**《こう》 数え得ないような遠大な時間の単位。

○**毘婆尸仏**《びばしぶつ》 過去七仏（毘婆尸・尸棄《しき》・毘舎浮《びしやふ》・拘留孫《くるそん》・倶那含牟尼《くなごんむに》・迦葉《かしよう》・釈迦牟尼《しやかむに》）の第一。過去九十一劫、人寿八万四千歳の時、槃頭婆提《ばんずばだい》城に生まれる。種は刹帝利《くしやとりや》（王族）、姓は拘利若《くりじやく》、父を槃頭摩多《ばんずまた》、母を槃頭摩提《ばんずまだい》という。波波羅《ははら》樹下に成道し、三会《さんえ》に法を説いて初会《しよえ》に十六万八千人、二会《にえ》に十万人、三会に八万人を度《ど》したという。

○**涅槃**《ねはん》 仏教の最終理想。さとり・解脱《げだつ》・菩提《ぼだい》と同意であるが、涅槃に入るは入滅の意。

○**比丘**《びく》 僧。出家得度して具足戒を受けた男をいう。

○**遊行**《ゆぎよう》 僧が修行説法のため諸国をめぐり歩くこと。行脚《あんぎや》。雲水《うんすい》。

○**悪道**《あくどう》 三悪道。三悪趣。地獄・餓鬼《がき》・畜生の三道。

舎衛城《しやえじよう》の宝天比丘《ほうてんびく》の語《こと》、第九

今は昔、天竺《てんじく》の舎衛城《しやえじよう》の中に一人の長者《ちようじや》がいた。家は大いに富み、数えきれないほどの財宝を蓄えていた。男の子が一人生まれたが、この子はたいそう美しく、この世に並ぶ者もなかった。生まれる時に、天から七宝《しつぽう》が降ってきて家いっぱいに積み重なった。父母はこれを見てこのうえなく喜んだ。これにより、この子の名を宝天《ほうてん》とつけた。やがて成長して仏に会い、出家して阿羅漢果《あらかんか》を得た。

その時、阿難《あなん》はこれを見て仏に向かい、「宝天比丘《びく》は前世にどのような善業を行なったので、現世で福貴の家に生まれ、生まれる時、天が七宝を降らし、衣食が自然に出てきてなんの不自由もなく、いま仏にお会いし、出家して阿羅漢果を得たのですか」とお尋ねした。仏は阿難に、「その昔、過去九十一劫《こう》の時、仏がこの世に出現なさった。それを毗婆尸仏《びばしぶつ》と申しあげる。その時、多くの比丘がいて村々を遊行《ゆぎょう》したが、裕福な長者が争ってこれを供養した。時に一人の貧乏人がいて、比丘を見て歓喜の心を起こしたが、わが身が貧しいため、供養するものがなにひとつない。思い悩んでひと握りの白い砂を取って、うやうやしく比丘の上に散らし、真心をこめて礼拝してから願を立てて帰っていった。昔、砂を握って布施した貧乏人はいまの宝天である。この功徳により、それ以後九十一劫《こう》の間、悪道に堕《お》ちることなく、生まれた所には天から七宝を降らして家の中いっぱいに積み重なり、衣食は自然に出てきてなんの不自由もない。そしていまわしに会って出家し、阿羅漢果《あらかんか》を得たのである」と説き聞かせなさった。

このことから思うと、自分に財宝がなくても、たとえ草木瓦石であれ、それを真心をもって三宝《さんぼう》に供養したなら、必ず善報を得るものだと信ずべきである、とこう語り伝えているということだ。

〈語釈〉
○**舎衛城**《しやえじよう》　舎衛国の都城。波斯匿王《はしのくおう》の居城。
○**七宝**《しつぽう》　七種の宝玉。金・銀・瑠璃《るり》・玻瓈《はり》・硨磲《しやこ》・赤珠・瑪瑙《めのう》（以上『阿弥陀経』所説）。
○**宝天**《ほうてん》　勒那提婆。仏弟子となり阿羅漢果を得た。
○**阿難**《あなん》　阿難陀。仏十大弟子の一。多聞《たもん》第一の人。○**遊行**《ゆぎよう》　僧が修行・説法のため諸国をめぐり歩くこと。行脚《あんぎや》。托鉢。○**悪道**　地獄・餓鬼・畜生の三世界。○**三宝**《さんぼう》　仏・法・僧。

舎衛《しやえ》城の金財《こんざい》比丘の語《こと》、第十

今は昔、天竺《てんじく》の舎衛《しやえ》城の中に一人の長者がいた。家は大いに富み、多くの財宝を蓄えていた。男の子が一人生まれたが、この子はたいそう美しく、この世に並ぶ者もなかった。生まれた時、両手を握っていたので、父母が開いてみると、掌にそれぞれ金貨一つずつ入っていた。父母がこれを取りあげると、即座にまた同じように入っている。このようにして、いくら取っても尽きることがなかったので、ちょっとの間に金貨が倉に満ちた。父母はこのうえなく喜んだ。そこでこの子の名を金財《こんざい》とつけた。金財はやがて成長して出家の心を起こし、ついに仏のみもとに参って出家し、阿羅漢果《あらかんか》を得た。

阿難《あなん》はこれを見て仏に向かい、「金財比丘は前世にどのような善業を行なったので、現世に裕福な家に生まれ、手に金貨を握り、取っても尽きることなく、いま仏にお会いして出家し、すみやかに阿羅漢果《あらかんか》を得たのですか」とお尋ねした。仏は阿難に、「その昔、過去の九十一劫《こう》の時、仏がこの世に出現なさった。それを毗婆戸仏《びばしぶつ》と申しあげる。その時、一人の人がいた。ひどく貧乏で、生きていくために常に薪《たきぎ》を取ってきて売り、それを仕事にしていた。ある日、その薪を売って二個の金貨を得たが、仏と比丘に会った時、この金貨を布施し奉り、願を立てて帰っていった。昔、金貨を供養した貧乏人というのはいまの金財である。この功徳により、それ以後九十一劫の間悪道に堕《お》ちることなく、天上界・人間界に生まれ、生まれる時にはつねに金貨を握り、財宝は自然に思うまま生じて尽きることはない。そしていまわしに会って出家し阿羅漢果を得たのである」と、説き聞かせなさった。

このことから思うと、人が貴重な宝を持っていて、たとえ惜しいと思うことがあっても、三宝に供養し奉ったならば、来世には無量の福を得ること疑いないと知るべきである、とこう語り伝えているということだ。

〈語釈〉

○**阿難《あなん》**　阿難陀。仏十大弟子の一。多聞第一の人。

○**三宝**　仏・法・僧。

舎衛《しやえ》城の宝手《ほうしゆ》比丘の語《こと》、第十一

今は昔、天竺《てんじく》の舎衛《しやえ》城の中に一人の長者がいた。家は大いに富み、数えきれぬほどの財宝を蓄えていた。男の子が一人生まれたが、たいそう美しく、この世に並ぶ者もなかった。この子は両手にそれぞれ金貨を握っていたが、父母がそれを取ると、また同じように入っている。このようにして、いくら取ってもけっして尽きることがなかった。父母はそれをこのうえなく喜んだ。そのため、この子の名を宝手《ほうしゅ》と付けた。

やがて成長したが、慈悲の心が深く、布施を行なうのを好んだ。人が来て物を乞うと、乞うがままに両手を開き、握っている金貨を出してことごとく与え、けっして惜しむ心がない。また、父母に言って祇園精舎《ぎおんしょうじゃ》に行き、仏の相好《そうごう》を見て歓喜の心を抱き、仏および比丘僧《びくそう》を礼拝し奉って、「なにとぞわが供養をお受けください」といった。阿難《あなん》は宝手に向かい、「そなたは供養しようと思うなら、まさに財宝を整えるがよい」という。すると宝手は即座に両手を開いたところ、手から金貨がこぼれ落ちて、みるみるうちに地に満ちた。この時、仏は宝手のために法をお説きになった。宝手は法を聞いて須陀洹果《しゅだおんか》を得た。そして家に帰り父母に出家の許しを乞うと、父母はこれを許した。そこで仏のみもとに参り、出家して阿羅《あら》漢果《かんか》を得た。

阿難はこれを見て仏に、「宝手比丘《びく》は、前世にどのような善行を行なったので、現世に裕福な家に生まれ、手から金貨を出し、取っても尽きることなく、いままた仏にお会いして出家し、ただちに阿羅漢果を得たのですか」とお尋ねした。仏は阿難に向かい、「昔、迦葉仏《かしようぶつ》が涅槃《ねはん》にお入りになってのち、迦翅王《かしおう》という王がいて、仏の舎利《しゃり》をもって四宝の塔を建てた。その時、一人の長者がいて、王がこの塔を建てるのを見て随喜《ずいき》の心を生じ、一個の金貨を塔の下に置いて願を立てて去っていった。その金貨を置いた人はいまの宝手その人である。この功徳により、以後悪道に堕《お》ちることなく、天上界・人間界に生まれて、つねに金貨を握っており、その富は計り知れぬほどであって楽しく世を送り、いまわしに会い出家して阿羅漢果《あらかんか》を得たのである」と説き聞かせなさった。

このことから思うと、人が功徳を行なっているのを見たなら、必ず随喜《ずいき》の心を起こして、心からそれに助力すべきである。来世にはこのような無量の富を得ることになるのだ、とこう語り伝えているということだ。

〈語釈〉

○**舎衛《しやえ》城**　舎衛国の都城。○**布施《ふせ》**　六波羅蜜の一。
○**祇園精舎《ぎおんしようじや》**　舎衛城の南にあり、須達《しゆだつ》長者が建てて釈尊に寄進した寺院。
○**相好《そうごう》**　容貌形相《ようぼうぎようそう》。姿かたち。「相」は身体の著名な部分につき、「好」はその相中の細相についていう。相・好とも完全で一として欠けることのないのを仏身とし、仏身には三十二相八十種好があるという。
○**比丘僧《びくそう》**　比丘（僧侶）たちの教団。もろもろの僧たち。○**阿難《あなん》**　阿難陀。仏十大弟子の一。多聞《たもん》第一の人。
○**須陀洹果《しゆだおんか》**　声聞四果《しようもんしか》の初位。初果《しよか》。見惑（煩悩《ぼんのう》）を断じ尽し、初めて聖者の仲間に入る位。
○**迦葉仏《かしようぶつ》**　過去七仏（毗婆尸《びばし》・尸棄《しき》・毗舎浮《びしやふ》・拘留孫《くるそん》・倶那含《ぐながん》・迦葉《かしよう》・釈迦《しやか》）の一。人寿二万歳の時出世した仏で、種姓は婆羅門《ばらもん》、姓は迦葉、父を梵徳《ぼんとく》、母を財主《ざいしゆ》、子を集軍《しゆうぐん》という。汲毗《ぎゆうび》王の王城波羅奈《はらな》に生まれ、尼拘律樹《にくりつじゅ》の下に正覚《しょうがく》を成じて一会《いちえ》に説法し、弟子二万人を度《ど》すという。○**涅槃《ねはん》** 煩悩の束縛を脱し絶対自由となった境地。また、仏陀・聖者の死。入滅。ここでは後者の意。○**迦翅王《かしおう》** 諸本は「翅」を空格とするが、『撰集百縁経』『法苑珠林』によって補う。○**舎利《しゃり》** 仏陀または聖者の遺骨。身骨。○**悪道** 悪趣。地獄・餓鬼《がき》・畜生の三世界。

王舎城《おうしゃ》の燈指《とうし》比丘の語《こと》、第十二

今は昔、天竺《てんじく》の王舎城《おうしゃ》の中に一人の長者がいた。家は大いに富み、数えきれぬほどの財宝を蓄えていた。男の子が一人生まれたが、たいそう美しく、この世に並ぶ者がなかった。この子は生まれたはじめより、ひとつの指から光を放ち、十里の先まで照らした。父母はこれを見てこのうえなく喜んだ。このため、子の名を燈指《とうし》と付けた。

ところで、阿闍世《あじゃせ》王がこのことを聞いて、「その子を連れて来い」との勅命を出した。そこで長者は子を抱いて王宮の門にやって来た。すると、子の指の光が王宮を照らす。そのため、王宮内のすべての物がみな金色に輝いた。王は不思議に思い、「これはなんの光だ。だしぬけにわが王宮を照らすとは、もしや仏が門においでになったのでないか」とおっしゃって、従者を門にやって見させると、従者はこれを見て帰って来て、「この光は王様がお召しになった小児がやって参り、その手の指から出す光でございます」と報告した。王はこれを聞いて子を王宮内に召し入れ、みずから子の手を取って不思議なことだと思った。そこで、子をとどめ、夜になって子を象に乗せて前に立たせ、庭園に入ってごらんになると、子は指から光を放って暗闇《くらやみ》を真昼のように照らした。王は歓喜して多くの財宝をお与えになり、家に帰してやった。

〈語釈〉
○**王舎城**《おうしゃ》　摩竭陀《まかだ》国の都城。頻婆娑羅《びんばしゃら》王・阿闍世《あじゃせ》王の居城。
○**阿闍世《あじゃせ》王**　摩竭陀《まかだ》国王。頻婆娑羅王の子。父を殺し母を幽閉したことで知られる悪王。のち仏教教団の外護者となる。

燈指《とうし》はやがて成長したが、いつしか父母は世を去った。その後、家がしだいに没落して財宝は盗賊のために奪われてしまい、倉は空《から》になり従者たちも散って行き、妻子まで燈指を捨ててどこかへ行ってしまった。親族はだれも寄りつかず、昔親しくしていた者も今は敵のようになった。頼りにするものがまったくなくなり、身を寄せる所もない。着る物さえなく裸同然であった。そこで、町中に行き食べ物を乞うて命をつないでいた。燈指は、「おれはどういうわけで貧乏になり、急にこんな苦しい目をみるのだろう。いっそ死んでしまいたい」とは思うものの、自殺をすることもできない。そこで、思い悩んだあげく、墓場に行って死骸《し》を引きずり出し肩にかついで、錯乱の態で王宮の門に入ろうとすると、門衛がなぐりつけて入れない。体じゅう傷だらけにされ、大声で泣き叫ぶ。そのまま死骸を家に持ち帰り泣き悲しんでいると、その死骸がいつのまにか黄金に変じた。しばらくすると、その死骸が頭・

手足にばらばらに分かれた。そして、ちょっとの間に、黄金の頭や手足が地上に満ち、前の時以上に倉の中に積み重なった。そこで以前にまして裕福になった。すると、妻子や従者どももみな帰って来、親しい友ももとのように近づいてきた。こうなって燈指はうれしく思うことこのうえない。

阿闍世王《あじゃせ》はこれを聞いて、金の頭や手足を取りあげようとしたところ、それらがすべて死人の頭や手足に変じてしまった。それを捨てると、また金になる。燈指は王がこの金が欲しいのだと知って、金の頭・手足を王に献上した。また、すべての珍宝を多くの人に施し、俗世を捨てて仏のみもとに参り、出家して羅漢《らかん》となった。だが、この死骸《しがい》の宝がいつも身につき添って離れない。ある比丘《びく》がこれを見て仏に、「燈指比丘はどういう因縁があって指から光を出すのですか。また、どういう因縁で貧窮の身となったり、死骸が黄金に変じてそれが身につき添っているのですか」とお尋ねした。

仏はその比丘に対し、「燈指は昔、波羅奈国《はらなこく》の長者の子として生まれた。ある時、外に遊びに行き、夜になって家に帰り門を叩《たた》いたところ、だれもおらず返答がない。しばらくして、父母が出てきて門を開けた。子は母に向かって罵声《ばせい》をあびせた。この母を罵《ののし》った罪により地獄に堕《お》ちて無量の苦を受けることになった。地獄の罪報が終わって、いま人間界に生まれたのであるが、罪の残りがまだ尽きず、貧の苦を受けたのだ。一方、過去九十一劫《こう》の時、毘婆尸仏《びばしぶつ》が涅槃《ねはん》に入られてのち、燈指は大長者であったが、ある時、一つの泥の像を見たところ、その指が一本欠け落ちていた。この指を修理したうえで願《がん》を立て、『私はこの功徳《くどく》により人間界・天上界に生まれて富貴の身を得たい。また、仏にお会いし、出家して仏道に達したい』と言った。仏像の指を修理したがために、いま指から光を放つとともに、死骸の宝を得ることになったのである」と説き示しなさった。

　これをもって思うに、たとえ冗談言《ごと》にでも父母を罵《ののし》ってはならぬものである。それは量りない罪を得ることになるのだ。また、仏の御像が欠き壊されているのを見た場合は、たわむれであろうとも、必ず土とか木とかで修理し奉るべきである。量りない福を得ることはこのようなものである、とこう語り伝えているということだ。

〈語釈〉

○**羅漢**《らかん》　阿羅漢果《あらかんか》を得た聖者。阿羅漢果は声聞四果《しょうもんしか》の最上位。

○**比丘**《びく》　僧。出家得度《とくど》して具足戒《ぐそくかい》を受けた男。○**因縁**　事物を成立させる（果をもたらす）ための親因を因といい、資助となるものを縁という。○**波羅奈国**《はらなこく》　ガンジス川流域にあり、五人の比丘を度《ど》した鹿野苑があった。今のベナレス市を中心とした一帯の地域。

○**九十一劫**《こう》　劫は数え得ないような遠大な時間の単位。

○**毗婆尸仏**《びばしぶつ》　過去七仏の第一。

舎衛城《しやえ》の叔離比丘尼《しゆくりびくに》の語《こと》、第十三

今は昔、天竺《てんじく》の舎衛城《しやえ》中に一人の長者がいた。家はたいそう富み、限りない財宝を蓄えていた。女の子が一人生まれたが、この世に較《くら》べるもののないほど美しい。この子は出生の時、白布に全身を包まれて生まれた。父母はこれを見て叔離《しゆくり》と名づけた。

この女の子はやがて成長してゆくとともに、出家を願い、世を厭《いと》う心を抱くようになった。そして、ついには仏のみもとに参り、出家したいとお願いした。仏が、「そなた、よく来たな」と仰せられると同時に、叔離の髪は自然に落ち、着ていた白布が五衣《ごえ》に変じた。仏は叔離のために説法をなさる。その法を聞いて、たちどころに阿羅漢果《あらかんか》を得た。阿難《あなん》はこれを見て仏に向かい、「この比丘尼《びくに》は前世にどのような福業を行なって、現世で富貴の家に生まれたうえ、出生の時に白布に全身を包まれて生まれ、また仏にお会いしてすみやかに阿羅漢果を証したのですか」とお尋ねした。

仏は阿難に答えられた。「昔、過去九十一劫《こう》の時、仏がこの世に現われなさった。それを毗婆尸仏《びばしぶつ》と申した。その時、一人の比丘がいて、常に国じゅうの人民に、仏のみもとに参り仏法を聞き、布施《ふせ》を行なうように勧めた。するとここに、名を檀膩加《だんかんか》という女人がいた。きわめて貧乏で、夫を持っているが、夫婦の間にはたった一枚の布しかなかった。そこで、もし夫がこれを着て外出すると、妻は裸で家にいる。妻がこれを着て外出すると、夫は家にとどまっているという始末。その時、かの比丘がこの家に来て妻にこうすすめた。『仏がこの世に現われた時に生まれ合わせるのはむずかしいことです。その教えを聞くこともむずかしい。人間に生まれることもまたむずかしい。そなたは是非とも仏のお姿を見、教えを聞き、もっぱら布施を行なうべきです』。妻は、『いま夫は外出中です。帰って来ましたら、相談してお布施をいたしましょう』と答えた。

〈語釈〉

○**舎衛城**《しやえ》　舎衛国の都城。○**叔離**《しゆくり》　叔離という名前の意として、『賢愚経』「秦言白也」、『経律異相』「梁言白也」と割注あり。『撰集百縁経』は「生ム二一女児ヲ一、端政殊妙《たんじやうしゆめう》、有リ二白ノ浄衣一、裹《つつ》ミテレ身ヲ而生ル、因ッテ為ニ立ツレ字《あざな》ヲ、名ヲ日フ二白浄《はくじやう》ト一」とある。

○**五衣**《ごえ》　尼五衣ともいう。比丘尼（出家の女子）の着用すべき五種の衣、すなわち僧伽梨《そうぎやり》・鬱多羅《うったら》僧《そう》・安陀会《あんだえ》・僧祇支《そうぎし》・倶蘇羅《ぐそら》の称。

○**阿難**《あなん》　阿難陀。仏十大弟子の一。多聞《たもん》第一の人。

○**布施**《ふせ》　他にものを施し与えること。六波羅蜜の一。

その時、夫が帰って来た。妻は夫に、『いま比丘《びく》がここに来て布施を行なえとすすめました。わたしはあなたといっしょに布施をしようと思うのですが』というと、夫は『わが家はひどく貧乏だから、たとえ布施の心があるにしても、どうして布施などできよう』と答える。すると妻は、『わたしらは前世に布施を行なわなかったがために、現世で貧窮の身に生まれたのです。のちのちの世にもまたこのようなことになりましょう。あなた、どうぞお許しください、わたしは布施を行なおうと思います』といった。夫はこれを聞き、おれの妻はひそかに財物を蓄えているのかもしれない、思いどおりにさせてやろう、と思って、『おまえのすきなようにするがいい。布施する物があるなら、さっさと布施してしまいなさい』という。

すると妻は、『あなたが身につけている垢《あか》のついた布をお脱ぎなさい。それを布施しようと思います』といった。夫は、『おれとおまえとの間にはただこの一枚の布があるきりだ。いまこれを布施してしまうと、いったい何を着たらいいのだ』といったが、妻は、『あなたとわたしが貧乏で着る物がなくても、これを布施したなら、後世《ごせ》にはきっと福が得られるでしょう。あなた、物惜しみをしてはなりません』とさとした。夫は妻の言葉を聞き、その心根に感心してこのうえなく喜び、布施することを許した。そこで妻は比丘《びく》に言って家に呼び入れ、布を脱いで手渡すと、比丘は、『どうしてわたしの見ているところで布施せず、家の中に呼び入れ、身を隠してそっと布施するのですか』ときいた。妻は、『わたしら夫婦の間にはただこの布があるだけで、他に着がえるものはありません。女の体というものはけがれて醜いものです。ですからあなたの目の前で脱がないのです』という。比丘はその布を受け取り終り、妻のために祈願の言葉を唱えて出ていった。

比丘はすぐさま仏のみもとにこの布を持って行き、それを高く捧げて多くの僧に向かい、『清浄な布施にはこれに過ぎるものはない』と告げた。この時、国王が后といっしょに仏法を聞くために仏のみもとに来ていてその場に居あわせ、比丘のこの言葉を聞くや、后はただちに瓔珞《ようらく》と宝の衣を脱いで、かの女のもとに送ってやった。国王も衣服を脱いで送ってやった。夫もまた仏法を聞くために仏のみもとに参ったが、仏は彼のために法を説いてお聞かせになった。

さて、昔のその時の妻というのは、今の叔離比丘尼《しゅくりびくに》がそれである。この功徳により、その時以来九十一劫《こう》の間、悪道《あくどう》に堕《お》ちることなく、常に天上界・人間界に生まれていまこのように富貴の報を得、またわしに会って阿羅漢果を証しえたのである」と説き示しなされた、とこう語り伝えているということだ。

〈語釈〉
○**瓔珞**《ようらく》　インドの上流階級の人々が、頭・頸《くび》・胸にかける装身具。珠玉・貴金属で作られている。仏像・仏殿の装飾にもする。○**悪道**《あくどう》　地獄・餓鬼・畜生の三世界。悪趣。

阿育王《あいくおう》の女子の語《こと》、第十四

今は昔、天竺《てんじく》でのこと。仏が阿難《あなん》をはじめ多くの比丘《びく》たちに前後を囲まれて、それらともども王舎城《おうしゃじょう》に入り托鉢《たくはつ》をなさった。町中までおいでになると、二人の子供がいた。一人の名を徳といい、一人の名を勝という。この二人の子供は土を手にして家や倉の形を造り、また土をこねて麦粉だといって倉の中に積み重ねて遊んでいた。こんなことをしているところへ仏がおいでになった。この二人の子供は、仏がまことに神々しいお姿をして金色の光明を放ち、城門の隅々まで照らしなされるのを見て歓喜し、土で造った倉の中の、麦粉と称する土を持ってきて、仏にご供養し、「わたしたちにこれからも広く天地に供養することのできるようにしてください」と願を立てた。

その後、二人の子供はついには命を終えたが、この善根《ぜんごん》のために、仏が涅槃《ねはん》にお入りになってのち一百年して転輪聖王《てんりんじょうおう》として生まれ代わり、この人間世界において仏法に基づいて世を治め、その名を阿育王《あいくおう》といった。そして、この人間世界の中に、仏舎利を奉じて八万四千の宝塔を造り、王はかの誓いどおり、思うがままに常に多くの僧を宮殿内に招いて供養をした。

その時、王宮内に一人の下婢《かひ》がいた。貧しく下賤《げせん》のものである。この下婢が、王が善根を行なっておられるのを見て、「王は前世で善根をお積みになったから、いま、現世で転輪聖王《てんりんじょうおう》にお生まれになれたのだ。いままた重ねて善根を行なっておられる。来世の果報《かほう》はいま以上のものになるだろう。わたしは前世で罪を造り、いま貧窮下賤の身に生まれた。この現世で善根を行なわなければ、来世はますます賤しい身となるだろう」と思って泣き悲しんでいたが、この下婢が糞便《ふんべん》の掃除をしている時、糞の中に銅銭を一個見つけた。心中、喜んでこの銭を取り僧たちに布施した。

〈語釈〉

○**阿難《あなん》** 阿難陀。仏十大弟子の一。多聞《たもん》第一の人。○**王舎城《おうしゃじょう》** 摩竭陀《まかだ》国の都城。

○**善根**《ぜんごん》　善い果報を招くべき善因。○**涅槃**《ねはん》　煩悩を滅却して絶対自由となった境地。悟り。また、仏陀《ぶつだ》・聖者の死。入滅。ここは後者の意。
○**転輪聖王**《てんりんじょうおう》　世界を支配する理想的帝王。
○**阿育王**《あいくおう》　アショカ王。アソカ王。阿育は阿恕伽・阿輸伽ともかき、無憂と訳す。前三二一年ごろ、インドマウリア王朝（孔雀《くじやく》王朝）を開創した旃陀掘《せんだくつ》大王を祖父とし、賓頭沙羅《びんずしやら》王を父として生まれた。幼時粗暴であったので父王の愛なく、たまたま領土の徳叉尸羅《とくしやしら》国に反乱が起きるやこれを征服帰順せしめ、のち父王の崩後、異母兄修私摩《しゆうしま》を殺して即位した。しかも狂暴はなお止まず、臣を殺し婦女を戮《ころ》し、一大地獄を造って民を殺すなどしたが、後に一沙門《しやもん》の説法に遇《あ》ったためともいい、また即位八年に迦餕伽《かりんが》国を征し捕虜十五万・殺戮《さつりく》十万その他死者無数の一大惨事を目撃したためともいうが、翻然《ほんぜん》帰仏し聞法の人となった。以来、膨大な領土内、北は雪山（ヒマラヤ山）、南はマイソール、東はベンガル湾、西はアラビア海に、八万四千の大寺と八万四千の宝塔を建て、正法宣布のために岩面または石柱に詔文を刻し、また自ら仏蹟を巡拝するなどした。即位十七年、華氏《けし》城（摩竭陀国《まかだこく》の首都）で第三次の結集《けつじゆう》を行ない、のち、ギリシア五王国に伝道僧を派遣し、二十六年に二十六回の特赦を行なうなど、正法興隆の実を挙げたが、即位後、晩年ははなはだ不遇に終わったとも伝える。
○**舎利**　身骨。また、仏陀とか聖者の遺骨。
○**果報**《かほう》　果と報。同類因（性質の同じ結果を招くべき原因）より生ずる結果を果といい、異熟因（異なる結果を招くべき原因）より生ずる結果を報という。

その後いくばくもなく、下婢は病気になり命を終えたが、即座に阿育王《あいく》の后《きさき》の腹に宿った。十月満ちて一人の女児が生まれた。まことに美しく、この世に並ぶものもない。だが、この娘の右手は握ったままである。五歳になった時、母后が王に、「わたくしが生んだ女の子はいつも右手を握ったままにしています。わたくしにはそのわけがわかりません」と申し上げた。王は女の子を抱いて膝《ひざ》の上におき、右手を開けてごらんになると、掌中に一個の金貨があった。王はこれを取って掌《たなごころ》を見ると、なおも銭がある。不思議に思いながらまた取ると、また前のようにある。このようにして、取っても取っても尽きることがない。そこで、ちょっとの間に金貨が倉に満ち満ちた。

王は不思議に思い、奢上座《しやじようざ》の所にこの娘を連れて行き、「この娘は前世にどのような善根を行なったために、掌中に金貨があり、取っても尽きることがないのですか」ときいた。上座は、「この女は前世に王宮の下婢でした。糞便《ふんべん》を掃除している時、糞の中に一個の銅銭を見つけ、心をこめてこれを僧たちに布施した。その善根により、いま王の家に生まれ、容姿美しく、手に金貨を握り、取っても尽きることがないのです」と説き聞かせた、とこう語り伝えているということだ。

〈語釈〉

○奢上座《しやじようざ》　奢は耶奢《やしや》また耶舎《やしや》。中インド波羅奈国《はらなこく》の長者善覚《ぜんがく》の子。人生の無常を感じ世を厭《いと》う心を起こし、家を出て釈尊のもとに至り仏弟子となった。父母・妻子は彼の出家を悲しみ、追って釈尊の所に至ったがまた仏門に入り、仏成道後最初の優婆塞《うばそく》・優婆夷《うばい》となった。上座は寺内の僧を統轄してすべての寺務を総覧する僧職の名。年長者で高徳の僧を任命する。

須達《しゅだつ》長者の蘇《そ》曼女《まんにょ》、十卵《じゅうらん》を生《しょう》ぜる語《こと》、第十五

今は昔、天竺《てんじく》の舎衛城《しゃえじょう》中に一人の長者がいた。須達《しゅだつ》という。一番末に女の子がいて、蘇曼《そまん》といった。たいそう美しく、この世に並ぶものもない。父の長者は他の子供たちにもましてこのうえなくこの娘をかわいがった。そこで外出する時はいつもこの娘を離さずに連れていった。ある日、父の長者が祇園精舎《ぎおんしょうじゃ》に出かけたが、この娘もいっしょに連れていった。娘は仏のお姿を見て歓喜し、自分は香《こう》で仏の室を塗ろうと思い、家に帰って種々の香を買い求め、それを祇園精舎にもって行き、みずから香を擣《つ》き磨《す》って室に塗った。

この頃、叉利国《しゃりこく》の王が没して、その王子がこの国に来、祇園精舎にやってきたが、蘇曼女《そまんにょ》が寺でみずから香を擣《つ》き磨《す》っているのを見かけ、その容姿の美しさに目をとめるやたちまち心を奪われ、自分の妻にしようと思って、波斯匿王《はしのくおう》の所に伺い、「蘇曼女《そまんにょ》をいただいて私の妻にしたいと思います」といった。波斯匿王は、「それはあなたご自身でお言いなさい。私がすすめることはできません」といった。王子はそれを聞いて本国に帰り、策略をかまえて蘇曼女を奪い取ろうと思った。そこで、その後多くの家来を引き連れてこの国にやってきて、蘇曼女が祇園精舎に来るのを待ち受けて祇園精舎に入り、象を曳《ひ》いてきて蘇曼女を乗せ、本国に帰っていった。須達《しゅだつ》は人をやって連れもどそうとしたが、返してよこそうともせ

ず、そのまま国に連れていって妻にしてしまった。

〈語釈〉

○**舎衛城**《しゃえじょう》　舎衛国の都城。○**須達**《しゅだつ》　須達多《しゅだった》とも書く。舎衛城の富豪（長者）で主蔵の役であったが、釈尊に祇園精舎を寄贈した。貧人を恵んだので給孤独《きっこどく》と称せられた。

○**祇園精舎**《ぎおんしょうじゃ》　舎衛城の南にあり、須達長者が釈尊に寄贈した。

○**叉利国**《しゃりこく》　徳叉尸《とくしゃし》（始）羅《ら》国とも書く。北インド犍駄羅《けんだら》の東南、カシミールの西南にある。石室国と称することもある。かつては犍駄羅の首都で、阿育《あいく》王は即位前ここの太守であったが、摩竭陀国《まかだこく》に帰って後、その妃微沙落起多《みしゃらきた》は先妃の子法益（狗那羅《くなら》太子＝牬拏羅太子）を追い出してこの地に移し、その両眼を摘出させたという。また名医耆婆《ぎば》が医術を習得した地でもある。この地は上代、インド北隅の文化の中心で、仏教が北進して以来、その霊地と称せられるものが多い。

○**波斯匿王**《はしのくおう》　舎衛国王。

その後、蘇曼女《そまんにょ》は懐妊し、十の卵を生んだ。卵が破れて十人の男子が生まれた。どの子もみな容姿端正で、心健《たけ》く剛力である。この十人は成長後、仏がこの世に出て舎衛《しゃえ》国《こく》においでになると聞き、父母にいって舎衛国に出かけた。まず、外祖父である須達《しゅだつ》長者の家に行く。長者はこの外孫を見て大喜びし、仏のみ許《もと》に連れていった。仏はかれらのために法をお説きになる。十人の男子はその法を聞いてみな須陀洹果《しゅだおんか》を証した。阿難《あなん》はこれを見て、「この比《び》丘《く》は前世にどういう善根を積んで富貴の家に生まれ、容姿端正であり、また仏にお会いできて出家し須陀洹果を証したのですか」とお尋ねした。仏は阿難に告げた、「その昔、過去九十一劫《こう》の時、毗婆尸《びばし》仏《ぶつ》が涅槃《ねはん》に入られてのち、その舎利《しゃり》を分けて無数の塔を建てた。その時崩壊した塔があったが、一人の老母がいて、それを修理していた。たまたまそこを通りかかった十人の年少者がこれを見て、いっしょに修理したが、修理し終わって、『どうかこの功徳《く どく》により、来世においてはわれわれは常に母子・兄弟となって同じ所に生まれたい』と願をたてた。その折の老母というのは今の蘇曼女であり、その折の年少の十人というのは今の十人の子である。昔の善根により、それ以来九十一劫《こう》の間悪道《あくどう》に堕《お》ちずに天上界・人間界に生まれて常に富貴を得、楽しい生活ができるのである。また、三つのすぐれた報いを得ることにもなった。その一つは容姿端正であり、その二つは人に愛せられることであり、その三つは長命である。そしてまた、わしに会ったがために出家して須陀洹果《しゅだおんか》を証しえたのである」。仏はこう説き示しなさった。

このことから思うと、塔を修理した功徳というのは計りしれないものである。されば『僧《そう》祇律《ぎりつ》』には、「百千の黄金を担い持って布施を行なうよりは、むしろ一塊《いっかい》の泥《でい》をもって心をこめて仏塔を修理すべきである」といっている、とこう語り伝えているということだ。

〈語釈〉

○**須陀洹果**《しゅだおんか》　初果（声聞四果《しょうもんしか》の初位）。○**阿難**《あなん》　阿難陀。仏十大弟子の一。多聞《たもん》第一の人。

○**舎利**《しゃり》　身骨。また仏陀《ぶつだ》とか聖者の遺骨。ここでは毗婆尸仏の遺骨。

○**悪道**《あくどう》　地獄・餓鬼《がき》・畜生の三世界。悪趣《あくしゅ》。

○**僧祇律**《そうぎりつ》　摩訶僧祇律《まかそうぎりつ》。四十巻。東晋の仏陀跋陀羅《ぶつだばつだら》・法顕《ほっけん》の共訳。義熙十二年（四一六）より同十四年（四一八）にわたり、揚州において共訳した四部律（十誦・四分・僧祇・五分）の一。犢子部《とくしぶ》所伝の律である。初めに比丘の戒を説き、次に比丘尼の戒を説く。前者には四波羅夷法《しはらいほう》・僧残戒《そうざんかい》・二不定法《ふじょうほう》・三十尼薩耆波夜提法《にさつぎはやだいほう》・単提《たんだい》九十二事《じ》法《ほう》・四提舎尼《だいしゃに》法《ほう》・衆学法《しゅうがくほう》・雑誦跋渠法《ぞうじゅばっこほう》・威儀法《いぎほう》を説き、後者には八波羅夷法・十九僧残法・三十事・一百四十一波夜提法を説く。

○**布施**　他にものを施し与えること。六波羅蜜の一。

天竺《てんじく》に、香《こう》を焼《た》きしに依《よ》りて口《くち》の香《か》を得《え》たる語《こと》、第十六

今は昔、天竺《てんじく》の片田舎に住む人がいた。この世にまたとないほどの、まことに美しい女を妻にして長年過ごしていた。一方、その国の王が身分の上下を問わず、ひたすら美しい女を求めて后《きさき》にしようとし、国じゅうに宣旨《せんじ》を下して東西南北に捜し求めていたが、思うような女が見つからなかった。

そこで国王は嘆いておられたが、一人の大臣が、「これこれの国、これこれの郷に、この世にまたとないたいそう美しい女がおります。すぐにその女を召して后になされたらいかがでしょう。后とするに十分の美しさをもったものです」と申し上げた。国王はこれをお聞きになり、喜んで宣旨を下し、その女の家に使者を出した。使者は宣旨を受けてその家に行くと、家の主《あるじ》が使者を見て驚き怪しみ、「ここは人が訪ねて来るような所ではありません。い

ったいどなたですか」ときく。使者が「わしは国王のお使いだ。そなたのところにまたとない美女がいるということだが、国王がそれをお聞き及びになってお召しになるのだ。けっして惜しんだりせず、すみやかに差し出すがよい」というと、家の主は、「私はこの場所に住んでもう何年にもなりますが、国王に対してなにひとつ悪事を犯したことはありません。農事を営んでもおりませんし、財宝を蓄えるすべも知りません。いったいなにゆえに私の妻を召し取るのですか」と答えた。すると使者は、「そなたが何の悪事を犯さずとも、王の土地に住んでいることに間違いはないのだ。勅命に背くわけにはゆくまいぞ」といって、女を搦《から》め取るようにして王宮に連れて行った。そこで夫は泣く泣く別れを惜しみ、家を出て姿を消してしまった。

使者は女を王宮に伴なって来ると、国王はこれをご覧になる。げにも聞きしにまさって世に並びないすばらしさであった。以来、国王は政務もそっちのけに、夜も昼もなしにひたすら寵愛《ちょうあい》し、即座に后になさった。ところが、この后は長年、田夫野人《やじん》の妻として過ごして来て、いま国王の后になったからには、さだめしこのうえなく喜んでいることだろうとお思いになったのに、その後、いつまでたっても少しもうれしがり、ありがたく思う様子が見えない。そこで国王はなにかにつけて后のごきげんをとってはみるものの、いっこうに喜ぼうともしなかった。国王はすっかり当惑なさって、いろいろの音楽会を催しては聞かせてやったが、それを聞いても楽しまない。さまざまの歌舞を演じて見せてやっても笑いもしない。そこで国王は后に、「そなたは民が王の位を得て、毒蛇の宮殿に入ったかのようだ。なにゆえ遊び戯れたり笑ったりしないのか」とおききになった。すると后は、「わが君は天下の主としておいでですが、わたしの下賤《げせん》で野人の夫には劣っておいでです。というのは、わたしの夫は口の中の息が香《こう》ばしく、旃檀《せんだん》か沈水《じんすい》の香《か》を含んでいるかのようです。わが君にはそれがありません。そのためおもしろく思わないのです」と答えた。

〈語釈〉
○**旃檀**《せんだん》　白檀《びやくだん》の異称。香り高く、皮を香料にする。
○**沈水**《じんすい》　沈香《じんこう》。沈水香。ジンチョウゲ科の常緑高木。アジアの熱帯地方に産する。高さ約十メートル。花は白色。材は香料として著名。またこれから採取した天然香料の名をもいう。この木の生木、または古木を土中に埋めて腐敗させて製する、光沢ある黒色の優良品を伽羅《きやら》という。

国王はこれを聞いて、ひどく恥かしいとお思いになったものの、すぐに宣旨《せんじ》を下して、この后のもとの夫を捜し出すよう仰せられた。使者は東西を捜し求め、ついに見つけて王宮に連れて来ている時、后は国王に、「まもなくわたしのもとの夫がやってくるようです。香《こう》ばしいかおりがしてきました」という。そうきいて国王が待っていると、やがて王宮に連れてきた。まことに一里の間に旃檀《せんだん》・沈水《じんすい》のかおりが満ち満ちている。国王はこれを不思議に思い、ただちに仏のみもとにまいって、「いかなるわけでこの男のまわり一里の間に旃檀・沈水のかおりが充満するのでしょう。仏よ、なにとぞこのわけをお説き示しください」と申しあげた。すると仏は、「この男は前世、木伐《きこ》りであった。木を担いで山から出てくる時、雨が降ってきたので道のほとりにある壊《やぶ》れ寺の門前で、杖《つえ》にすがってしばらく休息していると、寺の中にいた一人の比丘が仏前で香をたき経を読んでいた。木伐りはこれを見て、ほんのいっとき、彼のように香をたいてみたいものだと思った。その功徳により、今生《こんじょう》で口中の息が香ばしく、一里の間に充満するのだ。この男は最後に仏となり、名を香身仏《こうしんぶつ》というであろう」とお説きになった。国王はこれを聞いて随喜《ずいき》の心を抱き帰っていった。

このことから思うと、他人が香をたいた香りをかぎ、一念うらやましく思ってさえこのような功徳があるのだ。そして最後には仏になるであろうとのお約束をいただいた。まして、自ら心をこめて香をたき仏を供養し奉る功徳はどれほどであろうか、想像に難くない、とこう語り伝えているということだ。

〈語釈〉

○**一念《いちねん》**　きわめて短い時間をいう。ほんのちょっとの間。「一念」について、次のいくつかの考え方がある。1、九十刹那《せつな》。2、六十刹那。3、一瞬《しゅん》の二十分の一（一瞬は一弾指《だんし》の二十分の一、一弾指は一羅予《らよ》の二十分の一、一羅予は一須臾《しゅゆ》の二十分の一、一須臾は一昼夜の三十分の一）。4、一弾指の六十分の一。5、一刹那、等。一刹那を一念とすると、一念は二十四時間を120×60×30×30をもって除した七十五分の一にあたる。

○**随喜《ずいき》**　五悔《ごげ》（懺悔《さんげ》・勧請《かんじょう》・随喜・回向《えこう》・発願《ほつがん》）の一。人の善事を見聞して、これに随順し歓喜すること。

迦毘羅《かびら》城の金色長者《こんじき》の語《こと》、第十七

今は昔、天竺《てんじく》の迦毘羅《かびら》城中に一人の長者がいた。その家はたいそう富み、莫大《ばくだい》の財宝を蓄え、数えきれないほどであった。男の子が一人生まれたが、体は金色で世にまたとない美しさである。体から光明を放ち城内を照らすと、一面金色《こんじき》になった。父母はこれを見てこのうえなく歓喜する。これにより、この子の名を金色と付けた。子はやがて成長すると出家の志を抱くようになり、父母に出家させて欲しいと願い出た。父母はこれを許した。すると即座に仏のみもとに伺い、出家して阿羅漢果《あらかんか》を証した。

比丘《びく》がこれを見て仏にお尋ねした。「金色《こんじき》比丘は前世にどのような善根を植えたために現世で富貴の家に生まれ、体は金色で光を放ち、また仏にお会いして出家し、すみやかに阿羅《あら》漢果《かんか》を証したのですか」。仏は比丘にこう答えられた。「その昔、過去九十一劫《こう》の時、毘婆尸《びばし》仏《ぶつ》が涅槃《ねはん》にお入りになった後に王がいた。槃頭末帝《ばんずまたい》という。この王が仏の舎利《しゃり》を取って塔を建てた。高さは一由旬《ゆじゅん》である。この塔を供養する時、一人の人がいてこれを見に行き、塔が少し壊れているのを見つけた。この人はそれを修理し、金箔を買って塔に塗ったうえで願を立てて去っていった。こうして、昔その塔を修理した人は現在の金色比丘である。この功徳により、それ以後九十一劫《こう》の間悪道《あくどう》に堕《お》ちず、天上界・人間界に生まれて常に体は金色であり、光を放ち、富貴は無量で楽しい境遇を得るのである。また、わしに会って出家し、このように阿羅漢果を証したのだ」。このようにお説きになった。

このことから思うに、塔を修理することは計りない功徳を得るものである。されば、瓶沙《びんしゃ》王《おう》は、昔、迦葉仏《かしようぶつ》の世に、九万三千人に教えて塔を修理させた。修理が終わってから、「われらは来世にともに常に同じ所に生まれよう。命終われば忉利天《とうりてん》に生まれよう。そして釈迦《しやか》がこの世に現われる時に天からおりてこの世に生まれよう」との願を立てた。いまその願のように、瓶沙王は九万三千人とともにことごとく同じ国に生まれ、ともに仏の所に伺った。仏は彼らのために法をお説きになる。その法を聞いて、みな須陀洹果《しゆだおんか》を証した、とこう語り伝えているということだ。

〈語釈〉

○**迦毗羅城**《かびら》　「迦毗羅衛城《かびらえ》」に同じ。迦毗羅衛国（釈迦族の住んでいた国）の都城。

○**阿羅漢果**《あらかんか》　声聞四果《しようもんしか》の最上位。

○**毗婆尸仏**《びばしぶつ》　過去七仏の第一。○**涅槃**《ねはん》　「涅槃に入る」は仏陀《ぶつだ》の死、入滅をいう。

○**舎利**《しやり》　身骨。仏陀《ぶつだ》・聖者の遺骨。○**由旬**《ゆじゆん》　古代インドの里程の単位。一由旬は聖王一日の行程で、六町一里で四十里、三十里あるいは十六里の称という。

○**悪道**《あくどう》　地獄・餓鬼《がき》・畜生の三世界。悪趣《あくしゆ》。

○**瓶沙王**《びんしやおう》　頻婆沙羅王《びんばしやらおう》。影勝王《えいしようおう》ともいう。中インド摩竭陀《まかだ》国王。仏法に帰依《きえ》し竹林精舎《ちくりんしようじや》を建てたが、子の阿闍世王《あじやせおう》により殺された。○**迦葉仏**《かしようぶつ》　過去七仏の第六。

○**忉利天**《とうりてん》　須弥山《しゆみせん》の頂にある天で、中央に帝釈天《たいしやくてん》が住む。

○須陀洹果《しゅだおんか》　初果《しょか》（声聞四果《しょうもんしか》の初位）。

金地国《こんじこく》の王、仏《ほとけ》の所《ところ》に詣《いた》れる語《こと》、第十八

今は昔、天竺《てんじく》の南の方に金地国《こんじこく》という国があった。その国に王がいて、名を摩訶劫戻那《まかこうれいな》といった。その王は聡明で知恵があり、また力が強く勇猛心があった。国内を意のままに統治し、三万六千の兵士たちは燃えるような意気ごみで国を守るので、敵対する者もなくなんの恐れもなかった。

その時、仏が神通力《じんずうりき》によって、この王を仏の所に来させなさった。王はただちに二万一千の小王を引き連れ仏の所に伺った。仏は王たちのために法をお説きになる。王たちはそれを聞いて須陀洹果《しゅだおんか》を証した。その後、出家したいと申し出た。仏はこれをお許しになる。出家し終わるや、みな阿羅漢果《あらかんか》を証した。阿難《あなん》はこれを見て仏に、「金地国の王は前世にいかなる善根を植えて、現世で富貴の国の王と生まれ、また偉大なる功徳《くどく》を得て一万八千の小王とともに仏にお会いできて出家し、阿羅漢果を証しえたのですか」とお尋ねした。

仏は阿難にこう告げられた。「昔、迦葉仏《かしょうぶつ》が涅槃《ねはん》にお入りになってのち、二人の長者がいて、塔を建て多くの僧を供養した。その塔は年月を経て崩れ壊れた。その時、一人の人がいて、一万八千人の下賤《げせん》の者を集め使ってその塔を修理し、衣食や寝具などを整えて多くの僧を供養し、一同心を合わせて、『なにとぞこの功徳《くどく》によって来世には富貴の所に生まれ、ま

た仏がこの世に現われる時に生まれ合わせ、その法を聞いて証果を得たい』と願を立てた。それ以後悪道《あくどう》に堕《お》ちず、その壊れた古い塔を修理して僧たちを供養した人は、今の金地国《こんじこく》の王である。たいま、わしに会って出家し、天上界・人間界に生まれて常に福を得、楽しい境遇を得ることになり、ま一万八千人の果を証し得た者も、須陀洹果《しゅだおんか》を証し得たのである。そしてまた、連れて来た小王によって、みな解脱《げだつ》したのだ」とお説きになった、みなその昔、その塔を修理した者たちである。この果報《かほう》にとこう語り伝えているということだ。

〈語釈〉

○**金地国**《こんじこく》　ミャンマーの南部、すなわちヤンゴン以南のマレー半島西海岸一帯の地。阿育王《あいくおう》が各辺地に布教使を送った時、須那迦《しゅなか》・鬱多羅《うったら》の二比丘をこの地に赴かせて羅刹女《らせつにょ》を教化し、『梵網経《ぼんもうきょう》』を説かせたという。○**摩訶劫戻那**《まかこうれいな》　『賢愚経』は「劫賓寧《こうひんな》」、『撰集百縁経』は「罽賓寧《けいひんな》」とする。○**神通力**《じんずうりき》　神変《じんぺん》不可思議で無礙《むげ》自在な力や働き。○**須陀洹果**《しゅだおんか》　初果（声聞四果《しょうもんしか》の初位）。○**阿難**《あなん》　阿難陀《あなんだ》。仏十大弟子の一。多聞《たもん》第一の人。○**迦葉仏**《かしょうぶつ》　過去七仏の第六。○**涅槃**《ねはん》　「涅槃に入る」は仏・菩薩《ぼさつ》の死、入滅をいう。○**悪道**《あくどう》　地獄・餓鬼・畜生の三悪道。悪趣。○**果報**《かほう》　果と報と。因より生ずる結果。

阿那律《あなりつ》、天眼《てんげん》を得たる語《こと》、第十九

今は昔、仏の御弟子《みでし》に阿那律《あなりつ》と申す比丘《びく》がいた。仏の御父方の従弟《いとこ》である。この人は天眼《てんげん》第一といわれる御弟子であって、三千大千世界を掌《たなごころ》を見るがごとく見通す力を持っていた。

ある時、阿難《あなん》が仏に向かって、「阿那律《あなりつ》は前世にどのようなことをして天眼第一なのですか」とお尋ねすると、仏はこう答えられた。「阿那律は、その昔、過去九十一劫《こう》の時、毘婆尸仏《びばしぶつ》が涅槃《ねはん》されてのち、盗人をしていてたいそう貧しかった。ある所に宝物を納めた一基の塔があったが、彼は心中、夜になったらそっとこの塔に入り、納めてある宝物を盗み取って売り払い、命をつなぎ世を渡ろう、と思いつき、夜、弓矢を手にその塔に行ってどうにか戸を開けて中に入った。見れば仏の御前にお燈明《とうみょう》があがっていたが、まさに消えそうである。彼は、宝物をはっきり見定めて盗もうと思い、矢筈《やはず》をもって燈明をかき立てた。その時、仏の御姿が金色に耀《かがや》き、塔内の隅々まで照らした。驚いてあたりを見て回り、もどって来て仏の御前に座ると、掌《て》を合わせて思い入《い》る。いったい、どのような人が財宝を投じて仏像を造り塔を建てたのだろう。自分も同じ人間だ。仏の物を盗み取っていいものだろうか。またこの悪事の報いを感じて、来世はいっそう貧窮の身になるに違いない。こう思って何も盗まずに帰っていった。このように燈明をかき上げたがために、九十一劫《こう》の間よい世界に生まれ、ついにはわしに会って出家し、善果を証して天眼《てんげん》を得たのである」とお説きになった。

こういう次第であるから、たとえ心をこめて仏に燈明を奉るのでなく、盗みをするためにに燈明をかき上げただけでも、このような功徳を得るのである。まして、心をこめて奉ったなら、その功徳は想像に余りある、とこう語り伝えているということだ。

〈語釈〉
○**阿那律《あなりつ》**　阿㝹楼駄《あぬるだ》。仏十大弟子の一。天眼第一の人。
○**従弟**　阿那律は釈尊の父浄飯王《じょうぼん》の弟斛飯王《こくぼん》の子。○**天眼《てんげん》**　五眼《ごげん》の一。禅定《ぜんじょう》などによって得た眼《め》。
○**三千大千世界**　小千世界（一世界である日月・須弥山《しゅみせん》・四天下《してんげ》・四王天・忉利天《とうりてん》・夜摩天《やまてん》・兜率《とそつ》天《てん》・化楽天《けらくてん》・他化自在天《たけじざいてん》および色界初禅《しきかいしょぜん》の梵天《ぼんでん》を千個合わせたものを一小千世界という）を千個合わせて中千世界とし、中千世界を千個合わせて大千世界とする。小・中・大三つ重なるのでこれを三千大千世界という。

薄𤘽羅《はくら》、善報《ぜんぽう》を得たる語《こと》、第二十

今は昔、天竺《てんじく》に仏の御弟子《みでし》の薄𤘽羅《はくら》尊者という人がいた。その過去の九十一劫《こう》の時、毘婆《びば》尸仏《しぶつ》が涅槃《ねはん》にお入りになってのちのこと、一人の比丘《びく》がいて、常に頭痛に苦しんでいた。薄《は》𤘽羅《くら》はその時は貧乏人であったが、その比丘を見て気の毒に思い、一個の呵梨勒《かりろく》の果実を与えた。比丘はこれを服用し、頭痛がなおった。薄𤘽羅は、病比丘に薬をめぐんでやったがために、その後九十一劫の間、天上界・人間界に生まれて富を得、楽しい境遇にめぐまれて病気にかかることなく、生死流転の最後の身として婆羅門《ばらもん》の子に生まれた。

さて、母が死んで、父は後妻を迎えた。幼い薄𤘽羅《はくら》は、継母《ままはは》が餅を作っているのを見て、それをねだった。継母は薄𤘽羅を憎み、捕えて鍋の上に投げ上げた。鍋は灼熱《しゃくねつ》していたが薄物羅の体は焼けない。その時、父が外から帰って来て薄物羅を見ると、焼け鍋の上にいる。驚いて抱きおろした。

その後、継母はますます憎悪の念を強め、煮えたぎる釜の中に薄物羅を投げ入れたが、薄物羅の身は焼け爛《ただ》れなかった。父は薄物羅が見えないのを怪しみ、あちこち捜したが見つからないので、大声で名を呼ぶと、釜の中で返事がする。父は夢中で抱《かか》え出した。薄物羅の体はもとどおりに無事回復した。

継母はその後またも大いに怒り、深い川辺に薄物羅を連れて行き、川の中に突き落とした。すると、川底に大きな魚がいて、ぱっくりと薄物羅を飲みこんだ。だが薄物羅には前世によい因縁があったので、魚の腹中に入ってもやはり死ななかった。その時、釣り人がこの川に来て魚を釣っていたが、この魚を釣り上げた。大きな魚を釣ったと喜んで、すぐ市《いち》に持って行って売ったが買う人がいない。夕方になって魚は腐りそうになった。そこへ薄物羅の父が来合わせ、この魚を見て買い取って、妻のいる家に持ち帰り、刀で腹を切り裂こうとすると、腹の中から、「お父さん、どうか私を殺さないように」という声が聞こえた。これを聞いた父は驚いて魚の腹を開いて中を見ると薄物羅がいた。抱え出してみると、その体には傷ひとつない。

その後、やがて成長して仏のみ許《もと》に参り、出家して阿羅漢果《あらかんか》を証して三明《さんみよう》・六通《ろくつう》を具《そな》え、御弟子《みでし》の一人となった。年は百六十になるまで病気一つしたことがない。これもみな前世に薬を施したからである、と仏はお説きになった、とこう語り伝えているということだ。

〈語釈〉

○**薄拘羅尊者**《はくらそんじゃ》　釈尊の弟子。容姿端正で一度も病魔に犯されたことなく、常に衆人をさけて閑静な所でひとり修行にはげんだ。継母による殺害をまぬがれ、出家して百六十歳の長寿を保ち、仏弟子中長寿第一と称せられた。「尊者」は聖者・賢者。尊ばれる有徳者の尊称。

○**呵梨勒**《かりろく》　シクンシ科の高木。インド・インドシナ地方に産し、高さ約三十メートル、葉は長楕円《だえん》形、花は白色で穂状、初秋に乾果を結ぶ。材は器具用、果実は薬用にする。

○**婆羅門**《ばらもん》　古代インドにおける四姓（四種の階級、婆羅門・刹帝利《くしゃとりや》・毗《ばい》（吠）舎《しゃ》・首陀羅《しゅどら》）の一。婆羅門は僧侶階級で、宗教、文学・典礼を職として四姓の最上位を占める。なお以下の刹帝利《くしゃとりや》は王族・武士階級で土田・庶民を領し政治を行ない、毗舎《ばいしゃ》は庶民階級で商工業に従事し、首陀羅《しゅどら》は奴隷階級で賤業に従事する。

○**三明**《さんみよう》　阿羅漢の智に具《そな》わる自在の妙作用。智が明了に対境を知るを明という。六神通《じんずう》のうち、宿《しゅく》命通《みようつう》・天眼通《てんげんつう》・漏尽通《ろじんつう》に当たる宿命明《しゅくみようみよう》・天眼明《てんげんみよう》・漏尽明《ろじんみよう》のこと。宿命明は自・他身の過去世の生活状態を知ること。天眼明は自・他身の未来世の生活状態を知ること。漏尽明は現世の苦相を知り煩悩を断尽するを知ること。

○**六通**《ろくつう》　六種神通力《じんずうりき》・六神通ともいう。六種の神通力のこと。すなわち、

天眼通《てんげんつう》（肉眼で見得ないものを見る不思議な力）

天耳通《てんじつう》（肉耳で聞きえぬ音声をきき得る不思議な力）

他心通《たしんつう》（他人の意を自在に徹見する不思議な力）

宿　命通《しゅくみようつう》（自在に過去宿世の生存を知る不思議な力）

神足通《じんそくつう》（如意通《によいつう》ともいう。不思議に境界を変現し、意のままに飛行《ひぎよう》する力）
漏尽通《ろじんつう》（自在に煩悩《ぼんのう》を断ずる力）

天人、法《ほう》を聞《き》き法眼浄《ほうげんじよう》を得《え》たる語《こと》、第廿一

今は昔、仏が祇園精舎《ぎおんしようじや》においでになる時、一人の天人が降りて来た。仏はこの天人をご覧になり、四諦《したい》の法を説き聞かせなさった。天人はこの法を聞いたがために、たちまち法眼浄《ほうげんじよう》を得た。

この時、阿難《あなん》が仏に向かい、「いかなるわけでこの天人に四諦の法を説き聞かせて法眼浄を得させなさったのですか」とお尋ねした。仏は阿難にお答えになった。「この天人は須達《しゆだつ》長者がこの精舎を建てている時、一人の奴婢《ぬひ》に命じて寺の庭を掃かせ、道路を清掃させた。その善根《ぜんごん》により、奴婢は死んで忉利天《とうりてん》に生まれた。この天人がその奴婢である。そのため天から降りて来てわしを見、法を聞いて法眼浄《ほうげんじよう》を得たのだ」と説かれた。

されば、自分の心からでなく、人の言いつけに随《したが》って寺の庭を掃除した功徳《くどく》でさえこのようである。まして自分から心をこめて寺の庭を掃除した人の功徳はどれほどか、想像ができよう、とこう語り伝えているということだ。

〈語釈〉
○**祇園精舎《ぎおんしようじや》**　舎衛城《しやえじよう》の南にあり、須達長者《しゆだつちようじや》が釈尊に寄贈した寺院。○**四諦《したい》の法**　四聖諦《ししようたい》ともいう。

諦は真理の意で、苦《く》・集《じゅう》・滅《めつ》・道《どう》の四諦。仏教の綱格を示すもの。
○**法眼浄**《ほうげんじょう》　教法を聞くことによってよく真理を見るをいう。小乗では初果（声聞四果の初位である須陀洹果《しゅだおんか》）に四聖諦の理を見るをいう。法眼は五眼《ごげん》（肉・天・法・慧・仏）の一。
○**阿難**《あなん》　阿難陀《あなんだ》。仏十大弟子の一。多聞《たもん》第一の人。○**須達**《しゅだつ》**長者**　須達多。舎衛城の富豪（長者）で主蔵役であった。貧人を恵み、給孤独《きっこどく》と称せられた。
○**忉利**《とうり》**天**《てん》　須弥山《しゅみせん》の頂上にある天で、中央に帝釈天《たいしゃくてん》が住む。

常に天蓋《てんがい》を具《ぐ》せる人の語《こと》、第廿二

今は昔、天竺《てんじく》に一人の人がいた。その人の頭上にはいつも天蓋《てんがい》が懸《か》かっていた。多くの人がこれを見て不思議に思い、仏に向かい、「この人は前世にどのようなことをしていつも頭上に天蓋が懸かっているのですか」とお尋ねした。仏がおっしゃった。「この人は前世に貧しい家に生まれ、下賤《げせん》の者であった。この世を過ごし命の糧《かて》を得るために路《みち》のそばに住んでいたが、ある時、雨が降り、家の前を濡《ぬ》れながら通って行く人を見て呼び止めて、古い破れ笠《がさ》を与えてやった。それでその人は濡れずに歩いていった。この功徳《くどく》により、今生《こんじょう》でいつも天蓋を備える果報を得たのである」とお説きになった。

このことから思うと、りっぱな笠を僧に供養すれば、その功徳はどれほどか想像ができよう、とこう語り伝えているということだ。

いた。

〈語釈〉

○天蓋《てんがい》　仏・菩薩《ぼさつ》の像などの上にかざす美しいきぬがさ。もとインドで日光の直射を防ぐために用いた。

樹提伽《じゆだいか》長者の福報の語《こと》、第廿三

　今は昔、天竺《てんじく》の国王の宮殿の前に、大きさが車輪ほどもある花と手巾《たのごい》が自然に降ってきた。国王はこれを見て、多くの大臣・公卿《くぎよう》とともに、「これは天がわが国のことを感心なさって、天の花・天の手巾をお降らしになったのだ」と喜び合った。

　ところで、この国に一人の長者がいた。名を樹提伽《じゆだいか》という。この人はこれを喜ばない。そこで国王が、「どうしてそなた一人だけこのことを見て喜ばぬのか」と聞くと、長者は、「この花はわが家の裏庭にたくさん咲いた花のうち、落ちて萎《しぼ》んだものを風が自然に吹き寄せたのです。また手巾《たのごい》もわが家にたくさんある宝の手巾のうちの劣等品を風が自然に吹き寄せたのです」と答えた。これを聞いて、国王をはじめ大臣・公卿はみな不思議な思いをした。

　そこで、国王は大臣・公卿・百官を率いて樹提伽《じゆだいか》長者の家に行ってそのような不思議なことを確かめてみようと思い、まず長者に、「そなたは前もって家に帰っていよ。わしはあとから行くが、その用意を整えておくように」というと、長者は、「わが家には衣服といわず財宝といわず、宮殿などまでみな自然に備わっています。前もっておもてなしの用意などする必要はまったくございません」といった。これを聞いた国王はますます不思議に思われるばかりだった。

こうして、国王が長者の家に行ってみると、門外に四人の女がいた。言いようもなく美しい女たちである。国王が、「お前たちは何者だ」と尋ねると、女は、「わたくしたちは外門を守っている下女でございます」と答えた。このようにして三重の門を過ぎて庭まで来てみると、水銀が地上に敷きつめてある。国王はこれを水だとお思いになり、水ならこの上に降りるわけにはいくまいと思って庭にお入りにならなかった。すると長者は、「これは水銀を地上に敷いてあるのですが、それが水に見えるのです」と申して、先に立って中に入った。そこで国王はいっしょにお入りになる。

〈語釈〉

○**手巾**《たのごい》　読みは「タノコヒ」（『和名抄』『名義抄』）、「タナコヒ」（『字類抄』）。「手拭」と同じという。『法苑珠林』「有一白氎手巾掛著池辺。為天風起吹王殿前」。

○**樹提伽**《じゅだいか》　インド瞻波《せんぱ》城の長者。殊底色迦とも書き、火生《かしょう》・有命《うみょう》などと訳す。瞻波城に大長者があり、継嗣のないのを憂え、六師《ろくし》外道《げどう》に帰依《きえ》して子を求めた。やがて妻は懐妊し、六師は女子が生まれるといったが、たまたまこの地を化導した仏に聞くと、疑いなく男子だと告げる。これを知った六師は生児端正《しょうじたんじょう》、産出無患《さんしゅつむげん》のためといつわり、菴羅果に毒を和し妻に食わせる。妻は死に、火葬に付した時、仏が名医耆婆《ぎば》を遣わして、火中に入り腹の子を取り出させた。猛火の中から生まれた子なので、仏は樹提伽（火生）と命名させた。出生後、頻婆沙羅《びんばしゃら》王に養われ富裕を極めたが、のち仏門に入り羅漢果《らかんか》を得た。『西域記』巻九には王舎《おうしや》城のそばに長者本生の故里《ふるさと》があると記している。巻一第十五話はこの話と同じものであるが、大長者を提何《だいか》長者とし、子の樹提伽を自然《じねん》太子とする。

○**水銀**　『法苑珠林』「白銀ヲ為シレ壁ト水精ヲ為レ地ト。王見テ謂ヒレ水ト疑ヒテ不レ得レ前《すす》ムヲ」。

その時、長者の妻が国王の入って来られたのを見て、百二十枚も重ねた金銀の帳《ちょう》の中から出て来てさめざめと泣く。国王がおいでになったのを見て、喜んで泣くのだろうと思ったところ、実は煙の渋さに堪えられずに泣いたのであった。このあと、自然に整えられた飲食物をもって大王や多くの臣下たちに食べさせる。夜は光る玉を懸けて、燈火を用いない。玉は自然の光を発している。こうして、国王は長者の家の中を巡《めぐ》り見ているうちに、いつしか数日たった。すると王宮から使者が来て還御《かんぎょ》が遅れていると奏上した。

そのため、国王は急いでお帰りになろうとすると、長者は倉庫を開けて多くの財宝を取り出し国王に献上した。国王はこれをもらって宮殿に帰り、大臣・公卿と協議し、「樹提伽はわが国の臣下に過ぎぬ。しかるに、なにゆえにみなことごとくわしに勝れているのか。されば長者を誅戮《ちゅうりく》すべきである」と決定して、四十万人の軍勢を集め、長者の家を取り囲んだ。この折、長者の家を守る一人の力士がいた。軍勢の寄せるのを見て、ただちに飛び出し、鉄の桙《ほこ》を持って四十万人の官兵を迎え討った。軍勢はことごとく討ち伏せられ倒れ伏した。

その時、樹提伽《じゅだいか》が宝車に乗って空から飛来し、軍勢に向かって、「お前ら軍勢はなにゆえにわが家に来たのか」と問う。兵士らが、「われわれは大王の命によって来たのです」と答えた。これを聞いた長者は哀れみの心を起こした。これにより力士は多数の兵士をもとのような体にしてやった。そこで兵士たちは宮殿に帰り、大王に事の次第を報告した。

そこで大王は長者の神のような威徳を聞いて使者を遣わし、長者を呼んでわが罪を謝し、「わしはそなたの威徳を知らず、愚かにもそなたを誅戮《ちゅうりく》させようとした。どうかこのあやまちをお許しくだされ」とおっしゃって、長者とともに宝車に乗り、仏のみもとに参った。そして仏に向かい、「樹提伽《じゅだいか》は前世でいかなる善根を積んでこのような果報を得たのですか」とお尋ねした。

仏はお答えになる。「樹提伽は前世の布施の功徳によってこの報いを得たのである。前世にある男が五百人の商人とともに多くの財宝を持って山を通っていた。すると山中に一人病人がいた。男はこれを哀れみ、さっそく草の庵《いおり》を造り、床を敷き食物を与え燈火をともしてめんどうをみてやった。この功徳によって、男はいまこの報いを得たのだ。その時の布施の功徳を行なった人は、いまの樹提伽長者その人である」とお説きになったので、これを聞いた国王は貴いことだと思って帰っていった、とこう語り伝えているということだ。

〈語釈〉

○**夜は光る玉を懸けて**　『法苑珠林』「臣家有二リ一ノ明月神珠一。掛二著ス堂殿一ニ。昼夜無レシ異ナルコト。不レ須《もち》二ヒ火光一ヲ」。本話は珠を中国の「夜光の玉」とした。「夜光珠」は暗夜に光を放つ貴重な玉。『述異記《じゅついき》』「南海ニ有レリ珠、即チ鯨目。夜可二シ以テ鑒《かがみ》一トス。謂二フ之ヲ夜光一ト」。『戦国策』「張儀為レニ秦ノ破レリ従ヲ、連横、説二ク楚王一ヲ。楚王遣二シ使者百乗一ヲ献二ズ駭雞之《がいけいの》犀《さい》、夜光之璧《たま》ヲ于秦王一ニ」。

○還御《かんぎょ》　国王が帰ってくること。○杼《ほこ》　「鉾」に同じ。長い剣。
○宝車　飛車の美称。飛車は風に乗じ空中を飛行するという車。
○布施《ふせ》　他にものを施し与えること。六波羅蜜の一。

波斯匿王《はしのくおう》の娘善光女《ぜんこうにょ》の語《こと》、第廿四

今は昔、舎衛国《しゃえこく》の波斯匿王《はしのくおう》に一人の娘がいた。名を善光女《ぜんこうにょ》という。世にまたとない美しさで、あたり一面輝きわたった。そこで父王・母后はこれを掌中の玉とたいせつに育てていた。王は目に入れても痛くないほどにいとしいものと思い、善光女に、「わしはそなたを心からたいせつなものと思って育てているのだ。それがそなたにわかるかな」というと、善光女は、「わたしはそれを格別うれしいとは思いません。善悪の報いというものは、みな前世からの定めによるものです。それでわたしもこのような身に生まれたのです」という。

王はこの言葉を聞いて大いに怒り、「そなた、善悪の報いがみな前世からの定めだというのなら、わしは今後いっさいそなたをたいせつなものとして育てることはしないぞ。とっとと王宮を出て、どこへでも行くがよい」といって、並外れた醜い男を召し寄せ、「これはわしの娘だ。今日からこれを貰い受けてお前の妻にしろ。たいせつに育てられるのも前世からの定めだというからには、お前の妻になるのもまた前世からの定めだ」といい、善光女を男に与えてしまった。

男は善光女をもらい受け、不思議なことだとは思ったが、王の仰せどおりこれを連れて王宮を出ていった。二人はもはや夫婦となったので、あい伴って遥《はる》か遠くの見知らぬ土地に行った。夫は心中、「おれは長年物乞いをしながら世を渡ってきたが、ひとり身でいたからこそ行きあたりばったりを宿として暮らしてきたのだ。今このように大王の御娘をいただいては、とても行き当たった垣根《かきね》の下などで横になるわけにはいかぬ」と思って嘆いていると、善光女が夫に、「あなたは父母がありますか」ときく。「父も母もあったがみな死んで知り合いもない。だから身を寄せる所もなく、こんな物乞いをしているのだ」と答えると、善光女が、「あなたの父母はどういう人ですか」という。「おれはこの隣の国にいた一番の長者の長男だ。長者といっても、この世に二人といない長者だ。その家も大王の宮殿そのままだったよ」というと、善光女が、「あなたはその住んでいた所を覚えていますか」ときく。夫は「ああ知っているよ。だが今は荒野となって、跡だけが今も残っている。絶対に忘れられるものではない」と答えた。すると善光女は、「ではわたしをそこへ連れて行ってください」という。そこで夫は善光女をその場所に連れて行った。

善光女が見れば、四面の土塀《どべい》の跡がはるかに遠く広々と連なり、その内にさまざまの建物の名残りの礎石が数多く見えて、まことに無類の長者であったことを偲《しの》ばせる。その跡に草の庵《いおり》を造って二人は入った。さて、善光女が見ると、蔵が立ち並んでいた地域と思われる所に当たって、金銀など七宝が埋まっていると思《おぼ》しき光が土中から輝き出ている。不思議に思い、人を雇ってそこを掘ってみると、無数の金銀の宝が出てきた。その後、その宝をもとに日を追って大富裕者になっていった。

するとと自然に親類縁者も続々集まって来、牛馬も数知れずふえ、さまざまの建物ももとのように建て連ね、その装飾も壮厳の限りを尽くした。父の大王の宮殿にも劣らない。こうなると、自然に夫の容姿も美しく整ってきた。

〈語釈〉

○**舎衛国**《しゃえこく》　中インドにあった、釈尊説法の地。○**波斯匿王**《はしのくおう》　舎衛国王。仏法外護者。

○**七宝**　七種の宝玉。金・銀・瑠璃《るり》・玻瓈《はり》・硨磲《しゃこ》・赤珠《しゃくしゅ》・瑪瑙《めのう》。以上は『阿弥陀経』所説。経典によって異同がある。

一方、父の大王は善光女《ぜんこうにょ》を男に与えて王宮を追い出したことをかわいそうに思うようになり、使者を出して捜させなさったが、使者がかの所まで捜して来ると、善光女の住まいは大王の宮殿と見まがうばかりであった。使者は驚き怪しみ、王宮に帰って王にこの由を奏上した。王はこれをお聞きになり、不思議に思って即座に仏のみもとに参り、「善光女はいかなるわけで王の家に生まれて身に光明があり、また王宮から追い出されても福は衰えずにその住まいは大王の宮殿のようなのでしょうか」とお尋ねした。

仏は王にお告げになった。「そなた、よく聞け。この善光女は、昔、過去の九十一劫《こう》の時、毗婆尸仏《びばしぶつ》が涅槃《ねはん》にお入りになってのち、盤頭末王《ばんずまおう》という王がいた。七宝をもって塔を建て、仏舎利《ぶっしゃり》を安置し奉った。その王の后はまた自分の天冠の中に如意宝珠《にょいほうじゅ》を入れその塔に納め置き、『わたしはこの功徳《くどく》により、のちに生まれる所では若死することなく、三途《さんず》に堕《お》ちず八難に遇《あ》うまい』と誓いを立てた。これにより昔のその后はいま善光女と生まれたが、誓いによって王の家に生まれ、身に光があり、王宮を追い出されたが福は衰えぬのである。昔の盤頭末王は今の善光女の夫である。前世の契りが深く、善光女はいま妻となってこのような報いを得たのである」と、こうおっしゃった。

波斯匿《はしのく》王は仏がこのようにお説きになるのを聞き、うやうやしく礼拝して宮殿にお帰りになった。王は、善光女の言うように、善悪の果報はまことにみな前世の定めであると思い知りなさった。そこで王は善光女のすまいに行ってみるとまことに王宮そのものである。その後は互いに行き通い、ともども幸福に世を過ごした、とこう語り伝えているということだ。

〈語釈〉

○**福**　福報、すなわち前世の善業による福楽の果報。○**舎利《しやり》**　身骨。また仏陀《ぶつだ》・聖者の遺骨。

○**如意宝珠《によいほうじゅ》**　如意珠ともいう。この珠は意のごとく種々の欲求するものを出すから如意という。またこの珠は竜王の脳中よりいで、人がこの珠を得ると、毒も害することができず、火に入るも焼くことができないなどの功徳がある。如意輪観音はこの宝珠を両手に持ち、また娑竭羅竜王《しやかつらりゆうおう》の宮殿にもある。密教ではこれを一宗の極秘とし、大悲福徳円満の標示とする。摩尼《まに》。

○**三途《さんず》**　三途《さんず》。亡者の行くべき三つの途。猛火に焼かれる所、すなわち火途《かと》（地獄道）、互いに相食《あいは》む所、すなわち血途《けつと》（畜生道）、刀・剣・杖《むち》などで強迫される所、すなわち刀途《とうと》（餓鬼道《がきどう》）。

○**八難**　仏を見、正法を聞くについての八種の障難。在地獄の難・在畜生の難・在餓鬼の難（以上は前の三途《さんず》に当たり、この三処は苦がはげしく法を聞くことができない）・在長寿天の難・在鬱単越《うつたんおつ》の難（鬱単越は須弥《しゅみ》四洲《ししゅう》の一で、須弥山《しゅみせん》の北部にあり、ふつうは北倶盧洲《ほくくるしゅう》といい、快楽きわまりない処《ところ》。ここと長寿天の二ヵ所は楽しみ勝るためにかえって法を聞くことができない）・聾盲瘖瘂《ろうもういんあ》の難（耳・目・口が不自由なため、法を聞くことができない）・世智弁聡《せちべんそう》の難（世智あるがために人々と交わり、法を聞くことができない）・仏前仏後の難（二仏の中間に生まれたものは見仏聞法することができない）。

波羅奈国《はらなこく》の大臣、子を願える語《こと》、第廿五

今は昔、天竺《てんじく》の波羅奈国《はらなこく》に一人の大臣がいた。家は大いに富み、財宝豊かであった。だがこの人には子が一人もいない。そこで日夜朝夕、子の無いことを嘆き悲しんではいるものの、どうしても生まれなかった。

この国に一宇《いちう》の神社があった。摩尼抜陀天《まにばつだてん》を祀《まつ》ってある。国内の人がこぞってお参りし、心中の願いごとをお祈りする社である。大臣は子の無いことを思い悩んだ末、その神社にお参りして、「私には子が一人もおりません。摩尼抜陀天様、なにとぞ私の願いをお聞き届けください。もし子をお授けくださったなら、金銀などの宝であなたさまのお社を美しく飾り、また香ばしい香薬などでお体を塗りましょう。もしまた子をお授けくださらぬとならば、この神社をぶち壊し厠《かわや》の中に投げ込みましょうぞ」と真心こめて礼拝した。

天神はこれを聞いて驚き、この人のために子を捜した。この大臣はたいそう高貴の出の人で家はすばらしく裕福である。その家の子として生まれるに適当な人を捜してはみたが見つからない。捜しあぐねて毗沙門天《びしゃもんてん》のみもとに参りこのことを申しあげた。毗沙門天は、「わしの力ではどうしようもない。大臣の子となるに適当な人はみつけにくい。されば、帝釈《たいしゃく》宮に行って申したらよろしかろう」といい、毗沙門天はただちに忉利天《とうりてん》に登り、帝釈天に申しあげた。「人間世界の波羅奈《はらな》国に一人の大臣がおります。子がないため、子を授けてほしいと摩尼抜陀天《まにばつだてん》に祈りました。だが、その天神は子を授けることができず、この毗沙門天の所に願い出ました。私もまた見つけ得ないので、帝釈天様にお願いにあがった次第です」。

帝釈天はこの申し出の次第をつぶさにお聞きになり、もはや五衰《ごすい》の相《そう》が現われて死のうとする天人を見てそれを呼び寄せ、「そなたはもはや命を終えようとしている。かの大臣の子に生まれ代ってその願いをかなえてやりなさい」という。天人が、「あの大臣は無類の富裕者です。彼の家に生まれたなら、楽しみにうつつを抜かして道心《どうしん》が失《う》せましょう」と答えたが、帝釈天は、「彼の家に生まれたとて、わしがそなたを助けて道心を失なうようにはさせない」とおっしゃった。天人は帝釈天の強い勧めにより大臣の家に生まれた。

〈語釈〉

○**波羅奈国**《はらなこく》　ガンジス川流域にあった国。今のベナレス市を中心にした一帯。ここに釈尊が五人の比丘《びく》を度《ど》した鹿野苑《ろくやおん》があった。

○**摩尼抜陀天**《まにばつだてん》　摩尼は宝珠（如意珠《にょいしゅ》）の意。抜陀は賢の意。八大夜叉（宝賢夜叉・満賢夜叉・散支夜叉・衆徳夜叉・応念夜叉・大満夜叉・無比力夜叉・密厳夜叉）の一の宝賢夜叉。夜叉は捷疾《しようしつ》・勇《ゆう》健《けん》・威《い》徳《とく》などと訳し、容姿醜怪で威力があり、人の精気を奪うが、後に仏に帰依して正法を守護する鬼神となる。羅刹《らせつ》とともに毘沙門天《びしやもんてん》の眷属《けんぞく》として北方を守護する。

○**毘沙門天《びしやもんてん》** 四天王の一。多聞天《たもんてん》に同じ。夜叉《やしや》・羅刹《らせつ》の二鬼を従え北方を守護する神。

○**帝釈宮《たいしやくぐう》** 須弥山《しゆみせん》の頂にある忉利天《とうりてん》の喜見城《きけんじよう》のこと。ここに帝釈天が住む。

○**忉利天《とうりてん》** 六欲天の第二天（帝釈天が住む）。

○**帝釈天** 六欲天の第二天である忉利天の主《あるじ》であり、毘沙門天《びしやもんてん》は六欲天の第一天である四王天（持《じ》国《こく》・増長《ぞうじよう》・広目《こうもく》・多聞《たもん》＝毘沙門）の一王であって帝釈天に仕える。四王天は須弥山《しゆみせん》の中腹にあるので、毘沙門は頂上にある忉利天に登り、帝釈天にお伺いを立てたのである。

○**五衰《ごすい》** 天人の五衰。欲界の天人が命の終わる時に現わす五種の衰相。華冠おのずから萎《しぼ》む・衣裳垢坋する・腋下より汗を流す・本位を楽《ねが》わず・王女違返する（『増壱阿含経《ぞういちあごんきよう》』）。

○**道心《どうしん》** 菩提《ぼだい》（正覚・悟り）を求める心。菩提心。

大臣は、仏のような容姿をした男児をもうけ、このうえなく喜んだ。名を恒河達《ごうがだ》とつける。父母は手に捧げ持つようにしてたいせつに育てているうちしだいに成長していった。道心がとりわけ深く、父母に、「私に出家をお許しください。これはかねがね抱いている深い願いなのです」という。父母はこれを聞き、「われわれには他に子がいない。お前ただ一人だ。家を継がせるため出家を許すわけにはいかぬ」と答えた。ところが、恒河達《ごうがだ》の道心はいよいよつのり、「自分は早いところ死んで道心のある家に生まれ、かねて願いどおり仏道に入ろう。そうだ、この身を捨てて早く死ぬに越したことはない」と思いつき、ひそかに親の家を抜け出して山に入り、はるかに高い巌《いわお》の上に登って身を投げた。谷底に落ちたが、身に傷ひとつ負わず、痛い所もない。そこでまた大きな川の岸に行き、深い淵《ふち》の底に飛び込んだ。けれども死なない。また毒を手にして食ったが、毒気に体が犯されることもなかった。

このように、さまざまな方法で死のうとしたが、体を害なうことがなかった。そこで、「ひとつ宮廷内の物を盗んでやろう。そうすれば盗みが発覚して殺されるだろう」と思い、阿闍世王《あじゃせおう》が多くの女官を引き連れて庭園や池のほとりで楽しく遊んでいるところに行き、ひそかに庭に忍び込んで、女官たちの脱ぎ散らしてある目にもあざやかな衣裳を抱き取り出て行こうとすると、警護の者がこれを見つけ、ひっ捕えて王の御前に引き出し、事の次第を申しあげた。王は大いに怒り弓を取ってみずから恒河達《ごうがだ》を射た。だが、その矢は恒河達の身に当たらず、さらに飛び返って王の方に向かって落ちた。このように三度射たが、そのたびごとに矢は王の方に向かって落ちた。

その時、王は恐れおののき、弓矢を捨てて恒河達に向かい、「そなたは天竜なのか、はたまた鬼神か」ときく。恒河達は、「私は天竜でも鬼神でもありません。波羅奈国《はらなこく》の大臣の子であります。私は出家の志がありますので父母に出家をさせてほしいと願ったのですが、どうしても許してくれません。そこで、早く死んで道心ある家に生まれ代わり念願を果たすに越したことはないと思い、はじめは巌《いわお》に登って身を投げ、深い川に入水し、次には毒を飲んだが死ねませんでした。こうなっては王の禁制でも犯したなら即座に殺されるだろうと思い、あの衣裳を盗んだのです」と事情を述べた。王はこれを聞いて心から同情し、ただちに出家を許した。そして王は恒河達を連れ仏のみもとに参り、事の次第をつぶさに申しあげた。仏は恒河達を出家させなさる。恒河達は修行して阿羅漢《あらかん》となった。阿闍世《あじゃせ》王は仏に、「恒河達は前世にいかなる善根を積んで、巌から身を投げ、入水し、毒を食い、矢を放たれなどしても身に損傷を受けることなく、また世尊にお会いすることができてすみやかに阿羅漢を得たのですか」とお尋ねした。

〈語釈〉

○**恒河達**《ごうがだ》　諸本はこの名を空格とする。以下、本話全文にわたり、この名に当たる部分は空格となっている。『賢愚経』によって補った。それによれば、子が生まれた時、占い師を呼んで名をなんと付けようかと尋ねると、占い師が、どこでこの子を得たかときくので、大臣は恒河天神（恒河はガンジス川）から授かったと答えた。そこで占い師は「恒河達」と付けた、とみえる。

○**阿闍世王**《あじゃせおう》　摩竭陀国《まかだこく》、頻婆娑羅《びんばしゃら》王の子。父を殺し、母を幽閉したことで知られる悪王。のち、仏教教団の外護者となる。

○**天竜**　天竜八部（衆）。仏法を守護する八部の異類。天・竜・夜叉《やしゃ》・乾闥婆《けんだつば》・阿修羅《あしゅら》・迦楼羅《かるら》・緊那羅《きんなら》・摩睺羅迦《まごらか》。天と竜とは八部中の上首なので天竜八部（衆）という。

○**鬼神**　恐ろしい自在力を持つ者。これに悪行をほしいままにし、人・畜を悩ます悪鬼神（夜叉・羅刹《らせつ》・風神・雷神など）と、善行為をなし国土を守護する善鬼神（梵天《ぼんでん》・帝釈《たいしゃく》・竜王など）とがある。

○阿羅漢《あらかん》　阿羅漢果（声聞四果《しょうもんしか》の最上位）を得た者。○世尊　釈迦牟尼《しゃかむに》の尊称。

仏は王に告げられた。「そなた、よく聞け。昔、過去の無量劫《むりょうこう》のある時、一つの国があり、波羅奈国《はらなこく》といった。その国に王がいて、名を法摩達《ほうまだ》といった。その王が多くの役人を率いて林の中に行き遊び楽しんだ。多くの女官どもは音楽を奏し歌をうたった。その歌声の中に一人だけ高い声が交っていた。王はこの声を聞いて大いに怒り、その者を捕えて家臣をやって殺させようとした。

その時一人の大臣がよそからこの場にやって来て、この者が捕えられたのを見て、『これはいったい、なにゆえか』という。人々がわけを話すと、大臣は聞き終わって大王に向かい、『この者の犯した罪は重いものではありません。それ故その命をお取りになってはなりません』といさめた。そこで王はこの者を許し命を取ることをやめた。もはや大臣により死を免かれることができた。そこでその後、大臣に仕えて長い年月がたった。

この人は心中に、『自分はたいそう欲心が強く、女官たちの声に高い声を加えてしまった。すんでのこと、国王に殺されるところであった。これもわが欲のためである。このことを大臣に申して出家しよう』と思って、大臣に願い出た。大臣は、『わしはそれに反対はしまい。すみやかに希望どおり出家して仏道に入り、仏法を学ぶがいい。もし帰って来ることがあったら会いに来てくれ』といった。この人はそのますぐ山に入り、ひたすら玄妙の真理を思惟《しゆい》し仏法を修行して辟支仏《びゃくしぶつ》となった。そして城に帰って来て大臣にお目にかかる。大臣もまた彼を見て大いに喜び、供養をした。するとこの辟支仏は虚空に昇って十八変を現じた。大臣はこれを見て誓願を立てた、『私の恩によって一人の人命が助かることができた。私は今後仏のごとく、生々世々《しょうじょうせぜ》においてすばらしい福徳と長命を得、また世々に広く衆生を救おう』。こう誓った。その時の大臣で、一人の人の命を助けて死を免れさせたものが今の恒河達《ごうがだ》である。この前世の因縁により生まれた所で若死することなく、仏法を学んですみやかに阿羅漢《あらかん》を得たのである」とお説きになった、とこう語り伝えているということだ。

〈語釈〉
○**無量劫**《むりょうこう》　「劫」は数え得ないような遠大な時間の単位。
○**法摩達**《ほうまだ》　『賢愚経』「梵摩達」。『百縁経』「梵摩達多」。
○**辟支仏**《びゃくしぶつ》　縁覚。四聖（声聞《しょうもん》・縁覚・菩薩《ぼさつ》・仏）の一。仏の教えによらず、飛花落葉を観じて独悟し、自由境に到達したもの。独覚ともいう。
○**十八変**　仏・菩薩などの聖者が現す十八種の神変不思議。
○**生々世々**《しょうじょうせぜ》　生まれ変わり死に変わりして世を経る意。現世も後世も。永劫。
○**因縁**　因と縁と。果をもたらすための原因となるもの。

前生《ぜんしょう》に不殺生戒《ふせっしょうかい》を持《じ》せる人、二国《にこく》の王《おう》に生《しょう》ぜる語《こと》、第廿六

今は昔、天竺《てんじく》に国王がいた。子が一人もいなかった。そこで神仏に祈って子を授けてほし

いと願っているうち后が懐妊し、やがて月満ちて子が生まれた。まことに美しい男の子である。国王はこのうえなく喜んでたいせつに養い育てているうちに国王の行幸があった。后も皇子もみなつき従ったが、大きな川を渡る時、この生まれて間《ま》もない皇子をとりはずし、川に落とし入れてしまった。国王をはじめとして大騒ぎをして捜し求めたが、底もわからぬ深い川なので捜し出すすべもない。国王は泣き悲しんだがどうしようもなく都に帰ってきた。それからというもの、いっときのひまもなく皇子を恋い、ひたすら悲しみ嘆いていた。

さて、この皇子は川に落ちいるや、あっというまに大きな魚にひと呑《の》みされた。魚は呑んだまま深い川の底めがけてはるか遠く泳ぎ去る。こうして隣国の領内に入っていった。そしてその国の者が漁をしている所に出くわし、捕えられた。大きな魚を捕ったと喜び、すぐさま俎《まないた》に載せ料理しようとして、まず腹を裂こうとすると、腹の中で声がする。「この腹の中にはわたしがいるよ。刀を深く刺し込んで裂かないでね。気をつけて裂いて」。魚を料理する男はこの声を聞いて驚き怪しみ、そばの連中にこれを告げて、注意深く裂き開き、押し開いてみると、まことに美しい男の子がころがり出た。見ている者は奇異の念に打たれたが、美しい子なので喜んで抱きあげ、湯をかけて洗ってみると並みの人間とは思われない。その村の者ことごとくが集まってきて大騒ぎをして見る。

すると、その国の王がこれを伝え聞き、その子を召し出して見たところ、比べる者もないほど美しい。国王は心中、「わしには子がなく、王位を継がせようもない。それで、神や仏に祈り子が生まれることを願っていたが、いまわが国にこんなすばらしい者が現われた。これは必ずやわが王位を継ぐために神仏がお授けくださったものに違いない。ましてこの子の様子を見るにまったく普通の人間ではない」と思い、大喜びでただちに東宮に立て、このうえなくたいせつに育てた。

さて一方、かの子を川に流してしまった国王はこのことをおのずから伝え聞き、「それはきっとわが子であろう。川に落ちると同時に魚が呑《の》んだのだ」と思って、その国の王のもとに事情を言って、返してほしいと使いを出した。するとその王は、「この子は天の神がお授けくださった子だ。絶対返すわけにはいかぬ」と返答した。このように言い合ってたがいに争っていたが、隣国に勝《すぐ》れた大王がおられた。さきの両国はともにこの大王に従属していた。そこで両国の王はともに大王に事情を訴え、「大王のご決定どおりにいたしましょう」という。大王は、「両国の王がおのおの訴えるところはすべてもっともである。されば、どちらか一人の王が子を自分のものとし得《う》るようには決めがたい。ただ、両国の境に一つの城を築き、その城にこの王子を置いて、二人の王がおのおの自国の太子とし、親として養育するがよかろう」と結論を下した。二人の国王はこれを聞き、ともに、「結構です」と喜んで、決定のままに双方自国の太子としてたいせつに護《まも》り育てた。

のちに、この太子は両国の王位につき、二国を領有するようになった。仏はこの様子をごらんになり、「この人は前世、人と生まれていた時、五戒を守ろうと思った。だが、五戒のすべてを守らず、ただ不殺生戒一つだけ守ったため、いま夭折《ようせつ》という目にあわず、命を全《まっと》うすることができて、最後は二国の王となり、二人の父の財宝を譲り受けたのである」と説き示された。そして、「まして、五戒のすべてを守る人の福徳は限りないものである」とお説きになった、とこう語り伝えているということだ。

〈語釈〉

○**五戒**　出家・在家を問わず、仏教徒の守るべき五つの戒律。不殺生《せっしょう》・不偸盗《ちゅうとう》・不邪淫《じゃいん》・不妄語《もうご》・不飲酒《おんじゅ》。

天竺《てんじく》の神、鳩留長者《くるちょうじゃ》の為《ため》に甘露《かんろ》を降らせたまえる語《こと》、第廿七

今は昔、天竺《てんじく》に一人の長者があった。名を鳩留《くる》という。五百人の商人を引き連れて商売するため遠い国に出かけていったが、途中で食糧が尽き、みな疲れはてて倒れ臥《ふ》した。長者は困惑してあたりを見回したが、人里からはるかに離れた所である。遠くの山のわきに生い茂った林が見えたので、人里があるのかと思って近寄ってみると、人里ではなく神の社であった。近づいて社の中をみると神がおいでになる。長者は神に向かい、「私は五百人の人を引き連れて遠い旅を続けているうち、食糧が尽きて、まさに餓死寸前の状態です。神様どうぞお慈悲をもって私をお助けください」とお願いした。すると、神は手をさしのべ、指の先から甘露《かんろ》をしたたらせる。長者はその甘露を掌《て》に受けて飲んだところ、とたんに飢えの苦しみがすっかり失《う》せ、心楽しくなった。

そこで長者はまた神に、「私は甘露を飲んで飢えがすっかりなくなりました。しかし、この連れている五百人の商人も私と同様飢え伏してみな死に瀕《ひん》しています。かれらの苦しみをお助けください」とお願いした。神はまた五百人の商人を近くに召し、手から甘露をしたたらせて各自にお飲ませになる。商人たちはその甘露を飲み、みな飢えが失《う》せてもとのように力がつき、心を合わせて神に向かい、「神様にはどのような前世の果報がおありになって、手から甘露をしたたらせなさるのですか」とお尋ねした。すると神は、「わしは昔、迦葉仏《かしようぶつ》がこの世に現われた時人間に生まれ、鏡を磨いて世を過す職人であった。ある時、托鉢《たくはつ》僧と道で会い、『金持の家はどれか』と尋ねられて、わしは手で金持の家を指さし、『あれが金持の家です』と教えた。その果報として、いま手から甘露をしたたらせる報を得たのだ」と答えられた。鳩留《くる》はこのことを聞き終わり、歓喜して家に帰っていった。その後、千人の僧を招いて供養をした。これは仏の在世中のことである。仏はこのようにお説きになられた、と語り伝えているということだ。

〈語釈〉

○**甘露**《かんろ》　阿密哩多《あみりた》（梵語の音訳）。意訳して甘露、不死とも訳し、また天酒ともいう。はじめはソーマ（蘇摩＝悦意花《えついか》の汁）をいったものらしく、諸神が飲料にするもの。味甘く香気があり、一度飲めば死ぬことがないとされる。

○**迦葉仏**《かしようぶつ》　過去七仏の第六。

○**鏡を磨いて**　昔の鏡は青銅・白銅・鉄などで作り、表面を研磨して水銀に錫《すず》をまぜたものを塗り、光を発しさせた。

流離《るり》王、釈種《しゃくしゅ》を殺せる語《こと》、第廿八

今は昔、天竺の迦毗羅衛国《かびらえこく》は仏のお生まれになった国である。仏のご一族はみなその国におられる。このご一族を釈種《しゃくしゅ》と称し、これをこの国では他に勝《すぐ》れて高貴な家柄としている。五天竺全体の中でも迦毗羅衛国の釈種をもって高貴な人とする。この中に釈摩男《しゃくまなん》という人がいた。この国の大富豪であり、ひじょうに知恵にたけていた。そこでこの人を国の師としてすべての人がものを習った。

当時、舎衛国《しゃえこく》の波斯匿《はしのく》王には数多くの后《きさき》がいたが、王は迦毗羅衛国《かびらえこく》の釈種のものを后に迎えようと思い、迦毗羅衛国王のもとに使者を出し、「わが国には多くの后がおりますが、みな下劣なものばかりです。釈種の一人を頂戴《ちょうだい》して后といたしたい」といってやった。迦毗羅衛国王はこれを聞き、諸大臣および賢人を集め、「舎衛国の波斯匿王が迦毗羅衛国の釈種を迎えて后としたいと申してきた。かの国はわが国より下劣な国である。たとい后にするといっても、どうしてそんな国に遣るものか。だが、遣らないと、かの国は武力が強いから、もし攻めて来た場合、とても防ぐことはできない」といって協議したが、その対策を決めかねていると、一人の賢明な大臣が、「釈摩男《しゃくまなん》の家の奴隷《どれい》某丸《それがしまろ》の娘は姿かたちが美しい。それを釈種と称してかの国につかわしたらいかがでしょう」という。大王をはじめとして諸大臣は、「それは名案だ」といって決定した。そこで、その奴隷《どれい》の娘を美しく飾り立て、「これが釈種である」といって遣わした。舎衛国の波斯匿王はこの女を受け取って見たところ、いいようもなく美しい。この国のあまたの后と比べてみても肩を並べるものもない。そこで大王は限りなくこれを寵愛《ちょうあい》した。名を末利夫人《まりぶにん》という。

〈語釈〉

○**迦毘羅衛国**《かびらえこく》　北インド、ヒマラヤ山麓《さんろく》、今のネパール・タライ地方にあり、釈迦族の住んでいた国。釈尊《しゃくそん》の生存中舎衛国に攻められて滅んだ。

○**釈種**《しゃくしゅ》　釈迦一族。○**五天竺**　天竺を東・西・南・北・中の五つに分けた総称。

○**釈摩男**《しゃくまなん》　下文の「摩訶男《まかなん》」と同一人物。また巻一第二話には「摩訶那摩《まかなま》」として出ている。釈尊の父浄飯《じょうぼん》王の弟斛飯《こくぼん》王の子とも甘露飯《かんろぼん》王の子ともいう。

○**舎衛国**《しゃえこく》　中インドにあった国。釈尊説法の地。

○**波斯匿**《はしのく》**王**　舎衛国王で仏法外護者。○**下劣**　種姓が卑しい。

○**奴隷**《どれい》　奴隷階級は古代インドにおける四種の階級（四姓）の最下層で首陀羅《しゅどら》といい、賤業に従事する。○**某丸**《それがしまろ》　なにがし（人名）。「丸」は古代わが国の人名に多くつけた語で、ここでは日本風に親しみやすいものにした。

○**末利夫人**《まりぶにん》　舎衛国王である波斯匿王の后であるが、諸説がある。『勝鬘経《しょうまんきょう》』によれば、后は悪生《あくしょう》太子および後に阿踰闍王友称《あゆじゃおうゆうしょう》の后となった勝鬘夫人《しょうまんぶにん》を生んだといい、また『毘奈耶雑事《びなやざつじ》』巻七・『五分《ごぶ》律《りつ》』巻三十一によれば、夫人はもと迦毘羅衛国所領の一村邑《そんゆう》の知事の子で明月と称したが、聡明かつ容色すぐれ、父の死後迦毗羅衛城主摩訶男《まかなん》（摩訶那摩《まかなま》）の養女となり、常に種々の花を鬘《かずら》として いたので勝鬘《しょうまん》といった。ある日、仏の行乞《ぎょうこつ》（托鉢《たくはつ》）にあい飯を供養し、後に園中に至ったが、たま たま波斯匿《はしのく》王が狩猟の途次ここに憩《いこ》い、勝鬘の才知のすぐれたのを見て迎えて第一夫人とし、毗盧《びる》 択迦《ちゃか》（瑠璃《るり》王）を生んだ。彼女はよく王を助けて国を繁栄させ、また王とともに祇園精舎《ぎおんしょうじゃ》に仏を訪《おとな》い、教えを聞いたという。

やがて二人の子が生まれた。その子が八歳になった時、生まれつきひじょうに聡明なので、王は、「迦毗羅衛国《かびらえこく》はこの子の母后の故国であるから親密な関係にあるし、また他国に勝《すぐ》れて知恵のある国である。そこには釈摩男《しゃくまなん》という者がいるそうだが、これが特に知恵にたけ、またすばらしい富裕者だときいている。聞くところによれば、瓦や石のようなものでも彼の手に入るとそれが金銀になってしまうという。そのため、国王は彼を大長者とし、また国の師として扱い、すべての釈種が彼についてものを習っている。わが国には彼と比肩《ひけん》する者はいない。そなたも同じ釈種であるから、かの国に行って彼《かれ》に習うがよい」といって旅立たせた。同じくらいの年齢の大臣の子を添えてやる。かの国に行き着いて見ると、都城の中に新しく大きな堂が一つあった。その中の上手《かみて》正面に当たって釈摩男の座席が高々と立っている。それに向かいあって多くの釈種がものを習う座席が立っていた。そこから離れて、釈種以外の人々のものを習う座席が立ち並んでいる。

これを見て、波斯匿《はしのく》王の子、名を流離《るり》太子というが、その釈種の座席に、自分も釈種であると思って登った。人々がこれを見て、「その座席は多くの釈種が、大師釈摩男に向かってものをお習いになる座席だ。あなたは波斯匿王の太子であるとはいえ、この国の奴隷《どれい》の娘の生んだ子だ。どうしておそれおおくもこの座席をけがしてよいものか」といって追いおろした。

流離太子はこれはこのうえない恥だと思って嘆き、連れてきた大臣の子に、「あの座席から追いおろされたことは、絶対本国に聞かせてはならぬ。おれがもし本国の王となったなら、その時はこの釈種どもを討ち亡ぼしてやるつもりだ。その前にこのことを口外してはならぬ」と固く口止めして本国に帰っていった。その後、波斯匿《はしのく》王が死んで、流離《るり》太子が国王の位についた。あのいっしょに連れていった大臣の子は大臣になって、名を好苦《こうく》といった。流離王はこの好苦に、「昔、迦毗羅衛国《かびらえこく》で話したことはいまだに忘れてはいない。今こそ釈種討伐にあの国に出かけて行こうと思う」と言い、国の軍勢を数知らず動員して迦毗羅衛国さして進発した。

その時、目連《もくれん》がこれを聞いて急遽《きゆうきよ》仏の御許《みもと》に参り、「舎衛国《しやえこく》の流離《るり》王が釈種を殺そうと、無数の軍勢を率いてこの国に進攻して来ます。多くの釈種はみな殺されてしまうでしょう」と申しあげた。仏は、「殺されるという前世からの果報はどうしようもないことである。わしの力の及ぶところではない」とおっしゃって、流離王がやって来ようとする道の近くに出かけておいでになり、枯れた木の下にお座りになった。流離王は軍勢を率いて迦毗羅衛城に入ろうとして、はるかに仏がひとり座しておいでになるのを見て車から急いでおり、礼拝して仏に向かい、「仏はなにゆえに枯れた木の下に座しておられるのですか」とお尋ねした。仏は、「釈種が亡びることになろうから、そのためこのような枯れた木の下に座しているのです」とお答えになった。流離王は、仏がこのようにおっしゃるのに恐縮し、軍を引いて本国に帰っていった。仏も霊鷲山《りょうじゅせん》に帰っていかれた。

〈語釈〉

○**流離《るり》太子**　「流離」は普通「瑠璃」「琉璃」と書く。詳しくは「毗瑠璃《びるり》」「毗盧択迦《びるちゃか》」などといい、増長《ぞうちょう》・悪生《あくしょう》と訳す。舎衛国波斯匿王の子、釈尊成道後四十二年（前四九〇）、父を殺して王位を奪い、さらに迦毗羅衛国の釈迦族を滅ぼした。
○**目連《もくれん》**　目犍連《もくけんれん》。仏十大弟子の一。神通第一の人。
○**果報**　果と報と。因より生ずる結果。○**霊鷲山《りょうじゅせん》**　摩竭陀《まかだ》国王舎城の東北にある山。今のチャタ山。釈尊説法の地として著名。耆闍崛山《ぎしゃくつせん》。霊山《りょうぜん》。鷲峰《じゅほう》。

その後しばらくして、好苦梵志《こうくぼんじ》が流離《るり》王に対し、「やはりあの釈種はお討ちになるべきです」と進言する。王はこれを聞いてあらためて軍勢を集め、前のように迦毗羅衛《かびらえ》城に向かった。それを知った目連《もくれん》は仏の御許《みもと》に参り、「流離王の軍勢がまたやって来るでしょう。私はただちに流離王とその全軍をよその世界に投げつけてやろうと思います」と申しあげた。仏は、「そなたは釈種《しゃくしゅ》の前世の報をどうしてよその世界に投げつけられようぞ」とおっしゃる。目連は、「まことに前世の報をよその世界に投げつけることなどできるものではありません」といい、あらためて仏に、「私はいま、この迦毗羅衛城を移して虚空の中に置こうと思います」と申しあげた。

仏は、「釈種の前世の報を虚空の中に置くことなどできようか」とおっしゃる。目連は、「まことに前世の報を虚空に置くことはできるはずもありません」といい、あらためて、「私は鉄の籠《かご》でもって迦毗羅衛城の上を覆おうと思います」と申しあげた。仏は、「前世の報がどうして鉄の籠で覆われようぞ」とおっしゃる。目連は、「まことに前世の報は覆うことができません」といい、さらに、「私が釈種を取りあげて鉢《はち》に入れ、虚空に隠したならばどうでしょうか」と申しあげると、仏は、「前世の報は、たとえ虚空に隠したとて遁《のが》れることはでき難かろうな」とおっしゃって、頭痛を覚えられお臥《ふ》せりなさった。

流離王と全軍が迦毗羅衛城に入るとき、すべての釈種は都城を固め、弓矢をもって流離王の軍勢を射た。流離王軍は釈種の射る矢に当たらぬものなく、みな倒れ伏した。だが死ぬことはなかった。そこで流離王は恐れはばかって攻め寄せようとしない。そのとき好苦梵志《こうくぼんじ》が流離王に向かい、「釈種はみな武道に達しているとはいえ、戒《かい》を守る者たちであるから、虫さえも殺さない。まして人を殺すことなどするはずはない。それゆえほんとうに射ていないのです。ですからしりごみせず攻めるべきです」という。軍勢はこの言葉を聞いて思い切り攻め寄せると、釈種は防戦もせずにみな城中に引き退いた。これを見た流離王は都城の外から、「お前たち、すみやかに城門を開け。もし開かぬなら一人残さずみな殺しにするぞ」と叫んだ。

〈語釈〉

○好苦梵志《こうくぼんじ》　梵志は梵士とも書き、浄裔・浄行と訳す。婆羅門《ばらもん》の生活に四期（梵志・家住《けじゅう》・林棲《りんせい》・遊行《ゆぎょう》）ある中の一。師について修行する間をいう。その時期は八歳より十六歳まで、または十一歳より二十二歳まで等と種姓によって異なるが、この期間は師家に入って薫食《くんしょく》を避け奢侈《しゃし》に遠ざかり、一切《いっさい》の情欲を離れ、毎朝乞食《こつじき》（托鉢《たくはつ》）してこれを師に捧げ、師の食後に自ら食し、薪《たきぎ》を採り水を汲み、師の臥具《がぐ》をのべ、しかも一意専心聖智の熟達に精進《しょうじん》する。この期を終われば家に帰って妻を娶《めと》り、後さらに森林の生活に入り、また諸処に遊化《ゆうけ》する。

○前世の報　前世の因縁による現世の果報。四回繰り返されるが、なにごとであれ、前世からの因果応報であればどのようにしても阻止できないことを強調している。

○戒《かい》　仏教道徳の総称。仏教上の戒めと僧の守るべき規則。これに五戒・十戒などさまざまある。六波羅蜜の一。

時に、迦毗羅衛《かびらえ》城中に一人の釈種《しゃくしゅ》の童子がいた。年は十五歳。名を奢摩《しゃま》という。流離《るり》王が城外にいると聞き、鎧《よろい》をつけ弓矢を持ち、城壁の上に登って、ただ一人で流離王軍と戦い、多くの敵を射殺したので、みな散り散りに走り逃げる。王は大いに恐れた。釈種たちはこのことを聞き、奢摩《しゃま》を呼び寄せて、「お前はまだ少年にすぎぬが、なにゆえにわれわれ一門の掟《おきて》に背くのか。お前は知らぬのか、釈種たるものは善法を修行して虫けら一匹殺さず、まして人を殺すなど絶対にしないのだぞ。それゆえ、お前はただちにここを出て行きなさい」と命じた。そこで奢摩は即座に都城を出ていった。流離王は城門の所にいて、前のように、「ただちに開門せよ」と叫ぶ。

その時、一人の天魔がいて釈種に姿を変え、「おのおのがた、釈種の者よ、ただちに城門を開け。戦ってはならぬ」という。そこで釈種は城門を開いた。すると流離王は、「この釈種はひじょうに数が多い。刀剣ではとても殺し切れぬ。象をもって踏み殺させよ」といい、臣下どもに命じて踏み殺させようとした。王はまた臣下に、「容貌《ようぼう》の美しい釈種の女五百人を選んで連れて来い」と命じる。臣下は王の仰せに従い、五百人の美女を王のもとに連れてきた。

王は釈種の女に向かって、「お前ら、恐れ悲しむことはない。わしはお前らの夫だ。お前らはわしの妻なのだ」といって、一人の美しい釈種の女に対して戯れかかろうとする。女は「大王様、いったいなんのためにこんなことをなさるのですか」という。「お前と通じようと思うのだ」と王がいうと、女は、「わたしはいま、釈種としてどうして奴隷《どれい》の生んだ王なんかと通じましょう」という。これを聞くや王は大いに怒り、臣下に命じてこの女の手足を切り、深い穴の中に入れた。五百人の釈種の女たちもいっせいに王をののしり、「いったい、だれが奴隷《どれい》の生んだ王と通じたりするものですか」という。王はますます怒り、五百人の釈種の女の手足をことごとく切り、深い穴の中にいれてしまった。

これを知った摩訶男《まかなん》は王に向かって、「私の願いをお聞きとどけください」と願い出た。

王が、「どのような願いか」と尋ねると、摩訶男は、「私は水底に沈みます。どれほどの間沈んでいられるかわかりませんが、沈んでいる間だけ釈種《しゃくしゅ》たちを解き放ち逃がしてやってください」という。王は、「その願いを聞きとどけてつかわそう」といった。釈摩男《しゃくまなん》は水底に入り、頭髪を木の根に結びつけて死んでしまった。その間に都城中の多くの釈種が、あるいは東門から飛び出して南門から入り、あるいは南門から飛び出して北門から入る。王は臣下たちに、「なにゆえに摩訶男は水中から出て来ないのか」ときく。臣下が「摩訶男は水中で死んでしまいました」と答えると、王は摩訶男の死を知って後悔の念を生じ、「ああ、わしの祖父は死んでしまったのか。これみな親族を愛するゆえである」と慨嘆した。流離《るり》王のために殺された釈種は九千九百九十九人。あるいは土中に埋め、あるいは象によって踏み殺す。その血は流れて池となった。都城の宮殿はことごとく焼き亡ぼした。その後、流離王は軍を率いて本国に帰っていった。

目連《もくれん》が鉢《はち》に入れて虚空《こくう》に隠した釈種は、地上にとりおろして見ると、鉢の中でことごとく死んでおり、生きている者は一人としていなかった。仏が、「死ぬのは前世の果報である。まぬがれることはできない」とおっしゃったことに間違いはなかったのである。

仏は、「流離王とその軍兵は今後七日のうちにことごとく死ぬであろう」とおっしゃる。王はこれを聞き、恐れおののいて軍兵に告げた。好苦梵志《こうくぼんじ》は王に、「大王よ、恐れなさってはいけません。いまさし迫って国の辺境に外敵の難はありません。他に災厄も起こりませんと申しあげた。王は死の恐れをまぎらわせようがために阿脂羅《あしら》河のほとりに行き群臣や侍女たちを引き連れてさまざまに遊びたわむれていると、突如、ものすごい雷鳴がとどろき、暴風が吹き豪雨となった。王をはじめとして多くの者が水に溺《おぼ》れて死んでしまい、ことごとく阿鼻《あび》地獄に堕《お》ちた。また、天から火が燃え下り、都城内の宮殿はみな焼けてしまった。一方、殺された釈種はみな天上界に生まれた。これは戒を守ったからである。

〈語釈〉

○**摩訶男**《まかなん》　「釈摩男《しゃくまなん》」と同一人物。

○**あるいは東門から飛び出して……**　『経律異相《きょうりついそう》』に「城中諸釈、四門競走」とあるが、ここはこういう文に基づいた言い替えで、釈種があわてふためいて城門から逃げ出そうとするさまをいったもの。

○**祖父**　『経律異相』は「我外祖父」とする。本話では流離王の母は末利夫人《まりぶにん》で、夫人の父は釈摩男《しゃくまなん》（摩訶男《まかなん》）の家の奴婢《ぬひ》某丸《それがしまろ》となっているが、「末利夫人」の語釈で記したように、夫人は迦毘羅衛《かびらえ》国《こく》の一村邑《そんゆう》の知事の娘で釈摩男の養女となったという説もある。それに従えば釈摩男は流離王の外祖父に当たる。

○**阿脂羅**《あしら》**河**　今のラプチ河をいう。

○**阿鼻**《あび》**地獄**　無間《むけん》地獄。八熱《はちねつ》地獄＝八大地獄（等活《とうかつ》・黒縄《こくじょう》・衆合《しゅうごう》・叫喚《きょうかん》・大叫喚・焦熱《しょうねつ》・大焦熱・無間）の一。閻浮提《えんぶだい》（娑婆《しゃば》世界＝人間世界）の下、二万由旬《ゆじゅん》にある極苦の所で、苦を受けることひまのないところから無間と名付ける。五逆罪（殺父・殺母・殺阿羅漢《あらかん》・出仏身血・破和《わ》合僧《ごうそう》）の一を犯す者、また因果を無視し、寺塔を破壊し、聖衆を誹謗《ひぼう》し、むなしく信施を食する者はここに堕《お》ちる。

その時、多くの仏弟子の比丘《びく》が仏にお尋ねした。「この多くの釈種は前世にどのような業《ごう》を作って、流離王のために殺されたのですか」。仏はお答えになる。「昔、羅閲城《らえつ》の中に魚を捕る村があった。ある年、飢饉《ききん》が襲った。その村の中に大きな池があったが、都城の民はその池の中に入っていって魚を捕って食べた。水中に二匹の魚がいて、一つを拘璅《くさ》といい、他を多舌《たぜつ》といった。この二匹の魚が話し合っていうには、『われわれはこの村の民に対し前世に罪を犯していないけれど、いまたちまちこの民のために食われようとしている。もしわれわれが前世に少しでも善いことをしていたなら、必ずこの仇《かたき》を討ってやろう』といった。その折、村に一人の子供がいた。年は八歳である。この子はその魚を捕らず、魚が岸に上げられたのを見ておもしろがっているだけだった。よいか、そなたたち。その時の羅閲城の民というのは今の釈種なのだ。その時の拘璅《くさ》魚は今の流離《るり》王であり、多舌《たぜつ》魚は好苦梵志《こうくぼんじ》である。魚を見ておもしろがった子供というのは今のわし自身である。だが、その時、魚の頭を打ったために、今わしは頭痛を覚えるのだ。釈種は魚を捕った罪により無数劫《こう》の間、地獄に堕《お》ちて苦を受け、たまたま人間に生まれてわしに会うことができたのではあるが、このようにその罪の報いを得たのである。流離王および好苦・軍兵などは多数の釈種を殺したがために阿《あ》鼻《び》地獄に堕《お》ちてしまった」。このように仏はお説きになった、と語り伝えているということだ。

〈語釈〉
○**比丘**《びく》 僧侶。出家得度《とくど》して具足戒《ぐそくかい》を受けた男をいう。○**業**《ごう》 身《しん》・口《く》・意《い》による行為行動（三業）。善悪の業は因果の道理によりかならずその結果（果報）を生じる。
○**羅閲城**《らえつ》 王舎城《おうしゃ》に同じ。摩訶陀《まかだ》国の首都。頻婆娑羅《びんばしゃら》王・阿闍世《あじゃせ》王の居城。
○**無数劫**《こう》 「劫」は数え得ないような遠大な時間の単位。

舎衛《しゃえ》国の群賊、迦留陀夷《かるだい》を殺《ころ》せる語《こと》、第廿九

今は昔、天竺の舎衛《しゃえ》国に一人の婆羅門《ばらもん》がいた。とりわけ道心《どうしん》が深く、常に迦留陀夷羅漢《かるだいらかん》を供養していた。この婆羅門に一人の子があったが、父の婆羅門は臨終に際して、子の婆羅門を呼び寄せ、「お前はわしに孝養の心があるなら、わしの死後、わしに対するようにあの大羅漢《らかん》を供養し奉り、けっして疎略な扱いをしてはならぬぞ」と遺言し、その言葉の終わらぬうちに立ちどころに息絶えた。

その後、子の婆羅門は父の遺言を堅く守り、この羅漢をねんごろに供養して、昼夜を分かたず心から帰依《きえ》した。そのうち、婆羅門は用事ができて遠くに行くことになったが、妻に、「おれが家をあけている間、この羅漢に対し心から供養し申しあげよ。けっしてご不自由な思いをさせてはならぬ」と言い置いて、はるか遠い所に出かけていった。

さて、この婆羅門《ばらもん》の妻は顔かたちが美しくしかもこのうえない淫奔《いんぽん》女であったが、その国

に住む五百人の群盗の中の一人がこの妻の美貌《びぼう》を見て愛欲の情をおこし、そっと呼び寄せて、ついに情交を遂げた。それをこの大羅漢《らかん》は思わず見てしまった。妻は羅漢がこのことを夫に告げ口せぬかと恐れ、この盗賊にいいつけてこの羅漢を殺した。波斯匿王《はしのく》はこれを聞き、「わが国において尊く勝《すぐ》れた証果の聖人である大羅漢が、婆羅門《ばらもん》の妻によって殺されてしまった」と嘆き悲しみ、大いに怒って、五百人の群盗を捕え、手足を切り首を切り、みな殺しにして捨て去った。婆羅門の妻も殺したうえ、その家の近辺八千余家をことごとく壊し捨ててしまった。

　これを見た仏の御弟子《みでし》である比丘《びく》たちが仏に、「迦留陀夷《かるだい》は前世にどのような悪業をなして、婆羅門の妻のために殺され、そのうえこのような大事を引き起こしたのですか」とお尋ねした。仏は比丘たちにお告げになる。「迦留陀夷はその昔、過去の無量劫《むりょうこう》の時に大自在天《だいじざいてん》を祭る者たちの主であった。五百人の一族とともに一頭の羊を捕え、四足を切って天に供えた。その罪により地獄に堕《お》ちてたえまなく苦を受けた。その時殺された羊が今の婆羅門の妻である。天を祭った人は今の迦留陀夷《かるだい》であり、昔の五百人の一族の者は今の五百人の群盗なのだ。殺生の罪というものは生々世々《しょうじょうせぜ》に朽ちることなくたがいに殺しあい、その報いを受けるのはこのようなものである。やっと人に生まれ、いま阿羅漢果《あらかんか》を得たとはいえ、いまだになお悪業が残って罪の報いを得るのだ」。仏はこのように説き示された、とこう語り伝えているということだ。

〈語釈〉

○舎衛国《しやえ》 中インドにあった国。釈尊説法の地で、波斯匿王《はしのく》が統治していた。○道心《どうしん》 菩提《ぼだい》（正覚・悟り）を求める心。菩提心。

○迦留陀夷羅漢《かるだいらかん》 黒光《こくこう》・黒耀《こくよう》などと訳す。仏弟子。その皮膚が黒くよく耀《かがや》くからこの名があるという。悪行の多かった比丘で、仏はその悪行に従って多くの戒律を制定した。

○羅漢《らかん》 阿羅漢果（声聞四果《しようもんしか》の最上位）を得た聖者。阿羅漢。

○波斯匿王《はしのく》 舎衛国王で、仏法の外護者。

○無量劫《むりようこう》 「劫」は数え得ないような遠大な時間の単位。○大自在天《だいじざいてん》 色界《しきかい》四禅天の頂上（色究竟天《しきくぎようてん》）に住み、三目八臂《び》で白牛に乗り白払《びやくほつ》をとり大威力を有する天神。

○生々世々 生まれかわり死にかわりして世を経る意。現世も後世も。永劫。

○人に生まれ 仏教では前世の所行に応じて永遠に続く輪廻転生《りんねてんしよう》のうちで、人間界に生まれうることはきわめてまれなこととする。

波斯匿王《はしのく》、毗舎離《びしやり》の卅二子《さんじゆうにし》を殺《ころ》せる語《こと》、第三十

今は昔、天竺《てんじく》の舎衛国に一人の長者がいた。名を梨耆弥《りきみ》という。七人の子がいたが、それぞれ成人して、おのおの夫や妻をもつようになった。その第七番目の男の子の妻を毗舎離《びしやり》といったが、この女は聡明で才知があった。それを聞いて、その国の波斯匿王《はしのく》はこれを后《きさき》にし

ようと思い、迎えて后にした。その後懐妊し、月満ちて三十二個の卵を生んだ。その卵一つ一つから一人の男子が出た。おのおの容姿端正でこのうえなく勇健である。これらは一人で千人の力を具《そな》えていた。この三十二人はおのおの成人して、みなこの国の名家で聡明な人の娘と結婚し妻とした。

こうしているうち、ある時毗舎離《びしゃり》が仏と比丘《びく》を招いて自宅でご供養申しあげた。仏は彼のために説法なさる。家の者は教えを聞いてみな須陀洹果《しゅだおんか》を得た。この三十二人の子もみな果位を得たが、そのうちの最も末の子一人だけがまだ果位を得なかった。この末子が遊びに行こうと象に乗って出かける途中、たまたま車に乗ってやって来た国王補佐役の大臣の子が橋の上でこの子に出会った。この子は大臣の子を車ごとつかみあげ橋の下の溝の中に投げ込んだ。

そのため車が壊れて大臣の子は大けがをした。そこで父の所に行き事の次第を語った。父は、「あの男は力が強く武勇に長《た》けている。お前がかなうはずはない。だが、仕返ししようと思うなら、そっと七宝で馬の鞭《むち》を三十二作り、その一つ一つの中に剣を隠し入れ、害心を見せずにあの三十二人に与えよ」と教えた。子は父の教えに従い、さっそくそれを作って三十二人に与えた。三十二人はその鞭《むち》を手にして大いに喜び、膚身離さず持っていた。

さて、この国の習いとして、王の御前では人は剣を帯びないことになっている。そこでかの補佐役の大臣は大王に向かい、「毗舎離《びしゃり》の子三十二人は今や年盛りで力の強いこと、まさに一人当千《いちにん》で、このうえなく武勇に長じています。そのため、いま謀反をくわだて、鋭利な刀を作って馬の鞭《むち》の中に隠し込め、王を害し奉ろうとたくらんでおります」と讒言《ざんげん》した。王はお聞きになって、これは事実であると信じ、はかりごとにかけてこの三十二人をみな殺してしまった。そして、三十二の首を一箱に入れ、よく封をして母の毘舎離のもとに送りつけた。

ちょうど毘舎離が仏と比丘を招いて供養している時にこの箱を持って来たので、それを見て、これは王の所から供養の品が届けられたのだと思い、さっそく開けようとすると、仏が制して開けさせなさらない。食事がすべて終わって、仏は彼女のために無常《むじょう》の偈《げ》を説かれた。毘舎離《びしゃり》はこれを聞いて阿那含果《あなごんか》を得た。仏が帰って行かれてのち、この箱を開けてみるとわが子三十二人の首が入っていた。だが、毘舎離は阿那含果を証したため愛欲の心を断《た》っており、これを見て嘆き悲しむことはなかった。ただ、こういった。「人は生まれて必ず死ぬものである。いつまでもいっしょにいることはできないものだ」。

〈語釈〉

○**第七番目の男の子の妻**　本話では、毘舎離《びしゃり》を梨耆弥《りきみ》の第七子としているが、『賢愚経』によれば波《は》斯匿《しのく》王の弟である特叉尸利《とくしゃしり》国王曇摩訶羨《どんまかせん》の娘で、賢才のゆえに乞われて梨耆弥の第七子の妻になった、とする。『法苑珠林』にも「最小児ノ婦字《あざな》ハ毘舎離」とある。

○**波斯匿《はしのく》王**　王が毘舎離を后にしたとあるが、『賢愚経』では特叉尸利《とくしゃしり》国王が舎衛国に難題を出した時、毘舎離が機知をもってこれを解決し国の危難を救ったので、波斯匿《はしのく》王は彼女を妹としたとある。「深ク加ヘ二欣敬ヲ一、拝シテ二其児婦《じふ》一、用ヒテ為ス二王妹ト一」。

○**勇健**　勇ましくすこやかなこと。

○**須陀洹果**《しゅだおんか》　初果《しょか》（声聞四果《しょうもんしか》の初位）。見惑（煩悩《ぼんのう》）を断じ尽くし、初めて聖者の仲間に入る位。

○**七宝**　七種の宝玉。

○**無常**《むじょう》　すべてのものは生滅変化してやまぬこと。「常」は不変・常住の意。

○**阿那含果**《あなごんか》　声聞四果《しょうもんしか》の第三果位。不還・不来と訳す。欲界に死んで色・無色界に生まれ、煩悩《ぼんのう》尽きて聖者の仲間に入る位。きているので、ふたたび還り来ないこと。

こののち、この三十二人の妻や親族の者はこのことを嘆き悲しんで、「大王はゆえなく善人たちを殺した。われわれは出かけていってかならず報復してやろう」といい、多数の軍勢を集めて王を討とうとくわだてた。王はこれを聞いて恐れ、仏のみもとに参る。それを知った軍勢は祇園精舎《ぎおんしょうじゃ》を包囲し王を狙《ねら》っていると、この軍勢を見た阿難《あなん》が仏の御前に進み掌《て》を合わせてお尋ねした。「毗舎離《びしゃり》の三十二人の子は、前世にどのような果《か》報《ほう》があっていま王のために殺されたのですか」。

仏は阿難に、「その昔、過去世にこの三十二人は他人の牛一頭を盗み、いっしょに曳《ひ》いて一老女の家に行き、これを殺そうとした。老女は殺害道具を与えて殺させたが、まさに刀を振りおろそうとする時、牛はひざまずいて命乞いをした。だが、殺そうとする心にはやって聞き入れず、殺してしまった。牛は死ぬ時誓った。『お前らはいまおれを殺した。おれは来世にかならず報復してやるぞ』。こういって死んだ。三十二人はいっしょにこの牛を食った。老女も満腹するまで食い、喜びのあまり、『今日このお客さんが来てくれてほんとにうれしかった』といった。その時の牛というのは今の波斯匿《はしのく》王である。牛を殺した三十二人は今の毗舎離《びしゃり》の三十二人の子である。その時の老女は今の毗舎離である。これらは牛を殺したため、以来五百生の間、常に殺される目にあうのだ。老女は牛を食って喜んだために、五百生の間常に母となって子の殺されるのを見て悲嘆の情をいだくのだ。そして今生でわしに会ったがために阿那含果《あなごんか》を得たのである」とお話しになった。

三十二人の家の親族は、仏がこのように説き聞かせなさるのを聞いて、みな敵愾心《てきがいしん》が失《う》せ、おのおの、「一頭の牛を殺してさえ、なおこのような報復を受けるのだ。まして大王は罪もないのに善人たちを殺した。これはまさに恨んで然るべきである。とはいえ、われわれは仏の説かれるのを聞いて報復心が失《う》せた。また大王はわれわれの国の主である。それゆえ殺害心は捨てた」といった。王もまたその罪を悔い、一言も発しなかった。

阿難は重ねて仏にお尋ねする。「毗舎離《びしゃり》は前世にどのような善根を積んで仏にお会いし阿《あ》那含果《なごんか》を得たのですか」。仏は答えられた。「昔、迦葉仏《かしょうぶつ》がこの世に出られた時、一老女がいて、さまざまの香を油に交ぜ、塔のもとに行ってこれを塗った。また、途中で出会った三十二人にもこれをすすめ、ともに行って塔に塗った。塗り終わって願を立て、『この後、生まれる所では大富豪の人と生まれて、常に母となり子となり、仏にお会いして仏道に達しよう』といった。以来五百生の間、大富豪の人と生まれて常に母となり子となったのである」。仏にお会いしたため仏道に達するというのはこのようなものである、とこう語り伝えているということだ。

〈語釈〉

○祇園精舎《ぎおんしょうじゃ》　舎衛城の南にあり、須達《しゅだつ》長者が釈尊《しゃくそん》に寄進した寺院。

○阿難《あなん》　阿難陀。仏十大弟子の一。多聞《たもん》第一の人。○果報《かほう》　果と報と。

○五百生　転生（生まれかわること）を五百回繰りかえす間。○迦葉仏《かしょうぶつ》　過去七仏の第六。

微妙比丘尼《みみょうびくに》の語《こと》、第卅一

今は昔、天竺《てんじく》に一人の羅漢《らかん》の比丘尼《びくに》がいた。名を微妙《みみょう》という。多くの尼たちに向かい、自分が前世に造った善悪の業《ごう》を語った。「その昔、過去世に一人の長者がいた。非常に裕福で財宝豊かであった。だが子供がいなかった。のち、妾《しょう》を迎え、夫はこれを寵愛《ちょうあい》しているうち一人の男の子が生まれた。夫婦ともにこの子を夜昼なく愛し続けていたが、本妻は内心嫉妬《しっと》の念を懐《いだ》き、『もしこの子が成人すれば家業を継ぐことになろう。そうなれば自分は厄介者で終わってしまうだろう。自分が熱心に家業に励んでも何の役にもたたぬ。ただこの子を殺すに越したことはない』と思って、ひそかに鉄の針を手にし、すきを窺《うかが》って子の頭の上を刺したので、子は死んでしまった。

子の母は嘆き悲しみ、『これは本妻が妬《ねた》んで殺したのだろう』と思い、本妻に向かって、『あなたはわが子を殺したのです』といって責めた。すると本妻は、『私は絶対にあなたの子を殺してはいません。誓い言を立てたなら罪のあるなしははっきりしましょう。もしも私があなたの子を殺したのなら、私がのちの世々《せぜ》に夫を持った場合、その夫は蛇のために刺し殺され、子を持った場合、その子は水に溺《おぼ》れ、また狼《おおかみ》に食われてしまうでしょう』と誓いを立て、その後その継母（本妻）は死んだ。そして子を殺したことにより地獄に堕《お》ちて無量の苦を受けた。地獄での罰が終わり、いま人と生れ梵志《ぼんじ》の娘として次第に成人し、夫を持って子を一人生んだ。その後また懐妊し、月満ちて産期が迫ったころ、夫について父母の家に行った。夫は貧しく従者もいない。道の途中で腹が痛くなり子を生んだ。夜のこととて樹《き》の下に宿り、夫は離れた場所で寝ていたが、突然そこに毒蛇が現われてその夫を刺し殺した。妻は夫が死んだのを見て気を失い死んでしまった。だがしばらくして息を吹き返した。

夜が明け、妻一人こうしてもおられず、大きい方《ほう》の子を背負い、いま生まれた子を抱いて、ただひとりひたすら泣き悲しんだ。それでもなお親の家に行こうと道をたどっているうち川のほとりに出た。川は広くて深い。その川を渡って行こうとして、まず大きい子をこちらの岸にしばらく置いて、小さい方を抱いて川を渡り、それを向こう岸に置いてただちに引き返し、大きい子を迎えに行こうとした。するとその子は母が川を渡って来るのを見て、ひとりで川の方に歩いて来て水に入った。母はこれを見て仰天《ぎようてん》し、つかまえようとしたが水に流されて行く。母は子を助けようとするものの力及ばず、たちまち子は水中に没して死んでしまった。母は泣く泣く渡り帰り、小さい方の子を置いた所を見たが、地面に血が流れていて子の姿はない。ただ、狼《おおかみ》がいるだけ。狼のために食い殺されたのだった。母はこの様子を見るや気を失った。

しばらくして息を吹きかえし、ただひとり道をたどり行くうち、一人の梵志《ぼんじ》に出会った。見れば父の親友である。女は梵志に向かい、夫と子どもの死んだ一部始終を語った。梵志はこれを聞いて同情しかつ悲しんだ。女が、『父母の家はみな無事でいますか』と尋ねると、梵志は、『じつは昨日、あなたの父母の家で失火し、父母および一族の大人も子供も一時に焼死しましたよ』という。これを聞いた女はいよいよ嘆き悲しみ、そのまま気を失ったが、また生き返った。梵志は気の毒に思い、自分の家に連れていって面倒《めんどう》みてやった。

〈**語釈**〉

○**羅漢**《らかん》　阿羅漢。阿羅漢果（声聞四果《しょうもんしか》の最上位）を得た聖者。

○**比丘尼**《びくに》　出家受戒した女。尼僧。女子は障りが重いから、比丘尼の守るべき戒には三百四十八戒がある。○**業**《ごう》　身《しん》・口《く》・意《い》による行為・行動（三業）。善悪の業は因果の道理により後にかならずその結果を生じる。

○**世々**《せぜ》　生々世々《しょうじょうせぜ》に同じ。生まれかわり死にかわりして世を経る意。現世も後世も。

○**梵志**《ぼんじ》　梵士。師について修行する期間中の婆羅門《ばらもん》。

その後、女はまた別の男と結婚し懐妊した。月満ちて産期間近になったころ、夫は外出して酒に酔い、日暮れ方に家に帰ってきた。あたりはもう暗く、妻が門を閉じてあったので、夫は門の外に立って戸をたたいた。その時、妻はひとり家の中にいてお産をしようとしていた。生まれる直前ではあり、他にだれもいないので門を開けられないでいるうち、ついに子を産みおとした。夫は門を壊して中に入り、妻をなぐりつける。妻はお産をしていたからと弁解したが、夫は怒ってその生んだ子を取りあげて殺し、練乳で煮て、無理やり妻に食わせた。妻は心の内で、自分は前世に善根を積まなかったため、いまこのような夫を持つことになったのだ、逃げ去るほかはない、と思い、夫を捨てて走り去った。

波羅奈国《はらなこく》までやって来て一本の木の下にすわり一息ついていると、その国の長者の子が木の下に女がひとりいるのに気づいた。この長者の子は妻が最近死に、ここ数日家にいて恋い悲しんでいたのだったが、この女に事情を聞いてみると女はこれまでのいきさつを語る。男はそれを聞き、この女を迎えて妻とした。数日してこの夫は急に死んでしまった。この国の習いとして、夫婦が生前愛し合っていた場合、夫が死ねばその妻を生きたまま土に埋めることが例となっていた。そこで群賊が妻を埋めようとしてこの家にやってきた。その賊の首領は女の容姿が美しいのを見て、うまくだまして女と通じ、自分の妻にしてしまった。

数日後、この夫が別の家を襲い、家をたたき壊しているうち、この家の主人が賊の首領であるこの夫を打ち殺した。賊の一味はその死骸《しがい》を運んできて妻に渡した。国の習いであるから、その妻を生きたまま夫とともに埋めてしまった。三日後、狐や狼がその墓穴を掘りあばいたので、女は自然に外に出ることができた。その時女は、『自分は前世にどのような罪を造って、このように数日の間にひどい災難にあい、死ぬ目をみて生き返ったのだろう。これから先どこへ行ったらよかろうか。もし自分にまだ命があるならば、釈迦仏が祇園精舎《ぎおんしょうじゃ》においでになると聞いているから、そこにお伺いして出家させていただこう』と思った」。このように微妙《みみよう》比丘尼は語った。

微妙《みみよう》は過去世に辟支仏《びやくしぶつ》に食を布施《ふせ》し願《がん》を立てたがために、いま仏にお会いすることができ、出家して仏道を修し羅漢《らかん》となったが、また前世の殺生の罪により地獄に堕《お》ち、そしてい つわりを誓った科《とが》により現世で悪報を受けたのである。微妙みずから、「昔の本妻というのはいまの私自身であります。阿羅漢果を得たとはいえ、常に熱鉄の針が頭の頂から入り、足の下に出ます。昼夜を分かたぬこの苦痛はなんとも堪えがたいものです」と語った。されば善悪の果報はかくのごとくであって、最後まで消えることはない、とこう語り伝えているということだ。

〈語釈〉

○**波羅奈国**《はらなこく》　ガンジス川流域にあった国。ここに釈尊が成道直後《じようどう》五人の比丘を度《ど》した鹿野苑《ろくやおん》があった。今のベナレス市を中心とした一帯。○**辟支仏**《びやくしぶつ》　縁覚《えんがく》（四聖＝声聞《しようもん》・縁覚・菩薩《ぼさつ》・仏の一）。仏の教えによらず、飛花落葉を観じて独悟し、自由境に到達した者。独覚。○**羅漢**《らかん》　阿羅漢。阿羅漢果（声聞四果の最上位）を得た聖者。

舎衛国《しやえこく》の大臣師質《ししつ》の語《こと》、第卅二

今は昔、舎利弗尊者《しやりほつそんじや》は常に智恵の眼《まなこ》をもって、衆生《しゆじよう》の中で悟りを得べきものを見きわめ、ただちに悟りを得させなさった。

そのころ、舎衛国《しゃえこく》の波斯匿王《はしのく》のもとに一人の大臣がいた。名を師質《ししつ》という。家は大いに富み、ばく大の財宝を蓄えていた。舎利弗《しゃりほっ》はこの人こそ出家すべき者と見て、彼の家に行き托鉢《たくはつ》をなさった。大臣はこれを見てうやうやしく礼拝し、家の中に招き入れて食膳の用意をし供養した。尊者は供養を受け終わり、大臣のために説法した。「富貴や栄誉俸禄はもろもろの苦のもとである。家にいて妻子を愛することは牢獄《ろうごく》に入ると同じようなものだ。この世の一切《いっさい》のものはみなことごとく無常である」。

大臣はこれを聞き歓喜の念を生じ、即座に道心を起こし、妻子や従者どもを弟にまかせて出家し、山に入った。その後、妻は大臣を恋い慕い、弟がやさしい言葉をかけてもうれしい顔をみせない。その様子をみて弟が、「そなたはいまは私と夫婦になり、隔て心はないものと思っているが、なにゆえにいつも悲しそうな顔をしているのか」ときくと、妻は、「わたくしは前の夫である大臣をお慕いして嘆き悲しんでいるのです」と答えた。

これを聞いた弟は一人の盗賊に物をやって雇い、兄を殺すようにと山にやった。盗賊はその言いつけに従い、山に行って兄の沙門《しゃもん》に会い、「おれはお前の弟に雇われてお前を殺すためにここに来たのだ」という。沙門は聞いて恐れおののき、「私はあらたに仏道に入ったとはいえ、まだ仏にお目にかかっていないし、仏法を悟ってもいない。私をしばらく殺さずにおいてくれ。私が仏にお目にかかり仏法を聞いてから殺しなさい。それは遠い先のことではあるまい」といった。だが盗賊は、「おれはお前を許すことはできない」という。

その時、沙門は自分の臂《ひじ》を上にあげ、盗賊に向かって、「私の片方の臂を与えるからそれを切り取り、命はしばらく待ってくれ。どうしても仏にお目にかかりたいのだ」といった。そこで盗賊は命を取らず、臂を切って持ち去った。沙門はすぐさま仏のみもとに参り、仏を礼拝し奉ると、仏は彼のために説法なさった。沙門はそれを聞いて阿羅漢《あらかん》となり、即座に入滅した。盗賊は臂を持って行き、弟にさし出した。弟は兄の臂を手に入れ、妻の前に持って行って、「これはそなたが恋い慕う前の夫の臂だぞ」というと、妻はそれを見て泣きむせび、言葉もなくひたすら嘆き悲しんだ。そして波斯匿《はしのく》王の宮殿に行き事の次第を申しあげると、王は一部始終を聞いて激怒し、その弟を捕えて殺してしまった。

〈語釈〉
○**舎利弗尊者**《しゃりほつそんじゃ》　仏十大弟子の一。知恵第一の人。○**衆生**《しゅじょう》　一切《いっさい》の生物。生きとし生ける者。
○**無常**《むじょう》　すべてのものは生滅変化してやまぬこと。
○**道心**　菩提《ぼだい》（正覚・悟り）を求める心。菩提心。
○**沙門**《しゃもん》　僧侶《そうりょ》。出家。ここは出家した大臣。

これを知った一人の比丘《びく》が仏にお尋ねした。「この沙門は前世にどのような悪業を造って、いま臂《ひじ》を切り、また仏にお会いして阿羅漢果《あらかんか》を得たのでしょうか」。仏は比丘に告げられた。「その昔、過去世に、波羅奈国《はらなこく》の達王が狩猟《しゅりょう》に行ったとき、山に入って道に迷い、方角が分からなくなって草木の下に宿り、さらに道を捜しているうち、山中で一人の辟支仏《びゃくしぶつ》に出会った。王が辟支仏に、『道を教えてください』と頼むと、辟支仏は臂《ひじ》に悪い病があって腕を上げることができず、臂でもって道を教えた。王はそれを見て大いに怒り、刀を抜いて辟支仏を斬った。辟支仏は、『王がもしこの罪を懺悔《さんげ》しなかったなら重い罰を受けるだろう』といって、王の目の前で虚空に飛びあがり神変《じんぺん》を現じた。王はこれを見て、『わしは尊い証果《しょうか》の人を斬ってしまった』と思い、地に倒れ大声をあげて悔い悲しみ、『辟支仏《びゃくしぶつ》よ、なにとぞ地上におかえりくださって私の懺悔をお受けください』といった。すると辟支仏はたちどころに地上に返りくだり、王の懺悔を受けた。王は頭と顔を地につけて辟支仏を礼拝し、『なにとぞ憐れみをお掛けくださって私の懺悔を受け、私の受苦の報いを取り除いてくださいますよう』とお願いした。辟支仏はこれを聞き終わり、即座に入滅した。王はその場所に塔を建てて供養をした。そののちは常にこの塔に行ってわが罪を懺悔し、ついに悟りを開いた。いまのこの沙門《しゃもん》は昔の達王その人である。前世に辟支仏の臂《ひじ》を斬ったために、いま臂を斬られることになったのだ。だが、懺悔をしたために地獄に堕《お》ちることなく、いま悟りを得たのである」。仏はこのように説き示された、とこう語り伝えているということだ。

〈語釈〉

○**悪業** 悪の結果を招くべき身口意による行為・行動。五悪・十悪などがある。○**達王** 『賢愚経』「波羅達《はらだ》」。○**辟支仏**《びゃくしぶつ》 縁覚。○**懺悔**《さんげ》 過去の罪悪を仏または人に告げること。○**神変**《じんぺん》 神力で不思議なはたらきを変現すること。○**証果**《しょうか》**の人** 修行の因により果位《かい》を得た人。ここでは果位は辟支仏。

天竺《てんじく》の、女子父の財宝《ざいほう》を伝《つた》えざりし国の語《こと》、第卅三

今は昔、天竺《てんじく》に一つの国があった。その国の習いとして、家に女の子がいても父の財宝を譲らず、男の子だけに譲り渡す定めになっていた。もし男子がいない場合は、父が死ぬと財宝はことごとく国に収納されてしまう。これがこの国の掟《おきて》であった。

さて、この国に一人の人がいた。家は大いに富み、たくさんの財宝を蓄えていた。だが、女の子は五人いるが男の子はいない。死ねばすべて国の財産となってしまう。ところが、この人の妻が懐妊《かいにん》した。家の者はみな、生まれる子は男であってほしいと願っているうち、その父が急に死んだ。そこで、国の使者が来て、財宝を納めてある倉にことごとく封印してしまった。

それを見て、この家の長女が王に人を通じて申しあげた。「いま母の腹にいる子がもし男として生まれたなら、父の財宝を受け継ぐはずであります。しかるに、いったん国の財産となってしまったうえは、たとい男子が生まれてもご返却くださるわけにはまいりません。されば、この子の生まれるまで、このまま封印を付けて置かれ、子が生まれてから、それが女子ならば国の財産とし、男子ならばそれに父の財産を譲るということがよろしかろうと存じます」。王はこれを聞き、「申すところ、まことにもっともである。子の生まれるまでしばらく待ってやれ」といった。

やがて子が生まれた。それは男の子であった。五人の女子をはじめとして家の者すべてが喜んで、その赤子の顔を見ると、目が二つともなく、両方の耳もなく、口の中に舌もない。これを見て奇異の感に打たれた。男子として生まれたことを喜んでいたのに、どうしたらよかろうかと嘆きとまどっていたが、長女が、「まずこのことを王に申しあげ、その仰せに従うことにしましょう」という。あとの四人の女子も同じ意見で、「それがいい」ということになった。そこで王にこの赤子の有様を報告する。

これを聞いた王は、「その生まれた子は、すでに男子であるからは父の財産を受け継ぐべきである」と仰せくだされた。すると、国の使者が来て、付けてあった封印を破り、「生まれた男の子に父の財宝を受け継がせよ」と命じて帰っていった。五人の女子はともにこのことを聞いてこのうえなく喜んだ。こうして、その財宝を五人の女子は思いのままに分け取って使った。財産はこの子のものになったといって、家の者も世間の人も、国をあげて大いに賛嘆した。

その時、長女の夫が、「もはや財宝はこの家にとどめることができ、思いどおりになった。これもひとえにこの子のおかげだ。だが、この子がこのような身に生まれて財宝の持ち主となった前世の宿業を知りたいものだ」と思い、仏の御前に参って仏に向かい、「この赤子は男に生まれたので父の財産を譲り受けたとはいえ、両目はなく両耳もなく、口の中に舌もない。どのような前世の報いなのですか」とお尋ねした。

仏はお告げになった。「そなた、よく聞け。無量劫《むりようこう》の過去に一つの国があった。その国に二人の兄弟があった。兄は国の賢人として、王をはじめ末々の人に至るまで、この人のいうことは正しいことであり、嘘《うそ》は言わぬ人物であると、国中の者が信頼していた。弟は多くの財宝を持ち、世間の人にこれを貸し、利息をつけて返済させるので、家はますます富み栄えた。また一人の人がいて、常に海を渡って財宝を求め、財宝の多い国に出かけていっては財宝を買って帰って来ることを生業《なりわい》としていた。

この人がいつものように財宝を求めに船出しようとしたが、買入資金が乏しいので、この弟の資産家の所にいって銭《ぜに》を借りた。弟は、『銭は必要なだけお貸ししよう。だが、お前さんが帰って来ない間に、わしがもしも死ぬようなことでもあれば、わしの子に貸しただけ返してもらいます』といい、さらに、『兄の賢人は嘘《うそ》は言わず、世間で重く信頼されている人物だから、その前でお貸ししよう』といって、わが子と借りる人とを連れ兄のもとに行った。さて銭を貸すにあたり、弟は兄に対して、『この人は船出するために銭を借りに来ました。だまって貸してもいいのですが、人の心というものは分かりにくい。そこで兄上の前で貸すのです。もし自分が死ぬようなことがあったなら、契約どおり正しく裁定してください。世間一般の人さえも兄上をこそ、このようなことの正直な証人として用いています。まして兄上とわたしとは兄弟の仲ですから、ぜひとも正当な裁定をお願いします』といって、この商人に多くの銭を貸し、帰っていった。

〈語釈〉

○宿業　過去世に作った善・悪の行業。
○無量劫《むりょうこう》　「劫」は数え得ないような遠大な時間の単位。

その後、弟はさほど日もたたぬうちに死んだ。この商人は七年たって多くの財宝を買い取り帰って来た。弟の子は貸した銭をいま返すか、いま返すかと待っていたが、なんの音沙汰《さた》もない。ある日、市《いち》に行って買い物をしていると、この商人に出会った。弟の子が、『あなたは航海から帰ってずいぶんになると聞いていますがなんともいってきませんね。父にお借りになった銭《ぜに》の額をどうしていまだに返さないのですか』というと、商人は心のうちで、『当然契約どおりの金額は返さなくてはならない。だが、返すべき額を考えると、いたって多額だ。大海に乗り出して財宝を得てくることは並たいていではない。財宝を欲しいと思う心の深さに、命を捨てて海上に浮かび捜し求めてくるのだ。やっとのこと買って持ち帰った財宝なのに、返す額が多いとなればどうにも返す気になれない』と、こう思うようになり、『いや、どれほど借りたのかはっきり覚えていませんな。おっつけ調べてご返事しましょう』と答えた。弟の子は、『じつに不思議なことをいう方ですね。あなたと二人だけで向かい合ってお貸ししたのではないのですよ。私の伯父《おじ》であるこの国の賢人の前で、確かな話としてじっくりと私の父も約束し、あなたも約束したことではありませんか。私はどうとも申しかねますが、あの伯父の御許《もと》にいっしょに行ってお尋ねし、あの方のご裁定におまかせしましょう』というと、商人は、『まことにごもっともだ。あと三、四日して行きましょう』といってその日を約束し、去っていった。

商人は家に帰り、すばらしく光り耀く夜光玉を持ち出して、かの賢人の妻の所に行った。妻に会って、『じつは先年財宝を手に入れようと大海を渡りましたが、買入資金が不足で、賢人さまの弟御《おとうとご》の銭《ぜに》を相当拝借しました。その折賢人さまを証人としてその御前でお借りしてまいったのです。その後、航海から帰って来ましたところ、かの弟御のお子さんが、『貸した銭を利息をつけて返せ』といいます。催促するのは当然のことですが、返す額がきわめて多いので惜しくなり、返しづらくなったもので、『はて、さようなこと覚えていませんな』と答えました。するとそのお子さんが、『そんなことをいうとは理不尽《りふじん》きわまる。私の父は、もしやこのような無態《むたい》を言い出しはしまいかと、兄の賢人の御前で、その人を証人として貸したのだから、いっしょにその人の所に行き裁定を願おう』と申しました。そこで日を決めて、行く約束をして別れたのです。ところで、この玉は並ぶもののないほどすばらしく、夜《よる》てり輝きます。これをご受納くださって、事の次第を各自が述べる際に、借りたものを返さずにすむように御主人様にご裁定をお願いしていただきたいのでございます』といって、玉を押しつけるように置いていった。

賢人は役所でさまざまの訴訟ごとを裁定して、日暮れごろ帰宅した。妻はこの玉を取り出し、夫にひそやかに商人の言ったことを話した。賢人はこれを聞くやひどく怒り、『そなたは長年わしと連れそうて、わしの心を知っているであろう。どうして知らぬ人にいうよう、わしに向かってそのようなことをいうのだ。すぐさまその玉を返してしまえ』という。妻は商人を呼び、玉を相手の袖《そで》にそっと返し入れた。商人は家に帰ると、別の夜光の玉で、前のよりさらにすぐれた玉を取り出し、前のと二つ持ってまた賢人の家に行く。そしてすきをうかがい、この二つの玉をそっと妻の袖に入れて帰っていった。賢人がまた家に帰ってくると、妻はひそかに夫に二つの玉を見せ、『こんどの玉はどうしても返したくありません。あなたがどうしても返せといわれるなら、私はたった一人の息子を抱いて淵《ふち》に身を投げます』といって泣く。賢人は賢い心を持ちながらも、『はて、どうしようもないことよ。では好きなようにしろ』といって立ち去った。妻は喜んで商人の所にひそかに事の次第を伝えてやると、商人はしてやったりと喜び、先に約束した日、弟の子とともに裁定の場に臨んだ。弟の子は父が銭を貸した日や契約のいきさつなど詳細に陳述した。商人は、『それはすべて絵そらごとにすぎない』と正々堂々反論する。聞き終わって賢人が、『二人の言うところはすべて聞いた。わしはあったことをそのまま言うつもりだが、そういう契約があったことなどさらさら覚えはない』といったので、弟の子はなんとひどいことと思い、心中はげしい怒りを覚えたが、泣く泣く、『あなたはまことに賢く、真実を述べて裁定なさる方だから、わが父もあなたの御前で、あなたを証人として契約をとりかわしたのであるのに、どうしてこうもはっきりと二枚舌をお使いになるのですか』と恨みごとをいうと、伯父の賢人は返す言葉もなく立ち去った。商人は喜んで帰って行き、弟の子は悲しみを抱いて帰って行った。

その後、賢人はいくばくもなく重い病いにかかって死んだ。そしてこの罪により地獄に堕《お》ちて多くの苦を受け、たまたま人と生まれては、前世に二枚舌を使った罪により、舌がなく、両目両耳のない身と生まれたのである。また財宝の持ち主となったのは、前世に国の賢人として国王をはじめ国じゅうの者が重く用いたため豊かな身となり、人々に物を施したが、その善根により父の財宝を譲り受けたからである」。このように仏がお説きになるのを聞いて、長女の夫は尊いことと思い、礼拝して去っていった、とこう語り伝えているということだ。

畜生百頭《ひゃくず》を具《ぐ》せる魚《うお》の語《こと》、第卅四

今は昔、天竺《てんじく》で、仏が多くの比丘《びく》とともに梨越《りおつ》川のほとりを歩いて行かれた。川では人が集って魚を捕っている。すると、網に一匹の魚がかかった。その魚は馬だの牛だの羊だの犬だのの百の畜生の頭をもっていた。そこにいた五百人の者がいっしょになって網を引いても、その魚は水から出てこない。その時、川辺に別に五百人いて牛を飼っていた。それらがめいめい牛を放り出して集ってきて網を引いた。そこで千人の者が力を合わせて引いたところ、魚はやっと水から出た。人々は奇怪に思って争ってこれを見る。仏は比丘とともに魚の所においでになり、魚に向かって、「お前を教えた母はいまどういう所にいるか」とお聞きになる。魚は、「無間《むけん》地獄に堕《お》ちています」と答えた。

阿難《あなん》がこれを見て、その魚の母子の因縁を仏にお尋ねした。仏は阿難にお話しなさった。「昔、迦葉仏《かしようぶつ》がこの世に現われなさった時、一人の婆羅門《ばらもん》がいた。男の子を一人もうけた。名を迦毗利《かびり》という。その子は知恵がすぐれてまことに聡明であった。父の死後、母がこの子に、『お前は知恵がすぐれている。世間にお前以上の者がいるだろうか』と聞くと、子は、『沙門《しやもん》は私以上です。私に疑問が生じた時、沙門の所に行って尋ねると、私のために喜んで教えてくれます。沙門の方で私になにか尋ねることがあったら、私は答えることができないでしょう』という。すると母は、『お前はどうしてその教えを習わないのか』と責める。子が、『私がその仏法を習うとすれば沙門とならねばなりません。私は俗人です。俗人には仏法を教えないのです』と答えると、母は、『それなら、お前はいつわって沙門となり、仏法を習得してから家に帰って来るといい』という。子は母の勧めに従い、比丘《びく》となって沙門のもとに行き、仏法を尋ね習い、教旨を学び取って家に帰って来た。

母が子に『お前は仏法を習得したか』と聞くと、子は、『習い終わりません』と答えた。母は、『習得できなかったなら、お前はこの先、師を罵《のの》りはずかしめよ。そうすれば師に勝ることになろう』という。子は母の教えどおりに師の所に行き、罵りはずかしめ、『おい、沙門《しやもん》、お前はばかで無知で、頭はけだものそっくりだ』と悪態をついて帰って行った。この罪により、母は無間《むけん》地獄に堕《お》ちて無量の苦を受け、子はいま魚の身に生まれて百の畜生の頭を持つのである」。仏がこのように説き明かされると、阿難は重ねて仏に、「この魚の身から逃《のが》れることができましょうか」とお尋ねする。仏は、「こののち千仏がこの世に現われなさ

を受けるであろう」とお説きになった、とこう語り伝えているということだ。

を慎しまなければならぬ。人がもし悪態をついてののしったなら、そのひと言《こと》ひと言に報い

る時になっても、この魚の身から脱れることはできない。それゆえ、人は身《しん》・口《く》・意《い》の三つ

〈語釈〉

○**梨越川**《りおつ》　離越・離波多ともかく。カシミール地方にある川という。

○**畜生**　人に畜養される生類のこと。もと梵語《ぼんご》を意訳した語で、横生・傍生ともいう。苦多くして楽少なく、性質無知にしてただ食欲・婬欲《いんよく》の情のみ強く、父子兄弟の差別なく相残害《ざんがい》する禽獣《きんじゅう》虫魚などをいう。その種類は魚に六千四百種、鳥に四千五百種、獣に二千四百種あるといい、住みかは水陸空にわたるが、本来の住みかは大海中にあるという。悪業を作り愚痴《ぐち》多い者は死後畜生に生まれるという。

○**無間地獄**《むけん》　阿鼻《あび》地獄。八熱地獄のうち最下底にあり最もはなはだしい苦痛を受ける地獄。○**阿難**《あなん》　阿難陀。仏十大弟子の一。多聞《たもん》第一の人。○**因縁**　果をもたらすための原因となるもの。

○**迦葉仏**《かしょうぶつ》　過去七仏の第六。○**迦毗利**《かびり》　迦毗羅《かびら》・迦毗梨《かびり》とも書き、黄頭・黄髪・金頭と訳す。史実上は釈尊以前およそ一世紀ごろにおける仙人で、数論外道《すろんげどう》（婆羅門教の一派）の祖。頭髪が金色であったのでこう名づけた。

○**沙門**《しゃもん》　桑門《そうもん》。僧侶《そうりょ》。出家。比丘。沙門・桑門はもと梵語の音訳で、勤息《ごんそく》と訳す。すなわち善を勧《すす》め悪を息《や》める人の意で、出家して仏門に入り道を修める人をいう。

○**俗人**　緇衣《しえ》（染衣）の対。インドでは沙門以外の者はみな鮮白の衣を用いたから、在俗の人をさ

して白衣という。ここでは婆羅門《ばらもん》をさす。
○千仏がこの世に現われなさる時　賢劫《げんこう》。賢時分・善時分ともいう。三劫《さんこう》（荘厳《しょうごん》・賢《げん》・星宿《せいしゅく》）の一。世界は人寿八万四千歳の時より百年を経るごとに一歳を減じて、人寿十歳に至り、ひるがえってまた百年を経るごとに一歳を増して人寿八万四千歳に至る。この一増一減を二十回くりかえす間、すなわち二十増減する間に成立し、次の二十増減の間定住し、次の二十増減に壊滅し、次の二十増減の間は空虚である。こうして世界は成住壊空《じょうじゅうえくう》を反復するが、その成住壊空の四期を大劫と称し、そして過去の大劫を荘厳劫《しょうごんこう》と名づけ、現在の大劫を賢劫《げんこう》と称し、未来の大劫を星宿劫《せいしゅくこう》という。この現在の大劫すなわち賢劫の住劫（定住期）中には拘留孫仏《くるそんぶつ》・拘那含牟尼《くなごんむに》仏・迦葉仏《かしようぶつ》・釈迦牟尼《しやかむに》仏《ぶつ》等の千仏が出現して世の衆生を救うという。このように多数の賢聖が出現する時分であるから賢劫の名がある。
○身《しん》・口《く》・意《い》　身業《しんごう》（行動）・口業《くごう》（言語）・意業《いごう》（精神作用）の三業《さんごう》のこと。日常のいっさいの生活行為。

天竺《てんじく》に異形《いぎょう》の天人降《くだ》れる語《こと》、第卅五

今は昔、天竺《てんじく》で、天から一人の天人がおりてきた。その身は金色《こんじき》であるが、しかし、頭は猪《いのしし》の頭をしていて、不浄な場所から生ずるさまざまのものを求め食べる。多くの人がこの天人を見て不思議に思い、仏に向かって、「この天人は前世にどのような業《ごう》があって、いま身の色は金色であるが頭が猪の頭をしていて、不浄な場所から生ずるさまざまのものを求め食べるのですか」とお尋ねした。

仏はお説きになる。「この天人は過去の九十一劫《こう》の時、毗婆尸仏《びばしぶつ》と申す仏がこの世に現われなさった。その時、この天人は女人に生まれて人の妻であった。その家に沙門《しゃもん》が来て托鉢《たくはつ》をした。夫は金を布施しようといったのに、妻は慳貪《けんどん》であったため心得ちがいをして、真っ赤になって怒り出し、夫が乞食《こつじき》沙門に金を布施するのをとめた。その罪により、妻は九十一劫の間、こういう果報を得たのである。また身が金色であるのは、その沙門に会って一度だけ腰をかがめて礼拝した。その功徳《くどく》により金色の身となって光を放つのである。されば、天に生まれるには生まれたが、前世の悪業が残って、かようなことになったのだ」。このようにお説きになった、とこう語り伝えているということだ。

〈語釈〉

○**業**《ごう》　身口意《しんくい》による行為・行動。善悪の業は因果の道理により後に必ずその結果（果報）を生じる。○**九十一劫**《こう》　「劫」は数え得ないような遠大な時間の単位。○**毗婆尸仏**《びばしぶつ》　過去七仏の一。
○**乞食**《こつじき》　托鉢《たくはつ》。○**慳貪**《けんどん》　物を惜しんで人に与えず、むさぼり求めてあきたらぬ心。貪欲《とんよく》に同じ。三毒（貪欲・瞋恚《しんい》・愚痴《ぐち》）の一。また十悪の一。○**果報**　果と報と。因より生じる結果。

天竺《てんじく》の遮羅《しやら》長者の子、閻婆羅《えんばら》の語《こと》、第卅六

今は昔、天竺《てんじく》の毗《び》舎離城《しやりじよう》に一人の長者がいた。名を遮羅《しやら》という。その妻は懐妊してのち体が汚れて悪臭を発するようになり、だれ一人近づこうとしなかった。十月《とつき》満ちて男の子が生まれた。その子は痩《や》せ衰え、骨と皮ばかりで、生まれおちる時は体じゅうに糞尿《ふんにょう》が塗りたくられていた。そこで父母はこの子をふた目と見なかった。子はしだいに成長していったが、家にいて父母の言いつけを聞こうとはせず、ただ汚ない糞尿ばかりを好んで食べる。父母や多くの親戚《しんせき》の者はこの子を憎み、その姿を見るのを嫌《きら》って遠ざけ、そばに近寄ろうともしなかった。子はよそにいても常に糞尿を食っているので、世間の人はそれを見てこのうえなく憎みきらう。その子の名を閻婆羅《えんばら》といった。

当時、一人の外道《げどう》がいたが、道の途中でこの閻婆羅に出会い、「おれの宗門に入れ」と勧め、苦行を教えて修行させた。閻婆羅は外道の苦行を修行しながらもやはり糞尿を食っているので、外道は罵《ののし》ってなぐりつけ追い出した。閻婆羅は逃げて川岸や海上に行き、そこに住んで悩み嘆いていた。

その時、仏がこの様子をご覧になり、そこに出かけて行って済度《さいど》してやろうとなされた。閻婆羅《えんばら》は仏のお姿を見て歓喜し、五体を地に投げて出家させてほしいとお願いする。仏は、「そなた、よくぞ来たな」とおっしゃった。閻婆羅はそのお声を聞くや、頭髪が自然に落

ち、身には法衣をまとっていて、すでに沙門《しやもん》となっていた。仏が彼のために説法なさると、体の悪臭は消え阿羅漢《あらかん》となった。ある比丘《びく》がこれを見て仏に向かい、「閻婆羅は前世にどのような業《ごう》を造ってこの悪報を受け、またどのような縁によって仏にお会いし阿羅漢果を得たのですか」とお尋ねした。

仏は比丘にお答えになった。「その昔、過去の賢劫《げんこう》の時に、拘留尊仏《くるそんぶつ》と申す仏がこの世に現われなされた。その時に一人の国王がいて、仏および多くの比丘を宝殿に招き、寺を建てて一人の比丘を寺の主《あるじ》とした。また、多くの施主《せしゆ》がいて比丘たちに沐浴《もくよく》させた。比丘たちは沐浴し終わって身に香油《こうゆ》を塗った。中に一人の阿羅漢《あらかん》の比丘がいたが、寺の主はこの比丘を見て怒り罵《ののし》り、『そこの出家の者。香油を身に塗るが糞を塗るのと同じじゃ』という。羅漢はその寺の主を哀れみ、彼のために神通《じんずう》を現じ、虚空《こくう》に昇って十八変を見せた。寺の主はこれを見終って懺悔《さんげ》し、わが罪を除いてほしいと願ったが、この罪によってついに五百生の間、常に体から悪臭を発して人が近づこうとしない。だが、昔、出家してかの羅漢に向かって懺悔したことにより、いまわしに会って出家し、阿羅漢果《あらかんか》を得たのである」。仏はこのようにお説きになった、とこう語り伝えているということだ。

〈語釈〉

○**毗舎離城**《びしやりじよう》　中インドにあった国の都城。広厳城ともいう。恒河《ごうが》（ガンジス川）を隔てて南方に摩《ま》竭陀国《かだこく》と相対する。往時、摩竭陀国と対峙《たいじ》していた種族跋祇人《ばぎじん》（離車《りしや》）の都城で、仏在世の時はしばしばこの地に行化《ぎようけ》し、維摩詰《ゆいまきつ》・菴没羅女《あんもらによ》・長者子宝積《ほうしやく》等を教化《きようけ》した。仏滅後百年、この地で第二次結集《けつじゆう》が行なわれた。今のベンガル地方の西、パトナ市の北にあるベサールはその跡という。
○**外道**《げどう》 仏教以外の教えを奉じる者。
○**五体を地に投げて** 両膝《ひざ》・両肘《ひじ》・頭（五体）を地につけ、人の足下を拝することで、最敬礼。頂礼。接足礼。○**沙門**《しやもん》 僧侶。出家。○**阿羅漢**《あらかん》 阿羅漢果（声聞四果《しようもんしか》の最上位）を得た聖者。
○**縁** 事物を成立させる資助的な原因。
○**拘留尊仏**《くるそんぶつ》 拘留孫仏などともかく。過去七仏（毗婆尸《びばし》・尸棄《しき》・毗舎浮《びしやふ》・拘留孫《くるそん》・倶那含《くなごん》・迦葉《かしよう》・釈迦《しやか》）の一。賢劫《げんこう》千仏の一。婆羅門種族で、姓は迦葉《かしよう》、父を体得《たいとく》、母を善枝《ぜんし》といい、人寿四万歳の時、安和《あんわ》城に生まれ、尸利沙樹《しりしやじゆげ》下に成仏し、第一回の説法に四万の比丘を教化したという。
○**神通**《じんずう》 神変《じんぺん》不思議で無礙自在《むげじざい》な力や働き。神通力。○**十八変** 十八神変。仏・菩薩・聖者などが現わす十八種の神変不思議。○**懺悔**《さんげ》 過去の罪悪を仏または人に告げること。
○**五百生** 転生《てんしよう》（生まれかわること）を五百回くりかえす間。

満足尊者《まんぞくそんじや》、餓鬼界《がきかい》に至れる語《こと》、第卅七

今は昔、仏の御弟子《みでし》である満足尊者《まんぞくそんじや》が神通力《じんずうりき》をもって餓鬼道《がきどう》に行き、一人の餓鬼を見た。その姿はじつに恐ろしく、身の毛もよだち気も転倒せんばかりである。体から火を吹き出して、その大きさ数十丈。あるいは目、鼻、手足の節々から炎を放ち、その長さ数十丈。また唇《くちびる》が垂れさがり猪《いのしし》のごとく、体の縦横は一由旬《ゆじゆん》もある。自分の手を自分でつかみ、大声

を挙げて吼《ほ》え叫び、東西に走りまわる。尊者はこの様子を見て餓鬼に、「お前は前世にどのような罪を造って、いまこの苦しみを受けたのか」と聞いた。

餓鬼はこう答えた。「私は昔、人間と生まれて沙門《しゃもん》になったが、房舎《ぼうしゃ》に執着《しゅうじゃく》し、物惜しみの心を捨てなかった。また、豪家の出であるのを自負して人の悪口を言ったり、あるいは持《じ》戒《かい》・精進《しょうじん》の比丘《びく》を見ると平気で罵《ののし》りはずかしめ、目をそむけたりした。その罪によってこの苦しみを受けているのです。それゆえ、するどい刀をもって自分の舌を裂こうと思っています。こういうわけですから、たとえ一日でも精進・持戒の比丘を罵りそしってはいけません。もし尊者が人間界にお帰りになったなら、私の今の有様を多くの比丘に語り、よくよく口のあやまちに気をつけ、いいかげんなことは言わぬようにしなければなりません。持戒の人を見たら、その人柄を敬い尊ぶべきです。私はこの餓鬼の姿に生まれてこのかた数千万年の間この苦しみを受けています。そしてこの命が尽きるとこんどは地獄に堕《お》ちるでしょう」。こう言い終わって、また大声で吼《ほ》え叫び、身を地面にたたきつけた。その声はまさに大山が崩れるようで、天も震え地をゆるがした。これは口のあやまちによって受けるところの悪報である。尊者はこのことを人間界に帰って語り伝えなさった、とこう語り伝えているということだ。

〈語釈〉

○**満足尊者**《まんぞくそんじゃ》　「尊者」は聖者、賢者。尊ばるべき有徳者の尊称。○**餓鬼道**《がきどう》　六道の一。餓鬼となるべき業因を作ったものの行くべき世界。位置は閻浮提《えんぶだい》の下五百由旬《ゆじゅん》にあり、長さ広さ三万六千由旬という。

○**餓鬼** 破戒の悪業の報いとして餓鬼道におちた亡者。皮肉痩《や》せ細り、咽喉《のど》細く針の孔《あな》のようで飲食することができず、常に飢渇に苦しむという。

○**由旬**《ゆじゅん》 インドで距離を計る単位。長さには種々の説があるが、聖王一日の行程で、中国の四十里または三十里・十六里に当るなど。

○**執着**《しゅうじゃく》 物事に深くとらわれること。仏教ではこれをもろもろの迷い苦しみの根本とする。

○**持戒**《じかい》・**精進**《しょうじん》 戒をかたく守ることと、雑念を去り一心に仏道を修めて懈怠《けたい》せぬこと。ともに六波《ろくは》羅蜜《らみつ》の一。

天竺《てんじく》の祖子《おやこ》二人の長者、慳貪《けんどん》の語《こと》、第卅八

今は昔、天竺《てんじく》に二人の長者がいた。親子である。父も子もたいそう富み、多くの財宝を蓄えていた。だが、ひどく吝嗇《りんしょく》で人に施しをする心などまったくない。たまたま物乞いなどが家に来ても門内には入れず、使用人に追い払わせる。そのうち、父の長者は病気になり、いくらもたたずに死んだ。この国に盲目の物乞いがいたが、この長者は死後その物乞いの腹に宿った。月満ちて女は子を生んだが、その子もまた盲目であった。

やがて年月がたち、子は七歳になった。母も子も物乞いをして命をつないでいたが、ある日、子が物乞いをしながら歩いて行くうち、いつしかかの長者の家にやってきた。その時、

この家の門番はちょっとした用でよそにいっていて、追い払う者がいなかった。そこでこの物乞いは邸内に入り込み、家の南側の庭に立っていた。長者はこれを見て怒り、追い払わせた。ちょうどその時、番人が帰ってきて物乞いを見、一方の手をつかんで遠くに投げ飛ばした。物乞いは地面に転倒し、片方の手が折れ頭に大怪我《けが》を負い、大声で泣き叫ぶ。この叫び声を聞いた母の物乞いはあわてふためいて駈けこみ、子を抱き起こして声を限りに泣き悲しむ。

その時、仏はこれを哀れみ、この場においでになって物乞いの子におっしゃる。「そなた、よく聞きなさい。そなたはこの長者の父なのだ。そなたは前世に欲深く、人に物を施す心がなくて、物乞いを強引に追い払った。それによりいまこの報いを得たのである。だがこの苦しみはまだまだ軽いものだ。こののち地獄に堕《お》ちて無量劫《むりようこう》の間苦しみを受けることになろう。哀れなことじゃ」。仏はこうおっしゃって子のそばに近寄り、頭をお撫《な》でになった。とたんに物乞いの両眼が開いた。そして仏のお説き示しになったことを聞いて、「自分はこの長者の父であった時、欲が深く施しの心がなくて、物乞いを追い払った罪により、いま子の長者の家に来てこの苦しみにあうことになったのだ」と理解できた。そこで、このことを悔い悲しみ、仏に向かい奉って礼拝し、尊び敬いつつ懺悔《さんげ》したので、罪を免かれる果報を得ることになった、とこう語り伝えているということだ。

〈語釈〉

○**無量劫《むりようこう》**　「劫」は数え得ないような遠大な時間の単位。

○懺悔《さんげ》　過去の罪悪を仏または人に告げること。○果報　果と報と。

天竺《てんじく》の利群史比丘《りぐんしびく》の語《こと》、第卅九

今は昔、天竺《てんじく》に利群史《りぐんし》という比丘《びく》がいた。この人は俗人でいた時も衣食に不自由し、それを手に入れるのに苦しんだが、比丘になっても相変らず衣食に困っていた。ある塔に籠《こも》って住んでいる時、ほんのわずか食い物を手に入れたが、それを食べようとしても、なぜか食べられない。そこで七日間なにも食わず、まさに餓死の時が近づいた。仏の御弟子《みでし》である須菩提《しゅぼだい》・目連《もくれん》・阿難《あなん》などがこれを哀れみ、毎日やって来ては食い物を与えようとしたが、いつもかけ違って、どうしても食い物にありつけない。十日たったが、まだ食べられない。これを見た目連が鉢に食い物を入れて持って来ると、とたんに塔の戸が固く閉じられ、なんとしても開かない。そこで目連は神通力《じんずうりき》をもって、鉢を抱えたまま鍵穴《かぎあな》から中に入り、食べ物を比丘に与えた。比丘は喜んで鉢を取ったところ、鉢は手から落ち、地下五百由旬《ゆじゅん》に入ってしまった。目連はまた神通力により臂《ひじ》をさし延ばしてその鉢を取り出し、もう一度比丘に与える。比丘がこれを取って食べようとすると、その口がにわかに閉じ、開けることができない。このためついに食べることができなかった。

そこで、目連は利群史比丘《りぐんしびく》と連れだって仏の御許《みもと》に参り、「利群史はなにゆえこのように食べることができないのですか」とお尋ねした。仏はお答えになる。「そなた、それはかようなわけだ。この比丘は前世に母がおって、沙門《しやもん》に物を布施《ふせ》したが、それを見た子はひどく吝嗇《りんしよく》であったので、母を土蔵におし込めて食べ物を与えなかった。そのため母は飢え死にした。その子がいまの利群史である。このことのゆえに食い物が得がたいのである。だが、死んだ父母のために功徳《くどく》を行なったために、いまわしのもとに来て弟子となり果位《かい》を得るようになったのだ」。仏はこのようにお説きになった、とこう語り伝えているということだ。

〈語釈〉
○**利群史**《りぐんし》　『百縁経』では「梨軍支比丘」。○**須菩提**《しゆぼだい》　仏十大弟子の一。解空第一の人。○**目連**《もくれん》　目犍連《もくけんれん》。仏十大弟子の一。神通《じんずう》第一の人。○**阿難**《あなん》　阿難陀。仏十大弟子の一。多聞《たもん》第一の人。
○**神通力**《じんずうりき》　神変《じんぺん》不可思議で無礙《むげ》自在な力。
○**沙門**《しやもん》　僧侶《そうりよ》。出家。

曇摩美《どんまみ》長者の奴《やつこ》、冨那奇《ふなき》の語《こと》、第四十

今は昔、天竺に放鉢国《ほうはち》という国があった。その国に一人の長者がおり、名を曇摩美《どんまみ》といった。たいそうな富豪で、その国第一の人である。二人の子があって、兄を美那《みな》、弟を勝軍《しようぐん》という。この家に一人の下女がいて、長者の面倒《めんどう》をみたり、家業の手助けをしたりしていた。この下女に男の子が一人おり、名を冨那奇《ふなき》といった。
やがて長者が死んだ。その後、この冨那奇は、長者の二人の子のうちの、兄の美那に仕え

るようになった。この美那もまた大変な富豪で、父の長者をしのぐほどである。ところが冨那奇はかねて出家の志があり、美那にこのことを願い出た。美那はこれを聞き出家を許した。冨那奇は出家し終わり、仏道を修行してついに阿羅漢果《あらかんか》を得た。

〈語釈〉

○**放鉢国**《ほうはちこく》　波羅那《はらな》国の西にあり、恒河《ごうが》（ガンジス川）と閻牟那河《えんむながが》との合流点に位置する鉢羅耶迦国《はつらやがこく》のことか。仏はかつてこの国で外道《げどう》を降伏《ごうぶく》したが、のち提婆菩薩《だいばぼさつ》もこの国で広百論を作って小乗外道《しょうじょうげどう》を挫破したという。城の東の河畔《かはん》を大施場といい、玄奘《げんじょう》が西遊のころ、戒日王がここで財を貧困者に施したという。この川に沐浴すれば罪垢消滅するといい、諸方から集るものが多い。現在のオウド州南方のアラハバト市の地。

○**曇摩美**《どんまみ》　『賢愚経』「曇摩羨」とあり、下に割注「此言法軍」とある。

○**美那**《みな》　『賢愚経』「羨那」とあり、下に割注「此言軍也」とある。

○**勝軍**《しょうぐん》　『賢愚経』「比耆陀羨那」とあり、下に割注「此言勝軍」とある。

○**冨那奇**《ふなき》　『賢愚経』はこの名の下に「此言満願」と割注がある。冨那奇は富楼那《ふるな》（富楼那弥多羅尼子《みたらにし》）とも音訳する。願によって生まれた子の意で「満願」という。『仏本行集経』には富楼那について別説を述べる。

その後、冨那奇《ふなき》が美那《みな》の家に来て、「仏のおんために堂をお作りなさい」とすすめた。美那はそのすすめに従い、栴檀《せんだん》をもって堂を造った。冨那奇はまた、「仏と比丘たちをお招きしてご供養なさい」とすすめる。美那は、「仏と比丘たちをお招きするにしても、いつがよろしいか。みなさま遠くにおられて、そうすぐにはおいでになれないでしょう」という。すると、冨那奇は美那を連れて高楼に登り、香をたいてはるか仏のおられる方に向いて仏をお招き申しあげる。仏はおのずからその願いがお分かりになって、多くの御弟子《みでし》を引き連れて、神通力《じんずうりき》を使ってやって来られ、黄金《こがね》の床《ゆか》におすわりになった。そこで、美那はさまざまのご馳走《ちそう》を整えて仏および比丘たちをご供養申した。食べ終わって、仏はかれのために説法なさる。その国の民衆はわれ先に集まって来、この家の上下の男女とともにみなこの説法を聞いて仏法を信じるようになった。

これを見て、阿難《あなん》が仏に向かい、「この冨那奇は、昔、どのような罪を造って、いま人に使われて下男となり、またどのような善根を行なったために、仏にお会いして阿羅漢果を得たのでしょうか」とお尋ねした。仏は阿難にお答えになる。「その昔、迦葉仏《かしようぶつ》がこの世に現われなさった過去の世に一人の長者がいた。比丘たちのために寺を造り、飲食・衣服・寝具・医薬など四つのことについて比丘たちを供養し、不自由な思いをさせなかった。だが、長者の死後、その寺は壊れ荒れはてて、だれも住まなくなり、比丘たちはみな散り散りに去っていった。長者には一人の子があり、出家して仏道を学び、名を自在といった。寺がこのように壊れ荒れはてたのを見て、多くの人をすすめて寺の修理をした。すると比丘たちが帰ってきて寺はもとのように栄えた。その住僧の中に一人の羅漢《らかん》の比丘がいて、寺の庭の掃除をしていると、長者の子の比丘（自在）がこの羅漢の比丘を理由もなく罵《ののし》った。この昔の長者の子の比丘というのがいまの富那奇その人である。羅漢の比丘を罵ったことにより、五百生の間、常に人に使われて下男となったのである。また、昔、多くの人をすすめて寺の修理をしたことにより、前の罪をつぐない終ってのち、わしに会って羅漢《らかん》を得たのである。また、いまこの説法の座にいて仏法を信じるようになった国の民衆やこの家の上下の者は、みな昔すすめられて寺を修理した人々である」。仏はこのようにお説きになった、とこう語り伝えているということだ。

〈語釈〉
○**栴檀**《せんだん》　白檀《びゃくだん》の異称。香り高く、皮を香料にする。○**神通力**《じんずうりき》　神変不可思議で無礙《むげ》自在な力や働き。
○**迦葉仏**《かしょうぶつ》　過去七仏の第六。○**羅漢**《らかん》　阿羅漢。阿羅漢果（声聞四果《しょうもんしか》の最上位）を得た聖者。
○**五百生**　転生《てんしょう》（生まれかわること）を五百回くりかえす間。

舎衛城《しゃえ》の婆提《ばだい》長者の語《こと》、第四十一

今は昔、天竺《てんじく》の舎衛城《しゃえじょう》中に一人の長者がいた。名を婆提《ばだい》という。たいそうな富豪で、無数の財宝を蓄えていた。飲食・衣服・金銀など珍しい宝が倉いっぱいに積み重ねられていて数えあげようもないほどである。このような富豪であったが、この長者は非常に吝嗇《りんしょく》で、たとえ自分のためであっても飲食や衣服に意を用いようとせず、まことに異様な風体《ふうてい》をしている。また、妻子・従者・兄弟・親族にひとかけらの物さえ与えようとはしないほどだから、まして沙門《しやもん》や婆羅門《ばらもん》などに布施するはずもない。やがて、この長者は死んだ。すると、家じゅうの財宝はことごとく国に召しあげられることになり、その国の波斯匿王《はしのく》がみずからこの家に出かけて行って国庫に取り納めてしまった。それから王は仏の御許《みもと》に参り、「婆提《ばだい》長者が今日命を終えました。生きている間はまことに吝嗇でよこしまな心を持っている男でしたが、死んでからどこに生まれることになったのかお教えください」とお尋ねした。仏は王に、「婆提長者ははじめの善根はもはや尽き、新しい善根はまだ造っていない。そのうえ、よこしまな心ばかり強くてまったく善根を造ろうとしなかった。それゆえ、死後は叫喚《きようかん》地獄に堕《お》ちてしまった」と説き示された。王は仏のお説きになるのを聞いてひたすら涙を流して泣いた。王は重ねて仏にお尋ねした。「婆提長者は、昔どのような善業を造って、今生に福貴の家に生まれ、ばく大の財宝を蓄えるようになったのですか。また、どのような悪業を造って、吝嗇《りんしよく》でよこしまな心を持ち地獄に堕《お》ちたのですか」。

仏は王にお答えになる。「昔、迦葉仏《かしようぶつ》が涅槃《ねはん》にお入りになったのち、この長者は舎衛《しやえ》国《こく》の農家の子として生まれた。その家に一人の辟支仏《びやくしぶつ》が訪れて食物を乞うた。この長者は食物を辟支仏に施し発願して、『私はこの善根により生々世々《しようじようせぜ》三途《さんず》に堕《お》ちることなく、常に財宝に恵まれて布施を行なおう』と誓った。その後、この誓いを悔いる心が生じ、『私は今後奴婢《ぬひ》には食物を与えても、この髪を剃《そ》った沙門《しやもん》には布施することはやめよう』と思った。婆提長者は、前世に辟支仏に食物を施して発願した功徳により、次に生まれる所では常に財宝が多く不自由することがない。だが、施してのち後悔したことにより、財宝は多いが衣食を好まず、常に異様な風体をしているのである。また、妻子・従者・兄弟・親族に物を与えず、吝《りん》嗇《しょく》でよこしまな心を抱き、ついに地獄に堕《お》ちてしまったのである」。仏はこのようにお説きになった。

　これをもって心得るべきである。もし比丘に布施を行なおうとするなら、ほんのわずかでも物惜しみしてはならない。歓喜して布施すべきである、とこう語り伝えているということだ。

〈語釈〉

○**舎衛城**《しゃえじょう》　中インド舎衛国の都城。

○**沙門**《しゃもん》　僧侶。出家。

○**波斯匿**《はしのく》**王**　舎衛《しゃえ》国《こく》王で仏法の外護者。

○**善根**　善い果報を招くべき善因。

○**叫喚**《きょうかん》**地獄**　八大（熱）地獄の第四。殺盗・邪淫・飲酒をしたものが熱湯や猛火の鉄室に入れられ、呵責《かしゃく》に堪えず、号泣・叫喚する。

○**福貴**　「富貴」に同じ。

○**迦葉仏**《かしようぶつ》　過去七仏の第六。

○**涅槃**《ねはん》　煩悩《ぼんのう》を滅却して絶対自由となった境地、すなわち、悟りの境地をいうが、また、仏陀《ぶつだ》・聖者の死、入滅をもいう。ここは後者。

○**辟支仏**《びゃくしぶつ》　縁覚《えんがく》（四聖＝声聞《しょうもん》・縁覚・菩薩《ぼさつ》・仏の一）に同じ。仏の教えによらず、飛花落葉を観じて独悟し、自由境に到達したもの。
○**生々世々**《しょうじょうせぜ》　生まれかわり死にかわりして世を経る意。現世も後世も。
○**三途**《さんず》　亡者の行くべき三つの途。火途（地獄道）・血途（畜生道）・刀途（餓鬼道）の三。三悪道。三悪趣《あくしゅ》。
○**奴婢**《ぬひ》　下男と下女の意であるが、奴隷階級（インド四姓の最下位、首陀羅《しゅどら》）に属するものをいう。

巻三

天竺《てんじく》の毗舎離《びしやり》城の浄 名居士《じようみようこじ》の語《こと》、第一

今は昔、天竺《てんじく》の毗《び》舎離《しやり》城中に浄 名居士《じようみようこじ》と申す翁がおいでになった。この方の住んでおられた部屋の広さは方丈（一丈四方）にすぎない。ところがその狭い部屋の中に十方の諸仏が集まっておいでになり、そこで法をお説きになる。諸仏はおのおの無量無数の菩薩《ぼさつ》・聖衆《しようじゆ》を引き連れ、めいめいその部屋の中にこのうえなく美しく飾られた椅子《いす》を立てて、三万二千に及ぶその仏たちがそれにお座りになり、法を説かれるのである。無量無数の聖衆はみなその仏に付き随《したが》っている。居士もそこにおいでになって法をお聞きになる。それでも部屋の中はまだ余裕があった。それはこの浄名居士の不可思議な神通力《じんずうりき》によるものである。そこで居士は、この仏の部屋を十方の浄土にまさるこのうえない不思議の浄土であるとお説きになった。

また、この居士は常々病床に臥《ふ》しておられた。あるとき、文殊《もんじゆ》が居士の部屋においでになって居士に向かい、「聞くところによると、居士は常々病床に臥して苦しんでおられるということですが、いったいどのようなご病気ですか」とお尋ねした。すると居士は、「私の病はじつは一切《いつさい》のもろもろの衆生のもつ煩悩《ぼんのう》を病んでいるのです。それ以外にはなんの病気もありません」とお答えになった。文殊《もんじゆ》はこれをお聞きになり、感嘆して帰っていかれた。

また、居士《こじ》は八十有余歳でおられて、歩行がままならぬ身でありながら、仏が説法してお

いでになる所に参ろうと思ってお出かけになった。その道中は四十里あった。さて行き着いて、居士《こじ》は仏の御前に歩み出で、仏に向かって、「私は年老いて足を運ぶこともできかねる身ですが、説法を聞こうがために四十里の道を歩いてまいりました。これにはどれほどの功徳《くどく》がありましょうか」とお尋ねした。仏は居士《こじ》にお答えになる。「そなたは法を聞こうがためにやって来た。その功徳は無量無辺であるといっていい。そなたの歩いた足跡の土を取ってそれを塵とし、その塵の一片を一劫《こう》に相当させて、その塵の数に応ずるだけ長い間にわたる罪を滅しうるであろう。また命の長さもその塵の数と同じであろう。また仏に成《な》ることも疑いないであろう。およそその功徳は計りないものといえる」。こうお説きになったので、居士はこれをお聞きになり歓喜して帰って行かれた。

法を聞くために出かけて行った功徳《くどく》というものはこのようなものである、とこう語り伝えているということだ。

〈語釈〉

○**毘舎離《びしゃり》城**　中インドにあった国の都城。広厳城《こうごんじょう》ともいう。恒河《ごうが》（ガンジス川）を隔てて、南方に摩竭陀《まかだ》国に相対する。往時、摩竭陀国と対峙《たいじ》していた種族跋祇人《ばぎじん》（離車）の都城で、仏在世の時はしばしばこの地に行化し、維摩詰《ゆいまきつ》・菴没羅女《あんもらにょ》・長者子宝積《ほうしゃく》等を教化《きょうけ》した。仏滅後百年、この地で第二結集《けつじゅう》が行なわれた。今のベンガル地方の西、パトナ市の北にあるベサールはその跡《あと》という。

○**浄　名居士《じょうみょうこじ》**　維摩《ゆいま》（維摩詰《ゆいまきつ》・毘摩羅詰《びまらきつ》）。訳して浄名・無垢称《むくしょう》という。居士《こじ》は家に居る士の意で、インドで四姓（婆羅門《ばらもん》〈僧侶〉・刹帝利《くしゃとりや》〈王族・武士〉・毘舎《ばいしゃ》〈商工業〉・首陀羅《しゅどら》〈奴隷〉の四階級）

のうち、毗舎階級の豪富なものをいう。また仏教では、出家せず家にあって仏門に帰依《きえ》する男子をいう。維摩《ゆいま》は毗舎離城の長者。在俗の身で菩薩《ぼさつ》の行業をなし、その修するところは高遠で仏弟子も遠く及ばなかったという。彼の説いたものを『維摩詰所説経』といい、略して『維摩経』という。また、『不可思議解脱経』ともいう。諸訳があるが、後秦の鳩摩羅什《くまらじゆう》訳のものが一般に流通している。本経は仏国・方便・弟子・菩薩・文殊師利問疾《もんじゆしりもんしつ》・不思議・観衆生・仏道・入不二門《にゆうふにもん》・香積仏《こうしやくぶつ》・菩薩行《ぼさつぎよう》・見阿閦仏《けんあしゆくぶつ》・法供養・嘱累《しよくるい》の十四品《ほん》よりなるが、全体を略述すれば、維摩《ゆいま》が病臥していると聞いた仏（釈尊）が、舎利弗《しやりほつ》・目連《もくれん》・大迦葉《だいかしよう》等の仏弟子に命じて病状を尋ねに行かせようとするが、かつて維摩に論破されたことのある仏弟子たちは固辞して行こうとしなかったので、最後に文殊を行かせ、維摩の方丈の室で両者は種々の法門を談じ、維摩が不二法門《ふにほうもん》を説いたあと、両人相携えて仏のいる菴羅樹園《あんらじゆおん》に至り、その説法を聴聞《ちようもん》する、というもの。究極的には般若《はんにや》の不二法門（相対差別を断ち絶対無差別の理を顕《あら》わす法門）を宣説した経典である。わが国では聖徳太子がこれを講説し、『維摩経義疏《ぎしよ》』（三巻）を著わしている。

○**十方**　東・南・西・北・四維《しゆい》（四隅）・上・下。○**菩薩《ぼさつ》・聖衆《しようじゆ》**　菩薩は四聖（声聞《しようもん》・縁覚《えんがく》・菩薩・仏）の一。上はみずから菩提《ぼだい》を求め、下は一切《いつさい》衆生を化益《けやく》し、多くの修行を重ねて仏となるもの。聖衆は聖者の群れ。本仏に随従する多数の聖者たち。

○**神通力《じんずうりき》**　神変《じんぺん》不思議で無礙《むげ》自在な力や働き。

○**十方の浄土**　十方（前記）にまします無数の諸仏の浄土。浄土は仏が住し給う清浄美妙の国土で、穢《え》土《ど》の対。十方無量の諸仏はおのおの浄土を構えているが、それは諸仏自ら法楽を受用するためであるとともに、他の一切衆生を引接《いんじよう》し化益《けやく》を施《せ》し、すみやかに無上菩提を成就せしめようがためである。ところで、この前後の記事は『維摩《ゆいま》経』によると、維摩が三万二千の床（獅子の座）を方丈の室に入れ、多くの菩薩および仏弟子たちをそれに座らせた。それを見た舎利弗《しゃりほつ》が、「居士《こじ》、未曾有なり……」といって賛嘆すると、維摩《ゆいま》は、「諸仏菩薩には不思議と名づける解脱《げだつ》があるのだ」と答えた、となっている。

○**文殊**《もんじゅ》　文殊師利・妙徳・妙吉祥などと訳す。大乗の菩薩《ぼさつ》。大乗般若《はんにゃ》の教説と関係深く、一般には普賢《ふげん》菩薩とともに釈迦牟尼仏《しゃかむにぶつ》の脇侍《わきじ》として知恵をつかさどる菩薩。獅子に乗るを常とし、中国の五台山（清涼山《しょうりょうざん》）がその応現の霊地（浄土）として尊信されている。

○**煩悩**《ぼんのう》　衆生の心身を悩乱し、迷界につなぎとめる一切《いっさい》の妄念。貪《とん》・瞋《しん》・痴《ち》・慢・疑・見を根本煩悩とするが、その種類は多く、百八煩悩・八万四千煩悩などという。この煩悩を絶滅することが解《げ》脱《だつ》である。ところで、「私の病はじつは一切《いっさい》のもろもろの衆生のもつ煩悩を……」は『維摩《ゆいま》経』によれば、文殊が維摩に、「居士、是の病《やまひ》何所《いづこ》の因より起れる。其の生《しやう》云何《いかん》が滅すべき」と問うと、維摩が、「痴に従ふこと愛あるときは則《すなは》ち我れ病生ず。一切衆生病あるを以て、是の故に我れ病あり。若《も》し一切衆生病まざるを得ば、則ち我が病滅せん。所以《ゆえ》何《いか》にとなれば、菩薩、衆生のための故に生死に入る。生死ある時は則ち病あり。若《も》し衆生病を離るる事を得ば、則ち菩薩に復《ま》た病無けん。譬へば長者に唯一子有り、其の子病を得れば父母亦病む。若《も》し子病癒《い》ゆれば、父母亦癒ゆるが如し。諸《もろもろ》の衆生に於《おい》て、之を愛する事子の如く、衆生病む時は則ち菩薩病む。衆生病癒ゆれば、菩薩も亦癒ゆ。又言はく、是の疾《やまひ》、何の所因より起れる。菩薩の疾は大悲を以て起る」と答えたとある。これを平易にいえば、一切衆生の病気は煩悩（愚痴・愛着）から生じるもので、煩悩あるがゆえにこの身を受け、この身を受ければ病あるを免れない。衆生にこの病があるゆえに、衆生を子のように思う大慈悲の維摩《ゆいま》もまた病があるので、もし一切衆生に、煩悩をもととして起こる病がなければ、維摩の病気も自然に滅するのだ、という意である。
○**功徳《くどく》** 現世・来世の幸福をもたらすもととなる善行。また、そのような善行によって得る幸福。ここは後者。
○**一劫《こう》** インドで梵天《ぼんでん》の一日、すなわち、人間の四億三千二百万年を「劫《こう》」とする。また通常の年月時をもっては数えられぬ遠大な時間の単位。

文殊《もんじゆ》、人界《にんがい》に生れたまえる語《こと》、第二

今は昔、文殊という方は中天竺《ちゆうてんじく》にある舎衛国《しやえこく》は多羅《たら》村の梵徳婆羅門《ぼんどくばらもん》という人の子である。母の右の腋《わき》からお生まれになったが、生まれなさったとき、その家といわず門といわず、すべて蓮華《れんげ》となった。お体の色は金色で天上界の童子さながらであり、七宝の天蓋《てんがい》がその頭上を覆う。庭の中には十種の吉兆が現われた。その一は空から甘露が雨のように降り、その二は地中に秘蔵されていた財宝が現出し、その三は倉が金の粟に変じ、その四は庭に蓮華《れんげ》が生じ、その五は光が家の内《うち》に満ち、その六は鶏《にわとり》が鸞鳥《らんちよう》・鳳凰《ほうおう》を生み、その七は馬が麒麟《きりん》を生み、その八は牛が白犱《はくだ》を生み、その九は猪《いのしし》が豚を生み、その十は六牙《ろくげ》の白象《びやくぞう》が現われた。このような瑞相によって名を文殊《もんじゆ》と申しあげるのである。

釈迦仏の御弟子《みでし》となってからは、全宇宙をあまねく覆いつくす如来《によらい》の力、すべての如来の知恵、およびすべての如来の神変遊戯《じんぺんゆげ》の働きを身につけなさった。
もともと文殊は釈迦仏にとっては九代の師でおいでになる。しかしながら、仏がこの世に現われなさったため、一つの世に二仏が並んで現われることはないから、この世では菩薩として現われなさって、無数の衆生を教化《きょうけ》なさるのである。仏は末世の衆生のために『宿曜経《すくようきょう》』をお説きになり、この説法を文殊におまかせした。文殊はこれを聞いて、仏が入滅されてのち百五十年目に、高山の頂上においてそこの仙人のためにこの法を説き聞かせなさった。およそ仏の教えのみならず、それ以外のさまざまの教えを世にひろめ、末世の衆生に、善悪の行為にはかならずその報いのあることをお教えになったのは、この文殊のお力である、とこう語り伝えているということだ。

〈語釈〉

○**中天竺**《ちゅうてんじく》 五天竺（天竺を東西南北中に分ける）の一。

○**舎衛国**《しゃえこく》 中インドにあった国。釈尊説法の地で、波斯匿王《はしのくおう》が統治していた。

○**梵徳婆羅門**《ぼんどくばらもん》 婆羅門は古代インドにおける僧侶階級で、宗教・文学・典礼を職とし、四姓の最上位を占めるもの。その奉ずる婆羅門教はインド最古の宗教である吠陀《べだ》教より発し、吠陀経典の歌頌《かしょう》と経文上の哲理を詮議して、梵天観知の方法を説いた理智冥想の教えである。これに諸派がある。

○**七宝の天蓋**《てんがい》 七宝は金《こん》・銀《ごん》・瑠璃《るり》・玻瓈《はり》・硨磲《しゃこ》・赤珠《しゃくしゅ》・碼碯《めのう》の七種の宝玉（以上は『阿弥陀《あみだ》経』所説）。天蓋は仏菩薩像などの上にかざす美しく飾られたかさ。○**甘露** 梵語でアリムタ（不死の意）といい、諸天の飲料で味は蜜のごとく、これを飲めば苦悩を去り長寿を得、また死者を復活させる霊能があるといわれ、仏の教法が衆生を救うたとえとされる。

○**鸞鳥《らんちょう》・鳳凰《ほうおう》**　鸞鳥は鳳凰の一種で、神霊の精。姿は鶏に似て、毛は五色を備えた赤。鳴く声は五音にあたる。鸞鳥の雌を和といい、雄を鸞という。鳳凰は想像上の霊鳥で梧桐《ごどう》に棲《す》み竹の実を食い、鳴く声は五音にあたるという鳥の王。頸《くび》は蛇、尾は魚、背は亀で竜の模様があり色は五色、頷《あご》は燕《つばめ》、口ばしは鶏。

○**麒麟《きりん》**　聖人の出る前に現われるという想像上の動物。形は鹿に似て大きく、尾は牛に、蹄《ひづめ》は馬に似、背毛は五彩で毛は黄色、頭上に肉に包まれた角がある。生草を踏まず生物を食わないという。牡《おす》を麒、牝《めす》を麟とする。

○**六牙《ろくげ》の白象《びゃくぞう》**　釈尊入胎の象徴でもあり、また普賢菩薩《ふげんぼさつ》がこれに乗る。

○**瑞相**　めでたいしるし。吉兆。○**如来《にょらい》**　仏の十号の一。真如の理（永久不変・平等無差別な絶対真理）を証得し、迷界に来て衆生を救うものの意。○**神変遊戯《じんぺんゆげ》**　神変は、人知ではかり知ることのできない変化。遊戯は、心にまかせて遊びたわむれること。

○**九代の師**　文殊は過去に竜種上尊王仏であったとされる。

○**宿曜経《すくようきょう》**　文殊師利菩薩及諸仙所説吉凶時日善悪宿曜経。二巻。唐の不空訳。二十八宿・十二宮における日・月・五星（七曜）の直日と各人の吉凶禍福との間に関係があることを述べる。わが国には空海・円仁・円珍が請来したと伝える。いわゆる占星の書で、占星の法は古来、インド・ペルシヤで盛んに行なわれたが、本書はこれを詳細に記述したものであり、これらの説は中国の陰陽五行《おんようごぎょう》説《せつ》と合体して東方諸国の民間に行なわれるようになった。

目連《もくれん》、仏の御音《みこえ》を聞かんが為に、他《ほか》の世界に行ける語《こと》、第三

今は昔、仏の御弟子《みでし》目連尊者《もくれんそんじや》は神通《じんずう》第一といわれた御弟子《みでし》である。あるとき、もろもろの御弟子や比丘《びく》などにこう語った。「われわれがさまざまな場所にいて仏のお声を聞くと、それは常に同じ音声で、ただ仏の側《そば》にいて聞いているかのようである。そこで私は神通力によってはるか遠くに行き、仏のお声が高く聞こえるかそれとも低く聞こえるか、聞いてみようと思う」。こういって三千大千世界を飛び過ぎ、そこから西の方にまた数えきれないほど多くの国土を越えていって聞いてみたが、仏のお声は依然として同じで、ただお側《そば》にいて聞いているのと変わらない。

ここまで来て、目連は飛び疲れて地に落ちてしまった。その場所はある仏の世界であった。仏弟子の比丘がその場にいて布施《ふせ》の食《じき》を受けようとしていたが、目連はその鉢《はち》の縁《へり》に飛び乗り、しばらく息を休めていると、仏弟子の比丘《びく》たちが目連を見て、「この鉢の縁に僧に似た虫がとまっている。どういう衣類の虫が落ちて来たのだろう」といって、寄り集まっておもしろがった。

そのとき、その世界を教化《きようけ》する仏がこれを見て、御弟子《みでし》の比丘《びく》たちに向かい、「そなたたちは愚かなためにこのことがわからないのだ。この鉢《はち》の縁《へり》にいるのは虫ではない。ここから東の方、無量無辺の仏土を過ぎたところに一つの世界がある。それを娑婆《しやば》世界という。その

国に仏が現われなされた。釈迦牟尼仏《しやかむにぶつ》という。ここにいるのはその仏の神通《じんずう》第一といわれる弟子である。名を目連《もくれん》というのだ。師の釈迦如来《にょらい》の声を聞くと、遠くにいても近くにいても同じ音声で、声に高下がない。これに疑いを抱き、はるかに無量無辺の世界を飛び越えてこの世界までやって来たのだ」とお説きになった。御弟子たちはこれを聞いてみな感嘆した。目連もこれを聞き歓喜してもとの世界に帰っていった。そして、仏のお声の不可思議であることにますます信仰の念を深め、御前にひれ伏して礼拝し申しあげた、とこう語り伝えているということだ。

〈語釈〉

○**目連尊者**《もくれんそんじや》　目犍連《もくけんれん》。仏十大弟子の一。尊者は、聖者、賢者、尊ぶべき有徳者の尊称。○**比丘**《びく》　僧。出家得度《とくど》して具足戒《ぐそくかい》を受けた男をいう。

○**三千大千世界**　一仏の教化《きようけ》の範囲である広大無辺の世界。小千世界（一世界である日月・須弥《しゆみ》山《せん》・四天下《してんげ》・四王天・忉利天《とうりてん》・夜摩天《やまてん》・兜率天《とそつてん》・化楽天《けらくてん》・他化自在天《たけじざいてん》および色界初禅天《しきかいしよぜんてん》の梵天《ぼんてん》を千個合わせたもの）を千合わせて中千世界とし、中千世界を千合わせて大千世界とする。小・中・大三つ重なるので、これを三千大千世界とする。

○**娑婆**《しやば》**世界**　忍土・堪忍土・忍界と訳す。われわれの住むこの世界。○**釈迦牟尼仏**《しやかむにぶつ》　釈迦如来。

舎利弗《しやりほつ》攀縁《へんえん》して、暫く籠居《ろうきよ》せる語《こと》、第四

今は昔、天竺《てんじく》において、仏の御弟子たちが思い思いの場所で安居《あんご》の修行を終え、仏の御前に参集なさった折、舎利弗《しゃりほつ》と羅睺羅《らごら》が仏の御前に進んでその左右におすわりになった。仏が羅睺羅にお尋ねになる。「わしの弟子の中ではだれを上座《じょうざ》としているのか」羅睺羅は、「舎利弗を上座としております」とお答えした。

そのとき、仏がこの二人をご覧になると、舎利弗は肥えて色白く、どっしりと威厳がある。羅睺羅は痩《や》せて色黒く、骨の出た体つきであった。仏はこれを見て、「わが弟子の中で、なにゆえに舎利弗は太っているのだろうか」とおっしゃる。そこで、羅睺羅が、「舎利弗はすばらしい知恵を持ち、この国の人々は貴賤を問わずみなこの人を師と仰いでいます。そこで味のよいご馳走《ちそう》を運んでくるので太っているのです。だが、この私はそのようなことがないので痩せております」とお答えすると、仏は、「わが教えでは乳酪《にゅうらく》に類する食物は禁じているのに、舎利弗はなぜ太っているのだろう」とおっしゃる。舎利弗《しゃりほつ》はこれを聞くや憤然として隠れこもってしまった。

その後は国王・大臣・長者が舎利弗の所に行きさまざまの贈り物をしても、絶対受け取ろうとしない。そこで、国王をはじめ大臣・長者・諸役人たちは大挙して仏のみもとにまいり、「仏よ、なにとぞ舎利弗をお呼び出しになって、われわれの招請に応じるように、とお勧めください。というのは、仏はもともと人の招請に応じなさらない。舎利弗がまた人の招請に応じなさらないとすれば、われわれはだれを師僧として仏事を勤めたらよいでしょう」と懇願した。

すると仏はこの人々に対し、「舎利弗は前世に毒蛇であった。その前世の心が深く染みついているために、いまわしの言葉を聞いて怨《うら》みの心を起こしたのだ」と言われ、即座に舎利弗をお呼び出しになり、「そなたはただちに人々の招請に応じて、仏法のために師僧の役を引き受けるように」とお命じになった。そこで舎利弗は仏のご命令に従い、国内の多くの人の招請にこたえてもとのように仏事を勤めることになった、とこう語り伝えているということだ。

〈語釈〉

○**安居**《あんご》　僧侶が夏の雨期、四月十五日から七月十五日までの九旬《じゅん》（九十日）の間、諸所に乞食《こつじき》（托《たく》鉢《はつ》）せず、一所にとどまって静かに修行すること。夏安居《げあんご》・雨安居《あめあんご》・夏坐《げざ》・坐夏《ざげ》・夏行《げぎょう》・夏籠《げろう》ともいう。

○**舎利弗**《しゃりほつ》　仏十大弟子の一。知恵第一の人。

○**羅睺羅**《らごら》　釈尊出家以前の子。母は耶輸陀羅《やしゅだら》。仏十大弟子の一。密行第一の人。

○**上座**《じょうざ》　僧の集会・会議などにおいて、主宰する長老。寺内の僧を統轄してすべての寺務を総覧する僧職の名をもいう。普通、年長者で高徳の僧を任じる。

舎利弗《しゃりほつ》、目連《もくれん》、神通《じんずう》を競《くら》べたる語《こと》、第五

今は昔、仏が祇園精舎《ぎおんしょうじゃ》においでになったときのこと、多くの御弟子《みでし》たちが集まって来られ

たが、舎利弗《しやりほつ》ひとりまだおいでにならない。そこで仏が目連《もくれん》に、「そなた、すぐ舎利弗の所に行って呼んで来なさい」とおっしゃる。目連は仏のおいいつけどおり舎利弗の所に行き、仏の仰せを伝えると、そのとき舎利弗は衣のほころびを縫っておられ、帯を解いて地面に置いてあったが、目連を見て、「そなたは神通《じんずう》第一の人だ。わしが地面に置いてあるこの帯を取って動かしてみなさい」という。そこで目連は神通力《じんずうりき》をふりしぼってこの帯を取り上げようとしたが、塵《ちり》ほども動かない。須弥山《しゆみせん》は振動し大地は動揺するが、ついにこの帯は動かずに終った。

するとまた舎利弗《しやりほつ》は目連《もくれん》に、「そなたはわしより先にはやく行きなさい。わしはあとから行こう」という。そういわれて、目連が仏の御前に帰って来ると、仏のおそばに舎利弗が威儀を正して控えておられた。目連はこれを見て、なんと不思議なことだと驚くばかりだった。そこで目連ははじめて知った、「自分は神通第一だといわれているが、舎利弗は自分以上の人なのだ」と。こんなわけで、舎利弗は知恵・神通ともに第一の人であった。

仏の御弟子《みでし》たちも、このように互いに優劣をきそうことをなさるのである。まして末世の僧が互いに知恵や験力《げんりき》をきそい合うのはまさに当然というべきである、とこう語り伝えているということだ。

〈語釈〉
○**祇園精舎**《ぎおんしようじや》　中インド舎衛城《しやえじよう》の南にあり、須達長者《しゆだつちようじや》が釈尊《しやくそん》に寄進した寺院。○**舎利弗**《しやりほつ》　仏十大弟子の一。智恵第一の人。○**目連**《もくれん》　目犍連《もくけんれん》。仏十大弟子の一。神通《じんずう》第一の人。

○**須弥山《しゆみせん》** 仏教的世界観で、世界の中心にそびえ立つという高山。
○**威儀** 作法にかなった立居振舞い。
○**験力《げんりき》** 効験。霊験。仏道修行を積んだしるし。法力。

舎利弗《しやりほつ》、阿難《あなん》を慢《あなず》れる語《こと》、第六

今は昔、天竺《てんじく》において、仏の御弟子《みでし》がたくさんおられたが、その中で舎利弗《しやりほつ》は知恵第一の人である。阿難《あなん》はまだ有学《うがく》の階位にとどまっている者で、知恵は浅い。そのため、舎利弗は常に阿難をあなどっておられた。阿難は、「なんとかして舎利弗に勝ってやろう」と思っていたが、たまたま風邪をひいて床についた。枕もとには粥《かゆ》を入れたお椀《わん》が置いてある。そのとき、舎利弗が阿難の病気見舞いにおいでになった。舎利弗《しやりほつ》は俗人の着る白衣《びやくえ》をつけており、法衣《ほうえ》は着ていなかった。そこで阿難が、まだ食べていない粥を舎利弗にさしあげると、舎利弗はそれをおあがりになった。そのとき、阿難は筵《むしろ》の下から草を一本取り出して舎利弗に与え、「これをすぐ仏の御《み》もとに持っていってください」という。舎利弗はその草を手に取り、阿難のいうままに仏の御もとに参る途中、自分の手足の爪を見ると、それがみな牛の爪になっていた。舎利弗は驚き怪しみ、大急ぎで仏の御前に参り、このわけをお尋ねした。

仏は舎利弗に、「そなたの身はもはや牛になってしまっている。持って来た草はそなたの食料なのだ。だが、どうしてそうなったかわしは知らない。すぐ阿難の所に帰っていって尋ねなさい」とおっしゃる。舎利弗は仏がこのようにおっしゃるのを聞いていよいよ驚き、阿難の所に走り帰ってこのことを語った。すると阿難がいった、「いいですか、袈裟《けさ》を着けず呪願《しゅがん》をせずに人の布施《ふせ》を受ける比丘《びく》は、まちがいなく畜生の報いを得るのだとあなたはまさに思い知るべきです。それなのにあなたは恥知らずにも私の布施をお受けになった。それゆえその報いとして牛の身になったのです」。これを聞いた舎利弗は心の底から深く懺悔《さんげ》してこの悪報を転じたので、爪の形ももとのようになおった。

　このことから思うに比丘はかならず袈裟を身に着けて人の布施を受けねばならない。また人の布施を受けたらかならず呪願すべきである。されば、末世の比丘たちはこの話を聞いたならかならず袈裟を着けて人の布施を受けるべきである。また、ぜひとも呪願をしなければならない、とこう語り伝えているということだ。

〈語釈〉

○**舎利弗**《しゃりほつ》　仏十大弟子の一。知恵第一の人。

○**阿難**《あなん》　阿難陀《あなんだ》。仏十大弟子の一。多聞《たもん》第一の人。

○**有学**《うがく》　無学の対。声聞《しょうもん》が一切《いっさい》の煩悩《ぼんのう》を断じようとして、無漏《むろ》（煩悩に汚されぬ清浄の境地）の戒《かい》・定《じょう》・慧《え》の三学を学修する位。声聞《しょうもん》証果の四階位（四果）では初果の預流果《よるか》、第二の一来果《いちらいか》、第三の不還果《ふげんか》の三果位を有学といい、最上位の阿羅漢果《あらかんか》を無学という。無学は一切の煩悩を断じ尽した果位で、この位の者はそれ以上学ぶべきものがないから無学という。

○**白衣**《びゃくえ》　緇衣《しえ》（染衣）の対。俗人の着る衣。インドでは沙門以外はみな鮮白の衣を用いた。

○袈裟《けさ》　不正色《ふせいじき》・染色《せんじき》と訳す。僧侶の身にまとう法衣で、青・黄・赤・白・黒の五正色以外の色に染めて用いたのでこう名付けられた。材料は衣体または衣財と称し、多くは施物《せもつ》の故衣（古着）などを用い、これを小さく切って後、縫い綴って作る。五条に作ったものを安陀衣《あんだえ》といい、七条を鬱多羅衣《うったらえ》、九・十一・十三・十五・十七・十九・二十一・二十三・二十五条を僧伽梨《そうがり》といい、以上を三衣《さんえ》と称する。
○呪願《しゆがん》　法会や食事のとき、導師の僧が法語を唱え、施主《せしゆ》または亡者《もうじや》のために福利を祈願すること。○比丘《びく》　僧侶《そうりよ》。出家。
○畜生　他のために畜養される生類。苦多く楽少なく、性質無知で貪欲《とんよく》・婬《いん》の情強く、父母兄弟の差別なくあい残害する禽獣《きんじゆう》虫魚など。○懺悔《さんげ》　過去の罪悪を仏または人に告げること。

新竜、本竜《ほんりゆう》を伏《ぶく》せる語《こと》、第七

今は昔、天竺《てんじく》の大雪山《だいせつせん》の頂上に池があった。その池に一匹の竜が住んでいた。そのころ、一人の羅漢《らかん》がいたが、この竜から招かれてその供養《くよう》を受けるため、縄床《じようしよう》に座ったまま空を飛んで、日ごと竜の住みかに出かけた。

ところで、この羅漢の弟子に一人の若い沙弥《しやみ》がいた。わが師がこのように竜の住みかに行くのを見て、師に、「私もいっしょに竜の所に連れていってください」と頼んだ。だが、師は、「お前はまだ仏道に達していない。竜の所に行けばかならずよくないことがあろう。絶対連れて行くわけにはいかない」といって同行を退《しりぞ》けた。するとこの沙弥は、師が竜の所に行くとき、師の座っている縄床《じょうしょう》の下にそっと取り付き、隠れてついて行った。師が竜の所に行きついて弟子の沙弥《しゃみ》を発見し、ひどくけげんに思った。

さて、竜は羅漢に対しさまざまに吟味したご馳走《ちそう》を出して供養をする。弟子の沙弥にはごくありふれた食事を出した。弟子はこれを食べながら、師への供養もみなこれと同じものだと思っていたが、食べ終って師の食器を洗っているとき、その食器に付いた米粒を取って口に入れたところ、その味がものすごくおいしい。自分の食べたものとは比較にならない。とたんに沙弥は怒り心頭に発して、師をむしょうに怨めしく思うと同時に竜がにくらしく、「おれは悪竜となってこの竜の命を絶ち、ここに住んで王となろう」と心に誓ったあと、師に従ってもとの住まいに帰り、心の底から憎悪をかきたてて悪竜になろうと念じながらその夜のうちに死んだが、その願いどおり即座に悪竜となった。

そこでこの竜はさきの竜の住みかに行き、思いのままに竜を征服してそこに住むようになった。師の羅漢《らかん》はこれを見て嘆き悲しみ、この国の大王である迦膩色迦《かにしか》王のみもとに行って一部始終を申しあげた。大王はこれを聞いて驚き、さっそくその池を埋めてしまわれた。すると悪竜は大いに怨み、岩石や土砂を雲のように飛ばす。暴風は樹木を根こそぎにし、雲、霧が地上一面を覆いつくして闇夜のようになった。これを見た大王は怒って、二つの眉《まゆ》から猛烈に炎《ほのお》を出し煙を出す。このため悪竜は恐れ入って、たちまち復讐《ふくしゅう》を思いとどまった。

そこで大王はこの池の跡に寺を建立《こんりゅう》した。だが、悪竜はまだ復讐心を捨て切れず、この寺を焼いた。大王はふたたび寺を建て、また卒都婆《そとば》を建てて、その中に仏の身骨である舎利一升を安置し奉った。そのとき、悪竜は婆羅門《ばらもん》の姿になって大王のみもとに参り、「私は怨みの心を捨てました。以後復讐しようなどとは思いません」といった。そこで、寺で犍椎《けんつい》を打ち鳴らすと、竜はその音を聞いて、「もうけっして悪心は起こしますまい」と誓った。だがやはり、ともすれば雲の気配がそのあたりに出てくることがある、とこう語り伝えているということだ。

〈語釈〉

○**大雪山**《だいせっせん》 ヒマラヤ山。雪山《せっせん》。○**供養**《くよう》 三宝（仏・法・僧）などに物を供えて功徳《くどく》をつむこと。

○**縄床**《じょうしょう》 僧が坐臥《ざが》するに用いる牀《しょう》の一種。上部に縄を張りつめたもの。インドでは坐・臥ともに使用するよう長方形に造ったが、中国・日本では多く椅子《いす》をいう。○**沙弥**《しゃみ》 七衆（比丘・比丘尼・沙弥・沙弥尼・式叉摩那《しきしゃまな》・優婆塞《うばそく》・優婆夷《うばい》）の一。出家して十戒（沙弥戒、すなわち不殺生戒・不偸《ふちゅう》盗《とう》戒・不婬戒・不妄語《ふもうご》戒・不飲酒《ふおんじゅ》戒・不塗飾香鬘《こうまん》戒・不歌舞観聴《かんちょう》戒・不坐高広大床戒・不非時食《ひじしき》戒・不蓄金銀宝戒）をたもつ年少の男子。二十歳以上になり具足戒《ぐそくかい》を受けて比丘《びく》になる。

○**迦膩色迦**《かにしか》**王** 西暦一、二世紀ごろ、丘就却《きゅうじゅうきゃく》・閻膏珍《えんこうちん》第一世の二英王が雄飛した後をうけて月氏《がっし》国の王位を継ぎ、大いに国威を挙げ、ついに犍駄羅《けんだら》王国を建設したのみならず、仏教に帰依《きえ》してその振興に力をつくし、阿育《あいく》王と並び称されている人。その功として最も大なるものは仏典結集《けつじゅう》で、王は脇・世友・法救・妙音・覚天等の五百の聖者を集め、迦湿弥羅《かしみる》国において三蔵《さんぞう》（経・律・論）を結集し、これを注釈して『大毘婆娑論《だいびばしゃ》』二百巻を作った（第四結集）。馬鳴菩薩《めみょうぼさつ》はその師であったという。
○**卒都婆**《そとば》　卒都婆。塔婆ともいう。本来は仏の舎利《しゃり》（遺骨）または経巻を埋蔵し、その上に土石をもって築いた建造物をいう。また、特別の霊地であることの標示としたり、伽藍建築の一荘厳《しょうごん》として設けられた建造物をもいうようになった。現在、俗に塔婆というのは、上部を塔の形にした柱または板に経文を記したもので、死者の追福のため墓所に立てる。
○**犍椎**《けんつい》　「犍稚《かんち》」ともいう。「椎」は「槌」ともかく。インドの寺院で用いた鳴り物。五、六尺の長さの杵《きね》状の木を一尺ぐらいの木の棒で打つ。常会《じょうえ》・旦食《たんじき》・昼食・暮投盤《ぼとうばん》・一切の非時《ひじ》を知らせる合図として打ち鳴らすもので、仏在世時から行なわれていたという。

瞿婆羅竜《くばらりゅう》の語《こと》、第八

今は昔、天竺《てんじく》に一人の牛飼いがいて、国王に乳酪《にゅうらく》を作って献上するのを仕事にしていた。ところが、その乳酪がまったくできない時があって、心ならずも献上を怠った。すると国王は非常にお怒りになり、使者をその牛飼いのもとにやってひどく責めあげた。牛飼いは堪えがたいほどの責めをうけて国王を深く怨《うら》み、金の銭で花を買って卒都婆《そとば》に供え、「自分は罪もないのに責めを受け、堪えがたい苦しみを味わっている。そこで悪竜となり、国を亡ぼし国王を殺してやろうと思う」と誓いを立てて高い岩壁《がんぺき》の上に登り、そこから身を投げて死んだ。

願いどおりに牛飼いは悪竜となった。ところで、誓いを立てた率都婆《そとば》のある寺の西南にあたって深い谷があるが、ひどく嶮岨《けんそ》で言いようもなく恐ろしい。その谷の東の崖《がけ》に壁を塗ったようにそびえ立った岩がある。その岩に大きな洞窟《どうくつ》があるが、穴の口は狭く、中は非常に暗い。つねに湿気を帯び水が滴り落ちていた。この洞窟をかの大竜が住みかとした。そしてわが立てた罪深い誓願を遂げるために、この国を亡ぼし、国王を殺そうと機をうかがっていた。

さて、釈迦如来《しやかにょらい》は神通力《じんずうりき》によってはるかにこの竜の心を察知され、中天竺《ちゅうてんじく》からこの洞窟《どうくつ》においでになった。竜は仏のお姿を見てたちまち悪心が消え、仏から不殺生戒《ふせつしょうかい》を受けて、今後長く仏法を護ろうと誓った。そして仏に向かい、「仏よ、なにとぞ常にこの洞窟においでください。またもろもろの御弟子《みでし》の比丘《びく》に対し、私の供養を受けるようお勧めください」とお願いした。すると仏は竜に、「いや、わしは近々涅槃《ねはん》に入ろうとしている。だが、お前のためにわしの絵像をこの洞窟にとどめておこう。また、五人の羅漢《らかん》をここに来させて、つねにお前の供養を受けさせよう。お前はけっして修行を怠ってはならぬぞ。そして、もしお前に以前の悪心が生じることがあったなら、ここにとどめておいたわしの絵像を見るがいい。そうすればその悪心は自然に消えるであろう。こののちこの世に現われなさる仏もお前を哀れんでくださるだろう」とお約束なさって帰って行かれた。

こういうわけで、その洞窟《どうくつ》の仏の絵像は今もなくならずにそこにある。その竜の名は瞿婆《くば》羅《ら》竜という。この話は唐の玄奘三蔵《げんじょうさんぞう》が天竺《てんじく》に渡った折、この洞窟に入ってその絵像を拝見し、記録して置かれたものである、とこう語り伝えているということだ。

〈語釈〉

○**乳酪**《にゅうらく》　牛乳を凝縮させて作った濃液。
○**釈迦如来**《しゃかにょらい》　釈尊。
○**中天竺**《ちゅうてんじく》　五天竺（天竺を東・南・西・北・中に分ける）の一。
○**不殺生戒**《ふせっしょうかい》　五戒（不殺生・不偸盗《ふちゅうとう》・不邪婬《ふじゃいん》・不妄語《ふもうご》・不飲酒《ふおんじゅ》）の一。○**比丘**《びく》　僧侶・出家。
○**涅槃**《ねはん》**に入ろうとしている**　入滅するであろう。
○**羅漢**《らかん》　阿羅漢。阿羅漢果《あらかんか》（声聞四果《しょうもんしか》の最上位）を得た聖者。
○**瞿婆羅**《くばら》**竜**　瞿婆羅は牧牛の義。また大夜叉《だいやしゃ》の名。
○**玄奘三蔵**《げんじょうさんぞう》　法相宗の僧。中国、洛州緱氏県（河南省河南府偃師県南）の人。姓は陳氏、俗名は禕。十二歳のとき、洛陽浄土寺で出家し、慧景・道基・宝暹・法常・僧弁・道深・道岳・厳法師・震法師などから『涅槃経』『摂論』『発智論』毘曇《びどん》・倶舎《ぐしゃ》・成実《じょうじつ》等を学んだ。ところが、これらの所説が互いに矛盾しているのを知り、西域《せいいき》の諸師にその疑いをただそうがために、貞観《じょうがん》三年（六二九）八月、二十九歳のとき、意を決して単身遊歴の途につき、高昌・亀慈《きじ》を経、葱嶺《そうれい》を越えてインドに入り、諸所に霊蹟を巡拝し、碩学《せきがく》を求めて仏教その他の学芸を研究し、ことに那爛陀寺《ならんだ》の学匠戒賢《かいけん》について「瑜伽《ゆが》」「順正《じゅんしょう》」「因明《いんみょう》」「倶舎《ぐしゃ》」等を究明すること五年、ついに全インドの遊歴を終わり、于闐《うてん》諸国を経て貞観十九年（六四五）正月、長安に還《かえ》った。周遊十七年間に見聞した国はじつに百三十と伝えられ、持ち帰った仏舎利《ぶっしゃり》百五十粒・仏像八・大小乗経律論五百二十筴《きょう》六百五十七部はすべて弘福寺に安置した。のち、弘福寺・慈恩寺・王華宮において翻訳に従事し、『大般若経《だいはんにゃ》』等およそ七十五部千三百三十五巻を訳した。また諸種の学芸に通じ、ことに唯識《ゆいしき》・倶舎《ぐしゃ》・因明を広めるのに力があった。唐麟徳元年（六六四）二月、大慈恩寺で示寂《じじゃく》した。享年六十三歳。旅行記『大唐西域記』十二巻は史家の資料として貴重なものである。「三蔵」は経・律・論の三蔵の内容をよく知っている僧、転じて経・論の翻訳僧をいう。

竜の子、金翅鳥《こんじちょう》の難《なん》を免れたる語《こと》、第九

今は昔、すべての竜王は大海の底を自分たちの住みかとしているが、彼らはかならず金翅《こんじ》鳥《ちょう》による恐怖を受けている。ところで、無熱池《むねっち》という池があるが、その池に住む竜王には金翅鳥の被害はない。さて、大海の底に住んでいる竜が子を生んだ。すると金翅鳥が羽をもって大海をあおぎ干しあげ、その竜王の子を取って食おうとした。

竜王は嘆き悲しんで仏のみもとに参り、仏に向かって、「われわれは金翅鳥《こんじちょう》のために子を取られてどうしようもありません。どうしたらこの災難をのがれることができましょうか」とお尋ねした。仏は竜王に、「そなたは比丘《びく》の着ている袈裟《けさ》の一隅の布切れを切り取って、その子の上に乗せて置くがよい」とお教えになった。竜王は仏のお教えどおり袈裟《けさ》の一片を切り取り、子の上に置いた。その後、金翅鳥がやって来て、羽をもって大海を干しあげ、竜王の子を探し求めたが、どうしても見付からない。そこで金翅鳥はついに竜王の子を取るこ

とができず引きあげていった。この鳥は別名迦楼羅鳥《かるらちょう》ともいう。この鳥の両翼の間は三百三十六万里ある。これから考えてもこの鳥の大きさや威力は想像に余りあるものがあろう。それはそれとして、やはり袈裟は尊び敬い奉るべきものである。その一片を子の上に置いただけでさえ金翅鳥の災難をまぬがれえた。まして袈裟を着けている比丘に対しては仏のように敬わなければならない。たとえ破戒の比丘であっても軽蔑《けいべつ》したりあなどったりしてはいけない、とこう語り伝えているということだ。

〈語釈〉

○**竜王**　竜族の王。海中に住んで雨水をつかさどり、また仏法を守護する。天竜八部（八部衆ともいう。天・竜・夜叉《やしゃ》・阿修羅《あしゅら》・迦楼羅《かるら》・乾闥婆《けんだば》・緊那羅《きんなら》・摩睺羅伽《まごらか》）の一。本話の竜王は八大竜王（難陀《なんだ》・跋難陀《ばつなんだ》・沙伽羅《しゃがら》・和修吉《わしゅきつ》・徳叉迦《とくしゃか》・阿耨達《あのくだつ》・摩那斯《まなし》・優鉢羅《うばつら》）の一である阿耨達（阿那婆達《あなばだつ》多《た》）竜王であり、一切馬形の竜王として、もろもろの竜王中、その徳最も勝るとされる。阿耨達池《あのくだっち》（無熱池）に住み、三患《さんかん》を離れているという（三患とは、閻浮提《えんぶだい》〈地上世界〉に住む諸竜は熱風熱沙に身を焼かれる、悪風起こって衣を奪われる、金翅鳥に捕われ食われる、の三である）。

○**金翅鳥**《こんじちょう》　妙翅鳥《みょうじちょう》・迦楼羅《かるら》ともいう。鳥類の王。仏典に見える想像上の鳥で、竜を捕え食い、口から火炎を吐く。天竜八部の一（前の「竜王」の項参照）。

○**無熱池**《むねつち》　阿耨達池《あのくだっち》・無熱悩池・清涼池《しょうりょうち》ともいう。閻浮提《えんぶだい》の四大河の源であり、大雪山《だいせっせん》（ヒマラヤ山）の北、香酔山《こうすいせん》の南にあるという。ヒマラヤ山中の恒河《ごうが》（ガンジス川）の水源をさしたといい、また西蔵《チベット》のモナサルワン湖をさしたともいう。

○**比丘《びく》**　僧侶《そうりょ》。○**袈裟《けさ》**　法衣。○**迦楼羅鳥《かるらちょう》**　「金翅鳥《こんじちょう》」に同じ。○**破戒**　犯戒ともいう。一たん戒を受けたものが、身《しん》・口《く》・意《い》の三業において慎まず、戒法に違《たが》うことのあるをいう。

金翅鳥《こんじちょう》の子、修羅《しゅら》の難を免れたる語《こと》、第十

今は昔、金翅鳥《こんじちょう》という鳥がいた。この鳥は須弥山《しゅみせん》の側面にある洞穴《ほらあな》に巣を作り、そこに子どもらを生み置いていた。須弥山は高さ十六万由旬《ゆじゅん》もある山である。水面より上が八万由旬、水面より下が八万由旬あるが、その水際《ぎわ》の上四万由旬の所にこの鳥は巣を作るのである。

一方、阿修羅《あしゅら》王という者がいた。体軀《たいく》はまことに雄大である。その住みかは二ヵ所で、一つは海のほとり、一つは大海の底にある。その海のほとりというのは、須弥山《しゅみせん》の谷合いで大海の岸にあたる。ところで、かの金翅鳥が巣を作りそこに生んで置いた子どもを、阿修羅が山を揺り動かして振り落とし、取って食おうとした。

これを見た金翅鳥は嘆き悲しんで仏の御前に参り、「海の側《そば》にいる阿修羅のためにわが子が食われようとしています。皆目《かいもく》どうしていいかわかりません。どのようにしたらこの災難をまぬがれることができましょうか。仏よ、どうぞお教えください」と懇願した。すると仏は金翅鳥におっしゃる。「そなたたちがその災難をのがれようと思うなら、このようにしなさい。世間では人の死後四十九日に当たって法事を営む家があるが、その折、比丘《びく》は供養を

受けて呪願《しゆがん》をし、布施《ふせ》の食事を取る。その食事の飯を手に入れ、山の一隅におくのだ。こうすればその災難はのがれられる」。金翅鳥はこのお言葉を聞いて帰っていった。

そして、仏の教えどおりに布施の食事の飯を探し求め、山の一隅に置いた。その後は、阿《あ》修羅《しゆら》王が来て山を揺り動かそうとしても、びくともしない。力をふりしぼって動かしてみたが、芥子《けし》ほども動かないので、阿修羅王はついにあきらめて帰っていった。山が動かなかったので、鳥の子は巣から落ちることなく、親鳥は無事に育てあげた。

これによって知りうることだが、四十九日の法事の布施はまことに貴重なものである。それゆえ、なんのお勤めもしない人が、四十九日の法事をしている所に行って食事をするなどはあってならないことである、とこう語り伝えているということだ。

〈語釈〉

○**須弥山《しゆみせん》**　仏教世界観で、世界の中央にそびえ立つという高山。

○**由旬《ゆじゆん》**　里程の単位。六町一里で四十里、二十里、十六里の称という。

○**阿修羅王《あしゆら》**　阿修羅（修羅）の長。阿修羅は六道（地獄・餓鬼《がき》・畜生・修羅《しゆら》・人・天）の一の修羅道におちた者をいうが、もとはインドの最古神の一で最勝な精霊の意をもつ善神であった。のちに戦闘を好む恐るべき鬼神とされた。また一方、仏法の守護神ともされる。地下または海底（須弥山《しゆみせん》の側《そば》の海底とするのは正法念処経説）の宮殿（阿修羅宮）に住むという。『正法念処経』によれば四大阿修羅王（羅睺《らご》・勇健《ゆうけん》・華鬘《けまん》・毗摩質多羅《びましつたら》）があるとする。

釈種《しゃくしゅ》、竜王《りゅうおう》の聟《むこ》と成れる語《こと》、第十一

今は昔、天竺《てんじく》においては、四姓《ししょう》のうちの刹帝利《くしやとりや》に属する者が国王となる。これ以外には国王になる家柄はない。その中で釈種《しゃくしゅ》といわれるものは釈迦如来のご一族をいうのである。中でも殺生をした人は釈種に生まれることはない。というのはこれが仏のご一族だからである。

さて、舎衛国《しゃえこく》に流離王《るり》という王がいて、迦毘羅衛《かびらえ》国の五百人の釈種を殺そうとしたとき、この釈種の者たちはみな武術に達したものばかりであったが、この一族の習いとして、自分はたとえ死んでも人を殺すということがないので、だれもあえて戦いをいどむことなく殺されてしまった。だが、その釈種の中の四人の者が流離《るり》王と戦った。そのためこの四人を釈種の籍から除き国外に追放した。その一人の釈種はあちこち流浪《るろう》しているうちに歩き疲れ、とある道ばたで休んでいると、一羽の大きな雁《かり》が釈種の前に来て、少しも恐れずに馴《な》れ遊ぶ。釈種が近づいても逃げようともしないので、その雁の背に乗った。すると、この雁は遠く飛び去った。はるか飛び続けて、どこともしらぬ所に舞いおりた。見れば池のほとりである。そこで釈種は茂った木陰に寄り、ほんのいっとき横になっているうち寝込んでしまった。このとき、この池に住む竜の娘が出てきて水辺で遊んでいたが、この釈種が寝ているのを見て、たちまち自分の夫にしようと思う気持が生じ、心中に「これは人なのだろう。私はこのようにむさくるしい土の中に住む身である。この姿ではきっと気味悪く思うであろうし、また卑しみ軽蔑《けいべつ》されるであろう」と思い、人の姿になってさりげなくあたりを歩いていると、この釈種が見てそばに近寄りいろいろ話しかけたが、そのうちすっかりうちとけた。

〈語釈〉

○**四姓**《ししよう》　婆羅門《ばらもん》・刹帝利《くしやとりや》（刹利《せつり》）・毘舎《ばいしや》・首陀羅《しゆどら》の四階級。○**釈種**《しやくしゆ》　釈迦種族。釈迦を名乗る一族。
○**釈迦如来**　釈尊。釈迦牟尼《しやかむに》。○**殺生**　五悪（殺生・偸盗《ちゆうとう》・邪淫《じやいん》・妄語《もうご》・飲酒《おんじゆ》）の一。
○**舎衛国**《しやえこく》　中インドにあった国。釈尊説法の地で、波斯匿《はしのく》王、子の瑠璃王が統治していた。
○**流離**《るり》**王**　普通は「瑠璃王」と書く。毘瑠璃《びるり》王・毘盧択迦《びるちやか》王などともいう。前六世紀、舎衛国《しやえこく》波斯匿《はしのく》王の子として生まれ、釈尊成道後四十二年（前四九〇）父王を殺して王位を奪い、のち摩伽陀《まかだ》国と兵を交えてこれを亡ぼし、また迦毘羅衛《かびらえ》国の釈迦種族を滅亡させた。
○**迦毘羅衛**《かびらえ》**国**　北インド、ヒマラヤ山麓《さんろく》にあった。今のネパール・タライ地方で、釈迦族が住んでいた。釈尊の生国。

その後、釈種はやはり怪しい気がしたので、「私はこのように旅歩きをしているいやしい者です。そのうえ、ここ数日なにも食べず、痩《や》せ衰えてむさくるしい姿をしています。衣服もよごれ汗だらけで、見られたざまではありません。それをどうしてこのように親しくうちとけてくださるのですか。かえすがえすそら恐しい気がいたします」といった。すると竜の娘は、「父母のすすめでこのようなことをいたしました。ほんとうに有難い契りがあってのことですから、私の願いはお聞き届けくださいましょうか」という。「もちろんですとも。どんなことでも。このような深い契りがございますからは、私も離れがたく有難く存じております」。釈種がこのように答えると、竜の娘は、「あなたは高貴な釈種でいらっしゃいます。私は下賤《げせん》の者にすぎません」という。釈種は、「あなたが下賤というのはどういうことでしょう。私こそこのように流浪《るろう》している身ですから賤《いや》しい者というべきです。それにしても、ここは山深く大きな池のほとりで、人が住む所とは見えません。あなたのお住まいはどこにあるのですか」と尋ねた。竜の娘は「お答えしたなら、きっと私がお嫌《きら》いになるでしょうが、これほどの仲になりましたからは、お隠し申してもしかたございません。じつは、私はこの池に住む竜王の娘なのです。たいそう高貴な釈種の方が何人も追放され流浪《るろう》なさっていらっしゃると聞いておりましたが、幸いなことにこの池のほとりでお遊びになっておられましたので、このようにやって参り、つれづれをおなぐさめし、お親しくしていただいたのです。私は前世《ぜんぜ》に罪を造ったがために、このような魚類の身と生まれました。人と動物とはもともとかけ離れた世界のものです。ですから、なにかにつけおそれ多くてしかたありません。私の家はこの池の中にございます」という。釈種はこれを聞き、「これほどまで親しくなったからは、もはやこのままでいるつもりです」というと、竜の娘は、「ほんとうにうれしく存じます」と喜んで、「今日からはどのようなことでもあなたさまの仰せに従います」という。そのとき、釈種は心の中で、「私は前世の功徳《くどく》の力で釈種の家に生まれた。なにとぞこの竜女を人にしてください」と祈念した。するとその願いにより、竜の身がたちまち人に変じた。それを見た釈種はこのうえなく喜んだ。

〈語釈〉

○前世《ぜんぜ》　前生。先世《せんぜ》。生まれる前の世。

この女は釈種《しやくしゆ》に向かい、「私は前世の罪によりこのような悪道（畜生界）に生まれましたので、永遠に苦しみから免れることができないはずなのですが、今、あなたさまの持つすぐれた功徳《くどく》のお力により一刹那《せつな》にその身を変え人間になりました。そこで、この身をもってあなたさまのお力に報いようと思いますが、このような下賤《げせん》の身で、どのようにしてお報い申したらよいのでしょう」という。釈種は、「なんの報恩などお考えになることがありましょう。これもみな前世の因縁のなせることです。だからもうそのままにしていようではありませんか」といったが、女は、「このままにしておくべきではありません。父母の所にいってこのことを話しましょう」といい、出かけていって、父母に、「今日私が外で遊んでおりましたところ、釈種《しやくしゆ》の方にお会いしました。そして、その方のお力ですっかり身を変え、人間となりました。ほんのいっとき親しくお近づきしただけで、その方の功徳が深く身に染み込みました。このようなわけで、互いに睦《むつ》み合うようになりました」という。父の竜王はこれを聞いて、娘が人間になったのを喜び尊ぶとともに、心から釈種を敬った。

〈語釈〉

○この女　前節の末尾で「竜の娘」が人に変じたので、ここから「女」とする。

○**悪道**　三悪道。地獄・餓鬼《がき》・畜生《ちくしょう》。
○**刹那《せつな》**　きわめて短い時間をいう。一念。百二十刹那は一怛《たん》刹那で、六十怛刹那は一臘縛《ろうばく》、三十臘縛は一牟呼栗多《むこりった》、三十牟呼栗多は一昼夜であるから、刹那は二十四時間を120×60×30×30をもって除した七十五分の一秒時に当たる。

こうして、竜王は池から出、人の姿になって釈種《しゃくしゅ》に向かい膝《ひざ》をつき、「釈種の方が下賤の者も選び捨てず、私ごとき怪しい姿の者にお会いくださってまことに有難く存じます。なにとぞこの住みかにお入りくださいますよう」という。そこで言われるままに竜宮に入った。見れば、七宝で飾られた宮殿がある。金の垂木《たるき》・銀の壁・瑠璃《るり》の瓦《かわら》・摩尼《まに》珠《しゅ》の瓔珞《ようらく》・栴檀《せんだん》の柱、それらが光を放って、浄土さながらであった。その中に七宝の帳台が立ててあり、それに無数の装飾が施されている。いったいどれほどの飾りがあるのか考えもつかず、目もくらむばかりである。この他、幾重にも重なり合ったすばらしい宮殿が数多くあった。

その宮殿の中から玉の冠をつけ、百千の瓔珞《ようらく》を垂らした、言いようもなく美しく気高《けだか》い人が出て来た。回りの者がその人を迎えて七宝の台上に登らせ座らせる。あたりには種々の樹木が立ち並び、どれにも宝の瓔珞《ようらく》が掛けられている。また、大きな池があって、美しく飾った舟がいくつも浮かんでいた。やがて百千人もの音楽がいっせいに奏せられた。多くの大臣・公卿《くぎょう》のほか百千万の人々が身分身分に応じて席に連なっている。そこにはあらゆる楽しみが具《そな》わっていて心に叶わぬものはなにひとつなかった。だが、この釈種《しゃくしゅ》は、「いかにすばらしくあろうとも、これらはみな、実際には蛇がとぐろを巻きうごめき合っているのだろう」と思うと、心中気味悪く恐ろしく、「なんとかしてここから出て、人里に行こう」と思った。

竜王はその顔色を見て、「このまま一国の王としてこの世界におとどまりください」といったが、釈種は、「それは私の願うところではありません。ただ、故郷の国の王となりたいと思っております」といった。すると竜王は、「それは至って簡単なことです。だが、この世界といえば、無数の宝を思いのままに七宝の宮殿に蓄《たくわ》えることができ、あなたさまの故郷の国より広くはてのない国で、長命を保ちうるところですから、ここにおいでになる方がずっといいでしょう。しかし、なんとしても故国に住みたいとのご希望をお持ちのようですが、それももっともなことと存じます」といい、「もし故国にお帰りになったなら、これをお見せなさい」といって、七宝で飾った玉の箱の中に、すばらしい錦《にしき》で包んだ剣《つるぎ》を入れて与えた。

そして、「故国天竺《てんじく》の国王は、遠い所から持って来た物はかならず相手の手から自分の手にじかにお取りになります。だからそのときに引き寄せて突き殺しなさい」と教えた。そこで釈種は竜王のいうままに故国に帰り、国王のおそばに行ってこの箱をさしあげると、国王は竜王のいったとおり、箱を自分の手でじかにお取りになったので、その袖《そで》をとらえて突き殺した。大臣・公卿《くぎょう》をはじめその場にいる者すべてが驚き騒ぎ、この釈種を捕えて殺そうとすると、釈種は、「この剣《つるぎ》は神が私にくださって、『これで国王を殺して位に即《つ》け』とおっしやったので殺したのだ」といい、剣を引き抜いて立っていた。大臣・公卿《くぎよう》は、「そういうことならしかたあるまい」といって位に即《つ》けた。その後、りっぱな政治を行なったので国じゅうの人々はみな敬《うやま》いかしこまって、万事その仰せに従うようになった。

さて、釈種は大臣・公卿のほか百官を率いて竜宮に行き、さきの女を后に迎えて国に帰った。国王となった釈種は后とこのうえなく仲むつまじく暮らしていたが、この后はもとの竜の性が残っていて、いいようもなく美しくりっぱな容姿をしているのに、寝込んでいるときと、二人で寝て男女の交わりをするときには、后の御頭から蛇が九匹首をさし出し、口から舌をひらひらさせ、舌なめずりをするので、それを国王は少し不快に思い、后が寝込んで、いつものように蛇が舌をひらひらさせたとき、その蛇の首をみな切り捨てた。とたんに后は目をさまし、「あなたご自身にとってとりわけ悪いことはありませんが、あなたの子どもたちは何世にもわたって頭の病にかかられ、また国の人もこのような病に悩まされることでしょう」とおっしゃった。こういうわけで、后のいったとおり、国じゅうのあらゆる人は頭を病むことの絶える時がなかった、とこう語り伝えているということだ。

〈語釈〉

○**竜宮** 竜王の住みか。『長阿含経《ちようあごんきよう》』によれば、大海水の底に娑竭羅《しやから》竜王の宮殿、須弥山《しゆみせん》と佉陀羅山《きやだらせん》との間に難陀《なんだ》・跋難陀《ばつなんだ》二竜王の宮殿があり、前者は縦横八万由旬《ゆじゆん》、後者は縦横六千由旬で、ともに七宝をもって厳飾《ごんじき》し、衆鳥和鳴するという。また、阿耨達《あのくだつ》池（無熱池《むねつち》）にも竜王の宮殿があるとされる。この他、諸経に竜宮のことがさまざまに記されているが、竜宮はもっぱら勝妙の経典を蔵し守護する所であるとともに、竜王は宝珠を愛し、珠玉を多く蔵しているとされる。ここの竜宮の描写は経典中のそれらにわが国の宮廷の状を合わせ、想像的に創作したものと思われる。

○**摩尼珠**《まにしゅ》　如意珠、如意宝珠ともいう。意《い》のごとく（思いのままに）種々の欲求するものを出すので如意という。またこの珠は竜王の脳中より出で、人がこの玉を得ると、毒も害しえず、火に入れても焼けないほどの功徳がある。如意輪観音はこの宝珠を両手に持ち、また娑竭羅《しゃから》竜王の宮殿にもあるという。密教ではこれを一宗の極秘とし、大悲福徳円満の標示とする。摩尼《まに》。

○**瓔珞**《ようらく》　珠玉・貴金属で作られた装飾具。装身具にも、仏殿・仏像の装飾にも用いられる。

○**栴檀**《せんだん》　白檀《びゃくだん》の異称。香り高く、皮は香料にし、材は器具に作る。

須達《しゅだつ》長者の家の鸚鵡《おうむ》の語《こと》、第十二

今は昔、天竺《てんじく》に須達《しゅだつ》長者という長者がいた。仏法を信じ敬い、多くの比丘《びく》の檀徒《だんと》として常に比丘を供養《くよう》していた。その家には二羽の鸚鵡《おうむ》という鳥がいた。一羽の名を律提《りつだい》といい、あと一羽を賖律提《しゃりつだい》といった。この鳥は畜生《ちくしょう》とはいえ知恵があって、家に比丘《びく》が来るときはこの鳥がまず出ていって、比丘を見て家の中に入り、長者に告げてから迎えたり送ったりする。長年の間、このようにしていた。

あるとき、阿難《あなん》が長者の家に来て、この二羽の鳥の聡明なのを見、鳥のために四諦《したい》の法を説いて聞かせた。家の門前に樹があったが、二羽の鳥は法を聞くためにその樹の上に飛び上り、法を聞いて歓喜《かんぎ》し、深い信仰の念を抱《いだ》いた。その夜、樹上で宿っていると、狸《たぬき》が来て二羽とも食い殺されてしまった。だが、二羽の鳥は法を聞いて歓喜したがために、死後四王天《しおうてん》に生まれることであろう。そして、その天での寿命が尽きると、次々により上の天に生まれ、ついに天界最上の他化自在天《たけじざいてん》に生まれることであろう。こうして天界を上り下り七返繰り返し、その一つ一つの天の寿命が尽きてから人間界に生まれ、出家して比丘となり、仏道を修行して辟支仏《びゃくしぶつ》(縁覚《えんがく》)となることであろう。その一は曇摩《どんま》、その二は修曇摩《しゅどんま》という名である。

この話から思うに、法を聞いて歓喜することの功徳《くどく》は計り知れぬものがある、とこう語り伝えているということだ。

〈語釈〉

○**須達長者**《しゅだつ》　須達は須達多とも書く。舎衛城《しゃえ》の富豪で、主蔵役であった。貧人を恵んだので給孤独《ぎっこどく》と称せられ、釈尊に祇園精舎《ぎおんしょうじゃ》(祇樹給孤独園《ぎじゅきっこどくおん》)を寄進した。○**比丘**《びく》　僧。

○**畜生**《ちくしょう》　他のために畜養される生類の意。苦多く楽少なく、性質無知で、ただ貪欲《とんよく》・淫欲《いんよく》のみ強く、父子兄弟の差別なく、あい残害する禽獣《きんじゅう》虫魚など。

○**阿難**《あなん》　阿難陀。仏十大弟子の一。多聞《たもん》第一の人。

○**四諦の法**《したい》　四聖諦ともいう。諦は真理の意で、苦《く》・集《じゅう》・滅《めつ》・道《どう》の四諦。仏教の綱格を示すもの。

○**四王天**《しおうてん》　天上界の六欲天の第一天。持国《じこく》・増長《ぞうじょう》・広目《こうもく》・多聞《たもん》(毘沙門《びしゃもん》)の四天王の住処。

○**他化自在天**《たけじざいてん》　六欲天の第六天。ここに生まれるものは、他人の変現する楽事をかりて、自由に自己の快楽《けらく》とする。
○辟支仏《びやくしぶつ》　縁覚《えんがく》。四聖（声聞《しょうもん》・縁覚・菩薩《ぼさつ》・仏）の一。二乗（声聞・縁覚）の一。三乗（声聞・縁覚・菩薩）の一。仏の教えによらず、飛花落葉を観じて独悟し、自由境に到達した意で、独覚ともいう。また、十二因縁の理を観察して独悟する意で縁覚・因縁覚ともいう。
○曇摩《どんま》　達摩《だるま》とも意訳する。法の意がある。

仏、耶《や》輪《しゅ》多《だ》羅《ら》の宿業《しゅくごう》を説きたまえる語《こと》、第十三

今は昔、仏が悉達《しつだ》太子と申されていたとき、三人の妻がおられたが、その一人に耶《や》輪《しゅ》多《だ》羅《ら》と申す方がいた。太子はその方をたいそうたいせつに取り扱われたが、当人はさほど感謝の心を持たなかった。太子がいかに多くの珍宝をお与えになっても少しも喜ばない。

太子が仏に成られてのち、「この耶《や》輪《しゅ》多《だ》羅《ら》の前世の因縁を説かれた。「この耶輪多羅の前世をあかせば、天竺《てんじく》に迦《か》羅《ら》国という国があって、そこの国王に后があり、名を波《は》羅《ら》那《な》婆《ば》といった。その王はたいそう暴悪で、心の底から邪見にとらわれた人であった。この王に一人の太子があったが、ちょっとした過ちを犯したので、国王は太子を国外に追放した。

そこで太子は妻を連れて国を出て行き、とある社のかたわらを仮り寝の宿と定めた。だが、食べ物がないので、みずから弓矢を手にさまざまな獣《けもの》を殺し、それを食物として日を過しているうち、世の中一帯に食い物がまったくなくなるという飢饉《ききん》・渇水の時期に遭遇し

た。狩猟も漁猟もできず、餓死《がし》に瀕《ひん》して嘆き悲しんでいると、どこからともなく大きな亀《かめ》が現われて目の前を這っている。それを殺して甲羅《こうら》を剝《は》ぎ、鍋《なべ》に入れて煮ようと思い、太子が妻に、『お前は行って水を汲んで来い。これをよく煮て食べよう』という。妻は夫のいうままに水を汲んで来ようと、桶《おけ》を頭に載せて遠くに出て行った。その間、太子は堪えがたい空腹にかられて、まだ煮えていない亀の肉を一切れまた一切れと取って食っているうち、肉はみななくなってしまった。

〈語釈〉

○**悉達《しつだ》太子**　釈尊《しゃくそん》の幼名。悉駄・悉達多などとも書く。

○**三人の妻**　「耶輸」は種陀《しゅだ》長者の娘で、耶輸陀羅とは別人であり、「瞿夷《くい》」は水光長者の娘あるいは善覚王の娘とされていて、この方が耶輸陀羅と同一人とも考えられている。

○**耶輸多羅《やしゅだら》**　耶輸陀羅とも書く。釈尊出家以前、悉達《しつだ》太子と称していた時の妃。拘利《くり》城主善覚王（妹の摩訶摩耶《まかまや》が釈尊の父浄飯王《じょうぼん》の妃となり釈尊を生む）の娘であるから、釈尊には従妹《いとこ》にあたる。巻一第三話では釈迦一族の婆羅門《ばらもん》摩訶那摩《まかなま》の娘とする。悉達太子十九歳のとき、迎えられて太子の妃となり、一子羅睺羅《らごら》を生む。釈尊成道《じょうどう》後五年、仏の叔母摩訶波闍波提《まかはじゃはだい》とともに出家を許され比丘《びく》尼《に》となった。『法華経』巻五（勧持品《かんじほん》）には来世成仏を授記され、具足千万光（相）如来と称せられるであろうと述べられている。巻一第二十話は耶輸陀羅の出家談であるが、欠話になっている。

○**迦羅《から》国**　『法苑珠林』は「迦戸羅《かしら》国内波羅奈《はらな》城」とする。波羅奈国は中インド摩竭陀国《まかだこく》の西北にあった国で、別名を迦戸《かし》という。ガンジス川の北岸、パラナ川の合流点にあり、今のベナレス市の地にあたる。この国の鹿野苑《ろくやおん》において釈尊が五比丘に説法した。
○**邪見**　因果の道理を否定して善の価値を認めず、悪の恐るべきを顧みないまちがった考え方。十悪の一。五見の一。

太子は、『妻を水汲みにやったが、それが帰って来て亀のことをきいたらなんと答えよう』と嘆いていると、妻が水を頭に戴せ、ぐったり疲れた様子で帰って来た。鍋《なべ》の中を見ると、亀の肉がない。『亀はどこに行ってしまったのですか』ときいたが、夫はどう答えていいかわからず、『眠り込んでいるうち、亀が生煮《なまに》えだったし、もともと亀は命の長い動物だから、海に走り込んでしまった』と答えた。それをきいた妻は、『そんなことってありますか。あなた、それはうそでしょう。甲羅《こうら》を剝《は》ぎ、鍋《なべ》に切り入れてよく煮た亀が、どうして逃げて海に入るものですか。正直に、飢えに堪えかねて食べてしまったといえばいいのに。飢えてぐったりしている私をだましてはるか遠い所に追いやり、あなたひとりで食べたのです。たとえ私がいても、あなたの食べるのをとめることはできませんね』といってこのうえなく恨んだ。

そのうち、父王が重い病気にかかり、にわかに死んでしまったので、この太子を迎えて国王にした。のち、その妻も后にした。その後《のち》、王は国を治め、財宝をすっかり后に与えた。だが后は少しも喜ばない。王は后に向かい、『このようになにかにつけてそなたの思いのままにさせているのに、どうしてうれしそうにしないのか』ときく。后は、『いま、なにごとも思いのままになるのを、私はうれしいとは思いません。昔、私が餓死していたら、財宝を手にしたり、すべてを思いどおりにすることなどなかったでしょう。いまあなたがこうしてくださるのは、ただ、あなたが国を支配し財宝をたくさんお持ちだから、遊び半分にしていることに過ぎません。空腹で堪えがたい思いをしていたときは、亀の肉もあなたはひとりで食べてしまった。私に一切れでも残しておいてくれましたか』といって、喜ぼうともしなかった。

さて、亀の肉をひとり占めして食べたそのときの太子は今のわし自身である。水を汲みに行った妻は今の耶輸多羅《やしゆだら》である。この因縁によって、二人は生々世々《しようじようせぜ》に夫婦となっても、このようにしっくりいかないのである。つまらぬ亀の肉のために、嘘《うそ》をついたり、怒りの心を起こさせたりしたのである」と仏は説き明かされた、とこう語り伝えているということだ。

〈語釈〉

○生々世々《しようじようせぜ》に　現世も後世も。未来永劫《えいごう》。

波斯匿王《はしのくおう》の娘金剛醜女《こんごうしゆによ》の語《こと》、第十四

今は昔、天竺《てんじく》の舎衛《しやえ》国に王がいた。波斯匿王という。后《きさき》を末利夫人《まりぶにん》という。その后は容姿ことのほか勝れ、十六大国に並ぶ者とてなかった。一人の女の子を生んだが、その子の様子といえば、膚《はだ》は毒蛇のようで、その臭いことといったら人が近寄れないほどである。太い髪は左に巻いて鬼のようであり、姿かたちすべて人とも思われない。このため、この女の子の様子は大王と后と乳母《うば》の三人だけが知っていて、そのほかの人には絶対に知らせなかった。大王は后に、「そなたの子はまさに金剛醜女《こんごうしゅうにょ》だ。なんとも恐ろしい。早く別の場所に住まわせるがいい」とおっしゃって、宮殿の北方二里離れた所に一丈四方の部屋を造り、乳母と女房《にょうぼう》一人をつけてその部屋の中にとじ込め、出入りを堅く禁じた。

この金剛醜女が十二、三歳になったころ、母の末利夫人《まりぶにん》がすばらしい美人であることから、その娘の容姿を推察した十六大国の王が、めいめい后に欲しいと申し込んできた。しかし、父の大王は承知せず、一人の男をにわかに大臣にしてそれを聟《むこ》と称し、金剛醜女《こんごうしゅうにょ》の傍《そば》につけておいた。この大臣は思いもよらずこのような恐ろしい目にあって、夜も昼もなくひたすら嘆き悲しんだ。だが、大王の仰せはそむきがたく、その部屋の中にいた。

こうしているうち、大王が一生の大願として盛大な法会《ほうえ》を営まれた。金剛醜女は長女であるとはいえ、容姿が醜いためにこの法会には列席しない。諸大臣は金剛醜女の様子を知らないものだから、法会に列席しないのを怪しみ疑い、一策を考え出した。そして、この聟の大臣に酒を飲ませ、酔いつぶれた隙《すき》に大臣の腰に差した鍵《かぎ》をそっと盗み取って下級役人に渡し、彼《か》の部屋にやって、様子を見てくるよう命じた。金剛醜女はその使いの者がその部屋に到着する前、部屋の内にひとり座って嘆き悲しみながら、「釈迦牟尼仏《しゃかむにぶつ》よ、なにとぞ私の容姿をたちどころに美しく変えて、父の法会《ほうえ》に列席させてください」と祈念した。と同時に仏が庭の中に現われなさった。金剛醜女は仏のお姿を見奉るや歓喜した。そのため、たちまちにわが身の上に仏のお姿を移すことができた。そこで、夫の大臣にこのことを早く告げ知らせようと思っているとき、かの下級役人がそっと近づいて来て、物陰からのぞき見すると、部屋の中に一人の女がいたが、その容姿の美しさといったら仏のようである。使いの役人は帰って来て諸大臣に、「私の想像も及ばぬほどの美しい方でした。いまだかつてこのようなすばらしい女性の姿は見たことがありません」と報告した。

〈語釈〉

○**舎衛国**《しやえこく》　中インドにあった国。釈尊説法の地で、波斯匿王《はしのくおう》が統治していた。

○**波斯匿王**《はしのくおう》　舎衛国王で仏法の外護者。

○**末利夫人**《まりぶにん》　波斯匿王の后であるが諸説がある。后は悪生太子および阿踰闍《あゆじや》王の后となった勝鬘夫人《しようまんぶにん》を生んだといい、また迦毘羅衛国《かびらえこく》のある村の知事の子に生まれたが聡明で美しかったので迦毘羅城主摩訶男《まかなん》（摩訶那摩《まかなま》）の養女となり勝鬘といった人のことともいう。この勝鬘（末利夫人）が波斯匿王の后となって毗盧択迦《びるちやか》（瑠璃《るり》王）を生んだとする。巻二第二十八話では、末利夫人は摩訶男の家の奴婢《ぬひ》某の娘で、后となって瑠璃王を生み、その瑠璃王が釈迦一族を殺したとしている。

○**十六大国**　天竺《てんじく》を東・西・南・北・中の五に分かち（五天竺）、その中にあった十六国。

○**金剛醜女**《こんごうしゆうによ》　『法苑珠林』では「字曰二フ金剛一ト」、『賢愚経』では「波闍羅《はじやら》、晋云二フ金剛一ト」、『経律異相《きようりついそう》』では「波闍羅、梁《りやう》云二フ金剛一ト」とある。金剛には堅固の意がある。

○**長女**　波斯匿《はしのく》王の子には、これまでに祇陀《ぎだ》太子（巻一第三十一話）、善光女《ぜんこうによ》（巻二第二十四話）、流離《るり》太子（巻二第二十八話）が見えている。

聟《むこ》の大臣は酔いがさめて部屋に行って見ると、見も知らぬ美しい女がいる。近寄りもできず、怪しく思って、「私の部屋に来ておられるあなたはいったいどなたですか」と聞く。女は、「私はあなたの妻、金剛女《こんごうにょ》です」と答えた。「そんなことは絶対あるまい」と夫はいったが、女は、「私はすぐに出かけて行って、父の法会《ほうえ》に列席しましょう。私は釈迦《しゃか》のお助けにより、この身このまま姿を変えることができたのです」という。夫の大臣はこれを聞くや走って行って大王にこのことを申しあげた。

大王と后は宮殿にいてこれを聞き、驚いてすぐさま御輿《みこし》に乗り、かの部屋に行幸されてご覧になると、まことに世にもまれな美しさで、例えようもない。即座にこの娘を迎え取り、宮殿に連れて来た。そして、願いのとおり法会に列席したが、そのあと、大王は娘を連れて仏のみもとに参り、事の子細をお尋ねした。

仏は、「よく聞くがよい。この女は、昔、そなたの家の炊事婦であった。そなたの家に一人の聖人が来て布施《ふせ》を求めたが、そなたはりっぱな願いの心があって、一俵の米を取り置き、家じゅうの上下の者たちにこの米を握り取らせて、その僧に供養させた。だが、その中で、この炊事婦の女は供養しながら、僧の容貌《ようぼう》の醜いのを見てののしった。僧はただちに王の前に来て神変《じんぺん》を現わし、虚空《こくう》に昇って涅槃《ねはん》に入った。女はこれを見て、泣いてののしった罪を悔い悲しんだ。この女は、僧を供養したがためにいま大王の娘として生まれたが、僧をののしった罪により鬼の姿になったのだ。だがまた、懺悔《さんげ》をしたがゆえに、今日、わしの教《きょう》化《け》を蒙《こうむ》って鬼の姿を変え、美しい姿となって長く仏道に入ることになった。こういう次第であるから、僧をののしってはならない。また、たとえ罪を造ったにしても、真心をもって懺《さん》悔《げ》すべきである。懺悔は一番の善根なのだ」と説き示された、とこう語り伝えているということだ。

〈語釈〉
○**神変**《じんぺん》　神力で不思議な働きを変現すること。○**涅槃**《ねはん》　煩悩《ぼんのう》を滅却して絶対自由となった境地。悟り。また、仏陀・聖者の死。入滅。「涅槃に入る」は普通、後者の意。
○**懺悔**《さんげ》　懺は梵語懺摩《さんま》の略。懺摩は自ら犯した罪のゆるしを乞う意で、悔はその漢訳語。よって懺悔は梵・漢の語を並べたもの。仏教道徳の実践上、重要なことの一つであり、過去の罪悪を仏に告げ、ゆるしを乞うこと。五悔《ごげ》（懺悔・歓請《かんじょう》・随喜《ずいき》・回向《えこう》・発願《ほつがん》）の一。
○**教化**《きょうけ》　教導転化の意。人を教えて凡夫を聖に化せしめ、疑う者を信に入らしめ、誤りのある者を正しい道に帰せしめること。○**善根**　善い果報を招くべき善因。

摩竭《まか》提《だ》国王燼杭《じんこう》太子の語《こと》、第十五

今は昔、天竺《てんじく》の摩《ま》竭《か》提《だ》国《こく》に王がいた。五百人の太子があったが、各自成長ののち、めいめい存分の威力を発揮して思うがままにふるまっていた。その中の長男を燼杭《じんこう》太子といった。

身体の色の黒いこと墨《すみ》のごとく、髪《かみ》の赤いことは火が燃えているようであり、容貌《ようぼう》の醜いことは鬼神そのままである。王と后はこれを嫌《きら》い、一丈四方の部屋を造って、人に会わせぬよう隠し入れておいた。

そのうち、他国の軍勢がこの国を討ち亡ぼそうとして大挙攻め寄せた。そこで王は数千万の軍勢を集め合戦を企てたが、この国の軍勢は相手より数も劣り武力も劣っていて、まさに討ち破られそうになった。宮中は大騒ぎとなり、悲嘆にくれながら逃げ去ろうとしていた。

このとき、燼杭《じんこう》太子は部屋の中にいながら王宮がひどい騒ぎになっているのを聞き、乳母《めのと》を呼んで、「いつもと違い王宮内が大騒ぎしているのは、いったい何事が起ったのだ」と尋ねた。乳母は、「あなたさまはご存じないのですか。他国の軍勢が攻め寄せて、この国を討ち取ろうとしています。そのため、大王もお后も王子たちも、みな他国へ逃げ去ろうとなさっているのです。あなたさまもいずこへか流浪《るろう》されることになるでしょう」という。燼杭太子はそれを聞き、「他国の来攻などなんでもないことだ。それをどうして早くおれに知らせなかったのだ。さっそくおれが出かけていって、その軍勢を追い返してやろう」といって立ち上った。乳母はこのことを大王に申しあげた。だが、王は全然信用なさらない。

〈語釈〉

○**摩竭提国**《まかだこく》　今のビハール州南部に当たる。前六、七世紀ごろから栄え、頻婆娑羅《びんばしゃら》王および子の阿《あ》闍世《じゃせ》王（第二十七話）がこの地を占め、仏教・ジャイナ教の中心をなし、のち、阿育《あいく》王がこの国を中心とする全インド統一王国を建設した。『賢愚経』には「仏告グ二洴沙王ニ一（頻婆娑羅王）。乃往《ないわう》過去無数《むしゅ》無量阿僧祇《あそうぎ》劫《こふ》。此閻浮提《このえんぶだい》ニ有リ二一国王一。名ヅク二摩訶賒仇利《まかしやくり》一ト」とある。

○**五百人の太子**　『賢愚経』によれば、国王に王子がなく、憂えているのを知った帝釈天《たいしゃくてん》が、医師に化して薬を五百人の后に与えて王子を生ませた、とある。

○**燼杭《じんこう》太子**　「燼杭」は「燃え杭《ぐい》」の意で、以下に記す太子の容貌の醜いことから名付けられたもの。『賢愚経』には「面貌極テ醜ク形如ク二株杭《しゅこう》一ノ。父母見レ之ヲ不二歓喜一セ。因テ共ニ号《なづ》ケテ之ヲ為ス二多羅睺施《たらごせ》一ト」とあり、「燼杭」は「多羅睺施」の訳語。

○**鬼神**　恐ろしい自在力を持つ者。これに、悪行を恣《ほしいまま》にし、人・畜を悩ます悪鬼神（夜叉《やしゃ》・羅刹《せつ》・風神・雷神等）と善行為をなし、国土を守護する善鬼神（梵天《ぼんてん》・帝釈《たいしゃく》・竜王等）とがある。ここは前者。

　このとき、燼杭《じんこう》太子は父の大王の前に進み出て、「私がこの軍勢を追い返そうと思います」というや、人を呼んで、「わが祖父《そふ》転輪聖王《てんりんじょうおう》の御弓がこの宮殿の天井にある。それを捜《さが》し取って来い」と命じると、やがてその弓を捜《さが》して来た。燼杭《じんこう》太子は喜んで弓を手にとり、弦打《つるう》ちをすると、その音がまさに四十里（約百六十キロメートル）四方に聞こえた。雷が響くようである。太子はこの弓に矢を一筋取りそえ、また法螺《ほら》ひとつを腰に付けて、ただひとり王宮を出ていった。父の大王と母の后はともに泣く泣く引き止めて、「戦場に入る者が生きて帰るのは万に一つのことだ。そなたは容貌《ようぼう》が醜いとはいえわが子である。出て行くのはすぐやめにせよ」といったが、太子はとどまることなく、ただちに戦場の最前線に出て行き、まず法螺《ほら》を一、二度吹いた。とたんに無数の敵兵は恐れおののいて地に倒れた。つぎに弓の弦打《つるう》ちをすると、ことごとく逃げ去った。

そのとき、太子は大声で、「弓の弦打ちをしてさえ、まさにこんなものだ。もし矢を一筋《すじ》でも放とうものなら、千万の軍勢とてもどうなるかわからんぞ」と呼び掛けるなり王宮に帰っていった。大王は太子を見て、「わしは五百の太子を育てたが、この敵軍来攻にはまったく無力であった。そなたひとりがわが子であったぞ」といってこのうえなく喜んだ。

こうして、太子は五十歳になり、その時はじめて、「妻を持とう」といい、「下賤《げせん》の家柄の者はいやだ。高貴の家柄の者と結婚したい」という。父王は思い悩み、「下賤の家柄の者でさえ、この太子の容姿を見ては近寄ろうとしまい。まして家柄の良い者はとうていだめだ。わが国の者はみな太子の様子を知っている。されば、他国の王の娘を燼杭太子にめとらせよう。だが、太子の容貌《ようぼう》は醜怪だから、昼間は姿を見せないようにしよう」と考えて夜中に嫁を迎えさせた。

〈語釈〉

○**転輪聖王《てんりんじょうおう》**　須弥《しゅみ》の四州すなわち全世界を支配する理想的帝王。転輪王、輪王、飛行《ひぎょう》皇帝ともいう。この王は身に三十二相を具備し、位に即《つ》くとき、天より輪宝を感得し、その輪宝を転じて四方を威服する。また、空中を飛行《ひぎょう》する。○**弦打《つるう》ち**　物の怪《け》などを退散させるまじないとして弓弦を引いてならすこと。ここでは威勢を示すために引きならした。

○**法螺《ほら》**　山伏《やまぶし》が携え、また軍陣の合図などに用いた。法螺はもと法を伝える意をもつ。

その後月日がたって、ある日、大王は、「わしには五百人の嫁があるが、まだ顔を見たこともないのが気にかかってならない。ひとつ花見の宴を設けて、この嫁たちを一人一人見てやろう」と思い、何月何日と日を決めて、花見の宴を行なうと告げ巡らした。嫁たちはみな衣裳の袖口《そでぐち》を調え、綾《あや》・絹の錦《にしき》を身に纏《まと》う。お付きの侍女たちは衣裳を染めたり張ったり、青・黄・赤・白などあらゆる色を、あるいは薄くあるいは濃く調えあげた。

すでにその当日になると、各自、南殿《なんでん》の前の植込みの中をそぞろ歩きしたり、池の淀みにある者は船を浮かべて梶《かじ》を取り、ある者は筏《いかだ》に乗って棹《さお》をさしたりする。またある者は植込みの中で花を翫《もてあそ》ぶとか、ある者は虫の音を聞いて歌を詠じるとか、このようにして遊び戯れた。大王と后は簾《すだれ》を巻き上げてこれをご覧になる。宮廷内の上下の者は雲のように多く集まって見物した。天下の見ものとしてこれに過ぎるものはないという有様である。燼杭太子の妻も、夫は来ていないが、この場に出て、みなとともに遊び歩いていた。

ところが、一人の命婦《みょうぶ》が燼杭太子の妻を見て冷笑し、「どうしておまえさまだけひとりで遊んでおられるのです」という。するとまた別の命婦が、「ご主人があまり美男子でいらっしゃるからね」という。燼杭太子の妻はこれを聞くと、恥じて隠れてしまった。そしてそっと乳母《うば》に向かい、「人が変なことをいいました。私は夫の姿を見たいと思います。夜、夫が来たら火をともして見せてください」と頼んだ。乳母はいわれたとおり、太子が来るやとっさに火をともした。妻が見ると、その容貌《ようぼう》はまさに鬼神のごとくである。これを見たとたん、妻は逃げ出し、隠れ込んだ。太子は恥じて帰っていった。妻はその夜のうちに故国に帰ってしまったので、太子はこのうえなく悲しんだ。このため、太子は夜が明けると深い山に分け入り、高い所から身を投げた。すると樹《き》の神が現われて太子を受け取り平地に置く。
そのとき、帝釈天《たいしゃくてん》がやって来て、太子に一つの玉をお授けになった。太子が、「私に玉をお授けくださったのはどなたですか。私は愚か者ゆえわかりません。もしや仏がおいでになったのですか。それなら、私の前世の因果を説き明かしてください」というと、帝釈は、「そなたは前世に貧しい人の子であった。あるとき、托鉢《たくはつ》の僧が来て油を乞うたが、そなたの父はそなたにきれいな油を与えよといったのに、そなたはきれいな油を出し惜しんで、よごれた油を一勺《しゃく》与えた。油を与えた功徳《くどく》により、父は国王に生まれ、そなたは王子に生まれたのだ。だが、よごれた油を与えたため、醜い身となったのだ。わしは帝釈天である。そなたを哀れに思い、髪《かみ》に玉を掛けてやった」とおっしゃって去っていかれた。

〈語釈〉

○**南殿**《なんでん》　南面の御殿。正殿。わが国では紫宸《ししん》殿をいい、「なでん」ともいう。

○**花を翫**《もてあそ》**ぶ**　花を賞美する。

○**命婦**《みょうぶ》　わが国の四位・五位の女官または五位以上の官人の妻。または内侍司《ないしつかさ》の中級の女官や中﨟《ちゅうろう》の女房の総称であるが、ここでは「五百人の嫁」の一人をさすか。

○**帝釈天**《たいしゃくてん》　六欲天（三界中の欲界に属する六種の天）の第二天である忉利《とうり》天《てん》（須弥山《しゅみせん》の頂上）の中央にある喜見《きけん》城の主。仏法の守護神。

○一勺《しゃく》　一合の十分の一。

その後、太子は容姿端麗になり、光を放つがごとくである。そのとき、王宮から太子を捜《さが》しに来た使者が太子を見つけ、「あなたさまはもしかしたら仏ではありませんか。それともわが尋ねる太子ですか」という。太子は、「私はお前の主人の燼杭太子《じんこうたいし》である。にわかに容姿が変わり光を放つようになったのは、あるいはこうして手に入れた玉のなすわざなのか」といって、玉を取りはずしてよそに置くと、もとの醜い姿になった。また玉を髪に掛けると、端麗な姿になって光を放った。さて、使者が太子を連れて王宮に帰って来ると、父の大王は出迎えて太子の姿を見、事の次第をお尋ねになる。太子が一部始終を語るのをお聞きになって、大王と后はこのうえなくお喜びになった。

数日後、太子は妻の故国に出かけた。妻は夫を見るとまことに美しい容姿をしているので、心のうちでうれしく思った。また、舅《しゅうと》の国王も喜んで太子に国位を譲った。太子はまた妻を連れて自分の国に帰って来ると、わが父の大王もまた国位を譲った。そこで、二国の王となり、思いのままに天下の政治を執り行なった。

油一勺を僧に布施《ふせ》した功徳《くどく》でさえこのようなものである。まして万燈会《まんどうえ》を営む人の功徳は想像に余りあるといえようと仏はお説きになった、とこう語り伝えているということだ。

〈語釈〉

○二国の王　皇子が苦難を経験した末に他国と自国の二国の王となった話は、巻二第二十六話にも見える。
○**布施**《ふせ》　六波羅蜜の一。
○**万燈会**《まんどうえ》　一万の燈明を点じて罪障を懺悔《さんげ》する法会。聖武天皇の天平《てんぴょう》十六年（七四四）十二月に金《こん》鐘寺《しょうじ》（東大寺）および朱雀大路《すざくおおじ》に一万燈を点じたことにはじまる。さらに天平十八年に天皇・皇后が金鐘寺に行幸して盧遮那仏《るしゃなぶつ》に燃燈供養し、仏の前後に一万五千七百余杯の燈を点じた。天平勝宝四年（七五二）には天皇また東大寺に行幸し二万燈を点じ、ついに東大寺万燈会の起原となった。弘法大師も天長九年（八三二）高野山においてこの法会を修《しゅ》したという。本元興寺《ほんがんごうじ》・興福寺・法隆寺・四天王寺《してんのうじ》などの諸寺においても行なわれた。藤原道長も法成寺御堂《ほうじょうじみどう》において万燈会《まんどうえ》を営んでいる。万燈会は『菩薩蔵経《ぼさつぞうきょう》』に「燃シ二十千燈明ヲ一、懺悔ス二衆罪ヲ一」とあることに基づくものであり、『阿闍《あじゃ》世授決経《せじゅけつきょう》』には「長者の万燈貧者の一燈」を説いて、施燈の功徳を示している。本集巻十二第八話に薬師寺万燈会《やくしじまんどうえ》の由来を述べた一説話がある。

貧女、現身《げんしん》に后《きさき》と成《な》れる語《こと》、第十六

今は昔、摩竭提《まかだ》国に一人の貧しい老女がいた。年は八十余りである。娘が一人いて、年は十四、母への孝心はまことに深いものがあった。

あるとき、その国の大王がどこかへ行幸された。国の上下の人々はこぞって行幸を見にいこうと思っていた。この老母は娘に、「明日は大王の行幸があると聞いているが、お前も見たいかい。だが、もしお前が出て行くと私は水が飲めなくなるね」という。娘は、「いえ、わたしは少しも見たいと思いません」と答えた。

その日になって、娘は母のために菜を摘もうと家を出たが、たまたま大王の行幸に行き会った。娘はそれを見ようともせず、ただ身をかがめていた。大王は、はるかにこの女を見て、「あそこに下人《げにん》の女が一人いるが、他の多くの者がみなわしを見ようとしているのに、あの女ひとりだけ見ていない。なにかわけでもあるのか、目がないのか、それとも顔が醜いのだろうか」とおっしゃって、御輿《みこし》をとどめ、使いの者をやってわけをきかせた。すると女は、「私は目も手足も不自由しておりません。また、大王様の行幸はたいそう見たいと思います。ですけれど、家には貧しい老母がいて、私ただひとりで養っており、孝行するのにひまな時とてありません。もし王の行幸を見るために出て行けば、母への孝行がなおざりになりましょう。それで行幸を見に出て行かなかったのです。ただ母に食べさせるためにちょっと家を出たところ、たまたま行幸に出会ったのです」と申しあげた。

〈語釈〉

○**一人の貧しい老女**　『三国伝記』（十五世紀前半ごろの成立）巻十に同話があり（「摩訶《まか》提国貧女《だこくのひんにょ》成后事《きさきになれること》」）、それには「摩訶提国ニ有リ二一人ノ貧女一、年五十有余也。其ノ貧女ニ有リ二一人ノ娘一、年十七八許《ばかり》也」とする。

○**娘**　『私聚《しじゅ》百因縁集』（一二五七年成立）巻三に同話があり、それには「年十五六許《ばかり》」とある。ただし、本話も前項の『三国伝記』の話も、『今昔物語集』の話を書承したものとはいえず、原拠を同じくするものといえよう。

○その国の大王　『私聚百因縁集』によれば、「舎衛国波斯《はし》匿王《のくおう》」。

大王はこれを聞き、御輿《みこし》をとどめたまま、「この女は世にもまれな見上げた心の持ち主だ。すぐここに呼んでこい」とおっしゃって、近くに召し寄せ、「そなたはまれにみる孝心の厚い女だ。このまますぐわしについて来い」とおっしゃると女は、「大王様の仰せはたいそううれしゅうはございますが、家には貧しい老母がいます。私ひとりで養っておりますが、一刻のいとまもありません。それゆえ、ひとまず家に帰って母にこのことを申し、許してくれたらまた帰って参ります。どうぞ今日一日だけおひまをいただきとう存じます」と申しあげた。

大王がお許しになったので、女は母のところに帰ってきて、まず母に向かい、「ずいぶん帰りが遅いとお思いになったでしょう」というと、母は、「そう思っていたよ」と答える。そこで娘は、「大王がこのように仰せられました」と語ると、母はこれを聞いて喜び、「私がお前を生んで育てていたとき、これを国王の后妃としたいものだと思っていた。その念願がかなったのだろうか、今日大王様が行幸の帰途仰せられたことはほんとうにうれしい。十方の諸仏如来《にょらい》よ、わが娘は私に孝行を尽くしてくれますが、この功徳によって大王が娘のことを忘れずかならずお迎えくださるよう、なにとぞ御加護を垂れさせたまえ」と願った。

さてその日は暮れた。大王は宮殿に帰っても、この下人《げにん》の女のことが忘れがたく、翌日、車三十輛《りよう》をやって迎えさせた。女の家では、貧しげな門前に、早朝思いもかけず多くの車の音が聞こえたので、たまたまだれかが通り過ぎているのかと思いながら、よく聞くと、「この家ですか」と尋ねて人が入って来て、七宝《しつぽう》で飾った輿《こし》を運び込んだ。そして娘を呼び出し、すばらしい衣裳を着けさせ、この輿に乗せて王宮に迎えた。老母はこれを見て、このうえなく喜んだ。それまでいた三千人の寵愛《ちようあい》の后はすべてこの女に劣って見える。大王は女を迎えてご覧になると、終日終夜ご覧になってもなお見足りないほどであった。大王は万事を放擲《ほうてき》してしまわれ、ために、天下の政務は停滞した。こうなったのはほかでもない、母に孝行の誠を尽くした功徳《くどく》により、この身このまま身を変えて后となったのである、とこう語り伝えているということだ。

〈語釈〉

○**十方の諸仏如来《によらい》**　「十方」は東・南・西・北・四維《しゆい》（四隅）・上・下。「如来」は仏と同義。諸仏と同じ道を歩いてこの世に来《きた》り現われる人、または如実の真理に随順《ずいじゆん》してこの世に来り真理を示す人の義であり、漢訳では、「如より来生する人」とする。仏教では、仏は十方に遍満しているとみる。

○**加護**　仏が慈悲の力を加えて衆生を護ること。○**七宝《しつぽう》**　七種類の宝玉。金・銀・瑠璃《るり》・玻瓈《はり》・硨《しや》磲《こ》・赤珠・瑪瑙《めのう》（『阿弥陀経』所説）。○**天下**　一国の政治。万機。

羅《ら》漢《かん》比《び》丘《く》、感報《かんぽう》の為に獄に在りし語《こと》、第十七

今は昔、罽賓国《けいひんこく》に一人の比丘《びく》がいた。深山に入って仏道修行をし、ついに羅漢果《らかんか》を得た。

そのころ、里に一人の優婆塞《うばそく》がいた。牛を見失って捜《さが》し求めているうち、この山に住む羅漢の所に行きついた。優婆塞が見ると、羅漢の着ている黒い衣は牛の皮になっている。そこらに置き散らしてある経典類は切り刻んだ牛の肉になっているし、置いてある菜は牛の骨になっている。これを見た優婆塞《うばそく》は、見失った牛はこの比丘《びく》が盗んだのだと思い、山から帰って国王にこのことを訴えると、国王は勅命によって羅漢を捕え、獄舎にぶち込んだ。

その間、羅漢の弟子たちはよそに行っていてこの事件を知らなかった。帰って来て見ると師がおいでにならない。もしかしたらよそにでも行っているのかと思い、あちらこちらと捜し求めたが見当たらない。こうして何年もの間捜し続けたが、どうしても見つからず、いつしか十二年たった。

だが、弟子たちはついに獄舎にいる師を捜し当て、師の姿を見てひたすら泣き悲しんだ。弟子たちは国王に対し、「われらの師は獄舎においでになってすでに十二年経過しました。いったいどのような罪があったのか知りませんが、この方はすでに羅漢果を得ております。かの舎利弗《しやりほつ》・目連《もくれん》・迦葉《かしよう》・阿難《あなん》などの方々と同じです。弟子たちはこの方を失って十二年間捜し求めていましたが、捜し出せませんでした。今やっと獄舎でお目にかかることができたのです。大王よ、なにとぞ師をご放免ください」と願い出た。

大王はこれを聞き、驚いて様子を見に使者を獄舎に遣《つか》わした。使者が獄舎に行って中を見ると、優婆塞《うばそく》がいるだけで、比丘の姿をした者など全然いない。なんと、かの比丘は十二年間頭を剃らなかったので長髪になり、自然に還俗してしまわれたのであった。使者が、「この獄舎に十二年間いた比丘がいるか」と四、五遍ばかり呼ぶと、一人の優婆塞《うばそく》が返事をして出て来た。獄舎の門を出るやたちまち十八変を現じ、光を放って虚空に昇った。

そのとき、国王の使者がこの人に、「あなたは羅漢の聖者でありながら、どういうわけで獄舎に拘禁《こうきん》されなさったのですか」と尋ねると、羅漢は、「私は前世《ぜんぜ》、人として生まれていたとき、ただ一度、無実のことをいって人に罪を負わせました。ところが、この世で私は羅《ら》漢《かん》果を得ましたが、まだ前世の罪の報いを受けませんでした。そこで今度報いを受けてその罪を滅したのです」といい、即座に光を放って虚空に昇り見えなくなった。使者は帰って来て、国王にこのことを申しあげた。国王はこれを聞き、心から罪を恐れなさった。

されば、花が開くとかならず実を結ぶものである。罪を作ればかならず果を感じる。それゆえ、『阿含経《あごんきょう》』には自業自得果《じごうじとくか》と説いておられる。心ある人はこのことを知って、罪を作ってはならない。また、無実のことをいって人に罪を負わせてはならない、とこう語り伝えているということだ。

〈語釈〉

○罽賓国《けいひんこく》　カブール河の流域で、今のペシャワルを中心とした塞《さい》民族の国という。罽賓は迦湿弥羅《かしみら》の訛音。劫賓・羯賓とも書く。大国で、かつて仏教が盛んであった。東晋（三一七〜四二〇）以後、この国から中国に渡来するもの多く、小乗に属する経論を伝えた。

○**一人の比丘《びく》**　「比丘」は僧。『雑宝蔵経』『法苑珠林』によれば、名は離越《りおつ》。

○**羅漢果**《らかんか》　阿羅漢果（声聞四果《しょうもんしか》の最上位）。
○**優婆塞**《うばそく》　七衆（比丘・比丘尼・沙弥《しゃみ》・沙弥尼《しゃみに》・式叉摩那《しきしゃまな》・優婆塞・優婆夷《うばい》）の一。仏教を信じる在家の男子。諸善事を行ない、また親しく善士に仕えて三帰戒《さんきかい》を受け五戒を守る者をいう。
○**羅漢**　阿羅漢。阿羅漢果を得た聖者。ここでは冒頭の比丘。
○**舎利弗**《しゃりほつ》　仏十大弟子の一。知恵第一の人。○**目連**《もくれん》　目犍連《もくけんれん》。仏十大弟子の一。神通《じんずう》第一の人。○**迦葉**《かしょう》　摩訶《まか》（大）迦葉《かしょう》。仏十大弟子の一。頭陀《ずだ》行第一の人。
○**阿難**《あなん》　阿難陀《あなんだ》。仏十大弟子の一。多聞《たもん》第一の人。○**還俗**《げんぞく》　一度僧となったものが、ふたたび俗人にかえること。○**十八変**　仏・菩薩《ぼさつ》などが現わす十八種の神変不思議。
○**前世**《ぜんぜ》　前生。先世。生まれる前の世。
○**阿含経**《あごんきょう》　阿含部に属する多数の小乗経典の総称。これを四分して『雑阿含経』（五十巻）、『中阿含経』（六十巻）、『長阿含経』（二十二巻）、『増一阿含経』（五十一巻）と称し、合わせて四阿含経という。これらの中の一部がさまざまの経名を持って訳されており、阿含部経典は、総じていえば、四《し》諦《たい》・八聖道《はっしょうどう》（八正道支ともいい、仏教の実践修行の綱目を八種に分けたもので、正見《しょうけん》・正思惟《しょうしゆい》・正《しょう》語《ご》・正業《しょうごう》・正命《しょうみょう》・正精進《しょうしょうじん》・正念《しょうねん》・正定《しょうじょう》）・十二因縁（十二縁起ともいい、三界《さんがい》における迷《まよい》の因果を十二分したもので、無明《むみょう》・行《ぎょう》・識《しき》・名色《みょうしき》・六処《ろくしょ》・触《そく》・受《じゅ》・愛《あい》・取《しゅ》・有《う》・生《しょう》・老死《ろうし》）等、仏教の原始的な根本教義を委細に説き、これに多くの因縁・譬喩《ひゆ》談を雑《まじ》えたものといえる。この経は天台宗ではその教相判釈《はんじゃく》の一つである五時教判（華厳《けごん》時・阿含時・方等《ほうどう》時・般若《はんにゃ》時・法華涅槃《ほけねはん》時）の第二時に説かれたものとする。阿含時は鹿苑《ろくおん》時ともいい、仏成道三七日以後、鹿野苑《ろくやおん》に行き、小機の者に対して小乗経を説き、その後十二年の間、十六大国において説いた小乗経を阿含経という。

○自業自得果《じごうじとくか》 みずから善悪の業《ごう》を作って、みずから苦楽の報を受けること。

二人《ふたり》の羅漢《らかん》の弟子《でし》を駈《つか》える比丘《びく》の語《こと》、第十八

今は昔、天竺《てんじく》の王城では、三宝《さんぼう》を供養《くよう》する際、蘇蜜《そみつ》がないと供養をとりやめるのである。あるとき、一人の施主《せしゅ》がいて、山寺に登り比丘《びく》を供養しようとしたが、蘇《そ》を持って来るのを忘れた。ところで、この寺の師の比丘《びく》の弟子《でし》に二人の沙弥《しゃみ》がいたが、師に対する奉仕を片時も怠らない。菜を摘んだり水を汲んだり薪《たきぎ》を拾ったり、朝夕身を粉《こ》にして師に仕えた。ところが、その師は放埒《ほうらつ》邪見な男で、二人の沙弥に対していっときの暇《ひま》も与えずこき使う。この二人の沙弥が、かの施主が忘れた蘇《そ》を取りに行こうと出て行ったが、だいぶ長いこと待っても帰って来ない。

そこで施主がなかなか帰って来ない沙弥たちを待つため道に出て草の中にすわり、かなたを見ていると、二人の沙弥が帰って来る。道の途中まで来て、この二人の沙弥は突如十八変を現じ、菩薩普賢三昧《ぼさつふげんざんまい》に入って光を放ち法を説き、前世のことを現出した。施主はこれを見ていいようもない驚きにうたれた。さてはこれは羅漢《らかん》の聖者であったのだ、と思うと尊さこのうえなく、急いで師の所に帰りこのことを語った。師もこれを聞いて不思議なことと思った。

このとき、二人の沙弥《しゃみ》が蘇《そ》を持って帰って来た。師は二人の沙弥に向かい、「私は愚か者

で何も知らなかったために、羅漢《らかん》に対して長年無礼を重ねていました。なにとぞこの罪をお許しください」というと、沙弥は、「われわれは思わず道の途中で神通《じんずう》を現じて師に見られてしまいました。悲しいことです、今後どのようなことをして師に仕えたらいいでしょう」といって泣き悲しんだ。そして、「師に仕えないと、仏に成ることが遅いのです」といい、身から光を放ったままそこから立ち去らずに、二人ともども説法した。師も施主もこれを聞いて、ともに心から沙弥を礼拝するのであった。また沙弥は、「われわれは菩薩《ぼさつ》の初地《しょじ》に登りました」といった。とすると修行の位は高く、無上《むじょう》菩薩と申しあげる方である。それが姿は凡夫《ぼんぷ》として現われて人に使われなさったのである。仏に成る道にはさまざまの障害があるものだ。心ある人はこの話を聞いて悟るべきである、とこう語り伝えているということだ。

〈語釈〉

○**三宝**《さんぼう》　仏・法・僧の三。○**蘇蜜**《そみつ》　乳製品と蜂蜜と。蘇は乳酪から精製した、いまのバターに類するもの。○**施主**《せしゅ》　寺や僧などに物を施す人。檀越《だんおつ》。檀那《だんな》。○**比丘**《びく》　僧。

○**沙弥**《しゃみ》　出家して十戒をたもつ年少の男子。二十歳以上になり具足戒《ぐそくかい》を受けて比丘になる。

○**十八変**　仏・菩薩《ぼさつ》などが現わす十八種の神変不思議。十八神変。

○**菩薩普賢三昧**《ぼさつふげんざんまい》　普賢三昧は、普賢菩薩を本尊として諸法実相《しょほうじっそう》の理を観じ、罪障を懺悔《ざんげ》すること。この三昧を成熟すれば、六牙《ろくげ》の白象《びゃくぞう》に乗った普賢菩薩がその道場に現われるという（『普賢観経』の説）。三昧は定《じょう》に同じ。心を一事に集中して他念のないこと。宗教的瞑想《めいそう》。普賢菩薩は、仏の理・定・行の徳をつかさどり、文殊《もんじゅ》とともに釈迦《しゃか》の脇士《わきじ》で、六牙《ろくげ》の白象《びゃくぞう》に乗り仏の右脇にいる。一切菩薩の上首《じょうしゅ》として常に仏の教化《きょうけ》・済度《さいど》を助けるともいう。
○**羅漢《らかん》** 阿羅漢。阿羅漢果（声聞四果《しょうもんしか》の最上位）を得た聖者。
○**神通《じんずう》** 神変《じんぺん》不思議で無礙《むげ》自在な力や働き。
○**初地《しょじ》** 菩薩修行の階位五十二位（十信・十住・十行・十回向《えこう》・十地・等覚・妙覚）のうち、十地の第一歓喜地《かんぎじ》のこと。
○**凡夫《ぼんぶ》** 聖者の対。知恵浅く愚鈍な衆生。仏教では大、小乗ともに見道（智的迷見を断ずる位）以前、すなわち正理を澄見しない以前をことごとく凡夫という。

須達《しゅだつ》の家の老婢《ろうひ》、道《どう》を得《え》たる語《こと》、第十九

今は昔、天竺《てんじく》の舎衛《しゃえ》城の中に須達《しゅだつ》長者という人がいた。その家に一人の老婢《ろうひ》がいたが、名を毗低羅《びていら》という。日ごろは長者の家の雑事に従っていた。あるとき、長者は仏と比丘《びく》たちを招いて供養した。老婢はこれを見ると、もともと貪欲《とんよく》の心が深いものだから、仏・法・僧が憎くてならず、「わが主人の長者は愚かなため僧の術を信じている。私はいつになったら仏の名を聞かず、比丘《びく》の名を聞かずにすむだろうか」といった。この声があっというまに舎衛城内に満ち広がった。

そのとき、国の后、末利夫人《まりぶにん》がこれを聞いて、「須達《しゅだつ》長者はりっぱな蓮花《れんげ》のように、すべての人にほめられているのに、どうして家に毒蛇を置いて目をかけているのだろう」とい

い、須達の妻に対して、「そなたの家の老婢は悪口をいって三宝《さんぼう》をそしっている。なぜ追い出さないのか」といった。長者の妻は、「央掘魔羅《おうくつまら》などの悪人でさえ仏は制して改心させなさいます。ましてこんな老婢などなんでもありません」と答えた。末利夫人《まりぶにん》はこれを聞いて喜び、「私は明日仏を王宮にお招きしましょう。そなたはあの老婢を王宮におよこしなさい」という。長者の妻は承知して帰っていった。

明くる日、瓶《かめ》に黄金を入れてこの老婢に持たせ、計略としてそれを王宮に献上した。末利《まり》夫人《ぶにん》は老婢がやって来たのを見て仏をお招きした。仏は王宮につかれて正門からお入りになる。難陀《なんだ》は仏の左におり、阿難《あなん》は右にいる。羅睺羅《らごら》は後ろに従った。

老婢は仏を見奉るや驚き騒ぎ、身の毛も逆《さか》だつほど動転して、「この悪人が私についてやって来た。私は急いで帰ろう」といい、走って逃げ去ろうとしたが、正門には仏がおいでになるのでそちらへは向かわず、脇戸《わきど》から出ていこうとすると、脇戸は自然に閉じ塞《ふさ》がった。そこで老婢は扇で顔を覆うと、仏はその前にお立ちになり、扇を鏡のようにしてしまわれたので、顔を隠すことができない。老婢はあわてふためいて東の方を見ると仏がいらっしゃる。南・西・北の方を見てもまた仏がおいでになる。上の方を仰いで見れば仏がいらっしゃる。うつむいて下を見れば、そこにも仏がいらっしゃる。手で顔を覆うと、手の十本の指の先ごとに化仏《けぶつ》がおいでになった。目をふさげば心にもなく目が開いてしまい、大空を見れば十方世界に化仏が満ち満ちておられた。

ところで、もともと城内に二十五人の旃陀羅《せんだら》の女がおり、また五十人の婆羅門《ばらもん》の女がいる。さらにまた、宮殿内に仏を信じ奉らぬ五百人の女がいたが、仏が老婢のために無数の身を現わしなさるのを見て、おのおのもとの邪見を捨て、はじめて仏を礼拝して「南無仏」と唱えた。そのとたんに菩《ぼ》提《だい》心を生じた。だが老婢は邪見が深いので、まだ信じようとしない。しかしながら、目の前に仏を見奉ったことにより、人間のもつあらゆる罪を消滅することができた。

〈語釈〉

○**舎衛城**《しゃえじょう》　中インド舎衛《しゃえ》国《こく》の都城。釈尊説法の地で、波斯匿《はしのく》王の居城。

○**須達**《しゅだつ》**長者**　舎衛城の富豪で主蔵役であった。釈尊に祇園精舎《ぎおんしょうじゃ》を寄贈した。貧人を恵んだので給孤《きっこ》独《どく》と称せられた。須達多とも書く。

○**老婢**《ろうひ》　「婢」は奴隷《どれい》階級の女。男を「奴《ぬ》」といい、奴婢はインド四姓の最下位の首陀羅《しゅだら》に当たり、賤業に従事する。

○**毗**《び》**低羅**《ていら》　『法苑珠林《ほうおんじゅりん》』は「観仏三昧経ニ云フ」として、「有リ二一ノ老母一名ハ毗低羅《びていら》」とする。

○**毒蛇**　老婢をさす。○**三宝**　仏・法・僧をいう。

○**央崛魔羅**《おうくつまら》　仏弟子の一。指鬘《しまん》と訳す。千人を殺し、千指をもって鬘《かずら》を作るべく諸国を遍歴し、千人目に母を殺そうとして釈尊に会い、正法を聞くに至った。

○**難陀**《なんだ》　仏弟子の一。釈尊の異母弟（生母は浄飯王《じょうぼんおう》妃摩訶波闍波提《まかはじゃはだい》）。牧牛難陀と区別するため、孫《そん》陀羅《だら》難陀ともいう。もと孫陀利《そんだり》という女を妻としていたからである。

○**阿難**《あなん》　阿難陀。仏十大弟子の一。多聞《たもん》第一の人。

○**羅睺羅**《らごら》　釈尊出家以前の子で、仏十大弟子の一。密行第一の人。
○**化仏**《けぶつ》　変化仏《へんげぶつ》。変化の仏の意で、応身《おうじん》または変化身と同義。すなわち、衆生の器（素質）に応じ種々に形を変えて現われる仏身をいう。
○**十方世界**　十方は東・南・西・北・四維《しゆい》（四隅）・上・下。
○**旃陀羅**《せんだら》**の女**　旃陀羅はインド種姓の名で、四姓（婆羅門《ばらもん》・刹帝利《くしやとりや》・毗舎《ばいしや》・首陀羅《しゆだら》）の下に位する最下級の賤民。賤業を営む種族。男を旃陀羅、女を旃陀利という。
○**婆羅門**《ばらもん》**の女**　婆羅門は前項四姓の最上位。
○**「南無仏」と唱え**　「南無仏」と唱えて五体投地の礼拝《らいはい》をすること。南無は帰衣《きえ》・帰命《きみよう》・頂礼の意。
○**菩提心**《ぼだいしん》　菩提（仏の正覚《しようがく》・悟り）を求める心。道心。

老婢《ろうひ》は長者の家に帰って来て、須達《しゆだつ》の妻に、「私は今日あなたの使いで王宮に行きますと、門のところに狗曇《くどん》がいて幻術《げんじゆつ》を使い、さまざまの変化《へんげ》を見せました。身は金剛山《こんごうせん》のごとく、目は青蓮花《しようれんげ》にもまさり、無量の光を放っていました」といい、そのまま木で籠《かご》を造り、その中に入って寝てしまった。仏は祇園精舎《ぎおんしようじや》にお帰りになろうとすると、末利夫人《まりぶにん》が、「仏よ、なにとぞあの老婢《ろうひ》をお導きくださってのち精舎にお帰りください」とお願いしたが、仏は、「あの老婢は罪が重く、わしには教化《きようけ》しうる縁がない。羅睺羅《らごら》にはその縁がある」とおっしゃって帰って行かれた。

そののち、羅睺羅を須達《しゆだつ》の家に遣《つか》わした。羅睺羅は老婢を教化するために、姿を変えて転《てん》輪聖王《りんじようおう》となり、千二百五十人の比丘《びく》は千人の子に姿を変えて須達の家にやって来た。そしてかの老婢を玉女の姿にする。老婢は歓喜して王を礼拝した。王が婢に十善を説き聞かせると、婢はそれを聞いて心を改めた。

その後、羅睺羅《らごら》と比丘たちはもとの姿になる。老婢はこれを見て、「仏法は清浄であらゆる衆生を見捨てることがない。私は愚か者のため、長年信じようとしなかった。私のような悪人をよくぞお導きくださいました」といって、五戒を受け、須陀洹果《しゆだおんか》を得た。そしてすぐさま仏の御《み》もとに参り、以前の罪を懺悔《さんげ》して出家したいとお願いしたが、やがて阿羅漢果《あらかんか》を証した。そして虚空に昇り十八変を現じた。

〈語釈〉

○**狗曇**《くどん》　釈尊のこと。狗曇は瞿曇《くどん》・憍答摩《きようどんま》とも書き、釈迦一族の姓。
○**祇園精舎**《ぎおんしようじや》　舎衛城の南にあり、須達長者が釈尊に寄進した寺院。
○**転輪聖王**《てんりんじようおう》　世界を支配する理想的帝王。○**玉女**　宝玉のように美しい女。○**十善**　十悪の対。動作・言語・意念（身・口・意の三業）において十悪を犯させない制戒。不殺生《ふせつしよう》・不偸盗《ふちゆうとう》・不邪淫《ふじやいん》・不妄語《ふもうご》・不両舌《ふりようぜつ》・不悪口《ふあつく》・不綺語《ふきぎよ》・不貪欲《ふとんよく》・不瞋恚《ふしんい》・不邪見をいう。
○**五戒**　出家在家を問わず、仏教徒の守るべき五つの戒律。不殺生・不偸盗《ちゆうとう》・不邪淫・不妄語・不飲酒《おんじゆ》。
○**須陀洹果**《しゆだおんか》　初果《しよか》（声聞四果《しようもんしか》の初位）。見惑《けんわく》（煩悩《ぼんのう》）を断じ尽くし、初めて聖者の仲間に入る位。
○**懺悔**《さんげ》　過去の罪悪を仏に告げ、ゆるしを乞うこと。○**阿羅漢果**《あらかんか》　声聞四果《しようもんしか》の最上位。

○十八変　仏・菩薩《ぼさつ》の現わす十八種の神変不思議。十八神変。

波斯匿王《はしのくおう》がこれを見て、仏に向かい、「あの老婢《ろうひ》は前世にどのような罪を犯して人の婢《ひ》に生まれて使役され、またどのような善業《ぜんごう》を行なって仏にお会いでき阿羅漢果《あらかんか》を証しえたのですか」とお尋ねした。仏は王にお告げになった。「久遠《くおん》の過去に仏がこの世に現われたもうた。これを宝蓋燈王仏《ほうかいとうおうぶつ》と申しあげる。その仏が涅槃《ねはん》にお入りになってのち、像法《ぞうほう》の世に一人の王がいた。名を雑宝花光《ぞうほうけこう》という。王子がいて、名を快見《かいけん》といった。この人は出家して比丘《びく》となり、仏法を学んだが、自分が王子であるのを誇り、常々高慢に振舞っていた。師に高徳の僧がいて、王子のために甚深般若《じんじんはんにゃ》の空《くう》の教義を説き聞かせたが、王子はこれを聞いて邪説であると思った。師の死後、『わが師は知恵がなく、空《くう》の教義など説いた。どうか来世においてもこの人に会わないようにしてほしいものだ』といっていたが、その後また一人の阿闍《あじゃ》梨《り》を師とするようになった。そして、『わが師の阿闍梨はすぐれた知恵を持ち、弁舌にたけている。なにとぞ生々世々《しょうじょうせぜ》にわたってこの人と深い契りを結びたいものだ』といい、多くの弟子を教えて、空の教義は邪説であることを信じさせた。

そこで、戒は守っていたが般若《はんにゃ》の空の教義を疑ったために、死後阿鼻《あび》地獄に落ちて堪えがたい苦を受けた。地獄を出てからは貧賤の身に生まれ、五百回、生《しょう》を変える間聾盲《ろうもう》者となり、千二百回の世においては常に人の婢として生まれることになった。この前世の話における高徳の僧というのはわし自身であり、阿闍梨《あじゃり》というのは今の羅睺羅《らごら》である。王子というのが今の老婢その者だ。これにより、老婢は今わしに教化《きょうけ》の縁がなく、羅睺羅の教化を受けたのである。また老婢は、前世に比丘《びく》として多くの弟子を従えていた。そして、仏法を学んだため、今、阿羅漢果を得たのである。また、王宮内の多くの邪見の女というのは、前世における比丘《びく》の弟子たちである」。仏はこのように説き明かしなさった、とこう語り伝えているということだ。

〈語釈〉

○**波斯匿王《はしのくおう》** 舎衛国王で仏法外護者。末利夫人《まりぶにん》はその妃。

○**涅槃《ねはん》** 煩悩《ぼんのう》を滅却して絶対自由を得た境地、悟り。また仏陀《ぶつだ》・聖者の死。入滅。ここでは後者。

○**像法《ぞうほう》** 三時（正・像・末）の一。正法に相似する時の義で、仏滅後五百年（または千年）の正法時が過ぎて後の一千年間をいい、正法時には教（言語・文字を以てする教説）・行（教の内容である理に達する修行すなわち戒《かい》・定《じょう》・慧《え》）・証（究竟目的の体現）を具備するが、像法時には証を欠くという。

○**般若《はんにゃ》** 班若・波若・鉢若・般羅若・鉢剌若・鉢羅枳孃《はらきにゃ》とも音訳し、恵明・知恵と訳す。法の実理に契称する最上の智恵をいう。これを得たものは仏陀であるから、般若は諸仏の師あるいは母と称せられている。またこの般若は単に法の如実の理に契称した、平等絶対無念無分別のみでなく、かならず相対差別を観照して衆生を教化すべき力（方便）を伴うのが特色である。般若はこれを分けて、普通に二種（共般若・不共般若）・三種（実相般若・観照般若・方便般若）・五種（実相・観照・文字・境界・眷属《けんぞく》）などとされている。

○**空《くう》の教義**　空は、この世の森羅万象ことごとく因縁によって生起する仮相であり、実体なく自性なきことをいう。空には実でない自我に実在を認める迷執の否定を教えた我空と、我および世界構成の要素の恒有性を認める迷執の否定を教えた法空とがある。
○**阿闍梨《あじゃり》**　梵語《ぼんご》の音訳で、教授・軌範・正行などと意訳する。弟子の行為を矯正し、その師範となって指導する高僧をいう。『衆経要集金蔵論』によれば、阿闍梨の名を徳花光とする。
○**生々世々《しょうじょうせぜ》**　生まれかわり死にかわりして世を経る意。現世も後世も。未来永劫。
○**阿鼻《あび》地獄**　無間《むけん》地獄。八熱地獄の一で、最下底極苦の地獄。

仏、頭陀《ずだ》したまいて、鸚鵡《おうむ》の家に行きたまえる語《こと》、第二十

今は昔、仏が托鉢《たくはつ》をなさりながら、一人の人の家にお入りになった。その家の主人の名は鸚鵡《おうむ》という。仏が見ておられると、その鸚鵡が出てきて、鉢《はち》に米や魚などを入れ、犬に食わせた。仏はこの犬をご覧になり、犬に向かって、「お前は前世で梵天《ぼんでん》に生まれようと願っていた者だ。どうして犬なんかになったのか」とおっしゃってはずかしめた。犬はこれを聞いて腹を立て、この食いものを食うのをやめ、わきによって座ってしまった。仏は霊鷲山《りょうじゅせん》に帰って行かれた。

その後、鸚鵡《おうむ》が出てきて、犬が狗曇《くどん》にはずかしめられ、鉢のものを食わず、腹を立てて座っているのを見てひどく怒り、仏をののしった。仏は霊鷲山《りょうじゅせん》で御弟子《みでし》たちを前に、「この鸚《おう》

鵡《む》はあのように怒ってわしをののしった罪により、地獄に落ちて長い間苦を受けるであろう。悲しいことよ」とおっしゃっているとき、鸚鵡《おうむ》は怒りの気持を抑えがたく、仏のみもとにやってきて仏に向かい、「狗曇《くどん》よ、あなたはなにゆえにわが家の犬をはずかしめ、鉢のものを食わぬようにさせなさったのですか」という。

仏は鸚鵡《おうむ》に、「そなたは知らぬのか。あの犬はそなたの父、兜調《とちょう》の生まれかわりではないか。かの兜調は火天《かてん》を祭って梵天《ぼんでん》に生まれようと願ったけれど、犬の身に生まれてそなたに養われているのだ」とおっしゃった。鸚鵡はこれを聞いてますます怒気を強め、「仏よ、どういうわけでわが父兜調が犬になったとおわかりになるのですか。また、仏よ、どうしたらそのことがわかりましょうか」という。仏は、「そなた、家に帰り、錦《にしき》を敷いた座席を設け、金の鉢《はち》においしい飲食物を入れて、犬に向かい、『あなたがほんとうにわが父の兜調《とちょう》でおられるなら、この座席に上り、この鉢の食物をお食べください。また、あなたが蔵《しま》っておかれた財宝のありかをお教え願いたい』といい聞かせておいて、犬がどうするか、よく見るがよい」とお教えになった。

〈語釈〉

○頭陀《ずだ》　梵語の音訳。抖擻《とそう》・洗浣・淘汰などとも意訳する。元来、煩悩の塵苦を去り、衣食住に貪《とん》着《じゃく》せず清浄に仏道を修行することで、これに十二種あるが、とくに乞食《こつじき》(僧が人家の門に立ち、食を乞い求めること)の一行業をいう。

○鸚鵡《おうむ》　人名。『仏説鸚鵡経』では鸚鵡《おうむ》摩《ま》牢《ろう》兜《と》羅《ら》の子。

○**梵天**《ぼんでん》　色界初禅天《しきかいしよぜんてん》のこと。梵とは清浄の義で、この天は欲界の淫欲を離れ、寂静清浄であるから梵天という。この初禅天の主をも梵天という。○**霊鷲山**《りようじゆせん》　摩竭提国《まかだ》王舎城の東北にある山。今のチャタ山。釈尊説法の地として著名。耆闍崛山《ぎしやくつせん》・霊山《りようぜん》・鷲峰《じゆほう》ともいう。○**狗曇**《くどん》　釈尊のこと。釈迦一族の姓。○**兜調**《とちよう》　『仏説鸚鵡経』では兜羅《とら》。○**火天**《かてん》　吠陀《べいだ》（婆羅門《ばらもん》教の根本聖典）以来の火神。のち密教における十二天の一。体色赤く髪白く、常に苦行仙の形をして火焔《かえん》中に座し、四手に仙杖《せんじよう》・水瓶《すいびん》・三角印・数珠《じゆず》を持つ。眷属《けんぞく》に火天后・火天妃がある。阿耆尼《あぎに》。なお形は梵天王に似る。

鸚鵡《おうむ》はこれを聞き、怒りはまだ消えないが、家に帰って仏が教えたとおり、錦《にしき》を敷いた座席をしつらえ、金の鉢《はち》においしい飲食物を入れて、犬に向かい、「犬よ、そなたがほんとうにわが父、兜調《とちよう》でおいでなら、この座席に上ってこの鉢の食物をおあがりになり、蔵《しま》っておかれた財宝のありかをお教えください」という。すると、犬はすぐにこの座席に上り、鉢の食物を食べた。食べ終わって、この座のかたわらの土を鼻で穴をあけ、足で掘った。鸚鵡はこれを見て不思議に思い、この場所を人に掘らせたところ、たくさんの財宝が埋められていた。

これを見た鸚鵡《おうむ》は、この犬はほんとうに父の兜調《とちよう》だったのだと思うと深いあわれみの心が生じ、霊鷲山《りようじゆせん》にうかがって仏に向かい、「仏はほんとうにいつわりをおっしゃいませんでした。これからは生々世々《しようじようせぜ》、私は仏に対し疑いを抱くようなことはいたしますまい」と誓った。そして仏に、「なにゆえに功徳《くどく》を営む者が地獄に落ち、罪を造った者が浄土に生まれたりするのでしょうか。また、この世にはどうして金持ちと貧乏人があるのでしょうか。どうして我がままかってなことをして、子孫が繁栄する者があり、貧乏でひとりぼっちで世を過す者がいるのでしょうか。どうして百年も平穏無事な者がいたり、死んでしまう者がいたりするのですか。どうして容貌《ようぼう》の美しい者がいたり、醜悪な者がいたりするのでしょうか。どうして人に殺害されたり、軽侮《けいぶ》されたりする者がいるのでしょうか」とお尋ねした。

仏はこれを一つ一つお答えになり、「そなた、よく聞きなさい。功徳を造りながら地獄に落ちる者は、死ぬ時にあたって悪縁にあい怒りの心を起こした者である。悪業《あくごう》を造って浄土に生まれる者は、死ぬ時にあたってりっぱな導師にめぐり会い、仏を念じ奉った者である。現世で裕福な者は、前世で布施の心のあった者だ。現世で貧しい者は、前世で布施の心のなかった者だ。子孫が繁栄する者は、前世で他人をわが子のようにかわいがった者である。ひとりぼっちの者は、前世で人につらく当たった者だ。長命する者は前世で放生《ほうじょう》を行なった者であり、短命な者は前世で殺生《せっしょう》を好んだ者だ。容姿の美しい者は、前世で親に笑い顔を見せた者であり、醜悪な者は前世に親を怒らせた者だ。人に敬われる者は、前世に人を敬った者であり、人に賤しめられる者は前世に人を軽蔑《けいべつ》した者であるぞ」と説き示された。

鸚鵡はこれを聞いて、仏をこのうえなく尊び申しあげた。これにより、鸚鵡は地獄に落ちるはずであった罪が消え失せ、こののち長く仏道に帰依《きえ》するようになった、とこう語り伝えているということだ。

〈語釈〉

○**生々世々**《しょうじょうせぜ》　現世も後世も。未来永劫。

○**功徳**《くどく》　神仏からよい報いを得るような善行、またはそのよい報いをいう。ここは前者。功徳の解釈に諸説があり、一はこれを福徳と同意とし、福とは福利で、善を修行する者に福利を与えるから福といい、福の徳であるから福徳というとし、一は功は功能と解し、善を修行する者を利益《りやく》するから功といい、功の徳であるから功徳というとし、一は功を施すを功とし、自己に帰するを徳というとし、一は悪の尽きるのを功、善が満ちるのを徳とし、一は徳とは得《とく》で、功を修してのち得るから徳というとしている。

○**浄土**　仏が住み給う清浄な国土。穢土《えど》の対。

○**悪縁**　悪行為をさせるように誘う周囲の事情。縁は、事物を成立させる（果をもたらす）ための親因を因というに対し、資助となるものを縁という。

○**放生**《ほうじょう》　すでに捕獲された魚鳥等の生類を山野池沼に放ち逃がすこと。

長者《ちょうじゃ》の家の屎尿《しにょう》を浄《きよ》むる女、道《どう》を得《え》たる語《こと》、第廿一

今は昔、天竺《てんじく》に一人の長者がいた。その家に糞尿《ふんにょう》の清掃を仕事としている女がいた。何年ものあいだ、大ぜいいるこの家の人々の糞尿を朝晩運び出しては掃除をし続けていた。そのため、家の者がみなこの女を汚がりさげすんで、たまたま道であっても、唾《つば》を吐き鼻をつま

んで、そばに近づこうともしない。

それを知った仏は、女を哀れにお思いになっておられたが、ある日、女が糞尿を入れた容器を頭に載せて行く途中、女とお会いになった。女は仏を見てはずかしく思い、藪《やぶ》の中に隠れた。その着物はよごれ、身には糞尿が飛び散っている。それが女にはいっそうはずかしく、さらに深く隠れ込んだ。仏は女を助け導いてやろうとお近づきになり、女を捕えて耆闍《ぎしゃ》崛山《くっせん》に連れて行かれ、女のために法を説き教化《きょうけ》なさると、女は即座に阿羅漢果《あらかんか》を得た。長者はこれを聞いて驚き、仏のみもとに参って仏に抗議を申そうと思い、急いで出かけて行ったが、耆闍崛山《ぎしゃくっせん》の手前に川が流れていて、その川の中に大きな石がある。その石の上に一人の女がいて衣服を洗っていた。長者がそれを見ていると、女は石の中に入ったかとみると、石の下から出て、天に上り地に下り、光を放って神通《じんずう》のさまを現《げん》じた。

長者はその不思議さに驚きながら見終わって、仏のみもとに参り、仏に向かって、「仏は清浄の御身でいらっしゃる。塵《ちり》や垢《あか》によごれた汚いおからだではないと尊び申しあげておりましたのに、それとはまったく違った方でいらした。なにゆえにわが家の汚い糞尿《ふんにょう》を掃除する女を連れて行かれたのですか」と雑言《ぞうごん》をあびせると、仏は、「そなたはわしのいる所の前に流れる川で衣服を洗っていた女を見知っているか」とお尋ねになる。「知りません」と答えると、仏は、「その女が光を放って神通《じんずう》を現《げん》じるのは見たか」とおっしゃる。長者は、「それは見ました」という。

「その女こそ、そなたの家の汚い糞尿《ふんにょう》を清掃していた女であるぞ。そなたは七宝の財を天下にあふれるほど持ち、思うがままに世を渡っているとはいえ、そなたの果報はその女に劣っているのだ。この女は長年汚いものを清めてきた功徳により、すでに阿羅漢果《あらかんか》を得て光を放つ身となった。そなたは貪欲邪見《とんよくじやけん》のため、常に怒ってばかりいる。罪が重いから、死後は地獄に落ち多くの苦を受けるであろう」。仏は長者にこうおっしゃった。長者はこれを聞き、恥じ入って家に帰って行き、わが過ちを悔いた、とこう語り伝えているということだ。

〈語釈〉

○**屎尿《しによう》を浄《きよ》むる女**　糞尿清掃婦。屎尿は大小便。『賢愚経』『法苑珠林』はこの女の名を「尼提」とし、『出曜経』『経律異相』は「旃陀羅児」とする。

○**耆闍崛山《ぎしやくつせん》**　霊鷲山《りようじゆせん》に同じ。摩竭提《まかだ》国王舎城《おうしやじよう》の東北にある山。今のチャタ山。釈尊説法の地として著名。

○**神通《じんずう》**　神変《じんぺん》不可思議で無礙《むげ》自在な力や働き。神変に十八種あり、十八神変（十八変）というが、その中に隠・顕（出没自在）・所作自在（往来去住自在）・放大光明がある。この女の現わした神通《じんずう》はこれに当たる。

○**七宝**　七種類の宝玉。○**果報**　果と報と。因《いん》より生じる結果。

○**貪欲《とんよく》**　むさぼる心。世間の色欲財宝等に執着し、むさぼって飽きることのない心。煩悩《ぼんのう》・三毒・十悪の一。

盧至長者《るしちようじや》の語《こと》、第廿二

今は昔、天竺《てんじく》に一人の長者がいた。名を盧至《るし》という。たいそう貪欲《とんよく》な男で、妻子ばかりか、従者たちにもひどく物惜しみをした。ある日、ただひとり、人のいない静かな所にいって、思う存分飲み食いしようとしていると、鳥や獣がこれを見つけてどこからともなく集まって来た。そこで、そこをよしてまた他の所に移った。そして、人影もなく鳥も獣も来ない場所をさがし出し、そこで飲み食いをはじめた。うれしく楽しいことこのうえなく、ひとりで歌ったり踊ったり。

おれさま、今がお祭りだ　酒はしこたま、ああたのし
毗沙門《びしやもん》さんもそこのけで　帝釈天《たいしやくてん》などくそくらえ

こう歌いながら、瓶《かめ》を蹴《け》ってやたら踊り楽しむ。

このとき、帝釈天《たいしやくてん》は仏のみもとにおいでになる途中だったが、この長者がこんなふうにあざける声をお聞きになり、怒って、盧至《るし》を罰してやろうと、盧至の姿に身を変え、彼の屋敷に行ってみずから庫《くら》を開け、財宝をことごとく取り出して近所近辺の者どもを呼び、みなやってしまった。家にいる妻子や従者たちが不思議に思っていると、ほんとうの盧至が帰って

来て門をたたく。家人が出ていって見ると、もうひとり同じ姿の盧至《るし》が来ている。「こいつは化《ば》けものだ」といって追い払おうとすると、「おれが正真正銘の盧至《るし》だぞ」と叫ぶ。だが、家人はどっちが本物の盧至であるかわからない。

そこで、鑑定人を呼んできて判別させることにした。鑑定人は盧至の妻子に対してどちらが本ものかにせものか尋ねる。妻子は帝釈天《たいしやくてん》が身を変えられた盧至《るし》をさして、「こっちがほんとうの盧至です」と答えた。また、このことを国王に申しあげると、国王は二人の盧至を呼んで首実検なさった。だが、まったく同じ姿の盧至が二人いて、どちらが本物かまったくわからない。そこで国王は本ものにせものの真実を知ろうと、二人の盧至を連れて仏のみもとにうかがった。

そのとき、帝釈天《たいしやくてん》は本来の姿にかえり、盧至《るし》長者のあやまちを申し述べられた。仏は盧至《るし》長者をうまくお導きになり、仏法を説いて聞かせなさった。長者は仏法を聞き悟りの道に達して心から喜んだ、とこう語り伝えているということだ。

〈語釈〉

○盧至《るし》　『梅沢本古本説話集』『宇治拾遺物語』は「留志《るし》」とする。

跋《ば》提《だい》長者の妻慳貪女《けんどんによ》の語《こと》、第廿三

今は昔、天竺《てんじく》に一人の長者がいた。名を跋《ば》提《だい》という。彼は仏の御弟子《みでし》である迦葉《かしよう》・目連《もくれん》・

阿那律《あなりつ》などの教化《きようけ》により、邪心を捨て善道におもむくようになった。その妻に一人の女がいて、慳貪女《けんどんにょ》というが、たいへんなけちん坊で他人に物を与えるのを惜しむこと、わが目を大事にするに等しかった。常日ごろは金銀で飾った帳台の中にいて煎餅《せんべい》を作り、これを好んで食べていた。

さて、仏の御弟子《みでし》に賓頭盧《びんずる》尊者《そんじゃ》と申される方《かた》があるが、これは仏の御父方《ちちかた》の従弟であり、賢相《けんそう》第一といわれた方である。この方が慳貪女の心がひどくねじけ曲っているのを見て、教化《きょうけ》してやろうと、この女の家に行った。門がしまっていたので、神通力《じんずうりき》により空から飛び入り、女が煎餅《せんべい》を食べている前にいって鉢《はち》を捧げ、煎餅を乞うた。女はひどく惜しんで、なんとしてもご供養をしない。朝から午後二時ごろまで立ち続けて乞うていたが、女は、「たとえ立ったまま死んでしまわれようとも、絶対に供養はしませんよ」という。

そのとき、尊者は倒れて死んでしまわれた。たちまち、臭《くさ》い匂いが家中に満ち、そこらの人々が集まって大騒ぎをする。女は人々を呼び集めて運び捨てさせようとし、まず三人で引っぱらせたがびくともしない。数人を加えて引っぱらせても動かない。百千人で引かせると、ますます重くなって動こうともしない。臭い匂いはいよいよ堪え難いほどになった。そこで女は尊者に向かって祈誓し、「和尚《おしょう》さま、あなたが生き返ってくださったなら、私は煎《せん》餅《べい》を惜しむことなくさしあげます」という。

すると尊者はたちどころに生き返り、立ち上ってまた乞うた。女は心中で、供養しないとまた死ぬかもしれないと思い、鉢《はち》を取って煎餅《せんべい》二枚を与えたところ、鉢の煎餅は五枚になっている。女はそのうちの三枚を取り返そうとして、たがいに鉢の引っぱり合いになった。そのとたん、和尚が手を離して鉢を放り出す。鉢はたちまち女の鼻の上にくっ付いた。とり捨てようとするが、どうしても落ちない。灸《きゅう》をすえたようにぴったりすい付いて離れない。
そのとき、女は和尚に向かって手をすり合わせ、「この苦しみをお助けください」と懇願する。和尚は、「わしの力ではどうすることもできない。お前はすぐ、わが師である仏のみもとにうかがって、どうすればいいかお尋ねしなさい。では、わしがお前を連れて仏のみもとに参ろう」というと、女もおうかがいするといった。和尚《おしよう》が、「さまざまの財宝を持って来るように」といったので、女は和尚にいわれたとおり、さまざまの財宝を車五輛《りよう》に積み、その他の物は人夫千人に背負わせて仏のみもとに参った。仏は慳貪女《けんどんによ》をご覧になり、彼女に仏法を説き教化《きようけ》なさった。女は仏法を聞いて即座に阿羅漢果《あらかんか》を得、以後長く貪欲《とんよく》の心を捨て去った。賓頭盧《びんずる》尊者の教化は摩訶《まか》不可思議なものである、とこう語り伝えているということだ。

〈語釈〉

○**跋提**《ばだい》　巻一第八話中の五人の比丘《びく》の一人に跋提の名があるが、別人。また、巻二第四十一話中の慳貪《けんどん》の長者を婆提《ばだい》とするが、これも別人であろう。○**迦葉**《かしよう》　摩訶《まか》（大）迦葉。仏十大弟子の一。頭《ず》陀行《だぎよう》第一の人。○**目連**《もくれん》　仏十大弟子の一。神通《じんずう》第一の人。
○**阿那律**《あなりつ》　阿㝹楼駄《あぬるだ》。仏十大弟子の一。天眼《てんげん》第一の人。○**善道**　善趣《ぜんしゅ》に同じ。悪道・悪趣の対。善い業因によりその果報として衆生の住む処。六趣（六道）の中の、人間・天上の二、あるいは修《しゅ》羅《ら》・人間・天上の三をいうが、ここでは仏教上の正しい道の意。

○**慳貪女**《けんどんにょ》　「慳貪」は物惜しみをし、飽《あ》くことなくむさぼり求める心をいう。話の主人公はこういう心を持つ女として、固有名詞にしているが、『法苑珠林』の同話によると、「爾時《その》有ニ老母一、名ヲ曰ニ難陀《なんだ》ト一」とある。また、同書は『増一阿含経《ぞういちあごんきょう》』を引き、この女の話の前に慳貪《けんどん》な跋提《ばだい》長者が目連の教《きょう》化《け》により善道に趣いた話を載せる。そこでは、「長者有レ妹、名ヲ曰ニ難陀ト一」としている。なお『経律異相』は女を跋提の姉とし、『三国伝記』は「一人の女の長者」とする。

○**賓頭盧尊者**《びんずるそんじゃ》　「尊者」は賢者・聖者の意で、高徳者の尊称。賓頭盧は賓頭盧頗羅堕《びんずるはらだ》ともいい、十六羅漢《らかん》の一。釈尊《しゃくそん》の弟子。白頭長眉《はくとうちょうび》の羅漢《らかん》。もと跋蹉《ばさ》国拘舎弥《くしゃみ》城の輔相の子で、幼時仏教に帰依《きえ》し、出家学道して具足果《ぐそくか》を得て諸所に遊行《ゆぎょう》伝道した。仏成道後六年（前五二六）王舎城《おうしゃじょう》において神通《じんずう》を現《げん》じて外道《げどう》の嘲罵《ちょうば》を招き、そのため仏から、以後軽々しく神通を現ずるべからずと禁止され、西瞿《く》耶尼州《やにしゅう》に行化《ぎょうけ》させられた。のち、また帰ることを許され、仏勅を受けて涅槃《ねはん》に入《い》らず、南インドの摩利《まり》山に住して仏滅後の衆生を済度《さいど》し、末世の者の供養に応じ大福田となる（福報を与える）という。よって住世の阿羅漢《あらかん》とも称せられる。

後世、インドで大乗寺が文殊《もんじゅ》を上座とするのに対し、小乗寺では賓頭盧《びんずる》をもって上座とする風習がある。中国では、東晋道安《とうしんどうあん》（三一四～三八五）をもってその信仰者の嚆矢《こうし》とし、宋泰初の末（四七一）、法願・法鏡等の時はじめてその形像を図し、祭祀されるようになった。わが国では古来、この像を伽藍《がらん》の前に安置し、撫仏《なでぼとけ》と称してこれを撫でて除病を祈願する風が広く行なわれている。

○**賢相**《けんそう》　賢くて、相を見ることにすぐれていること。

○**神通力**《じんずうりき》　神変不可思議で無礙《むげ》自在な力や働き。十八神変（十八変）の中に、隠・顕（出没自在）・

所作自在（往来去住自在）があるが、これらに当たる。
○**阿羅漢果《あらかんか》**　声聞四果《しょうもんしか》の最上位。

目連尊者《もくれんそんじゃ》の弟の語《こと》、第廿四

今は昔、仏の御弟子《みでし》である目連尊者《もくれんそんじゃ》に弟がいた。たいそうな金持ちで、ばく大な財宝を蓄えてはいるが、善根《ぜんごん》は修めず、ひたすら俗世の欲にとらわれていた。目連はこの弟の家を訪れ、「そなたはすぐさま善根を修めるがよい。いま死ねば三悪道に落ちて無量の苦しみを受けることになるぞ。そのときには、財宝など身に付いてはいないのだ。功徳《くどく》を営む者は三悪道に落ちることなく、疑いなくかならず善所に生まれる」と教えさとした。

すると弟は、「わが父母は、『俗人のままでいて、したい放題のことをせよ』とお教えになった。法師なんてじつにつまらぬものですよ。人に物乞いしようなど、まったく下劣で憎らしい。いったい、功徳《くどく》とはどういうことをいうのです」ときく。目連は、「功徳というのはね、人に物を一つ施すと、その徳により莫大《ばくだい》な物が得られることをいうのだ」と答えた。弟は、「ではおれはあなたのいうように、人に物を施そう」といって、一つの倉を開け、財宝を取り出して人に与えた。そうしておいて、急いで別に倉を五つ六つ建てた。人が、「なぜ急に倉を建てたのですか」と聞くと、「功徳《くどく》をしたからだ」と答えた。

こうして九十日の間、財宝を人に施したあとで、尊者に、「あなたは、『仏はいまだ嘘《うそ》いつわりをおっしゃったことがない』といったが、それはいったいどういうことです。おれの倉に功徳は満ちていないじゃないですか」となじる。目連は、「そなた、わしの袈裟《けさ》につかまっていよ」といってつかまらせた。そして、四天王天《してんおうてん》・忉利天《とうりてん》・夜摩天《やまてん》・兜率天《とそってん》・楽変化天《らくへんげてん》・他化自在天《たけじざいてん》の一つ一つに昇り行き、一つ一つ見させた。さまざまの楽しさ不思議さは数え尽くせないほどである。

第六番目の他化自在天《たけじざいてん》に来ると、三十九重の垣根《かきね》が巡らされ、その中におのおの一人の女がいる。瑠璃《るり》の女は瑠璃の座にすわり、瑠璃の糸を掛けて瑠璃の衣を縫っており、硨磲《しゃこ》の女は硨磲の座にすわり、硨磲の糸を掛けて硨磲の衣を縫っている。一番最後の門内には、金の女が金の座にすわり、金の糸を掛けて金の衣を縫っていた。

弟はこれらを一つ一つ見て、「転輪聖王《てんりんじょうおう》の快楽《けらく》の家にもこのような女はいない。忉利天《とうりてん》の喜見城《きけんじょう》にもこれと同じ女はいなかったし、わが国の波斯匿王《はしのく》の宮殿にもこれと等しい女はいない。じつに不思議だ」と思った。そこで弟はそばに寄り、「あなたがたはどなたですか。何にしようと糸を掛け、何にするため衣裳を縫っているのですか」と尋ねると、天女は、「これは娑婆《しゃば》世界の釈迦牟尼《しゃかむに》如来の御弟子《みでし》である目連尊者《もくれんそんじゃ》の弟が、善根を修めてこの天に生まれることになっているから、それに着てもらうため、糸を掛け衣裳を縫っているのです。わたくしたちもその人の侍女として奉仕するつもりです」と答えた。

この言葉をきくや、弟は喜びに躍り上り、「わが兄目連はけっして嘘《うそ》はおっしゃらなかった。このの生々世々《しょうじょうせぜ》私を導いてくださる高僧だ」といい、人間世界に帰って善根を修めるようになった。仏は、「あの弟はかならずかの第六天（他化自在天《たけじざいてん》）に生まれ、このうえなくすぐれた楽しみを味わうことになろう。そこの天人の寿命は人間世界の千六百歳をもって一日一夜として、一万六千歳である。その寿命が尽きて、最後は仏道に入ることになろう」とお説きになった、とこう語り伝えているということだ。

〈語釈〉

○**目連尊者**《もくれんそんじゃ》　目犍連《もくけんれん》。仏十大弟子の一。神通《じんずう》第一の人。尊者は高徳者の尊称。○**善根**《ぜんごん》　善い果報を招くべき善因。○**三悪道**　地獄・餓鬼《がき》・畜生の三道。悪趣。

○**善所**　六道（六趣）の中の人間・天上の二、あるいは修羅《しゅら》・人間・天上の三。善道。

○**法師なんて……**　『枕草子』第七段に、「思はん子を法師になしたらんこそ物ぐるほしけれ」とあり、『徒然草』第一段にも、「法師ばかり羨《うらや》ましからぬものはあらじ」とある。

○**噓**　五悪（殺生・偸盗《ちゅうとう》・邪淫《じゃいん》・妄語《もうご》・飲酒《おんじゅ》）・十悪の一。

○**袈裟**《けさ》　法衣《ほうえ》。

○**四天王天**《してんおうてん》　四王天。六欲天の第一天。持国《じこく》・増長《ぞうじょう》・広目《こうもく》・多聞《たもん》（毘沙門《びしゃもん》）の四天王が住み、須弥《しゅみ》の四州を守護し、仏法帰依《きえ》の衆生を守る。

○**忉利天**《とうりてん》　六欲天の第二天。須弥山《しゅみせん》の頂上にある天で、帝釈天《たいしゃくてん》が住む。

○**夜摩天**《やまてん》　六欲天の第三天。ここにある者は時に随《したが》って快楽《けらく》を受ける。○**兜率天**《とそつてん》　六欲天の第四天。ここに生まれる者は自ら受けるところの五欲の楽しみにおいて満足する。

○**楽変化天**《らくへんげてん》　化楽天《けらく》ともいう。六欲天の第五天。ここに生まれる者は自己の対境を変化して、娯楽の境とする。
○**他化自在天**《たけじざいてん》　六欲天の第六天。ここに生まれる者は他人の変現する楽事をかりて、自由に自己の快楽《けらく》とする。
○**おのおの一人の女**　『法苑珠林』には「玉女宮二従シ数千万衆一ヲ。純女ニシテ無レシ男」、『私聚百因縁集』には「三百六十人ノ玉女アリ」とする。
○**瑠璃**《るり》　次の硨磲《しゃこ》とともに七宝の一。○**硨磲**《しゃこ》　熱帯の珊瑚礁《さんごしょう》に住む貝の一種。
○**転輪聖王**《てんりんじょうおう》　世界を支配する理想的帝王。○**喜見城**《きけんじょう》　帝釈天《たいしゃくてん》の住む城。一名、善見城。
○**波斯匿王**《はしのくおう》　中インド舎衛国《しゃえこく》王で、仏教の外護者。
○**娑婆**《しゃば》**世界**　「娑婆」は梵語《ぼんご》の音訳。忍土・堪忍土と意訳する。われわれの住むこの世界。この世界の生類は忍んで十悪に堪え、また、あえてこの国土より離脱する念がないから、堪忍《かんにん》なくしては生存しえない意で言い、また諸菩薩《ぼさつ》が衆生を教化《きょうけ》するためには忍んで労苦を受ける意で堪忍世界という。
○**生々世々**《しょうじょうせぜ》　現世も後世も。未来永劫。

后、王勅《おうちょく》を背《そむ》きて、仏《ほとけ》の所《ところ》に詣《いた》れる語《こと》、第廿五

今は昔、天竺《てんじく》に大王がいて、五百人の后をもっていた。この大王が勅命を下した。「宮廷内の后および美しい侍女《じじょ》たちは仏道に入ってはならぬ。もしこの勅命に背くものがあれば、

兵士をさしむけてそやつを殺すことにする」。このため、一人として仏道に入る者もなく、長年経過した。

ところが、一人の最愛の后が、「私は大王に寵愛《ちょうあい》されて、仏法がなんであるか聞いたことがない。今はこの世の楽しみを思う存分味わっているが、死後は地獄に落ちて永久に出られないだろう。流れる水は海に入らないものはない。生まれた者はかならず死ぬ。私は五百人の后の中の最愛の后であるが、死ねばかならず無間《むけん》地獄に落ちるだろう。死ぬには早い遅いの違いこそあれ、遁《のが》れることはできない。それゆえ、たちまち殺されてしまおうともかまわない。どうせ死ねば土となるからだ。同じことなら仏のみもとに参り、仏法を聞いて死のう」と、こう思って、ひそかにひとり王宮を抜け出し、仏のみもとに参った。

まず御弟子《みでし》に会い、「仏法をお説きください。私はそれが聞きたいのです」という。御弟子が、「そなたたち王宮の人はだれも仏道に入ってはならぬという勅命があると聞いている。教えるのはいいが、そなたの命がどうなるかわかりませんよ」というと、后は、「私は大王の勅命に背いて、仏法を聞こうがためにひそかに出てきたのです。王宮に帰ったなら死ぬこと疑いありません。とはいえ命のある者はかならず死にます。栄える者はかならず衰えます。国王の寵愛《ちょうあい》を受けたにしても、それが万年も続くとは思われません。ほんのしばらくの愛欲に執着《しゅうじゃく》して、三悪道に落ちてもつまりません。どうぞ、尊いお教えをお聞かせください」といった。

そこで、御弟子《みでし》の比丘《びく》は三帰《さんき》の教えを説き聞かせた。后は、「仏の説く教えには、まだほかにありますか」と聞く。比丘はこのほか、十二因縁の法や四諦《したい》の法を説き聞かせなさった。后は、「私が師にお会いしてお顔を見ることはいまが最後です。王宮に帰れば即座に死が待っています。しかし、三悪道の苦しみを離れて浄土に生まれる種を植えました。なにとぞこの善根《ぜんごん》により死後の世にはついに仏になりますように。そして一切《いっさい》衆生を導こうと思います」と誓い、比丘を礼拝して帰っていった。

王宮に帰りつき、そっと垂れぎぬを掻き上げて内に入ろうとするとき、国王がこれを見付け、弓を十分に引きしぼって、みずから后を射た。だが、その一の矢は虚空《こくう》に舞いあがり、二の矢は后を三度回って落ち、三の矢は猛火となって焼け失《う》せた。それを見た大王は、「そなたは人間ではないな。天人か、竜か、夜叉《やしゃ》か、それとも乾闥婆《けんだつば》か」という。后は、「私は天人でも竜でもありません。また、夜叉や乾闥婆でもありません。私はただ仏のみもとに参り、仏法を聞いただけです。その善根により、金剛密迹《こんごうみっしゃく》が私をお救いくださったのです」と答えた。

そのとき、大王は弓矢を投げうち、「以後、王宮内の者はもとより国内の人民は仏法を信じよ。もしこの命に背《そむ》く者は死罪に処するであろう」と勅命を下された、とこう語り伝えているということだ。

〈語釈〉

○**大王**　『法苑珠林』は『出曜経』を引いて、「仏在リ二拘睒弥《くえんみ》国一ニ。国王ハ号シテ曰フ二優塡《うでん》ト一」とある。

○**無間《むけん》地獄**　阿鼻《あび》地獄ともいう。八熱地獄の一。最下底にあり、極苦の地獄。

○栄える者は……　いわゆる「盛者必衰《じやうじやひつすい》」（『未生怨経《みしようおんきよう》』『仁王般若経《にんのうはんにやきよう》』巻下）。『平家物語』巻一に「娑羅双樹《しやらさうじゆ》の花の色、盛者必衰《しやうじやひつすい》の理《ことわり》を現《あらは》す」とある。
○三帰《さんき》　三帰依《きえ》。三自帰・三帰戒ともいう。仏・法・僧の三宝に帰依すること。**○十二因縁の法**　十二因縁は十二縁生・十二縁起などともいう。三界《さんがい》（迷いの世界で、欲界・色界《しきかい》・無色界をいう）における迷いの因果を十二に分けたもの。十二は、無明《むみよう》・行《ぎよう》・識《しき》・名色《みようしき》・六処《ろくしよ》・触《そく》・受《じゆ》・愛《あい》・取《しゆ》・有《う》・生《しよう》・老死《ろうし》。

さて仏教では、諸法（あらゆる事物）は無我であって実体がなく、神・仏が作ったものでないとする。因と縁が寄り合って生じたもので、これを因縁所生の法、縁起の法というが、人間の出生・老死についての因縁を説いたものが十二因縁の法である。第一の「無明」は無始の無明といい、これは遠大の過去からわれわれの心について離れない迷いの心である。無明煩悩《ぼんのう》とも、単に煩悩とも惑ともいう。この過去における無明が縁となって、過去においてもろもろの業《ごう》を作る。これが「行」である。

この無明と行とがわれわれの生まれる前の因、すなわち過去因である。この因により父母を縁として母胎に宿る。これを「識《しき》」という。

受胎の時の一刹那《せつな》の意識である。この識が胎内において発達して行く過程を「名色《みようしき》」という。名《みよう》は心、色《しき》は身で、いまだ六根《ろつこん》の整わない状態である。それが月満ちて眼耳鼻舌身意《げんにびぜつしんい》の六根が備わる。これを「六処《ろくしよ》」という。

これが出生して外界と接触するのを「触《そく》」。そして苦楽を感受し、喜怒愛楽の情を起こす。この状態を「受《じゆ》」という。

「識《しき》」から「受《じゆ》」までの五つの状態は、過去因による現在果である。やがて青少年期を迎えると種々の欲望が生じる。これが「愛」。単に愛欲に限らずすべての欲望をいう。

さらに壮年期になると、欲望を追求して目的物を取得しようとする。これを「取《しゆ》」という。「愛」と「取」とが縁となってもろもろの業《ごう》を作る。それが「有《う》」である。有に善・悪の業があり、また無記《むき》といって善とも悪ともいえないものもある。この有《う》が未来の生死を決定するので、愛・取・有の三は現在の因である。

この現在因により未来に識《しき》・名色《みようしき》・六処《ろくしよ》・触《そく》・愛の果《か》を得、また未来において愛・取《しゆ》・有《う》の業因により、さらに未来に生まれて「老病」する。このように三世また三世と繰返し、輪廻《りんね》して尽きることがない。これを三世両重因果という。

三世にわたるわれわれの存在は因縁果の連続であり無明にはじまる十二因縁の諸相はすべて苦である。この苦からの解脱が涅槃《ねはん》である。この十二因縁の理を悟り、飛花落葉の無常を観じて悟道《ごどう》に達した聖者を縁覚《えんがく》（四聖〈仏・菩薩《ぼさつ》・縁覚・声聞《しようもん》〉の一）といい、この人々は無師独悟するので独覚ともいう。また、辟支仏《びやくしぶつ》果という悟りの果位を得るので辟支仏という。

○四諦《したい》の法　四諦は四聖諦ともいう。諦は真理の意で、仏教の綱格を示す四つの真理。苦諦《くたい》・集《じゆう》諦《たい》・滅諦《めつたい》・道諦《どうたい》である。

この四諦について述べてみると、「苦諦」は、人生は苦なりとみることである。苦の根本的なものは生《しよう》老病死《ろうびようし》の四苦であるが、その他、愛別離苦《あいべつりく》（愛する人とも別れねばならぬ苦）・怨憎会苦《おんぞうえく》（いやな人ともいっしょに暮らさねばならぬ苦）・求不得苦《ぐふとくく》（求めても得られぬ苦）・五陰盛苦《ごおんじようく》（肉体や精神から来るもろもろの苦）の四苦があり、前の四苦と合わせて八苦とする。四苦八苦というのがこれである。

これらはすべて執着《しゅうじゃく》に基づくものであるが、こうした苦が現実の相であるとするのが苦諦である。「集諦」は苦諦の原因を捉えたもの。苦が何によって生じるかといえば、それは我《が》の一念による。おのれという貪《とん》・瞋《じん》・痴《ち》の三毒となり、それをもとに八万四千の煩悩《ぼんのう》が生じる。この煩悩の集積が苦の原因であり、苦諦は集諦の果である。

では、こうした苦を脱するにはどうすればよいか。それを説くのが「滅諦《めったい》」である。滅は、我の一念と、それによって生じる煩悩、さまざまの迷いを滅するのである。迷いは相対観、対立の思考である。この思考が心を動揺させ、妄念・妄執となる。滅すべく捨て去るべきものは執であり、対立観であり、迷いであるとするのが滅諦であり、いかにして捨て去ることを得るかを説くのが「道諦」である。道とは八正道である。八聖道・八正道分・八正道支・八支正道ともいう。

聖者の修すべき八つの正しい道、これを実践することによって迷い・苦が消滅する。正見《しょうけん》・正思惟《しょうしゆい》・正語《しょうご》・正業《しょうごう》・正命《しょうみょう》・正精進《しょうしょうじん》・正念《しょうねん》・正定《しょうじょう》の八つの聖行《しょうぎょう》がこれである。

さて、十二因縁・四諦のほか三法印（諸行無常・諸法無我・涅槃《ねはん》寂静の三）などの教説は釈尊一代の仏教の根本となるもので、これらを根本仏教と称している。

○**善根《ぜんごん》**　善い果報を招くべき善因。ここでは比丘《びく》による聞法をいう。

○**天人か、竜か、夜叉《やしゃ》か、それとも乾闥婆《けんだつば》か**　ともに天竜八部衆（仏法を守護する八部の異類）の一。このうち、乾闥婆《けんだつば》は帝釈《たいしゃく》に仕え罪業をつかさどる。地上の宝山中に住み、酒肉を食わず香のみを食べる。

○**金剛密迹《こんごうみっしゃく》**　執金剛神《しゅうこんごうしん》・密迹金剛ともいう。手に金剛杵《こんごうしょ》を執《と》って仏法を守護する勇猛神。那羅延《ならえん》金剛とともに二（仁）王とされる。

仏、迦旃延《かせんねん》を以て、罽賓国《けいひんこく》に遣《つか》わせる語《こと》、第廿六

今は昔、天竺《てんじく》において、仏が衆生《しゅじょう》を教化《きょうけ》しようがために、舎利弗《しゃりほつ》・目連《もくれん》・迦葉《かしょう》・阿難《あなん》等の御弟子《みでし》五百人をおのおの諸国に派遣したが、迦旃延《かせんねん》は罽賓《けいひん》国を担当することになった。

そのとき、迦旃延《かせんねん》は、「かの国は以前から神の国で、いまだかつて仏法のなんたるかを知りません。ただ昼夜を問わず、狩猟・漁獲を事としている国です。どうして教化《きょうけ》などできましょう」といった。仏は、「かまわぬから早く行け」とおっしゃる。迦旃延は仏の仰せによりその国に行き着き、「悪い樹木は根元から切ってしまえば枝葉は出ない。だからわしはまず国王のところに行って、これを教化しよう」と思い、王宮にやってきた。

たまたま国王が狩に出発しようとするときであった。数千万騎の家来がつき従っている。迦旃延《かせんねん》は錫杖《しゃくじょう》を肩に荷《にな》い、衣鉢《えはつ》を臂《ひじ》に掛けてその前に歩み出て立った。人々はこれを見て、「まだ見たこともない姿をしたやつが出て来たぞ。いったい、なにやつだ」と驚き怪しみ、大王にこのことを申し上げた。王は聞いて、「かまわぬ、すぐ殺してしまえ」と命じる。そこで、即座に首を斬ろうとすると、迦旃延は、「しばらく待ってくれ。わしは大王に申すべきことがある」といって王の前に進み出た。

王は、「お前はいったいだれだ。まだ見たこともない姿をしたやつじゃ。こんなところに

来るとはじつにたわけたやつ」という。迦旃延はそれに対し、「大王はまことにごりっぱでいらっしゃる。私はまったく見苦しい者です。ひとつ、私が大王の御狩の先頭に立ってまいりましょう」と答えた。大王はこの男をおもしろく思い、いっしょに連れて王宮に帰った。

〈語釈〉

○**衆生**《しゆじよう》　すべての生物。生きとし生けるもの。○**舎利弗**《しやりほつ》　仏十大弟子の一。知恵第一の人。○**目連**《もくれん》　目犍連《もくけんれん》。仏十大弟子の一。神通《じんずう》第一の人。
○**迦葉**《かしよう》　摩訶《まか》(大)迦葉。仏十大弟子の一。頭陀行《ずだぎよう》第一の人。
○**阿難**《あなん》　阿難陀《あなんだ》。仏十大弟子の一。多聞《たもん》第一の人。
○**迦旃延**《かせんねん》　仏十大弟子の一。論議第一の人。巻一第二十三話に「迦多演那比丘《かたえんなびく》」とある人に同じ。南インドの富豪の婆羅門《ばらもん》の出で、釈尊より年長といわれる。
○**罽賓**《けいひん》**国**　北インドにあった大国。仏教が盛んであった。
○**神の国**　仏教の行なわれない異教国の意か。
○**錫杖**《しやくじよう》　僧侶《そうりよ》や修行者の持つ杖《つえ》。
○**衣鉢**《えはつ》　袈裟《けさ》と鉢《はち》と。三衣一鉢《さんえいつぱつ》というと、僧が常に持っているべきもので、これ以外のものを持つことは仏の制を破るものであるという。なお三衣は僧伽梨《そうぎやり》(=大衣)、鬱多羅僧《うつたらそう》(=七条)、安陀会《あんだえ》(=五条)、の三。鉢は応量器ともいい、僧が食物を受ける鉢のこと。

大王は側近を呼んで、「こやつにうまい物を作って食わせてやれ」と命じ、迦旃延《かせんねん》に食事を与えた。迦旃延は喜んで食べる。大王が、「うまかったか」ときく。「おいしゅうございました」。すると、こんどはまずい食べ物を持って来て食べさせた。「こんどのはどうだ」と大王がきく。「これもまた、おいしゅうございます」と答えた。そこで大王が、「うまい食いものもまずい食いものも、どっちもうまいというのはどういうわけだ」ときくと、迦旃延《かせんねん》は、「法師の口というのは竈《かまど》のようなものです。うまいものもまずいものも、腹に入れば味はどれもまったく同じです」と答えた。大王はこれを聞いてひどく感心した。

迦旃延《かせんねん》は、「私は九十日間、さる女から招請されています。そこへ行って説法してやろうと思います」といって出ていった。そしてその女の家に行ってそこに足を留《と》める。女は頭髪を抜いて売り、それをもって供養《くよう》した。九十日が果てて、また王宮にやってきた。王が、「お前はここしばらく姿を見せなかったが、どこに行っていたのか。食いものはどうしていたのだ」と尋ねる。迦旃延は、「私は九十日間、女のために説法してやっていました。その女が頭髪を抜いて売り、それで私を食べさせていたのです」と答えた。

これを聞いた大王は、「わしはその女が見たい」といい、即刻、使者をやって召したが、女は来ない。帰って来た使者が、「その女は体から光を放っております。美しいことこのうえありませんでした」と報告した。すると大王はすぐに花の輿《こし》を造り、千万人の美々しい行列をさし向けて、女を迎えにやった。女は花の輿《こし》に乗り光を放って王宮に着いた。

大王がこれを見ると、いままでいた五百人の后は蛍《ほたる》のように光がうすれ、この女は日月のごとくであった。そこで、ただちに后としてこのうえなく寵愛《ちょうあい》し、昼夜をわかたずごきげんをとった。后は大王に、「私を寵愛してくださるのなら、まず大王をはじめとして国内のすべての人民が熱心に仏法を信じるようになさってください」とお願いする。大王は后の教示に従い仏法を信じるようになり、国内の人民もまたことごとく仏法に帰依《きえ》するに至った。女がたちまちに光を放つ身となり、后として寵愛されるようになったのは、迦旃延《かせんねん》の説法の力によるものであり、またこれによりこの国にはじめて仏法が広まった。これひとえに迦旃延の力である、とこう語り伝えているということだ。

阿闍世《あじゃせ》王《おう》、父《ちち》の王《おう》を殺《ころ》せる語《こと》、第廿七

今は昔、天竺《てんじく》の阿闍世《あじゃせ》王は提婆達多《だいばだった》を親友知己として、相手のいうことを絶対間違いのない金言と信じていた。提婆達多《だいばだった》はその信頼の様子を見て、阿闍世《あじゃせ》王に、「あなたは父の大王を殺して新王となりなさい。私は仏を殺して新仏となるつもりです」という。

阿闍世王は提婆達多の言葉を信じて、父の頻婆沙羅《びんばしゃら》王を捕え、はるか人跡絶えた所に七重の壁で囲《かこ》った室を造ってその中に幽閉し、堅く戸を閉じ、腕っぷしの強い門衛を置いて、「絶対に人を近づけるな」と厳命した。こういう勅命を何度となく下し、諸大臣・諸卿に言い聞かせて、だれ一人近づけず、七日以内にかならず殺害してしまおうと計画していた。

これを見た母后の韋提希《いだいけ》夫人《ぶにん》はひどく泣き悲しみ、自分が心のねじけた悪人の子を生んだために大王が殺されることになったのを嘆いて、ひそかに蘇蜜《そみつ》を作って麦粉に混ぜ、それを

持ってかの室にそっと忍び寄り、大王の御身に塗った。また、自分の身につけている瓔珞《ようらく》に手を加え、その中におもゆを入れてそっと大王にさしあげた。

大王はすばやく麦粉を食べ、手を洗い口を漱《すす》いでうやうやしく合掌し、はるか遠く耆闍崛《ぎしやくつ》山《せん》の方に向かって涙ながらに礼拝した。「一代教主釈迦牟尼《しやかむに》如来《によらい》よ、なにとぞ私のこの苦しみをお救いください。仏法にはめぐり会いながら、心よこしまな子のために殺されようとしております。目犍連《もくけんれん》はおいでになりますか。私のために八斎戒《はちさいかい》をお授けくださいますか。私のためにお慈悲をかけて八斎戒をお授けくだ

さい。それをもって死後の世のための善根《ぜんごん》といたしたいと思います」。仏はこの願いをお聞きになり、慈悲のお心をもって、目連・富楼那《ふるな》をさし遣わした。二人の羅漢《らかん》は隼《はやぶさ》のように空を飛んで即座に頻婆沙羅《びんばしやら》王のところに至り、戒を授け法を説いた。日々このようにやって来る。

阿闍世《あじやせ》王は門衛に、「父王はまだ生きているか」と問う。「まだ生きておられます。お顔つきもうるわしく生き生きとして、亡くなられるようなご様子はさらさらございません。と申すのも、国王夫人《ぶにん》であられる韋提希《いだいけ》さまが、ひそかに麦粉に蘇蜜《そみつ》を交ぜて王の御身に塗り、瓔珞《ようらく》の中におもゆを入れてそっと王にさしあげておられるからです。また、目犍連《もくけんれん》と富楼那《ふるな》の二人の大羅漢《らかん》が、空を飛んで来て戒を授け法を説くからであります。そのたびごとに制止しておりますが、いかんともできかねております」と門衛が答えた。阿闍世《あじやせ》王はこれを聞いていちだんと怒りを増し、「わが母韋提希《いだいけ》はまさに盗賊の一味だ。悪比丘《びく》の富楼那《ふるな》・目連《もくれん》を仲間に引き込んで、わが父悪王の盗賊めを今日まで生かしておいたのだ」といって、剣を抜

いて母の夫人を捕え、その首を斬ろうとした。

このとき、菴羅《あんら》衛《え》女《にょ》の子である耆婆《ぎば》大臣というものが阿闍世王の前に進み出て、「わが君、いったいどういうおつもりでこのような大逆罪を犯されるのですか。『毗陀論経《びだろんきょう》』に、『劫初《ごうしょ》以来、この世に出現した悪王で、王位を奪うために父を殺した者は一万八千人ある』と書いてあります。しかし、いまだかつて理不尽にも母を殺害した人のあることは聞いておりません。大王よ、なおよくお考えになって、この悪逆をおやめください」と諫《いさ》めた。王はこれを聞き、大いに恐れをなして剣を捨て、母の殺害を思いとどまった。だが、父王はついに死んだ。

〈語釈〉

○**阿闍世《あじゃせ》王**　摩竭《まかだ》提国王。頻婆《びんば》沙羅《しゃら》王の子で、父を殺し母を幽閉したことで知られる悪王。のち、仏教教団の外護者となる。

○**提婆《だいば》達多《だった》**　調達《ちょうだつ》・天授《てんじゅ》などともいう。釈尊の父浄飯王《じょうぼんおう》の弟斛《こく》（黒）飯王《ぼんおう》の子。阿難《あなん》の弟で、釈尊には従弟に当たる。あるいは白飯王《はくぼんおう》の子ともいう。釈尊成道後、出家して弟子となった。生来、名《みよう》聞利《もんり》養《よう》の心強く、その出家前においては悉達《しっだ》太子（釈尊）としばしば対抗し、出家後も釈尊の威勢を嫉《ねた》み、兄の阿難について神通《じんずう》の術を学び、阿闍世《あじゃせ》王と結んで釈尊を滅ぼし、みずから新仏となろうと企てたが成らず、ついに五百の比丘を糾合《きゅうごう》し一派を立てた。のち、阿闍世王はその党を離れ、また五百の比丘も提婆達多の睡眠中ことごとく帰仏したため、かれは悶々の中に死に、死後地獄におちたという。

○**頻婆沙羅王**《びんばしやら》　摩竭提国王《まかだ》。影勝王《ようしよう》ともいう。深く釈尊《しやくそん》に帰依《きえ》し、竹林精舎を建てて寄進した。○**韋提希夫人**《いだいけぶにん》　舎衛国波斯匿王《しやえこくはしのく》の妹とも、毗提訶国《びだいか》の大臣娑迦羅《しやがら》の子師子《しし》の女《むすめ》ともいう。意訳して思惟《ゆい》・思勝・勝妙《しようみよう》・勝身《しようしん》ともいう。

○**蘇蜜**《そみつ》　乳製品（バターに類するもの）と蜂蜜と。

○**大王の御身に塗った**　『観無量寿経《かんむりようじゆ》』では、韋提希夫人《いだいけぶにん》みずからの身に塗って王に食べさせたことになっている。

○**瓔珞**《ようらく》　珠玉・貴金属で作った装身具。○**耆闍崛山**《ぎしやくつせん》　霊鷲山《りようじゆせん》のこと。摩竭提国王舎城《まかだおうしや》の東北にある山。今のチャタ山。釈尊説法の地として著名。霊山《りようぜん》。鷲峰《じゆほう》。○**一代教主**　釈尊をいう。菩提樹下成道から沙羅双樹下入滅までの一生涯教えを説かれた方、の意。

○**目犍連**《もくけんれん》　目連。仏十大弟子の一。神通第一の人。

○**八斎戒**《はちさいかい》　八関斎戒・八戒斎・八戒・八支斎戒・八所応離ともいう。在家の者が一日一夜の間持《たも》つ出家の戒律で、不殺生戒《ふせつしよう》・不偸盗戒《ふちゆうとう》・不邪淫戒《ふじやいん》・不妄語戒《ふもうご》・不飲酒戒《ふおんじゆ》・不塗飾香鬘歌舞観聴戒《ふとしよくこうまんかぶかんちようかい》（虚飾をせず、歌舞せず観聴せぬこと）・不眠坐高広厳麗牀座戒《ふみんざこうこうごんれいしようざかい》（贅沢《ぜいたく》な座臥の具を使用せぬこと）・不非時食戒《ふひじじきかい》（決められた時間以外に食事せぬこと）の八戒をいう。この中、第八が正しく「斎」（心の汚れを浄める）で、前の七が「戒」（身の過非を止める）である。また第六を不著花鬘瓔珞戒《ふちやくけまんようらくかい》・不習歌舞戯楽戒《ふしゆうかぶけらくかい》の二つに分けて、八戒と一斎とを合わせたものとすることもある。

○**富楼那**《ふるな》　仏十大弟子の一。説法第一の人。すこぶる弁舌に長《た》けた人として知られる。

○**羅漢**《らかん》　阿羅漢。阿羅漢果（声聞四果《しようもんしか》の最上位）を得た聖者。

○**隼**《はやぶさ》　ワシタカ科の猛禽《もうきん》。飛翔《ひしよう》きわめて早く、古来、鷹狩などに用いられた。

○**菴羅衛女**《あんらえによ》　菴没羅女《あんもら》・菴摩羅女《あんまら》・菴婆羅女《あんばら》・菴羅女・菴樹女・柰女《なによ》なども書く。摩竭提国《まかだこく》王舎城の名医耆婆《ぎば》の生母。毘舎離国《びしゃり》の婆羅門《ばらもん》の一庭園の菴没羅樹《あんもらじゅ》の瘤節《りゅうせつ》上に分出した枝条間から生まれ、十五歳のとき、七王が求婚したが解決するに至らなかった間に、摩竭提国頻婆娑羅王《びんばしゃら》（あるいは王子無畏《むい》）の子を妊《はら》み、ついに耆婆《ぎば》を生んだ。成長して後は経術を研究するかたわら、天文・音楽にも通達し、従学する子女五百人に及んだと伝える。仏が毘舎離国《びしゃり》からこの国に来たとき、須《す》曼《まん》・波曇《はどん》の二女とともに教化《きょうけ》を受け、五百人とともに出家し、所持する菴没羅《あんもら》樹園をも寄進して説法の道場とした。

○**耆婆**《ぎば》　インドの医師。耆婆伽・時縛迦《じばか》・尸縛迦《しばか》・祇婆・時婆・耆域・耆旧とも書く。その父母については異説があり、父を頻婆沙羅王《びんばしゃら》（瓶沙王《びんさ》）、母を菴羅衛女《あんらえによ》といい、また王舎城中の婬女娑羅跋《しゃらば》提《だい》とし、また父を王子無畏《むい》ともいい、つまびらかでない。医師になろうとして徳叉尸羅国《とくしゃしら》の賓迦羅《ひんから》に学ぶこと七年ののち本国に帰り、諸人に施薬し南方大国の残虐な王の病を全癒させて仏に帰せしめ、釈尊の風疾、阿那律《あなりつ》の失明、阿難の瘡《かさ》などを治療し、医王として崇敬されるに至った。ことに阿闍世《あじゃせ》が父王殺害後、悔恨の念の生じたのに乗じて帰仏させた事蹟は有名である。

○**大逆罪**　五逆罪に同じ。殺父・殺母・殺阿羅漢《あらかん》・破和合僧《はわごうそう》・出仏身血の五種。

○**毘陀論経**《びだろんきょう》　『吠陀《べいだ》』に同じ。婆羅門《ばらもん》教の根本聖典。これに四種ある。

1、梨倶《りぐ》吠陀　（主として天地自然神に対する賛嘆《さんだん》の詩を集めたインド最古の書）。

2、娑磨《しゃま》吠陀　（蘇摩祭のとき、諷詠する目的で、賛嘆の詩にアクセントを付し、祭の順序に従って整えた書で、大部分は梨倶《りぐ》吠陀の詩の再録である）。

3、夜柔《やじゅる》吠陀　（祭式に関する書で、これにまた二種ある）。

（イ）黒夜柔吠陀—一部分は梨倶吠陀と共通する賛嘆の詩と、これを祭祀として注解する散文の説明とより成る。

（ロ）白夜柔吠陀—説明の部を省いて、ただ賛嘆詩の部分のみを集めたもの。

4、阿闥婆吠陀《あだばべだ》（諸種の災害禍凶を除き、低級な快楽幸福を得るための呪文《じゅもん》等を集めた書）。

○**劫初《ごうしょ》**　劫の初め。この世界の創成されたはじめ。「劫」は数ええないような遠大な時間の単位。

その後、仏は鳩尸那城《くしな》、抜提河《ばだいが》のほとりの沙羅林《しゃらりん》の中におられて、大涅槃《だいねはん》の教法をお説きになった。そのとき、耆婆《ぎば》大臣が国王に向かい、「わが君は逆罪を犯された。かならず地獄に落ちなさるでしょう。ところで、いま仏が鳩尸那城《くしな》、抜提河《ばだいが》のほとりの沙羅林《しゃらりん》の中におられて、常住《じょうじゅう》仏性《ぶっしょう》の教えを説き、一切衆生《いっさい》を導いておいでになります。いますぐそこにおいでになって、罪を懺悔《さんげ》なさいまし」と勧めた。阿闍世《あじゃせ》王は、「わしはすでに父を殺してしまった。仏はけっしてわしに好意をお持ちになるまい。また、私をお近づけにもなるまい」といったが、耆婆《ぎば》大臣は、「仏は善を行なう者もお近づけになるし、悪を行なう者もお近づけになります。一切《いっさい》の衆生に対して、わが子と変わることのない平等のいつくしみを垂れてくださいます。ですから、ぜひおいでなさい」という。

だが、阿闍世《あじゃせ》王は、「わしは逆罪を犯したのだ。絶対に無間《むけん》地獄に落ちるであろう。仏にお会いしてもこの罪が消えることはあるまい。またわしはすでに年老いてもいる。いまさら恥をかいてもつまらない」といって渋《しぶ》る。大臣は、「あなた様がこんど仏にお会いして父を殺した罪をお消しにならなければ、このさきいつの世にその罪をお消しになることができましょう。無間《むけん》地獄に落ちてしまわれれば、絶対に出られるときはないでしょう。どうあろうと、ぜひおいでなさい」と熱心に勧めた。

そのとき、仏の御光が沙羅林《しゃらりん》からさし出て、阿闍世王の身を照らした。これを見た阿闍世王は、「世界の終わりにこそ日月が三つ出て世を照らすと聞いている。もしや今が世界の終わりなのか、月の光がわしの身を照らしている」といっておののいた。大臣は、「大王よ、お聞きください。たとえばたくさんの子をもつ人があったとします。その中に病気の子などがあれば、父母はとくにいつくしみ育てるものです。大王はすでに父を殺してしまわれた。その罪は重いものです。それはいわば子の病気が重いのと同じではありませんか。仏はすべての者に対しわが子同様のいつくしみをおかけになります。いまこの光は、仏が大王を救ってくださろうがためにお射《さ》しになった光でありましょう」という。

国王は、「ではためしに仏のみもとへ参ってみよう。そなたもわしについて来いよ。わしは五逆罪を造ったのだ。途中で大地が裂け、地獄に落ち込むかもしれぬ。もしそういうことにでもなれば、そなたを捕まえるからな」といって、大臣を連れて仏のみもとに参ろうとした。出発に当たっては、車五万二千輛《りょう》のことごとくに法幢《ほうどう》・幡蓋《ばんがい》を掛け、大象五百頭にそれぞれ七宝を背負わせた。つき従う大臣たちはどれほどあったろうか。

すでに沙羅林《しゃらりん》に着いて、仏の御前に進み出た。仏は王をご覧になり、「そなたは大王阿闍《あじゃ》世《せ》であるか」とお尋ねになるや、即座に王は初果《しょか》を証得し、来世の成仏を仏から告げられた。

仏は、「わしは万が一にもそなたを仏道に入れずにはおかないつもりであった。いま、そなたはわしのもとに来た。そしてもはや仏道に入ったのだ」とおっしゃった。

これによって思うに、父を殺した阿闍世《あじゃせ》王が仏のお姿を見て三界《さんがい》の迷いを断ち、初果《しょか》を得たとすれば、仏を見奉る功徳《くどく》は計り知れない、とこう語り伝えているということだ。

〈語釈〉

○**鳩尸那城**《くしなじょう》　拘尸那掲羅城《くしながらじょう》。中インドにあり、古くは拘舎抜提《くしゃばだい》と称し、末羅《まら》族が住んだ。釈尊はこの地の跋提《ばだい》河畔の沙羅林《しゃらりん》中に入滅したという。○**抜提河**《ばだいが》　跋提河とも書く。

○**沙羅林**《しゃらりん》　沙羅樹は堅固と意訳し、釈尊入滅の所に繁っていた樹木として知られる。樹幹は長大、葉は長円形で長さ二、三十センチ、花は花枝の先に尖《とが》り咲きの花房《ぶさ》があり、弁は淡黄色の小花である。

○**大涅槃**《だいねはん》**の教法**　この説法を『涅槃経』とする。涅槃は、すべての煩悩《ぼんのう》の束縛を解脱《げだつ》して真理を究め、迷いの生死を超越して不生不滅の法を体得した境地、煩悩を滅却して絶対自由となった境地をいう。悟り。

○**常住**《じょうじゅう》**仏性**《ぶっしょう》**の教え**　『涅槃経』所説の教法をいう。すなわち、法身《ほっしん》常住（常在霊鷲山《じょうざいりょうじゅせん》—釈迦仏の肉体を持った応身《おうじん》は八十歳で入滅しても真理の当体としての法身は永遠に滅することはないということ）の根底に立って、すべての衆生に本来的に仏性が具《そな》わっていること（一切衆生悉《ことごと》ク有二リ仏性一）を説いたもの。

○**懺悔《さんげ》**　過去の罪悪を仏に告げること。○**無間《むけん》地獄**　阿鼻《あび》地獄。八熱地獄の一で、最下底極苦の地獄。○**仏の御光**　『大般涅槃経《だいはつねはんぎよう》』によれば、釈尊は阿闍世《あじやせ》王を教化《きようけ》しようと月愛三昧《がつあいざんまい》に入られたのである。○**日月が三つ**　『大般涅槃経』は、「曾《かつ》テ聞クニ二人ノ説ヲ一、劫将《こふまさ》ニ欲レシ尽キント三月並ビ現ズ。当リ二是之時ニ一、一切衆生ノ患苦《げんく》悉《ことごと》ク除クト。時既ニ未レダ至ラ。此ノ光何ゾ来リ照ラス」とある。○**五逆罪**　逆罪に同じ。○**法幢《ほうどう》**　仏法の目じるしの旗をつけた矛《ほこ》。○**幡蓋《ばんがい》**　はたと天蓋。○**三界《さんがい》**　生死流転止むことのない迷界を分けて欲界・色界《しき》・無色界《むしき》とし、合わせて三界とする。欲界は六道（地獄・餓鬼《がき》・畜生・修羅《しゆら》・人間・天上＝六欲天）。色界は欲界のような諸欲は離れているが、まだ物質から完全に離れられない世界。無色界《むしきかい》は純精神的存在の世界（＝四禅天《しぜんてん》）。○**初果《しよか》**　須陀洹果《しゆだおんか》・預流《よる》果ともいう。声聞四果《しようもんしか》の初位。

仏、涅槃《ねはん》に入《い》らんとして、衆会《しゆえ》に告《つ》げたまえる語《こと》、第廿八

今は昔、釈迦如来《しやかによらい》は四十余年のあいだ、天上界・人間界で一切衆生《いつさいしゆじよう》のためにさまざまな教えを説いて教化《きようけ》なさったが、いつしかお年も八十になられた。当時は毗《び》舎離《しやり》国においでになり、阿難《あなん》に対して、「わしはいま体じゅうが痛い。あと三月して涅槃《ねはん》に入るであろう」と告げられた。阿難は仏に、「仏は一切《いつさい》の病を超越しておられるはずであります。なにゆえに今お痛みになるのですか」とお尋ねする。そのとき、仏は起き上られ、輝くばかりの光を放っ

て世界をお照らしになり、結跏趺坐《けっかふざ》なさった。この光に照らされたすべての衆生はことごとく苦しみを脱れ楽しみを味わった。

その後《のち》、毗舎離国《びしゃりこく》から拘尸那《くしな》城にいらっしゃって、沙羅林《しゃらりん》の双樹《そうじゅ》の間にある獅子《しし》の座に横たわられた。そして阿難をお呼びになり、「そなた、よく聞け。わしはいま涅槃《ねはん》に入《い》るであろう。盛りなる者はかならず衰える。生まれる者はかならず死ぬのだ」とおっしゃった。ついで文殊《もんじゅ》をお呼びになって、「わしの背が痛むわけを、いまここにいる多くの僧たちに説いて聞かせよう。わしにはもともと二つの因縁があって、病というものはないのだ。その因縁の一つは一切衆生《いっさいしゅじょう》を哀れんだこと、二つは病をしている者に薬を施したことだ。わしは昔、はかりなく遠い過去の世にいるときから、菩薩道《ぼさつどう》を修行して、常に衆生を救い、苦しみを与えず、病気の者には種々の薬を施してきた。それゆえ、どうしてわしに病があってよかろう。だが、わしは過去の世において鹿《しか》の背を打ったことがある。そのため、今、涅槃《ねはん》のときに臨んでその果報を得たことが背が痛むわけなのだ」とお告げになった。

そのとき、迦葉菩薩《かしょうぼさつ》が耆婆《ぎば》大臣を召し、仏の御病の状態をお尋ねになった。大臣は、「仏はすぐに涅槃《ねはん》にお入りになりましょう。いかなる薬も用いてはなりません」と申しあげる。迦葉菩薩《かしょうぼさつ》および多くの比丘《びく》は、大臣の言葉を聞いて限りなく嘆き悲しんだ。大臣もまた悲嘆にくれること並たいていでなかった。

およそ人間であれ天人であれ僧たちであれ、仏が涅槃《ねはん》にお入りになろうとするのを見れば、だれが嘆かないでいられようか、とこう語り伝えているということだ。

〈語釈〉

○**毗《び》舎離《しやり》国**　中インドにあった国。恒河《ごうが》（ガンジス川）をへだてて摩竭提《まかだ》国と相対する。釈尊在世中はしばしばこの地に行化《ぎようけ》した。○**阿難《あなん》**　阿難陀。仏十大弟子の一。多聞《たもん》第一の人。

○**涅槃《ねはん》に入《い》る**　ここでは釈尊の死、入滅。

○**結跏趺坐《けつかふざ》**　「跏」は足の裏、「趺」は足の表。足の表裏を結んで座する円満安座の相。如来または禅定《ぜんじよう》修行の座相。足背で左右それぞれの腿《もも》を押さえる形。

○**沙羅林《しやらりん》の双樹《そうじゅ》**　いわゆる沙羅双樹。釈尊入滅の床の四辺に、四双八本の沙羅樹があったのでこう名付けた。入滅時に一樹は枯れ一樹は栄え、四枯四栄したといい、またその樹葉が枯死して白鶴のような色を呈したので鶴林ともいう（『涅槃経《ねはんぎよう》』）。『増鏡』の冒頭「二月《きさらぎ》の中の五日は、鶴《つる》の林に薪《たきぎ》尽きにし日なれば……」。

○**獅子の座**　仏が座し給う牀座《しようざ》。仏は人間中最高の位置を占めるので獅子に例える。

○**文殊《もんじゅ》**　文殊師利《しり》。文殊菩薩。釈迦仏の脇侍《わきじ》。○**因縁**　果をもたらすための原因となるもの。

○**菩薩道《ぼさつどう》**　四弘誓願《しぐぜいがん》（衆生無辺誓願度・煩悩無辺誓願断・法門無尽誓願知・仏道無上誓願証）を発し、六波羅蜜《ろくはらみつ》（布施《ふせ》・持戒《じかい》・忍辱《にんにく》・精進《しようじん》・静慮《せいりよ》・知恵）の行《ぎよう》を修し、またみずから上は菩提《ぼだい》（覚）を求め、下は一切衆生を化益《けやく》し（上求菩提下化衆生《じようぐぼだいげけしゆじよう》）、三祇百劫《さんぎひやくこう》の長年月にわたってこの自利・利他の行を修して、五十一の修行階梯《かいてい》を経たのち、ついに仏果を証得しようとすること。このような修行をして仏果を得ようとする者を菩薩という。

○**果報**　果と報と。因より生じる結果。

○**迦葉菩薩《かしようぼさつ》**　摩訶《まか》（大）迦葉《かしよう》。仏十大弟子の一。頭陀《ずだ》第一の人。○**耆婆《ぎば》**　王舎城の名医。

仏、涅槃《ねはん》に入《い》りたまわんとする時、純陀《じゅんだ》の供養《くよう》を受けたまえる語《こと》、第廿九

今は昔、仏が涅槃《ねはん》にお入りになろうとするとき、その場に一人の優婆塞《うばそく》がいた。名を純陀《じゅんだ》という。この男は拘尸那《くしな》城内の鍛冶《かじ》工の子である。これが同業の者十五人とともに座から立って仏の御前に進み出て、仏に向かい手を合わせ涙を流して礼拝し奉ってから、仏と多くの僧たちに申しあげた。「仏よ、なにとぞわれわれをお哀れみくだされて、われわれの最後の供養をお受けくださ い。仏が涅槃《ねはん》にお入りになられたあとは、われわれを哀れんで助け救ってくれる人はけっしてありますまい。われわれはひどい貧乏に落ち入り、堪えがたい飢えに苦しむことになりましょう。それゆえわれわれはみ仏のお力にすがり、これからさきの食を求めようと思います。なにとぞわれわれをお哀れみくだされて、われわれのわずかな供養を受けられてのち涅槃にお入りください」とお願いした。

その時《とき》、仏は純陀《じゅんだ》に対し、「りっぱなことだよ、純陀。わしはそなたのために貧乏を除いてやり、そなたの身に無上の教えを雨のように降りそそいで法力《ほうりき》を生じさせ、また、そなたに檀波羅蜜《だんはらみつ》を備わらせてやろう」とおっしゃった。御弟子《みでし》の比丘《びく》たちはこれを聞いてみな歓喜し、異口同音に、「すばらしいぞ、すばらしいぞ、純陀《じゅんだ》よ。仏はお前の最後の供養をお受けになったぞ。お前はまさにほんとうの仏の子だ」とほめたたえた。仏はまた純陀にお告げになる。「そなたがわしと比丘《びく》たちに供養を施し奉るのは、まさにこの時をおいてない。わ

しはいますぐ涅槃《ねはん》に入るであろう」。このように三度おっしゃった。

純陀は仏のお言葉を聞き終わるや、大声で泣き叫び、その場にいる僧たちに向かい、「みなさん、さあ、ここにいる者はみないっしょにひれ伏し、声を合わせて、『仏よ、涅槃《ねはん》にお入りにならないでください』とお願いしてください」といった。すると、仏が純陀に、「そなた、そのように泣き叫んではならぬ。そのように泣き叫ぶと自然に心が乱れるぞ。わしは、そなたや一切衆生《いっさいしゅじょう》を哀れむがために、今日涅槃《ねはん》に入ろうとするのだ。森羅万象《しんらばんしょう》ことごとく、やがてはみな滅び去るものである」とおっしゃって、眉間《みけん》から青・黄・赤・白・紅・紫等の光を放ち、純陀《じゅんだ》の身をお照らしになった。

純陀はこの光を身に受け終わると、たくさんのごちそうを具えたお膳《ぜん》を持って仏の御前に近づき、悲しみの涙を流しながら、「仏よ、なにとぞわれわれをお哀れみくださるために、お命をさらに一劫《いちこう》お延べください」とお願い申しあげた。仏は、「そなた、わしをこの世に長くおらせようと思うより、早く最後に檀波羅蜜《だんはらみつ》を行なうがよい」とお答えになる。

その時、すべての菩薩《ぼさつ》・天人およびもろもろの異類のものたちがいっせいに、「純陀はすばらしい善根《ぜんごん》を行なっている。われわれには善根がないので、用意した供養のお膳はみな役に立たずになった」と声をあげる。すると仏は、この異類のものたちの願いにお応《こた》えになるために、一つ一つの毛穴から無数の仏をお出しになった。その仏一つ一つに無数の比丘《びく》が従っていて、この異類の供養を受ける。しかしながら、純陀がさしのべた供養は仏みずから御手をさし延べてお受けになった。

その供養の品々の数は八石《こく》になり、摩竭提《まかだ》国に満ち満ちた。仏は神通力《じんずうりき》をもってこれらをみなこの場に集まっている僧たち一人一人に分け与えると、すべて十分に行きわたった、とこう語り伝えているということだ。

〈語釈〉

○**涅槃**《ねはん》　ここでは釈尊の死、入滅。○**優婆塞**《うばそく》　七衆（比丘《びく》・比丘尼《びくに》・沙弥《しやみ》・沙弥尼《しやみに》・式叉摩那《しきしやまな》・優《う》婆塞《ばそく》・優婆夷《うばい》）の一。仏教を信じる在家の男子。諸善事をなし、また親しく諸士に仕えて、三帰戒を受け五戒を守る者をいう。○**純陀**《じゆんだ》　釈尊入滅に先立ち、最後の供養をしたという鍛冶工《かじこう》。○**無上の教え**《むじよう》　無上の教法。仏法をいう。

○**檀波羅蜜**《だんはらみつ》　布施行《ふせぎよう》。六波羅蜜《ろくはらみつ》の一。「檀」は布施、他人にものを施与すること。「波羅蜜」は到彼《ひ》岸《がん》と訳し、生死海を渡って涅槃《ねはん》に至る行法をいう。すなわち布施は涅槃に至る行法の一であるから檀波羅蜜という。

○**眉間**《みけん》　眉間白毫相《びやくごうそう》（眉間に白毫があり、右旋してつねに放光する）をいう。仏の三十二相の一。

○**一劫**《いちこう》　「劫」は数ええないような遠大の時間の単位をいうが、また梵天《ぼんでん》の一日、すなわち人間の四億三千二百万年をも「劫」という。○**異類**　人間でない、禽獣《きんじゆう》または変化《へんげ》の類。

仏、涅槃《ねはん》に入《い》りたまわんとする時、羅睺羅《らごら》に遇《あ》いたまえる語《こと》、第三十

今は昔、仏が涅槃《ねはん》にお入りになろうとするとき、羅睺羅《らごら》は、「私は仏が涅槃に入られるの

を見たら、悲しくてとても堪えられそうにない。だから私は別の世界に行って、このような悲しい目を見ないでいたい」と思い、上方、無量無数にある世界を通り過ぎた所にある、ある仏の世界に行ってしばらくとどまっていると、その国の仏が羅睺羅《らごら》をご覧になって、「そなたの父、釈迦牟尼仏《しゃかむにぶつ》がいまや涅槃《ねはん》に入られようとしている。どうしてそなたはその場にいて父の仏にお会いしようとせず、この世界に来たのか」とおっしゃる。

羅睺羅《らごら》は、「私は父の仏が涅槃《ねはん》にお入りになるのを見たら、悲しくて堪えられそうにもありませんので、それを見まいと思い、この世界にやってきたのです」と答えた。するとこの仏が、「そなたはまことに愚かじゃ。そなたの父、釈迦牟尼仏《しゃかむにぶつ》は、まさに涅槃《ねはん》にお入りになろうとするときに臨んで、そなたを待っておられるのだ。すぐに帰って行き、最後の時にあたって、十分にお顔を見奉るべきである」とおっしゃる。

羅睺羅《らごら》は仏のおさとしに従い、泣く泣く帰っていった。釈迦仏《しゃかぶつ》が御弟子《みでし》の比丘《びく》たちに、「羅睺羅は来たか」とお尋ねになっているところに羅睺羅がおいでになった。御弟子の比丘《びく》たちは羅睺羅に向かい、「仏はまさに涅槃《ねはん》にお入りになろうとしているのに、羅睺羅が急に見えなくなったので、それを待っておられるのです。さあ、早くおそばにおいでなさい」とせき立てた。そこで羅睺羅《らごら》は泣く泣くおそばに近寄ると、仏は羅睺羅をご覧になって、「わしはいますぐ入滅するであろう。永久にこの世界から隔たろうとしている。そなたがわしの顔を見るのはいまこの時だけだ。もっと近くに来い」とおっしゃる。羅睺羅はとめどない涙にむせびながらおそばに寄ると、仏は羅睺羅の手をおとりになって、「この羅睺羅はまぎれもないわが子だ。十方の仏たちよ、どうかこの子にお哀れみを垂れさせ給え」とお願いして入滅なさった。これが最後のお言葉である。

されば、このことから思うに、清浄《しょうじょう》の身でおいでになる仏さえ、父子の愛情というものは、他の御弟子《みでし》たちへのそれと異なったものがあるのだ。まして、五濁悪世《ごじょくあくせ》の衆生《しゅじょう》が子への愛に迷うのは当然のことである。仏もそのことをお示しになったに違いない、とこう語り伝えているということだ。

〈語釈〉

○**羅睺羅**《らごら》　釈尊出家以前の子で、仏十大弟子の一。密行第一の人。
○**仏の世界**　仏は十方（東・南・西・北・四維《しゆい》〈四隅〉・上・下）に遍満しているとするが、その上方の一仏国土をいう。○**釈迦牟尼仏**《しゃかむにぶつ》　釈尊。
○**五濁悪世**《ごじょくあくせ》　五濁は五滓《ごさい》・五渾《ごこん》ともいう。五濁の相が現われて悪事の盛んな世の中。人寿の最長期八万四千歳より減じて二万歳の時その端を発し、次第に五濁の相を増大して行く。五濁は悪世における五種のけがれ。

1、劫濁《こうじょく》（人の寿命が次第に減じて、三十、二十、十歳となるに従い、それぞれ饑饉《ききん》・疾病・戦争などが起こり、時代の濁《にご》るによって被《こうむ》る災厄をいう）。

2、見濁《けんじょく》（仏滅より千年を経過した後＝澆季末法《ぎょうきまっぽう》に至り邪見・邪法が競い起こって、見《けん》の濁り＝不正な思想が横溢《おういつ》するのをいう）。

3、煩悩濁《ぼんのうじょく》（惑濁《わくじょく》とも称し、人の心が煩悩にみたされ濁るのをいう）。

4、衆生濁《しゅじょうじょく》（有情濁《うじょうじょく》とも称し、人が悪行為のみをなし、人倫道徳を顧みず悪果を恐れぬのをいう）。

5、命濁《みょうじょく》（寿濁《じゅじょく》とも称し、人間の寿命が次第に短縮するのをいう）。

仏、涅槃《ねはん》に入《い》りたまえる後《のち》、棺《ひつぎ》に入《い》れたる語《こと》、第卅一

今は昔、仏が涅槃《ねはん》にお入りになろうとする時《とき》、阿難《あなん》にこうお告げになった。「わしが涅槃に入ったあとは、転輪聖王《てんりんじょうおう》のように、七日間そのままにしておいてから鉄の棺《ひつぎ》に入れ、香油を棺の中に十分にそそぎ入れよ。そして、その棺の四方を七宝で飾るがよい。また、すべての法幢《ほうどう》と香花《こうけ》をもって供養し、七日たってからわが身を棺より出して、さまざまの香水《こうずい》をそそぎ掛け、りっぱな兜羅綿《とらめん》をもって身を包み、すばらしい白布をもって綿の上を覆い、すっかり鉄の棺に入れたうえ、すばらしい香油を棺の中に満たして蓋《ふた》を閉じ、すばらしい牛頭栴《ごずせん》檀《だん》・沈水香《じんすいこう》を入れた七宝の車をさまざまな宝で飾って、それに棺を乗せるがよい」。このように言い置かれて入滅なさった。

そのとき、阿難など、もろもろの大弟子の羅漢《らかん》たちは声を限りに泣き悲しんだ。菩薩《ぼさつ》・天人・天竜八部衆《てんりゅうはちぶしゅう》のほか、多くの人々、異類のやからまで、嘆かぬものはなかった。金剛力士《こんごうりきし》は全身を地になげうって悲しみ、十六国の諸王は大声をあげて叫ぶ。そのとき、大地も山々も大海も江河もみなことごとく震動し、沙羅双樹《しゃらそうじゅ》の色も変わり、心ない草木もみな悲しみの

色を現わした。このように、天地を挙げて嘆き合ったが、いかんともするすべもなく終わった。

その後、仏のご遺言どおり、七日たって鉄の棺にお入れした、とこう語り伝えているということだ。

〈語釈〉

○**阿難**《あなん》　阿難陀。仏十大弟子の一。多聞《たもん》第一の人。○**転輪聖王**《てんりんじようおう》　世界を支配する理想的帝王。○**七宝**　七種類の宝玉。○**法幢**《ほうどう》　仏法の目じるしの旗をつけた矛《ほこ》。○**香花**《こうけ》　香と花と。○**兜羅綿**《とらめん》　堵羅綿・妬羅綿などとも書く。細綿と意訳する。兜羅は草木の花絮《かじよ》。その兜羅のやわらかな繊毛で作った綿をいう。○**牛頭栴檀**《ごずせんだん》　赤栴檀《しやく》ともいう。インド摩羅耶山《まらや》（牛頭山）に産する香樹の名。赤銅色で栴檀中最も香気あるもの。その香気は長時間にわたって失《う》せないから、古来この樹をもって仏像・殿堂・器具などを造り、また粉末は医薬の料として使用され、その油は香水の原料に供せられる。○**沈水香**《じんすいこう》　沈香。沈水。香料として著名。○**羅漢**《らかん》　阿羅漢。阿羅漢果（声聞四果《しようもんしか》の最上位）を得た聖者。○**天竜八部衆**《てんりゆうはちぶしゆう》　仏法を守護する八部の異類。天・竜・夜叉《やしや》・乾闥婆《けんだつば》・阿修羅《あしゆら》・迦楼羅《かるら》・緊那羅《きんなら》・摩《ま》睺羅迦《ごらか》。天と竜とは八部中の上相なので天竜八部（衆）という。○**異類**　人間でない禽獣《きんじゆう》や変化《へんげ》のもの。○**金剛力士**《こんごうりきし》　執《しゆう》金剛神。○**十六国の諸王**　十六善神か。十六善神は『般若経』の守護を誓った夜叉神《やしやじん》で、提頭頼吒《だいずらだ》神王・禁《きん》

毗《ひ》嚕《ろ》神王・跋《ば》折《しゃ》嚕《ろ》神王・迦《か》毗《び》嚕《ろ》神王・咩《よう》闞《き》嚕《ろ》神王・鈍《どん》徒《と》毗《び》神王・阿《あ》儞《に》嚕《ろ》神王・娑《しゃ》儞《に》嚕《ろ》神王・印《いん》陀《だ》嚕《ろ》神王・婆《ば》姨《い》嚕《ろ》神王・摩《ま》休《く》嚕《ろ》神王・鳩《く》毗《び》嚕《ろ》神王・真《しん》陀《だ》嚕《ろ》神王・跋《ばつ》吒《だ》徒《と》嚕《ろ》神王・毗《び》迦《か》嚕《ろ》神王・倶《く》鞞《び》嚕《ろ》神王（『般若波羅蜜多大心経』）。この他異説もある。

仏の涅《ね》槃《はん》の後、迦葉来《かしょうき》れる語《こと》、第卅二

今は昔、仏が涅《ね》槃《はん》にお入りになったことを聞いて、摩《ま》訶《か》迦《か》葉《しょう》は狼《ろう》跡《しゃく》山《せん》から出て来られたが、その途中、一人の尼《に》乾《けん》子《し》と出会った。手に曼《まん》陀《だ》羅《ら》華《げ》を持っている。迦《か》葉《しょう》は尼《に》乾《けん》子《し》に、「あなたはわが師のことを聞いていますか」と尋ねると、尼乾子は、「あなたの師は涅《ね》槃《はん》にお入りになってすでに七日たっていますよ」と答えた。迦葉はこれを聞いていいようもなく嘆き悲しんだ。また、いっしょに連れてきた五百人の比《び》丘《く》も、これを聞いてみな悲しみの叫び声をあげた。

迦《か》葉《しょう》は拘《く》尸《し》那《な》城目ざして歩いて行かれ、尼《に》連《れん》禅《ぜん》河《が》を渡り、天《てん》冠《かん》寺《じ》まで来て、阿《あ》難《なん》のいる所に行き、阿難に会って、「私はまだ葬り申しあげていない仏に、もう一度お目にかかりたいと思うのだが」というと、阿難は、「まだ葬り申しあげていないとはいえ、仏のご遺言により、五百の張り布で御身をまとい、金の棺《ひつぎ》にお隠ししたうえ、鉄の棺の中に安置しました。お目にかかることは絶対にできません」とお答えした。迦《か》葉《しょう》は三度同じようにお目にかかりたいと願ったが、阿《あ》難《なん》はさきのように答えて許さなかった。

そこで迦葉は棺のそばに向かって行くと、金の棺の中から、仏が二本の御足をさし出しなさった。迦葉がこれを見ると、御足は金色《こんじき》ではなくて別の色である。迦葉はこれを怪しみ、阿難に、「仏の御身は金色であるはずだ。これはどうして色が違っているのか」と尋ねると、阿難は、「一人の老母がいて、仏が涅槃《ねはん》にお入りになるのを見て泣き悲しみ、涙を御足の上に落としました。それで仏の御身と色が違ったのです」と答えた。それを聞いて、迦葉は棺に向かい、泣く泣く礼拝した。また、四部《しぶ》の衆たちや天人もともに礼拝申しあげた。そのあとで仏の御足はたちまち見えなくなった。

されば、迦葉は仏の最も身近な弟子《でし》でいらっしゃるとはいえ、仏の入滅にお会いできなかった人である、とこう語り伝えているということだ。

〈語釈〉

○**摩訶迦葉**《まかかしよう》　迦葉・大迦葉。仏十大弟子の一。頭陀行《ずだぎよう》第一の人。

○**狼跡山**《ろうしやくせん》　屈々吒播陀《くくたはだ》・鶏足山《けいそくせん》ともいう。摩竭提《まかだ》国にある山。今はクルキハールと称し、仏陀伽耶《ぶだがや》の東ワツジルガンジの東北。迦葉が弥勒菩薩《みろくぼさつ》の出世（釈尊の滅後、五十六億七千万年を経てふたたび娑婆《しやば》世界に出現して竜華樹下で成道《じようどう》し、説法により釈尊の教化《きようけ》に洩れた一切衆生《いっさいしゆじよう》を救済する）を待つためこの山に入り、ここで入寂《にゆうじやく》した。三峰並列し、鶏《にわとり》の足に似ているので山の名とする。

○**尼乾子**《にけんし》　尼犍子《にけんし》・尼乾陀子《にけんだし》・尼犍弗陀怛羅《にけんほつだたんら》ともいう。インド外道《げどう》の一派。勒沙婆《ろくしやば》（苦行仙《くぎようせん》）を開祖とする。苦行をもって涅槃《ねはん》に入《い》ることを必要条件とし、常に髪を抜き衣を着けず、裸体で乞食《こつじき》し、恥じるところがないから無《む》慚《ざんげ》外道《どう》という。また苦行外道・裸形《らぎよう》外道・露形《ろぎよう》外道ともいい、後世ジャイナ教といわれる一派で、現在もなお経典と教徒とがある。
○拘尸那城《くしなじょう》　釈尊入滅の地である跋提河《ばだいが》畔《はん》沙羅《しゃら》林《りん》のある都城。
○尼連禅河《にれんぜんが》　この河畔の菩提樹《ぼだいじゅ》下で釈尊は成道《じょうどう》した。
○天冠寺《てんかんじ》　拘尸那《くしな》城の東にある。**○阿難**　阿難陀。仏十大弟子の一。多聞《たもん》第一の人。
○仏の御身は金色　仏の三十二相の一に、身金色相がある。
○四部《しぶ》の衆　四衆。比丘《びく》・比丘尼《びくに》・優婆塞《うばそく》・優婆夷《うばい》の四。

仏、涅槃《ねはん》に入《い》りたまえる後、摩耶夫人《まやぶにん》下りたまえる語《こと》、第卅三

今は昔、仏が涅槃《ねはん》にお入りになったので、阿難《あなん》は仏の御身を棺《ひつぎ》にお納め申し、ただちに忉《とう》利天《りてん》に上って摩耶夫人《まやぶにん》にお会いし、「仏はすでに涅槃《ねはん》にお入りになりました」と伝えた。摩耶夫人は阿難の言葉を聞くや、泣き悲しんで地に倒れた。ややしばらくして、多くの従者たちを引き連れ、忉利天《とうりてん》から沙羅双樹《しゃらそうじゅ》のもとに下りてこられた。そして、仏の棺を見奉ると、また気を失って地に倒れ伏した。

そこで水を顔にそそぎかけると、即座に意識をとりもどし、棺のそばに行って泣く泣く礼拝し、「私は久遠《くおん》の過去の世よりこのかた、仏と母子となり、いまだかつて離れ奉ったことはありませんでした。それなのにいま、すでに入滅なさいましたので、お姿を見ることは永久に絶えてしまいました。なんと悲しいこと」と語り掛けた。多くの天人たちは美しい花を

棺の上に散らす。摩耶夫人《まやぶにん》は右手に仏の僧伽利衣《そうぎやりえ》と錫杖《しやくじよう》を取って地に投げると、その音は大山が崩れるような響きを立てた。そして、また、こうおっしゃった。「わが子、仏よ、なにとぞこのさまざまの物をむだなものとせず、でき得《う》べくんばこれで天人をお導きください」。

そのとき、仏は神通力《じんずうりき》により棺《ひつぎ》の蓋《ふた》を自然に開かせ、棺の中から起き出され、手を合わせて摩耶夫人《まやぶにん》に向かわれた。御身の毛穴からは千の光明を放たれる。その光の中に千の化仏《けぶつ》が座しておられた。仏は梵声《ぼんじよう》を出して母にこうおっしゃる。「世の中のあらゆるものごとはすべてかようなものであります。どうぞ私が入滅したことを嘆き悲しんでお泣きくださいますな」。

阿難《あなん》は仏がこのように棺から起き出されたのを見て、仏に、「もし後世《こうせい》の衆生《しゆじよう》が『仏は涅《ね》槃《はん》にお入りになったとき、どのような事をお説きなさいましたか』と尋ねたなら、どのように答えたらよろしいでしょうか」とお尋ねすると、仏は阿難《あなん》に、「そなたの答えることは、『仏が涅槃にお入りになったとき、摩耶夫人《まやぶにん》が忉利天《とうりてん》から下っておいでになったが、仏は金の棺から起き出されて、母に向かって手を合わせ、母のため、また後世の衆生のために偈《げ》をお説きになられた』と、こう語り聞かせるがよい」とおっしゃった。

このようなことが述べられているのを『仏臨母子相見経《ぶつりんぼしそうけんきよう》』と名付ける。仏がこのことを説き終わってのち、母と子はお別れになった。そのとき、棺の蓋《ふた》は自然に覆われた、とこう語り伝えているということだ。

〈語釈〉

○**阿難**《あなん》　阿難陀。仏十大弟子の一。多聞《たもん》第一の人。

○**忉利天**《とうりてん》　六欲天の第二天。須弥山《しゅみせん》の頂上にある天で、中央に帝釈天《たいしゃくてん》が住む。○**摩耶夫人**《まやぶにん》　釈尊の生母。拘利《くり》城主善覚王の女《むすめ》。摩耶夫人が死後忉利天《とうりてん》に生まれた話は、巻二第二話に見える。

○**僧伽利衣**《そうぎゃりえ》　僧伽梨衣。大衣《だいえ》ともいう。三衣《さんえ》の一。三衣のうち最も大きいので大衣という。説法または、托鉢《たくはつ》のときに着る袈裟《けさ》。これに九条・十一条・十三条・十五条・十七条・二十一条・二十三条・二十五条がある。

○**錫杖**《しゃくじょう》　僧侶・修行者のもつ杖。

○**化仏**《けぶつ》　変化仏《へんげぶつ》ともいう。変化の仏の意で、応身または変化身ともいう。すなわち、衆生の器（素質）に応じ、種々に形を変えて現われる仏身。

○**梵声**《ぼんじょう》　梵音声ともいう。清浄な音声の意で、仏・菩薩の音声または経法《きょうぼう》の声をいう。

○**偈**《げ》　頌《じゅ》に同じ。経・論の中で仏徳または教理を賛嘆する詩。

○**仏臨母子相見経**《ぶつりんぼしそうけんきょう》　二巻。北斉《ほくせい》の曇景訳。仏が忉利天《とうりてん》に昇り、生母摩耶夫人《まやぶにん》のために説法し初果を証せしめたこと、仏一代の化導《けどう》を終わり、入滅に際し摩耶夫人が来て棺の側に赴くや、仏また棺から半身を現わし、母子相会することを説く。別名、『摩訶摩耶《まかまや》経』『仏昇忉利天為母説法経』『仏臨涅槃《ねはん》母子相見経』。

仏《ほとけ》の御身《おんみ》を荼毘《だび》にせる語《こと》、第卅四

今は昔、仏が涅槃《ねはん》にお入りになってのち、そのご遺言により、転輪王《てんりんおう》のように御身を荼毘《だび》に付して葬ろうとした。ここ拘尸那《くしな》城中に四人の力士がおり、瓔珞《ようらく》をもってその身を飾り、七宝の火を持つ。火の大なること車輪のごとく、その光はあまねく隅々《すみずみ》まで照らした。この火をもって仏の御身を焼き奉ろうと、棺《ひつぎ》を置いた香楼《こうろう》に投げたところ、火は自然に消えてしまった。それを見た迦葉《かしょう》が力士に、「仏の宝棺は三界《さんがい》の火をもってしても焼くことができないのだ。まして、お前たちの力で焼くことなどできようか」という。

そのとき、城中にいる八人の大力士が、もう一度、七宝の火を棺に投げたが、これもみな消えてしまった。さらにまた、城中の十六人の大力士が、おのおの七宝の火をもって香楼に投げたが、みな消え失《う》せた。さらに城中の三十六人の大力士がおのおの七宝の火をとって香楼《こうろう》に投げた棺に投げた。これもみな消えてしまう。このとき、迦葉《かしょう》はすべての力士および僧たちにこう告げられた。「お前たち、よく聞くがよい。たとえありとある天人が仏の宝棺を焼こうとしても、できるものではないのだ。されば、お前たち、無理に焼き奉ろうなどと思うでない」。

そのとき、城のうちの男女たち、ならびに天人や僧たちが、なおも仏を恋い慕い、おのおの自分の持っている物をもって泣く泣く仏を供養し奉り、礼拝《らいはい》して、仏のまわりを右に七回めぐり、大声を挙げて泣き叫んだ。その声は世界じゅうに響き渡った。そのとき、仏は大悲《だいひ》の力により胸の中から火をお出しになり、それが棺の外に燃え出た。人々はこれを見て驚き怪しんだ。棺はしだいに焼けてゆき、七日のうちに香楼は焼け尽きた。それを見た城のうちの男女・僧たちは七日間泣き悲しみ続け、各自供養し申しあげた。

〈語釈〉

○**転輪王**《てんりんおう》　世界を支配する理想的帝王。○**荼毗**《だび》　梵燃《ぼんしょう》・燃焼と意訳する。死骸《しがい》を火葬にすること。
○**拘尸那**《くしな》**城**　釈尊《しゃくそん》入滅の地である跋提河《ばだいか》畔沙羅林《はんしゃらりん》のある都城。
○**瓔珞**《ようらく》　珠玉・貴金属で作った装身具。○**七宝**　七種類の宝玉。
○**香楼**《こうろう》　仏を火葬にするとき、棺を置いた楼。○**迦葉**《かしょう》　摩訶《まか》（大）迦葉。仏十大弟子の一。頭陀行《ずだぎょう》第一の人。○**三界**《さんがい》　一切衆生《いっさいしゅじょう》の生死輪廻《しょうじりんね》する迷いの世界。欲界・色《しき》界・無色《むしき》界の三。
○**大悲**《だいひ》　他人の苦悩を見てこれをあわれみ救済しようとする心を悲といい、仏・菩薩《ぼさつ》の悲心は深大であるから大悲という。

このとき、四天王はおのおの、「われわれは香水《こうずい》をこの火にそそいで消し、舎利《しゃり》を取り出して供養しよう」と思い、ただちに七宝の瓶《かめ》に香水《こうずい》を満たすとともに、須弥山《しゅみせん》から四本の樹をおろした。その樹はどれも千人で抱えるほどの太さで、高さは百由旬《ゆじゅん》である。四天王のおりるのと同時におりてきて、荼毗《だび》の場所に着いた。樹からは甘い乳が出ている。四天王は香の瓶《かめ》にこの甘い乳を移し、一時に火にそそがれると、火は勢いを増し、いちだんと高く燃え上がって、消える様子はまったくない。

そのとき、また、大海の沙竭羅《しやから》竜王および江《え》の神・川の神がこの火の消えないのを見て、おのおの、「われわれは香水を持っていって棺《ひつぎ》にそそぎ、火を消して舎利《しやり》を取り出し、供養をしよう」と思い、各自七宝の瓶《かめ》に無量の香水《こうずい》を満たし入れ、茶毗《だび》の場所にいって、一時に火にそそいだところ、火の勢いは前と変わらず、消えようともしなかった。

そのとき、暴風雨の神である楼逗《るず》が、四天王や竜王などに向かって、「あなた方は香水《こうずい》をそそいで火を消そうと思っている。それは、舎利《しやり》を取り出して自分たちのところに持ち帰り、供養《くよう》しようと思うためでしょう。いかがです」という。四天王や竜神たちはそれぞれ、「そのとおりです」と答えると、楼逗《るず》は四天王および竜神に対し、「あなた方は欲が深い。あなた方は天上界にいます。もし舎利《しやり》があなた方とともに天上界にいってしまわれたら、地上界の人はなにを営んで供養することができましょう」といい、また竜神たちに対し、「あなた方は大海や江河にいる。仏舎利《ぶつしやり》を取って自分の住みかに持っていったなら、地上界の人はなにを営んで供養することができよう」という。これを聞いて、四天王はおのおの懺悔《さんげ》して天上界にお帰りになり、大海・江河の神たちもみなおのおの懺悔《さんげ》して住みかに帰っていった。

その後、帝釈天《たいしやくてん》は七宝の瓶《かめ》および供養《くよう》の道具を持って茶毗《だび》の場所においでになると、その火は一時に、自然に消えた。そのとき、帝釈天《たいしやくてん》は宝棺を開き、牙舎利《げしやり》一つを請い受けて天上界に帰り、塔を建てて供養なさった、とこう語り伝えているということだ。

〈語釈〉

○四天王　六欲天の第一天である四王天の主である仏法守護の四神。持国天《じこくてん》・増長天《ぞうじようてん》・広目天《こうもくてん》・多《た》聞天《もんてん》。四王天は須弥山《しゆみせん》の中腹にある。**○舎利《しやり》**　仏陀《ぶつだ》・聖者の遺骨。
○須弥山《しゆみせん》　世界の中心にそびえ立つ高山。
○百由旬《ゆじゆん》　「由旬」は里程の単位。六町一里で四十里、三十里、あるいは十六里の称という。
○沙竭羅《しやから》竜王　八大竜王（難陀《なんだ》・跋難陀《ばつなんだ》・沙伽羅《しやから》〈沙竭羅〉・和修吉《わしゆきつ》・徳叉迦《とくしやか》・阿那婆達多《あなばだつた》・摩那《まな》斯《し》・優鉢羅《うはつら》）の一。海竜王で仏法を守護し、また雨・水をつかさどる神。
○懺悔《さんげ》　過去の罪を仏または人に告げること。**○帝釈天《たいしやくてん》**　須弥山《しゆみせん》の頂上にある忉利天《とうりてん》の喜見《きけん》城の主で、仏法守護神。**○牙舎利《げしやり》**　「牙」は「歯」のこと。

八国の王、仏舎利《ぶつしやり》を分《わ》けたる語《こと》、第卅五

今は昔、仏が入滅なさったと聞いて、波々国《はばこく》の末羅民衆《まらみんじゆ》と称する人々がみな集まって相談したうえ、「われわれは拘尸那《くしな》城に行き、仏舎利《ぶつしやり》を頂戴《ちようだい》して塔を建て、供養《くよう》をしよう」といい、象兵・馬兵・車兵・歩兵の四種の兵を率《ひき》いて拘尸那《くしな》城に着き、使者をさし向けて、「仏がこの地で入滅なされたが、仏はわれわれの師でおられた。されば深い尊敬の念をいだいておる。ぜひ舎利《しやり》を手に入れて本国に帰り、塔を建てて供養しようと思う」と申し入れた。

拘尸那国《くしなこく》の王はそれを答えて、「そのようにいうのは無理もない。しかしながら、仏はこの地で入滅なされたのである。されば国内の者はみな自分たちで供養しようと思っている。

隣国から来た者には、舎利《しゃり》を渡すわけにはいかぬ」といいやった。

するとまた、遮羅婆《しゃらば》国の跋利民衆《ばつりみんじゅ》、羅摩《らま》国の拘利民衆《くりみんじゅ》、毗留提《びるだい》国の婆羅門衆《ばらもんじゅ》、迦毗羅衛《かびらえ》国の釈衆《しゃくしゅ》、毗舎利《びしゃり》国の離多民衆《りたみんじゅ》および摩竭提《まかだ》国の阿闍世《あじゃせ》王などが、仏が拘尸那《くしな》城の沙羅双樹《しゃらそうじゅ》の間においでになって入滅なされたと聞き、めいめい、「われわれはそこに行って仏舎利《ぶっしゃり》をいただこう」といって、各自四種の兵を率い、恒伽《ごうが》河を渡ってやってきた。

そして、拘尸那《くしな》城の近くに着き、香姓婆羅門《こうしょうばらもん》という人に会ってこのように言い付けた。「そなたはわれわれの名をよく心に刻みつけて拘尸那《くしな》城に入り、そこに来ている多くの末羅《まら》民衆《みんじゅ》にこう言え。『われわれは隣国の者と友好はするが争う心はない。仏がこの国で入滅なされたと聞くが、仏はわれわれが尊びあがめ奉っていた方《かた》である。それゆえ、遠路ここまで来て舎利《しゃり》を手に入れ、各自本国に帰って塔を建て、供養しようと思っているのだ。されば、舎利をわれわれに与えたなら、国を挙《あ》げて貴重な宝としてともどもに供養するつもりだ』とかれらにいうのだ」。この命令をうけた香姓婆羅門《こうしょうばらもん》はその城にいって、すべての末羅民衆《まらみんじゅ》にこのことを伝えた。

〈語釈〉

○**波々国**《ははこく》　波婆国とも書く。釈尊《しゃくそん》が入滅の前、純陀《じゅんだ》の供養を受けた（第二十九話）地。今のパドラマの地に当たる。○**末羅民衆**《まらみんじゅ》　中インドの一民族。拘尸那《くしな》（拘尸那掲羅《くしながら》）城に都した。

○**仏舎利**《ぶっしゃり》　仏陀《ぶっだ》（釈尊《しゃくそん》）の遺骨。

○**四種の 兵**《つわもの》　四兵。転輪聖王《てんりんじょうおう》（世界を支配する理想的帝王）が出遊するとき随従する四種の兵。○

遮羅婆国《しゃらばこく》　中インドにあった小王国。○跋利民衆《ばつりみんじゅ》　「跋利」は「跋離」とも書く。○羅摩国《らまこく》　北インド、迦毘羅衛《かびらえ》国の北方にあった国。○拘利民衆《くりみんじゅ》　釈迦族と姻戚《いんせき》関係にあった一種族。○迦毘羅衛国《かびらえこく》　北インドのヒマラヤ山麓《さんろく》にあった。今のネパール・タライ地方にあり、釈迦族が住んでいた。釈尊の生国（巻一第一話参照）。○毘舎利国《びしゃりこく》　毘舎離国。中インドにあった。○離多民衆《りたみんじゅ》　「離多」は「離車」とも書く。跋祇《ばぎ》人ともいう。○摩竭提国《まかだこく》　中インドにあった国。今のビハール州南部。○阿闍世《あじゃせ》王　摩竭提《まかだ》国王。頻婆娑羅《びんばしゃら》王の子。父を殺し母を幽閉したことで著名な悪王。○恒伽《ごうが》河　恒河。ガンジス川。ヒマラヤ山（雪山《せっせん》）に源を発し、東流してベンガル湾にそそぐ大河。○香姓婆羅門《こうしょうばらもん》　仏入滅時、舎利を平等に分けて諸国の紛争を止めた本話で知られる。

　これを聞いたすべての末羅民衆《まらみんじゅ》は、「これはまったく国王の命令のようだ。しかし、仏はこの地で入滅なさったのだから、この国の者がもっぱら供養し奉るべきであり、遠国の人に舎利《しゃり》を分け与えるべきではない」と答えた。諸国の王はこれを聞き、おのおの群臣を集めて相談した結果、「われわれは遠くからやって来て、舎利《しゃり》を欲しいと頼むからは、もし与えないならば四種の兵とともにこの地にとどまり、身命を惜しまず力によって奪い取ろう」ということになった。拘尸那国《くしなこく》の群臣はこれを聞いて協議し、「遠い国の群臣が来て舎利を欲しいといったがことわったところ、かれらはまさに四種の兵を率いて力ずくで奪おうとしている。これはまことに恐るべきことである」という。

その時、香姓婆羅門《こうしょうばらもん》は人々に向かい、「すべての聖《ひじり》は仏の教えを受けて、口に仏法を唱え一切衆生《いっさいしゅじょう》を安楽にさせようと誓いました。しかるにいま、仏舎利《ぶつしゃり》を争って仏のご遺骸《いがい》を害《そこな》うようなことがあっていいものでしょうか。それゆえ、すみやかに諸国の王に舎利《しゃり》を分け与えるべきでしょう」という。人々はみな、「それはいいことだ」といった。そこでこのことを諸国の王に告げると、王たちは舎利《しゃり》の所に集まって来た。そしてまた協議し、「舎利《しゃり》を分配するのはだれがもっとも適しているであろうか」という。人々は、「香姓婆羅門《こうしょうばらもん》は正直で知恵がある。この人が舎利《しゃり》の分配にもっとも適している」といった。

そこで諸国の王が香姓婆羅門に、「そなたはわれわれのために、仏の舎利を正しく八等分せよ」という。香姓婆羅門はすぐに舎利の所に行って礼拝《らいはい》し、まず上の牙歯《げし》を取り分けて別の場所に置き、それを阿闍世《あじゃせ》王に与えた。そして次々にすべての舎利を分け、明星の出るときに分け終わった。香姓婆羅門は一つの瓶《かめ》を持ち、それに石を入れてみて、それで舎利《しゃり》の量をはかり、八等分した。こうして分配し終わってから人々に、「みなさん、この瓶《かめ》を見なさい」といい、「私もこの瓶を家に持ち帰り、塔を建てて供養しよう」といった。

このとき、畢鉢羅樹《ひっぱらじゅ》（菩提樹《ぼだいじゅ》）のある所の人が、人々に、「地上の焼けた灰をもらって塔を建て供養したいと思います」という。人々はこれを与えた。また、拘尸那国《くしなこく》の人も舎利《しゃり》を分けてもらい、その地に塔を建てて供養した。波々国《はばこく》・遮羅婆国《しゃらばこく》・羅摩国《らまこく》・毗留提国《びるだいこく》・迦毗羅衛国《かびらえこく》・毗舎利国《びしゃりこく》の各国王および摩竭提国《まかだこく》の阿闍世《あじゃせ》王など、みな舎利を分けてもらい、おのおの本国に帰って塔を建てて供養した。香姓婆羅門《こうしょうばらもん》は瓶《かめ》をもって塔を建てて供養し、畢鉢羅《ひっぱら》樹《じゅ》のある所の人は、地上の焼けた灰を取って塔を建て、供養した。

こうして、舎利をもって八つの塔を建て、第九番目の塔は瓶《かめ》の塔、第十番目は灰の塔、第十一番目の塔は、仏の生前の髪の塔である。仏は星の出る時にお生まれになった。星の出る時に成道《じょうどう》なさった。また、八日にお生まれになった。八日に出家なさった。八日に成道なさった。八日に入滅なさった。また、二月にお生まれになった。二月に出家なさった。二月に成道なさった。二月に入滅なさった、とこう語り伝えているということだ。

〈語釈〉

○**畢鉢羅樹《ひっぱらじゅ》のある所の人**　『摩訶摩耶経《まかまやきょう》』には「畢鉢村人」とある。畢鉢羅樹は菩提樹《ぼだいじゅ》のこと。クワ科に属する植物。中央インドおよびベンガル地方に繁殖する常緑高木で無果樹に似ている。釈尊はこの樹の下で成道したので菩提樹《ぼだいじゅ》という。

○**成道《じょうどう》**　成仏または成等正覚ともいう。仏果（菩提《ぼだい》・涅槃《ねはん》・悟り）に到達すべき道である修行を成就すること。

巻四

阿難《あなん》、法集堂《ほうじゆうどう》に入《い》る語《こと》、第一

今は昔、天竺《てんじく》において、仏が涅槃《ねはん》に入られてのち、迦葉尊者《かしようそんじや》を司会者とし、千人の羅漢《らかん》たちがみな集まり着座して、大乗経・小乗経を集成するための会議が行なわれた。

その席で、阿難の犯した過誤が数多く指摘された。そこで迦葉は阿難にそれを問いただしなさった。「まずそなたは、仏に進言して仏の叔母憍曇弥《きようどんみ》を出家させ受戒を許した。そのため、千年保つべき正法《しようぼう》の世が五百年短縮されてしまった。この罪をどう思うか」。阿難は、「仏の在世時にも入滅後にもかならず四部《しぶ》の衆がおります。それは比丘《びく》・比丘尼《びくに》・優婆塞《うばそく》・優婆夷《うばい》です。憍曇弥はその比丘尼に当たります」と答えた。迦葉はまた問う。「そなたは仏が涅槃《ねはん》に入られるとき、水を汲んで仏に差しあげなかった。その罪はどうだ」。

阿難は、「ちょうどそのとき、川上を五百台の車が渡りました。そのため水が濁り、水を汲んで仏に差しあげることができなかったのです」と答えた。迦葉はまた、「仏がそなたに対し、『わしは一劫《いちこう》に住むべきであろうか、多劫《たこう》に住むべきであろうか』とお尋ねになったとき、そなたは三度問われてもお答えしなかった。その罪はどうじゃ」と問う。阿難は、「もしお答えしたら、天魔や外道《げどう》がそれによって仏法の邪魔を働くでしょう。そのためにお答えしなかったのです」と答えた。

さらに迦葉は問うた。「仏が涅槃《ねはん》なされたとき、仏の母摩耶夫人《まやぶにん》ははるか忉利天《とうりてん》から手をさし伸ばして仏の御足に触れ、涙を流された。それを見ながら、そなたは側近の御弟子《みでし》として制止することなく、女性の手を仏の御身に触れさせた、その罪はどうじゃ」。これに対し阿難は、「末世の衆生に、親子の情愛はいかに深いものであるかを知らせようと思ったからです。これは親の恩を知りその慈悲に報いることなのです」と答えた。こうして、阿難の答えはひとつひとつもっともであり、過誤とするべき点はないので、迦葉はこのうえ問い正すこともなく、これでおしまいにされた。

〈語釈〉

○**涅槃《ねはん》**　仏教の最終理想。悟り。すべての煩悩《ぼんのう》の束縛を解脱《げだつ》して真理を究《きわ》め、迷いの生死を超越して不生不滅の法を体得した境地。煩悩を滅却して絶対自由となった境地。また、仏陀《ぶつだ》・聖者の死、入滅。「涅槃に入る」はふつう後者の意、すなわち釈尊の死。○**迦葉尊者《かしょうそんじゃ》**　摩訶迦葉《まかかしょう》・大迦葉に同じ。仏十大弟子の一。頭陀行《ずだぎょう》第一の人。尊者は聖者・賢者の意で、羅漢《らかん》の尊称。

○**羅漢《らかん》**　阿羅漢果（声聞四果《しょうもんしか》の最上位）を得た聖者。阿羅漢果は無学果ともいい、三界《さんがい》（生死流転《しょうじるてん》やむことのない迷界で、これを欲界・色界・無色界の三つに分ける）の見思《けんし》の惑《わく》（智・情・意から起こる迷い）を断尽し、修学完成してふたたび迷界に生まれることなく、尊敬と供養を受けるに足る聖者の位をいう。

○**大乗経・小乗経**　大乗は人を乗せて理想（解脱《げだつ》・絶対自由の境地）に至らせる教法（乗）のうち、教理・教説およびその理想に到達しようとする修行とその理想目的などが、ともに大きく深いもの。したがってこれを修行するもの（機）もまた大器であることを要するものを大乗という。すなわち菩薩《ぼさつ》（上は自ら菩提＝覚《さとり》を求め、下は一切衆生《いっさいしゅじょう》を化益《けやく》しようとする自利・利他の行を修してついには仏果《ぶっか》を証得する者）の大機が仏果の大涅槃《ねはん》を得《う》る法門である。これに権大乗（法相・三論など）と実大乗（華厳《けごん》・天台・真言・浄土など）がある。大乗経は華厳・法華・般若《はんにゃ》・無量寿・涅槃等の諸経をいう。大乗に対する小乗は、右と同じく人を乗せて理想境に至らせる教法のうち、教理・教説・修行および目的などが大乗に比して浅く狭小であり、修行するもの（機）もいく分劣弱であるものをいう。小乗に声聞《しょうもん》乗・縁覚《えんがく》乗の二があり、前者は四諦《したい》（苦《く》・集《じゅう》・滅《めつ》・道《どう》すなわち迷悟の因果）の理を観じて声聞の四果（須陀《しゅだ》洹《おん》果・斯陀含《しだごん》果・阿那含《あなごん》果・阿羅漢果）を証し、涅槃に至るのを教体とし、後者は十二因縁（無明《むみょう》・行《ぎょう》・識《しき》・名色《みょうしき》・六処《ろくしょ》・触《そく》・受《じゅ》・愛《あい》・取《しゅ》・有《う》・生《しょう》・老死《ろうし》、すなわち三界における迷いの因果を十二分したもの）を観じて辟支仏《びゃくしぶつ》果に至るのを教体とするが、ともに灰身滅智《けしんめっち》（身心ともに滅無に帰すること）の空寂の涅槃《ねはん》に至るのを最後の目的とする。インドの上座部・大衆部等の二十分派、中国・日本の倶舎《くしゃ》宗・成実《じょうじつ》宗・律宗等をいう。

○**集成**　釈尊の入滅後、その遺法の散逸を防ぐため、仏弟子が各自釈尊から聞いたところを誦し合って正誤をただし、記憶を新たにして正法《しょうぼう》を集成した事業は数次にわたって行なわれた。

1、第一結集は釈尊入滅の年（前四八五）に王舎《おうしゃ》城の南、畢鉢羅山《ひっぱらさん》の七葉窟《しちようくつ》において、大迦葉《だいかしょう》を司会者（上座）とし阿闍世《あじゃせ》王の協力を得て、五百比丘《びく》（羅漢）によって行なわれ、経律二蔵の内容が定められた。これを五百集法・上座結集という。この結集では経典として筆写されず、口誦をもって伝えられた。本話の結集はこれを指す。この結集に参加しえなかった比丘が別に窟外《くつがい》に集まって、婆師迦《ばしか》を中心に結集したのを窟外結集という。

2、第二結集は仏滅後百十年に耶舎《やしゃ》の発議により、毘舎離《びしゃり》地方に起こった戒律に関する新説（十事非法）を調査するために、毘舎離城において七百の比丘によって開かれたもので、これを七百集法という。このとき遺法の全体（一説に律のみ）が校正された。

3、第三結集は滅後三百三十年ごろ、阿育王《あいくおう》の保護のもとに帝須《ていす》を司会者として一千の僧衆が集まり、華氏《かし》城雞園寺《けいおんじ》において三蔵（経・律・論）を確定したのをいい、これを一千結集ともいう。

4、第四結集は滅後五百年ごろ、迦膩色迦《かにしか》王が北インド迦湿弥羅《かしみら》に五百の比丘を招集して、脇《きょう》比丘・世友《せゆう》論師の二人を上座として当時の三蔵を結集し、これに註釈を付けさせたのをいう。

○過誤　迦葉が詰問した阿難の罪は、仏伝の一に「阿難の五罪」がいわれている。それは、

1、女人（憍曇弥《きょうどんみ》）の出家を釈尊に請うて、正法五百歳を衰滅させたこと。
2、釈尊が入滅前に水を求めたが給仕しなかったこと。
3、釈尊の留寿を乞わないで入滅を早からしめたこと。
4、釈尊の衣をたたむとき、足で踏んだこと。
5、釈尊入滅後、陰蔵相を女人に示したこと。

また、本話の生じるもとになったかと思われる『智度論』の話では、「六種突吉羅《ときら》罪」（突吉羅は言語・動作にかかわる悪をいう）をあげ、五つは前記に同じであるが、2の次に、濁った水でも仏の大神力によって清浄な水となるのに、その水を給仕しなかったことが加わっている。本話はそれらの中の三つの罪がとりあげられている。

○憍曇弥《きょうどんみ》　釈尊の叔母にあたり、義母でもある摩訶波闍波提《まかはじゃはだい》をいう。拘利《くり》城主善覚《ぜんがく》王の妹で、姉は釈尊の父、迦毗羅衛《かびらえ》国浄飯《じょうぼん》王の妃である摩耶夫人《まやぶにん》。摩耶夫人が悉達《しつだ》太子（釈尊）を生んでのち死

に、そのあと摩訶波闍波提が浄飯王の妃に入り太子を育てた。憍曇弥が阿難の口添えにより、釈尊から出家を許された話は巻一第十九話に見える。

○**受戒を許し** 釈尊が阿難の口添えで憍曇弥の出家（比丘尼となること）を許す話（巻一第十九話）の中で、釈尊が阿難に言った言葉に、「女が沙門《しやもん》となろうと思えば八敬法《はちきようほう》を学び修行すべき」とある。「八敬の法」は八敬戒・八尊師法・八不可越法・八不可過法ともいい、比丘尼の守るべき八条の戒法。

○**正法《しようぼう》** 三時の一。三時は釈尊入滅後、仏教のありようの移り変わりを三つの時代に分け、正法時・像法時・末法時とするもの。

1、正法時とは、教法・修行・証果の三が完全に存する時代。

2、像法時とは、証果を得る人はないが、教法・修行の二がいまだ存する時代。

3、末法時とは、教法のみがあるが、修行と証果を欠く時代。

この次の時期は教法すら消失する時代で、これを法滅時代という。そして釈迦如来のみについていえば、末法を万年とすることは同じだが、正・像の期間には異説がある。イ、正法五百年・像法一千年説。ロ、正法千年・像法五百年説。ハ、正・像各五百年説。ニ、正・像各千年説。日本・中国の学者の多くはイ説を用いている。『日本霊異記』の著者景戒《きようかい》もこの説をとっているが、平安中期以降はニ説が一般に信じられ、仏滅後二千年が末法到来の時として多くの者に畏怖の念を与えた。その末法突入の年は永承七年（一〇五二）である。

○**四部《しぶ》の衆** 四衆ともいい、比丘は出家得度して具足戒（二百五十戒）を受けた男すなわち僧。比丘尼は出家得度して具足戒（三百四十八戒または五百戒）を受けた女すなわち尼僧。優婆塞《うばそく》は仏教を信じ、五戒・十戒等の在家戒を受けた在家の男。優婆夷《うばい》は同じく在家の女。
○**一刧**《いちこう》　「刧」は数えられないほどの遠大な時間の単位をいう。以下の文は、「一刧」と「多刧」を対比させ、仏（釈尊）が阿難に対し、自分は永久に（多刧に）現世にとどまるべきかどうかを尋ねた際、阿難が答えなかったのは仏の生存を阿難が願わなかったからであり、そのため仏の入滅が早くなったとして、その罪を迦葉《かしよう》が責めたのである。
○**天魔**　四魔（蘊《うん》・煩悩・死・天）の一。天子魔・魔天・魔王ともいう。六欲天の第六天である他化自在天の主で、名を波旬《はじゆん》といい、人の修道するのを見ては魔軍を起こして修行者を悩乱し、正道を妨害する。
○**外道**《げどう》　仏教以外の教え、およびそれを奉ずる者。仏教から見て邪教として外道という。
○**摩耶夫人**《まやぶにん》　釈尊の生母。浄飯王妃。釈尊入滅後、阿難が忉利天《とうりてん》に昇って摩耶夫人に釈尊の入滅を告げると、夫人が忉利天から下りて来て釈尊の棺《ひつぎ》の前で悲しむ話が、巻三第三十三話にあるが、忉利天から手を伸ばして釈尊の足をとらえたという記事は見えない。なお、摩耶夫人が釈尊を生んで七日目に死に、忉利天に生まれた話は巻二第二話に見える。
○**忉利天**《とうりてん》　六欲天の第二天。帝釈の居城がある。

　また、千人の羅漢《らかん》が霊鷲山《りようじゆせん》にやって来て法集堂《ほうじゆうどう》に入ろうとするとき、迦葉《かしよう》が、「この千人の羅漢のうち、九百九十九人はすでにみな無学《むがく》の聖者《しようじや》である。ただ阿難ひとりだけが有学《うがく》の人だ。また、この阿難はときどき女に惹《ひ》かれる心を持っていて、仏道習得の点で未熟である。ただちに堂外に出て行きなされ」といい、みずから立って行って阿難を引き出し、門を閉じてしまった。

そのとき、阿難は堂の外から迦葉《かしよう》に、「私が有学《うがく》であることは、仏の四悉檀《ししつだん》の説法を聞いて利益《りやく》に預ろうがためであります。また、私は女についてはまったく愛着の心はありません。ですから、ぜひ私を堂内に入れて着席させてください」という。迦葉は、「だが、そなたの仏道習得の程度はまだ浅い。すみやかに無学の果を証得したならば着席させてやろう」といって拒否した。すると阿難はまた、「私はすでに無学の果を証得しております。ですから、すぐ入らせてください」という。迦葉は、「無学の果を証得しているというのなら、戸を開けずとも神通力《じんずうりき》によって入りなさい」といった。

そのとき、阿難は鍵穴《かぎあな》から中に入って羅漢たちの間に交じる。羅漢たちはみな奇異の念を抱いた。これにより阿難を諸経集成会議の最高責任者と決めた。そこで阿難は高座に登り、「如是我聞《にょぜがもん》」と唱える。これを聞いた羅漢たちは、わが大師釈迦如来がふたたびこの世に帰って来られて、自分たちのために説法なさっているのではないかと疑い、偈頌《げじゅ》を作って一同声を合わせ、

その面は浄満月のごとく、その眼は青蓮華《しょうれんげ》に似たり。
仏法の大海水は、阿難の心に流れ入れり。

と唱えて限りなく賛嘆《さんだん》した。その後、大乗経・小乗経の集成が行なわれたが、それは阿難の

口誦によってなされたものである。されば、仏の御弟子《みでし》の中では、阿難尊者がとくに勝れた人であるとだれもが認めるようになった、とこう語り伝えているということだ。

〈語釈〉

○**霊鷲山**《りようじゆせん》　摩竭陀《まかだ》国王舎城の東北にある山。今のチャタ山。釈尊説法の地として有名。耆闍崛山《ぎしやくつせん》・霊山《りようせん》・鷲峰《じゆほう》ともいう。○**法集堂**《ほうじゆうどう》　前記の第一結集に際して、阿闍世王は七葉窟前に大講堂を建て、一切の資具を備えてこの事業を助けた。この講堂をいう。

○**無学**《むがく》**の聖者**《しようじや》　阿羅漢《あらかん》果を証した聖者。羅漢。「無学」は「有学」の対で、もはや学修すべきものがないの意。「有学」は声聞《しようもん》がいっさいの煩悩《ぼんのう》を断じようとして無漏《むろ》（煩悩に汚されないこと）の戒・定《じよう》・慧《え》の三学を学修する位。声聞証果の四階位（声聞四果）では初果の預流《よる》果、第二の一来《いちらい》果・第三の不還《ふげん》果の三果位を有学といい、最上位の阿羅漢果を無学という。前項「羅漢」参照。

○**有学**《うがく》**の人**　前項を見よ。阿難が「有学の人」で、常に舎利《しやり》弗《ほつ》にあなどられていた話が、巻三第六話にある。

○**四悉檀**《ししつだん》　仏が衆生《しゆじよう》を説法教化する方法を四分して、世界悉檀・各各為人《かくかくいじん》悉檀・対治《たいじ》悉檀・第一義悉檀とする。悉檀とは成熟（完成）の意、転じて一定の教説を指す。

　1、世界悉檀（楽欲《ぎようよく》）とは仏が仮に凡庸に順じて世間の楽欲に随応する教法を説くこと。

　2、各各為人悉檀（生善《しようぜん》）とは衆生の機を考えて各人の機根相応の法を説き、かれらをして正信を発し善根を増長せしめること。

　3、対治悉檀（断悪）とは種々の法楽を施して煩悩悪業等の衆生の迷妄を除くこと。

4、第一義悉檀（入理）とは衆生の機縁の熟するのを見て第一義の理を説いて真証に入らしめること。
○**神通力**《じんずうりき》　神変《じんぺん》不可思議で無礙《むげ》自在な力や働き。
○**如是我聞**《にょぜがもん》「かくの如くわれ聞く」の意で、聞いたところの仏説法を、自己の意見を交えず、それに信順して述べるということ。結集の長者ははじめにこの語を唱えてから仏説法をのべる。これにより諸経のはじめにこの語がおかれている。「我聞如是」「聞如是」もこれに同じ。○**大師**《だいし》　仏の尊称。大導師の意。
○**偈頌**《げじゅ》　仏徳または教理を賛嘆する詩。多く四句よりなる。

波斯匿王《はしのくおう》、羅睺羅《らごら》を請《しょう》ずる語《こと》、第二

今は昔、仏が涅槃《ねはん》に入られてのちのこと、波斯匿王《はしのく》は羅睺羅《らごら》を招き、数々のすばらしい飲食を調えて供養をした。大王と后がみずから手に取って供養をすると、羅睺羅はこれを受けて一箸《はし》食べたあと、涙を流して幼児のように泣いた。

それを見た大王および后、その他百官は不思議に思い、羅睺羅に、「われわれはねんごろに心をこめてご供養申しあげた。なにゆえにお泣きになるのか。すみやかにそのわけをおっしゃっていただきたい」と尋ねた。羅睺羅は、「仏が涅槃《ねはん》に入られてからまだそれほど経っていないのに、この飯の味が変わって、ずっとまずくなっています。とすれば、この«のち末世の衆生はなにを食べるのかと思うと、それが悲しくて泣いたのです」と答えて、なおも泣き続けていた。

その後、大王の見ておられる前で、羅睺羅は腕を延ばし、地底の土の中から飯粒一つ取り出して、「これは仏が在世のときの飯です。この飯と、いま供養していただいた飯と、さっそく食べ比べてごらんなさい」という。大王がこれを手に取って口にお入れになると、その味は格別であった。いま供養した飯と比べると、はじめに食べた飯は毒のようにまずく、いま食べた飯は甘露《かんろ》のごとくである。このとき、羅睺羅《らごら》がいった。「この世から優れた聖人がみな消え失せてしまえば、この好味の飯はいったいだれのために必要があろうか、というので、大地の神である堅牢地神《けんろうじじん》がこれを地底五百由旬《ゆじゅん》に埋めてしまったのです」。そこで王が、「では、その地の好味はいかなる時にこの世に出てくるのでしょう」と聞くと、羅睺羅は、「末世において、仁王経《にんのうぎょう》を講じる所には、かならず地の好味は出てくることになっていま す」と答えた。こんなわけで、末世の衆生にとっては仁王講《にんのうこう》が最も必要な善根《ぜんごん》である、とこう語り伝えているということだ。

〈語釈〉

○**波斯匿王**《はしのくおう》　中インド舎衛国《しゃえこく》の王。あつく仏法を奉じ、外護《げご》の任に当たった。

○**羅睺羅**《らごら》　釈尊出家以前の子。のち仏弟子《ぶつでし》となる。密行第一の人。

○**甘露**《かんろ》　ソーマの汁。梵語でアムリタ（不死の意）といい、諸天の飲料で、味は蜜のごとく、これを飲めば苦悩を去り長寿を得、また死者を復活させる霊能があるという。

○**堅牢地神** 大地を司《つかさど》る神の名。この神はよく大地を堅固（堅牢）ならしめるからこの名がある。常に教法の流布する所におもむき、法座の下にあって説法者を警護するという。密教ではこの神をもって胎蔵大日《たいぞうだいにち》の随類応現の身となし、その后とともに胎蔵界曼荼羅《まんだら》外金剛部（東方）に列している。形像は肉色で女形をなし、左手に鮮花を盛った鉢《はち》を持っている。その鉢は大地を表わし、鮮花は諸物生成の徳を示したものである。

○**由旬**《ゆじゅん》 古代インドの里程の単位で、一由旬は聖王一日の行程。六町一里で四十里、三十里、八十里の称といい、また大由旬を八十里、中由旬を六十里、小由旬を四十里ともいう。

○**仁王経**《にんのうきょう》 『仁王般若経《にんのうはんにゃ》』ともいう。二本があり、旧本は「仏説仁王般若波羅蜜経」（二巻）といい、姚秦の鳩摩羅什《くまらじゅう》（三四四〜四一三）の訳。新本は「仁王護国般若波羅蜜多経」（二巻）といい、唐の不空（七〇五〜七七四）の訳。仏が十六大国王のために、その各国を護り安穏ならしめるためには般若《はんにゃ》波羅蜜を受持すべきことを説いたもの。この経を受持すれば、七難（日月失度・星宿失度・災火・雨水変異・悪風・旱天《かんてん》・悪賊）を滅し万民が豊楽になり得ると説くから、古来この経と「法華経」「金光明経」とを合わせて「護国三部経」として、公私ともに攘災祈願のために読誦された。

○**仁王講**《にんのうこう》 「仁王般若経」を読誦する法会。鎮護国家・災難除去・万民豊楽のために勅会《ちょくえ》として行なわれるものを仁王会《にんのうえ》という。これには、一代一度の大仁王会と、特別の時に行なう臨時の仁王会と、毎年春秋二季に修する仁王会との三種がある。大仁王会は斉明天皇六年（六六〇）に行なわれたのが初例で、一百の高座、一百の袈裟《けさ》を造って修せられた。聖武天皇のときに至り、宮中のほか、畿内・七道の諸国にも本経を講ぜしめるようになり、以来、奈良・平安両期を通じて修せられていたが、南北朝以後は皇室の衰微とともにしだいに廃滅の道をたどった。

臨時の仁王会は大極殿《だいごくでん》において行なわれるものと社寺に勅して行なわれるものと二種がある。桓武天皇延暦十三年九月、仁明天皇承和七年六月に行なわれたものなどがこれで、一条天皇の長保《ちょうほう》三年三月には疾疫祈禱のために百座の仁王会が修せられ、後一条天皇長元四年十一月にも長保の例によって修せられた。春秋二季の仁王会は、春は二月または三月、秋は七月または八月、中殿・南殿・大極殿および諸堂・諸殿ならびに社寺等を道場として百座を設けた。南北朝以前までは継続して行なわれたが、以後は明らかでない。貴族邸で行なわれた仁王講については、「宇治拾遺物語」七二に藤原頼長の物忌《ものい》みの折の例、「源平盛衰記」四・殿下御母立願事の例などがある。
○**善根《ぜんごん》**　善い果報を招くべき善因。また諸善を生み出す根本である無貪《むとん》・無瞋《むしん》・無痴《むち》の三をもいう。

阿育王《あいくおう》、后《きさき》を殺《ころ》し、八万四千《はちまんしせん》の塔《とう》を立つる語《こと》、第三

今は昔、天竺《てんじく》において、仏が涅槃《ねはん》に入られてから一百年ののち、鉄輪聖王《てつりんじょうおう》がこの世に現われなされた。これを阿育《あいく》王と申しあげる。その王は八万四千人の后を持っていた。だが、王子がいない。王はこれを嘆いて、王子の出生を願い求めているうち、とくに寵愛《ちょうあい》の深い第二后が懐妊した。大王はたいそう喜んで、占い師を召して、「こんど妊《みごも》った子は男か、女か」と下問されると、占い師は、「金色《こんじき》の光を放つ男子がお生まれになるでしょう」と占い申した。そこで大王はますます喜び、后をこのうえなくたいせつにお取り扱いなさった。

こうして、お生まれになる日を待っておられたが、第一后はこれを聞いて、「本当にそのような王子が生まれると、私はきっと第二后の下風に立たされることになろう。それゆえ、なんとかしてその生まれてくる王子を殺してしまわなければならぬ」と思い、いろいろ策略を巡《めぐ》らした結果、思いついたことは、「ここに子を孕《はら》んだ猪《いのしし》がいる。それが生んだ猪の子と、第二后の生んだ王子とを取り替えて、王子を埋め殺してしまおう。そうしておいて、第二后にはこんな猪《いのしし》の子をお産みになったといってお見せしよう」。こう策略を構えて、第二后の身辺に親しく仕える乳母《うば》をうまく言いくるめて味方につけ、王子の生まれるのを待っているうち、月満ちて后は陣痛に苦しみ出し、やがて人の手を借りて出産がはじまった。そのとき、この乳母が后に、「お産のときにはなにも見てはいけません。着物を頭からかぶっているとお産は簡単にすみます」と教える。后は教えられたとおり、着物をかぶってなにも見ないでいた。

そのうち、王子が安らかにお生まれになった。后がご覧になると、ほんとうに金色の光を放つ男子である。すでにかねてしめし合わせてあったことなので、乳母はその生まれた王子をそのあたりにある物といっしょにくるみ取ったうえ、猪の子と取り替えた。そして大王には、「猪の子をお産みになりました」と報告させると、これを聞かれた大王は、「なんと奇怪な、恥しらずのことよ」と仰せられて、この后を他国に流してしまった。第一后は、うまく謀りおおせたとすっかり喜んだ。

〈語釈〉

○**鉄輪聖王**《てつりんじょうおう》　転輪聖王《てんりんじょうおう》（転輪聖帝・転輪王）といわれるものに四人あり、四輪王というが、その一。転輪聖王は略して輪王、または飛行皇帝《ひぎょう》ともいう。須弥《しゅみ》四州すなわち全世界を統御する大王。この王は身に三十二相を具備し、位につくとき、天より輪宝を感得し、その輪宝を転じて四方を威伏するから転輪王といい、また空中を飛行《ひぎょう》するから飛行皇帝という。その輪宝には金・銀・銅・鉄の四種があり、金輪王は須弥四州を領し、銀輪王は東西南の三州を、銅輪王は東南の二州を、鉄輪王は南閻浮提《えんぶだい》（人間世界）の一州を領するという。
○**阿育王**《あいく》　アショカ王。無憂王。前三世紀ごろ、インド摩竭陀《まかだ》国に君臨したマウリア王朝第三世の王。全インドを統一し、仏教を保護宣布、世界的宗教とし、第三回仏典結集《けつじゅう》を行なったという。

その後、大王は数ヵ月してある所に遊びに行幸された。そこの庭でそぞろ歩きをなさっていると、林の中に女が一人いた。なにかわけありげな様子である。召し寄せて見ると、流罪《るざい》にした第二后である。にわかに憐愍《れんびん》の情が生じ、猪《いのしし》の子を産んだ時のことをお尋ねになる。后は、自分は少しの過ちも犯していないことを、なんとかして大王に聞いていただこうと思っていたところ、このように直接お尋ねくださったのをうれしく思い、事の次第を申しあげると、大王ははじめて真相を知って、「わしは罪もない后を罰してしまった。また、金《こん》色《じき》の王子が生まれたのに、他の后たちの謀略で殺されたのだ」と後悔し、第二后を召し返して王宮に還御《かんぎょ》し、もとのように后にお立てになった。そして、あとの残りの八万四千の后を、罪のあるなしにかかわらず、激怒のあまりことごとく殺してしまわれた。

その後、つらつら考えてみると、この殺害の罪はどれほど重いことだろう。地獄の報いをどうして免れえよう、と嘆かわしく思い、近議という羅漢《らかん》がいたが、大王はこの事についてその人にお尋ねになった。羅漢は、「この罪はまことに重く、悪報は免れ難いことに思われます。だが、后一人に対し塔を一つずつ、合わせて八万四千の塔をお建てなさい。これのみが地獄の苦を免れうる道でございます。塔を建てる功徳は、ただ戯れに石を積み重ね、木を彫って造っただけでさえ思慮を絶するものがあるのです。ましてや、定められたとおりの数の塔をお建てになったならば、罪を免れなされることは疑いないことでしょう」とお答えした。

〈語釈〉

○憐愍《れんびん》の情　あわれに思う心。

○近議　近議を近護の誤りとすれば、阿育王の師匠、優婆崛多《うばくつた》のこと。

そこで大王は国内に勅命を下して、この地上世界に一時に八万四千の塔をお建てになった。だが、塔の中に仏舎利《ぶつしやり》が安置できないでいるのを嘆いておられると、一人の大臣が、「仏が涅槃《ねはん》にお入りになったあと舎利《しやり》を分配しましたが、その際、大王の父の王が手に入れなさるはずの舎利を、難陀竜王《なんだりゆうおう》が来て奪い取り、竜宮に安置してしまいました。すぐさまそれを尋ね取り、この塔に安置なされるがよろしかろうと存じます」と申しあげた。

それを聞いた大王は、「わしが多くの鬼神《きしん》や夜叉神《やしやじん》たちを召し集めて、鉄の網をもって海底の多くの竜を引き上げたなら、かならずやその舎利《しゃり》を手に入れることができよう」とお思いになり、それらを召して実行することにお決めになった。さて、鬼神に命じて鉄の網を造らせ、まさに曳かせようとしたとき、竜王はひどく恐れおののき、大王が寝ておられるところにやって来て、大王を竜宮に連れて行こうとした。大王は竜とともに船に乗り、多くの鬼神を従えて竜宮に行かれた。竜宮に大王を迎えた竜王は、「この舎利《しゃり》は前に舎利を分配したとき、八ヵ国の王が集まって来、多くの人々が協議した結果、衆生の罪を除こうがために各国王が手に入れたものである。大王よ、あなたがもし私のようにこれを尊び敬わないなら、かならずや罪を得なさるであろう。私は水精《すいしょう》の塔を建ててとくに深く尊び敬っております」といった。

　大王は舎利を手に入れて本国に帰り、八万四千の塔に安置して礼拝《らいはい》なさると、舎利は光を放ち給うた、とこう語り伝えているということだ。

〈語釈〉

○**仏舎利《ぶっしゃり》**　仏陀（釈尊）の遺骨。○**舎利《しゃり》を分配**　釈尊入滅後、舎利を得ようと拘尸那《くしな》城に集まった八国の王に、香姓婆羅門《こうしょうばらもん》はこれを八等分して与えた（巻三第三十五話）。

○**大王の父の王が手に入れなさるはずの舎利**　阿育《あいく》王の父王はマウリア王朝の賓頭沙羅《びんずしゃら》王であり、阿育王は前三二一年に生まれ、その後摩竭陀国《まかだこく》に君臨して五天竺《てんじく》を統一した。前条の、舎利を分けてもらった八国王は巻三第三十五話に従えば、「婆婆《はば》国・遮羅《しゃら》国・羅摩伽《らまか》国・毘留提《びるだい》国・迦毘羅衛《かびらえ》国・毘舎利《びしゃり》国・摩竭陀《まかだ》国の阿闍世《あじゃせ》王等」であり、阿闍世王は前四六二年ごろ死んでいる（仏滅後二十四年）。阿闍世王も阿育王も摩竭陀《まかだ》国王であるところから、阿育王の父王が舎利を分けてもらったということになったものか。

○**難陀竜王**《なんだ》 仏法を守護する竜王である八大竜王の一。八大竜王は、難陀・跋難陀《ばつなんだ》・沙伽羅《しやがら》（娑羯羅《しやかつら》）・和修吉《わしゆきつ》・徳叉迦《とくしやか》・阿那婆達多《あなばだつた》・摩那斯《まなし》・優鉢羅《うはつら》。

○**鬼神**《きしん》 恐ろしい自在力を有する者。これに、悪行をほしいままにし、人・畜を悩ます悪鬼神（夜叉《やしや》・羅刹《らせつ》・風神・雷神等）と、善行為をなし、国土・仏法を守護する善鬼神（梵天《ぼんでん》・帝釈《たいしやく》・竜王等）とがある。

○**水精**《すいしよう》 水晶。七宝の一。頗梨《はり》ともいう。

狗拏羅《くなら》太子、眼《まなこ》を抉《くじ》り法力《ほうりき》に依りて眼《まなこ》を得《う》る語《こと》、第四

今は昔、天竺《てんじく》に阿育《あいく》王と申す大王がおられた。太子が一人あり、名を狗拏羅《くなら》といった。容姿美しく、正直な心の持主で、なにごとにつけても人に優れていたので、大王はとりわけ寵愛《ちようあい》なさった。この太子は前の后の子であり、今の后は継母に当たる。

ところで、この后が太子の容姿を見て愛欲の心を起こし、ひたすら恋い焦れるようになった。この后の名を帝尸羅叉《たいしらしや》という。后は恋の思いに堪えられず、ついに人目のない折を見すまして太子の居間にそっと忍び寄り、太子に抱きついて思いを遂げようとした。太子にはそのような心はさらになく、驚いて逃げ去った。すると后はひどく恨み心を抱き、回りにだれ

もいない時を見はからって、大王に、「あの太子は私に思いを寄せています。大王さま、なにとぞご了察のうえ太子を罰していただきとう存じます」と訴えた。大王は聞いて、これはきっと后の讒言《ざんげん》に違いないと思った。そこでひそかに太子を呼び、「そなたは后と同じ王宮にいると、あるいはよくないことが起こるかもしれぬ。そなたに一国を与えよう。そこへ行って住み、わしの宣旨《せんじ》に従うようにせよ。ただし、たとえ宣旨があったからといえ、わしの歯印《しいん》がない場合はそれに従ってはならぬ」といって、徳叉尸羅国《とくしゃしらこく》という遠い国にやってしまわれた。

こうして、太子はその国に住んでいたが、継母はそのなりゆきを思うにつけ、ますます心中穏やかでなく、策を構えて、大王にしたたか酒を飲ませ、大王がすっかり酔いつぶれて寝込んでしまわれたすきに、ひそかに歯印を盗み取った。そのあと、太子の住んでおられる徳叉尸羅国にいつわりの宣旨《せんじ》を下す。「太子の両眼を即座にえぐり出して捨て、太子を国外に追放せよ」。これを持たせて使者を出した。

使者は、その国に行き着いて宣旨を渡す。太子がこれをご覧になると、わが両眼をえぐって捨て、国外に追放せよと書いてある。それにはまさしく大王の歯印があるので、疑う余地はない。悲嘆の念に打ちのめされたが、「私は父の宣旨に背くわけにはゆかぬ」といって、ただちに旃荼羅《せんだら》を召し、泣く泣く両眼をえぐり捨てさせた。城内の人々はこれを見て、だれひとりとして泣き悲しまぬ者はなかった。

〈語釈〉

○**拘拏羅太子《くならたいし》** 拘拏羅は鳩那羅・駒那羅・拘那羅・拘拏浪などとも書き、好眼と訳す。阿育王の太子達磨婆陀那《だるまはだな》（訳して法益という）の別名。「クナラ」はもと鳥の名。太子の眼が清冷でクナラ鳥に似ているから名付けられた。○**前の后** 『法苑珠林《ほうおんじゆりん》』では「蓮花夫人《れんげぶにん》」、『経律異相《きようりついそう》』では「鉢摩婆《はつまば》底《てい》」。○**帝尸羅叉《たいしらしや》** 『経律異相』は「微沙落起多《みしやらきた》」。

○**歯印《しいん》** インドの風習で、歯をもって証書に印をつける。すなわち、粘土で封をした上に、封じる人の歯形をつけたもの。わが国の拇印《ぼいん》にあたるようなもの。

○**徳叉尸羅国《とくしやしらこく》** 北インド、犍駄邏《けんだら》の東南、迦湿弥羅《かしみら》の西南にある。徳叉始羅・咀叉尸羅・竺刹尸羅ともかく。この語には截石《せつせき》の義があり、石室国とも称する。ギリシャ人のいわゆるタキシラである。この地はかつて犍駄邏の首都であった。阿育《あいく》王は即位前にこの地の太守であったが、摩竭陀国《まかだこく》に帰って大王となって後、その妃微沙落起多は先妃の子法益（拘拏羅太子）を嫉《ねた》みこの地に追い出した。のちに人を遣わしてその両眼をえぐらせたという（本話）。また名医耆婆《ぎば》が医術を習得したのもこの地である。前四世紀アレキサンダー大王が東征のとき、アオルノスの戦に勝ち、信度河《しんどが》（インダス川）を渡り、さらにこの地を通過して南進したが、ここは上代において、インド北隅の文化の中心であった。仏教の霊地といわれるものも多く、仏がかつて菩薩行を修していたとき、月光王となり、わが頭を切り落として婆羅門《ばらもん》に恵施した（巻五第八話）地が王城の北にあり、北インドにおける四大塔の一とされる。医羅鉢咀《いらはつた》竜王池および弥勒菩薩《みろくぼさつ》成道の時に現われる四大宝蔵の一もまたこの国にある。今のパンジャブの北辺にあるラワルビンディ州に当たる。

○**旃荼羅《せんだら》** 旃陀羅。古代インドの種姓の名で、四姓（婆羅門・刹帝利《くしやとりや》・吠舎《ばいしや》・首陀羅《しゆどら》）の下に位する最下級の賤民。賤業を営む種族。男を旃陀羅、女を旃陀利《せんだり》という。

その後、太子は王宮を去り、流浪《るろう》の旅に出て行かれた。妻ひとり連れ、それに手を引かれていずこともなく迷い行かれる。ほかに付き従う者とてない。父の大王はこのことを少しも御存じなかった。こうしているうち、太子はいつしか父大王の王宮に迷い来た。ここがどことも知らず、象舎に立ち寄ったところ、そこに居た者が、女に手を引かれた盲者が来ているのに気がついた。だが、太子は長い間流浪の旅を続けておられるうちに、すっかり疲れはて、容姿も衰えてしまわれたので、王宮の者もこれが太子であるとはまったく思いもよらない。太子夫妻は象の舎に宿った。

夜になって太子は琴を弾いた。大王は高楼におられてほのかにこの琴の音をお聞きになり、わが子の牭那羅《くなら》太子が弾く琴の音に似ているとお思いになったので、家臣の者に、「あの琴はどこで弾いているのか。だれが弾いているのか」とお尋ねになる。家臣が象舎を尋ね当てて行ってみると、一人の盲者がいて琴を弾いていた。妻を連れている。家臣が、「かように琴を弾いているのはいったい何者か」と聞くと、盲者は、「私は阿育《あいく》大王の子、牭那羅《くなら》太子です。徳叉尸羅国《とくしゃしらこく》にいたとき、父大王の宣旨《せんじ》により両眼をえぐり捨てて国外に追放されたので、かように迷い歩いているのです」と答えた。家臣は驚き、急遽《きゅうきょ》、大王のもとに走り帰ってこの由を報告した。

大王はこれをお聞きになるや魂も消し飛ぶように驚かれ、その盲者を召し寄せて事情をお尋ねになったので、右の次第を申しあげた。大王は、これはひとえに継母の后のしわざであると知り、ただちに后を罰しようとしたが、太子は誠意をこめて制止し、罰することをおとどめなさった。

大王は泣き悲しんでおられたが、ここ釈尊成道《じょうどう》の地である菩提樹《ぼだいじゅ》のほとりに建てられた寺に一人の羅漢《らかん》がおられた。名を窶沙《くしゃ》大羅漢と申しあげる。この人は三明六通《さんみょうろくつう》に達し、衆生《しゅじょう》を済度《さいど》すること仏のごとき方であったが、大王はこの羅漢をお招きして、「お聖人さま、なにとぞお慈悲をもってわが子拘那《くな》羅太子の眼をもとのようにしていただきたい」と、涙ながらにお願いすると、羅漢《らかん》は、「わしが微妙《みみょう》の仏法を説いて進ぜましょう。国内の人もことごとくここに来て聴聞《ちょうもん》するがよい。そして一人一人、一つの容器をたずさえてその法を聞き、尊んで流す感涙をその容器に受けて、それで太子の眼を洗ったなら、もとのようになるでありましょう」とおっしゃる。大王は宣旨《せんじ》を下し国じゅうの人々を集めた。遠く近く、集まってくる人は雲霞のごとくであった。

そこで羅漢は十二因縁《いんねん》の法を説いた。集まり来た人々はこの法を聞いてだれ一人感泣しない者はなかった。その涙を容器に受け集め、金の盤上に置いてから羅漢は誓願を立てる。「およそわが説くところの法は諸仏の説く至上の教理である。この教理がもし真実でなく、わが説くところに誤りがあるとすれば、この願いは成就しないであろう。もしまたこの教理が真実ならば、ここにいる人々の涙をもってかの盲者の眼を洗うことによりかならずや眼が開《ひら》け、物を見ることもとのごとくになるであろう」。この言葉を唱え終わって、涙をもって眼を洗うと、ついに眼が現われ、明らかに物を見うることもとのごとくであった。それを見た大王は頭を垂れて羅漢を礼拝《らいはい》し、限りなくお喜びになった。

その後、大臣・百官を召し出し、ある者は役を解き、ある者は罪無しとして赦し、ある者は国外に流し、ある者は命を断った。かの太子の眼をえぐった所は、徳叉尸羅国《とくしゃしらこく》の外、東南の山の北に当たる。そこには塔を建てた。高さ十丈余りである。以来、国内の盲人はこの塔に祈請すると、みなもとのごとく眼が見えるようになったという、とこう語り伝えているということだ。

〈語釈〉

○**菩提樹**《ぼだいじゅ》　畢波羅樹《ひっぱらじゅ》。クワ科に属する植物。中央インドおよびベンガル地方に繁殖する常緑高木でイチジクに似ている。釈尊がこの木の下で成道《じょうどう》したので、菩提樹という。成道の地は摩竭陀国《まかだこく》で、阿育王《あいく》はその国の王。

○**寠沙大羅漢**《くしゃ》　『大唐西域記』は「瞿沙《くしゃ》大阿羅漢」。唐では「妙音」といい、婆沙《ばしゃ》四評家の一（迦膩《かに》色迦《しか》王の治下、迦湿弥羅国《かしみらこく》において大毘婆沙論編集のとき、法救《ほうく》・妙音・世友《せう》・覚天《かくてん》の四論師がおのおの異なる説を立てた）。阿毘曇甘露味《あびどんかんろみ》論二巻の作がある。

○**三明六通**《さんみょうろくつう》　阿羅漢の智に具《そな》わる自在の妙作用。智が明了に対境を知るのを明という。六通（六神通）のうち、宿命《しゅくみょう》通・天眼《てんげん》通・漏尽《ろじん》通に当たる宿命《みょう》明・天眼明・漏尽明のこと。

その六通（六神通・六種神通力）は、左記のとおりである。

天眼通（肉眼で見得ないものを見る不思議な力。自・他身の未来世の生活状態を知る力）
天耳通《てんじ》（肉耳で聞きえぬ音声を聞きうる不思議な力）
他心通（他人の意を自在に徹見する不思議な力）
宿命通（自在に過去現世の生存を知る不思議な力。自・他身の過去世の生活状態を知る力）
神足通《じんそく》（如意通ともいう。不思議に境界を変現し、意のままに飛行する力）
漏尽通（現世の苦悩を知り、自在に煩悩を断ずる力）

○微妙《みみょう》の仏法　微妙《みみょう》の法門。妙とは不可思議のこと、法は教法のことであり、釈尊一代の説法をいう。なお、諸法実相を説く法門または弥陀《みだ》の誓願一乗の法を妙法ということもある。

○十二因縁《いんねん》の法　十二因縁は十二縁生・十二縁起ともいう。三界（欲界・色界・無色界）における迷いの因果を十二に分けて説いたもの。すなわち、無明《むみょう》・行《ぎょう》・識《しき》・名色《めいしき》・六処・触《そく》・受《じゅ》・愛・取《しゅ》・有《う》・生《しょう》・老死。

阿育《あいく》王、地獄《じごく》を造《つく》りて、罪人《ざいにん》を堕《おと》す語《こと》、第五

今は昔、天竺《てんじく》に阿育《あいく》王と申す王があった。その王は地獄《じごく》を造って国内の罪人を放り込んだ。また、その地獄のあたりにやって来た人は、そこから帰らせることなく、かならず地獄に入れてしまった。

そのころ、一人の尊い聖人がいた。その名を海意比丘《かいいびく》という。この人がその地獄を一目見

ようとそこにやって来た。すると獄卒《ごくそつ》がいて、聖人を捕えて地獄に入れようとした。聖人は、「わしはなんら罪を犯していない。この地獄に入れられるいわれはないぞ」といったが、獄卒は、「国王の宣旨《せんじ》には『この地獄にやって来た者は、貴賤・上下・僧俗を選ばず、すべてこの地獄に入れよ』とある。おれはこの宣旨を受けているのであなたを入れるのだ」といって、聖人をつかまえて地獄の釜の中に投げ込んだ。

とたんに、地獄が反対に清浄な蓮の池となった。獄卒はこれを見て驚き、大王に報告する。王もお聞きになって驚き尊び、みずから地獄のわきに行って聖人を拝まれた。その時、獄卒が大王に申しあげた。「さきに宣旨を下されたとき、地獄の近くに行った者は、身分の上下を問わず地獄に入れよということでした。されば大王さま、お入りください」。王は、「わしは宣旨を下すとき、王を除外せよという宣旨は下さなかった。その方の申し出は至極当然じゃ。ただしまた、獄卒を除外せよという宣旨も下していない。さればその方をまず地獄に入れよう」とおっしゃって、獄卒を地獄に投げ入れてご帰還になった。

その後、地獄は無意味なものであると思い、これを壊《こわ》してしまわれた、とこう語り伝えているということだ。

〈語釈〉

○**阿《あ》育《いく》王**　『大唐西域記』は「無憂《むゆう》王」（阿育王の別称）とする。○**地獄《じごく》**　『西域記』に「摩掲陀《まかだ》国波《こくは》吒釐子《だりし》城、王故宮ノ北ニ有リ二石柱一、高サ数十丈、是無憂王作ル二地獄ヲ一処也。初メ無憂王嗣ギテレ位ヲ之後、挙措苛暴、乃《すなは》チ立テ二地獄ヲ一作二害ス生霊ヲ一」とある。○**海意比丘《かいいびく》**　底本その他の本文は欠字になっている。『大唐西域記』は「沙門《しやもん》」、『経律異相《きようりついそう》』は「海意比丘」、『三国伝記』は「文殊師利菩薩《もんじゆしりぼさつ》」とする。ここでは「海意比丘」を当てておいた。

○**獄卒**《ごくそつ》　地獄で亡者を呵責《かしやく》するという鬼。『西域記』は「獄吏凶人」、『異相』は「施陀羅《せんだら》使、名耆利《きり》柯《か》」とする。

天竺《てんじく》の優婆崛多《うばくつた》、弟子《でし》を試《こころ》みる語《こと》、第六

今は昔、天竺《てんじく》に、仏が涅槃《ねはん》にお入りになってのち百年ばかりして、優婆崛多《うばくつた》という、悟りの境地に達した羅漢《らかん》がおいでになった。その弟子《でし》に一人の比丘《びく》がいた。優婆崛多はその弟子がどういう心を持つ者と見きわめなさったのであろうか、常にきびしく忠告し、「そなた、どうあろうと女に近づいてはならぬ。女に近づけば生死《しようじ》に回《めぐ》ること車輪のごとくで、永久に悟りえないであろう」と、常日ごろ折に触れては言っておられた。弟子は、「わが師とは申せ、いったいどこに目をつけておられますのか。この私はすでに羅漢果《らかんか》を得た身であります。およそ女に触れるなどということは永久に絶ち切っております」と、まことに尊げな声でいう。ほかの御弟子たちもみな、たいそう尊い人に対し、師がこんなひどいことをおっしゃるとは不思議なことだと思いあった。

このようにきびしく忠告し続けているうち、ある日、この御弟子《みでし》の比丘《びく》がちょっとよそに出かけて行こうとして、道の途中にある川を渡っていた。そのとき、若い女が一人、同じよ

うに川を渡っていたが、川の深い所に来て、その女が足を取られ、まさに流されそうになった。女は、「そこにおいでのお坊さま、助けてください」と叫ぶ。比丘はその声を無視しようとは思ったが、このままではたちまち水にのまれてしまう、かわいそうだと思い、近寄って女の手をとらえ、水から引き上げた。女の手はふっくらと滑らかである。それを握った比丘は、女を岸に引き上げてからも握ったままで放そうとしない。

女は、もう手を放してほしい、早く出かけて行きたい、と思うが、比丘がますます強く握るので、女はおかしなことだと思っていると、比丘が、「なにか前世からの因縁でもあるのでしょうか、あなたが慕わしくてなりません。私のいうことを聞いてくださいませんか」という。女は、「私は水に流されてすんでのこと死ぬところでした。ちょうどそこへおいでくださってお助けいただきました。命を全《まつと》うしたのはひとえにあなたさまのお陰です。それゆえ、あなたさまのおっしゃることをどうしておことわりできましょう」と答える。すると比丘は、「私の願いといえば、ただこういうことです」といって、薄《すすき》や萩《はぎ》の生い茂った藪《やぶ》の中に、手を取って引き入れた。

人も見にくいほどの茂みに引き据え、女の着ているものの前をかき上げ、自分の衣の前をもかき上げて女の股《また》にはさまり、人に見られはしないかと気に掛ったのでうしろを振り向いて見たが、だれもいないと知って安心し、さて前を見返したところ、わが師優婆崛多《うばくつた》があおむけに臥《ふ》して、自分を股にはさんでいるではないか。その顔を見れば、にこにことほほ笑み「そなた、八十余りになるこの老法師に、どうして愛欲の心など起こしてこんなまねをするのかい。これでも女に触れる心はないといえるかね」とおっしゃる。比丘はすっかり動転し、逃げ出そうとするのを、足をもって強くはさみ、どうにも離そうとせず、「そなたは愛欲を起こしてこういうことをしたのだ。すぐさまわしと交われ。もしそれをしなければ許してやらぬ。そなた、どうしてわしをだましたのだ」といって、大声を上げてののしりなさる。

そのとき、多くの通行人がこの声を聞きつけ、驚いて近づいてみると、老僧の股に一人の僧がはさまっていた。老僧が、「ここにいる比丘《びく》はわしの弟子《でし》だ。八十になる師と交わろうと、これがわしをこうして藪《やぶ》に引き入れたのだ」とおっしゃったので、これを見る多くの者は怪しみながら盛んに罵声《ばせい》をあびせる。優婆崛多《うばくった》はこの様子を多くの人に見せ終わってから起き上がり、この弟子の比丘をとらえて大寺に連れて行かれた。

そして鐘を撞いて寺の僧たちをお集めになる。僧たちが多数集まり終わると、優婆崛多《うばくった》はこの比丘の所行を一部始終お語りになった。僧たちはこれを聞き、声をあげてあざけりののしる。比丘はこれを見て、いいようもなく恥かしく悲しく思った。まさに身を砕く思いである。そして、わが所行を強く後悔し悲しんでいるうち、たちまち阿那含果《あなごんか》を得た。優婆崛多は弟子をうまく導いて仏道にお入れになること、まさに仏と同様である、とこう語り伝えているということだ。

〈語釈〉

○**優婆崛多《うばくった》**　優婆毱多・鄔婆笈多などとも書き、近護・大護・近蔵・無相と意訳する。仏法伝持の第四祖で阿育《あいく》王の師匠。摩突羅《まとうら》（摩偸羅）国に生まれ、十七歳で商那和修について学び、ついに羅漢果を得た。阿育王のために住処憂陀《うだ》山より華氏《けし》城に至り説法し、また王にすすめて仏跡に八万四千の塔を建てさせたと伝える。

○**比丘**《びく》　僧。出家得度《とくど》して具足戒《ぐそくかい》を受けた男をいう。

○**生死**《しょうじ》**に回**《めぐ》**る**　まるで車の輪がまわるように、生じては死に、死んでは生じ、いつまでも六道をめぐるだけで涅槃《ねはん》に入ることができない。輪廻転生《りんねてんしょう》する。「生死」は生老病死の四苦の初めと終わりをとらえた語で、衆生《しゅじょう》の流転・輪廻の苦をいう。

○**阿那含果**《あなごんか》　声聞四果《しょうもんしか》の第三果位。不還果《ふげん》・不来果《ふらい》ともいう。欲界に死んで、色《しき》・無色《むしき》界に生まれ、煩悩《ぼんのう》が尽きているのでふたたび還《かえ》り来ないことをいう。

優婆崛多《うばくつた》、波斯匿王《はしのくおう》の妹《いもうと》に会う語《こと》、第七

今は昔、天竺《てんじく》に、優婆崛多《うばくつた》と申す、悟りの境地に達した羅漢《らかん》がおいでになった。仏が涅槃《ねはん》にお入りになってのちの人であるから、仏のご在世中のご様子がたいそう慕わしく思われ、「仏にお会いしたことのある人は現在生存しているだろうか」とお捜しになっていると、ある人が、「波斯匿《はしのく》王の御妹が百十余歳になってご健在です。まだ幼いとき、仏にお会いしたが、それが唯一《ゆいいつ》の方です」という。優婆崛多はこの知らせを得て大いに喜び、尼でおられるその方のみもとにお出かけになった。行き着いてお目にかかりたい旨《むね》を申し入れると、呼び

入れなさったが、戸のわきに油をひと盛り入れた壺《つぼ》が置いてあった。優婆崛多はお目にかかれるうれしさに、急いで中に入ろうとすると、着物の裾《すそ》がこの油の壺《つぼ》に触れた。はずみで油がほんの少しだがこぼれてしまった。

尼は優婆崛多に会い、「どんなご用でおいでになりました」という。優婆崛多が、「お伺いしたわけは、仏のご在世中のご様子がなんとも慕わしく思われますので、その事を承りたかったからでございます」というと、尼は、「ほんとに悲しいことです。仏が涅槃《ねはん》に入られてから、わずか百年ほどしか経っていないように思います。けれどその間に仏法の衰えたことといえばたいへんなものです。仏のご在世中、まことに態度の悪いおかしな御弟子《みでし》が一人おりました。名を鹿郡比丘《ろくぐんびく》といいます。仏は常にこの者を叱責《しっせき》され、お小言ばかり頂戴《ちょうだい》する仕末でした。

それに対し、あなたはいいようもなく貴く、戒律を守り、立居振舞をきちんとしておいでですが、その戸のわきの油にお着物の裾《すそ》が触れて、ほんの少しおこぼしになりましたね。かつての、異常に物騒がしかった御弟子でさえ、そのようなことはまったくありませんでした。これから考えてみても、仏のご在世中と近ごろとを比べて、ことのほか衰えてしまったことがよくわかります」という。これを聞いた優婆崛多《うばくった》はじつに恥ずかしく、穴にも入りたい思いがした。

尼はそのあとまた続けて、「私の親の所に仏がおいでになったことがあります。すぐお帰りになりましたが、その折、まだ幼かった私の頭にさしていた金の簪《かんざし》がにわかになくなったのです。いくら捜しても見当たりません。仏がお帰りになってのち七日たって、私の寝台の上でこの簪を見付けました。不思議に思っていろいろ考えてみましたところ、仏の御身の金色《こんじき》の光が、お帰りになってのち七日まで室内にとどまっていたので、この金の簪がその御光に消されて見えなかったのでした。八日目の朝、御光がなくなって、はじめて簪を見付けたのです。それゆえ、仏の御光はお座りになっている場所に七日間とどまって輝いていたのです。このようなことをだけぼんやり覚えております。それ以外は、幼い時のことですので覚えておりません」と語った。このように語るのを聞いた優婆崛多は涙が流れ、いいようもない感動にうたれてお帰りになった、とこう語り伝えているということだ。

〈語釈〉

○**波斯匿王**《はしのく》　舎衛国王《しゃえこく》。あつく仏法を奉じ、外護の任に当たった。

○**鹿郡比丘**《ろくぐんびく》　六群比丘のことか。六群比丘は釈尊在世時、党を結んで多くの悪事をなした六人の悪比丘。跋難陀《ばつなんだ》・難陀《なんだ》・迦留陀夷《かるだい》（鄔陀夷《うだい》）・闡怒《せんぬ》・馬師《ばし》・弗那跋《ほつなばつ》をいう。仏の制戒は多くこの六群比丘を縁として定められたものである。本話はこの六人を一人のこととして捉えている。

優婆崛多《うばくった》、天魔《てんま》を降《くだ》す語《こと》、第八

今は昔、天竺《てんじく》に優婆崛多《うばくった》と申す、悟りの境地に達した羅漢《らかん》がおいでになった。人を済度《さいど》なさること、仏のごとくであった。また仏法を説き人々を教化《きょうけ》なさる。世間の人が来てその法を聞くと、みな済度され罪を滅した。されば、世をあげてこの羅漢の所により集まって来た。

　あるとき、この羅漢の説法の場に一人の女人がやって来た。並びないほどすばらしく美しい女である。説法を聞きに来た人々はこの女の美しいのを見るやたちまちみな心奪われ、聴《ちょう》聞《もん》のさまたげとなった。優婆崛多はこの女を見て、「これは天魔が、仏法を聞き済度される人の邪魔をしようと、美しい女に化《ば》けてやって来たのだ」と見きわめて、女を近くに呼び寄せなさる。女がそばに寄って来ると、優婆崛多《うばくつた》は華鬘《けまん》をとって女の首にうち掛けなさった。女はただの華鬘だと思って立ち去ってから、改めて見ると、人や馬や牛などさまざまの汚い骨を輪に通して首に掛けている。臭くて気味が悪いことこのうえない。

　とたんに女はもとの天魔の姿になり、これを取って捨てようとしたが、取り捨てられない。東西南北を走り回ったがどうにもならない。聴聞《ちょうもん》の人々はこれを見て奇怪に思う。天魔は困惑のすえ、大自在天というのが天魔の首領であるが、その天に昇って行ってことの次第を訴え、「これを取り除いてください」と願う。大自在天はこれを見て、「これは仏弟子《ぶつでし》のしたことであろう。わしではとうてい取りのけられない。ただ、これを掛けた者に、取りのけてほしいと頼みなさい」といったので、いわれたとおりまた優婆崛多《うばくつた》のもとに下りてきて、手をすり合わせ、「私は愚かにも法を聞く人の邪魔をしようと女に化けて来ましたが、今は後悔しております。今後いっさいこのような心を起こしません。お聖人さま、なにとぞこれを取り除いてください」という。優婆崛多は、「そなた、これから先仏法をさまたげる心を持ってはならぬぞ。すぐ取り除いてやろう」とおっしゃって取りのけた。

天魔は喜んで、「このご恩に対し、どのようにお報いしたらよろしいでしょう」というと、優婆崛多は、「そなたは仏のお姿を見奉ったことがあるか」とお尋ねになる。天魔が、「見奉りました」と答えると、優婆崛多は、「わしは仏のお姿を非常に慕わしく思っている。されば、そなたは仏のお姿に似せてわしに見せてくれ」という。天魔は、「お似せ申すのはたやすいことですが、それを見て拝みなさったなら、私にとって非常につらいことになるでしょう」といったが、優婆崛多が、「わしは拝んだりはせぬ。ぜひ似せて見せよ」と責めなさるので、天魔は、「けっして拝みなさいますなよ」といって林の中に歩いて行き、身を隠した。

しばらくして、林の中から歩み出たその姿を見ると、身の丈は一丈六尺、頂《いただき》は紺青《こんじよう》色、身は金色《こんじき》に輝き、その光は太陽がはじめて出て来たごとくである。優婆崛多《うばくつた》はこれを見奉るや、さきには拝むまいと思っていたのに、不覚にも涙が落ちて、その場に臥《ふ》して大声で泣いた。同時に、天魔はもとの姿に変わってしまい、首にさまざまの不気味な骨を掛け、それを瓔珞《ようらく》としていた。そして、「ですから、いわぬことではないのに」といって悲しんだ。

されば、優婆崛多は天魔を威伏し衆生を済度《さいど》なさること、まさに仏と同様である、とこう語り伝えているということだ。

〈語釈〉

○**天魔**　他化自在天《たけじざいてん》の主で、修道者を悩乱し正道を妨害する。

○**華鬘**《けまん》　もとインドの風俗にみられ、男女ともに花を多く結び貫いて首や身を飾るもの。また仏堂内にかけられた装飾をもいう。また天人が頭上に頂く美しい花の髪飾り。
○**大自在天**　摩醯首羅《まけいしゅら》の訳。自在天王・威霊帝とも訳す。通例は色界四禅天《しぜんてん》の頂上、すなわち色究竟天《しきくぎょうてん》に住む天神とし、天主・大千世界主・娑婆王《しゃば》とも称せられる。三目八臂《さんもくはっぴ》で白牛に乗り白払《びゃくほつ》をとり、大威力を有する神。
○**瓔珞**《ようらく》　インドの上流階級の人々が、頭・頸・胸にかける装身具。珠玉・貴金属で作られている。仏像・仏殿の装飾にもする。

天竺《てんじく》の陀楼摩《だるま》和尚《かしょう》、所々《しょしょ》を行《ある》きて僧《そう》の行《おこない》を見る語《こと》、第九

今は昔、天竺《てんじく》に陀楼摩《だるま》和尚《かしょう》と申す聖人がおいでになった。この聖人は五天竺を残りくまなく行脚《あんぎや》し回り、多くの比丘《びく》の所行をよく見て世間にお伝えになった方である。

さて、一宇《いちう》の寺があった。その寺に入って比丘のありさまを伺い見たが、寺には比丘がたくさん住んでおり、ある僧坊には仏に花や香《こう》を奉る比丘がいるかと思えば、ある僧坊には経典を読誦《どくじゆ》する比丘がいたりして、さまざまに貴い修行を積んでいた。ところが、その中に一つの僧坊があり、人が住んでいるようには見えない。あたり一面雑草が生い茂り、縁には塵《ちり》が積もっている。だが、その坊の奥に入ってみると、八十歳ほどの老比丘が二人いて、碁《ご》を打っていた。見れば、その部屋には仏像もなく経文もない。この二人はただ碁を打つことだ

けに専念しているに違いないと思ってその僧坊を出た。

そして、近くにいた一人の比丘をつかまえて、「あそこの坊に入ってみたところ、老比丘が二人いて碁を打っていたが、それ以外は何もしようとしない人だと思われましたが」というと、この比丘は、「あの二人の古老は、若い時から碁《ご》を打つほかに何ひとつ修行はせず、仏法のあるなしさえ知りません。だから、寺のすべての比丘はそれをきらって同席しません。いわば外《げ》道《どう》のごとき者たちです。ただ漫然《まんぜん》と供養《くよう》の食《じき》を受け、碁を打つ以外はなにもせず年月を送っています。けっしてお近づきになってはいけません」といった。

陀楼摩《だるま》和尚《かしょう》は、そうはいっても、この二人はなにかわけのある者であろうと思い、立ちどってその碁を打っている僧坊にお入りになった。そして、二人の古老が碁を打っている傍らに座って見ておられると、一局を打ち終わって一人が座を立った。もう一人は座ったままでいる。しばらくして、この座っている古老がかき消すように見えなくなった。不思議に思っていると、二人とも現われた、と思うとまた消え失《う》せ、またしばらくして現われる。こんなことをするのを見ているうち、ますます不思議な思いにかられた。

寺の多くの比丘が、二人は碁を打つ以外何もしないと軽蔑《けいべつ》しきっていたのはまったくの間違いであって、まことに尊い聖人たちでいらっしゃるのだ、ひとつこの方々に様子を聞いてみようと思い、陀楼摩《だるま》和尚《かしょう》は二人の古老に向かって、「いったい、どういうことでしょうか。お二人はひたすら碁ばかり打って年月を送っておられると聞きましたが、そのなされるところをよくよく拝見しますと、悟りの境地に達した方でいらっしゃる。このわけをお聞かせください」と尋ねた。

二人の古老は、「わしらは長年碁を打つ以外なにもしていません。ただ、黒石が勝つときには、わが身の煩悩《ぼんのう》がまさり、白石が勝つときにはわが心の菩提《ぼだい》がまさって、煩悩の黒石を打ち従えて菩提の白石が勝ったと思うのです。こういうことをしながら、わが身の無常を観じているうちその功徳《くどく》が現われて、阿羅漢果《あらかんか》を得《う》る身となったのです」と答えたが、それを聞くや涙が雨のように落ち、いいようのない感動に打たれた。

そこで和尚は、「このような功徳のある修行を長年隠してすこしも人に知らせず、寺の中の人たちにも、役立たずとか恥知らずとか思わせなさったお心はじつに貴いことです」といって繰り返し拝み、僧坊を出て行ってから他の比丘に会って事の次第を語ると、すべての比丘はこれを聞いてこのうえなく尊んだ。そして、自分たちが愚かなため、長年の間、悟りの境地に達した羅漢《らかん》とも知らずに軽蔑《けいべつ》していたことを悔い悲しんだ。


〈語釈〉
○陀楼摩《だるま》　達磨・達摩とも書く。菩提達磨《ぼだいだるま》の略称。中国禅宗の初祖。南天竺《てんじく》の人で、香至《かし》国王の第三子。本名は菩提多羅《たら》といい、のち菩提達磨と改めた。はじめ般若《はんにゃ》多羅について道を学び、師事すること四十年、師の没後は大いに本国を教化《きょうけ》し、当時盛んであった小乗禅観の六宗（有相・無相・定恵・戒行・無得・寂静）を論伏して名声が全インドに高まった。
のち達磨の甥《おい》である異見王を教化し、船に乗って東方中国に向かい、梁《りょう》普通元年（五二〇）九月、広州南海郡に到着した。十月、広州刺史蕭昂《しょうこう》の奏により迎えられて金陵に至り、宮中で武帝と問答したが機々相契《かな》わず、去って洛陽《らくよう》に至り、嵩山《すうざん》少林寺にとどまって日夕ただ壁に向かって坐禅するを事とした（いわゆる面壁九年）。よって達磨を壁観婆羅門《ばらもん》という。そのころ神光は久しく伊落にいたが、はるかに達磨の高風を慕い、来《きた》って寒天雨雪に身をさらし臂《ひ》を断って求道《ぐどう》の誠を示し、ついに左右に侍することを許され、名を慧可《えか》と改めた（慧可断臂《だんぴ》）。

のち孝明帝は達磨のすぐれた行跡を聞いて厚く尊び、摩衲衣袈裟《けさ》二領《りょう》・金鉢・銀水瓶《すいびょう》・繒帛《そうはく》などを賜わった。こうして少林寺にとどまること九年の後、慧可《えか》に一宗の秘奥および袈裟・仏鉢・『楞伽《りょうが》経』を授け、去って禹門の千聖寺に移り、永安元年（五二八）十月五日示寂《じじゃく》した。のち、唐の代宗より円覚大師の諡号《しごう》を賜わった。

○**和尚**《かしょう》　和上ともかく。もとは阿闍梨《あじゃり》とともに授戒師であるものの称であったが、のち高徳の僧をいい、近時は住職以上のものをいう。天台宗・華厳宗では「クワシャウ」、禅宗・浄土宗では「ヲシャウ」、法相宗・真言宗・律宗その他では「ワジャウ」という。陀楼摩（達磨）は禅宗の初祖であるが、本集の仏教は天台色が濃いので「クワシャウ」とした。

○**五天竺**　天竺を東・西・南・北・中の五に分けた総称。

○**所行**　しわざ。おこない。ここでは仏道修行のさま。

○**煩悩**《ぼんのう》　衆生《しゅじょう》の身心を悩乱し、迷界につなぎとめる一切《いっさい》の妄念。○**菩提**《ぼだい》　煩悩を断じ、不生・不滅の真如《しんにょ》の理を悟って得《う》る仏果。仏の正覚の智恵。覚。道。真如。智。さとり。

○**無常**　すべてのものは生滅変化してやまぬこと。「常」は不変・常住の意。

陀楼摩和尚《だるまかしょう》はその寺を出て、その夜は山のふもとにある人里に行き宿を取った。夜半、人の叫び声が聞こえた。「強盗がたくさん入って殺されようとしている。長い間、蓄えた財宝がみな奪われた。村の皆さん、助けてください」と、大声を張り上げて叫んでいる。これを聞いた村人たちは手に手に松明《たいまつ》をかざして飛び出し、「この声はどこだ」という。一人が、「東の林の中においでになる聖人の方角から聞こえて来るぞ。そっちに行ってみよう」といい、村人はめいめい弓矢を取り松明《たいまつ》をかざして、わいわい言いながら走って行く。聖人が殺されるといえば、いったいどういうことだろうと、それが知りたくて、和尚もみなといっしょに行ってご覧になると、林の中に大笠ほどの草の庵があった。

柴《しば》で編んだ戸を引き開けてみると、中に八十歳ほどの比丘が座っている。つぎはぎだらけの袈裟《けさ》以外は着る物一枚ない。前に脇息《きょうそく》一つあるきりで、ほかにはなにもない。盗人が取るものなどまったくない。そして、盗人も一人として見えない。聖人は村人がやって来たのを見ると、大声で泣き出した。

人々は、「聖人のお部屋の中には盗人が取るようなものはなにもないではありませんか。いったい何事があってお叫びになったのです」と聞く。聖人は、「なぜそのようなことをお尋ねになるのですか。長年、部屋の中にまったく入って来なかった眠りの盗人が、この夜明けがた入って来て、倉に蓄えた七聖財《しちしょうざい》の宝を奪い取ったので、それを取られまいと組みついて叫んだのです」といって、声を限りに泣く。陀楼摩《だるま》和尚は、「さてはこの聖人は、長年の間、ほかの者たちがみな気をゆるして眠っているとき、ひとり眠らずに修行に努めていたが、たまたま眠りこんだので、このように大声をあげたのだ」とわかり、互いに深い交わりを結んでお帰りになった。村人たちもみな家に帰っていった。

和尚がまた別の村に行ったところ、林の中に一人の比丘がいた。その比丘は、座るかと見れば起ち上がる。起ち上がるかと見れば走り出す。走るかと見れば回る。回るかと見れば臥《ふ》す。臥すかと見れば起き上る。起きると東に向かう。そしてすぐ南に向かう。ついで西に向かい、また北に向かう。笑うかと見れば怒る。怒るかと見れば泣く。和尚が近寄り、「いったい、なにをしておられるのか」と尋ねると、比丘は、「人間というものは、天上界に生まれたと見れば人間界に生まれる。人間界に生まれたと見れば地獄に落ちる。地獄に落ちたと見れば餓鬼道《がきどう》に落ちる。餓鬼道に落ちたと見れば修羅《しゆら》になる。修羅《しゆら》になったかと見れば畜生道《ちくしようどう》に落ちて走り回る。およそ迷いの世界である三界《さんがい》がいつ時も静かでないのは、私のしている振舞いとそっくりです。心ある人はこの私の奇矯《ききよう》なさまを見て、三界はかくもあわただしく、一定して住みおおせないものだということを知るべきであると思って、このように長年しているのです」と答えた。和尚はこれを聞いて、この人はただの比丘ではないぞと思い、礼拝《らいはい》して立ち去った。

およそこの和尚は、このように諸方に行き、尊い僧の行跡を見て回られた、とこう語り伝えているということだ。

〈語釈〉

○**大笠**　人の後からさしかける柄の長く大きな傘《かさ》。簦。

○**脇息**《きようそく》　座右に置いて肘《ひじ》をかけ体をもたせて休む道具。

○**眠りの盗人**　「眠り」は「睡眠《すいめん》」で、五欲（財欲・色欲・飲食欲《おんじき》・名欲《みょう》・睡眠欲《すいめん》）の一。ねむりは仏道修行のさまたげになる欲望であるから、盗人にたとえている。○**七聖財《しちしょうざい》**　七財・七徳財ともいう。聖果を得るための七種の法財。信・戒・慚《ざん》・愧《き》・聞《もん》・捨《しゃ》・慧《え》の七財。
○**餓鬼道《がきどう》**　十界・六道の一。餓鬼となるべき業因を作ったものの行くべき世界。つねに飢渇《けかつ》の苦を受けるところ。位置は閻浮提《えんぶだい》（人間世界）の下五百由旬《ゆじゅん》にあり、長さ広さ三万六千由旬という。○**修羅《しゅら》**　阿修羅《あしゅら》。十界・六道の一の阿修羅道におちた者をいう。常に戦闘を好む。もと、インド最古神の一で、最勝《さいしょう》な精霊の意があったが、のち戦闘を好む怒るべき鬼神とされる。一方、また仏法の守護神ともされる。
○**畜生道《ちくしょうどう》**　十界・六道、また三悪道の一。畜生となるべき行為をしたものが死後に行く所。畜生は他のために畜養される生類。苦多く楽少なく、性質無知にして貪欲《とんよく》・婬欲《いんよく》の情のみ強く、父母兄弟の差別なく、あい残害する禽獣虫魚など。○**三界《さんがい》**　生死流転やむことのない迷いの世界を分類して、欲界・色界《しきかい》・無色《むしき》界とし、総称して三界という。
○**ただの比丘ではない**　すなわち証果《しょうか》の羅漢《らかん》のような人にちがいない、の意。

天竺《てんじく》の比丘《びく》僧沢《そうたく》、法性《ほっしょう》を観《かん》じ浄土《じょうど》に生《うま》るる語《こと》、第十

今は昔、中天竺《ちゅうてんじく》に一人の比丘《びく》がいた。名を僧沢《そうたく》という。生来怠け心が強く、愚か者であった。比丘の姿をしているとはいえ修行らしいものはなにもしていない。経典も真言《しんごん》も学ぶこ

となく、長年、寺に住んでいたずらに人の供養を受け、毎日毎夜をむなしく過ごして罪を重ねていた。恥じる心もなく、後世《ごせ》のことも考えない。そこで、同じ寺に住む比丘《びく》たちはこの僧沢《そうたく》を軽蔑《けいべつ》し、同席することを避けるばかりか、ややもすれば寺を追い出そうとしていた。

ところが、この僧沢はほんの少し知恵が残っていて、わが身の内においでになる仏の三身《さんじん》を観じるのが功徳《くどく》であると思い、その三身の相を心にかけ、昼も夜も忘れる時なく常にそれを思い続けていた。このように深く思い続けているうち、その功徳が自然に実を結び、心中の法性《ほっしょう》を観得《かんとく》するようになり、それ以外にはなにも考えようともしない。このようにしてしだいに年月が積もるにつれ、すっかり老い衰えて病にかかり、床につくようになった。寺の中のすべての比丘《びく》はますます僧沢をきたながり、絶えまなく悪口雑言をあびせる。

ところが、いよいよ臨終が迫ると、多くの仏・菩薩《ぼさつ》が僧沢の枕《まくら》もとに現われなさり、法を説いて僧沢を教化《きょうけ》なさった。その教化により僧沢の心はしだいに磨かれ、それとともに容姿も生彩を帯びてきて、やがて床の上に起きあがり、仏を祈念し法性を観じて息絶えた。そして、たちどころに兜率天《とそつてん》の内院に生まれた。その間、あたり一面光り輝き、香ばしいかおりが寺に満ち満ちた。寺の内のすべての比丘《びく》がこれを見て、僧沢の所に行ってみると、僧沢は容姿も顔色も生き生きとしてきちんと座り、合掌したまま息絶えていた。室内は香ばしいかおりが満ち、光を放っている。これを見た比丘たちは驚き尊び、長年軽蔑《けいべつ》していたことを後悔し心から悲しんだ。そして、その後は僧沢の所行を尋ね聞いて修行するようになった。

されば、勤行《ごんぎょう》もせず破戒無慚《むざん》の比丘《びく》がいても、なにかわけがあるのだろうと思って、軽蔑《けいべつ》してはならぬものだ、とこう語り伝えているということだ。

〈語釈〉

○**中天竺**《ちゅうてんじく》　五天竺（天竺を東・南・西・北・中に分ける）の一。○**僧沢**《そうたく》　伝未詳。

○**真言**《しんごん》　陀羅尼《だらに》・密呪《みつじゅ》・神呪に同じ。梵文《ぼんぶん》を翻訳せずそのまま音写し読誦されるものをいう。翻訳しないのは、原文の全意が限定されるのを避けるためと、密語として他に秘する意味とである。これを誦する者は無量の文を聞持《もんじ》して忘れず、無辺の義理を会得して学解《がくげ》を助け、一切《いっさい》の障礙《しょうげ》を除き、無量の福徳を得《う》る等の広大な功徳があるとされる。通常、梵文の短句であるものを真言または呪といい、長句であるものを陀羅尼《だらに》または大呪と称している。

○**いたずらに供養を**　比丘としていたずらに供養を受けるのは破戒罪にあたる。

○**後世**《ごせ》　死後の世。来世。○**ややもすれば**　ともすれば。どうかすると。

○**三身**《さんじん》　仏身を三種に分類する。

（一）　法身《ほっしん》・報身《ほうじん》・応身《おうじん》の三。

これが普通に用いられる三身説。

法身―法とは永劫不変なる万有の本体（真如の理体）。身とは積聚の意味をあらわし、本体そのものに人格的意義をもたせて法身といい、無色無形の理体に名付けたもの。

報身―因（修行）にむくいあらわれた仏身で、阿弥陀仏のような仏をいう。すなわち、菩薩位の困難な修行に堪えて精進努力した結果あらわれた永恒性をもつ有形の仏である。

応身―上の報身仏を見ることのできない者を救うためにあらわれた仏であり、歴史的存在を認めうる釈尊のような仏がこれに当たる。

（二）自性身《じしょうしん》・受用身《じゅようしん》・変化身《へんげしん》の三。

これは法相宗《ほっそうしゅう》の立てる三身説で、（一）の三身に配当すれば、

自性身――――――法身

受用身┬自受用身――――報身
　　　└他受用身―勝応身┐
変化身――――――劣応身┴応身

（三）法身・応身・化身《けしん》の三（『最勝王経』巻二の説）。

これを（一）の三身に配当すれば、

法身┬法身
　　└報身

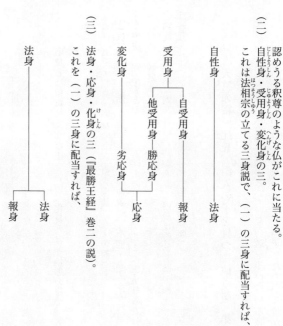

応身
化身 ―― 応身

応身とは釈尊のような仏をいい、化身とは非仏形の身で、人・天・鬼・畜の形となって現われる仏をいう。

(四) 法身・報身・化身の三。内容は(一)に同じ。

(五) 真身・報身・応身の三(『摂大乗論』巻上の説)。

○**法性**《ほっしょう》 実相。真如《しんにょ》。涅槃《ねはん》。すべての現象の、不変・真実なる性質。万有の本体。

○**兜率天**《とそつてん》 都率天とも書く。六欲天の第四天。ここに生まれる者はみずから受ける所の五欲の楽しみにおいて満足する。

○**内院** 兜率天に内・外の二院があり、内院は弥勒菩薩《みろくぼさつ》の浄土であり、釈尊もこの世に生まれる前は菩薩としてここに住んでいた(巻一第一話参照)。

天竺《てんじく》の羅漢比丘《らかんびく》、山人《やまびと》の子を打つに値《あ》う語《こと》、第十一

今は昔、天竺《てんじく》に一人の羅漢《らかん》の比丘《びく》がいた。道を歩いている時、一人の樵《きこり》に会った。この樵《きこり》は一人の幼い子供を連れていたが、笞《むち》でその子をたたいて泣かせていた。羅漢はこれを見て

樵《きこり》に向かい、「そなたは何故にこの幼い子供をたたいて泣かせるのか。この子はそなたの何に当たるのか」と聞く。樵《きこり》は、「これは私の子です。だが、声明《しょうみょう》という文章を教えてもどうしても読み取れないので、たたいて教えているのです」と答えた。

それを聞いた羅漢《らかん》が笑うと、樵《きこり》は、「なぜ笑うのですか」と尋ねる。羅漢は、「そなたは前世のことを知らないから子をたたくのだ。そなたが教えようとする文章は、この子が前世において樵《きこり》であったとき作った文章だ。ところが、このような文章を作って世に広めることは、現世では賢明なことのようではあるが、後世には少しも利益《りやく》を得ることがないので、今このような愚かな身に生まれ、前世のことも知らず、自分の作った文章も読み取れないのだ。それに比べれば、なんといっても仏法方面のことは、仏在世のときはたいしたこともないようだが、末の世になってからは、過去のできごとも今見るように思われ、将来のことも前もって知りうるというものであるから、ぜひとも仏法を学ぶべきである。

さて、そなたにいまひとつ前世のことを語って聞かせよう。よく聞いて心にとめておきなさい。

昔、南海の浜を何人かの旅商人が一団となって歩いていたが、浜辺に一本の大きな枯木が立っていた。旅人たちは吹く風の寒さに堪えられず、この木の下に宿をとった。火を焚《た》き体を寄せ合って夜を明かす。ところで、この木の幹の高い所にある空洞《くうどう》に五百匹の蝙蝠《こうもり》が住んでいたが、たき火の煙にふすべられて、みな逃げ出そうとしていると、明け方近く、この商人の中の一人が阿毘達磨《あびだるま》という経文を読んだ。蝙蝠《こうもり》たちは煙にふすべられて苦しくて仕方がなかったが、この経文を誦する声の尊さに感動し、じっとがまんして空洞の中にこもってい た。やがて火が勢いを増し高く燃え上がったので、それに焼かれてみな死んでしまった。一匹として生き残った蝙蝠はない。だが、死んでのち、この経文を聞いたがために、みな人間界に生まれた。そして出家《しゅっけ》して比丘となり、仏法を悟って羅漢《らかん》となった。その羅漢の中の一人がこのわしである。それゆえ、やはり仏法には従うべきである。だから、その子を出家させて仏法を学ばせるがよい」と教えた。

樵《きこり》であっても、「仏法には従うべきである」というので、樵《きこり》はその子を出家させ、自分も仏法に従う心を起こした。すると、羅漢はかき消すように見えなくなった。それを見た樵《きこり》はひどく驚くとともに尊く思い、ますます深く仏法を信じるようになった。この話は、仏が涅《ね》槃《はん》に入られてから百年余りのちのことであろう、とこう語り伝えているということだ。

〈語釈〉

○**天竺《てんじく》に**　『大唐西域記』には「健駄羅国娑羅覩邏邑《けんだらさらとらむら》」とある。

○**声　明《しょうみょう》**　底本を含め古本系諸本は「声問明□」とあり、流布本系諸本は「声明」とする。前者では意不通のため後者に改めた。『西域記』には「令《し》メレ学バニ声明論一ヲ、業不《ず》ニ時ニ進マ一」とある。声明は五明(声・因・医方・工巧・内)の一。五種の学術のうち、言語・文字の学問で、語法・訓詁《くんこ》を論究するもの。また梵唄《ぼんばい》のことをもいい、微妙《みみょう》の音声で仏徳を賛嘆《さんだん》すること。ここは前者。

○**仏法方面のことは**　「声明《しょうみょう》」と「仏法」を比較し、単なる語学である声明より人間の過去・未来のことを知りうる仏法の方がたいせつであるといっている。

○**南海**　現在の東南アジア諸国およびセイロン（スリランカ）・ジャワ・スマトラ等の諸島をさす。
○**阿毘達磨**《あびだるま》　仏教典籍の三種（経・律・論）の中の論部の総称。すなわち、釈尊の説法を主として経（達磨 Dharma　訳して法）とし、この経に組織的説明を与えるものを論（阿毘達磨 Abhidharma　訳して対法）という。対法とは知恵のことで、知恵は真理を対観するものであるから、転じて論部をば阿毘達磨という。
○**出家**《しゅつけ》**して**　出家は俗家を出ること。在家の生活を離れて沙門《しゃもん》の浄行を修すること。
○**涅槃**《ねはん》　本話では仏の涅槃後「百年」のこととあるが、『西域記』はこの話の冒頭部分に「如来去リテレ世ヲ垂《なんなん》トス二五百年ニ一」と書く。

羅漢比丘《らかんびく》、国王《こくおう》に太子《たいし》の死《し》を教《おし》うる語《こと》、第十二

今は昔、天竺《てんじく》に一小国があった。その国はもともと神だけを信じて仏法を信じなかった。ところで、そこの国王には一人の皇子がいたが、それ以外に子はなかった。そこでその皇子を掌中の玉とかわいがっていたが、太子が十余歳になるころ、重い病気にかかった。あれこれと医療の手を尽くしてはみたが、どうしても治らない。陰陽《おんよう》の術をもって祈禱《きとう》してもなんの効験《こうげん》もなかった。そのため、父王は長い年月昼夜を分かたず嘆き悲しんでいたが、太子の病気はますます重くなるばかりで治る気配もなかった。

国王はこのことを思い悩み、この国で大昔からあがめ祭られている神の社《やしろ》に参詣《さんけい》して、み

ずから平癒を祈願した。多くの財宝を山のように積み、馬・牛・羊等を谷を埋《うず》めるほど運んで、「なにとぞ太子の病をお治しください」と申しあげる。宮司《ぐうじ》や巫子《みこ》はこれらの品々をわがもの顔に手に収め、かって気ままに使って、贅沢《ぜいたく》の限りを尽くす。

とはいえ、太子の病気をどうすることもできぬままに、一人の神主が神懸り状態になって、「太子のご病気は国王が王宮にご帰還になると同時に平癒なされるであろう。そして国王の位につかれ、民も安らかに、世も平和に治まり、天下太平、国じゅう喜ぶことになるであろう」と、神のお告げを述べ立てた。王はこれを聞いてこのうえなくお喜びになったが、なお感激に堪えず、身に付けた太刀をはずして神主にお授けになり、前にも増した財宝をお与えになった。

このようにしてのち、王宮に還御《かんぎょ》される途中、一人の比丘《びく》にお会いになった。国王は比丘を見て、お付きの者に「あいつは何者だ。姿かたちも普通の人間のようではなく、着ているものも違っているではないか」とお尋ねになる。「あれは沙門《しゃもん》と申すものです。仏の御弟子《みでし》で、頭を剃《そ》った者です」とお答えすると、国王は、「それならば、その男は定めしよくものごとを知っているであろう」とおっしゃって、御輿《みこし》を止め、「あの沙門をここに召せ」と命じられた。お召しにより沙門はお側近くにやって来て立った。

国王は沙門におっしゃる。「わしには一人の太子がいるが、ここ数ヵ月、病気にかかっていて、医者の力も及ばず、祈禱しても効験がない。生死のほどもわからぬ状態におる。お前はこれをどう見るか」。沙門は、「御子はかならずお亡くなりになりましょう。どのようにしてもお助けなさることはできません。これは国王の御霊のせいです。国王が王宮に帰り着かれるまで御子の御命はもちますまい」とお答えした。

国王は、二人のいうことが異なっているが、どちらのいうことがほんとうなのかわからず、「神主は『病気はお治りになる。命は百歳以上保つであろう』といったが、この沙門《しやもん》はあのようにいう。いずれを信ずべきか」とおっしゃる。すると沙門は、「神主はほんの片時の間、国王の御心をお休めしようがために、知りもせぬことを申したのです。俗世の、何の深い考えもない人間が申すことに、どうしてとらわれてそのように仰せられるのですか」とはっきり申しあげた。

〈語釈〉

○**陰陽**《おんよう》　陰陽道。古代中国の陰陽五行《ごぎよう》説に基づいて、天文《てんもん》・暦数《れきすう》・卜筮《ぼくぜい》・相地などを扱う術。また病気治療なども行なった。ここではわが国の陰陽道にあたるものによって病気平癒の祈禱を行なう意。

○**宮司**《ぐうじ》　神社の造営・収税などのことをつかさどる神職。ここでは社に仕える者のかしら。○**巫子**《みこ》　神にいつき仕え、神楽《かぐら》を奏して神慮をなだめ、また神慮を伺い、神おろしを行ないなどする人。

○**沙門**《しやもん》　勧息《ごんそく》、すなわち善を勧《すす》め悪を息《や》める人の意。出家して仏門に入り道を修める人。僧侶。出家。桑門《そうもん》。

国王は王宮に帰り着くや、まず急いで家臣に太子のことをお尋ねになると、「太子は昨日おかくれになりました」と申しあげる。国王は、「このことはけっしてだれにも知らせてはならぬ」と仰せられて、神懸りになった神主を召しにやった。二日ほどして神主がやって来た。国王は神主に、「御子《みこ》の御病はまだ治ってはおらぬぞ。これはどういうわけだ。不審に思ってお前を呼んだのだ」とおっしゃる。すると、神主はまた神懸りの状態になり、「なにゆえわれを疑うのであるか。われはありとあるものことごとくをはぐくみ哀れみ、その憂えをともにせんと誓うこと、父母のごとくである。いわんや国王が心から仰せられることは、ゆめおろそかに思うはずがない。われはいつわりは申さぬ。もしいつわりを申したなら、われを崇《あが》めることはない。わが巫子《みこ》を貴ぶことはない」と、このように口から出まかせにいう。

国王はそれをよくよく聞いたのち、神主を捕え、「お前たちは長年人をあざむき世間をだまして、人々の財宝を思うがままに取りあげ、でたらめな神懸りをやって、国王をはじめ民衆に至るまでその心を惑わし、人の物をだまし取っていた。これこそ大盗人である。即座に首を斬《き》り命を絶つべき者だ」と仰せられて、わが目の前で神主の首を斬らせた。そして、兵を遣わして神社を破壊し、縛芻河《ばくすうが》という大河に流した。また、宮司《ぐうじ》や上下の神主など多くの者の首を斬り捨て、かれらが人々からだまし取った千万にのぼる蓄財をことごとく没収してしまった。

その後、かの沙門《しゃもん》を召すようにとの仰せがあり、参上した。国王ご自身で出迎え、これを王宮内に招き入れて、一段高い床に座らせ、礼拝なさって、「わしは長年の間、あの神主どもにだまされて仏法を知らず、比丘《びく》を敬うことをしなかった。されば、今日からは永久に人のいい加減な言葉は信じまい」とおっしゃる。そこで比丘が国王のために仏法を説き聞かせると、国王をはじめとしてその場にいる者たちは、これを聞いて心から尊び礼拝した。その後さっそく、その地に寺を造り塔を建てて、この比丘を住まわせ、その他多くの比丘を置いて、これらの供養を怠らなかった。

ところで、その寺に一つの不思議なことがある。仏像の上に天蓋《てんがい》があって、美しい宝をもって飾ってあったが、人が寺に入って仏像の回りをまわると、天井からつるしてあるそのきわめて大きな天蓋が、その人のまわるのに従ってまわる。人がまわりやめると、天蓋もまわるのをやめる。このことは、今に至るまで世人の不審の的《まと》である。仏の不思議な御力によるものであろうか、あるいはまた、細工師のすぐれた手腕によるものであろうかなど、人々はあれこれいい合っているという。この国王の時以来、この国に巫子《みこ》は絶えてしまった、とこう語り伝えているということだ。

〈語釈〉

○**天蓋《てんがい》**　仏・菩薩《ぼさつ》の像などの上にかざす美しい絹笠《きぬがさ》。もと、インドでは日光の直射を防ぐために用いた。

天竺《てんじく》の人、海中《かいちゆう》に於《お》いて悪竜《あくりゆう》に値《あ》う人、比丘《びく》の教《おしえ》に依《よ》り害を免《まぬか》るる語《こと》、第十三

今は昔、天竺《てんじく》の人は道中する時にはかならず比丘《びく》を連れて行く。仏法の守護があるためである。

昔、一人の人がいて、商用で船に乗り海に出た。すると、にわかに暴風が吹き起こり、船を海底に巻き込もうとした。その時、船頭が船の下を見ると一人の優婆塞《うばそく》がいる。船頭が、「あなたはいったいだれだ」と聞くと、その優婆塞は、「おれは竜王だ。お前の船を海底に巻き入れるつもりだ」と答えた。船頭は、「どういうわけであなたはわれわれを今すぐにも殺そうとするのか」というと、竜王は、「お前が船に乗せている比丘《びく》は、前世におれが人間であったとき、おれの家にいた比丘だ。朝夕、おれの供養を受けて多くの年月を過しながら、おれに強い忠告を与えず、罪業《ざいごう》を造らせたがため、今、蛇道《じやどう》に落ちてしまったのだ。一日に三度、剣をもって斬《き》られるという苦しみを味わっている。これはすべてあの比丘の罪である。それがくやしく情けないから、あいつを殺そうと思ったのだ」という。

船頭は、「あなたは蛇の身に生まれて三熱《さんねつ》の苦しみを受け、連日刀剣で斬《き》られる悲しみを味わうのは、これこそとりも直さず、前世に悪業《あくごう》を造ったからです。それなのにまた、どうして愚かにも多くの人を殺害して、それによる悪果を増そうとするのですか」とたしなめたが、竜王は、「おれは昔のことを思いやっても、さほどくわしいことは覚えていない。た

だ、あの比丘がおれに忠告せずに罪を造らせ、そのため悪業を得て苦しみを受けるのがじつに情けないので、やつを殺そうと思うのだ」と答えた。そこで船頭は、「あなたは一日一晩ここにおとどまりなさい。仏法を説き聞かせ、あなたを蛇道から脱《のが》れさせてあげよう」という。この言葉に従い、竜王は一日一晩この場にとどまると、比丘は経を読んで竜王に聞かせた。竜王はこの経を聞き、たちまち蛇身を変え天上界に生まれたという。

　されば、親しい人には、「是非とも善根を修めよ」と教えるべきである、とこう語り伝えているということだ。

〈語釈〉

○**仏法の守護**　ここでは比丘《びく》の守護力。比丘は仏法によって守護されているから、それといっしょにいる者は自然に道中の難を免れることができる。これを道中する人に対する比丘の守護力とみたのである。○**優婆塞**《うばそく》　七衆《しちしゅ》（比丘《びく》・比丘尼《びくに》・沙弥《しゃみ》・沙弥尼《しゃみに》・式叉摩那《しきしゃまな》・優婆塞・優婆夷《うばい》）の一。仏教を信じる在家の男子。諸善事をなし、また親しく善士に仕えて三帰戒を受け五戒を守る者をいう。○**竜王**　竜属の王。海中に住んで雨水をつかさどる。○**罪業**《ざいごう》**を造らせ**　身《しん》・口《く》・意《い》の三つの行ない（三業《さんごう》）において罪を犯させて。○**蛇道**《じゃどう》**に落ち**　畜生道《ちくしょうどう》に落ちて蛇身を受けることになった。○**三熱**《さんねつ》**の苦しみ**　「三熱」は三患ともいい、竜にとって逃れられぬ三種の熱悩。一は熱風熱砂に身を焼かれる苦しみ。二は暴風のために身につけていた宝飾等を失う苦しみ。三は金翅鳥《こんじちょう》に捕われて食われる苦しみ（巻三第九話参照）。○**悪業**《あくごう》　「罪業」に同じ。悪業はのちに悪の結果（果報）を招く。悪業には五悪・十悪などがある。○**天上界**　欲界の六天（六欲天）および色界・無色界の諸天をいう。

天竺《てんじく》の国王、山《やま》に入《い》りて裸《はだか》の女《おんな》を見《み》、衣《ころも》を着《き》令《し》むる語《こと》、第十四

今は昔、天竺《てんじく》の国王が多くの家臣を率いて山に入り、狩をしておられたが、長い道のりを歩いて、ひどく腹がへり疲れきってしまわれた。見ると、山中に大きな木がある。その幹の下に金の床几《しょうぎ》を据えて、裸の女が腰を降ろしていた。国王は怪しく思い、近づいて、「そこにそのように座っているのはいったいどういう者か」とお尋ねになると、女は、「私は手から甘露《かんろ》をしたたらせることができます」と申しあげる。国王は、「では、さっそくしたたらせてみよ」と仰せられた。すると、女は手を指し延ばし、甘露をしたたらせて国王にさしあげた。国王はひどく疲れ空腹でおられたところ、この甘露を飲んで飢えがすっかり収まり、楽しい気分になった。

そこで国王は、この女が裸でいるので、ご自分の衣裳を一枚脱いでお与えになると、その衣裳の中から火が出て焼けてしまった。偶然にこんなことになったのかと思い、もう一度脱いでお与えになると、これもまた前のように焼けてしまった。三度目を与えたが、三度とも焼けて着ることなく終わった。そこで国王が驚き怪しみ、「そなたの着るものはどうしてこのように焼けてしまうのか」とお尋ねになると、女は、「私は前世に人間として生まれておりました時は国王の后でありました。その国王がすばらしい食物を整えて僧に供養をなさる

とき、それに衣裳を添えて供養なさろうとしましたが、私は后として、食物の方は諸僧に供養したものの、衣裳を供養することはやめるように進言して、供養せずに終わりました。その果報により、いま手から甘露をしたたらせることはできても、衣裳を着ることはできないのです」と答えた。

国王はこれを聞いて哀れに思い、「その、衣裳を着ることのできぬ報いをどのようにしたら変えることができるか」とお尋ねになる。女が、「僧に衣裳を供養なさって、これはひとえにこの女の報いを変えるための供養であるとお念じください」とお答えしたので、国王は王宮に帰るとさっそくすばらしい衣裳を整え、僧を招いて供養をなさろうとした。ところがちょうどそのとき、国内に僧が一人もいなかったので、供養することができない。しかたなく、五戒を保っている優婆塞《うばそく》を招いて事情を語り聞かせ、「女の報いを変えたい旨《むね》を祈願してこの供養を受けるように」といって、りっぱな衣裳を供養なさった。この持戒の優婆塞《うばそく》は国王の仰せに従い、衣裳を捧げ持ってそのように祈願してから、その衣裳を頂戴《ちょうだい》した。

その後、国王はかの女の所に衣裳をやってお着せになると、衣裳を身に着けうる因縁が整ったので、その衣裳を着てもなんの障りもなかった。

されば、夫婦のうちの一人が僧を供養しようとするときは、心を合わせてすべきであり、片方がそれを制止するようなことがあってはならない、とこう語り伝えているということだ。

〈語釈〉

○天竺《てんじく》の国王　『経律異相《きょうりついそう》』は「迦夷《かい》国王梵摩達《ぼんまだつ》」とする。

○五戒　出家・在家を問わず仏教徒すべての守るべき五つの戒律。不殺生《せっしょう》・不偸盗《ちゅうとう》・不邪淫《じゃいん》・不妄語《もうご》・不飲酒《おんじゅ》の戒。

天竺舎衛国《てんじくしやえこく》の髪起長者《ほっきちょうじゃ》の語《こと》、第十五

今は昔、天竺《てんじく》の舎衛国《しやえこく》に一人の翁《おきな》がいた。歳は八十で、きわめて貧しい身の上であった。そのため、その国の人々に物乞いをして世を渡っていた。妻を持っていたが、その妻は髪が長く、こんな長い髪を持つ女は他にいなかった。すべての人がこれを見てひどくうらやましがり、「この女の髪を美人に付けたらどんなにすばらしいだろう」というものだから、この妻はかえって情けなく、「この髪のおかげでいつも恥をかくことだ」といっていた。

こうして長年過していたが、ある夜、この夫婦が寝物語りに、「私たちは前世にどのような業を造ったがために、現世でこんな貧乏人に生まれたのだろう。きっと前世で善業《ぜんごう》を行なわなかったからに違いない。現世でまた少しの善業も行なわなかったなら、後世《ごせ》もまたこのような身に生まれるだろう。だから私たちは少しでもいいから善根を積みたいものだ」と嘆き合った。だが、塵《ちり》ほどの蓄えとてなく、善根を積むためのよい思案はまったく浮かばない。

すると妻が、「私は髪が長いけれど、なんの役にも立っていない。だから、この髪を切って売り、その代価をもって少しばかりの善根を行ない、後世によい所に生まれるための糧《かて》としよう」という。夫は、「お前のこの世における宝はただこの髪だけだ。この髪をもって身の飾りとしている。この身は無常です。それをどうして切ろうというのだ」といって止めたが、妻は、「あなた、この世はこのままで終わってもかまいません。たとえ百歳の命を保ったとて、死んでからなんの役に立ちましょう。ただ、後世のことを思うとなんとも恐ろしい気がします」といって、髪を切ってしまった。

妻はその髪を米一斗に売り、それをすぐに飯に炊《た》きあげ、さらにいろいろ配慮のうえ、二、三種のおかずを調えて、祇園精舎《ぎおんしょうじゃ》に持って行き、上座の比丘の僧坊に行って、「ここに飯を二斗持って来ました。僧供《そうぐ》として差上げたいと思います」という。上座の比丘は驚き怪しみ、「この飯はいかなる意味のものじゃ」と聞くと、女は、「私の髪を切って売り、飯二斗とおかず二、三種を調えましたが、それをただ、ご同坊の御弟子《みでし》にご供養しようと思っただけのことです」と答えた。上座は、「この寺ではもともとこのような僧供を配る場合、一坊だけで独占してしまうことは、いまだかつて一度もない。ただ鐘を撞《つ》いて多くの僧たちの鉢《はち》を集めるから、それらに一合ずつお配りなされよ。わしはなにも知らぬからな」といい、鐘を撞《つ》いて三千人の鉢を集めた。

〈語釈〉

○**舎衛国**《しゃえこく》　中インド迦毗羅衛国《かびらえこく》（釈尊の生地）の西北にあった国。釈尊が説法教化した地で、当時波斯匿王《はしのく》および瑠璃王《るり》が統治した。祇園精舎《ぎおんしようじや》はその南にある。都は舎衛城。
○**善業**《ぜんごう》　悪業の対。五戒・十善等の善事の作業。○**後世**《ごせ》　死後の世。来世。○**糧**　来世に善所に生まれるべき資糧。善所は善趣ともいい、善い業因によりその果報として衆生の赴き住む所で、六道（六趣）のうちの人・天、あるいは修羅《しゆら》・人・天などをさす。
○**祇園精舎**《ぎおんしようじや》　精舎は寺。舎衛城《しやえ》の南、祇樹給孤独園《ぎじゆきつこどくおん》に建てられた寺院。釈尊および衆僧の説法修道のために須達長者《しゆだつ》（給孤独と称せられた）が祇陀太子《ぎだ》の園庭を買い、寺を建てて寄進した。かつては七層の伽藍があり、壮麗を極めたという。
○**二斗**　前の「米一斗に売り」と合わないが、日本古典文学大系本頭注では、炊いて飯にしたので量がふえたという感じを強く出した表現であろうという。○**僧供**《そうぐ》　僧への供物《くもつ》。僧を供養する仕度。

それを見た翁《おきな》夫婦は大いに驚き騒ぎ、「私らはこの供養をしたがために、僧たちに捕縛《ほばく》されれ責められるでしょう。いったい私らをどうなさるおつもりですか」と申しあげたが、上座は、「わしはなにも知らぬぞ」という。そのとき、翁は妻に、「そうだ、いいことを思いついた。ただ一人の鉢《はち》にこの飯を全部投げ入れて逃げ去ろう」といって、一番目の鉢に桶《おけ》の飯を全部投げ入れたところ、見れば桶に飯が前と同じように入っている。この飯は鉢に入れなかったのかと思ってその鉢を見ると、鉢を持った僧は飯を受けて去って行った。桶にもちゃんと入っている。不思議なことだと思いながら、また他の鉢に入れた。するとまた桶にもちゃんと入っている。このようにして配ってゆくうち、数どおりたしかに三千余人の僧供《そうぐ》を配り終わった。

翁夫婦は不思議なことと思いながらも喜んで帰って行こうとするとき、たまたま暴風に追われて、祇園精舎《ぎおんしょうじゃ》の近くに来ていた他国の商人の一団が、食糧も尽き飢餓《きが》に苦しみながらこの場にやって来て、「今日は祇園精舎で大僧供があると聞きました。われわれは飢え疲れてどうにもしようがありません。どうか命をお助けください」といって飯を乞い求める。飯はまだあったので与えた。

商人たちは飯を恵んでもらい、食べ終わって、「この僧供《そうぐ》を配る優婆塞《うばそく》を見ると、身分卑しい貧乏人のようだ。われわれはこの僧供をもらって食べ、命を全うした。その恩に報いなければ非常に罪が深いであろう」といって、各自が持っている金を三等分し、その一分をこの翁に与えた。ある者は五十両、ある者は百両、ある者は千両と持っていたが、各自がその三分の一を与えたので、合計した金はどれほどになったことであろう。

翁はその金を得て帰り、長者となった。世間に並ぶ者もない。その名を髪起長者《ほつきちようじや》といった、とこう語り伝えているということだ。

〈語釈〉

○**髪起長者**《ほつきちようじや》　『経律異相』の類話では「忽起」とする。

天竺乾陀羅《てんじくけんだら》国の絵仏、二人《ふたり》の女《おんな》の為《ため》に半身《はんしん》と成《な》る語《こと》、第十六

今は昔、天竺《てんじく》の乾陀羅《けんだら》国に大王がいた。名を波斯利迦《はしりか》王という。この王は七重の宝塔を建てたが、その東方一里行くと、半身の仏の絵像が安置されている所があった。なにゆえに半身でおありなのか、その由来を尋ねると、昔、その国に一人の貧しい女がいた。道心《どうしん》を起こし、仏の絵像《えぞう》を描き奉ろうと思って、仏師の家に行き、依頼してそれを描かせようとした。この女の家の隣にまた一人の女がいて、自分も仏を描き奉ろうと思い、同じ仏師の家に行って依頼し、それを描かせることにした。この二人の女はともに貧しく、画料が足りない。そこで仏師は丈六《じょうろく》の仏の絵像を一幅だけ描いた。

数日たって、前の女が自分の仏を拝み奉ろうと思い、仏師の家に行って、「仏を拝ましてください」という。仏師が描いた仏を取り出して見せていると、もう一人の女が、自分の描かせた仏の所に行って拝み奉ろうと思い、出かけて行って仏師に会い、「み仏はお描きあげくださいましたでしょうか」という。すると仏師は、同じ仏の絵像を見せて、「これがあなたの仏です」といった。それを聞いた前の女が、「それはいったいどういうことです。この仏は私の仏だとおっしゃったが、なんとまあ、他の人の仏だったのですか」と責めると、あとの女が、「この仏は、それでは私の仏ではなかったのですか」といい、二人の女がともに自分のものだと主張して、むきになって争いはじめた。

その時、仏師は二人の女に向かい、「朱色の絵の具や金箔《きんぱく》はきわめて手に入れにくい。仏像は、そのお姿の各部分の一つでもお欠きしたとなれば、仏師も施主《せしゅ》もともに地獄に落ちるといいます。あなたがたの仏像を描かせる画料が非常に不足なため、仏像は一幅だけお描きしたのです。仏は一仏ではいらっしゃるが、そのご利益は二人それぞれに描かせたのと変わりありません。あなたがたはひたすら心を合わせ、専心に信仰しご供養《くよう》申すべきです」といってなだめた。

そして、仏師はその仏の前に進み、磬《けい》を打って仏に申しあげる。「私は二人の女施主の、仏像を描かせるための画料が不足だとはいえ、それを好きかってに私用してはおりません。それでも不足なので、二人のために一幅の仏像を描きました。すると二人の女がそれを取り合って争いとなりました。いろいろ話してなだめたのですが、争い心はやみません。それゆえ、仏さま、なにとぞこの事情をご証明ください。私自身はなんらやましいことをいたしておりません」と申しあげると、その日のうちに、仏像は御腰から上がたちまち分離して半身になってしまわれた。御胸から下はもとのお姿のままである。仏師は清らかな心を持ち、なにひとつかってに私用に供することがなかったので、やむをえない事情を訴えたところ、仏が二つに分れなさったのである。

二人の女は、仏のあらたかな霊験をまのあたり見奉り、いよいよ信仰の誠を尽くして供養し尊び奉った、とこう語り伝えているということだ。

〈語釈〉

○**乾陀羅《けんだら》国**　犍駄羅国などとも書く。前にも出た「罽賓《けいひん》国」に同じ。カーブル川の流域で、今のペシャワルを中心とした塞《さい》民族の国という。「罽賓」は迦湿弥羅《かしみら》の訛音。大国で、かつて仏教が盛んであった。中国の東晋（三一七～四二〇）以後この国から中国に渡来するもの多く、小乗に属する経論を伝えた。

○**波斯利迦《はしりか》王**　迦膩色迦《かにしか》王に同じ。乾陀羅国《けんだらこく》の創建者で、仏教の振興に力をつくした。『大唐西域記』に「健駄羅国卑鉢羅樹《ひっぱらじゅ》南ニ有リ二窣堵波《そとば》一。迦膩色迦王之所レ建ツル也」とある。

○**宝塔**　寺の塔の美称。塔は卒塔婆（卒都婆・率堵婆など）ともいう。○**半身の仏の絵像《えぞう》**　『西域記』に「大窣堵波石陛《せきへい》南面有リ二画ケル仏像一。高サ一丈六尺。自リレ胷《よ》已上《いじやう》分レテ現ズ二両身ヲ一。従リレ胷《よ》以下合シテ為ル二一体ト一」とある。○**貧しい女**　『西域記』は「貧士」。○**道心《どうしん》**　「道」は菩提《ぼだい》、すなわち仏の正覚（悟り）、円満な知恵のこと。この菩提を求める心を道心という。菩提心に同じ。

○**仏師**　仏像を彫刻し、また描く人。後者をとくに絵仏師という。

○**丈六**　一丈六尺。

○**施主《せしゅ》**　寺や僧などに物を施す人。檀越《だんおつ》・檀那《だんな》。

○**磬《けい》**　楽器の一種。堅い石をへの字形に刻み、架《か》に掛けて打ち鳴らすもの。仏前の礼盤《らいばん》の前に置いた。

天竺《てんじく》の仏、盗人《ぬすびと》の為《ため》に侶《かたぶ》きて眉間《みけん》の玉を取らるる語《こと》、第十七

今は昔、天竺の僧迦羅国《そうがら》に小さな寺があり、寺内には等身《とうじん》の仏像が安置してあった。この寺はその国の前国王のお建てになったものである。仏像の御頭には、眉間《みけん》に玉が入っていたが、この玉はこの世に二つとない宝で、すばらしく高価なものであった。

そのころ、貧しい人がいて、「この仏像の眉間《みけん》の玉はたいそうな宝だ。おれがこの玉を盗んで人に売り与えたなら、子孫七代まで楽しく豊かに生活でき、みすぼらしい思いをしないですむだろう。だが、この寺に夜中に忍び込もうにも、東西の門は閉じてあり、門番が油断なく守っていて、まれに出入りする者があっても、姓名を問い正し、行く先を尋ねたりするので、どうにも手が出せない」としりごみしたものの、思い切って万全の注意を払い、門の扉《とびら》の下に穴を開けてそっと忍び込んだ。そして仏像に近づき御頭の玉を取ろうとして手を伸ばすと、仏の背丈がしだいに高くなって手が届かない。そこで盗人は高い踏み台に足を掛けてまた手を伸ばしたが、仏はますます高くなってゆかれる。

盗人は、「この仏はもともと等身の仏だ。それがこんなに高くなってゆかれるのは玉を惜しみなさるからだろう」と思い、いったん退いて、仏に向かい手を合わせ礼拝《らいはい》してからこういった。「み仏がこの世に出て菩薩道《ぼさつどう》を修行なさったのは、われわれ衆生《しゅじょう》にご利益《りやく》を与え、苦しみを除いてお救いくださるためです。聞くところによれば、み仏は人をお救いになるた

めには、過去幾世にもわたってわが身のことは思わず、命をもお捨てになるということです。たとえば、一羽の鳩《はと》のために身を捨て、七つの虎に命を与え、目をくり抜いて婆羅門《ばらもん》に施し、わが血を出して婆羅門に飲ませるというような、普通ではできにくいことさえして衆《しゅ》生《じょう》に施しをなさいます。ですから、それに比べれば大したことでもないこの玉を惜しみなさらないでください。貧しい者を救い下賤な人間をお助けになるというのは、まさにこのことです。私も並たいていのことではみ仏の眉間《みけん》の玉を取ろうなど大それた考えは起こしません。なまじこの世に生き続けているばかりに、世渡りの苦しさに堪えかねて、いまこのうえない罪を造ろうとしているのです。それなのに、どうしてお体を高くして頭の玉を惜しみなさるのですか。まったく期待がはずれてしまいました」。このように泣く泣く訴えると、仏は高くなられてはいるものの、頭を垂れて盗人の手の届くほどになられた。

それを見た盗人は、「仏は私の訴えごとを聞き届けて、玉を取れというお考えなのだ」と思い、近づいて眉間《みけん》の玉を取り、寺を出ていった。夜が明けて寺内の比丘《びく》たちが発見し、「どうして仏の眉間《みけん》の玉がなくなったのか。きっと盗人に取られたのだろう」といい合って方々捜し求めたが、だれが盗んだかわからなかった。

その後、この盗人はこの玉を持って市《いち》に行き、売ろうとすると、玉を見知っている人がいて、「この玉はこういう寺の仏の眉間の玉だ。さきごろ盗まれてしまったが、それがこれだ」といって、玉を売る者を捕え、国王に引き渡した。訊問《じんもん》されるに及んで、隠さずありのままに白状したが、国王はその言葉を信用されず、かの寺に使者を遣わして実検させなさった。使者が寺に行って見ると、仏は頭をうなだれて立っておられる。使者は帰って来てこの旨《むね》を奏上すると、国王はこれをお聞きになって深く感動され、盗人を呼び寄せて、言い値のままに玉を買い取り、元の寺の仏像にお返しして盗人は放免してやった。

真心をもって祈念すれば、仏の慈悲は盗人であっても哀れみをかけてくださるものである。その仏像は今に至るまでうなだれて立っておられる、とこう語り伝えているということだ。

〈語釈〉

○僧迦羅《そうから》国　「そうぎゃら」とも読み、「僧伽羅」とも書く。師子《しし》州・執《しゅう》師子国に同じ。インド南端のセイロン島にあった国、今のスリランカ。この国は南方にアダム峰などを中山とする山岳が起伏しているが、北方は平原となっており、住民は過半数がシンハラ人、他にタミール人・マウル人を交える。古来仏教が盛んで、今も信仰者多く、寺院・霊場が多い。

建国の由来は『大唐西域記』に二説をあげている。

一は、この国はもと多くの珍宝を産出し、鬼神の住む所であった。そのころ、南インドの王女が獅《し》（師）子《し》を夫として山中に住んでいたが、二人から生まれた男の子が成長して父の獅子を殺しその害を除いたものの、父を殺した罪により国外に追放され、舟に乗ってこの島に漂着し国を建てた。国王は以前獅子を捕《と》え討ったという功績を記念するため、国名を執師子とした、というもの。この話は本集巻五第二話に見える。

その二は、釈尊の本生譚であり、釈尊は前世に大商人僧迦の子、僧迦羅《そうから》として生まれた。当時この島は羅刹女《らせつにょ》の住む所で、僧迦羅は大ぜいの仲間とこの島に上陸したところ、みな羅刹女に捕えられ、僧迦羅のみ難をのがれて本国に逃げ帰った。それを追って来た一羅刹女は僧迦羅を誘惑したが心を動かさずにいると、羅刹女は国王をたらし込み、城中の者をすべて殺してしまった。そこでその国の者たちは僧迦羅を国王に立てた。王は大軍を率いてこの島を攻め、羅刹女をことごとく殺し、さきに捕えられた仲間の商人を救出し、多くの宝を得た。その後、国の民をこの島に移し国を建て、僧迦羅国と称した、というもの。この話は本集では巻五第一話に見える。

　ところで、この国には『島王統史』『大王統史』という史書があり、それによれば、前五四三年ごろ、毘闍耶《びじゃや》という者が国を建て、第六代の王天愛帝須《てんあいたいしゅ》のとき、インドの阿育《あいく》王がその子摩哂陀比丘《まさだびく》を遣わしてこの地に仏法を広めさせたという。また一説に、釈尊がこの地に来て教化し、楞伽山《りょうがせん》（アダム峰）で説法したと伝える。

　摩哂陀《まさだ》の弘法《ぐほう》のことは『善見律毘婆沙《ぜんけんりつびばしゃ》』にも記されているが、それによれば、阿育《あいく》王のとき三蔵の結集《けつじゅう》が行なわれ、これを辺地に弘通《ぐつう》するためその子摩哂陀《まさだ》は沙弥《しゃみ》須摩那《しゅまな》等六人を従えてこの国の王城阿㝹羅陀補羅《あぬらだぶら》に近い眉沙迦山《みしゃかせん》に至った。王はたまたま狩猟に来て摩哂陀に会い、説法を聞いて深く信じた。そこで摩哂陀は父の阿育王のもとから仏舎利《しゃり》を取り寄せ、これを塔園に安置し、王妃阿㝹羅《あぬら》のために妹の僧伽密多《そうぎゃみった》比丘尼を招き、釈尊成道《じょうどう》の地から菩提樹《ぼだいじゅ》の一枝を持って来させた。以来この地に仏法が栄え、巴利《ぱーり》語で記した経律論が伝えられるようになった。

　四三二年、摩竭陀《まかだ》国から仏音法師が来て経典の巴利語訳を行なったが、この頃からこの国の経論が東伝し、タイ国等の東南アジア諸国に移入された。その教えは小乗教であるが経典は比類なく完備している。これを南方仏教と称する。仏教初伝の時の王都は今も島の北部にあってアヌラダブラという。この東方にミヒンタール（眉沙迦山《みしやか》）があり、これらとともに仏教遺跡が非常に多い。古来尊崇されてきた仏牙《ぶつげ》（牙舎利《げしやり》）は十三世紀カンデイ市（セイロン王時代の王都）の建設とともにこの地に移された。

　中国東晋時代の法顕《ほつけん》はインドからの帰途この国に来て各地の霊跡を礼拝し、二年間滞在して経論を学んだ。宋代に東遊した求那跋摩《ぐなばつま》、唐代に秘密乗を東伝した不空《ふくう》らもこの国で学んだという。唐初インドを周遊した玄奘《げんじよう》もこの国を訪れようとしたが、国に内乱が起こっており、それを避けて南インドに渡った三百余の僧に会って経論に関する疑義を正しえたので渡航を中止したといわれる（慈恩寺三蔵伝巻四）。

○**等身**《とうじん》　施主《せしゆ》と背丈が等しい。『大唐西域記』に、「仏牙精舎側ニ有リ二小精舎一、亦以テ二衆宝ヲ一而為ス二瑩《えい》飾《しよく》ト一、中ニ有リ二金ノ仏像一、此ノ国ノ先王等身《とうしん》ニ而鋳ス一」とある。前項「僧迦羅国」参照。

○**眉間**《みけん》**の玉**　仏の三十二相の一つ、白毫相《びやくごうそう》をかたどったもの。

○**菩薩道**《ぼさつどう》　四弘誓願《しぐぜいがん》（衆生無辺誓願度・煩悩無量誓願断・法門無尽誓願知・仏道無上誓願成）を発し、六波羅蜜《ろくはらみつ》（布施《ふせ》・持戒《じかい》・忍辱《にんにく》・精進・静慮・智慧）を修し、上はみずから菩提を求め、下は一《いつ》切衆生《さいしゆじよう》を化益《けやく》し、自利・利他の多くの修行を重ね、五十一の修行階梯《かいてい》を経て仏となるものを菩薩とするから、その願と修行を「菩薩の道」という。

○**一羽の鳩**《はと》　釈迦本生譚《ほんしようたん》の一。昔、尸毗《しび》王という慈悲深い国王がいたが、帝釈天《たいしやくてん》がその心を試してみようと、毗首羯摩天《びしゆかつまてん》を語らい、「お前は鳩《はと》になれ。おれは鷹《たか》になってお前を追いかけるから、お前は逃げて王の懐《ふところ》に入れ」という。鳩が王の脇《わき》の下に逃げ込むと、鷹は王にその鳩を返してくれという。王がことわると、鷹は王に、自分も飢えているから鳩を奪わないでほしいと訴えた。それを聞いた王は自分の腿《もも》の肉を切り取って鷹に与えた。鷹は満足せず、鳩の目方だけの肉がほしいという。そこで、秤《はかり》にかけてみたが、王の肉が軽い。王はもう一方の腿の肉を切り取ったが秤の上の鳩はさらに重くなってゆく。両ひじ・背と次々切り取って秤に載せたが、それでもまだ及ばないので、王は身体ごと秤に上ろうとした。だが力尽きて倒れてしまった。気力を奮い起こしてまた秤に上ろうとすると、突然、大地が六種に震動し空から花が降り、天人が現われて王を賛《たた》えた。鷹はもとの帝釈天となり、天の薬を王の身にそそぐと傷は癒《い》え元の姿になった。尸毗《しび》王は今の釈尊である、という話。

これは『三宝絵詞《さんぼうえことば》』巻上・菩薩の檀（布施）波羅蜜《はらみつ》を述べる条に見えるが、原拠は『六度集経』『智度論』。

○七つの虎に命を与え これも釈迦本生譚の一。

昔、摩訶羅檀嚢《まからだんのう》という国王の第三子に摩訶薩埵《まかさった》という王子がいた。幼時より慈悲心が深く、ある日父王が群臣を率いて狩猟に出たとき王子も参加したが、二人の兄に従って林の中を通っていると、餓えた虎が二児（七児ともいう）を抱いて、まさに死のうとしているのを見た。王子は哀れみの情に堪えず、わが身の肉を与えてこれを救おうと決意し、二人の兄と別れ断崖から身を投げた。虎はこれを見て王子を食おうとしたが、衰弱していて王子に近付けない。すると王子は刀をもってわが身を刺し、血を出して虎に舐《な》めさせたうえ身を食わせた。これを知った父母は大いに悲しみ、王子の死んだ所に行って七宝の箱に骨を入れ塔を建てた。王子はこの善行により兜率天に生まれた。この王子が今の釈尊である、という話。

いわゆる「捨身飼虎」の話であり、『菩薩本生鬘論《ぼさつほんしょうまんろん》』巻一・『金光明経《こんこうみょう》』巻四・『菩薩投身飼餓虎起塔因縁経』・『賢愚経』巻一などに見える。この投身餓虎の霊場は北インドにおける四大塔の一として、西方求法の僧が多く訪れている。『法顕伝』『西域記』にもこの地のことが見える。

天竺《てんじく》の国王、酔象《すいぞう》を以《も》て罪人《ざいにん》を殺《ころ》さ令《し》むる語《こと》、第十八

今は昔、天竺《てんじく》に国王がいた。国の中に国法を犯《おか》す善からぬ連中がいると、一匹の大象を酒に酔《よ》わせて罪人の前に放しやる。すると、大象は目を赤くし大口を開けて走りかかり、罪人を踏み殺す。そのため、国内の罪人は一人として生きていない。そこで、この国では象を第一の宝とした。隣国の敵もこのことを聞いて、あえて攻めて来ようとはしなかった。

あるとき、象の厩舎《きゅうしゃ》が火災で焼失した。厩舎を建て直すまでしばらくの間、この象を僧坊につないでおいた。坊の主《あるじ》は日ごろ『法華経《ほけきょう》』を読誦《どくじゅ》していたが、象は一晩この経のお声を聞いた。その翌日、象はきわめて謹み深い様子をしている。そのとき、そこに多くの罪人を連れて来た。いつものように象を酔わせてこれらにけしかけようとしたが、象はその場に足を折って伏し、罪人の踵《かかと》をなめて、ただの一人も害しようとしない。それを見た国王は非常に驚き怪しみ、象に向かって、「わしが頼みにしているのはお前だけだぞ。お前のおかげで国内に罪人は少なく、隣国の敵が攻めて来ないのだ。お前がこんなざまでは、何をもってそやつらに対する備えとすることができよう」とおっしゃった。

そのとき、知恵のある一人の家臣がかたわらの者に、「この象は今夜どこに繋いでおいた

か。もしや僧坊の近くではなかったか」と聞いた。すると一人が、「そのとおりでした」と答える。家臣は、「思ったとおり、この象は今夜僧坊で比丘《びく》が経を読むのを聞いて慈悲心を生じたために人を害さないのだ。さっそく象を屠場の近くにやって、一晩たってからもう一度試してみよ」と命じる。その命令のままに大象を屠場の近くに移し、一晩たった翌日、罪人にけしかけると、歯を鳴らし口を開けてまっしぐらに走りかかり、ことごとく踏み殺してしまった。それを見て、国王はこのうえなくお喜びになった。

思うに、畜生でさえ仏法を聞けば、このように悪心をとどめ善心を起こすものである。まして、心ある人は仏法を聞いて尊んだなら、かならず悪心はやむであろう、とこう語り伝えているということだ。

〈語釈〉

○法華《ほけ》経 『妙法蓮華経』。後秦の鳩摩羅什《くまらじゅう》訳。釈尊の王舎城耆闍崛山《ぎしゃくつせん》における八年間の説法を結集《けつじゅう》したものという。その説くところが微妙不可思議で、諸経に王たることあたかも蓮華の諸花にまさるのにたとえて経の名とする。

中国の弘始八年、安城侯姚嵩《ようこう》の発意により長安大寺において僧叡《そうえい》ら八百余人とともに訳し、はじめ七巻二十七品であったが、斉代武帝のとき、法献《ほうけん》が高昌国より提婆達多品《だいばだったぼん》をもたらして訳出し、それらが加えられて二十八品となり、普門品《ふもんぼん》の重頌二十六偈《げ》も欠いていたが、隋代闍那崛多《じやなくつた》により加えられることになった。七巻本・八巻本の別は早く南北朝に起こり、中国・日本ともに後世まで両本は并用されている。本経の訳出は数次行なわれ、三国時代から隋代に至る間、前後五本がある。

二十八品とは、

1、序品《ぼん》
2、方便品
3、譬喩品
4、信解《しんげ》品
5、薬草喩《やくそうゆ》品
6、授記品
7、化城喩《けじょうゆ》品
8、五百弟子授記品
9、授学無学人記品
10、法師品
11、見宝塔品
12、提婆達多品
13、勧持《かんじ》品
14、安楽行《あんらくぎょう》品
15、従地涌《じゅうちゅ》出《しつ》品
16、如来寿量品
17、分別功《ふんべつく》徳《どく》品
18、随喜功徳品
19、法師功徳品
20、常不軽菩薩《じょうふぎょうぼさつ》品
21、如来神力《にょらいじんりき》品
22、嘱累《しょくるい》品
23、薬王菩薩本地品
24、妙音菩薩品
25、観世音菩薩普門品
26、陀羅尼品
27、妙荘厳王本事《みょうしょうごんおうほんじ》品
28、普賢菩薩勧発《ふげんぼさつかんぼつ》品

をいい、後世その主要な諸品を要品《ようぼん》と呼ぶことがある。天台宗では、方便品《ほうべんぽん》・安楽行品・寿量品《じゅりょうぼん》・普門品《ふもんぼん》を四要品とし、日蓮宗では、方便品略開長行と寿量品・神力品・陀羅尼《だらに》品を四要品とする。本経に対して『無量義経』をもって開経とし、『普賢観経』をもって結経とし、合わせて法華三部経とすることが南北朝以来行なわれ、智顗《ちぎ》に至ってその義が確定した。

本経はインドにおいて早く流行したらしく、竜樹はこれを『大智度論』中に引用し、世親は『法華論』を作って釈した。中国においては羅什《らじゅう》以前に早く考究されたが、羅什訳本が出て諸経の首位におかれ尊重されるようになった。後世本経の盛行とともに、薬王品の所説に基づき焼身供養の一風尚を生じ、普門品は特出されて観音信仰の伝播とともに広く流行した。陳・隋のころ智顗が出るに及び、本経に拠って一宗（天台宗）を起こし、『法華玄義』『法華文句』『摩訶止観《まかしかん》』の三大部を撰述してから後世の釈義は多くこれによるようになった。

その釈義の要は、一経に三分二門を立て、前十四品を迹門《しゃくもん》、後十四品を本門とし、本経をもって釈尊一代教の総要とするにある。わが国においても早くから流伝し、聖徳太子に『法華経義疏《ぎしょ》』四巻の撰があり、平安時代の初め、最澄《さいちょう》によって日本の天台宗が起こるや、本経に対する信仰は一世を風靡《ふうび》し、文学・生活に強い影響を与えるに至った。また、この経の受持を重んじる結果、法華持経者が多く生じ、この経の功徳霊験はいかなる重罪もたちまち滅すると信じられた。鎌倉時代に日蓮が現われ、本経に基づいて一宗（日蓮宗）を起こし、経題（題目）を唱念すべきことを説き、今日に至るまで受持読誦の風が絶えない。

法華八講は平安時代大安寺勤操《ごんそう》によってはじめられ、ついで十講・二十講等の事が行なわれた。また五種正行の一として経文書写を勧めることから、古来この経の書写が重んじられ、比叡山の円仁（慈覚）が如法経《にょほうきょう》の業を定めて以来ますます盛行するに至った。本集においても『法華経』信仰にかかわる話はきわめて多く、とくに本朝仏法部中、巻十二の約半数、巻十三全体、巻十四の大部分がこの経の霊験談によって占められている。

○**畜生《ちくしょう》**　他のために畜養される生類。苦多く楽少なく、性質無知にして貪欲《とんよく》・婬欲《いんよく》の情のみ強く、父母兄弟の差別なくあい残害する禽獣虫魚など。

天竺《てんじく》の僧房《そうぼう》の天井《てんじょう》の鼠《ねずみ》、経《きょう》を聞《き》き益《やく》を得《う》る語《こと》、第十九

今は昔、天竺《てんじく》において、仏が涅槃《ねはん》にお入りになってのちのこと、ある僧坊に一人の比丘《びく》が住んでいたが、常に『法華経《ほけきょう》』を読誦し奉っていた。

その僧坊の天井の上に五百匹の老鼠がいて、毎日毎晩この『法華経』を聞きながら多くの年月を経過した。あるとき、そこに六十四の狸《たぬき》がやって来て、この五百匹の老鼠をみな食い殺してしまった。その後は、この鼠は五百匹全部忉利天《とうりてん》に生まれ、その天上界での命が尽きると、みな人間界に生まれた。そして舎利弗尊者《しゃりほつそんじゃ》に会い阿羅漢果《あらかんか》を悟りえて永久に悪道に落ちることなく、やがては弥勒《みろく》がこの世に現われる時に生まれあわせて、その仏の記別《きべつ》をこうむり、衆生《しゅじょう》を救済することになるであろう。鼠でさえ経を聴聞《ちょうもん》する功徳はこのようなものである。まして人間が真心をもって『法華経』を聴聞し、一心に信仰したならば、悟りの境界に達し、また三悪道を脱《のが》れるのは疑いないことである。

そもそも外典《げてん》には、「白い鼠は三百歳の寿命がある。百歳から体の色が白くなり、その後は、一年間の吉凶を正しく判断し、千里の中の善悪のことを悟る。その名を神鼠《じんそ》という」とある。されば、経を聴聞《ちょうもん》して悟りを得《う》ることもある、とこう語り伝えているということだ。

〈語釈〉

○狸《たぬき》　『三宝感応要略録』巻中に本話の類話があり、それを出典とする話が『三国伝記』巻十二に見えるが、両話ともに「狸」が鼠を食い殺すことはない。本話の「狸」は天井の鼠を食い殺したが、巻三第十二話では「狸」が樹上の鸚鵡《おうむ》を食い殺しており、その話と同話である『賢愚経』の話は「野狸」としている。普通にいう「たぬき」は人を化かすといわれているが、天井や木に登って鼠・鳥などを食うものではない。人を化かす動物は本集巻二十七（霊鬼の巻）に狐と並んで登場する「野猪（くさゐなぎ）」と書かれた動物で、それは今の「たぬき」である。「狸」は『名義抄』に「タヌキ・タ、ケ・メコマ（ネコマ）・イタチ」の四つの読みをあげ、「野猫」という注がある。これから見るとその「狸」は猫に近い動物で、鼠・鳥を捕食する本話や巻三第十二話の「狸」に該当する。読みは「たぬき」「たたけ」「ねこま」などのいずれでもよいであろう。ちなみに、『日本霊異記《れいいき》』上巻第三十話（本集巻二十第十六話）で、人の家に入りこんで飯などを盗み食いした「狸」は訓釈に「禰古（ねこ）」とある。

○**舎利弗尊者**《しゃりほつそんじゃ》　仏十大弟子の一。知恵第一の人。○**阿羅漢果**《あらかんか》　声聞四果《しょうもんしか》の最上位。迷いを断尽し、修学完成して尊敬と供養を受けるに足る聖者の位をいう。

○**弥勒**《みろく》　慈氏《じし》とも称する。大乗の菩薩《ぼさつ》。名を阿逸多《あいった》といい、無勝・莫勝と意訳する。インド波羅奈《はらな》国の婆羅門《ばらもん》の家に生まれ、釈尊の化導を受け、未来成仏の記別を授けられて兜率天《とそつてん》に上生《じょうしょう》し、現にその天の内院にいて諸天衆を勧導している。釈尊の滅後、五十六億七千万年を経てふたたびこの娑《しゃ》婆《ば》世界（人間界）に出現（下生《げしょう》）し、華林園《けりん》内の竜華樹《りゅうげじゅ》の下で成道《じょうどう》し、三会《さんえ》の説法し釈尊の教化にもれた一切衆生《いっさいしゅじょう》を済度《さいど》する（竜華三会《りゅうげさんえ》）。釈尊の業績を補うという意味で補処《ふしょ》の弥勒といい、賢劫《けんごう》千仏の第五仏とする。○**仏の記別**《きべつ》　「仏」は竜華樹下で成道した弥勒《みろく》仏をいう。「記別」は仏が修行者に対し、未来に成仏することをいちいち区別してあらかじめ説くこと。修行者に関する仏の予言。なおこの予言を説き授けることを「授記」という。○**三悪道**　地獄・餓鬼《がき》・畜生の三世界。

○**外典**《げてん》　仏教の側からいう仏典以外の典籍。ここでは『抱朴子《ほうぼくし》』をさす。晋の葛洪《かっこう》（号を抱朴子という）の著書で、神仙の法を説き、道徳・政治を論じたもの、内外篇八巻七二篇より成る。ここに引かれたのは、内篇巻一対俗篇で、「鼠寿三百歳。満百歳則《すなは》チ色白。善憑レ人而下。名曰レフ仲ト。能《よ》ク知ニ一年中吉凶及千里外事一」である。○**神鼠**《じんそ》　前項には「名曰仲」とある。

天竺《てんじく》の人、国王《こくおう》の為に妻《め》を召さるる人、三帰《さんき》を唱《しょう》するに依《よ》りて蛇《じゃ》の害《がい》を免《まぬか》るる語《こと》、第二十

今は昔、天竺《てんじく》の片田舎に一人の人がいた。非常に美しい妻を持っており、長年にわたって深い愛情に結ばれ、夫婦として楽しく暮らしていた。

そのころ、その国の王が、国内からとくに美しい女を見つけ、貴賤を選ばず后としようと捜し求めておられたが、ある者が、「こうこういう所に比類のないほど美しい女がおります」と申し出た。国王はこれを聞き、喜んで召しにやろうとすると、別の者が、「その女には長年連れ添った夫がいます。夫婦というものは連れ添ったからは百年の契りを結ぶものです。この二人を離別させることはいかがなものでしょうか。妻を召し出したならば、夫はきっと嘆き悲しんで山野に迷い歩くことになりましょう。ですから、まず先に夫を召し取って罪科に処しておいてから、妻を召し出すのがよろしかろうと存じます」と進言した。

国王は、「まことにもっともである」といって、まず夫を召しにやった。使者が夫婦の所に行き勅命を読み聞かせる。それを聞いた夫は、「私はいささかも国法を犯したことはありません。なにゆえに私をお呼び出しになるのですか」という。使者はそれに答えようともせず、夫を引き立てて王宮に連れて来た。

国王は夫をご覧になったが、即座に処罰するにはこれという理由もないので、この男をあそこに行かせようと思いつかれ、「ここから東北の方に四十里行くと大きな池があり、その

池には四種類の蓮花《れんげ》が咲いている。お前はそこに行って、七日以内にその蓮花を取って持って来い。もし持って来たら、お前に賞を与えるであろう」とおっしゃった。夫は勅命を受けて家に帰り、ひたすら憂え嘆いていた。妻が食事を調えて持って来ても、全然食べようともせず、悲嘆に暮れている。妻が、「なにごとがあってそのように嘆き、食事もしないのですか」と問いただすと、夫は勅命の次第を語り聞かせた。妻は、「わかりました。だがともかく、早くお食事をなさい」という。夫は言われたとおり食事をすませた。

そのあとで妻は夫にこういう。「聞くところによれば、そこへ行く途中にはたくさんの鬼がいるということです。そして池には大きな毒蛇がいて、蓮花《れんげ》の茎《くき》を身に巻きつけて住んでいるといいます。そこに行く人はひとりとして帰って来ません。なんと悲しいことでしょう、あなたと私は生き別れになります。千年の契りを結んでいましたのに、たちまち鬼のために命を奪われようとしています。そうなれば私ひとりここにとどまっていてもなんの意味がありましょう。私はあなたといっしょに死のうと思います」。こういいながら泣きくずれた。夫はその妻をなだめ、「おれはお前の身代りになろうと思っていたが、国王の災難を被ってしまい、予期に反する結果となった。だが、二人とも死んではつまらない。やはりお前だけはここに残っておれ」といっていっしょに行くのを止めた。

すると妻は夫に、「行く途中にはたくさんの鬼がいるといいますが、その鬼が出てきて、『おまえは何者だ』と聞いたならば、『私は人間世界の釈迦牟尼仏《しやかむにぶつ》の御弟子《みでし》です』とお答えなさい。『どんな法文《ほうもん》を習ったか』と聞いたなら、『南無帰依仏《なむきえぶつ》、南無帰依法《なむきえほう》、南無帰依僧《なむきえそう》』これがその法文です』とお答えなさい」と教えて、七日間の食糧を包ませて出してやった。夫は家を出て行ったが、夫は妻を見返り、妻は夫を見送り、互いに限りなく別れを惜しんだ。

四日目に途中の門を守っている鬼のいる所までやって来た。鬼が見つけて喜び、取って食おうとして、まず、「おまえはどこから来た」と聞く。「私は人間世界の釈迦牟尼仏《しやかむにぶつ》の御弟子《みでし》です。国王の仰せにより四種類の蓮花《れんげ》を取ろうとしてやって来たのです」と答えると、鬼は、「私はまだ仏という名を聞いたことはない。いまはじめて仏の御名《みな》を聞いて、たちまち苦しみを除き、鬼の身を変えることができた。だからおまえを許してやる。ここから南にもまた鬼がいる。そこでもまたそのように言うがいい」と教えて釈放したので、また歩いて行くと鬼がいた。男を見て喜び、取って食おうとして、「おまえはいったい何者だ」と聞く。そこで前のように答えると、また、「どういう法文を信仰しているか」というので、三帰《さんき》の法文《ほうもん》を唱えた。

すると、鬼は歓喜して、「わしは無量劫《こう》の長い間生きてきたが、いまだ三帰の法文を唱えるのを聞いたことがなかった。いまうれしいことにお前に会い、この法文を聞いたがために、鬼の身を変えて天上界に生まれることができるだろう。お前がここから南に行ったなら、多くの大毒蛇に出会う。それはものの善悪をわきまえず、きっとお前を呑もうとするだろう。だからお前はもうしばらくここにいるがよい。わしがその蓮花を取ってきてお前に与えよう」といって立ち去ったかと思うと、即座に四種類の蓮花を持って来て男に手渡し、「国王の仰せでは、七日以内ということだそうだ。お前が家を出てから、今日が五日目だ。残りの日数はあまりない。七日以内に王宮に帰り着くことはむずかしい。そこで、お前はわしの背に乗れ。お前を背負って急いで連れていってやる」といって背中に乗せ、まもなく王宮に着いた。鬼は男を降ろすや、忽然《こつぜん》として消え失《う》せた。

そこで四種類の蓮花を持って参上すると、国王は怪しんでいろいろお尋ねになる。事の次第をいちいち、くわしく申し上げると、国王はそれを聞いて歓喜し、「わしは鬼にも劣るものじゃ。そなたを殺して妻を取ろうと思った。鬼はわしにまさっている。そなたの命を助けて返してよこした。わしは今後永久にそなたの妻を自由にしてやろう。すぐに家に帰り、三帰の法文を信仰し続けるがよい」とおっしゃった。夫は家に帰って妻にこのことを話して聞かせると、妻も喜んで、互いに三帰の法文を信仰し続けた、とこう語り伝えているということだ。

〈語釈〉

○**鬼**　恐るべき自在力を持ち、悪行をほしいままにして人・畜を悩ます悪神。
○**法文**《ほうもん》　経・論・釈など仏法を説いた文章。
○**南無帰依仏**《なむきえぶつ》、**南無帰依法**《なむきえほう》、**南無帰依僧**《なむきえそう》　あとに「三帰の法文」とあるのに同じ。三帰は三帰依・三自帰・三帰戒ともいい、仏道に初めて帰するときの儀式をいい、その折この文を唱える（『本行集経』巻三十九、『大智度論』第十三などに見える）。「南無」は帰依・帰命《きみよう》・頂礼《ちようらい》の意。したがって

「南無仏」といえば「南無」と唱《とな》えて五体投地（頂礼に同じ）の礼拝をする意味になる。「帰依仏」は仏法に帰依して師となすこと。「帰依法」は法宝に帰依して薬となすこと。「帰依僧」は僧宝に帰依して友とすること。

○**無量劫《こう》**　「劫」は数えられないほど遠大な時間の単位をいう。

国王《こくおう》の為に過《とが》を負いし人、三宝《さんぼう》を供養して害を免《まぬか》るる語《こと》、第廿一

今は昔、天竺《てんじく》にひとりの男がいた。国法を犯したため罰を受けることになり、国王がこの男を捕えて首を斬《き》ろうとしたところ、男は国王に、「私に七日のご猶予をいただきとう存じます」とお願いした。国王は願いのままに、七日の猶予を与えた。男は家に帰り、心をこめて七日間三宝《さんぼう》を供養し奉った。七日が過ぎて八日めの朝、男は国王のところに出頭した。国王は男を見て、喜んでその首を斬《き》らせようとすると、男はたちまち仏の姿に変わった。国王はこれを見て首を斬ることをやめさせ、大象を酔わせてこの男を踏み殺させようとしたところ、男は金色の光を放ち、指先からは五頭の獅子《しし》が現出した。酔った象はこれを見てたちまち逃げ去った。

国王はこの奇異なさまを見て恐れおののき、「そなたにはどういう功徳《くどく》があってこのようなことになったのか」とお尋ねになる。男は、「私は家に帰って七日のあいだ三宝を供養し奉り、七日過ぎてからここに帰って参ったのでございます」とお答えした。それを聞いた国

王はこの男の罪を赦《ゆる》し、みずからも深く三宝に帰依《きえ》し奉るようになった。されば、三宝を供養し奉り、また帰依することは、限りない功徳である、とこう語り伝えているということだ。

〈語釈〉

○**国法を犯し** 『経律異相《きょうりついそう》』によれば、仏滅後百年、国王が天神を祭るために、厨士《ちゅうし》（厨房《ちゅうぼう》の料理人）に命じて牛・羊など多くの動物を殺させようとしたが、厨士は「我は是れ仏弟子にして五戒を受持せり」といって王命に逆らった、とある。

○**三宝《さんぼう》** 仏宝・法宝・僧宝。すなわち、仏・法・僧の三。

○**大象を酔わせて** 罪人を象に踏み殺させることは、巻二第二十八話にも見える。

○**功徳《くどく》** 神仏からよい報いを得るような善行。善根。

○**帰依《きえ》** 神仏などすぐれたものに服従し、すがること。

波羅奈国《はらなこく》の人、妻《め》の眼《まなこ》を抉《くじ》る語《こと》、第廿二

今は昔、天竺《てんじく》の波羅奈《はらな》国にひとりの男がいた。天性邪見《じゃけん》で仏法を信じようとしなかった。この男の妻は深く仏法を信じてはいたが、夫にはばかって仏法のお勤めは何もしないでいた。

ところが、思いがけずひとりの比丘《びく》に会って、ひそかに『法華経』十余行を読み習った。

夫はいつしかこれを聞き知って、妻に向かい、「お前は経典を読み習ったな。じつに尊いことだ」というなり出ていった。妻が恐れおののいていると、夫はすぐもどって来て、「おれが歩いていると、若い女盛りのじつにきれいな女が道に死んでいた。その目がえらくよかったので、えぐり取ってここに持って来た。お前の目はまったくかわいげがなく醜いから、それを抜いてこれと取り替えよう」という。

妻はこれを聞き、目を抜き取られたら生きてはいられない、すぐ死んでしまうと、ひたすら泣き悲しんだ。これを見た妻の乳母《うば》が、「ですから、この経をお読みになってはいけませんとご注意したではありませんか。それをお聞き入れなさらず、とうとうお命をおとしてしまわれることになりました」といって、これも泣き悲しむ。妻は、「この身は無常です。いかに惜しんでも、最後は死んでしまいます。いたずらに傷つけるよりは、仏法のために死ぬ方がましです」といい、乳母《うば》とともに泣いていた。

すると、客間にいた夫が荒々しい声で妻を呼んだ。逃れようもないので、自分は今こそ死ぬのだと思いながら歩み出ると、夫はそれをつかまえ、膝《ひざ》の上に引き倒して目をえぐり取り、体を街路に引き捨てた。道行く人がこれを見て哀れに思い敷物を与えた。そこで、町角にこれを敷きその上に横たわった。目はなくなったが命には限りがあり、このまま三十日が過ぎた。

その時ひとりの比丘《びく》が通りかかって、「あなたはどういう身の上の人ですか。なぜ目を失って寝ているのです」と尋ねる。女は事の次第を答えた。比丘《びく》はこれを聞いて哀れに思い、山寺に連れて行って九十日の間養った。一夏《いちげ》の終わりごろになり、この盲女は夢を見た。自分が読み奉っている経の、「妙法《みょうほう》」の二字が日月となって空より下り、自分の目に入る、とこのように見て夢がさめた。驚いてあたりを見ると、上は六欲天のさまざまのすばらしい楽しみの様子が掌《たなごころ》の中のものを見るように明らかに見え、下は人間世界の二万由旬《ゆじゅん》の遠くまで見通し、さらに等活《とうかつ》地獄・黒縄《こくじょう》地獄以下無間《むけん》地獄の底まで、まるで鏡に映すように明らかに見えた。女は喜んで師の比丘《びく》にこのことを伝え、「さきほどこのような夢を見ました」と語った。比丘はこれを聞いて、このうえなく喜び、かつ尊んだ。

『法華経』十余行の威力により天眼《てんげん》を得るのはじつにこのようなものであり、まして真心をもって『法華経』一部を常に読誦《どくじゅ》する人の功徳《くどく》は計り難いものがある。よくよく思いやるべきだ、とこう語り伝えているということだ。

〈語釈〉

○**波羅奈《はらな》国**　ガンジス川流域。釈尊が成道《じょうどう》後五人の比丘《びく》を度《ど》した鹿野苑《ろくやおん》があった。今のベナレス市を中心とした一帯の地域。○**邪見《じゃけん》**　因果の道理を否定して善の価値を認めず、悪の恐るべきを顧みないまちがった考え方。五見・十悪の一。

○**無常**　すべてのものは生滅変化してやまぬこと。「常」は不変・常住の意。

○**命には限りが**　命の方は前世からの因縁で定められた寿命があるから（死ぬこともなく）。

○**九十日・一夏《いちげ》の終わり**　「九十日」は夏《げ》安居《あんご》の期間をさす。夏安居は僧侶《そうりょ》が夏の雨期、一夏九旬（四月十五日から七月十五日までの九十日）の間、諸所に乞食《こつじき》（托鉢《たくはつ》）せず、一所にとどまって静かに修行すること。雨安居《あめあんご》・夏坐《げざ》・夏行《げぎょう》・夏籠《げろう》ともいう。「一夏の終わり」は夏安居の最終日。

○**「妙法《みょうほう》」の二字**　『妙法蓮華経』中の妙法の二字。妙法は最もすぐれて意味の深い教えの意で仏法をいうが、とくに『法華経』に対する尊称として用いられる。

○**六欲天**　三界（欲・色・無色の三世界）のうち欲界に属する六種の天、すなわち四王天・忉利《とうり》天・夜摩《やま》天・兜率《とそつ》天・化楽《けらく》天・他化自在《たけじざい》天をいう。

○**由旬《ゆじゅん》**　古代インドの里程の単位で、一由旬は聖王一日の行程。

○**等活《とうかつ》地獄・黒縄《こくじょう》地獄以下無間《むけん》地獄**　八熱《はちねつ》（八大）地獄のうちの三つ。八熱地獄は等活・黒縄・衆合・叫喚《きょうかん》・大叫喚・焦熱《しょうねつ》・大焦熱・無間の八地獄で、そのうちの等活地獄は、苦を受けて死に、冷風に吹かれて蘇生し、ふたたび苦を受ける地獄。黒縄地獄は熱鉄縄で四肢《しし》をつりさげ、後に斬鋸《ざんきょ》される地獄。無間地獄は阿鼻《あび》地獄ともいい、間断なく苦に逼迫《ひっぱく》される地獄。

○**天眼《てんげん》**　五眼（肉・天・法・慧・仏）の一。禅定《ぜんじょう》などによって得た眼。遠く広く微細に事物を見ることができ、また衆生の未来における生死の相を予知しうる。

天竺《てんじく》の大天《だいてん》の語《こと》、第廿三

今は昔、天竺《てんじく》において、仏が涅槃《ねはん》に入られてのち四百年たったころ、末度羅国《まとらこく》という国に大天《だいてん》という人がいた。この人の父が商用で大海に船出し他国に行った。その留守の間、大天はこの世で最も美しい女を妻にしようと思い、あちらこちら捜し回ったがついに見つからず、家に帰って来てわが母を見るや、この世でこれに勝る美しい女はないと思い、母と通じて妻にしてしまった。こうして数ヵ月、夫婦として生活しているうちに、父が海のかなたから帰ってきて港に着くという知らせがあった。大天はそれを聞き、「おれが母を妻としたので、父が帰ってくれば、きっとおれを人非人のようにいうだろう」と思い、まだ上陸しない前に船に出かけて行って父を殺してしまった。

その後はなんの思いわずらうこともなく、夫婦として過ごしていたが、ある日のこと、大天が何かの用で外出しているとき、母がしばらくのあいだ隣の家に行っていた。大天が帰ってきて、母が隣の家で他の男とそっと密通しているのだと思い、怒り心頭に発して、母をひっ捕えて打ち殺した。こうして父母ともに殺してしまった。大天はこのことを恥じ、かつ恐れて、もとの住家を去りはるか遠くに行って住んでいた。ところで、もと住んでいた国にひとりの羅漢《らかん》の比丘《びく》がいた。

この羅漢《らかん》が、大天のいま住んでいる所に来ていたが、大天がこの羅漢を見てこう思った。「おれは前の住家にいるとき父母を殺した。これを恥じ恐れるあまりここに来て住んでいるのだ。ここでは父母を殺したことを深く隠している。ところが、この羅漢がここにやって来た。おれのことをきっと人にばらすだろう。こうなれば、もうこの羅漢を消すほかはない」。そこで羅漢を殺害した。もはや三逆罪《さんぎやくざい》を犯してしまった。その後、大天（以下原文を欠く）。

〈語釈〉

○**末度羅国**《まとらこく》　中インドにあった国。秣菟羅・摩頭羅・摩度羅・末土羅ともかき、訳して孔雀城《くじやく》という。『大唐西域記』（巻四）に「伽藍《がらん》二十余所、僧徒《そうと》二千余人あり、大小二乗を兼攻し習学す。天祠《てんし》五所、異道雑居す」といい、国内に阿育王《あいく》塔三基、舎利弗《しやりほつ》・目連《もくれん》・満慈氏・羅睺羅《らごら》・文殊師利《もんじゆしり》等の塔、烏婆毱多《うばきくた》（優婆崛多《うばくつた》）の建てた伽藍などがあったとも記されている。今のアグラ市の北、ジュムナ川の右岸にあるムトラは旧城の地という。

○**大天**《だいてん》　摩訶提婆《まかだいば》。前四世紀ごろの人。母と通じて父を殺し、羅漢《らかん》を殺害し、また母をも害した（以上は途中から欠文になっている本話の内容）。のち前非を悔いて仏門に入り、三蔵（経・律・論）の文義に通じ、言詞巧みでよく波吒梨《はたり》城を教化し、加羅阿育《からあいく》王をはじめ一般人の帰依《きえ》を受けた。死後人々がかれに花香をたむけ荼毘《だび》に付したが、どうしても焼けない。相師の言により糞をかけたところたちまちに火がついたが、急に風が起こり骨灰を吹き飛ばした。なおかれは五箇条の新説（大天五事妄語）を発表して、伝統的保守主義の仏教（上座部）に反対し、当時の耆宿《きしゆく》をカシミルに追い、五箇条を是《ぜ》とする自由主義の一派をもって大衆部を設立した。

○**羅漢の比丘**《らかんのびく》　「羅漢」は阿羅漢果《あらかんか》を証した聖者。『大毗婆沙論』によれば「阿羅漢苾芻《びつしゆ》」とあり、大天は父を殺したのち、事のばれるのを恐れて波吒梨《はたり》城に逃げたが、そこで本国の阿羅漢苾芻に出会ったのでこれを殺し、つぎに母を殺したことになっている。○**三逆罪**《さんぎやくざい》　五逆罪の中の三つ。五逆罪は殺父・殺母・殺阿羅漢《あらかん》・破和合僧・出仏身血をいうが、ここではその前の三つに当たる。

竜樹《りゆうじゆ》、俗の時、隠形《おんぎよう》の薬《くすり》を作《つく》る語《こと》、第廿四

今は昔、西天竺《てんじく》に竜樹菩薩《りゆうじゆぼさつ》という聖人がおいでになった。はじめ俗人でおられた時には、外道《げどう》の典籍による法術を習っていた。あるとき、竜樹を含め三人の俗人が相談して隠形《おんぎよう》の薬を作った。その薬の作り方は、寄生木《やどりぎ》を五寸に切り、百日間陰干しにして、それをもって作るのである。外道の術を習い、こうして作った木を髻《もとどり》の中に差し入れておくと、隠れ蓑《みの》というもののように、姿を隠してだれにも見えなくなる。

さて、三人の俗人は心を合わせてこの隠形《おんぎよう》の薬を頭に差し、国王の宮殿に忍び込んで多くの后を犯した。后たちは、姿の見えぬ者が近寄って来て膚に触れるので、恐れおののいて国王にひそかに訴えた。「近ごろ、姿の見えぬ者がそばに来て膚に触れるのです」。国王はこれを聞き、もともと聡明な方でいらっしゃったから、「これは隠形の薬を作ってこのようなことをするのであろう。これに対する方法は、粉を宮殿内にすき間なく撒《ま》き散らしておくことだ。こうしておけば、身を隠している者であっても、足跡が付いて、どっちへ行ったかはっきりわかるであろう」とお思いになり、その策略に従ってたくさんの粉を持ってこさせ、宮殿内にすき間もなく撒《ま》いた。粉というのはおしろいである。

その後、この三人の者が宮殿に忍び込んだ時、この粉が一面に撒《ま》いてあったので、足跡がついた。その付いた足跡を追って太刀を抜いた者を多く入れ、あらたに足跡の付いたあたり

を見当つけて斬《き》ると、二人は斬り伏せられた。もう一人は竜樹菩薩《りゅうじゅぼさつ》でいらっしゃる。斬《き》られそうになって逃げ惑い、后の御裳《も》の裾《すそ》を引きかぶって倒れ臥《ふ》し、心中さまざまの願《がん》を立てなさった。その験《しる》しであろうか、二人が斬り伏せられたところで国王が、「案のじょう隠形の者であった。二人だったのだな」とおっしゃって、斬ることをとどめなさった。そのあとで竜樹菩薩は人目を窺い、やっとの思いで宮殿から逃げ出された。その後、「外道《げどう》の法は無意味である」とさとり、ある羅漢《らかん》の所においでになって出家され、仏法を習得して名を竜樹菩薩と申すようになった。世を挙げてこのうえなくあがめ奉った、とこう語り伝えているということだ。

〈語釈〉

○**西天竺《てんじく》**　五天竺《てんじく》（天竺を東・南・西・北・中に分ける）の一。竜樹の出身地は南天竺といわれ、『法苑珠林《ほうおんじゆりん》』は「託㆓シ生ヲ天竺国南㆒ニ出《い》㆓ヅ梵志種㆒ニ」、『三国伝記』は「南天竺ノ梵士種高貴ノ家ヨリ出《い》デ給ヘリ」とする。『打聞集《うちぎきしゅう》』は「天竺ニ竜樹井《ぼさつ》ト申《まうす》聖人ヲハシケリ」。この点については次話の語釈「西天竺・竜樹菩薩」参照。

○**竜樹《りゅうじゅ》**　仏滅後六、七百年（二、三世紀）ごろ、南天竺に生まれた。はじめ伽毘摩羅《かびまら》について小乗を学んだがあきたらず、諸国を遍歴して大乗を求めその奥儀に達し、馬鳴《めみょう》を承《う》けて大いに大乗の法門を宣揚した。かれは竜宮に入って『華厳経《けごんきょう》』をもたらし、南天竺の鉄塔を開いて『金剛頂経《こんごうちょうきょう》』を得たと伝えられ、世に第二の釈迦、また日本、中国における顕密《けんみつ》八宗の祖師といわれる。樹下に生まれ、竜の助けによって成道《じょうどう》したので竜樹の名があり、他に竜猛《りゅうみょう》・竜勝《りゅう》ともよばれる。提婆《だいば》菩薩の師。「諸法皆空」を説く『大智度論《だいちどろん》』『十住毘婆沙論《じゅうじゅうびばしゃろん》』『中論』『十二門論』等著書が多い。

○**俗人**　在家の人。

○**外道**《げどう》　仏教以外の教えを奉じる者。外道《げどう》には仏教以前から存在する婆羅門《ばらもん》教をはじめ、数論《すうろん》・勝《しょう》論《ろん》・尼乾子《にけんし》等数多くさまざまな教派があるが、「外道の典籍」としておもなものは、婆羅門教の『四《し》毘陀《べだ》（吠陀）』・『十八大経』をはじめ、数論（僧佉）の『金七十論』（三巻）、勝論（衛世師）の『勝宗十句義論』（一巻）などが知られている。なお、外道と仏教との教理の基本的違いは、仏教は「無我」を説き三世の因果をいうが、外道は一般に「我」の実在を説き三世の因果を言わないところにある。

○**隠形の薬**《おんぎょうのくすり》　自分の身体を隠しくらます薬。『打聞集』に「御《おん》ガウヤク」とある。『法苑珠林』は「青薬」とあり、「此薬以テレ水ヲ磨シレ之ヲ、用ヒ二塗レバ眼瞼ニ一形当自隠」、「依リレ方ニ和二合此薬ヲ一、自ラ翳シ二其身ヲ一游行自在」とある。

○**寄生木**《やどりぎ》　ヤドリギ科の常緑低木。高さ一メートル内外。広葉樹（クリ・エノキなど）に寄生し、茎は叉状に分枝し、その上端に細長い革質濃緑の二葉をつける。雌雄異株。早春、淡黄色の小さい単性花を開き、花後、球形、緑黄色の果実を結ぶ。ホイ。ホヨ。トビヅタ。

○**髻**《もとどり》　髪を頭の上に集めて束ねたもの。

○**粉**　『打聞集』は「粉」、『古本説話集』は「灰」、『法苑珠林』は「細土」、『三国伝記』は「細ナル土灰」とする。これをあとで「はうになり」と説明するのは『打聞集』のみ。

竜樹《りゆうじゆ》・提婆《だいば》二菩薩《ぼさつ》、法《ほう》を伝うる語《こと》、第廿五

今は昔、西天竺《てんじく》に竜樹菩薩《りゆうじゆぼさつ》と申す聖人《しょうにん》がおいでになった。計り知れぬ知恵の持ち主で、広大無辺な慈悲心がおありであった。また、そのころ、中天竺に提婆菩薩《だいばぼさつ》と申す聖人がおいでになり、この方もまた知恵が深く、仏法を広め伝えようとする心が強かった。

ところで、この提婆菩薩が、竜樹菩薩は計り知れぬ知恵がおありの方であるとお聞きになり、そこに伺って仏法を習い受けようと思い、はるかに西天竺を指して歩いて行かれた。道のりははるか遠く、あるいは深い川を渡り、あるいは山の掛け橋を踏み越え、あるいは高い絶壁をよじ登り、あるいは道もない荒磯を渡り、深山を通り抜け、広野をたどり行く。また、あるいは水もない所を過ぎ行くこともあり、あるいは食糧が絶える時もあった。このように堪え難く苦しい旅を泣き泣き続けることは、まだ自分の知らぬ仏法を習い受けようがためである。艱難辛苦《かんなんしんく》のすえ、数ヵ月たってついに竜樹菩薩《りゆうじゆぼさつ》の僧坊に行き着いた。

門前に立って、人に取り次いでもらおうと、中の様子を窺《うかが》っていると、たまたま、外からやって来て師の部屋に入ろうとしている一人の御弟子《みでし》に会った。御弟子《みでし》は提婆菩薩《だいばぼさつ》に、「お聖人《しょうにん》は何用あってここにおいでになったのですか」と尋ねる。「お話し申したいことがあってお伺いしたのです」と答えると、御弟子はそれを聞いて中に入り、師の菩薩にこの由を申しあげた。菩薩はしかるべき御弟子を通してお尋ねになる。「どういう所から来られたどう

いう方ですか」。

提婆菩薩《だいばぼさつ》はそれに対し、「私は中天竺の者であります。大師《だいし》は計りない知恵をお持ちの方と伝え承わっておりますが、中天竺からここまでは道もはるか遠くけわしく、簡単には行ける所ではありません。それのみでなく、私は年も老い体も弱って、懸命に歩き続けても道中は堪え難いことと思われました。しかしながら、ただ仏法を習得しようという強い願いがあり、もし私に仏法を習いうる因縁があるならば、おのずから行き着くことができようと思って、身命を顧みずやって来たのです」と答えた。

御弟子はそれを聞いて師の部屋に帰り入り、この由を報告した。師はその弟子に、「その方は若い比丘《びく》か、年老いた比丘か。どういう様子をしていたか」とお聞きになる。弟子は、「まことにはるかな道を歩み疲れたのでしょうか、痩《や》せ衰え、たいそう尊げな方でございます。立上りかねて門のわきに座り込んでしまっております」とお答えした。その時、大師は小さな箱を取り出し、それに水を入れて、「これを持っていって与えよ」とおっしゃる。御弟子は箱をいただいて提婆菩薩《だいばぼさつ》に与えた。

提婆菩薩は箱を取り、それに水が入っているのを見て、衣の襟《えり》から針を抜き出し、箱に入れて御弟子にお返しした。御弟子はその箱を持って大師のところに行きさしあげた。大師が箱を取ってごらんになると、底に針が一本入っている。これを見るやひどく驚いて大声をあげられた。大師は、「この方はまことの知者でおありになる。急いで坊にお入れせず、度々問いかけ申したのはまことにおそれおおいことであった」とおっしゃって、僧坊の掃除をし、清らかな座具を敷いて、弟子に、「すぐにお入りください」といわせた。

〈語釈〉

○**西天竺《てんじく》・竜樹菩薩《りゆうじゆぼさつ》**　竜樹は南天竺《てんじく》の人であるのに、前話も本話も西天竺の人とする。本話と同話である『宇治拾遺物語』の話の冒頭は、「昔、西天竺に竜樹菩薩と申す上人《しやうにん》まします」で、本話はこの系統の話に依拠して西天竺としたうえ、前話にまでそれを及ぼしたものであろう。前話と同文性の強い『打聞集《うちぎきしゆう》』や『古本説話集』の話には西天竺の語は見えない。本話の原拠と見られる『西域記』では、この話を竜樹が憍薩羅《きようさら》国（中天竺）の一伽藍《がらん》に止住していた時のこととするが、西天竺の人とはしていない。ただし、『景徳伝燈録』（巻二）は「竜樹尊者西天竺国人也」とし、『伝法正宗記』（巻三）は「竜樹大士者西天竺国人也」としている。これらが『宇治拾遺物語』系統の話に影響しているものと思われる。

○**提婆《だいば》**　三世紀ごろの南天竺（セイロン＝スリランカ）の人。婆羅門《ばらもん》種で博識才弁、名を諸国に響かせた。その国に祭られていた片眼の大自在天に一眼を与えて竜樹のもとに行き、修行するのを守護してもらったという。このため隻眼《せきがん》となったので迦那《かな》提婆（片目天）と呼んだ。中・南天竺の外道《げどう》ならびに小乗を弁破し、竜樹の説をうけて主として大乗の空論（「諸法皆空」）を主張した。その著に『百論』があり、竜樹の『中論』『十二門論』と合わせて三論という。後世、三論宗の祖と仰がれている（三論宗を提婆宗ともいう）。前話語釈「竜樹」「外道《げどう》」参照。『大唐西域記』に「時ニ提婆菩薩、自《よ》リ二執師子国《しふししこく》一来リ求ムニ論義ヲ一」とあるが、執師子国《しゆうししこく》は今のスリランカで別名僧迦羅国《そうがらこく》。

○**大師《だいし》**　仏または菩薩の尊称。ここは竜樹菩薩をさす。

弟子《でし》はこの仰せをお受けして、まず大師《だいし》にお尋ねした。「他国からやって来た比丘《びく》は門の外に立っていたとき、御弟子に対して来意を申しませんでした。大師が来意をお聞きになると、比丘《びく》はここに来たわけを申しました。すると大師《だいし》は箱に水を入れてお与えになりました。私は、大師がこの比丘は遠い国から来たので、まず水を飲んでのどを潤すがよいとお考えになってそうなさったのだと思い、比丘に水を与えたところ、比丘は水を飲まず、衣の襟《えり》から針を抜き出し、箱に入れてお返ししました。これは針を大師に奉ったのだと思いましたが、大師は針を入れたまま箱を下にお置きになり、このように恐れ入ったご様子で比丘を僧坊に呼び入れなさいました。この辺の意味が私にはさっぱりわかりません」。

大師はこれを聞いてお笑いになり、「そなたの知恵はさっぱりじゃな。中天竺の比丘がはるか遠くから来て仏法を習いたいといった。わしはそれに答えず、箱に水を入れて与えた意味はこうじゃ。水を入れた器《うつわ》はたとえ小さくとも、それには万里の広さの風景を浮かべることができる。わが知恵は小さい箱の水のようなものだが、あなたの万里の知恵の風景をこの小さな箱に浮かべてみなさい、という意味で、箱に水を入れて与えたのだ。ところが、やって来た聖人はおのずとわが心を知り、針を抜き出して箱に入れたのは、自分の針ほどの小さな知恵をもって、あなた（竜樹）の大海のごとく広い知恵の底を知りきわめたいという意味なのじゃ。そなたは長年わしに付き従っているが、知恵が浅くてこの意味がわからぬ。中天竺の聖人は遠い所から来たとはいえ、わしの心の中をよく知っている。知恵のあるのとないのとでは、優劣にはるかな差があるというものじゃ」とおっしゃった。弟子はそれを聞いて魂も砕ける思いがした。

だが、大師の仰せに従って、この聖人に僧坊にお入りになるよう申しあげた。聖人は入って来て大師とお会いした。その後は瓶《かめ》に水を移し入れるがごとく仏法を習得して本国に帰り人々に広めた。

知恵のあるのとないのと、理解の早い者と遅い者と、この違いはじつに顕著なものがある、とこう語り伝えているということだ。

〈語釈〉

○魂も砕ける　非常に恥ずかしく思うことの比喩《ひゆ》。

無着《むじゃく》・世《せ》親《しん》二菩《ぼ》薩《さつ》、法《ほう》を伝《つた》うる語《こと》、第廿六

今は昔、天竺《てんじく》において、仏が涅《ね》槃《はん》に入られてのち九百年ごろ、中天竺《ちゅうてんじく》の阿《あ》輸《ゆ》遮《じゃ》国《こく》という国に、無《む》着《じゃく》菩《ぼ》薩《さつ》と申す聖人《しょうにん》がおられた。知恵がきわめて深く、広大無辺な慈悲心の持ち主である。夜は兜《と》率《そつ》天《てん》に登り、弥《み》勒《ろく》のみもとに参って大乗《だいじょう》の法を習い、昼はこの地上世界に下って衆生《しゅじょう》のためにその法を広められた。

その弟に世《せ》親《しん》菩《ぼ》薩《さつ》と申す聖人がおられる。北天竺の丈夫国《じょうぶこく》という国に住んでおられた。知恵が広く、哀れみの心があった。ところで、東の国から賓《びん》頭《ず》盧《る》尊者と申す仏の御弟子《みでし》が来

て、この世親菩薩に小乗《しょうじょう》の法を教えた。そのため世親菩薩は長年小乗の法を重んじて、大乗ということは知らないでいた。兄の無着菩薩《むじゃくぼさつ》ははるか遠くにいてこのことを知り、なんとかして弟を勧めて大乗に入れようとお思いになり、わが宗門の弟子《でし》の一人をかの世親のおいでになる所に遣《つか》わし、「すぐここにおいでなさい」と言ってくれるよう頼んだ。弟子は大師《だいし》の仰せに従い、丈夫国に到着して世親に無着のお言葉を伝えた。

世親は無着のご命令に従って出かけて行こうとしているとき、夜になってこの無着の弟子の比丘《びく》が門外で『十地経《じゅうじ》』という大乗の経文を読誦《どくじゅ》した。世親はこの経文を聞いていると、その内容がまことに奥深く、わが理解を絶するほどである。そこで、「私は長年愚かにもこのような奥深い大乗の教えを聞かず、小乗を好んで習っていた。大乗を誹謗《ひぼう》した罪は計りないものがあろう。誹謗の誤りを犯したのは、ひとえに舌から起こったことである。舌が罪の根本である。ただちにこの舌を切り捨てよう」と思い、鋭い刀を取ってみずから舌を切ろうとした。

このとき、無着菩薩《むじゃくぼさつ》は神通力《じんずうりき》によりはるかにこの様子を見て、手を差し伸ばし、舌を切ろうとする世親の手をおさえて切らせない。両者の距離は三由旬《ゆじゅん》もあった。そのあと無着はすぐにやって来て世親の傍らに立ち、「そなたが舌を切ろうとするのは愚《ぐ》の骨頂《こっちょう》だ。そもそも大乗の教法というのは真実の道理を説くものである。すべての仏がこれを賛《ほ》めたたえておられる。すべての聖衆《しょうじゅ》もまたこれを尊んでいる。わしはこの法をそなたに教えようと思っていた。そなたはすぐに舌を切ることをやめこれを習うがよい。舌を切るのは後悔したことにならないのだ。以前は舌をもって大乗を謗《そし》ったが、これからは舌をもって大乗をたたえよ」とおさとしになり、かき消すように見えなくなった。世親はこれを聞き、無着の教えに従って舌を切ることをやめ、歓喜の心を生じた。

その後《のち》、無着《むじやく》のみもとに行き、思いを凝《こ》らして大乗の教法を習ったが、ついには瓶《かめ》の水を移すがごとくにことごとく習得した。兄の無着菩薩の教化《きようけ》はまことに思慮を絶したすばらしいものである。世親はその後百余部の大乗論を作って世に広めなさった。世親菩薩と申す方がこれである。世の人に心から崇められておられる方である、とこう語り伝えているということだ。

〈語釈〉

○**中天竺**《ちゆうてんじく》　五天竺《てんじく》（天竺を東・南・西・北・中に分ける）の一。○**阿輸遮国**《あゆじやこく》　中天竺にあった国の名。阿踰闍国《あゆじや》・阿踰陀国《あゆだ》とも書き、難勝城・不可戦国と意訳する。『法顕伝』『大唐西域記』には沙《しや》枳多《きた》・鞞索迦《びさか》ともいい、インド古代文明の中心地であって、釈尊出現以後は霊地として多数の僧徒が来集した所である。現在のオウド市の対岸、ゴグラ河畔のファイザバードはその旧地という。無着の出身地ではなく、大いに教線を張っていた所。

○**無着**《むじやく》　梵名は阿僧伽《あそうが》。四、五世紀ごろの人。北天竺犍駄羅国《けんだら》、富婁沙富羅城《ふるしやふら》（今のペシャワル）の波羅門《ばらもん》族の出身。父は憍尸迦《きようしか》。世親《せしん》・師子覚《ししかく》はその弟である。はじめ小乗説一切有部《いつさいう》（一説に薩《さ》婆多《ばた》部）に入って出家し、賓頭盧《びんずる》に従って小乗の空観を修した。のち中インド阿踰遮国《あゆじやこく》の講堂において四ヵ月間毎夜弥勒菩薩《みろくぼさつ》より説法を聞く。『瑜伽師地《ゆがしじ》論』等五部の大論はこの時に弥勒の説いたものという。かくて無着は阿踰遮《あゆじゃ》・憍賞弥《きょうしょうみ》において法相大乗の教義を宣揚し、また多くの論疏《ろんしょ》を撰して諸大乗経を釈した。

『西蔵伝』によれば、七十五歳で王舎城に寂《じゃく》したという。ちなみに弟世親《せしん》はもと小乗の学徒であったが、無着の勧めにより大乗に帰し、大いにこれを挙揚した。本話はこの間のことを述べたものである。著書に『顕揚聖教論《けんようしょうぎょうろん》』二十巻、『大乗阿毘達磨集論《だいじょうあびだるましゅうろん》』七巻、『摂大乗論《せつだいじょうろん》』三巻。また、弥勒の説を集録したものとして伝わるものに『瑜伽師地論《ゆがしじろん》』百巻、『大乗荘厳論《だいじょうしょうごんろん》』十三巻がある。

○**兜率天**《とそつてん》　六欲天の第四天。弥勒菩薩《みろくぼさつ》はこの天の内院に住んでいる。

○**大乗**《だいじょう》　小乗に対していう。すべての衆生《しゅじょう》を救済して仏陀《ぶつだ》の境地にまで導くことを理想とする仏教の傾向。

○**世親菩薩**《せしんぼさつ》　世親の梵名は婆藪槃豆《ばそはんず》・伐蘇畔度《ばそはんど》。天親とも訳す。北天竺健駄羅《てんじくけんだら》国富婁沙富羅《ふるしゃふら》城（今のペシャワル）の人。四、五世紀ごろの人で婆羅門《ばらもん》族の出身。父は憍尸迦《きょうしか》、兄を無着《むじゃく》、弟を師子覚《ししかく》という。はじめ兄とともに小乗の説一切有部《せついっさいうぶ》にて出家し、兄無着は早く小乗を捨てて大乗に帰したが、世親は国禁を犯し名を変えて迦湿弥羅《かしみら》に入り、もっぱら一切有部の教義を学んだ。のち故国に帰って『大毘婆沙論《だいびばしゃろん》』を講じ、またさかんに述作して大乗をそしったが、ついに無着の誘化によって小乗を捨てて大乗に入り、阿踰遮《あゆじゃ》国において盛んにその宣伝に努めた。超日王・新日王はあいついでともに世親を外護し、大いに教勢を拡張した。のち八十歳でこの地に没した。

世親は小乗で五百部、大乗で五百部の論を著作したから、古来千部の論師といわれている。遺著の現存するものは『倶舎論《ぐしゃろん》』『十字経論《じゅうじきょうろん》』『唯識論頌《ゆいしきろんじゅ》』『摂大乗論釈《せつだいじょうろんしゃく》』『勝思惟梵天所問経論《しょうしゆいぼんてんしょもんきょうろん》』『仏性論《ぶっしょうろん》』『金剛般若波羅蜜経論《こんごうはんにゃはらみつきょうろん》』『決定蔵論《けつじょうぞうろん》』『妙法蓮華経優婆提舎《みょうほうれんげきょううばだいしゃ》』『無量寿経優婆提舎願生偈《むりょうじゅきょううばだいしゃがんしょうげ》』等である。

○**丈夫国《じょうぶこく》**　梵名の富婁沙富羅《ふるしゃふら》・布路沙布邏の訳。北インド犍駄羅《けんだら》国の都城。今の西パキスタン、ペシャワル市。『法顕伝』に弗楼沙《ふるしゃ》国とする。昔、この地に仏鉢と迦膩色迦《かにしか》大塔と卑鉢羅樹《ひっぱらじゅ》があったことで著名。東晋の法顕がこの地に赴いたころ仏教が盛行し、僧七百余人あって仏鉢を守護し、迦膩《かに》色迦《しか》王の大塔は高さ四十余丈、塔廟の壮麗なることは比肩《ひけん》するものがなかったという。その後唐の玄奘《げんじょう》の西遊の時は、このあたりはむなしく荒れ、住む者もまれで、仏教すでに衰え伽藍《がらん》もまた荒廃に帰していたと伝えている。

○**東の国**　『成唯識論了義燈』のこの記事にあたる箇所には、「有㆓賓頭盧《びんずる》阿羅漢㆒、在リテ㆓東毘提訶《びでいか》㆒観㆓見此事㆒、従リ㆓彼方㆒来リ為説ク㆓小乗空観ヲ㆒」とある（『婆藪槃豆《ばそはんず》法師〈世親〉伝』にも同様記事あり）。この中の東毘提訶は須弥《しゅみ》四州（南州＝閻浮《えんぶ》または瞻部、東州＝勝身、西州＝牛貨、北州＝倶盧《くる》）の一の東州にあたる。すなわち東州（東勝身州）の別称であり、また、地名としての毘提訶は弥梯羅《みていら》と同じで、ガンジス川河口一帯のベンガル地方をさし、東天竺に含まれる（離車族の本国）。

○**賓頭盧《びんずる》尊者と申す仏の御弟子《みでし》**　仏（釈尊）の御弟子である賓頭盧尊者はいわゆる十六羅漢《らかん》の第一に位する人で、巻三第二十三話に登場した。釈尊在世中の人であるから、紀元前五百年ほどに当たる。無着・世親は四、五世紀の人であり、その賓頭盧尊者がここに登場するのは時代的に合わない。本文でも「仏が涅槃《ねはん》に入られてのち九百年ごろ」とあるから、本話の賓頭盧尊者は別人かとも思われるが、「仏の御弟子《みでし》」としていて、仏在世時の賓頭盧ととっている。前項の『成唯識論了義燈』などの「賓頭盧阿羅漢」もそれであろう。となると、仏弟子賓頭盧が釈尊の命を受けて涅槃《ねはん》に入らず、南インドの摩利《まり》山に住んで仏滅後の衆生《しゅじょう》を済度《さいど》したということ、および小乗寺では賓頭盧をもって上座とすること、などによって古くからこのような話が伝えられたものと思われる。

○**小乗《しょうじょう》**　大乗の対。乗は運載の意で、人を乗せて理想境に到達せしめる教法をいい、その教法のうち、教・理・行・果がともに深遠広大で、修行するもの（機）もしたがって大器利根《りこん》であることを要するものを大乗といい、これに反するものを小乗という。

小乗には声聞乗《しょうもんじょう》・縁覚乗《えんがくじょう》の二があり、一は四諦《したい》（苦《く》・集《じゅう》・滅《めつ》・道《どう》、すなわち迷悟の因果）の理を観じて声聞《しょうもん》の四果《しか》（須陀洹《しゅだおん》果・斯陀含《しだごん》果・阿那含《あなごん》果・阿羅漢《あらかん》果）を証して涅槃《ねはん》に至るのを教体とし、一は十二因縁（無明《むみょう》・行《ぎょう》・識《しき》・名色《みょうしき》・六処《ろくしょ》・触《そく》・受《じゅ》・愛《あい》・取《しゅ》・有《う》・生《しょう》・老死《ろうし》、すなわち三界における迷いの因果を十二分したもの）を観じて辟支仏《びゃくしぶつ》果に至るのを教体とするが、ともに灰身滅智《けしんめっち》（身心ともに滅無に帰すること）の空寂の涅槃《ねはん》に至るのを最後の目的とする。

インドの上座部・大衆部等の二十分派、中国・日本の倶舎《ぐしゃ》宗・成実《じょうじつ》宗・律《りつ》宗等をいう。なお、大乗経は成仏の大理想に至る道法をあかす経典の総称で、華厳《けごん》・法華《ほっけ》・般若《はんにゃ》・涅槃《ねはん》等の諸経をいう。

○**大師《だいし》**　仏・菩薩《ぼさつ》の尊称。ここでは「無着《むじゃく》菩薩」をさす。

○**十地《じゅうじ》経**　九巻。唐の尸羅達摩《しらだるま》訳。『華厳《けごん》経』十地品《じゅうじほん》の別訳。金剛菩薩《こんごうぼさつ》が仏の威神力《いじんりき》を承《う》け解脱月のために菩薩修行の五十二階梯の最後の十位（十地）の法門を宣説したもの。十位は、歓喜・離垢《りく》・発光・焰慧・難勝・現前・遠行・不動・善悪・法雲をいう。なお異訳に、後秦鳩摩羅什《くまらじゅう》訳の『十住《じゅうじゅう》経』（四巻）、西晋竺法護訳の『漸備《ぜんび》一切智徳経』（五巻）がある。竜樹菩薩の『十住毘婆沙《じゅうじゅうびばしゃ》論』（十四巻）、世親菩薩の『十地論』（十二巻）は本経の釈論である。

○**大乗を誹謗《ひぼう》した罪**　大乗をそしった罪。大乗の五逆罪の一に当たる。大乗の五逆罪は、塔寺を壊し経像を焼き三宝を盗むこと、三乗法をそしり聖教をそまつにすること、僧侶《そうりょ》を罵《ののし》り責め使うこと、小乗の五逆罪を犯すこと、因果の道理を信じず悪口邪淫等の十不善業《ごう》をなすこと。

○**神通力**《じんずうりき》　神変《じんぺん》不可思議で無礙自在《むげじざい》な力や働き。

○**三由旬**《ゆじゅん》　「由旬」は古代インド里程の単位で、一由旬は聖王一日の行程。

○**聖衆**《しょうじゅ》　聖者の群れのこと。眷属《けんぞく》聖衆または聖衆の菩薩《ぼさつ》ともいい、本仏に随従する多数の聖者をいう。

護法《ごほう》・清弁《しょうべん》二菩薩《ぼさつ》、空有《くうう》の諍《あらそい》の語《こと》、第廿七

今は昔、天竺の摩訶陀《まかだ》国に護法菩薩《ごほうぼさつ》と申す聖人《しょうにん》がおいでになった。この方は世親《せしん》菩薩の弟子《でし》である。教法を広め、人に優れた深い知恵を持っておられた。そこで、一門の弟子の数もきわめて多かった。一方、当時、清弁《しょうべん》菩薩と申す聖人がおいでになったが、これは提婆《だいば》菩薩の弟子《でし》で、この方も知恵がまことに深く、また弟子たちの数も多かった。ところで、清弁は「諸法は空《くう》なり」という説を立てていたが、護法は「有《う》なり」という説を立てていた。このため、両者互いに、「自分の立てる説こそ真実である」といって争った。護法菩薩は、「この論争の当否を判定できる者はだれもいない。それゆえ、弥勒《みろく》にお尋ねすべきである。さっそく、いっしょに兜率天《とそってん》に登ってお尋ね申そう」というと、清弁《しょうべん》菩薩は、「弥勒はまだ菩薩の位でおいでだからほんの一刹那《せつな》の悟り切れないお心が残っている。こののち仏になられた時にお尋ね申すべきである」といい、この論争は終わらなかった。

その後《のち》、清弁は観世音《かんぜおん》菩薩の像の前で水を浴び穀類を断って随心陀羅尼《ずいしんだらに》を誦《じゅ》し、心に誓って、「私はこの身このままこの世にとどまり、弥勒《みろく》が兜率天《とそってん》から下りて来てこの世にお生まれになるときにお会いしよう」と申しながら三年間祈念し続けた。すると、観世音がみずからお姿を現わし、清弁に向かい、「そなたはなにごとを願っているのか」とお尋ねになる。清弁は、「私はぜひともこの身をこの世にとどめ、弥勒《みろく》がこの世に現われなさる時をお待ちしようと思っているのでございます」とお答えした。すると観世音は、「人の身ははかないもので、いつまで生きられるものではない。だから善根《ぜんごん》を行なって兜率天に生まれることを願うがよい」とおっしゃる。清弁は、「私の念願はたった一つです。やはりこの身をこの世にとどめ、弥勒をお待ちしようと思います」と答えた。観世音《かんぜおん》は、「それならば、そなたは駄那羯磔迦《だなかちゃか》国の都城のある山の岩石の執金剛神《しゅうこんごうじん》の所に行き、真心をこめて執金剛陀羅尼《しゅうこんごうだらに》を誦《じゅ》して祈請《きしょう》すれば、その願いは成就するであろう」とお告げになった。そこで清弁《しょうべん》は観世音の教えどおりにその地に行き、陀羅尼を誦して祈請すること三ヵ年に及んだ。

〈語釈〉

○**摩訶陀《まかだ》国**　摩竭陀国ともかく。今のビハール州南部にあった。前六、七世紀ごろから栄え、頻婆《びんば》娑羅《しゃら》王および子の阿闍世《あじゃせ》王がこの地を占め、仏教・ジャイナ教の中心をなし、のち阿育《あいく》王がこの国を中心とする全インド統一王国を建設した。

○**護法菩薩《ごほうぼさつ》**　護法は、梵名達摩波羅《だるまはら》の訳。インド那爛陀《ならんだ》寺の学匠で、唯識《ゆいしき》十大論師の一。仏滅後一千年（六世紀中葉）に南天竺達羅毘荼園建志補羅《たつらびだおんけんしふら》城に生まれた。父はその国の大臣であり、幼時より人に勝れていたので王妃の降嫁が予定されていたが、ひそかに出家を遂げ、諸国を回って内外の学を究め、中インド迦奢布羅《かしゃふら》城や鞞索迦《びさか》国において外道《げどう》と対論し名声を挙げた。世親・無着が説いた大乗唯識《ゆいしき》の奥儀《おうぎ》を究め、陳那《じんな》について法を受けた。

その後は摩竭陀《まかだ》国那爛陀《ならんだ》寺にとどまり教化《きょうけ》に努めたが、集まる僧数千人。二十九歳以後はそこを去って菩提樹下に隠遁し、もっぱら禅観に努め、かたわら疏釈を述作した。また、清弁《しょうべん》論師（菩薩）と有空《うくう》の義を争い、世親菩薩の唯識論三十頌の注釈を作り、法を戒賢《かいけん》論師に伝え、年三十二にして大菩提寺に示寂《じじゃく》した。その著述には『成唯識論』（十巻）、『大乗百論釈論』（十巻）、『成唯識宝生論』（五巻）等。法相《ほっそう》宗（瑜伽派）の元祖といわれる。

○**清弁**《しょうべん》　南天竺《てんじく》の論師。梵名は婆毗吠伽《ばびべいか》。駄那羯磔迦《だなかたつか》国の人。性は雅量に富み、常に外道《げどう》の服を着けて竜樹菩薩《りゅうじゅぼさつ》の空宗《くうしゅう》を広めた。当時、護法《ごほう》菩薩が摩竭陀国《まかだこく》にいて多くの僧徒を集めていると聞き、これと談義を試みようと波吒釐《はたり》城に赴いたが、護法はその時菩提樹《ぼだいじゅ》下に隠遁して不在であったので門人をやってその意を伝えさせた。だが護法は人世は幻のごとく身命は泡《あわ》のごとくであり、談義のいとまはないと退けたので、ついに会見しなかった。

そこで清弁は本国に帰り観世音菩薩《かんぜおんぼさつ》の像の前で沈思し、弥勒《みろく》菩薩が成仏しなければわが疑いを解決する者はないとして、その国の城南の山中に入って数年の間祈念をこめた。そのとき、観世音の霊告を受け、その地にある巌石の執金剛神に参って陀羅尼《だらに》を誦《じゅ》し、ついに巌石内で入定《にゅうじょう》したという。本話はこの間《かん》のことを語った説話である。

清弁は鋭意外道小乗の偏執を破し、さらに大乗中においても竜樹・提婆《だいば》の説く「諸法皆空《かいくう》」の実相論を発揚して、護法の唱える頼耶縁起《らやえんぎ》論に対抗した。これをいわゆる護法・清弁空有《くうう》の争論という。中観派の自意立宗派の祖。著作には『大乗掌珍論』（二巻）、『般若《はんにゃ》燈論』（十五巻）がある。

○**諸法は空《くう》なり**　「諸法」は宇宙間に存在する有形無形のあらゆる事物。諸行。万法。「空」は有（実在）でない意で、実体なく自性のないものをいう。空には実でない自我に実在を認める迷執の否定を教えた「我空」と我および世界構成の要素の恒有性を認める迷執の否定を教えた「法空」とがある。一切《いっさい》諸法は皆空なりとする宗を一切皆空宗とし、これは竜樹《りゅうじゅ》・提婆《だいば》から清弁《しょうべん》に受けつがれた三論宗にあたる。

○**有《う》**　存在すること。空または無の対。これに「実有」（精神のみ真の実在であるが、現実の相にも滅びないあるものが存在するとみること）、「仮有」（因縁によって仮《かり》に存在形式をとること）、「妙有」（または「真有」、宇宙の本体としての真如）を立てるが、ここの「有」は「実有」。清弁と護法の空有争論は前の語釈「清弁」の項で記したように、清弁が護法の頼耶縁起《らやえんぎ》（唯識縁起）論に対抗したものであり、頼耶（阿頼耶《あらや》）縁起においては、諸法は阿頼耶識より縁起するものとみる。すなわち、有情《うじょう》が対境を識別する能力である「識」を八つに分けたその第八阿頼耶識は、有情各個に存在して無始以来相続しつつあるもので、この識には一切《いっさい》法の原因（種子《しゅうじ》）を摂蔵し、適当な生縁が具《そな》わるときに色心《しきしん》（物質・精神）にわたるさまざまの諸法を現出させるとする。護法の「有《う》」はこの阿頼耶識についてのもので、これは法相《ほっそう》宗の立てるところである。

○**観世音《かんぜおん》**　梵名は阿縛盧枳低湿伐羅《あばろきていしつばら》。観自在・光世音・観世自在・観世音自在と訳し、略して観音《かんのん》という。大慈悲を本誓《ほんぜい》とする菩薩《ぼさつ》の名。弥陀《みだ》三尊（弥陀・観音・勢至《せいし》）の一として本尊阿弥陀仏の左に侍する（脇士《わきじ》）。観世音とは世間の音声を観ずる者の意で、観自在とは知恵をもって観照することにより自在の妙果を得た者の意。また衆生《しゅじょう》にすべてを畏《おそ》れぬ無畏心《むいしん》を施す意で施無畏《せむい》者と名付け、慈悲をつかさどる意で大悲聖者といい、世を救済するから救世大士《ぐぜだいし》ともいう。

この菩薩が世を教化するには広く衆生の根性に応じて種々の形態を現わすが、これを普門示現《ふもんじげん》と称し、三十三身があるという。そして手に持つ蓮華《れんげ》は衆生が本来具有する仏性《ぶっしょう》を表示し、その開いているのは仏性が顕現して成仏《じょうぶつ》する意であり、蕾《つぼみ》であるものは仏性が迷妄に汚されずしてまさに開顕すべきことを表現している。観音の種類をいうと、六観音（聖・千手・馬頭《めず》・十一面・不空羂索《ふくうけんさく》または准胝《じゅんでい》・如意輪）が普通であり、そのうち聖観音が本身で、他は普門示現の変化身を分けたものである。

胎蔵《たいぞう》界曼荼羅《まんだら》には中台八葉院をはじめとして、観音院・文殊《もんじゅ》院・釈迦院に画かれている。その浄土または住処を補陀落《ふだらく》というが、もと『華厳《けごん》経』に南インド摩頼矩吒《まらくだ》国の補怛落迦《ふだらか》とあるのがはじめで、中国では浙江《せっこう》省の舟山島、日本では紀伊の那智山を補陀落としている。

○**随心陀羅尼《ずいしんだらに》**　観世音随心印呪（『大蔵経』秘密部所収の陀羅尼集経巻第五の中にある）などか。

○**駄郍羯磔迦国《だなかちゃか》**　駄那羯磔迦《だなかたつか》国ともかく。南天竺安達羅《あんだら》国の南にある。大安達羅国ともいう。首都は今のコロマンデール海岸のキストナ河辺ベズワダ市に当たるといい、城の東の山に弗婆勢羅《ほつばせいら》（東山）伽藍《がらん》、西の山に阿伐羅勢羅《あばつらせいら》（西山）伽藍があったが、玄奘《げんじょう》の西遊時にはすでに一面荒廃に帰していたという。城の南に大山巌があり、清弁《しょうべん》論師が阿索洛《あそら》宮に住して弥勒菩薩《みろくぼさつ》の成仏を待った所で、論師は執金剛陀羅尼《しゅうこんごうだらに》を誦《じゅ》すること三年、執金剛神の加護を得て芥子《けし》を呪《じゅ》したところ岩壁が開き中に入ることができたという（本話後半部の内容）。この国において古来、密呪《みつじゅ》が盛行していたらしい。

○**執金剛神《しゅうこんごうじん》**　手に金剛杵《こんごうしょ》を執《と》って仏法を守護する神。勇猛の相をなし、那羅延《ならえん》金剛とともに二王

（仁王）とされる。金剛神。金剛力士。密迹《みっしゃく》金剛。執金剛夜叉《しゅうこんごうやしゃ》。〇**執金剛陀羅尼**《しゅうこんごうだらに》　『陀羅尼集経』巻第七（『大蔵経』秘密部所収）にある金剛蔵随心法呪に見えるものであろう。

するると、執金剛神《しゅうこんごうじん》が姿を現わし、清弁《しょうべん》に対して、「そなたはなにごとを願ってこのように祈請《きしょう》しているのか」とお尋ねになる。清弁が、「私はこの身のままこの世にとどまって、弥《み》勒《ろく》がこの世に現われなさる時をお待ちしようと願っておりますが、観世音《かんぜおん》のお告げに従ってこうしているのです」と答えると、執金剛神は、「この岩石の中に阿索洛宮《あそらきゅう》という所があるが、作法どおりに祈請すればこの岩の壁は自然に開くであろうから、そこから中に入っておれば、この身のままで弥勒《みろく》をお待ちすることができよう」と教えた。

清弁が、「穴の中は暗くてなにも見えないでしょう。それではどうして弥勒が仏となって現われなさったことがわかりましょうや」というと、執金剛神は、「弥勒がこの世に現われなさったときは、わしが来て知らせてやろう」という。清弁はその返事を得てさらに三年の間熱心に祈請をこめ、余念なかった。その後、芥子《けし》の呪文《じゅもん》を唱えてその岩の壁面を打つと、ほら穴が開いた。

このほら穴を見たときは、たとえ千万の人がいても、だれひとり中に入る気にはならないであろう。清弁《しょうべん》は岩の戸にまたがり、多くの人に向かって、「私は長い間祈請《きしょう》をこめていたが、いまこの穴に入って弥勒《みろく》をお待ちしようと思う。もし私と同じ志を持つ者がいたら、真心をもってこの穴にお入りなされ」という。聞く人はみな恐れおののいて、進んでその戸口に近づこうとする者はなく、「これは毒蛇《どくじや》の岩屋だ。この中に入った者はきっと命を失うだろう」といい合った。清弁はそれでも、「どうぞお入りなされ」とおっしゃると、ただ六人だけが清弁に従って入っていった。その後、もとのように戸が閉じた。中に入らなかったことを後悔した者もあり、また恐れる人もあった、とこう語り伝えているということだ。

〈語釈〉

○阿索洛宮《あそらきゆう》　阿修羅《あしゆら》宮。常に帝釈《たいしやく》と戦闘しているという阿修羅の宮殿。**○弥勒《みろく》がこの世に現われ**　弥勒菩薩は兜率天《とそつてん》からこの世に降りて来て成道《じようどう》し、弥勒仏として衆生《しゆじよう》を救済する。**○芥子《けし》の呪文《じゆもん》**　「開けゴマ」の発想に通じるものがある。

天竺《てんじく》の白檀《びやくだん》の観音の現身の語《こと》、第廿八

今は昔、天竺《てんじく》において、仏が涅槃《ねはん》に入《い》られてのちのこと、摩掲陀《まかだ》国に一寺院があった。その名を□寺という。その寺院の中央のお堂に白檀《びやくだん》の観自《かんじ》在菩薩《ざいぼさつ》の像が安置されていた。霊験《れいげん》がとくに優れ、いつも数十人の参詣人《さんけいにん》があって絶えることがなかった。あるいは七日間、あるいは二七日《ふたなぬか》（十四日）の間、穀物を断ち米湯を断って、心に願うことを誠心誠意祈請《きしよう》すると、観自在菩薩はみずからいうにいわれぬ美しい装いをして光を放ち、木像の中から出て来られて、そのお姿を人にお見せになり、その人を哀れみ、願いごとをかなえてくださる。

このようにお姿を現わしなさることがいく度にも及んだので、帰依《きえ》し供養《くよう》し奉る人がいよ

いよ多くなった。こうして多数の人がお参りに来たが、この像に近づくことをおそれおおく思い、像の四方におのおの七歩ほど隔てて木の欄干《らんかん》を立ててある。人が来てお参りする時は、その欄干の外で拝み像に近づくことはない。また、お詣りをした人が花を取って欄干の外で撒《ま》き散らし奉るとき、それが菩薩《ぼさつ》の御手《みて》とか御臂《ひじ》に掛かると、これを吉事とし、願いがかなうと知る。

その頃《ころ》、一人の比丘《びく》が他国から仏法を学ぶためにやって来た。この像の前に行き、お参りをして願いごとを祈請《きしょう》しようと、種々の花を買い、これを紐《ひも》に通して花の鬘《かずら》とし、菩薩《ぼさつ》の像のおそばに近づき、真心をこめて礼拝したうえ、菩薩に向かってひざまずき、三つの願《がん》を立てた。

「その一つは、この国で仏法を学び終わって故国に帰るまでの間、無事平安で災難にあうことがないならば、なにとぞこの花を菩薩の御手《みて》にとどまらせ給え。その二つは、わが行なう善根により兜率天《とそつてん》に生まれ、弥勒菩薩《みろくぼさつ》にお会いしたいと思っていますが、もしこの念願がかなえられるならば、なにとぞこの花を菩薩の両臂《ひじ》に掛けさせ給え。その三つは、経典中に、衆生《しゅじょう》にもわずかに仏性《ぶっしょう》のない者があると説かれているが、もし私に仏性があって、修行の結果ついに仏果を得るならば、なにとぞこの花を菩薩のお首と頭上に掛けさせ給え」といい終わり、花の鬘《かずら》を高々と撒《ま》き散らすと、花はことごとく願ったとおりに掛かった。そこで願いごとはすっかりかなったことを知り、このうえなく喜んだ。

そのとき、寺の番人がそのそばにいてこの様子を見、不思議に思って比丘《びく》に向かい、「お聖人はかならず来世に成仏《じょうぶつ》なさるでありましょう。その時は今日のご縁を忘れずに、なにとぞまず私をお救いください」と約束して別れた。その後、このことを見た人が語り伝えたということだ。

〈語釈〉

○□寺　『要略録』は「摩掲陁国孤山正中精舎」とする。○**白檀**《びゃくだん》　白色の栴檀《せんだん》。香気が強く、材は器具製造用、皮は香料に供する。○**観自在菩薩**《かんじざいぼさつ》　観世音菩薩に同じ。

○**霊験**《れいげん》　神仏の霊妙不可思議な感応。神仏に祈ったことによって現われるありがたい奇跡。○**帰依**《きえ》　帰入・帰投の意。帰投して深く憑《たの》みその救護を請うこと。深く信仰すること。帰命《きみょう》。

○**一人の比丘**《びく》　『要略録』は「玄奘法師《げんじょう》」。

○**兜率天**《とそつてん》　六欲天の第四天。この天の内院に弥勒《みろく》（慈氏）菩薩が住む。

○**衆生**《しゅじょう》　生きとし生ける者。すべての生類。○**わずかに仏性**《ぶっしょう》**のない者**　「仏性」は、成仏すべき本性。一切《いっさい》衆生がみな仏果を得る因子をもっているわけではなくて、まったくその因子を持たぬ者もある。これは五性各別《ごしょうかくべつ》をいう法相宗（唯識宗）などの説。五性各別とは、衆生には生まれついて菩薩定性《じょうしょう》・縁覚定性・声聞《しょうもん》定性・三乗不定性・無性有情《むしょううじょう》の五種の区別があるとするもの。衆生のうち、先天的に定道《じょうどう》的にある者は声聞《しょうもん》に、ある者は縁覚《えんがく》に、ある者は菩薩《ぼさつ》になるべくおのおのその性質が決定しているものがある。この三種を定性といい、その中で仏となりうるものは菩薩定性《じょうしょう》のみとし、この定性に対し、三性（三乗）中いずれかの種子を具有しいずれになるか不定のものがある。これを不定性といい、無性はそのいずれともなるべき資性を欠くものをいう。このように衆生は本来先天的にこの五性の別があって変ることがないとするのを五性各別という。これに対する教法を一乗（一仏乗）教とし、一切衆生悉有仏性《しつうぶつしょう》を説く。華厳《けごん》宗・天台宗などがこれである。ちなみに玄奘法師《げんじょう》は法相宗《ほっそう》。

○**寺の番人**　『要略録』は「其傍見者」とする。○**今日のご縁**　仏・菩薩が世を救うためにまず衆生に関係を結ぶこと、または衆生が仏道を修行するためにまず仏・法・僧に因縁関係を結ぶことをいう。ここでは「寺を守る人」が「比丘《びく》」のそばにいてその奇跡を見た縁をいう。○**お救いください**　生死《しょうじ》の苦海に悩むものを救済して涅槃の彼岸に到らしめること。すなわち生死輪廻《りんね》を流れにたとえ、その流れを脱して（解脱して）理想の彼岸に渡す義。転じて教化することをもいう。

○**このことを見た人**　前の「寺の番人」をさす。

天竺《てんじく》の山人、入定《にゅうじょう》の人を見る語《こと》、第廿九

今は昔、天竺《てんじく》に一つの山があった。このうえなくけわしい山である。仏が涅槃《ねはん》に入られてのち、その山は落雷によって崩壊した。樵《きこり》の男がそこを通っていると、一人の比丘《びく》がいた。痩《や》せ細って背中が曲がり、目をつぶっている。頭髪は肩にも顔にも垂れさがっていた。樵《きこり》はこれを見て驚き怪しみ、国王にこのことを申しあげた。

国王はこれを見ようと、みずから大臣・百官を率いてその場所に行き、礼拝し供養《くよう》をなさって、「この人を見ると、まことに尊い。これはどういう人か」とおっしゃると、一人の比

丘が、「これは羅漢《らかん》の僧が滅尽定《めつじんじょう》に入っているところです。こうして多くの年を経過しておりますその。ため、頭髪が長く伸びているのです」と申しあげると、国王が、「どのようにしたらこの人の目をさまして立ち上らせることができるか」とお尋ねになった。比丘《びく》は、「普通の食生活を続けてきた人間は急に定《じょう》から出すと、即座にその身がだめになってしまうものです。だから、はじめに乳《にゅう》をその身にそそぎ、十分湿らせておいて、その後槌《つち》を打って目をさまさせれば立ち上るでしょう」とお答えした。

そこで国王はその言葉に従い、この羅漢《らかん》の身に乳をそそぎ、槌を打たせた。すると羅漢は目を見開いて、「あなたがたはいったい何者です。容姿は卑しいが僧衣を着けていますね」という。比丘が、「私は比丘です」というと、羅漢は、「わしの師である迦葉波如来《かしょうはにょらい》はいまどこにおいでですか」と聞く。比丘は、「涅槃《ねはん》に入られてから長い年月がたちました」と答えた。羅漢はこれを聞いて悲しみ嘆いたが、そのあとでまた、「釈迦牟尼仏《しゃかむにぶつ》は悟りを開かれましたか」と聞いた。比丘が、「すでに悟りを開かれて、多くの衆生をお救いになり、この方も涅槃に入られました」というと、羅漢はこれを聞き終わって眉《まゆ》を垂れ、それからしばらくして、手をもって髪を束ねて上にかきあげ、虚空に昇って大神変《だいじんべん》を現《げん》じ、火を出してみずから身を焼き、骨を地に落した。その時、国王は多くの人々とともにこの骨を取って塔を建て、礼拝して帰って行かれた、とこう語り伝えているということだ。

〈語釈〉

○**一つの山**　『大唐西域記』には「烏鍛《うたん》国城西二百余里至大山」とある。

○**滅尽定《めつじんじょう》** すべての心想（精神作用）を滅し尽して、寂静《じゃくじょう》ならんことを欲するために修する禅定《ぜんじょう》であり、小乗で不還果《ふげんか》と阿羅漢果の聖者が修するのは有漏定《うろじょう》、大乗の菩薩が修するのは無漏定《むろじょう》である。
○**定《じょう》** 禅定《ぜんじょう》。
○**迦葉波如来《かしょうはにょらい》** ここは滅尽定をさす。迦葉仏《かしょうぶつ》に同じ。過去七仏の第六。人寿二万歳の時この世に現われた仏という。過去七仏は毘婆尸《びばし》仏・尸棄《しき》仏・毘舎浮《びしゃぶ》仏・倶留孫《くるそん》仏・倶那含牟尼《くなごんむに》仏・迦葉波《かしょうは》仏・釈迦牟尼《しゃかむに》仏。
○**大神変《だいじんぺん》** 神力で不思議な働きを変現すること。

天竺《てんじく》の婆羅門《ばらもん》、死にし人の頭《かしら》を貫《ぬ》きて売る語《こと》、第三十

今は昔、天竺《てんじく》にひとりの婆羅門《ばらもん》がいた。多くの死人の古い髑髏《どくろ》に紐《ひも》を通してつなぎ、王城に入って大声で、「おれは死人の古いしゃれこうべを紐でつなぎ集めて持っているぞ。だれでもいいからこのしゃれこうべを買ってくれ」と叫ぶ。このように叫んだがひとりとして買う者があろうか。婆羅門が髑髏を売ることのできないのを嘆いていると、これを見た多くの者が集まってきて盛んにののしり笑う。

そのとき、ひとりの知者がやって来てこの髑髏を買い取った。婆羅門は髑髏の耳の穴に紐を通して持っていたが、この買った人は耳の穴に紐を通さずに持って帰って行こうとする。そこで婆羅門は、買った人に、「なぜ耳の穴に紐を通さないのですか」と聞いた。すると、『法華経』を聴聞した人の耳の穴には紐を通さないのだ」と答え、買い取った髑髏を持って

帰って行った。

その後、塔を建て、この多くの髑髏を中に収めて供養した。そのとき、天人が下って来て、その塔を礼拝して去って行った。婆羅門の願いをかなえてやろうがために、必要がないにもかかわらず髑髏を買い取り塔を建て、その中に収めて供養したことを、天人も歓喜し、天上界から降りて来て礼拝したのである、とこう語り伝えているということだ。

〈語釈〉

○**婆羅門**《ばらもん》　古代インドにおける四種の階級の最上位。僧侶《そうりょ》階級で宗教・文学・典礼を職とする。仏教から見れば外道《げどう》の一。

○**王城**　『法苑珠林』は「華氏城《けしじょう》」とあり、これは中天竺摩竭陀国《てんじくまかだこく》の故城で、もと阿闍世《あじゃせ》王の建設になるもの。城中に花が多く、こう名付ける。現在のパトナ市（ガンジス川南岸）はその旧跡。

○**『法華経』**　『法苑珠林』の話はこれと反対で、生きているとき『法華経』を聴聞した人の髑髏の耳には銅箸《はし》が通るが、聴聞したことのない人は通らないので、通るほうの髑髏を買っていったとする。○**天人が下って**　『法苑珠林』では塔を建てて供養した優婆塞《うばそく》は死後天上界に生まれたとする。

天竺《てんじく》の国王、乳《にゅう》を服《ふく》して瞋《いかり》を成《な》し、耆婆《ぎば》を殺さんと擬《す》る語《こと》、第卌一

今は昔、天竺《てんじく》に国王がおいでになった。その国王はたいそう心がひねくれているうえ、生まれつき眠たがり屋で、ひたすら寝てばかりいた。こんな具合で、普通の人と違っているの

で、大臣や公卿《くぎょう》たちは、「この国王の様子はただごとではない。こんなに眠たがって寝てばかりおいでになるのは、きっとご病気でおありなのだろう」といって、当時の優れた医師たちを呼んでお尋ねになると、医師は、「これはご病気です。さっそくにも牛乳を服用なさるがよろしかろうと存じます」と申しあげた。

「では、早く牛乳を差しあげるがよかろう」と衆議一決し、牛乳を差しあげた。国王は牛乳を飲んで非常に気分悪く思われたので、ひどく怒り出し、「これは絶対に薬などというものではない。えらい毒だ」といって、多くの医師の首を斬《き》ってしまわれた。そこで、相変わらず国王の眠りはひどくなるばかりで、なおりそうもなかった。

こうしているうち、またひとりの優れた医師がいたので、これを呼んでお尋ねになると、医師は、「国王様がお生まれになる時、母后にどういうことがおありになったでしょうか」という。母后はこれを聞いて、「わたしは、夢に大きな蛇が現われてわたしを犯したと見て、この王を身ごもりました」といった。これを聞いた医師は心中で、「なるほど、この王は蛇の子であるために、このように眠たがって寝てばかりおられるのだ」と納得し、それに効く薬をいろいろ考えてみたが、牛乳以外の薬は思いつかない。そこで、やはり牛乳をお飲ませしようと思ったが、さきざきの医師がみな殺されているので、それもまったく無益なことである。

それでも苦心を重ねた末、牛乳ではない他の薬のように調合して、「これは他の薬です」といって差しあげた。国王はこれをお飲みになったが、やはり牛乳の味がしたので、またひどく怒り、「この薬を差し出した医師を捕えて連れて来い」と命じた。使者が行って医師を捕えようとすると、この医師は、きっとこんなことになるだろうと事前に察知して、薬を差し出すや足の速い馬を用意し、それに乗って逃亡してしまった。使者は医師が逃亡したことを報告すると、「追いかけてかならずひっ捕えよ」と勅命を下す。使者は追って行くうち、はるか遠く逃げたとはいいながら、三日たってついに捕えた。

こうして連行される途中、医師は、「王はこのようにお怒りになっても、あの薬をお飲みになったからは、ご病気は平復なさったであろう、とは思うものの、また万一ならないことでもあれば、いまこの使者とともに参上すると、首を斬られるは必定《ひつじょう》。そうなってはまったくつまらない」と思い、食べたらかならず死ぬという毒草を取って、この使者に、「これはすばらしくおいしいものですよ」といって、医師みずからこれを食べた。この使者たちは医師が食べるのを見て、毒とは知らずその草を取って食べた。すると使者たちは即座にみな死んでしまった。医師はそれを食べるやいなや、毒消しの薬を食べたので死ぬことはなかった。使者たちはその毒消し薬を食べなかったから、ついに死んでしまったのである。

それを見て、医師はうまくやりおおせたと思い、ひそかに王城に忍び入り、しばらく身をひそめているうち、国王は薬の効力によって平復なさったので、喜んでその医師を捜そうとされた。それを知って医師はこわごわながら出て来た。国王はこれを召し出し、ご褒美《ほうび》を賜い高い官位を与えて感嘆の意を示された。世間の人々もこれを聞き、この医師をこのうえなくほめたたえた。

これ以来、国王に牛乳を差しあげることになった。この国王は竜の子でいらっしゃる、とこう語り伝えているということだ。

〈語釈〉

○**耆婆《ぎば》を殺さんと擬《す》る語《こと》**（表題中）「耆婆」はインドの名医の名。徳叉尸羅《とくしやしら》国の賓迦羅《びんがら》に医術を学び、のち本国の婆迦陀《ばかだ》城に帰って人々に施薬した。釈尊《しやくそん》の風疾や阿那律《あなりつ》の失明、阿難《あなん》の瘡《かさ》などを治療し、医王として尊ばれた。父王を殺した阿闍世《あじやせ》王を帰仏させたことでも知られている。「擬」は「思う」の意で、「擬……」は、「……（せん）とす」のように読む。

○**天竺《てんじく》に国王がおいでに** 『奈《な》女耆婆経《によぎばきよう》』は「南方ニ有リ二大国一、去ルコト二羅閲祇一ヲ八千里、萍沙《びんしや》及諸小国皆臣ニ属ス二之ニ一」とあり、その国王を「萍沙《びんしや》王」とする。萍沙王は耆婆《ぎば》が帰仏させた悪王阿闍世《あじやせ》の父頻婆《びんば》娑羅《しやら》王（影勝王・瓶沙王）のことであるが、この王は中天竺摩竭陀《まかだ》国王とされる。『四分律』（巻四十）では「尉禅国王波羅殊提」とする。

○**牛乳** 『耆婆《ぎば》経』は「醍醐《だいご》」。醍醐は牛乳を最も精製して作ったものをいう。

○**ひとりの優れた医師** 表題に見える「耆婆《ぎば》」のこと。

震旦《しんだん》の国王の前に阿竭陀《あかだ》薬《やく》来《きた》る語《こと》、第卅二

今は昔、震旦《しんだん》の□の代に国王がおいでになった。ひとりの皇子があったが、その皇子は容姿ことのほか美しく、気立てもすぐれていた。そこで父王はこの皇子をいいようもなくい

とおしみ愛していた。ところが、この皇子が病気にかかり何ヵ月たってもなおらない。国王はこれを嘆いて天を仰いで祈請《きしょう》したり、薬を飲ませて治療したりしたが、病気はますます重くなり、なおる気配もなかった。

そのころ、大臣の任にある優れた医師がいた。ところが、国王はこの大臣と非常に仲が悪く、まるで仇敵《きゅうてき》のようであった。そこで、皇子の病気についてもこの大臣にはお尋ねにならない。とはいいながら、この大臣は医術をきわめているため、国王は皇子の病気の診断をしてもらおうと、長年の憎しみも薄らぎなさって、すぐに大臣をお呼び出しになった。

大臣は喜んで参上すると、国王は出て来て大臣と会い、「長年、互いに恨みを抱いて仲違いをしていたが、皇子が病気にかかり苦しんでおり、多くの医師を召して治療させてみてもなおる気配がない。そこで長年の恨みを忘れてそなたを呼んだのだ。さっそくこの皇子の病気を治療し、なおしてほしい」とおっしゃる。大臣は、「まことにここ数年というもの、勅命をお受けすることなく、まさに暗夜に向かっているようなものでした。いまこの仰せを承りまして、夜の明けたような思いがいたします。それではさっそく皇子様のご病気を拝見いたしましょう」という。国王はこの言葉を聞いてすぐに大臣を呼び入れ、皇子の病気をみさせた。

大臣は皇子を見るや、「これはすぐに薬を与えて治療するがよろしかろうと思います」といっていったん退出し、即刻薬を持って参内し、「これをお服《の》ませなさいましたなら、ご病気は即座におなおりなさいましょう」という。国王はこれを聞いて喜び、この薬を手に取って見て、「この薬の名は何というぞ」とお尋ねになった。じつをいえば、大臣はこんなふうにたくらんだのである。この薬はほんとうの薬ではなく、人がこれを服《の》めばたちまち死ぬ毒なのだが、これを「薬だ」といって、このついでに数年来の恨みを報い、皇子を殺そうと思って持って来たのだった。そこで、国王が薬の名をお尋ねになったとき、大臣は困って、何と答えようかと迷ったが、ただなんとなく、「これは阿竭陀薬《あかだやく》と申します」と答えた。国王は阿竭陀薬とお聞きになり、「その薬を服《の》んだ者は死ぬことがないという。それを鼓《つづみ》に塗って打つと、その音を聞く者はすべて病気がなおること疑いなしと聞いている。まして服《の》んだ者はどうしてなおらぬことがあろう」と深く信じて、皇子に服《の》ませなさった。すると皇子の病気は立ちどころに平復した。

〈語釈〉

○震旦《しんだん》 中国の異称。古代インド人が中国をチーナ・スターナと呼んだことに基づくという。**○□の代に** 底本その他□の箇所を空格とする。本話の原拠となったものにこの部分はなかったが、本集撰者によって加えられたもの。

○阿竭陀薬《あかだやく》 「阿竭陀」は阿伽陀・阿掲陀ともかく。薬品の名。意訳して普去（衆病を除去する意）・無価（比類のない高価薬の意）・無病（服薬すれば無病となる意）といい、また転じて不死薬・丸薬と言うが、いずれも意訳である。『不空羂索神変《ふぐうけんさくじんぺん》真言経』によれば、万病の薬のほか、王難・賊難・虎狼《ころう》難・水火難・刀杖《とうじょう》難を避け長寿を得るものとされ、浄土教では念仏または誓願に喩《たと》え、滅罪・滅智愚の徳を示している。

大臣はその前に家に帰っていて、「皇子はすぐに死んだだろう」と思っていると、即座になおったと聞き、なんとも不思議な気がした。国王は大臣のおかげで皇子の病気がなおったことをお喜びになった。そのうち日が暮れた。夜になって、国王のおいでになるそばの戸を叩《たた》く者がある。国王は怪しんで、「そこを叩いているのは何者だ」とお尋ねになると、「阿竭陀薬《だやく》が参上いたしました」と答える。国王は奇態なことだとお思いになりながら、叩く所を開《あ》けてみると、美しく若い男女が来ている。

それが国王の御前にひざまずき、「私は阿竭陀薬でございます。今日、大臣が持って来てお服《の》ませした薬はひどい毒でした。服んだ者はたちまち命を失うものです。大臣は皇子様を殺そうがために毒を薬といって服ませようとしましたが、国王様が『この薬の名は何という ぞ』とお尋ねになったので大臣はお答えするすべもなく、ただ口から出まかせに『これは阿竭陀薬です』と申したのを、国王様は深く信じてお服《の》ませしようとなさいました。その『阿竭陀薬です』という大臣の声が、ほのかに蓬莱《ほうらい》に聞こえたので、私は、『阿竭陀薬を服んだ者はたちまち死ぬのだ、などと思わせまい』と考えたものですから、自分がやって来て、毒の代わりに服《の》まれたのでございます。そこで、ご病気は立ちどころにおなおりになったのです。このことを申しあげようがためにやって参ったしだいです」というやいなや消え失《う》せた。

国王はこれをお聞きになると、肝《きも》もつぶれるほど驚かれた。そしてまず大臣を呼んでこのことをお尋ねになると、大臣は隠しおおせず、一切《いっさい》を白状した。そこで大臣は首を斬《き》られた。その後、皇子は病におかされることなく、長く健康を保った。これは阿竭陀薬《あかだやく》を服用したためである。

されば、何事についてもただ深く信じるべきである。信じることによって病気がなおるのはかようなものである、とこう語り伝えているということだ。

〈語釈〉

○蓬萊《ほうらい》 中国でいう三神山の一。中国伝説で、東海中にあって神仙が住み、不老不死の地とされる霊山。蓬萊島。『漢書』（郊祀志）に「蓬来、方丈、瀛洲《えいしゅう》、三神山、在リレ渤ニ、金銀為ス二宮闕《きゅうけつ》一ヲ」とある。**○肝《きも》もつぶれるほど** 非常に驚くことの比喩《ひゆ》。本集でよく用いられる。

天竺《てんじく》の長者と婆羅門《ばらもん》と牛突《うしつき》の語《こと》、第卅三

今は昔、天竺《てんじく》で、長者《ちょうじゃ》と婆羅門《ばらもん》とが闘牛の勝負をしたことがあった。双方、千両の金を賭《か》けた。そこで日を決めて牛を引き出して闘《たたか》わせ、長者と婆羅門がともに観戦した。ほかの者もこれを見にたくさんやって来た。長者は牛を見て、「わしの牛はじつに変な様子をしている。角・顔・首・尻、どこをとってみても力ない体つきだ」という。牛は長者の言葉を聞いて恥じ入り、「自分はきっと負けるだろう」と思いながら立っていた。さっそく双方が牛を出して突き合わせると、長者の牛はすぐに負けて座ってしまった。そこで長者は千両の金を

婆羅門《ばらもん》に渡した。

長者は家に帰り、牛に向かって、「お前が今日負けたので、わしは千両の金を取られてしまった。まったく頼みがいのない奴だ。なんとも情けない」と恨みごとをいう。牛は、「私が今日負けたのは、ご主人様が私の悪口をおっしゃったので、私は急に気力を失い力が抜けて、そのため負けたのです。もし金を取り返そうとお思いならば、もう一度闘牛の場に出し、そうしておいて私のことをおほめください」と答えた。長者は牛の言葉を聞いて、もう一度闘わせたいと相手に申し出た。「こんどは三千両賭《か》けて闘わせよう」という。婆羅門《ばらもん》は前に勝ったのに自信を持って、「よろしい、こんどは三千両を賭《か》けよう」といい、ともに了承した。

そのあとで互いに牛を引き出し闘わせた。長者は牛にいわれたとおり、口をきわめて自分の牛をほめる。いざ突き合ったところ、婆羅門《ばらもん》の牛は負けてしまったので、婆羅門は三千両の金を長者に渡した。

されば、何事につけ、ほめる言葉に応じて花が開き、功徳《くどく》を得るのである、とこう語り伝えているということだ。

〈語釈〉

○**天竺《てんじく》で**　『法苑珠林《ほうおんじゆりん》』（『四分律』引用）は「往古《わうこ》世時《せいじ》、得刹《とくせつ》尸羅《しら》国《こく》」とする。

○**闘牛の勝負**　『法苑珠林』などでは百輛《りよう》の車の曳《ひ》きくらべをすることになっている。

天竺《てんじく》の人の兄弟、金《こがね》を持《も》ちて山《やま》を通《とお》る語《こと》、第卅四

今は昔、天竺《てんじく》に二人の兄弟があった。いっしょに旅に出たが、おのおの千両の金を持っていた。深い山を通っているとき、兄は、「ひとつ弟を殺して千両の金を奪い取り、おれの千両の金と合わせて、二千両にしてやろう」と思いついた。弟もまた、「兄を殺して千両の金を奪い取り、おれの千両の金と合わせて二千両にしてやろう」と思った。

互いにこのように思ったが、まだ決心のつかぬうち、山道を出て川のほとりにやって来た。すると、兄は自分の持っていた千両の金を川に投げ込んだ。弟はこれを見て、兄に、「どうして金を川に投げ入れなさったのです」と尋ねた。兄は、「じつは、山を通っているとき、ふとお前を殺して、お前の持っている金を取ってやろうと思った。たったひとりの弟を、だ。この金さえなければ、お前を殺そうなどとは思わなかったろう。だから投げ入れたのだ」と答えた。弟も、「私もまたそのように考えて、兄上を殺そうと思いました。これもみなこの金あればこそです」といって、持っている金を同じように川に投げ込んだ。

されば、人間というものは食いもののために命を奪われることもあり、財宝によってこの身をそこなうこともあるのだ。財宝を持たぬ貧しい人はけっして嘆くべきではない。死んで六道四生《ろくどうししょう》をつぎつぎと生まれかわるのも、財宝をむさぼるがためである、とこう語り伝えているということだ。

〈語釈〉
○**六道《ろくどう》** 地獄・餓鬼《がき》・畜生・修羅《しゅら》・人間・天上（六欲天）のこと。六趣《ろくしゅ》ともいう。三界《さんがい》の一。
○**四生《ししょう》** 生物の生まれる形式の四種。胎生《たいしょう》（胞胎より生じるもの、人類など）・卵生《らんしょう》（卵殻より生じるもの、鳥類など）・湿生《しっしょう》（湿気より生じるもの、虫類など）・化生《けしょう》（忽然として生じるもの、諸天・地獄の衆生など）。「生まれかわる」は、六道四生のそれぞれにつぎつぎとめぐり生まれること。そのような苦しみの世界に輪廻転生《りんねてんしょう》すること。

仏の御弟子《みでし》、田打《たう》つ翁に値《あ》う語《こと》、第卅五

今は昔、天竺《てんじく》で、仏の御弟子《みでし》のひとりの比丘《びく》が道を歩いていると、荒地を耕している老翁《ろうおう》と若い男の二人に出会った。

比丘は、「田を作っているのだろう」と思いながら通り過ぎようとしたとき、この若い男の方が突然その場に倒れて死んでしまった。翁《おきな》はそれを横目で見て、何もいわずに相変わらず鍬《くわ》を振るっている。比丘はこれを見て、「この翁は相当年老いているのに、若者が急死したのを横目に見て、知らん顔して立っているとは、なんと情けないやつだろう」と思い、翁に向かって、「その死んだ男を見たかね。その男はお前さんの何なのだ」と聞いた。すると翁は、「これはわしの子です」と答えた。

比丘《びく》はますます、「なんと怪態《けったい》な男だろう」と思い、「長男かね、次男かね」と聞くと、

「長男でも次男でもありません。この子ただ一人しか持っていません」という。比丘はますます不思議な思いがして、「その子の母はいるのか。どこにいるのかね」と聞くと、「母はおります。住まいはあの煙の立っている山のふもとです」と答えた。比丘は、「この翁はなんともひどいやつだ。わしは急いでそこに行って、せめて母に知らせてやろう」と思い、走って行った。

家に行き着いて中に入ってみると、白髪の老母がひとり、糸を紡《つむ》いでいた。比丘《びく》は老母に向かって、「あそこであなたの子が父親と田を耕していたが、たった今にわかに倒れて死んでしまった。父親は平気な顔して、そのまま田を耕して立っているが、これはいったいどういうことか」というと、老母はこれを聞いて泣き悲しむと思いきや、まったく驚く気配もなく、「それは当然のことです」と答え、なんとも思わない様子で相変わらず糸を紡ぎ続けていた。

これを見た比丘《びく》は非常に奇妙な気がして、老母に、「父親の翁は目の前でひとり子の死んだのを見ても驚きもしない。じつにおかしなことと思い、急いで母親の所に来て知らせたところ、その母親も驚こうとしない。なにかわけでもあるのか、どうじゃ。もしわけがあるなら、はっきり教えてもらいたい」と聞くと、老母は、「このことはほんとうに嘆かわしいことではありますが、先年仏が説法なされた席にわしもじいもいっしょに参って聴聞《ちようもん》しましたが、仏が、『諸法は空《くう》である。有《う》と思うのは誤りである。すべてのことは空《むな》しきものと思うべきである』とお説きなされたのを承ってのちは、すべてのことは無いものだと思い取りましたので、わしもじいもひとり子の死ぬのを見て、なんとも思わないのですよ」と答えた。これを聞いて、比丘は非常に恥かしい思いがした。

卑しい農夫さえ、仏のみ教えを信じてひとり子の死を悲しもうとしないのだ。それなのに自分はこれを思い知ることなく、よこしまな考えになずんだ心浅き者であることを恥じて去って行った、とこう語り伝えているということだ。

〈語釈〉

○若い男の方が突然その場に倒れて死んでしまった　『法苑珠林《ほうおんじゅりん》』は「毒蚍螫二シ殺ス其子ヲ一、其ノ父猶《な》ホ耕スコト如レシ故《もと》ノ、不レ看《み》ニ其子ヲ一亦不ニ啼哭《ていこく》セ一」とある。

○諸法は空《くう》　あらゆる事物は実体なく自性なきものである。**○有《う》**　「空」の対。存在すること。

天竺安息国《てんじくあんそく》の鸚鵡鳥《おうむちょう》の語《こと》、第卅六

今は昔、天竺《てんじく》の安息《あんそく》国の人はみな心愚かで仏法を知らなかった。そのころ、この国に鸚鵡《おうむ》という鳥が現われた。その色は黄金《こがね》色で、それに白と青が交じっている。そしてこの鳥は人間のようにものを言う。

そこで、国王・大臣をはじめすべての人がこの鳥に興味をもっていろいろとものを言わせる。この鳥は肥えてはいるが気力が弱々しげに見えるので、人々は、「この鳥は食べる物がないので弱っているにちがいない」と思い、鳥に向かって、「お前はどういう物を食べるのか」と聞くと、鳥は、「私は『阿弥陀仏《あみだぶつ》』と唱える声を聞くのを食物として肥え、気力も強くなるのです。私にはそれ以外の食物はまったくありません。もし私を養おうとするなら、『阿弥陀仏』と唱えてください」と答えた。それを聞いて、国じゅうの男女・貴賤がみな争って「阿弥陀仏」と唱えた。

すると、鳥は気力が強くなり、やがて空中に飛び上がり、また地に飛び返って、「あなたがたはすばらしく美しくまた豊かな所を見たいと思いませんか」という。人々が「見たいと思う」と答えると、鳥は、「もし見たいのなら私の羽に乗りなさい」というので、人々は鳥のいうままにみなその羽に乗った。鳥は、「私の力はまだ少し弱いようです。『阿弥陀仏』と唱えて私に力を付けてください」というので、いわれるままに羽に乗った者たちが「阿弥陀仏」と唱えると、鳥は即座に大空に飛び上がり、はるか西方を指して飛んで行った。

それを見た国王・大臣はじめ多くの人々は不思議なことだと思うとともに、「これは阿弥《あみ》陀仏《だぶつ》が鸚鵡《おうむ》と化して、辺鄙《へんぴ》の地の愚かな衆生を極楽《ごくらく》浄土にお迎えくださったのだ」といい合った。鳥はふたたび帰ってこなかったので、乗っていった人々も二度と帰ることはなかった。「これこそまさにこの身このままの往生ではなかろうか」といい、ただちにその地に寺を建て、鸚鵡《おうむ》寺《じ》と名づけた。そしてその寺で、斎日《さいにち》ごとに阿弥陀の念仏を執り行なった。それ以来、安息国の人は些少《さしょう》ながらも仏法を理解し、因果の道理を知って浄土に往生する者が多くなった。

されば、阿弥陀仏は深い信仰心を起こして祈念したのではない衆生でさえも極楽浄土にお迎えくださることこのようなものである。まして真心をもって祈念申しあげる人が極楽に往生することは疑いあるまい、とこう語り伝えているということだ。

〈語釈〉

○安息国《あんそく》　ペルシア地方にあった国。パルチャという。前二五〇年ごろ、アルサケス王が立てた国。王都をパルツバといい、前漢書の番兜城《はんとじょう》、後漢書の和櫝城《わとうじょう》のことで、今のダムガンがこれに当たる。領域は非常に広く、東はインダス河畔、西はメソポタミア、北は黒海の南岸から南はペルシア湾に至る一大帝国であったが、二二四年ごろ、ペルシアのアルタクセルクセス一世のために亡ぼされた。安息という名は国都アンチオクを当時交通のあった漢人が安息と書いて国名にしたもので、今のソ連領メルブの旧地といい、また、アルサケス王の名から転じたものだともいう。

○鸚鵡鳥《おうむちょう》　『三宝感応要略録』に「時ニ有リ二鸚武鳥一、其色黄金青白文飾《もんじき》、能ク作ス二人語ヲ一」とある。

○阿弥陀仏《あみだぶつ》　ここでは阿弥陀仏の名号《みょうごう》。阿弥陀仏は、大乗仏教の主要な仏。略して弥陀ともいう。梵本経典には、1、阿弥陀婆仏陀《あみだばぶつだ》（無量光明覚者、略称無量光仏）、2、阿弥陀庾斯仏陀《あみだゆしぶつだ》（無量寿命覚者、略称無量寿仏）の二つの名を出すが、漢訳の諸経典では種々の異名がある。しかし普通には、阿弥陀と無量寿の名が多く用いられている。

　この仏を中心として説くのは浄土教であり、この仏を本尊とし、その浄土（極楽世界）に往生することを欣求《ごんぐ》する教えは、わが国では平安時代天台宗を中心に盛んになり、やがて念仏といえば弥《み》陀《だ》の名号を唱えることとされて、それにより極楽往生を期する者が都鄙《とひ》に輩出した。そして鎌倉時代になると一宗としての浄土宗・真宗・時宗等の宗派を生んだ。本集巻十五は主としてこの念仏による往生者の説話を集めている。

いま、浄土教系の根本聖典『浄土三部経』（大無量寿《むりょうじゅ》経・観無量寿経・阿弥陀経）によってこの仏の救済者としての歴史を述べると、過去久遠《くおん》の昔、世自在王《せじざいおう》仏の感化を受けた法蔵（弥陀の菩薩時代の名）があり、二百十億の国土より善妙な国を選んで理想国の建設を志し、かつ四十八の願《がん》を起こして自他成仏《じょうぶつ》の完成を期し、長時間の修行を経て仏陀《ぶつだ》となった。これが阿弥陀仏であって、その他力本願を信じて疑いなく念仏する者は、その浄土である安楽世界（極楽浄土）に往生するという。これを久遠の昔成仏した弥陀（本仏）に対し、十劫《こう》以前に成仏した弥陀（迹仏《しゃくぶつ》）という。

このほか、三論・法相《ほっそう》・華厳《けごん》・天台・禅の諸宗にもおのおの阿弥陀仏観があり、その解説も一様でない。また、真言密教の阿弥陀仏は浄土教と異なり、五智五仏の一として大日如来《だいにちにょらい》の妙観察智を表わすものとし、金剛界曼荼羅《まんだら》では受用智慧身阿弥陀如来といい、西方月輪《さいほうがちりん》の中央仏であり、胎蔵《たいぞう》界曼荼羅《かいまんだら》では西方無量寿如来といい、中台八葉の蓮花《れんげ》の西方に位置する。また西蔵《チベット》では光明無量・寿命無量に分かち、一を智恵を求める者の帰依仏《きえぶつ》、他を長命と富楽を求める者の帰依仏としている。

○**西方を指して**　極楽浄土は西方にありとする。

○**斎日《さいにち》**　在俗の人が行動・言語・思想上にわたり、仏戒を守って悪を慎しみ、善を行なうべき日。

これに、

六斎日《ろくさいにち》（毎月の八・十四・十五・二十三・二十九・晦日）

十斎日（毎月一・八・十四・十五・十八・二十三・二十四・二十八・二十九・晦日）

八王日（立春・春分・立夏・夏至・立秋・秋分・立冬・冬至）

三長斎（正月・五月・九月）の別がある。

○**念仏**　1、十念（念仏・念法・念僧・念戒・念施・念天・念休息・念安般・念身・念死）の一。仏の相貌を観察し、その功徳を憶想すること。観念念仏。2、口に阿弥陀仏の名号を唱えること。口称念仏（称念念仏）。善導（六一三〜六八一）以後、念仏の語は多くこの意味に用いられる。ここの念仏もこれにあたる。『要略録』は「毎斎日修念仏三昧」とある。

○**因果**　原因と結果のこと。原因の中に因（親《しん》なるもの）と縁（疎なるもの）とがあり、倶舎《ぐしゃ》では四縁・六因・五果を立て、唯識《ゆいしき》では四縁・十因・五果を説いて、一切万象の生成壊滅・迷悟の世界の相状等、一として因果関係によらぬものはないとしている。因果を知ることは仏法の根本とされる。

○**極楽《ごくらく》**　須呵摩提《すかまてい》・須訶提《すかてい》・蘇訶嚩帝《そかばてい》と音訳し、安楽・安養・安穏・妙楽・一切楽・楽無量・楽有とも意訳し、極楽世界・極楽国土・極楽浄土ともいう。この娑婆《しゃば》世界より西方十万億の仏土を過ぎたところにある阿弥陀仏《あみだぶつ》の浄土のこと（『阿弥陀経』に「従《よ》リレ是レ西方過ギテ二十万億仏土一ヲ、有リ二世界一名ヲ曰フ二極楽一ト」とある）。これは阿弥陀仏の前身である法蔵比丘《ほうぞうびく》の理想実現の国土で、現に阿弥陀仏がおられて常に説法され、諸事円満具足し、楽のみあって苦のない、円満無欠自由安楽の理想郷である。

執師子《しゅうしし》国《こく》の渚《なぎさ》に大魚《だいぎょ》寄《よ》する語《こと》、第卅七

今は昔、天竺《てんじく》の執師子《しゅうしし》国《こく》の西南、沖合いははるか遠く、幾里とも知れぬかなたに絶海の孤島があった。その島には人家が五百戸余り連なっており、島人たちは魚を捕って食うことを日

常としていて、仏法の名さえ聞いたことはなかった。

ある時、数千の大魚が海岸近く寄って来た。島の漁師たちは喜び、近づいて様子をうかがっていると、その魚はまるで人間がものをいうように一匹一匹が口を開けて「阿弥陀仏《あみだぶつ》」と唱えている。漁師たちは魚がどうしてそのように唱えるのかわからぬまま、ただ魚の唱えることばによってこの魚を阿弥陀魚《あみだうお》と名づけた。

そして漁師たちもまた「阿弥陀仏」と唱えると、魚はしだいに海岸近くに寄って来るので、漁師たちはせっせとそのことばを唱えて魚を近寄せた。寄って来るままにこれを打ち殺したが、魚は逃げようともしない。漁師はその魚を取って食った。なんともいえずよい味がする。たくさん唱えた漁師が食うと、その味はいちだんとうまい。少なく唱えた漁師の味はいく分からく、にがかった。そのため、その海岸一帯の人は味の魅力にひかれて、ひたすら「阿弥陀仏」と唱えた。

こうしているうち、始めに魚を食った漁師のひとりが、寿命が尽きて死んだ。三ヵ月後、紫の雲に乗り光明を放ってこの海岸に現われ、人々に、「わしはかの大魚を捕った者たちの中の長老である。命が終わって極楽世界に生まれた。それはかの魚の味にひかれて阿弥陀仏の御名《みな》を唱えたがためである。かの大魚というのは阿弥陀仏が姿を変えられたものである。その仏は愚かなわれらを哀れんで大魚の身となり、念仏を勧めようがためにわが身を食われなさったのである。この縁により、わしは浄土に生まれることができた。もしこれを信じない者がおれば、まさにその魚の骨を見るがよい」と告げて去っていった。

人々は歓喜し、魚の骨を捨てて置いた所にいって見ると、ことごとく蓮華《れんげ》になっていた。見る人はみな深い慈悲の心を生じ、以後長く殺生を断《た》って阿弥陀仏《あみだぶつ》を祈念し申すようになった。そのため、その海岸の人々はみな浄土に生まれ、そこには人がひとりも居なくなった。

そこで、その島は長く荒れ果てたままになっていたが、執師子国《しゅうししこく》の師子賢大阿羅漢《ししげんだいあらかん》が神通力《じんずうりき》によってその島に飛び行き、これを見て語り伝えたということである。

〈語釈〉

○**執師子国**《しゅうししこく》　師子洲・僧伽羅《そうから》国ともいう。セイロン島（今のスリランカ）にあった国で、仏教が大いに栄えた。

○**紫の雲**　極楽浄土の雲。弥陀が来迎《らいごう》するときにもこの雲に乗る。

○**縁**　阿弥陀仏が大魚となって食われたことにより、この漁師は仏と縁を結んだのである。

○**蓮華**《れんげ》　極楽浄土の池に咲いている花としての蓮花。

○**師子賢大阿羅漢**《ししげんだいあらかん》　底本など「師子」を空格とする。『要略録』により補う。『三国伝記』は「執師子国ノ賢大阿羅漢」とする。これは「師子」のない『要略録』に拠ったものであろうが、本話はそれのある本とない本と両者を見て、一応、空格にしたものかと思われる。「阿羅漢」は「羅漢」に同じ。

○**神通力**《じんずうりき》　神変不思議で無礙《むげ》自在な力や働き。

天竺《てんじく》の貧人、冨貴《ふつき》を得《う》る語《こと》、第卅八

今は昔、天竺《てんじく》にひとりの男がいた。よい家柄の出《で》だが、貧しくて、生活して行く力がない。そこで常日ごろは人の家に行き、食物を乞うてなんとか命をつないでいた。だが、人々はみな門を閉じて近寄せないようにするので、彼はひたすら嘆き悲しんだ。思い余って、薬《やく》師《し》仏《ぶつ》の霊験あらたかな寺に詣《もう》で、真心こめて仏のまわりを回りながら前世の悪業を懺悔《さんげ》し、五日間断食したうえ、仏の御前で合掌していると、夢を見ているかのようにいいようもなく美しく神々しい人が現われた。それは小さな比丘《びく》のような方《かた》であった。その方がこの男に向かい、「そなたは真心こめて前世の悪業《あくごう》を懺悔《さんげ》したがため、たちまちその悪業を滅《めっ》してかならず裕福な身となるであろう。そなたはただちに父母の旧宅に帰って行くがよい」とお告げになった。

夢が覚めてから、そのお告げどおりに父母の旧宅に行ってみると、周囲の塀《へい》は頽《くず》れ落ち、家はすっかり壊《こわ》れていて、ただ朽ちた柱や棟木《むなぎ》が残っているだけであった。ほんのわずかの間でもとても住めそうな所ではなかったが、ひとえにお告げを信じて二日間そこにとどまっている間に、杖《つえ》で地面を掘ってみると、思いがけず土の中から財宝が出てきた。これをもって生活の資《もとで》としていたが、財宝は続々と出てきて、一年たつと裕福な身の上となった。もともとこの男の父母は家が豊かで多くの財宝を持っていた。だが、その子は前世の悪業のために親の財宝を受け継ぐことができず、貧しい身となった。それを仏のお助けによって、父母が貯えておいた財宝を手にすることができたのである、とこう語り伝えているということだ。

〈語釈〉

○**家柄**　氏素姓《うじすじょう》、家柄。古代インドにおける四種の階級である四姓をいう。四姓は婆羅門《ばらもん》（僧侶階級で宗教・文学・典礼を職として最上位を占める）・刹帝利《くしやとりや》（王族・武士階級で婆羅門の下に位し、武力によって土地・庶民を領し政治を行なう）・毗舎《ばいしや》（吠舎。刹帝利《くしやとりや》に属する庶民階級で商工業に従事する）・首陀羅《しゅどら》（最下層の奴隷《どれい》階級で賤業に従事する）。この下にさらに下層の旃陀羅《せんだら》という種姓があり、守獄等の賤業に従う。ここの「人」は刹帝利《くしやとりや》であろう。『要略録』は「天竺ニ有リ二一貴姓一」とする。

○**薬師《やくし》仏《ぶつ》**　くわしくは薬師浄瑠璃《じょうるり》光如来《こうにょらい》といい、大医王仏・医《い》王善逝《おうぜんせい》などともいう。東方浄瑠璃世界の教主。この仏はその昔、十二の大願（誓願）を発し、この世界の衆生の疾病を治癒して寿命を延べ、災禍を除去し、衣服・飲食などを満足せしめ、かつ、仏行を行じては無上菩提《ぼだい》の妙果をさとらしめようと誓った。形像は大蓮花《れんげ》の上に住し、左手に薬壺《つぼ》を持ち、右手に施無畏《せむい》の印《いん》を結ぶ。また右手をあげ、左手を垂れるなど種々の形像がある。延暦寺根本中堂《えんりやくじこんぽんちゆうどう》の本尊は薬師仏である。

末田地《までんじ》阿羅漢《あらかん》、弥勒《みろく》を造《つく》る語《こと》、第卅九

今は昔、北天竺《てんじく》の烏杖那《うじような》国の都、達麗羅《だりら》川《せん》に一寺があった。その寺に木像の弥勒《みろく》がおわした。金色の像で、高さは十丈余りである。仏が涅槃《ねはん》に入られてのち、末田地《までんじ》大阿羅漢《だいあらかん》という人が造ったものである。

羅漢はこの像に向かい、「釈迦《しやか》大師はわが入滅後の御弟子《みでし》をすべて弥勒《みろく》におまかせになりました。それゆえ、遠い将来、弥勒がこの世に現われて成仏され、三会《さんえ》の説法をなさったとき、それを聞いて悟りを開く者は、これこそ釈迦の残された教えの中で説かれている、ひとたび『南無《なむ》』と唱えて一握りの食を布施《ふせ》した者たちであります。ところが、弥勒は兜率天《とそつてん》に上っておいでになる。衆生はどうして弥勒を拝顔しえましょうや。私は弥勒の像をお造りしましたが、この像はまことのお姿とは似てはおりますまい。そこで私は神通力《じんずうりき》により兜率天《とそつてん》に上り、まのあたり三度くり返して弥勒を拝顔してのち、あらためてお造り申そうと思います」と申しあげた。

そのとき、弥勒は末田地《までんじ》に対し、「わしは天眼《てんげん》によって三千大千世界《さんぜんだいせんせかい》を見ているが、その中の衆生《しゆじよう》で、もしわしの像を造る者があったなら、わしはその仕事を助けてやるとともに、その者をけっして三悪道に落とさぬつもりだ。そなたはわしが成仏《じようぶつ》するとき、その造った像を先導者としてわしの所に来るがよい」とお告げになり、さらに、「まことに殊勝である

ぞ。そなたは『釈迦の正法《しょうぼう》の世の末にわしの像を造り、わしの所に来《こ》よう』といった」とおほめになった。

と同時に、この像は大空に上り、大光明を放って偈《げ》を説かれた。これを聞く者はみな涙を流して歓喜《かんぎ》し、ことごとく三乗《さんじょう》の悟りを得た、とこう語り伝えているということだ。

〈語釈〉

○**北天竺《てんじく》**　五天竺（天竺を東・南・西・北・中に分ける）の一。

○**烏杖那国《うじょうな》**　北天竺《てんじく》の北辺にあった国。烏萇・烏儞也曩ともかく。今のスワート河沿岸一帯の地。『大唐西域記』に「蘇婆伐窣堵河《そばばすと》を夾《はさ》み、堅城四、五あり。王は瞢揭釐城《まんがり》を治む」とあって、今のマンギールが都城の跡という。『法顕伝』の烏萇国・陀歴国《だれる》・宿呵多国《すわた》を合わせたものに相当する。この地方は北インドにおける釈尊《しゃくそん》の教化地《きょうけ》で、仏の遺跡が多い。

阿波邏羅竜泉《あはららりゅうせん》（スワート河源）は仏が悪竜を教化した所（巻三第八話「瞿婆羅竜《くばらりゅう》の語《こと》」に見える。『西域記』では那揭羅曷国《ながらか》の条にある）、醯羅《ひら》山《せん》は昔、仏が菩薩行《ぼさつぎょう》を修行していたとき、半偈《はんげ》の法を聞こうとして身命を捨てた所（諸行無常……の四句偈《げ》の後半を聞くため羅刹《らせつ》の前にわが身を投じた捨身半偈の場所）である。

その他、釈尊が薩縛達多王《さばだった》であったとき、敵を避けてこの地に至り、婆羅門《ばらもん》の乞いにあい、施すものがないのでみずから縛して婆羅門に伴われ、敵王のもとにいって賞を得させた所、釈尊が帝釈であったとき、身を大蟒《おおうわばみ》に変じ悪疫を治療した所、釈尊が菩薩行を修行していたとき、正法《しょうぼう》を聞くために骨を筆にし皮を紙にして経典を書写した所、釈尊が尸毘迦王《しびか》であったとき、わが肉を鷹《たか》に与えて鳩《はと》を救った所、釈尊が孔雀《くじやく》王であったとき、多くのものの渇をいやそうがために、嘴《くちばし》をもって崖《がけ》をついばみ泉を涌出させた所、釈尊が慈力王と称せられていたとき、身血を出して五夜叉《やしや》を飼った所など、仏本生話に関する地が多くこの国にあるという。

○**達麗羅川《だりらせん》** 陀歴《だれる》ともかく。川の名でなく、烏杖那国《うじようなこく》の旧都のあった地。『西域記』に「烏城那国《うじやうなこく》曹《まん》掲《が》釐《り》城東北、行キテ二千余里一ヲ至ル二達麗羅川一ニ、即《すなは》チ烏杖那国《うぢやうなこく》旧都也」とある。○**一寺** 『要略録』は「達麗《だり》羅川《らせん》ノ中ニ有二精舎一」とする。○**末田地大阿羅漢《までんじだいあらかん》** 異世五師（大迦葉《だいかしよう》・阿難《あなん》・末田地・商那和須・優《う》波毱多《ばきくた》）の一。前三世紀ごろのインド陀頗羅《だはら》の人。阿難の弟子となり出家して阿羅漢果《あらかんか》を悟り、阿難の滅後、阿育《あいく》王の布教使として北インド健駄羅《けんだら》国の東北ヒマラヤ山麓《さんろく》、カシミール（迦湿弥羅＝罽賓《けいひん》）に行き仏教を広めた。本話はこの時のことである。

○**釈迦《しやか》大師** 釈尊。「大師」は仏・菩薩《ぼさつ》の尊称。

○**三会《さんえ》** 三度の法会。いわゆる竜華三会《りゆうげさんえ》をいう。

○**南無《なむ》** 帰依《きえ》・帰命《きみよう》・頂礼《ちようらい》の意。「南無」と称えて五体投地の礼をすること。

○**神通力《じんずうりき》** 神変《じんぺん》不思議にして無礙《むげ》自在な力や働き。

○**天眼《てんげん》** 禅定《ぜんじよう》などによって得た眼で、事物や未来のことを深く広く見通す。

○**三千大千世界《さんぜんだいせんせかい》** 広大無辺の世界で、一仏の教化《きようけ》の範囲。○**三悪道** 地獄・餓鬼《がき》・畜生の三世界。

○**成仏《じようぶつ》** 弥勒菩薩《みろくぼさつ》が竜華《りゆうげ》樹下で仏となることをいう。

○**正法《しようぼう》** 三時（正法・像法・末法）の一。釈尊入滅後、教法・修行・証果の三が完全に存する時代。五百年間または千年間。○**偈《げ》** 頌《じゆ》と同意。仏徳または教理を賛嘆《さんだん》する詩。多く四句よりなる。

○**三乗《さんじよう》** 声聞《しようもん》乗（阿羅漢《あらかん》を証する）・縁覚《えんがく》乗（辟支仏《びやくしぶつ》果を証する）・菩薩《ぼさつ》乗（無上菩提《ぼだい》を証する）の

三。「乗」は人を乗せておのおのその果地（証得した境地）に至らしめる教法をいう。

天竺《てんじく》の貧女《ひんにょ》、法花経《ほけきょう》を書写《しょしゃ》する語《こと》、第四十

今は昔、天竺《てんじく》にひとりの貧しい女がいた。貧乏でなんの蓄えもなく、また子供もいなかった。女は心中に、せめてひとりでもいいから子供を産み、それを生きるたよりにしたいものだと思って神仏に祈願をこめたところ、たちまち懐妊してひとりの女の子を産んだ。比べる者もないほど美しい子である。この娘はしだいに成長していつしか十余歳になった。母はこのうえなくいとおしみかわいがったが、近所の者たちもこの娘を見てほめぬ者とてなかった。だが、家がきわめて貧しいので、なかなか夫を持たせることができない。

こうしているうち、母は、「自分も年すでに人生の半ばを過ぎた。余命いくばくもない。いまは『法華経《ほけきょう》』を書写し供養《くよう》し奉って、後世《ごせ》のための善根としよう」と思いついたが、さて経を書写するための費用がまったくなかった。そこで嘆き悲しんでいると、母のそばにいてこれを知った娘が、「わたしにはなんの蓄えもありません。この身はたとえ長生きしたところで、ついには死なずにいられるものではありません。死ねば土となってしまうでしょう。ですから、いまのわたしのただひとつの持ち物であるこの髪を売って、『法華経《ほけきょう》』を書写供養する費用に当てようと思います」といった。

母は娘の美しい姿を台無しにしてしまうのを泣いて悲しみ惜しんだが、娘は髪を売るため

に家を出ていった。そして、あちこちの家に立ち寄っては、「この髪を買ってください」という。家ごとに中に呼び入れて娘を見ると、比べる者がないほど美しいのでみな感嘆して、すぐに髪を買って切り取ろうという家は一軒もなかった。

娘は、「きっと小さな家ではこの髪を必要としないだろう。ひとつ国王の宮殿に行って売ってみよう」と思いついて、宮殿の中に入って行こうとすると、ひとりの旃陀羅《せんだら》に出くわした。それは人とも思われぬほどに恐ろしげな姿かたちをしている。それが娘を見て、「おれは国王のご命令を受けて何日も捜し求めていたが、いまお前を見つけた。さっそく殺してやろう」という。娘が、「私はなにひとつ罪を犯しておりません。親孝行をするために髪を売ろうとして宮殿に入るだけのことです。いったいなんの理由で私を殺すのですか」というと、旃陀羅《せんだら》は、「国王に太子がおられるが、年は十三に成られるのに、お生まれになってこのかたものをおっしゃらない。医師にお尋ねになると、『この世に二人といない髪の長い、美しい女の肝《きも》を取り、それを薬としてお服《の》ませなさい』と奉答した。そこで国じゅう捜し回ったが、お前に勝《まさ》る女はいない。そこで即刻お前の肝を取ろうと思うのだ」といった。

娘はこれを聞き、涙を流して、「なにとぞ私を助けてください」と懇願したが、旃陀羅《せんだら》は、「お前を許したら、反対におれが罪を受けることになろう。絶対許すわけにゆかぬ」といって、刀をもって娘の胸を裂こうとする。娘は、「あなたが私を助けないというのであっても、ともかくこのことを国王様に申してみてください」と頼み込んだ。旃陀羅は娘のいうままに、国王に奏上した。

〈語釈〉
○旃陀羅《せんだら》　古代インドの四姓の下に位する最下級の賤民で、守獄などの賤業を営む種族。

国王はこれをお聞きになり、娘を召し出してごらんになると、まことにこの世に二人とないほどの美人である。国王は、「わしが捜し求めている薬はまさにこれじゃ」とおっしゃる。娘は、「わたくしは太子の御ためには命を失うことを惜しむものではございません。ただ、家に貧しい母がおります。その母の願いである『法華経《ほけきよう》』書写のための費用がありませんので、髪を売ろうと家を出て来たのですが、わたくしが命を失ったと聞いたなら、母はいいようもなく嘆き悲しむことでしょう。それゆえ、いったん家に帰り、母にこのことを話して即座に帰ってまいります。けっして大王様のご命令を背くつもりはございません」と申しあげた。王は、「そなたの申すところはもっとも至極であるが、わしは太子に一刻でも早く物をいわせ、それを聞きたいと思うがゆえに、そなたを家に返しやるわけにはゆかぬ」とおっしゃった。

それを聞いて、娘は心のうちで、「私は親孝行するために家を出て、たちまち命を失おうとしています。十方の仏たちよ、なにとぞ私をお助けください」と泣く泣く祈念していると、太子は簾《すだれ》の内からこの娘をごらんになって心から哀れにお思いになり、生まれて始めて声を出し、父の大王に、「大王よ、この娘をお殺しにならないでください」と申しあげた。これを聞いて、大王をはじめ后・大臣・百官たちはこのうえなく喜んだ。

国王は、「わしは愚かにも孝子を殺そうと思った。十方の仏たちよ、なにとぞこの罪をお赦《ゆる》しください」とおっしゃるとともに、女に向かって、「わが太子が物をいうようになったのは、そなたのお陰である」といわれて、無数の財宝を与えて家にお返しになったので、娘は家に帰って母にこのことを語り、ともどもに歓喜して、ただちに『法華経』を作法どおりに書写し、供養《くよう》し奉った。

『法華経』の霊験のあらたかなることはこのようなものである、とこう語り伝えているということだ。

〈語釈〉

○十方の仏　「十方」は東・南・西・北と四維《しゆい》（東南・西南・東北・西北の四隅）と上・下。あらゆる方角をいう。仏教では、仏はあらゆる所に存在しているとする。

○作法どおりに　「如法経」のこと。一定の規則に従って経文を書写することをいい、もっぱら『法華経』を写すことをさす。わが国で慈覚《じかく》大師円仁が天長年間（八二四～八三三）比叡山《ひえいざん》の横川《よかわ》に草庵を結び三年間法華懺法《ほっけせんぼう》（六根《ろっこん》の罪障を懺悔《さんげ》すること）をなすかたわら、草を筆とし石を墨として『法華経』を書写し、小塔に入れ庵内（この庵を如法堂という）に安置した。

以後天台宗においてはこれに則《のっと》って『法華経』書写の法事を修し、これを如法経といってこの書写を終えたのちに、花・香・瓔珞《ようらく》・抹香《まっこう》・塗香・焼香・繒蓋《そうがい》・幢幡《どうばん》・衣服・伎楽《ぎがく》・合掌の供養を行なうのを「如法経供養」という。この供養は『叡岳要記』によれば天長八年（八三一）九月十五日に円仁が行なったのを始めとする。

○あらたかなること　霊験の著しいこと。霊験を今さらのように尊び仰ぐ気持ちになること。

子を恋《こ》いて閻魔王宮《えんまおうぐう》に至る人の語《こと》、第四十一

今は昔、天竺《てんじく》にひとりの比丘《びく》がいた。羅漢《らかん》になろうと思って修行を続けていたが、六十歳になってもついに羅漢になることができなかった。このことを嘆き悲しんだが、まったくどうにもならない。そこで家に帰り、「おれは羅漢になろうと思い、長年修行に励んだがとうとうなれなかった。もはや還俗《げんぞく》して家にいよう」とあきらめて、還俗してしまった。その後、妻をめとった。その妻はすぐ懐妊して男の子を産んだ。父はこのうえなくこの子をかわいがった。その子が七歳になったとき、はからずも死んでしまった。父は悲嘆にくれ、この子を家の外に捨てようともしなかった。近所の者がこれを聞いてやって来て、「あなたはじつに愚かだ。子供が死んだのを悲しんで、いまもって捨てないとは愚劣きわまる。捨てずにおいたとていつまでもそのままあるというものでもなし、早く捨てるがいい」といって、奪い取って捨ててしまった。

そののち、父は悲しみに堪えず、この子をもう一度見たい一心から、「わしは閻魔《えんま》王の所に行き、この子を見せてほしいといってお願いしよう」と思ったが、閻魔王のいらっしゃる所を知らないので尋ね求めていると、ある人が、「ここからこれこれの方角に相当遠く行くと閻魔王の宮殿がある。途中に大きな河があるが、その川の上に七宝の宮殿があって、その

中に閻魔王がおいでになる」と教えてくれた。

父はこれを聞いて、教えられたとおり道をたどって行った。歩き歩き、はるか遠くまでやって来たが、見ればほんとうに大きな川がある。その川の中に七宝の宮殿があった。父はこれを見て、喜びながらもこわごわ近づいて行くと、そこに気高く身分ありげな人がいて、「そなたはなに者か」と聞く。「私はこうこういう者です。私の子供は七歳で亡くなりました。それを恋い悲しみ、どうにも堪えられないので、もう一度会わせてもらうよう閻魔王にお願いするためにやって参ったのです。なにとぞ王のお慈悲をもって私に子供を見せてくださるようお許しください」と答えた。

その人が王にこの旨《むね》を申し伝えると、王は、「すぐに見せてやれ。その子は後ろの庭にいる。自分で行って見るがよかろう」とおっしゃった。父は非常に喜んで、言われたとおりにその場所に行って見ると、わが子がいた。同じ年ごろの子供たちに交じって遊びたわむれている。父はこれを見てわが子を呼び寄せ、泣く泣く、「お父さんは来る日も来る日もお前が恋しく悲しくてしかたがないので、閻魔《えんま》王にお願いしてお前に会うことができたのだよ。お前はお父さんと同じように、お父さんを恋しいとは思わないか」と涙ながらにいうと、子は少しも嘆く様子はなく、これが父だと思う気配もなく遊び続けていた。父はこれがなんとも恨めしく、ひたすら泣き暮れた。だが、子はなんとも思わぬ様子で、ひとことも口をきいてくれない。父はいかに嘆き悲しんでもどうにもならないので、そのまま帰っていった。

このことから思うに、現世から離れて死後の世に住むようになると、もとの世にいた時の心はなくなってしまうのであろうか。父はまだ現世に生きたままでいるので、このように恋い悲しんだのであろう、とこう語り伝えているということだ。

〈語釈〉

○**ひとりの比丘《びく》**　『法苑珠林《ほうおんじゅりん》』には「法句喩経ニ云フ、昔有リ二婆羅門《ばらもん》一」とある。○**羅漢《らかん》**　声聞四果《しょうもんしか》の最上位である阿羅漢果《あらかんか》を証得した者。『法苑珠林』は「少年ニシテ出レ家ヲ、学ビテ至リ二六十ニ一不レ能ハレ得ルコトレ道ヲ、婆羅門法六十ニシテ不レ得レ道ヲ」とあり、一婆羅門が婆羅門学を志して成就しなかったとする。

○**還俗《げんぞく》**　帰俗ともいう。一度僧になった者が一般の俗人にかえること。

○**閻魔《えんま》王**　死後の幽冥界《ゆうめいかい》を支配し、衆生《しゅじょう》の罪を監視する王。普通には地獄の王として十八の将官と八万の獄卒を従え、地獄におちる人間の生前の善悪を審判するという。閻羅王《えんらおう》・閻王・閻魔羅闍などともいう。「閻」を「炎」と書くこともある。

○**七宝の宮殿**　七宝（金・銀・瑠璃《るり》・硨磲《しゃこ》・瑪瑙《めのう》・真珠・玫瑰《まいかい》の七。または真珠・瑠璃の代わりに玻瓈《はり》・珊瑚《さんご》を入れたもの、また金・銀・毗琉璃《びるり》・頗梨《はり》・車磲・瑪瑙・赤真珠ともいい、さらに他の説もある）で飾った宮殿。

巻五

僧迦羅《そうから》・五百の商人《あきびと》、共に羅刹国《らせつこく》に至《いた》る語《こと》、第一

今は昔、天竺《てんじく》に僧迦羅《そうから》という人がいた。五百人の商人を引き連れて一艘《そう》の船に乗り、財宝を手に入れようと南海に船出したが、海上でにわかに逆風が吹き起こり、船を南の方に矢を射るごとく吹き流す。やがて大きな島に吹き付けた。そこは見たこともない世界だったが、陸地に着いたことをさいわいに、あれこれいわず、あわてふためくようにみな船から降りた。

しばらくすると、すばらしい美女が十人ほどやって来て、歌を唄いながらそばを通って行く。商人たちは、それまでは見知らぬ世界に漂着したことを嘆き悲しんでいたが、こんなきれいな女がたくさんいるのを見るや、たちまち愛欲の情が生じて女たちを呼び寄せた。女たちはみなしなやかな風情で近づいてきたが、近く見るほどより美しく、いいようもなく魅力的である。僧迦羅《そうから》をはじめとして五百人の商人たちはみなうつつを抜かし、女たちに向かって、「われわれは財宝を手に入れようと、はるか南海に船出したのですが、急に逆風に遭って見知らぬ世界に来てしまったのです。どうしてよいやら困りはてて嘆いているところに、あなたたちのお姿を見て、悲しみをすっかり忘れてしまいました。どうかわれわれをすぐお連れくださってめんどうをみてくださいませんか。船はすっかり壊れてしまったので、すぐには帰って行く所もないのです」という。女たちは、「ええ、なんでもお言いつけどおりに

いたしますわ」といって誘うので、商人たちはいっしょに行くことにした。女たちは商人の前に立って案内する。

家に行き着いて見ると、そこは広く高い土塀《どべい》をはるか遠くまでめぐらした城で、堂々とした門が建っている。その中に連れ込んだ。とたんに門に錠を掛ける。中に入って見ると、さまざまの家があり、それらが細かく一軒一軒隔てて造られていた。男はひとりもいず、ただ女ばかりである。そこで商人みなめいめいにその女を妻にして住むようになったが、たがいにこのうえなく愛し合い、片時も離れがたいというありさまであった。このようにして何日か経ったが、どういうわけか、この女たちは相当長い時間毎日昼寝をする。その寝顔を見ると、美しいことは美しいが、どこかひじょうに不気味な気配がする。

僧迦羅《そうから》はそれがどうしてなのかわからず不思議に思われて、女たちが昼寝をしているとき、そっと立ち上ってあちらこちらと見て回っていると、離れて造ってあるさまざまの家のうち、一軒の離れ家があった。日ごろは見せぬ所もなくすべて見せてくれていたが、その家だけはまだ見せていない。土塀《どべい》を厳重に立て巡らしてあり、門が一つあるが、堅く錠がおろしてあった。僧迦羅《そうから》は塀のわきから苦心してよじ登り、中をのぞいて見るとたくさんの人がいた。死んでいる者、生きている者、うめき声を立てている者、泣いている者などさまざまで、白骨になった死骸、赤い色の死体などもごろごろしていた。僧迦羅《そうから》はその中の生きている一人を招き寄せると、そばにやって来た。「あなたはいったいどういう方《かた》ですか、どうしてこのようにしているのですか」と尋ねると、「わたしは南天竺の者です。商用で船旅をしている途中暴風にあい、この国に漂着しました。そしてここの美しい女たちに魂を奪われ、帰国することも忘れてここに住みついてしまいました。この国の者は見るかぎりみな女です。それらははじめはわたしたちを夫として愛し合って住んでいるのですが、別の商人船がここに漂着すると、古い夫をこのように閉じ込めておいて、ひかがみの筋《すじ》を断ち切り、それを日ごとの食《く》い物にしているのです。あなたがたも、こんどまた船が来たならば、わたしたちと同じ目をみなさることでしょう。だから、なんとかしてお逃げなさい。この女たちは羅《ら》刹《せつ》（鬼）なのです。この鬼は昼寝を六時間ほどします。その間に逃げたならば気付かれません。わたしらが閉じ込められている所は鉄で四方が固められていますし、ひかがみの筋を断ち切られているので逃げようもありません。ああ、悲しいこと。はやくお逃げなさい」と泣く泣くいう。僧迦羅《そうから》は、怪しいとは思っていたが、案のじょうこんなことかと思い、もとの場所に帰って、女たちが寝ている間に五百人の商人たちにこのことを知らせて回った。

〈語釈〉

○**僧迦羅**《そうから》　「僧伽羅」とも書き、「そうぎゃら」とも読む。大商人僧伽の子という。『大唐西域記』に「贍部洲《せんぶしゆう》有リ二大商主僧伽ナル者一。其《その》子字《あざな》ハ僧伽羅」とする。また同書本話の末尾に「僧伽羅者。則《すなはち》釈迦如来本生《ほんしやう》之事也」とあり、仏の前生における名とする。『阿含《あごん》経』は「普富《ふふ》」とし、「波羅奈《はらな》城」（江遶城）の人とする。「波羅奈」は中インド摩竭陀《まかだ》国の西北にあった国の名。

○**南海**　現在の東南アジア諸国およびスリランカ・ジャワ・スマトラなどの諸島をさす。

○**見たこともない世界**　「世界」は土地、地方の意。

○一軒の離れ家　『大唐西域記』は「鉄牢」とする。
○南天竺　五天竺（天竺を東・南・西・北・中に分ける）の一。
○見るかぎりみな女　『宇治拾遺物語』は「うみとうむ子はみな女なり」とある。前後の文意からすれば『宇治拾遺』の方が妥当である。『大唐西域記』にも羅刹《らせつ》女が商人たちの子を産んでいる記事が見える。**○ひかがみ**　ひざのうしろにある大きな筋肉。これが損われると歩行不可能になる。
○羅刹《らせつ》　羅刹娑《らせつしゃ》・羅叉娑《らしゃしゃ》・羅察娑《らさつしゃ》とも書き、可畏・護者・速疾鬼・食人鬼と意訳する。人を食う悪鬼で、夜叉《やしゃ》とともに毘沙門《びしゃもん》天の眷属《けんぞく》であるとし、あるいは地獄における鬼類ともする。その女を羅《ら》刹私《せつし》と称する。『慧琳音義《えりんおんぎ》』には、この鬼は海島や砂磧に住み、通力があって人間世界に飛行《ひぎょう》し、美人に変じて人を惑わしたうえ食ってしまう、とある。これはインド二大叙事詩の一である羅摩延伝（ラーマヤナ）に見えるもの。

僧迦羅《そうから》が急いで浜に出ると、商人たちもみな僧迦羅のあとについて浜に来た。だが、どうするすべもないまま、はるか遠く補陀落世界《ふだらくせかい》の方に向かい心をこめて一同声をあげ、ひたすら観音を念じ奉った。その声はあたり一面に響き渡る。このように懸命に念じ奉っていると、やがて沖の方から大きな白馬が波をたたきながら現われいで、商人たちの前に伏した。ほかでもない、これこそ観音様のお助けだと思った商人たちはことごとくこの馬に取り付いて乗った。馬はたちどころに海を渡って行く。羅刹《らせつ》の女どもがみな目をさましてみると、商人たちが一人もいない。さては逃げたのだと思うや、ありったけの女が先を争って追いかけた。城から出て見ると、この商人たちが一頭の馬に乗って海を渡っている。これを見た女どもはとたんに背丈一丈ほどの羅刹《らせつ》に変じ、四、五丈も踊り上がり踊り上がり大声で叫びののしる。そのとき、商人のうちの一人に、自分の妻にしていた女の顔の美しかったことを思い出した者がいたが、思い出すと同時に馬からころげ落ち海に墜落した。即座に羅刹どもは海に入り、めいめい引っぱり合ってその男をむさぼり食った。

馬は南天竺の陸地に行き着き、そこに伏したので、商人たちは喜んで馬からおりた。馬は人をおろしたのち、かき消すように見えなくなった。僧迦羅《そうから》はこれもひとえに観音様のお助けであると思い、泣く泣く伏し拝んで一同とともに本国に帰っていった。だが、このことはだれにも話さなかった。

その後二年ほどして、僧迦羅《そうから》の妻になっていたかの鬼の女が、僧迦羅がひとりで寝ている所にやって来た。前より数倍も美しい姿をしている。それがそばに寄ってきて、「あなたとわたしとは定められた前世《ぜんぜ》の契りがあって夫婦となりました。わたしはこのうえなく深くあなたを頼みに思っております。それなのにわたしを捨ててお逃げになったのはどういうわけですか。あの国には夜叉《やしゃ》の一党があって、ときどき出て来ては人を取って食うのです。そのために城を高く築き、守りを強く固めています。ところであのとき、多くの人が浜に出て大声を出しているのを聞いて、その夜叉が出て来て恐ろしい姿を見せたのですが、それをあなたがたはわたしたちが鬼だったのだと、思いこんでしまわれたのです。けっしてそうではございません。あなたが帰ってしまわれてからはわたしはひたすら恋い悲しみ続けております。あなたはわたしと同じお気持ではないのですか」といってとめどなく泣く。この女の本性を知らぬ者ならこれを見てはかならずや心を許してしまうことであろう。

だが、僧迦羅《そうから》は大いに怒り、剣を引き抜いて斬りかかろうとしたので、女はひどく恨みその家を出て行ったが、その足で王宮に参上した。そして家臣を通じて国王に、「僧迦羅は長年連れ添ったわたしの夫です。ところがわたしを捨てて夫婦としていっしょに暮らしてくれませんが、これをだれに訴えたらいいでしょうか。国王さま、どうかこの理非をご裁断ください」と訴えた。王宮の者たちがこう訴え出た女を見ると比類ないほどの美しさである。この女に対して愛欲の情を起こさぬ者とてなかった。国王はこのことをお聞きになり、ひそかにこの女をご覧になると、まことに並ぶ者のないほど美しい。寵愛《ちょうあい》を得ている多くの后たちと見くらべると、それらは土くれのごとく、女は玉のようであった。このような女を妻に持とうとしない僧迦羅はなんとばかな奴だとお思いになり、僧迦羅を召し出して詰問なさると、「あの女は人を食う鬼です。絶対に王宮に入れてはいけません。すぐに追い出しなさるべきです」と申して退出した。

〈語釈〉

○**補陀落世界**《ふだらくせかい》　補陀落は梵語 Potalaka の音訳。浦陀落・補陀落伽・補陀洛迦・布呾洛迦・浦多羅・浦多ともかく。光明・海島・小花樹と意訳する。観世音菩薩の住むという山の名。その位置は、あるいはインドの南海、ボンベイに近い所にあるといい、あるいは中国浙江省寧波府《ニンポーふ》の南方海中の舟山列島中の一島だといい、あるいはチベットの中部ラサにあるという。わが国では観音にちなんだ道場が多くこの称を山号としている。中世以降、観音霊場として著名な西国三十三ヵ所の第一番、那智の青岸渡寺に近い海岸から南方観音浄土を目指して死の船出をする補陀落渡海《ふだらくとかい》も広く知られている。本話の五百の商人も海の彼方の観音に救いを求めたわけであるが、本話の母胎と思われる『大唐西域記』には観音を念じる記事はない。

○**観音**《かんのん》　観世音《かんぜおん》。大慈悲を本誓《ほんぜい》とする菩薩《ぼさつ》の名。

○**大きな白馬**　『大唐西域記』は「天馬」。

○**前世**《ぜんぜ》**の契**《ちぎ》**り**　生まれる前の世に結ばれた因縁。「前世」は「先世」「前生」に同じ。

○**夜叉**《やしゃ》**の一党**　「夜叉」は八部衆（天・竜・夜叉・乾闥婆《けんだつば》・阿修羅《あしゅら》・迦楼羅《かるら》・緊那羅《きんなら》・摩睺羅迦《まごらか》）の一。形貌《かおかたち》醜怪で人を害し食うなど、猛悪なインドの鬼神。また羅刹《らせつ》とともに毘沙門天《びしゃもんてん》の眷属《けんぞく》となって北方を守護するものともされる。「一党」は一集団、仲間。

国王はこれをお聞きになってもお信じにならず、女に対して深い愛欲の情を起こし、夜になって裏の方から御寝所にお召しになった。そしておそば近くに召し寄せてご覧になると、まことに近まさりして数倍の美しさである。同衾《どうきん》してのちはいっそう愛着の念が深くなりまさり、国の政《まつりごと》を見ようともなさらず、三日も起きて来られない。そのとき、僧迦羅《そうから》は王宮にまいり、「この世にたいへんな大事件が出来《しゅったい》しましょう。あれは鬼が女に変じたものです。即刻殺害なさるべきです」と進言したが、だれ一人聞き入れようとする者はいない。このようにして三日過ぎた。その翌朝この女が御殿から出て来て端《はし》に立っていた。見れば目付きがかわり、ものすごく恐ろしい顔をして口に血がついている。しばらくあたりを見回して、御殿の軒から鳥のように飛び上がり、雲にまぎれて姿を消した。これを見た人が国王に申しあげようと御座所に近づき中をうかがうと、まったくお声も聞こえず人の気配もない。

そこで驚き怪しみ、御座所に近寄って見ると、御帳《みちよう》の内に血が流れていて国王のお姿が見えない。よく見ると、真《ま》っ赤《か》な頭一つだけ残っていた。それと知るや王宮内は上を下への大騒ぎとなった。大臣・百官が集まって泣き悲しんだが、いまさらどうしようもない。その後、皇子がすぐ位にお即《つ》きになり、僧迦羅を召し出して事の次第をお尋ねになる。僧迦羅は、「それだからこそ私はすぐさま女を殺害なさるべきだとたびたび申し上げておりました。私はその羅刹国《らせつこく》を知っております。さっそく宣旨《せんじ》を賜わってその国に行き、かの羅刹を討伐いたしたいと思います」と申しあげた。そこで、「ただちに行って討伐せよ。お前が要求するだけの兵士を付けてやろう」との宣旨を下す。僧迦羅は、「弓矢を持った兵士一万人、剣を帯びた決死の兵士一万人を百艘《そう》の船足の早い船に乗せて出発させてください。それらを引き連れて行こうと思います」と申し上げると、「要求どおりにしてやろう」ということで、即刻全員出動の命令が下された。

僧迦羅《そうから》はこの二万の軍勢を引き連れて、かの羅刹国《らせつこく》に漕ぎ寄せた。そして前のように、商人の姿をした者十人ほどを浜に出してあたりを徘徊《はいかい》させる。するとまた、十人ほどの美しい女が出て来て歌を歌いながら近寄り、この商人たちとうち解けて語り合う。やがてまた前のように女を前に立てて歩いて行く。そのあとについて二万の軍勢が進んで行き、城内に乱入してこの女どもを、切り倒したり射殺したりした。女どもは、しばらくの間は恨むような様子を見せたり、魅惑的な態度を見せたりしたが、僧迦羅《そうから》は大声をあげ、走り回りながら指揮したので、姿を隠すこともできず、ついに羅刹の姿に変じ、大口を開けて飛びかかってくるのを、剣をもって首を打ち落とし、肩を斬り落とし、腰を打ち折った。手傷を負わぬ鬼はひとりもない。なかに飛び去ろうとする夜叉《やしゃ》がいると、弓で射落とす。ひとりとして逃れうるものはなかった。そこで家々に火を掛け焼き払い、無人の国としてしまったのち、本国に帰って国王に報告すると、国王はその国を僧迦羅にお与えになった。

そこで僧迦羅はその国の王となり、二万の軍勢を率いてそこに住むようになった。それはもと住んでいた家よりも楽しい暮らしであった。それ以来今に至るまで僧迦羅の子孫がその国に住んでいる。羅刹は長く絶えはてた。こんなわけでその国を僧迦羅国というのである、とこう語り伝えているということだ。

〈語釈〉

○**近まさり**　近くで見るといっそう美しく見えること。

○**宣旨**《せんじ》　国王の命令。わが国においては、天皇の仰せを述べ伝える公文書をいう。詔勅が表向きなのに対して、うちわのもの。

○**僧迦羅国**　獅子《しし》洲・執獅子《しゅうしし》国ともいう。インド南端にある今のスリランカにあたる。巻四第三十七話および本巻第二話には「執獅子《しゅうしし》国《こく》」としてみえる。

国王、鹿《しか》を狩《か》りて山に入《い》り娘《むすめ》を獅子《しし》に取らるる語《こと》、第二

今は昔、天竺《てんじく》にひとつの国があった。あるとき、その国の国王が山にお出かけになり、谷や峰に家来どもを入れ、法螺《ほら》貝を吹き鼓《つづみ》を打って鹿をおびやかし、それを狩り出させてお楽しみになった。ところで、国王には深くかわいがっておられる姫が一人いらっしゃった。片時もおそばを離さず大事に育てておいでになったので、このときも輿《こし》に乗せてお連れになった。

日がしだいに傾くころ、この鹿追いに山に入った者たちが獅子《しし》の寝ているほら穴に入っていった。そして獅子《しし》をおびやかしたものだから、獅子は目をさまし断崖《だんがい》の上に出て来て、もの凄《すご》く恐ろしい声をあげて吠《ほ》えた。それを聞いたすべての者は恐れおののいて逃げ去る。走り倒れる者も多かった。輿《こし》を舁《か》いている者も、輿を捨てて逃げ去った。国王も無我夢中、西も東もわからずに逃げ去って王宮に帰って来られた。

その後、この姫の輿のことを尋ねさせたが、輿を舁いた者もみな、それを山に捨てて逃げてきたと申しあげるだけであった。国王はこれをお聞きになり、嘆き悲しんでひたすら泣きまどわれた。といって、そのままにしておくわけにもいかず、姫宮をお捜しするため多くの者を山にやろうとしたが、みなこわがってだれ一人進んで行こうという者はいない。一方、獅子はおびやかされ、足で土を掻き咆哮《ほうこう》しながら走り回っているうち、山の中に一つの輿が

あるのを見つけた。輿につけられた垂れ絹《ぎぬ》を食い破って中を見ると、玉のように美しい女が乗っていた。これを見た獅子《しし》は喜んで背にかき乗せ、もとのすみかであるほら穴に連れて行った。やがて獅子はこの姫宮と共寝をするようになった。姫宮は恐ろしさにまったく茫然《ぼうぜん》自失の態で、生き死にもわからぬようなご様子であった。

獅子はこのようにして数年の間姫宮とともに暮らしているうち、姫宮は懐妊し、月満ちて子をお産みになった。その子は普通の人間で、男の子であった。たいそうかわいい。やがて十歳を過ぎるころになると、勇敢な気性が目立ち、その駿足ぶりはなみの人間のようではなかった。この子が長い年月の間、母の嘆き悲しんでおられる姿に気付いて、父の獅子が食物を求めに外に出ているすきに、母に向かって、「長い年月悲嘆に暮れたご様子でいつも泣いておられるのは、なにかご心配ごとでもおありなのですか。母上と私とは親子の間柄です。私にはお隠しなさいますな」という。母はいっそう激しく泣き、しばしは言葉もなかったが、やがて泣く泣く、「私はじつはこの国の国王の娘なのです」といって、その後わが身に起こったさまざまのことを、そのはじめから今日に至るまで語り続けた。子はこれを聞いてともに声も惜しまず泣く。そして母に、「母上がもし都に出て行こうとお思いなら、父上が帰って来られないうちにお連れいたしましょう。父上の駿足も私は十分知っております。それは私の早さと同じではあっても、私に勝《まさ》ることはありますまい。ですから、都にお連れしてどこかにお隠しし、お養い申しましょう。私は獅子の子ではありますが、母のお血筋をひいて人間として生まれました。さっそく都にお連れしようと思います。早くこの背に負われてください」といったので、母は喜んで子に負われた。

〈語釈〉
○**法螺貝**《ほら》　山伏が携え、また軍陣の合図などに用いた。法螺はもと法を伝える意をもつ。宝螺《ほら》と書くのは美称。
○**輿**《こし》　御輿《みこし》。屋形のうちに人を乗せ、その下にある二本の長柄《ながえ》で肩にかつぎあげ、または手で腰のあたりに持ちあげて運ぶもの。

子は母を背に負い、鳥の飛ぶように都に出て来た。そして、しかるべき人の家を借りて母を隠し住まわせ、心をこめて養った。父の獅子《しし》はほら穴に帰って来て見ると、妻も子もいない。さては逃げて都に行ってしまったのだと思い、恋い悲しんで、都の方に向かい大声で吠《ほ》えた。この声を聞いた国人《くにびと》たちは、国王をはじめとしてことごとく、物に突き当たっていいようもなく恐れおののいた。すぐにこれについての対策が立てられ、「この獅子の被害を防止するため、これを殺した者に対しては、この国の半ばを分けて領有させるであろう」との宣旨《せんじ》が下された。

さて、獅子の子はこの宣旨を聞き、国王に対し「獅子を討伐し、その身を差し出して賞をいただきたい」と奏上させた。国王はこれをお聞きになり、「即刻討ち殺して差し出せ」と仰せを下す。獅子の子はこの宣旨をお受けして、心のうちに「父を殺すことはこのうえない罪であるが、自分が半国の王となって、人間である母を養おう」と思い、弓矢を携えて父の獅子の所に出かけて行った。

獅子はわが子を見て地にころがるようにしていいようもなく喜んだ。あおのけに臥《ふ》し、足を延ばして子の頭を舐《な》めたり撫でたりする。そのとき、子は毒の矢をもって獅子の脇腹に射立てた。獅子は子を愛するがために少しも怒る様子がない。いよいよ涙を流して子を舐《な》める。しばらくして獅子は死んでしまった。それを見た子は、父の獅子の頭を切り落とし、都に持ち帰ってただちに国王に差し出した。国王はこれをご覧になり、驚き騒いで半国を分け与えようとなさったが、まず殺すに至った事情をお尋ねになる。そのとき、獅子の子は、「自分はこの機会に事の一切《いっさい》を申しあげ、自分が国王の御孫であるということを知っていただこう」と思い、母の言われたとおりに、事のはじめから今日に至るまでの事情を申し述べた。

国王はこの話をお聞き及びになり、「そういうことなら、これはわしの孫だ」とおわかりになった。そこでまず宣旨のとおり、半国を分けてお与えになろうとしたが、「父を殺した者に賞を与えたなら、わしもまた罪を免《まぬか》れえないであろう。その賞を行なわないとすれば、まさに違約になる。それゆえ離れた所の国を与えることにしよう」とお思いになり、その一国を与えて母と子をそこに行かせた。獅子の子はその国の王となった。その子孫が代々続いて今もそこに住んでいる。その国の名を執師子国《しゅうししこく》という、とこう語り伝えているということだ。

〈語釈〉

○**しかるべき人**　情け深い人。心ある人。『西域記』は「投ジ二寄ル邑人《むらびと》一ニ。人謂《い》ヒテレ之ニ曰《いは》ク。爾曹何《なんぢら》ノ国ノ人也ト。曰ク我ハ本此国ナリ。流二離シ異域一ニ。子母携ヘ来リテ帰ルト二故国一ニ。人皆哀愍《あいひん》シ共ニ資給ス。」

○**一国を与えて母と子をそこに行かせ**　『西域記』は「於テレ是ニ装ホヒ二大船一ヲ多ク儲ケ二糧糗《りやうきう》一ヲ。母留二在シテ国一ニ周《あまね》ク給ヒ二賞功一ヲ。子女各従ヒ二一舟一ニ随《したが》ヒテレ波ニ飄蕩ス。其男ノ船ハ泛《うか》ビテレ海ニ至ル二此ノ宝渚《ほうしよ》一ニ」とする。すなわち母はその国にとどめられたが、子は船で他国に流され、財宝豊かな土地に至り着いたとある。

○**執師子国《しゆうししこく》**　前話の「僧迦羅国《そうからこく》」に同じ。『西域記』は前項の文のあと、着いた土地で子孫が栄え、国を建て、「以テ三其ノ先祖擒《きん》二執《しふ》セルヲ師子《しし》一ヲ。因《よ》リテ挙《あ》ゲテ二元功一ヲ而為《な》スト二国号一ト」とある。

国王、盗人《ぬすびと》の為に夜光る玉を盗まるる語《こと》、第三

今は昔、天竺《てんじく》にひとつの国があった。その国の国王はこの世に二つとない宝ものである夜光の玉を持っておいでになった。それを宝物倉に納めておいたところ、盗人がどんな手段を講じたのであろうか、盗み取ってしまった。

国王はお嘆きになり、もしかしたらあの男が取ったのではなかろうかと疑わしくお思いになったが、ただ尋問しただけでは白状するはずがないので、白状させる計略をお考えになり、高楼を七宝で飾り、玉の旛《はた》を掛け、床には錦《にしき》を敷くという具合にこのうえなく美しく飾り立て、一方、すばらしい美女どもにきれいな衣裳を着けさせ、花の髪飾りでその身を飾らせ、琴・琵琶《びわ》などのすばらしい音楽を奏させるなど、さまざまの楽しみを集めておいてか

ら、この玉を盗んだであろうとお思いになる男を召し出し、ひどく酔う酒をたくさん飲ませ、酩酊《めいてい》して死んだ者のようになるまで酔わせて眠らせた。

その後、この男をそっと飾り立てた楼の上にかつぎ上げて寝かせた。そしてその男にも美しい衣裳を着せ、花の髪飾りや瓔珞《ようらく》を掛けさせておいた。だが、すっかり酩酊《めいてい》しているので少しも気付かない。ようやく酔いがさめて起き上がり、あたりを見ると、この世とも思われずすばらしく美しい世界である。見回せば、寝ていた帳台の四隅《すみ》に栴檀《せんだん》や沈水《じんすい》などの香が薫《た》かれていて、その匂いはいうにいわれぬほどの不思議な香ばしさである。回りには玉の旛《はた》が掛けられ、天井にも床にも美しい錦《にしき》が張りつめられ敷きつめられている。そして玉のような美女たちがきれいに髪を結いあげ、玉のような衣裳をつけて居並び、琴や琵琶などを楽しげに弾《ひ》いていた。

男はこれを見て、自分はいったいどういう所にやって来たのだろうと不思議に思い、そば近くにいた女に、「ここはどこなのですか」と尋ねると、女は、「ここは天上界です」と答えた。男が、「このおれがどうして天上界などに生まれるわけがあろう」というと、女は、「あなたは嘘《うそ》を言わないから天上界に生まれたのです」という。このように女に言わせたのは、このあとで、「あなたは盗みを働いたか」と尋ねようがためである。男に、「嘘を言わぬ者は天上界に生まれる」といい聞かせれば、男は嘘を言うまいと思って、「盗んだ」というに違いない。そういったら、「では、どこそこの国の王が宝にしていた玉を盗みましたか」と重ねて聞いて、「盗んだ」と答えたとき、「それはどこに置いてありますか」と尋ねる。「これこれの所に置いてある」と答えたなら、そのとき玉のありかをたしかに聞き出して、人をやってそれを取りもどそう、とこういう計略であった。

〈語釈〉

○**国** 『撰集百縁経』は「毗舎離《びしやり》国」とする（「仏在リ二毗舎離国重閣講堂ニ一」）。

○**国王** 『百縁経』『三国伝記』ともに「波斯匿《はしのく》王」とするが、この王は舎衛《しやえ》国《こく》王である。

○**夜光の玉** 昔中国で、暗夜に光を放ったという宝珠の名。『述異記《じゆついき》』に「南海ニ有レリ珠、即チ鯨目《げいもく》、夜可《べ》シ二以テ鑒《かがみ》トス一。謂《い》フ二之ヲ夜光ト一」とあり、『戦国策』には「張儀為ニレ秦ノ破リレ従ヲ、連横《れんわう》、説ク二楚王ニ一、楚王遣ハシ二使車百乗ヲ一、献ズ二駭雞乃犀《がいけいのさい》、夜光之璧ヲ于秦王ニ一」とある。本話では宝珠を中国風に「夜光の玉」としたが、『百縁経』は「摩尼《まに》宝珠」。摩尼宝珠は如意珠ともいい、意のごとく種々の欲求するものを出すので如意という。またこの珠は竜王の脳中より出で、人がこの珠を得ると、毒も害しえず、火に入るも焼けないなどの功徳《くどく》がある。娑竭羅《しやかつら》竜王の宮殿にもあるという。

○**七宝** 金《こん》・銀《ごん》・瑠璃《るり》・硨磲《しやこ》・瑪瑙《めのう》・真珠《しんじゆ》・玫瑰《まいかい》。また、真珠・瑠璃の代わりに玻瓈《はり》・珊瑚《さんご》を入れたもの。また、金・銀・毗琉璃《びるり》・頗梨《はり》・硨磲《しやこ》・瑪瑙《めのう》・赤真珠ともいう。

○**玉の旛《はた》** 玉旛《ぎよくばん》のこと。旛は下に垂れた旗《はた》。高御座《たかみくら》の八角の棟の下にかける装飾。玉を鎖であやどり、先端に薄金の杏葉《ぎようよう》をつける。

○**瓔珞《ようらく》** インドの上流階級の人々が頭・頸《くび》・胸にかける装身具。珠玉・貴金属で作られている。仏像・仏殿の装飾にもする。

○**栴檀《せんだん》** 白檀《びやくだん》科の常緑高木。インドネシアの産で、材は器具製造・彫刻に用い皮は香料にする。

○沈水《じんすい》　沈香《じんこう》。沈水香。ジンチョウゲ科の常緑高木。アジアの熱帯地方に産する。高さ約十メートル、花は白色、材は香料として著名。またこれから採取した天然香料をも沈香という。この樹の生木または古木を土中に埋めて腐敗させて製する光沢ある黒色の優良品を「伽羅《きやら》」という。
○天上界　『百縁経』は「忉利天《とうりてん》」とする。

さて、女が、「ここは嘘《うそ》を言わない人が生まれる天上界です」というのを聞いて玉盗人はうなずいた。すると女は、「あなたは盗みを働いたことがありますか」と聞く。盗人はそれには答えず、この居並ぶ女どもの顔を一人ひとりじっと見て、全部見終わってから首をすくめ、なにもいわない。なん度聞いてもまったく答えようとしない。女は聞きあぐねて、「こんなになにもいわない人はこの天上界には生まれませんよ」といって楼から追い下ろしてしまった。国王はうまくだまし得《え》ず、困ってしまわれたが、またあらたに計略を思い付かれた。「この盗人を大臣に任命しよう。そしてわしと一心同体だということにしておいて、それでわなにかけてやろう」。こう考えて大臣に任じた。

その後は些細《ささい》なことも何ごとによらずこの大臣と相談なさった。そしてこのうえなく親密な間柄になられ、たがいに少しも隠しごともなくなった。そうなってから、国王が大臣を呼び、「じつはわしが内々に思っていることがあるのだ。先年、わしが二つとない宝と思っていた玉を盗まれた。それを取り返そうと思っているのだが、その手だてもない。もし盗人を捜し出し、取り返してくれたなら、その者にこの国の半分を分けて領有させようと思っている。この宣旨《せんじ》を下すように」と仰せになった。仰せを承った大臣は心中に、「おれが玉を盗んだのは生活のためであった。ところが半国を分けてそれを領有できるのなら、玉を秘匿《ひとく》しておっても意味がない。この際、申し出て半国を領有しよう」という思いが生じ、そろそろとためらいがちに近寄っていって国王に、「じつは私がその玉を盗んで持っております。国の半分を分けていただけるのなら、それを献上いたしましょう」といった。

これを聞いた国王はひじょうに喜び、半国を領有すべき宣旨を下された。大臣は玉を取り出して国王に献上した。国王は、「この玉を手に入れたのはこのうえない喜びとするところである。長年にわたる念願がいまかなった。大臣よ、末長く領有するがよい、その半国を」な。ところで、先年、天上界のような高楼を造ってそこに登らせたとき、なにもいわずに首をすくめたのはどういうことなのか」とおっしゃると、大臣は、「ずっと以前、盗みを働こうとしてある僧坊に忍び込みましたが、そこの比丘《びく》が経を読み奉っていてなかなか寝なかったので、寝るのを待っていようと、壁のわきに身を寄せて経を立ち聞きしておりましたところ、比丘は、『天人はまばたきをせず、人間はまばたきをする』という経文を読んでおりましたが、それを聞いて、「天人はまばたきをせぬものと知りました。ところが、あの楼の上に居並んでいた女はみなまばたきをしたので、ここは天上界ではないと思い、終始なにもいわずにいたのです。それまでに盗みを働いていなかったなら、そのとき、だまされてひどい目を見たことでしょうし、今日《こんにち》、大臣になって半国の王とはならなかったでしょう。これもひとえに盗みのおかげです」といった。

さてこの話は、ある僧が経に説かれていることであると言って語った話である。されば、悪事と善事とにはなんの差別もなく、まったく同じ事なのである。仏道に達しない者が善と悪とに差別があるものだと判断を下すのである。かの央崛魔羅《おうくつまら》が仏の御指を切らなかったなら、たちまちに仏道を達成することなどできなかった。阿闍世《あじやせ》王が父を殺さなかったなら、どうして悟りを開くことができただろう。盗人が玉を盗まなかったなら、大臣の位に上ることができただろうか。こういうわけで、善悪は同じことだと知るべきである、とこう語り伝えているということだ。

〈語釈〉

○**宣旨《せんじ》**　国王のご命令。

○**比丘《びく》**　僧。出家得度して具足戒を受けた男をいう。

○**天人はまばたきをせず**　天人がまばたきするのは、天人としての命の終わる時に現わす五種の衰相（天人五衰）の一である。五衰は『因果経』に「一者《いつは》菩薩《ぼさつ》眼《のめ》現《あらはに》瞬《まじろき》動《うごく》、二者《には》頭《づ》上《じやうの》花《はな》萎《しぼむ》、三者《さんは》衣受塵垢《えにぢんくをうく》、四者《しは》腋下《えきかに》汗出《あせあゆ》、五者《ごは》不楽本座《もとのざにたのしまず》」とあり、巻一第一話に、釈尊が兜率天《とそつてん》から人間世界に下生《げしよう》しようとするとき、五衰相を示したとある。『撰集百縁経』には「聞クニ三諸比丘ノ講ズルヲ二四句偈《げ》ヲ一云テ道《いは》ク、諸天ハ眼眴《まじろ》クコト極メテ遅シ、世人ハ速疾ナリト」とあり、『三国伝記』は「恒《つね》ノ人ハ目ヲタタク事重《しげ》シ。天人ハマタタキスル事稀《まれ》也」とする。

○**悪事と善事**　仏教の至極である諸法不二、すなわち絶対無差別の理に基づいて言ったもの。『維摩《ゆいま》経《ぎよう》』「不二法門品」に「正道と邪道とを二と為《な》す。正道に住すれば則《すなは》ち是れ邪是れ正と分別《ふんべつ》せず。此の二を離るる者、是れを不二法門に入ると為す」とある。
○**央崛魔羅**《おうくつまら》　鴦堀魔羅。仏弟子。意訳して指鬘《しまん》ともいう。はじめ師である婆羅門《ばらもん》との約束により千人を殺し千指で鬘《かずら》を作ろうとし、釈尊に出会ってその指を切ったが、そのため、正道にかえることになった。
○**仏道を達成**　成道《じょうどう》。成仏または成等正覚《じょうとうしょうがく》ともいう。仏果に到達すべき道である修行を成就すること。悟りを開くこと。
○**阿闍世王**《あじゃせ》　摩竭陀国《まかだこく》王。頻婆娑羅《びんばしゃら》王の子で、父を殺し母を幽閉したことで知られる悪王。のち、仏教教団の外護者となる。

一角仙人《いっかくせんにん》、女人《にょにん》を負《お》い、山より王城に来たる語《こと》、第四

今は昔、天竺《てんじく》にひとりの仙人がいた。名を一角仙人《いっかくせんにん》という。額《ひたい》に角が一つ生えていた。このため一角仙人というのである。

深山で修行し、長い年月が積もった。雲に乗って空を飛び、高山を震《ふる》い動かして動物たちを従者とする。あるとき、にわかに大雨が降って道が泥のようになったが、この仙人はどういうわけか、思いもよらずこの道を歩いて行っておられるうち、けわしい崖《がけ》道にさしかかって思わず足をすべらせ、転倒してしまった。年老いてこんなぶざまな転倒をしたことにひどく腹を立て、「世の中に雨が降るから、こんなに道が悪くなって転倒するのだ。この苔《こけ》の衣

もこんなに水にぬれて、じつに気持が悪い。こんな雨を降らすのは竜王のしわざだ」といって、たちどころに多くの竜王を捕えて一つの水瓶《すいびょう》に押し込んでしまったので、竜王たちはひどく嘆き悲しんだ。

からだの大きな竜王たちがこんな狭い水瓶の中にたくさん押し込められたので、せま苦しくてどうしようもなく、身動きさえできずになんとも情けない思いがしたが、聖人の極まりなく貴い威力のために、なすすべもなかった。こうして、雨の降らぬこといつしか十二年に及んだ。このため世の中がことごとくひでりになって、五天竺の者はみないいようもなく嘆き合った。十六大国の王たちはさまざまの祈禱《きとう》を行ない、雨の降ることを願ったが、すこしも効果がなかった。いったい、どうしてこのようなことになったのかわからない。すると、ある占い師が、「ここから東北の方に深山がありますが、その山にひとりの仙人がいて、雨を降らす多くの竜王をどこかに閉じ込めてしまったので雨が降らないのです。偉い聖人たちに祈禱《きとう》をさせなさっても、その聖人の霊験にはとうてい及びません」といった。

すべての国の人々はこれを聞いて、どうしたらよかろうかとあれこれ思いめぐらしてみたが、どうにもいい考えが思い浮ばない。するとひとりの大臣が、「どんな尊い聖人でも、女の色香を賞《め》でず、その声にひかれない者はあるまい。昔、欝頭藍《うずらん》という名の仙人がいたが、どうしてどうして、なま半可《はんか》だなどといわれるような仙人ではなかった。この山の仙人にも勝《まさ》っていたといってよかろう。だがこの仙人は女の色香に迷ってたちまち神通力もなにも失ってしまった。こういうこともあるから、ためしに十六大国の中でとくに美しく声のきれいな女を召し集めてかの山中に遣わし、峰が高くそびえ、谷が深く切れ落ちているあたりの、仙人の住処《すみか》とか聖人の居場所とか思われるような所を、あちらこちらと声おもしろく楽しげに歌って歩いたなら、いかな聖人であろうともその声を聞いて心がとろけてしまわれるでしょう」と進言したところ、「さっそくそのように取り計らうべきである」と衆議一決して、世にも美しく声のきれいな女を五百人選び出し、すばらしい衣裳を着せて、栴檀《せんだん》香や沈水《じんすい》香を体じゅうに振りかけ、目の覚めるように飾った五百輌《りょう》の車に乗せて山中に送り出した。

〈語釈〉

○**仙人**　梵語《ぼんご》rsi、哩始《りし》と音訳する。世間を離れ山中に住んで修行に努め、通力《つうりき》の一分《いちぶん》を得た者、あるいは婆羅門《ばらもん》の賢者などで人境を避けて山中に幽棲《ゆうせい》している者をいう。釈尊が成道《じょうどう》前にこれらの仙人について解脱《げだつ》の道を尋ねたことはよく知られている（巻一第五話）。外道《げどう》の法を修行し、これによって証果を得た者はすべて仙人と称してよいが、それらはおおむね天眼《てんげん》・天耳《てんじ》・宿命《しゅくみょう》・他心《たしん》・神足《じんそく》の五通をそなえているが、仏法における六通に比して漏尽通《ろじんつう》を欠いている。そこで仙人は通力があっても、時に欲心を生じて通力を失うことがある。本話の一角仙人も色欲によって五通を失ったのである。『首楞厳経《しゅりょうごんぎょう》』には仙人を分かち、地行《ちぎょう》・飛行《ひぎょう》等の十種とする。

○**一角仙人**《いっかくせんにん》　梵語 Ekasringa（エーカシュリンガ）、意訳して一角仙または独角仙という。インド古代神話中の仙人で、『マハーバーラタ』『ラーマヤナ（羅摩延伝）』『カンジュール』『ジャータカ』などにはリシャシュリンガ、またはイシシンガとするが、一角（独角）仙人の意である。『ジャータカ』『羅睺羅母本生経《らごらもほんしょうきょう》』『大智度論』等ではこの仙人を仏本生《ぶつほんしょう》の一、すなわち仏は前世で一角仙人であったとする。本話では一角仙人の出生について触れていないが、出生の経緯は右の諸書大同小異で、『大智度論』によれば、天竺波羅奈《てんじくはらな》国の一仙人が小便をしているとき、雌雄の鹿が交接をしているのを見、欲情を生じて漏精した。その精液を飲んだ雌鹿が妊娠して子を産んだが、それは人の姿をして額に一本の角が生え、足は鹿に似ていた。この子を仙人が養育し修行させた。これが一角仙人であるとする。

○**雲に乗って空を飛び**　仙人の能力の一。仙人十種の中に飛行仙《ひぎょうせん》というのがある。わが国では、役《えん》の行者、久米《くめ》の仙人、陽勝仙人の飛行が著名。○**思いもよらず**　空を飛ぶこともできるのに、大雨が降り道が悪いのにもかかわらず徒歩で行ったのは案外のことなので。

○**苔《こけ》の衣**　僧や隠者などの着る衣。わが国独自の語。

○**竜王**　八部衆（天・竜・夜叉《やしゃ》・阿修羅《あしゅら》・迦楼羅《かるら》・乾闥婆《けんだつば》・緊那羅《きんなら》・摩睺羅伽《まごらか》）の一。竜神ともいう。海中または池中に住み神力があって雲雨をつかさどる。『大智度論』に「大竜の尾は大海に在り、頭《かしら》は虚空に在りと雖も、震電雷霆《しんでんらいてい》して大雨を降らす」とあり、また雪山《せっせん》（ヒマラヤ山）・葱嶺《そうれい》（パミール地方）などには竜池に関する伝説が多い。『法華経』には難陀《なんだ》・跋難陀《ばつなんだ》・娑伽羅《しゃがら》・和修《わしゅ》吉《きつ》・徳叉迦《とくしゃか》・阿那婆達多《あなばだった》・摩那斯《まなし》・優鉢羅《うばら》の八大竜王の名がみえる。巻三第七・八・九・十一話に竜王の話があり、弘法大師が神泉苑で請雨経の法を修すると、天竺阿耨達智《あのくだち》池に住む善如竜王が現われて大雨を降らせ、旱魃《かんばつ》をとめたという話がある。洪水に際して源実朝が詠んだ歌に、「時により過ぐれば民の嘆きなり八大竜王雨やめ給へ」（『金槐集』）がある。

○**水瓶《すいびょう》**　水を入れておく道具。口は小さく下方がふくらみ、二、三升（四、五リットル）の水を蓄える。比丘《びく》の持つべき十八物の一で、澡罐《そうかん》ともいい、梵名では軍持《ぐんじ》という。また浄水を蓄えるので浄瓶ともいう。本話ではこれに竜王をとじこめたため、旱魃《かんばつ》になったとするが、『大智度論』には「値《あ》ヒ二霖雨ニ一泥滑ラシ二其足ヲ一不レ便ナラ。躃《たふ》レテ地ニ破リ二其ノ軍持ヲ一。又傷ツク二其ノ足ヲ一。便《すなは》チ大イニ瞋恚《しんい》シ。以テ二軍持ヲ一盛《も》リレ水ヲ。祝ヒテ令《し》ムレ不《ざ》ラレ雨フラ」とし、一角仙人は地に倒れたはずみで持っている水瓶《すいびよう》（軍持）が壊れてしまったので腹を立て、別の水瓶に水を入れて雨が降らぬように呪文《じゆもん》を唱えた。その呪力により「諸竜鬼神」が雨を降らせなくした、とある。水瓶に竜をとじ込めて雨を降らせなくすることは、インド説話にはまったく見えない。

○五天竺《てんじく》　天竺全体。天竺を東・南・西・北・中の五に分けた総称。この中に十六国がある。

○十六大国　五天竺中にある十六国。国名については諸説がある。『大集月蔵経《だいじゆうがつぞうきよう》』には、鴦伽摩伽《おうかまか》陀《だ》・傍伽摩伽陀《ぼうかまかだ》・阿槃多《あはんた》・支提《しだい》・迦尸《かし》・都薩羅《とさつら》・婆蹉《ばしゃ》・摩羅《まら》・鳩羅婆《くらば》・毗時《びじ》・般遮羅《はんしやら》・疎那《そな》・阿湿《あしつ》婆《ば》・蘇摩《そま》・蘇羅吒《そらた》・甘満闍《かんまんじゃ》の十六国をあげる。

○女の色香を賞《め》でず、その声にひかれない者　「仙人」の項でも記したように、仙人は六通のうちの五通をそなえているが、漏尽通《ろじんつう》を欠いている。漏尽通は自在に煩悩《ぼんのう》を断じつくす力であり、これを欠くために女色に迷うのである。『大智度論』では国王の言葉として「其レ有ラバ四能《よ》ク令《し》ムル三仙人ヲシテ失ハ二五通ヲ一。属シ二我ニ一為《た》ルレ民者ヲ。当《まさ》ニ下分カチ二国ノ半ヲ一治メシム中此ノ国ヲ上」とある。

○欝頭藍《うずらん》　欝頭藍子《うずらんし》・優陀羅々摩子（うだららまし）などともかく。梵語 Udraka-Rāmaputra。悉《しつ》達太子《だ》の師匠の仙人。王舎城辺に住んで、七百の弟子を持ち非想非非相定《ひそうひひそうじよう》（無色界《むしきかい》第四天の定《じよう》。この定心は下地《げじ》の者が想念しえぬ微妙至細のもので、しかもなお細想が少し残る意）を説いて子弟に教えていた。太子は阿羅邏仙《あららせん》の所を去り、次にこの仙人を訪問して教えを乞うたと伝えられる。巻一第五話では迦蘭仙としている。太子は成道後、まず阿羅邏仙とこの仙人を教化しようとしたが、ともに世を去っていたといわれる。『大智度論』『経律異相』は一角仙人と同一の巻にこの仙人の説話を載せているが、『異相』には「如二キハ鬱頭羅伽仙人一ノ。得二五神通一ヲ。飛二ビ到リ国王宮一ニ中食ス。王ノ大夫《ぶ》人《にん》如二ク其ノ国法一ノ。接レシテ足二而礼ス。夫人ノ手触レ即チ失二フ神通一ヲ」とある。

○**神通力**　神力《じんりき》で不思議な働きを変現すること。ここは五通・五神通に同じ。

女たちは山に入って車から降りたが、五百人の女が一団となって歩いて行く様子はなんともきらびやかなものであった。やがて、十人、二十人ずつに分かれて、しかるべき窟《いわや》のあたりを回り歩いたり、木の下や峰の間などに行って、声おもしろく歌をうたう。山々谷々に歌声が満ちあふれこだまして、天人も空から舞い下り、竜神も寄り集って来るほどである。このようにしているとき、奥まった窟《いわや》の傍らに苔《こけ》の衣を着た一人の聖人がいたが、身は痩せさらばえて肉もなく、骨と皮ばかりで、どこに魂が隠されているのかと思われるほどである。額には角が一本生えていて、見るからに恐ろしげであった。それが、杖《つえ》にすがり水瓶《すいびょう》を持ち、顔だけは笑《え》みで相好《そうごう》をくずしながら、影のようによろめき出て来た。

そして女たちに向かい、「あなたがたはどういう方々《かたがた》でおいでか。なにゆえここに来られてかくもすばらしい歌をおうたいになるのじゃ。わしはこの山に住んで千年になるが、いまだかつてこのような歌を聞いたことはない。天人が下って来られたのか、はたまた悪魔が近寄って来たのか」という。女たちは、「わたくしたちは天人でもありません、悪魔でもありません。五百人のけから女《によ》といって、天竺《てんじく》で集団を組んでこのように歌って歩く者です。たまたま、この山がいいようもなく風情《ふぜい》があり、さまざまの花が咲き乱れ、水の流れも美しいうえ、そこに尊い聖人がおいでになると聞いたので、その聖人に歌をうたってお聞かせしよう、こんな山中においでになるので、まだこのような歌はお聞きになったこともあるまい、またそれによって聖人との結縁《けちえん》にもしていただこうと、こう思ってわざわざやって参ったのです」といって歌をうたう。聖人は、まこと昔から今に至るまでまだ見たこともない美しい姿をして、いいようのないすばらしい歌をうたっている女たちを見て、目も輝くような思いがし、胸は高鳴り魂は宙に飛んだ。

聖人はひとりの女に向かっていった。「わしの申すことを聞きとどけてくださるかな」。これを聞いた女は、「この聖人、わたしらに心がひかれたようだ。うまく蕩《た》らし込んでやろう」と思い、「たとえどのようなことであろうと、おっしゃることはなんでもおききいたしますわ」というと、聖人は、「ほんのちょっとそのからだに触れさせてくださらんか」といともぎごちない様子できまり悪そうにしきりにいう。女は一方ではこの恐ろしい人間の気持に逆らうまいと思い、一方では角が生えた姿をうとましく思い、すぐには心を決めかねたが、国王が、蕩《た》らし込んで来いとわざわざ遣わしたことなので、こわごわ聖人の言葉に従った。

〈語釈〉

○**悪魔**　魔は梵語 māra 摩羅《まら》の略。障礙者《しょうげしゃ》・殺者《せっしゃ》の意。『法苑義林章』には擾乱《じょうらん》・障礙《しょうげ》・破壊《はえ》の三義があるとし、身心を擾乱し、善法を障害《しょうがい》し、勝事を破壊する者とする。『大智度論』には「慧命《えみやう》を奪ひ、道法・功徳・善本を壊す。この故に名づけて魔となす……」とあり、また「魔は竜身、種々の異形《いぎやう》、可畏《かゐ》の像をなし、夜来りて行者を恐怖せしめ、或は上妙《しやうめう》の五欲を現じて菩薩《ぼさつ》を壊乱《ゑらん》す」とある。釈尊成道に際して現われ、成道を妨げようとした魔王（波旬《はじゆん》ともいう）もこれであり（巻一第六話）、密教では魔の侵迫を防ぐために結界法《けつかいほう》を行ない、毘那夜迦《びなやか》をもって最も恐るべき悪魔とする。『平家物語』（巻一妓王）で、尼になって念仏を唱えている妓王ら母子の所に仏御前が訪れたとき、母子は、「あはれ是は言ふかひなき我等が念仏してゐたるを妨げんとて、魔縁の来たるにてぞあるらん……」といっている。

○**けから女**《によ》「けから」は緊那羅《きんなら》・緊拏羅《きんぬら》・緊陀羅《きんだら》・緊捺羅《きんなら》・緊捺落《きんなら》・甄陀羅《せんだら》などのなまったもの。これらは疑人・疑神・人非人と訳し、歌神・歌楽神・音楽天ともいう。八部衆（前項「竜王」参照）の一。人とも畜生とも鳥とも定めえないような、歌舞をなす怪物で、あるいは人頭馬身、あるいは馬首人身等、その形像は一定していない。『大智度論』のこの話では「扇陀《せんだ》」という「婬女」（売春婦）とするが、これを右に記した「甄陀羅《せんだら》」とし、「けから女」となったものか。インド古伝は売春婦あるいは王女シャーンター、ジャータカでは王女（ナリニカー、アランブサー）とし、『仏本行集経』は「商多」、『摩訶僧祇律』は「阿藍浮《あらんふ》」、『破僧事』は「寂輝」、『太平記』は「后扇陀《きさきせんだ》夫人」とする。

○**結縁**《けちえん》 仏・菩薩が世を救おうがためにまず衆生に関係をつけること、または衆生が未来に仏果・往生を得るために仏・法・僧に縁を結ぶこと。ここは後者の意。

そのとたん、すべての竜王が大喜びし、水瓶《すいびょう》を蹴《け》破って空に昇《のぼ》っていった。昇るやいなや大空が真っ黒に曇り、稲妻が走り雷鳴がとどろいて大雨が降ってきた。女は身を隠す場所もなかったが、といって帰って行くこともできず、こわごわそこに数日とどまっているうち、聖人はこの女にすっかり心奪われてしまった。五日目になって雨がすこしやみ、しだいに空も晴れてきたので、女は聖人に、「このままいつまでもおそばに居るというわけにもいきませんので、帰ろうと思います」というと、聖人は別れることを惜しみながら、「ではお帰りになるがよろしかろう」という。その様子はなんともつらそうである。

女は、「いままで山歩きなどしたこともありませんのに、このような岩山を歩いて足がすっかり腫《は》れてしまいました。そのうえ、帰ろうにも道もわかりません」。「ならば山の間は道案内をして進ぜよう」。聖人はこういって前に立って行く様子を見れば、頭は雪をいただいたようにまっ白、顔は波を畳んだように皺《しわ》だらけで、額には角が一つ生え、腰は二重《ふたえ》に曲がり、身には苔《こけ》の衣をひっかけて錫杖《しゃくじょう》を杖《つえ》につき、震えがちによたよた歩いている。その姿は滑稽《こっけい》でもあり、恐ろしくもある。

やがて一つの谷を渡ることになった。谷には目もくらむばかりの掛橋が渡してある。両岸は屛風《びょうぶ》を立てたような絶壁で、高くけわしい巌《いわお》を分けて大きな滝が流れ落ち、その下は淵になっている。落下する滝が水面から逆さまにわき上るような白波を立てており、見渡せば遠く近くの山々には雲や霧が波うつように深く立ちこめていた。羽を生《は》やすか竜に乗るかしなければ、絶対に渡りえないような所である。

そこまで来て、女は聖人に、「ここはとうてい渡れそうにもありません。見ただけで目もくらむ心地《ここち》がして気が遠くなってしまいます。まして渡ることなどできるものではありません。お聖人はいつも通《かよ》い慣れて平気でおいででしょう。どうかわたしを背負って渡ってください」という。聖人はこの女に深く心奪われてしまっているので、その言葉に背くこともならず、「いやもっともじゃ。わしに負《お》ぶわれなされ」といった。だがこの聖人の脛《すね》といったら、つまめば折れるほどのか細さで、負ぶさったとたんに崖《がけ》から転がり落ちはしないかと恐ろしかったが、ともかく背負ってもらった。こうしてそこは無事に渡り終えたが、女は、「もう少し。もう少し」と言って、とうとう都城まで負われながら入っていった。

その山から都城までの間、これを見た者すべてが、あの山に住む一角仙人という聖人がけいから女を背負って都城にやって来たぞ、と大騒ぎをし、あれほど広い天竺《てんじく》の人、高貴の者も卑しい者も、男といわず女といわずみな集って見物する。その中を、額に角一つ生え、頭には雪を戴き、脛《すね》は針のごとき者が、錫杖《しやくじよう》を女の尻に当てがい、ずり落ちればゆすり上げゆすり上げ歩いて行く。これを見て笑いあざけらぬ者はなかった。こうして、国王の宮殿に入って行くと、国王は、なんとたわけたこととお思いになりながら、この聖人は尊い方だとお聞きになり、敬いかしこまって、「すぐおもどりなさいまし」とおっしゃったので立ち帰ろうとしたが、かつては自由自在に空を飛び回っていたのに、このたびはよたよたと、いまにも倒れそうな様子で帰っていった。こんなたわけた聖人がいた、とこう語り伝えているということだ。

〈語釈〉
○そのとたん　仙人が婬欲に負けて神通力（五通）を失ったことを指す。
○錫杖《しやくじよう》　僧侶《そうりよ》・修行者のもつ杖。杖の上部に錫《すず》製の数個の環をかけるからこの名を持つともいい、またこれを地にひくとき、錫々《しやくしやく》の音を立てるから名付けたともいう。もとインドで僧が山野を遊行するとき、これを振り鳴らして害虫などを追ったものという。行乞《ぎようこつ》（托鉢《たくはつ》）の際、人の門口に立ったのを知らせたり、誦経《ずきよう》の際の調子とりにも用いた。

国王、山に入りて鹿を狩《か》り鹿母夫人《ろくもぶにん》を見て后と為《す》る語《こと》、第五

今は昔、天竺《てんじく》は波羅奈国《はらなこく》の、都城からさほど遠くない所に一つの山があった。その名を聖所遊居《しようしよゆこ》という。その山に二人の仙人がおり、一人は南の岳《おか》に住み、一人は北の岳《おか》に住んでいた。この二つの岳の中間に池があって、その池のほとりに一つの平たい石があった。ある日、南の岳の仙人がこの石の上で衣を洗い足を濯《すす》いで住家《すみか》に帰っていったあとに、一頭の雌鹿《めじか》がやって来て池の水を飲み、また仙人が衣を洗った場所に行って、その洗い汁を飲み、さらに仙人が小便をした所を捜してそれを舐《な》めた。その後、この鹿は妊娠し、月満ちてひとりの女の子を産んだ。じつにこれが人間であった。鹿が悲しそうに鳴いているのを聞いた南の岳の仙人は、哀れに思って出て行ってみると、母鹿がひとりの女の子を舐《な》めていたが、仙人の来たのを見て、この女の子を捨てて去っていった。

仙人がこの女の子を見ると、いまだかつて見たこともないと思われるほどに美しく、いいようもなく神々《こうごう》しい。仙人はこれをいとおしく思い、わが草の衣に包んで住《す》みかに連れ帰った。そして季節季節の木の実や草の実を拾ってきてこの子を養った。やがていつしか年月も経《た》ち、鹿の娘ははや十四歳になった。仙人はこの娘に埋み火《うずみび》の番をさせ、これを消さぬように言い付けておいたので、仙人の住みかでは火の絶えたことがなかった。ところが、ある朝、火がすっかり消えていた。仙人は娘に、「わしは長年ここに住んでいるが、いまだかつて火を絶やしたことはなかった。それなのに、そなたはなにゆえ今朝この火を消したのか。すぐさま北の岳の仙人の所に行き、火をもらって来なさい」と命じた。

鹿の娘は仙人の命ずるままに北の岳《おか》の仙人の住みかに出かけていったが、一歩一歩足を持ちあげるその足跡《あしあと》ごとに蓮花《れんげ》が生じた。やがて行き着いて火をもらおうとすると、北の岳の仙人はこの女の足跡ごとに蓮花が生じるのを見て不思議に思い、「そなた、火をもらおうと思うのなら、まず、わが庵《いおり》の周りを七度まわりなさい。そのあとで火を与えよう」という。娘は言われるままに七度まわり終わり、火をもらってもとの住みかに帰っていった。

〈語釈〉

○**波羅奈国**《はらなこく》　波羅捺国・波羅奈斯国などとも書き、江遶城と訳す。中インド摩竭陀《まかだ》国の西北にあった国。別名を迦尸《かし》国という。今のオウド地方ベナレス市の地に当たる。釈尊は成道後この国の鹿野苑《ろくやおん》においてはじめて説法を行ない、憍陳如《きょうじんにょ》等の五比丘を済度した（巻一第八話）。その後二百余年を経て、阿育《あいく》王はここを霊地として表示するために石柱二基を建てた。この地は恒河《ごうが》（ガンジス川）

の北岸にあり、バラナ川との合流点であることから、古来インド教徒は聖地としてとくに尊び、今も遠近より来集して恒河に浴し罪垢の消滅を願う者が多い。

○**聖所遊居**《しょうしょゆご》　『雑宝蔵経』巻一の（八）「蓮華夫人縁」は「雪山」（ヒマラヤ山）とする。「仏在《おは》シテ二舎《しゃ》衛《え》国《こく》一ニ。告グ二諸比《び》丘《く》一ニ。過去久遠無量世時。雪山辺有リ二一仙人一。名ヅク二提婆《だいば》延《えん》一ト。是《これ》婆《ば》羅《ら》門《もん》種ナリ」。また、同書同巻（九）「鹿女夫人縁」は「仙山」とする。「仏在シテ二王舎城一ニ。告グ二諸比丘一ニ。過去久遠無量時。波羅奈国中ニ有リレ山。名ヲ曰フ二仙山一ト。時ニ有リ二梵志《ぼんじ》一在リテ二彼ノ山一ニ住ム」。

○**二人の仙人**　前項（「聖所遊居」）で記した『雑宝蔵経』巻一（八）に「提婆《だいば》延《えん》」、同（九）に「梵《ぼん》志《じ》」とあるのが、本話の「南の岳」の仙人で、「北の岳」の仙人は、（八）では「他人」、（九）では「余ノ梵志」となっている。

○**妊娠**　雌鹿が仙人の小便の精気を舐《な》めたため懐妊したのである。

○**娘に埋《うず》み火《び》の番をさせ**　前記『雑宝蔵経』巻一（八）に「波羅門法夜恒《つね》ニ宿スレ火ヲ」、（九）に「梵志事《つか》ヘレ火ニ、使《し》ムニ火ヲシテ不《ざ》ラレ絶エ一」とある。仙人（梵志）は婆羅門教の法を修行する者であり、婆羅門（ブラーマ）はつねに聖火をもって火天（火神）を祭る。これは密教に伝えられる。

○**北の岳の仙人の住みかに出かけ**　前項（九）に「有リテ二余ノ梵志一離ル二此ノ住処一ニ。此女往キテレ彼ニ乞フレ火ヲ。梵志見レバレ跡ヲ有リ二蓮華《れんぐゑ》一」とし、（八）には「走リテ至リ二他家一ニ欲ス二従《より》テ乞ハントレ火ヲ。他人見レバ二其ノ跡一ヲ跡ニ有リ二蓮華一」とする。

その後、この国の大王が、多くの大臣・百官を引き連れてこの山に入り、鹿狩りをさせているうち、この北の岳《おか》の仙人の庵《いおり》の前にやって来た。庵の周りに蓮花《れんげ》が生じているのを見てたいそう驚き、感嘆して、「今日わしはここに来て不思議な有様を見た。なんと、なんと、すばらしいことよ。わしは大いによろこばしく思う」とおっしゃる。仙人は王に、「これはわが霊験によるものではありません。この南の岳《おか》に仙人がおりますが、これが一人の女子を育てております。その女子の美しさは世に並びないほどですが、それが今朝、仙人の使いで火をもらいにこの庵《いおり》に来ました。その途中、一歩一歩足を持ち上げると同時にその足跡ごとに蓮花が生じたのです」と申しあげた。

大王はこれを聞いてその場を去り、南の岳《おか》の仙人の住みかにおいでになって、仙人に向かい、「そなたの所に女《むすめ》がいると聞いた。それをわしに与えよ」とおっしゃる。仙人は、「わたくしは貧しい身に一人の女を養っておりますので、差出すのは惜しみません。しかしまだ年《とし》歯《は》もいかず人を見たこともありません。幼いときから深い山に住み、世間を知らず、草を衣服とし木の実を拾って食料としております。そのうえ、この女は畜生が産んだ者でありまず」といって、生まれたときの事情をくわしく申しあげた。王はこれを聞いて、「畜生が産んだ者であろうとも、わしはまったく気にせぬぞ」とおっしゃったので、仙人は王の仰せに従い、女を連れて来て王に差しあげた。

王は女をもらい受けてご覧になると、まことにただ者とは思えぬほどの美しさである。そこでただちに香湯《こうとう》をもって沐浴《もくよく》させ、百宝の瓔珞《ようらく》でその身を飾り、大象に乗せ、百千万の人が前後に付き従い、すばらしい音楽を奏しながら宮殿に帰って来られた。そのとき、父の仙人は高い山の頂きに登り、遠くかなたにこの女が行くのをまばたきもせずじっと見送り、女がはるか遠くに行き、見えなくなってやっともとの住みかに帰り、涙を流してこのうえなく恋い悲しんだ。

〈語釈〉

○**畜生**　他のために畜養される生類の意。苦多くして楽少なく、性質無知で、ただ貪欲《とんよく》・淫欲の情のみ強く、父母兄弟の差別なく、あい残害する禽獣《きんじゅう》虫魚などをいう。ここでは鹿をさす。

○**香湯**《こうとう》　丁字香《ちょうじこう》を煮出した湯。

大王は王宮にご帰還になってのち、女を宮殿に入れ、これを敬《うやま》って第一后に立て、名を鹿《ろく》母夫人《もぶにん》と称した。すると、多くの小国の王や大臣・百官がことごとくやって来てお祝いを言上した。王はこれをご覧になり、ひじょうに満足して他の后のことはまったく顧みなくなった。

やがてこの后が懐妊した。王は、もし男子を産んだなら、詔勅を出して王位を継がせようとお思いになった。こうして、月満ちて生まれる日を待ち続けていたが、さて后が産んだのは一つの蓮花《れんげ》であった。これを見た王は大いに怒り、「この后は畜生から生まれた人間だから、かようなものを産んだのだ。なんとも異様《いよう》である」とおっしゃって、即刻后の位を剥奪《はくだつ》した。「その蓮花はすぐに捨ててしまえ」ということで、池に投げ込ませた。池に投げ入れる人が、その花を手に取って池に入れると、蓮花に五百の葉が生じ、その一葉一葉に一人の童児が乗っている。その容姿はどれも整って美しく、世に並ぶものもないほどである。そこで大王にこのことを申しあげると、王はその王子をみな王宮にお迎えになり、后をもとの位に復し、前の処置を後悔なさった。

それから王は大臣・百官および小国の王や多くの婆羅門《ばらもん》を召し出し、一同を集めて五百人の王子を抱かせ、また多くの占い師を召してそれに王子の吉凶を占わせた。占い師は卦《け》を立てて、「この五百の王子にはすべてりっぱな相がおありになります。仏道の威徳を身に受けられて、かならずや世に尊ばれなさるでしょうし、国はその利福を被《こうむ》ることでしょう。そしてこの方々《かたがた》がもし俗人でいるならば、鬼神がこれを護持し、もし出家するならば、すべての輪廻《りんね》の苦しみを断ち切って三明六通《さんみょうろくつう》を得、四道四果《しどうしか》を身に着けるでありましょう」という。大王はこの占い師の言葉を聞いて限りなくお喜びになり、国内から五百人の乳母《めのと》を選び出し、おのおの王子を養育した。

やがて王子たちは次第に成長し、みな出家を希望した。父母は占い師が言ったとおりすべての出家を許した。そこで五百人の王子はみな出家して王宮の後ろの庭園の中に居《きょ》を定め、仏道修行して辟支仏《びゃくしぶつ》となった。こうして四百九十九人の王子は順々に辟支仏果を証得し、父母の前に来て、「わたくしたちはすでに辟支仏果を証得しました」といって、種々の神変《じんぺん》を現じて涅槃《ねはん》に入った。それを見た鹿母夫人《ろくもぶにん》は四百九十九の塔を建て、その辟支仏の遺骨をみな納めて供養した。なお、最末弟の皇子はそれから九十日たって、これもまた辟支仏となり、同様に父母の前に来て大神変を現じ涅槃に入った。そこでまたこの皇子のために一の塔を建て、前のように供養した、とこう語り伝えているということだ。

〈語釈〉

○**蓮花に五百の葉**　前記『雑宝蔵経』巻一（九）話は「見二レバ千葉蓮華一ヲ。葉々ニ有二リ一小児一」とし、同（八）は足跡が蓮華になった女が后となり（蓮華夫人）五百卵を産み、その卵から五百皇子が生まれたとする。

○**婆羅門**《ばらもん》　古代インドにおける四種の階級（四姓）の最上位。僧侶階級で、宗教・文学・典礼を職とする。その奉ずる宗教は仏教以前から存在した婆羅門教であるが、仏教側からはこれを外道《げどう》の一として排し、対立的関係にあった。

○**卦**《け》　古く中国に始まる易《えき》（易経＝周易に基づく）で、算木《さんぎ》（約九センチメートルの正方柱体の六個の木）に現われる形象をいう。陰と陽とを示す二爻《こう》を三つ重ねてできる乾《けん》・兌《だ》・離《り》・震《しん》・巽《そん》・坎《かん》・艮《ごん》・坤《こん》の八つを基本として、これを八卦《はっけ》といい、この八卦を二つずつ上下に組み合わせて六十四卦とする。この八卦・六十四卦によって天地間の変化をあらわし吉凶の判断をする。ここで「卦」を出しているのは、本話を中国風・和風のものにとりなしているからである。

○**鬼神**　恐ろしい自在力を有する者。これに悪行をほしいままにし、人・畜を悩ます悪鬼神（夜《や》叉《しゃ》・羅刹《らせつ》・風神・雷神など）と、善行為をなし、国土を守護する善鬼神（梵天《ぼんでん》・帝釈《たいしゃく》・竜王など）がある。ここは後者。

○**三明六通**《さんみょうろくつう》　三明は阿羅漢《あらかん》の智にそなわる自在の妙作用で、宿命明《しゅくみょうみょう》・天眼明《てんげんみょう》・漏尽明《ろじんみょう》の三。六通は六種の神通力《じんずうりき》。

○**四道**《しどう》　涅槃《ねはん》に至る四種の道。加行道《けぎょうどう》（戒《かい》・定《じょう》・慧《え》の三学を行《ぎょう》ずる位）・無間道《むけんどう》（煩悩を断ずる位）・解脱道《げだつどう》（真理を証悟する位）・勝進《しょうじん》道（定慧増長する位）の四。○**四果**《しか》　声聞《しょうもん》四果（須陀洹《しゅだおん》・

斯陀含《しだごん》・阿那含《あなごん》・阿羅漢《あらかん》）。**○辟支仏**《びゃくしぶつ》　縁覚ともいう。仏の教えによらず、飛花落葉を観じて独悟し、絶対自由境に到達した人。また十二因縁の理を観察して独悟した人。
○辟支仏果　仏道の果。悟り。涅槃《ねはん》。
○神変《じんぺん》　神力で不思議なはたらきを変現すること。**○涅槃**《ねはん》　仏教の最終理想。悟り。すべての煩悩《ぼんのう》の束縛を解脱して真理を究め、迷いの生死《しょうじ》を超越して不生不滅の法を体得した境地。煩悩を滅却して絶対自由となった境地。また仏陀・聖者の死。入滅。ここでは後者の意。

般沙羅《はんしゃら》王の五百の卵、初《はじ》めて父母《ぶも》を知る語《こと》、第六

今は昔、天竺《てんじく》の般沙羅《はんしゃら》国に大王があった。名を般沙羅《はんしゃら》王《おう》という。その后が五百の卵を産んだ。大王はこれを見て奇異の念を抱いた。后もみずからこれを恥じ、小さい箱に入れ、家臣に命じて恒伽《ごうが》河《が》（ガンジス川）に流させた。

そのとき、隣国の王が狩猟に出てあちらこちら歩いておられたが、この卵の箱が川を流れて行くのを見つけ、取りあげて箱を開けて見ると、五百の卵が入っていた。王はこれを見て、投げ捨てもせず王宮に持ち帰って置いておくと、数日して、この五百の卵からおのおの一人の男の子が出てきた。王はたいそう喜んだ。この王はもともと子がひとりもなかったので、これらをたいせつに養い育てているうち、五百の王子は次第に成長していったが、いずれも勇敢な気性で武道は抜群であり、一国の中にこの五百の王子と肩を並べる者はなかっ

た。

ところが、この国は以前からかの般沙羅王の国と敵対関係にあったので、この武勇に長《た》けた五百の王子を得て、これをもってかの国を攻めようと思い、まず使者を遣わして、「勝負を決しよう」と言いやった。そして軍備を整えてかの国に進発し、その城を囲んだ。これを見た般沙羅王は大いに恐れ嘆かれた。すると后が、「王よ、けっして恐れなさることはありません。と申すのは、敵国の五百の軍勢というのはみなわが子です。子は母を見たなら、おのずから害心がなくなるでしょう。わが子だというのは、わたしが産んだ五百の卵がそれらだからです」といって、前のことをくわしく語った。

さて、軍勢が城に攻めかけようとするとき、后はみずから高楼に登り、五百の軍勢に向かって、「その方《ほう》たち五百人はみなわが子です。わたしは先年、五百の卵を産みましたが、恐れをなしてそれを恒伽河《ごうがが》に流しました。隣国の王がこれを見つけて養育したのがその方たちです。それが今、どうして父母を殺して逆罪を造っていいでしょうか。その方たち、もしこのことを信じないのなら、おのおの口を開いてわたしの方に向きなさい。わたしが乳を押しもむと、その乳は自然にその方たち一人ひとりの口に入るでしょう」と誓って乳をもんだ。これを聞いた五百の軍勢がみな高楼に向かって立っていると、その口ごとに乳が同時に飛び入った。その瞬間、五百の軍勢は后の言ったことを信じ、恐れ敬って帰っていった。それ以後、この両国はたがいに親善関係を結び、攻撃し合うことはなくなった、とこう語り伝えているということだ。

〈語釈〉

○**般沙羅《はんしゃら》王《おう》**「般沙羅」は梵語 Pañcāla。般遮羅とも音訳し、五執と訳す。『倶舎論記《くしゃろんき》』には「般遮羅ハ是レ地名。唐ニテ言フニ執五一ト」、『倶舎論疏《しょ》』には「般遮羅是地名。此云ニ執五一」とある。インド恒伽《ごうが》河《が》（ガンジス川）の流域にあった国の名。国王は罪人の死刑を廃し、ただ五体を縛してこれを山林にすてたからこの名があるといい、また国名に従っての王名ともいう。なお本話に最も近い内容をもつ『雑宝蔵経』巻一（八）「蓮華夫人縁」には「烏提延王《うだえん》」とあり、『大唐西域記』は「梵予王」とする。

○**その后が五百の卵を産んだ**「后」は前項に記した（八）話によれば、提婆延《だいばえん》仙人の小便の精を雌鹿が舐めて産まれた娘の歩く足跡が蓮華と化し、后に迎えられて蓮華夫人《れんげぶにん》と称された者である。五百の卵を産んだが、第一夫人に妬《ねた》まれ、これを恒河《ごうが》（ガンジス川）に流された、とする。本話では后自身が恥じて流したことになっているが、これは『倶舎論記』『倶舎論疏』に同じ。前項（九）話は后を鹿女夫人《ろくにょぶにん》とし、千葉《せんよう》の蓮花を産んでそれを川に流したが、各葉上に千人の子が生じたとする。

○**恒伽河《ごうがが》**　ヒマラヤ山（雪山《せっせん》）に源を発し、東流してベンガル湾に注ぐ大河ガンジス川のこと。恒伽・恒河とも記し、『倶舎論記』『倶舎論疏』に「殑伽河」とあるのも同じ。支流である閻牟那《えんむな》・薩《さ》羅由《らゆ》・阿夷羅婆提《あいらばてい》・摩醯《まひ》の四河を合わせて五河《ごが》という。

○**隣国の王**　前記（八）話は「薩眈菩《さつたんぼ》王」とし、（九）話は「烏耆延王」とする。

○**五百の卵からおのおの一人の男の子が**　卵から生まれるのを卵生といい、四生（胎・卵・湿《しつ》・化《け》）の一である。複数の人間が卵生する話はインド説話に多く、本集でも巻二第十五話・第三十話に見えた。生まれた男子は共通してみな剛力武勇の士である。

○**害心**　ここでは父母の国を攻めようとする心のこと。
○**逆罪**　五逆罪ともいう。仏教における五種の逆悪重罪。ふつう、殺父・殺母・殺阿羅漢・破和合僧・出仏身血の五をいう。

波羅奈《はらな》国の羅睺《らご》大臣、国王《こくおう》を罰《う》たんと擬《せ》る語《こと》、第七

今は昔、天竺《てんじく》の波羅奈《はらな》国に大王がおいでになった。この大王が寝ておられるとき、王宮の守護神が現われ、「羅睺《らご》大臣が国位を奪うために大王を殺そうと企てています。すぐさま国外にお逃げなさるよう」と告げた。大王はこれを聞いて恐れおののき、后および太子と計り、ひそかに国境を出て逃げて行ったが、ひどくあわてていたので道に迷い、四十日も歩かなければ行きつけないような難路に入り込んでしまった。なんともけわしく堪え難い道で、水一滴なくのどが渇いてまさに死ぬばかりである。まして食糧などまったく手に入らず、とても生きられそうもない。

大王と后は悲鳴をあげ嘆声を発したが、大王は、「このままでは、われわれ三人とも立ちどころに死んでしまうだろう。同じことなら后を殺し、その肉を取って食べ、わしと太子の二人の命を長らえよう」と思い、剣を抜いて后を殺そうとした。すると、太子が父に、「私は母の肉を食べることはできません。それならば私の肉を父母に差上げましょう」という。王は餓えの堪え難さにこらえ切れず、言うがままに太子の体から肉の一片を切り取った。

だが行く先はまだはるか遠いので、太子はさらに手足の肉を切り取って父母に与えた。切り取ったあとが腐って悪臭を発し、それが遠くまでにおう。すると、蚊や虻《あぶ》が争って飛びかかり、体一面を刺し食らう。その苦しさ痛さは言語に絶するほどである。太子はいった、「願わくは私は来世に無上菩提《むじょうぼだい》を得て、汝《なんじ》らの餓《う》えの苦しみを救ってやりたいものだ」。だが父母はやがて太子を捨てて行ってしまった。

これを見た帝釈天《たいしゃくてん》は、悪獣に化してこの場に現われ、太子の体の残った肉をむさぼり食う。このとき太子は、「私のこの捨て難い身を捨てる功徳により、願わくは無上菩提を証し、一切衆生《いっさいしゅじょう》を済度《さいど》したいと思う」と誓いを立てた。と同時に、帝釈天はもとの姿にかえり、「そなたはじつに愚かじゃ。無上菩提というものは、長い間苦行を修めてはじめて得るところの証果であるぞ。そなた、どうしてこれほどの布施行《ぎょう》によって無上道など証得できようぞ」とおっしゃる。

すると太子は、「私がもし今の誓い言《ごと》について嘘《うそ》いつわりをいっているなら、このわが身は絶対にもとのようにならないであろう。もしまた真実をいっているなら、わが身はもとのように平癒するであろう」という。そのとたん、太子の肉はもとのようになって全快した。容姿端麗なること前に数倍するほどである。そして即座に起き直り、帝釈天《たいしゃくてん》を礼拝なさった。その後、帝釈天はかき消すように見えなくなった。

父の大王は隣国の王の所に行ってこのことをお話しになると、隣国の王は同情して大軍を発し、羅睺《らご》大臣を攻めた。ついにこれを攻略し終わって、大王は本国に帰り、もとのように位に即いた。太子もまた本国に帰ったが、やがて国位を譲り受け、父王のように国政を執った。この太子の名を須《す》闡提《せんだい》太子という。今の釈迦仏がこれである。羅睺大臣というのは今の提婆《だいば》達多《だった》である、とこう語り伝えているということだ。

〈語釈〉

○**大王**　『法苑珠林』によれば、波羅奈国王羅闍《らじゃ》の最小子で辺国の王とされている。『賢愚経』は提婆王の最小太子、修婆羅提致《しゅばらだいち》とする。

○**羅睺《らご》大臣**　『法苑珠林』は「羅睺羅」としまた「羅睺大臣」とする。『賢愚経』は「羅睺」。羅睺は梵語 Rāhu。覆障・障蔽または執日と意訳する。もともとは星の名で、インド伝説では阿修羅《あしゅら》王の一とし、日月の光を隠蔽して日蝕・月蝕を起こすという。

○**四十日**　『法苑珠林』によれば、隣国に行くのに二つの道があり、一方は七日の行程、他方は十四日の行程、王はあわてていたので誤って十四日を要する道に迷い込んだ、とする。

○**太子の体から肉の一片を**　『法苑珠林』は、太子が父王に対し、母を殺してその肉を食うことはやめて、自分の肉を食べてくれ、だが自分を殺してしまうと今後の食糧に困るだろうから、殺さずに日々肉を切り取り、その三分の二を父母が食べ、三分の一を自分が食べて旅を続けようと言ったので、父母は嘆きながらそれに従ったが、行程一日を残して肉を食い尽くし、瀕死《ひんし》の太子の勧めるままに父母は太子を置きざりにして去った、とある。

○**無上菩提《むじょうぼだい》**　仏果。悟り。涅槃《ねはん》。仏所得の菩提（さとり）は最上であるからこういう。『法苑珠林』は「令《し》メバ下我ヲシテ来世ニ得上レ成ズルヲ二仏道一ヲ、施シ二以法食一ヲ除カン二汝ガ飢《き》渇《かつ》生死重病一ヲ」とする。

○**帝釈天《たいしやくてん》**　梵天《ぼんでん》王とともに仏法の守護神であり、また東方の守護神でもある。忉利《とうり》天《てん》の喜《き》見《けん》城に住むという。『法苑珠林』は「帝釈見已《をはリ》。即便《すなはち》化二作ス師子《しし》虎狼《こらう》一」。『雑宝蔵経』は「餓狼」。
○**一切衆生《いっさいしゅじょう》を済度《さいど》**　「一切衆生」は、いっさいの生物。生きとし生けるもの。「済度」は生死の苦海に悩むものを救済して、涅槃《ねはん》の彼岸に至らしめること。
○**須闡提太子《すせんだい》**　『法苑珠林』『賢愚経』は「須闍提《すじやだい》」とする。
○**提婆達多《だいばだった》**　釈尊の従弟。釈尊成道《じょうどう》後、出家して弟子となったが、生来名聞《みょうもん》の心強く、出家前より生涯におよび何事によらず釈尊と争い敵対した。『法苑珠林』は父王を今の悦頭檀《えずだん》（浄飯王《じょうぼん》）、母后を今の摩耶夫人《まやぶにん》、太子を今の釈迦仏、帝釈を今の阿若憍陳如《あにやきようぢんによ》とするが、羅睺《らご》大臣を今の提婆達多とする記事は見えない。

大光明王、婆羅門《ばらもん》の為に頭《かしら》を与《あた》うる語《こと》、第八

今は昔、天竺《てんじく》に大光明王と申す王がおいでになった。この王は人に物を与える心が深く、五百頭の大象にさまざまの宝を負わせ、多くの人を集めてその宝を施しなさったが、すこしも惜しむ心はおありにならなかった。まして人が来て宝が欲しいといえば、与えぬことは一度もなかった。

大光明王にこういう心があると聞いた隣国の王は、これを殺してやろうと考え、一人の婆《ば》羅門《らもん》を雇い、それに言い含めて大光明王のもとに遣わし、王の頭を乞い求めさせた。婆羅門

は大光明王のもとに行き頭を乞おうとしたが、王宮の守護神がこのことを知って門衛に告げ、婆羅門を中に入れさせなかった。だが、門衛はついに婆羅門が面会を求めて来ていることを王に申しあげた。すると大王はみずから出て来られて婆羅門にお会いになったが、まるで幼児が母を見るような態度である。満面に喜悦の情を表わして来意をお尋ねになると、婆羅門は、「大王様の御頭《かしら》をちょうだいいたしたい」という。大王は、「そなたの望みどおりわが首を与えよう」とご承知になった。そしてまず宮殿にお帰りになり、后たちや五百人の太子に向かって、婆羅門に首を与える旨《むね》お伝えになった。

これを聞いたとたん、后や太子たちは色を変え気を失うほど驚き悲しんで、必死にこれをおいさめした。しかし大王は絶対に心を翻えそうとなさらない。そして手を合わせ十方に向かって礼拝し、「十方の仏・菩薩《ぼさつ》よ、なにとぞ私をおあわれみくださって、私の今日の願いを成就させてください」と申して、大王みずから樹《き》に体を縛り付け、「わしの頭《かしら》を切り取って与えよ」とおっしゃる。これを見て婆羅門《ばらもん》は剣を抜き樹に駆け寄った。と同時に、樹神《じゅじん》が手をあげ、婆羅門の頭を打つ。婆羅門は地に倒れ伏した。

これを見た大王は、樹神に、「あなたは私の願いに力を貸さず、私が善法を行おうとする邪魔だてをしている」という。そのため樹神は手を引いてしまった。そこで婆羅門が大王の頭を切り取りにかかると、王宮内の后・太子をはじめ大臣・百官その他もろもろの家臣たちはいいようもなく泣き悲しんだ。婆羅門はついに大王の頭を切り取ってもとの国に帰っていった。

この大光明王というのは、今の釈迦仏その方である。婆羅門を雇って事を命じた隣国の王というのは、今の提婆達多《だいばだつた》その人である、とこう語り伝えているということだ。

〈語釈〉

○**幼児が母を見るような態度**　大王が婆羅門に対し、まったく疑念を持たぬさまをいう。『経律異相』は「王聞キテ即チ奉迎ス。如ニク子ノ見ルガレ父ヲ前《すす》ミテ為シニ作礼ヲ一問フレ所ヲニ従来スル一」。

○**十方**　東・南・西・北・四維《しい》（東南・西南・東北・西北の四隅）と上・下。全宇宙を意味する。仏教では十方に世界があるとし、十方衆生・十方仏国・十方諸仏などいう。

○**善法**　善い教法。五戒十善（世間の善法）・三学六度（三学は戒《かい》・定《じよう》・慧《え》、六度は六波羅蜜＝布施・持戒・忍辱《にんにく》・精進・静慮・智慧で、出世間の善法）等の、理にかない、自己を益する法。私が善法（ここでは主として布施）を行なおうとすることのじゃまをした。

転輪聖王《てんりんじようおう》、求法《ぐほう》の為に身を焼く語《こと》、第九

今は昔、天竺《てんじく》に転輪聖王《てんりんじようおう》がおいでになった。一切衆生《いつさいしゆじよう》に幸福な生活を送らせようと思い、それにふさわしい教えを求めていたが、わが治めるこの地上世界に次のような宣旨《せんじ》を下した、「この世界に仏法を知っている者がいるか」。すると、ある者が、「遠くの辺地に一小国がありますが、その国に一人の婆羅門《ばらもん》がいて、その人が仏法を知っております」と申し出た。そこで国王は使いを遣わしてそれを招請したところ、即刻やって来て参内した。

大王はひじょうに喜び、特別に座をしつらえてそれに座らせ、種々の美膳を整えて供養なさろうとしたが、婆羅門はどうしてもその座に着かず、供養も受けない。婆羅門は、「大王がもし仏法を聞くために私を供養しようとお思いになるなら、王の御身の千の箇所に傷を彫りつけ、そこに獣脂を満たして燈心を差し、それに火を燃《とも》して供養なさるがよい。そうすれば私は供養を受けて仏法を説き聞かせましょう。そうでなければ、私はすぐ立ち去るつもりです」といって、今にも立ち上ろうとする。

そのとき、大王は婆羅門を抱きとめ、「大師《だいし》よ、しばらくおとどまりください。私は限りない遠い昔から今に至るまで、何度となく生まれかわり死にかわりしてきましたが、いまだ仏法のために身を捨てて尽くしたことはありません。今日がその時に当たっています。私はこの身を捨ててあなたを供養いたしましょう」とおっしゃって奥殿に入り、多くの后や五百人の王子に向かって、「わしは今日、仏法を聞くために身を捨てようと思う。さればお前たちの顔を見るのもこれが最後じゃ」とおっしゃる。

その王子たちの中に一人、並ぶ者のないほど聡明で、計《はか》りない知恵の持ち主である王子がいた。容貌《ようぼう》もすぐれ性格も正直であったので、大王はこの王子を掌中の玉とかわいがっていた。それで国内の民衆も、風になびく草木のようにこの王子を慕っていた。大王はこの王子に対して、「この世における肉親の愛情は、いかに深くともかならず別離というものがあるのじゃ。このたびのことはけっして嘆くではない」とおっしゃる。王子も后もこれを聞いてこのうえなく泣き悲しんだ。

さて、大王は婆羅門《ばらもん》のいうように、身に千カ所のきずを彫り刻み、そこに獣脂を満たしたうえ、最上質の細布をもって燈心として火を燃《とも》した。その間に婆羅門は、「それ、生ずればすなわち死す。死滅を楽と為《な》す」という半偈《はんげ》の法文を説き聞かせた。

王はこの偈を聞いて心中に喜びを覚え、多くの衆生のために大いに慈悲心を起こされた。まわりの人々もまたこの偈を聞き、歓喜《かんぎ》して、「大王様、あなたはまことに大慈悲の父母でいらっしゃる。衆生のためにこの苦行をあえてなされた。われわれはこの偈を書写して修行をいたしましょう」といい、あるいは紙に、あるいは石の上に、あるいは木の幹に、あるいは瓦礫《がれき》に、あるいは草の葉に、というように、多くの人の行く所行く所にこの偈文《げもん》を書き写す。これを見聞きした者はことごとく無上菩提《ぼだい》心を起こした。また、大王が身を燃やされた燈心の光ははるか十方世界を照らす。その光に当たった衆生もみな菩提心を起こした。

そのとき、婆羅門はたちまちもとの帝釈天《たいしやくてん》の姿に変じ、光を放って大王にこう告げられた、「そなたはかくも至難な供養をなし、いかなる報いを願うているのか」。大王は、「私は人間界・天上界のすばらしい楽しみを求めはいたしません。ただ無上菩提を求めようと思います。たとえ赤熱《しやくねつ》の鉄の輪をわが頭上に置いたにしても苦しくはありません。このような苦行をもってしても無上菩提を求める心は絶対に失われますまい」とお答えになった。

するとと帝釈天は、「そなたはそのようにいうが、わしは信じ難いぞ」とおっしゃる。大王は、「私の申したことがもし真実でなく、帝釈天を欺いているのなら、私の千の傷はけっしてなおりますまい。またもし真実の言葉であるなら、血が乳となって千の傷はもとのようになおるでしょう」とおっしゃった。

　と同時に、千の傷はことごとく癒《い》え、もとのような身になった。その後、帝釈天はかき消すように見えなくなってしまわれた。その大王と申すのは今の釈迦仏その方《かた》である、とこう語り伝えているということだ。

〈語釈〉

○**転輪聖王《てんりんじょうおう》**　古代インドにおいて、世界を支配する理想的帝王をいう。『大方便仏報恩経』『経律異相』は「転輪聖王」とし、『賢愚経』は王名を「虔闍尼婆梨《けんじゃにばり》」とする。

○**一切衆生《いっさいしゅじょう》**　いっさいの生物。生きとし生けるもの。○**宣旨《せんじ》**　国王の命令。

○**大師**　大導師の意で、普通は仏の尊称に用いるが、ここでは婆羅門を尊んでいう。

○**半偈《はんげ》の法文**　「偈」は頌《じゅ》と同意で、仏徳または教理を賛歎《さんだん》する詩。多く四句からなる。ここでは二句だから半偈という。

○**それ、生ずればすなわち死す。死滅を楽と為《な》す**　無常の偈として知られる「諸行無常、是生滅《ぜしょうめつ》法《ぽう》、生滅々已《しょうめつめつい》、寂滅為楽《じゃくめついらく》」の第一・四句に相当する。この偈は、釈尊が過去世において童子として雪山《せっせん》（ヒマラヤ山）で仏道を修行していたとき（これにより童子を雪山童子という）、この四句の偈の後半を聞こうがために羅刹《らせつ》（鬼）にわが身を与えたということで知られ、雪山偈・捨身半偈ともいわれる。本話もそれに類するが、ここの半偈は、この世に生を受けた者はかならず死ぬものである。この生死の相対を絶した悟りの境地（絶対境・涅槃《ねはん》）を体得すれば、そのまま安楽となるものだ、の意。『報恩経』『異相』は二句目を「此滅為楽《しめついらく》」とする。

○**無上菩《ぼ》提《だい》心**　「無上菩提」は五種菩提（発心・伏心・明心・出到・無上）の一。仏果（悟り・涅槃）に至る智慧を五種に分けたもののうち、菩《ぼ》薩《さつ》が等覚《とうがく》・妙覚《みょうがく》の位に至っていっさいの煩悩《ぼんのう》を滅し尽し、仏果円満の証《さと》りを成就することをいう。すなわち無上菩提心は、最高の悟りの境地を求め、衆生を教化《きょうけ》しようとする心。『報恩経』は「其見聞スル者、皆発《おこ》ス二阿《あ》耨多《のくた》羅三藐《らさんみゃく》三菩提ヲ一（無上正遍智、無上菩提心）」とし、『異相』は「其見聞スル者、皆発ス二道心ヲ一」とする。

国王、求法《ぐほう》の為に針を以《も》て身を螫《さ》さるる語《こと》、第十

今は昔、天竺《てんじく》に国王がおられた。教えを求めようがために、王位を捨てて山林に入り修行をなさっていた。

するとー人の仙人が現われ、国王に向かって、「わしはある法文《ほうもん》を身から離さず信じ続けている。それをそなたに教えて進ぜようと思うが、いかがかな」と話しかけた。国王は、「私は法を求めようとして山林で修行をはじめました。さっそくお教えください」と答える。仙人は、「わしの言うことに従うなら教えてやろう。従わねば教えるわけにゆかぬ」という。王は、「もし法を聞くことができるなら、私は身命を惜しむものではありません。ましてそのほかのことでしたら、どのようなことでも従います」と答えた。

仙人は、「もしそのとおりなら、九十日の間、一日に五度、針でその身を突かれてみよ。そのうえでわしは尊い法文を教えてやることにする」という。国王は、「たとえ一日に百度

千度突こうとも、法のためには身を惜しむことなどありません」とおっしゃって、仙人にその身を任せるため立ち上がられた。

そこで仙人は針をもって王の身を五十度突いた。だがすこしも痛がらない。こうして、一日に五度ずつ突く。三日目になって、仙人が、「そなた、痛くはないか。痛ければ帰って行くがよい。九十日間このように突くが、どうだ堪えられるかな」ときく。国王は、「地獄に堕《お》ちて灼熱《しゃくねつ》の猛火に身を焼かれ、剣の山・炎の樹《き》によじ登らせられるときは、いかに苦痛を訴えたとて、帰って行けとはだれもいってはくれない。そのときの苦痛にくらべれば、いまの苦痛は百千万億分の一にも及びません。だから痛いとは思わないのです」とおっしゃって、九十日間よく堪え忍んで痛がろうとしなかった。

その後、仙人は八字の法文を教えた。いわゆる「諸悪莫作《しょあくまくさ》、諸善奉行《しょぜんぶぎょう》」という法文である。そのときの国王と申すのは釈迦仏その方であり、そのときの仙人というのは今の提婆達《だいばだっ》多《た》その人である、とこう語り伝えているということだ。

〈語釈〉

○**国王**　類話である『賢愚経』は王名を「毘楞竭梨」とする。

○**仙人**　『賢愚経』では仙人にあたる者は「労度差《ろうどさ》」という婆羅門《ばらもん》、本話と同話の『三国伝記』は阿《あ》私多《しだ》仙人とする。この仙人は阿私陀・阿斯陀・阿私・阿夷とも書き、迦毘羅衛国《かびらえこく》に住んでいたが、悉達《しっだ》太子（釈尊）生誕のとき招かれてその相を占ったとされる。巻一第一話に見える善相《ぜんそう》婆羅門はこの人。

○**法文**《ほうもん》　経・論・釈など仏法を説いた文章。

○**身命を惜しむものでは**　いわゆる「不惜身命《ふしやくしんみよう》」で、菩提《ぼだい》のためにわが身命をも惜しまぬこと。『法華経』巻五には、薬王菩薩以下二万の菩薩が仏前に誓って「我ら当《まさ》に大忍力《だいにんりき》を起して此の経を読誦《とくじゆ》し、持説し、書写し、種々に供養して身命を惜しまざるべし」とあり、善導《ぜんどう》の『法事讃』には「不レ惜シマ二身命ヲ一度ス二衆生ヲ一」「不レ惜シマ二身財ヲ一求ム二妙法ヲ一」などあって、仏典に多く見える。

○**九十日**　いわゆる「安居《あんご》」の期間で、僧は四月十五日から七月十五日まで（一夏九旬《いちげきゆうじゆん》）一所に集まり外出を禁じて修行する定めがあり、すでに婆羅門《ばらもん》教にこの制があったという。

○**五十度**　この前後には五度突くとあって矛盾するが、五度は五十度の誤記であろう。『三国伝記』は「自《よ》リレ今九十日、一日ニ五十度以テレ針ヲ身ニ槌《つか》セヨ、吾貴キ法ヲ教ヘント曰《い》フ」とある。『賢愚経』は「千鉄釘」を打ち込むとしている。

○**灼熱**《しやくねつ》**の猛火**　『三国伝記』は「炯燃猛火《どうねんみようか》」とする。『往生要集』「焦熱地獄」の条に、「獄卒、罪人を捉《とら》へて熱せる鉄地の上に臥《ふ》せ、或は仰《あふ》むけ或は覆《うつぶ》せ、頭より足に至るまで大なる熱鉄の棒を以て或は打ち或は築《つ》いて肉摶《にくだん》の如《ごと》くならしむ。或は極熱せる大なる鉄鏊《てつがう》の上に置いて猛炎《みやうえん》をもて之を炙《あぶ》り、左右に之を転じ表裏焼薄《せうはく》す。或は大なる鉄串《てつくわん》を以て下より之を貫き、頭に徹して出《い》づ。反覆して之を炙《あぶ》り、彼の有情《うじやう》の諸根毛孔《まうく》及び口中《くちゆう》悉く皆炎《えん》をして起らしむ。或は熱鑊《ねつくわん》に入れ或は鉄楼に置けば、猛火猛盛《みやうくわみやうじやう》にして骨髄に徹す」とある。

○**剣の山・炎の樹**《き》　『三国伝記』は「刀山剣樹」とする。『往生要集』「衆合地獄《しゆがふ》」の条に、「多く鉄《てつ》山《せん》有りて両山《りやうせん》相対す。牛頭馬頭《ごづめづ》等の諸々《もろもろ》の獄卒手に器杖を執り、駆《か》つて山間に入らしむ。是《こ》の時両山迫《せま》り来りて合押《がふあふ》し、身体摧砕《ざいさい》し血流れて地に満つ」、「又復《またまた》獄卒、地獄の人を取りて刀葉林《たうえふりん》に置きて、彼《か》の樹頭に好端正《かうたんじやう》にして厳飾《ごんじき》せる婦女《ふによ》あるを見しむ。是《かく》の如きを見已《をは》りて即ち彼の樹に上らんとす。樹葉は刃《やいば》の如くにして其の身肉を裂き、次に其の筋《すぢ》を裂き、是《かく》の如く一切《いつさい》の処を劈割《へきかつ》して已《すで》に樹に上ることを得已《をは》りて、彼《か》の婦女を見れば又地に在り、欲の媚眼《みげん》を以て罪人を上看《じやうかん》して是の如きの言を作《な》す。……」とある。

○八字の法文　次にいう「偈《げ》」の文。

○諸悪莫作《しよあくまくさ》、諸善奉行《しよぜんぶぎよう》　諸悪は作《な》す莫《なか》れ、諸善は奉行せよ。悪いことはどんな些細なこともするな、善いことはどんなことでも行なえ。これは「七仏通誡偈《しちぶつつうかいげ》」中の二句。この偈は毘婆尸《びばし》仏から釈迦仏に至る過去七仏が等しく戒行の根本としている偈頌《げじゆ》で、「諸悪莫ク㆑作ス、衆善奉行シ、自ラ浄ム㆓其意ヲ㆒、是諸仏教」の四句偈である。「諸善奉行」は正しくは「衆善奉行」であるが、『三国伝記』も「諸善」となっており、本話の出典と『三国伝記』のこの話の出典はそのもとを同じくするかと思われる。なお、この二句は『日本霊異記』序文の末尾にも見える。

五百人の商人《あきびと》、山を通りて水に餓《う》うる語《こと》、第十一

今は昔、天竺《てんじく》に五百人の商人がいたが、商用で他国に行こうとしてある山を通った。この五百の商人は一人の沙弥《しやみ》を連れていた。ところが、山中で道に迷い深山に踏み込んでしまった。この山は人跡絶え、一滴の水もない。そのため、この商人たちは三日も水が飲めず、のどが渇いてまさに死ぬ寸前に追い込まれた。

そのとき、商人たちは沙弥に向かい、「仏は一切衆生《いっさいしゅじょう》の願いをかなえてくださる。思いもよらぬことながら、三悪道の苦しみさえわれわれに代って受けてくださる。ところでそなたはちゃんと頭を剃《そ》り僧衣をまとって仏弟子となっている。われわれ五百人はいまにも渇《かわ》き死《じ》にしてしまうだろう。そなた、われわれを助けてくれ」という。沙弥は、「心の底から助けてほしいと思っていなさるのか」ときく。商人たちは、「今日われわれが生きるか死ぬか、すべてはそなたを頼みにするほかない」と答えた。

これを聞いた沙弥は高い峰に登って行き、そこにある大岩のもとに座して、こういった。「自分は頭を剃ってはいるが、まだ修行が足りず、人を助ける力がない」。だが、商人たちは、「そなたは仏弟子の姿をしている。われわれの命を救ってくれ」といって水を求めるが、その仏弟子である沙弥はどうにもならず、「十方三世《じっぽうさんぜ》の諸仏如来よ、なにとぞわが頭の脳漿《のうしょう》を水に変え、商人たちの命をお救いください」と誓願を立てて、大岩の角に頭を打ちつけた。と同時に血がほとばしり流れる。その血はたちまち水に変わった。五百の商人と多くの牛馬はこの水をいっぱい飲んで命を全《まっと》うした。

その沙弥というのは今の釈迦仏その方であり、五百の商人というのは今の五百の御弟子《みでし》たちである、とこう語り伝えているということだ。

〈語釈〉

○**沙弥**《しゃみ》　七衆《しちしゅ》（比丘・比丘尼・沙弥・沙弥尼・式叉摩那《しきしゃまや》・優婆塞《うばそく》・優婆夷《うばい》）の一。出家して十戒を保つ年少の男子。二十歳以上になり、具足戒《ぐそくかい》を受けて比丘となる。ただし、わが国では古来、右の他に妻子を持つなど戒行の完全でない比丘をも沙弥と称している。本話の沙弥はこの意のものであり、類話である『撰集百縁経』の話では「優婆塞」とし、『経律異相』の話では「導師」とする。
○一切衆生《いっさいしゅじょう》　すべての生類。生きとし生けるもの。**○三悪道**　三悪趣。地獄・餓鬼・畜生の三世界。**○十方三世**《じっぽうさんぜ》**の諸仏如来**　「三世」は過去世・現世・来世の三。「如来」は仏の十号（如来・応供《おうぐ》・正遍知《しょうへんち》・明行足《みょうぎょうそく》・善逝《ぜんせい》・世間解《せけんげ》・無上士《むじょうじ》・調御丈夫《ちょうごじょうぶ》・天人師《てんにんじ》・仏・世尊）の一。真如の理を証得し、迷界に来て衆生を救うものの意。

五百の皇子、国王の御行《みゆき》に皆忽《たちまち》に出家する語《こと》、第十二

今は昔、天竺《てんじく》に国王がおいでになった。五百人の王子を持っておられたが、ある時の行幸に際して、この王子たちを前に立たせて進んでいっていると、たまたま一人の比丘《びく》が五百の王子の行く手を、琴《こと》を弾きながら通って行った。五百の王子はいっせいに乗り物から出ていってこの比丘に会った。すると、五百の王子はたちまち出家し、比丘から戒を受けた。国王はこれを見てすっかり驚愕《きょうがく》してしまわれた。

そのとき一人の大臣が国王の前に出て、「王子の御前を一人の比丘が琴を弾きながら通って行きました。この琴の音《ね》を聞いて五百の王子はたちまち出家をなさいました。その琴の音は、『有漏《うろ》の諸法は幻化《げんけ》のごとく、三界の受楽は空の雲のごとし』と響いておりました。これを聞いて、五百の王子はたちまち人生の無常を観じ、この世の楽しみを厭《いと》うて出家なさっ

たのです」と申しあげた。

その琴を弾いて通った比丘は今の釈迦仏その方であり、五百の王子というのは今の五百の羅漢《らかん》たちである、とこう語り伝えているということだ。

〈語釈〉

○**御行**《みゆき》　行幸の意。○**比丘**《びく》　僧。出家得度《とくど》して具足戒《ぐそくかい》を受けた男。

○**出家**　俗家を出る。在家の生活を離れて沙門の浄行を修すること。

○**戒**　三学（戒・定《じょう》・慧《え》）の一。六度（施・戒・忍・進・禅・慧）の一。三蔵（経・律・論）の中の律蔵で説くもの。仏教道徳の総称。原語尸羅《しら》 sila は制禁の義で、消極的には防非止悪の力（諸悪《しょあく》莫作《まくさ》）、積極的には万善発生の根本（衆善奉行《しゅぜんぶぎょう》）として、多くその作用より解釈される。また戒は律蔵で説く所であるから、毗奈耶《びなや》（調伏《ちょうぶく》）すなわち律と同視されるが、律は経蔵に対する一部の総称で、尸羅（戒）は毗奈耶中の一々の戒および律蔵以外の諸所で説かれているものをいい、両者には区別がある。

普通、戒は戒法・戒体・戒行・戒相の四綱目によって説明される。戒法とは仏所制の法、戒体とは授受の作法によって（師から戒を授かって）心に領納した法体のことで、防非止悪の作用あるものをいい、戒行とはこの戒体を一つ一つ行に現わすこと、戒相とはその行にそなわる種々の差別相をいう。

戒の種類には大乗戒・小乗戒の別があり、

大乗戒とは、三帰戒（仏門に初めて帰した時の儀式で、仏と教法と僧とに帰依することをいう）・三《さん》聚浄戒《じゅじょう》（1、摂律儀戒《しょうりつぎ》—すべての悪を捨断する。2、摂善法戒《しょうぜんほう》—すべての善をことごとくなす。3、摂衆生戒《しょうしゅじょう》—一切衆生をことごとく摂《おさ》めとって利益《りやく》を与える）・十重禁戒・四十八軽《きょう》戒、等。小乗戒とは、五戒（不殺生戒・不偸盗《ちゅうとう》戒・不邪淫戒・不妄語《ふもうご》戒・不飲酒《ふおんじゅ》戒）・八戒（五戒に不塗飾香《ふとしきこう》鬘歌舞観聴戒《まんかぶかんちょう》—虚飾をせず自ら歌舞せず観聴せぬこと。不眠坐高広厳麗床座戒《ふめんざこうこうごんれいしょうざ》—ぜいたくな坐臥《ざが》の具を使用せぬこと。不非時食戒《ふひじじき》—時ならぬ時間に食せぬこと、の三戒を加えたもの）・十戒（五戒に不塗飾香鬘戒・不歌舞観聴戒・不坐高広大床戒・不非時食戒・不蓄金銀宝戒《ふちくこんごんほう》の五つを加えたもの）等の在家戒（優婆塞《うばそく》・優婆夷《うばい》の戒）と、具足戒（比丘の二百五十戒・比丘尼の三百四十八戒または五百戒）、沙弥・沙弥尼戒等をいう。

その他、三千の威儀、八万の細行はみな戒法に属する。

○**有漏《うろ》の諸法は幻化《げんけ》のごとく、三界の受楽は空の雲のごとし**　「有漏」は無漏《むろ》の対。漏は漏泄《ろうせつ》の意で、人間の六門（眼・耳・鼻・舌・身・意）から漏泄《ろうせつ》する（もれる）もの、煩悩をいう。すなわち、煩悩に支配される迷いの世界に属するものを有漏という。「諸法」は色（物）・心等の一切《いっさい》万有をいう。「幻化《げんけ》」は実体のないものを現に存在するがごとくに化造したものをいう。「三界」は欲《よく》界・色《しき》界・無《む》色《しき》界で、生死流転やむことのない迷界のこと。全体の意は、この迷いの世界における一切のものごとはことごとく実体のないものであり、ただ幻のように化造されたものに過ぎない。またこの迷いの世界において受ける楽というものも、空にただよう浮き雲のようにはかないものである、ということ。

○**人生の無常**　「無常」は生滅変化してやまぬこと。すなわち、生類は生まれては死し、死しては生まれ、生々死々して一時も休息することのないことをいう。「有漏諸法如幻化」を言い代えたもの。

○**五百の羅漢《らかん》**　羅漢は阿羅漢果（声聞四果《しょうもんしか》の最上位）を得た聖者をいう。五百羅漢は五百阿羅漢・五百比丘・五百上首ともいい、諸経論中に散見するが、『仏五百弟子自説本起経』『仏説興起行経』『法華《ほけ》経（五百弟子授記品《じゅきほん》）』『涅槃《ねはん》経』等には五百羅漢に関する本生・因縁・授記のことが見え、『大智度論』（巻二）には仏弟子の数を五百とし、五百羅漢の名目を出している。

五百羅漢といい、十六羅漢といい、その数は大数を表わすものである。仏滅直後、大迦葉《だいかしょう》が五百の阿羅漢とともに王舎城において正しい遺法を集成したこと（第一次結集《けつじゅう》）、仏滅後三百三十年に阿《あ》育《いく》王の協力のもとに五百の羅漢と五百の凡夫僧《ぼんぶ》が集まり遺法の合誦を行った（第三次結集）ところ、凡夫《ぼんぶ》僧である摩訶提婆《まかだいば》（大天）は五百の羅漢を恒河《ごうが》（ガンジス川）に沈めようとしたが、五百の羅漢は神通《じんずう》力で虚空を飛び北方の迦湿弥羅《かしみら》国に移ったこと、仏滅後五百年ごろ迦膩色迦《かにしか》王が第四次結集を行なったが、この席に連なったのは右の五百の羅漢であるといわれていることなど、結集と五百羅漢の関係は深い。

本話では五百羅漢の前生を五百皇子とするが、『大唐西域記』（巻二）には前生を南海の浜の枯樹に住んでいた蝙蝠《こうもり》とする話が見える。五百羅漢の図像はいつごろから描かれるようになったか明らかでないが、中国では北宋の初めにはすでに描かれていたといわれ、呉僧法能は最古の能画者とされる。わが国には明兆《みんちょう》（兆殿司《ちょうでんす》）の描いたものが東福寺にあり、また大徳寺の五百羅漢は宋の淳熙《じゅんき》五年に描かれたものである。この他、画像・石像が各地に多く残されている。

三の獣、菩薩《ぼさつ》の道《どう》を行《ぎょう》じ、兎身《うさぎ》を焼く語《こと》、第十三

今は昔、天竺《てんじく》に兎《うさぎ》と狐《きつね》と猿《さる》の三匹の獣《けもの》がいたが、ともに深い求道《ぐどう》心を起こして菩薩道《ぼさつどう》の修行をしていた。おのおの、「われわれは前世に重い罪を造ったため、この世で卑しい獣に生まれることになったのだ。というのは、前世に生きものを哀れむ心を持たず、物惜しみをして人に何ひとつ与えようとしなかった。このような罪深いことをしたので、地獄に堕《お》ちて長い間苦しみを受け、さらに残った罪の報いによりこのような身に生まれたのだ。だからこのたびはこの身を捨てて善い行ないをしよう」と話しあい、三匹のうちの最年長のものを親のように思って敬い、次に少し年のいったものを兄のように扱い、いく分年の若いものを弟のようにかわいがるという具合に、自分のことは顧みず相手のことを先にした。

帝釈天《たいしゃくてん》がこれをご覧になり、「これらは獣とはいえまことに殊勝な心を持っている。人の身に生まれた者でさえ、生きものを殺したり、人の物を奪ったり、父母を殺したり、兄弟を仇敵《きゅうてき》のように思ったり、笑い顔をしながら悪意を懐いていたり、恋い慕っているように見せながら内心は深い怒りを含んでいたりする。ましてこのような獣が真に深い誠実な心を抱いているかどうか、にわかには信じられない。ひとつ試してみよう」とお思いになり、たちまち弱々しく疲れ切ってどうにもならないような老人の姿に身を変えてこの三匹の獣のいる所においでになり、「わしは年をとり疲れてしまってどうしようもない。そなたたち三匹でわ

しを養ってくださらぬか、わしには子もなく家も貧しくて食い物が手に入らぬ。聞けばそなたたち三匹は哀れみの心が深いということだが」とおっしゃる。

三匹の獣はこれを聞き、「これこそわれわれの願うところだ。すぐに養うことにしよう」といい、猿は木に登って栗・柿・梨《なし》・棗《なつめ》・柑子《こうじ》・橘《たちばな》・獼桃《こくわ》・椿《つばき》・郁子《むべ》・山女《あけび》などを取り、村里に出ては瓜・茄子《なすび》・大豆《まめ》・小豆《あずき》・大角豆《きさげ》・粟《あわ》・稗《ひえ》・黍《きび》などを取って持ち帰り、老人の好きなものを食べさせる。狐は墓小屋のあたりに行き、人が供えておいた餅や飯や鮑《あわび》・鰹《かつお》などの種々の魚を取って持ち帰り、思うままに食べさせたので、老人はすっかり満腹した。

このようにして数日たった。老人は、「この二匹の獣はまことに深い哀れみの心がある。もはや菩薩《ぼさつ》といっていい」という。兎は心を励まして、燈を取り香を取り、なにか捜してこようと、耳は長く背は丸まり、目は大きくて前足短く、尻の穴は大きく開いた格好で、東西南北走りまわって捜したが、どうしても捜し出せない。

そこで、猿と狐のほか老人までもが、恥ずかしめたり軽べつしたりあざ笑ったりして尻をたたいたがどうにもならない。兎は、「自分は老人を養うために野や山に食べものを捜しに行ってはみたが、野や山は恐ろしくてしようがない。人に殺されたり獣に食われたりしそうだ。不本意にもむだに命を落とす危険がひじょうに多い。よし、それならいっそのことたった今この身を捨ててこの老人に食べられ、永久に今の獣の身から離れよう」と思い、老人のところに行って、「私はこれから出かけていっておいしいものを捜してきます。それまでに枯れ木を拾い集め、それを燃やして待っていてください」といった。

そこで、猿は枯木を拾ってきた。狐は火を持ってきて燃やし付け、もしかしたらなにか持ってくるかもしれないと待っているところに、兎は手ぶらで帰ってきた。それを見た猿と狐は、「お前はいったいなにを持ってきたんだ。思っていたとおりだな。うそっぱちを並べて人をだまし、木を拾わせ火を焚《た》かせてお前が温まろうと思っていたにちがいない。憎らしいやつだ」という。兎は、「私には食べものを捜して持ってくる甲斐性《かいしょう》がありません。ですから、どうぞ私の体を焼いてお食べください」というや、火の中に躍り込んで焼け死んだ。

このとき、帝釈天はもとの姿にもどり、この兎が火に飛び込んだ姿を月の中に移し、それをあまねく一切衆生《いっさいしゅじょう》に見せようがために月の中に残しておかれた。されば、月の表面に雲のようなものが見えるのは、この兎が火に焼けたときの煙である。また、月の中に兎がいるというのは、この兎の姿である。すべての人は月を見るたびにこの兎のことを思い出すべきである。

〈語釈〉

○三匹の獣　『大唐西域記』に「劫初《こうしょ》ノ時於テ二此ノ林野一ニ有リ二狐兎猨一」とある。「猨」は猿。『六度集経』『法苑珠林《ほうおんじゅりん》』は「山ニ有リ二狐獮猴《さる》獺《かはうそ》兎《うさぎ》一。此之四獣」とあり、『撰集百縁経』『雑宝蔵経』『経律異相』は兎だけ登場する。

○菩薩道《ぼさつどう》　菩薩は五十一の修行階梯を経て仏になるものであるが、四弘誓願《しぐぜいがん》を起し、六波羅蜜《ろくはらみつ》を修し、上求菩提下化衆生《じょうぐぼだいげけしゅじょう》の自利利他の多くの修行を重ねる。この願と修行を「菩薩の道」という。『西域記』に「婆羅痆斯《はらなす》国内ニ有リ二烈士ノ池一。池ノ西ニ有リ二三獣ノ窣堵波《そとば》一。是レ如来修セシ二菩薩行ヲ一時焼キシレ身ヲ之処ナリ」とある。
○**残った罪の報い**　罪業の報いで地獄に堕ちて苦を受けたが、それでも罪業は消滅せず、残った罪業の報いにより畜生道（獣の身）に生まれた、とする。
○**猿は木に登って**　『西域記』は「猨《さる》於テ二林樹ニ一采《と》ル二異華果ヲ一」、『法苑珠林』は「獮猴《さる》去ツテ至リ二他山ニ一。得テ二甘果ヲ一上《たてまつ》ル二道人《だうにん》ニ一」とする。
○**柑子《こうじ》**　みかん。今の「こうじみかん」。
○**郁子《むべ》**　野木瓜ともかく。アケビ科の常緑つる性低木。暖地に自生、五～七枚の厚い小葉から成る掌状複葉で、五月ごろ白色で淡紅紫色を帯びる花を開き、芳香がある。暗紫色のアケビに似た果実を結ぶが開裂しない。甘く、食用。○**山女《あけび》**　ふつう、木通・通草とかく。
○**狐は……**　『西域記』は「狐ハ沿ヒテ二水浜ニ一銜《ふく》ム二一鮮鯉ヲ一」、『法苑珠林』は「野狐行キテ化シ二作人ニ一。求メ二得テ一嚢ノ飯麨《はんしや》ヲ一以テ上《たてまつ》ル二道人《だうにん》ニ一」とする。
○**このとき、帝釈天《たいしやくてん》は……**　『西域記』は「是ノ時老夫復シ二帝釈身ニ一。除キレ燼ヲ収メレ骸ヲ傷歎良《や》ヤ久シ。謂《い》ヒテ二狐猨《きつねさるいは》ニ一曰ク。一ニ何ゾ至ルレ此ニ。吾感ジ二其心ニ一不《ず》レ泯《ほろぼ》サ二其ノ迹《あと》ヲ一。寄セテ二之ヲ月輪ニ一伝ヘン二乎後世ニ一。故ニ彼咸《みな》言フ。月中之兎ハ自《よ》リレ斯《こ》レ而有リテ。後人於テレ此ニ建《た》ツ二窣堵波《そとば》ヲ一」とする。

獅子《しし》、猿《さる》の子を哀《あわれ》び肉《しし》を割《さ》きて鷲《わし》に与うる語《こと》、第十四

今は昔、天竺《てんじく》のある深山のほら穴に一頭の獅子《しし》が住んでいた。この獅子は心中で、「わし

はなんといってもあらゆる獣の王である。それゆえすべての獣を守りいつくしんでやろう」と思っていた。

さて、その山に二匹の猿《さる》がいた。夫婦の猿で、二匹の子を産み、それを育てていた。その子猿はしだいに成長していったが、まだ幼いころは夫婦の片方が一匹の子を腹に抱き、片方がもう一匹の子を背に負うて山野に行き、木の実や草の実を拾って養い育てていたが、すっかり大きくなってからはこの二匹の子猿を抱いたり背負ったりすることができなくなった。山野に行って木の実、草の実を拾わなくては、子どもたちを養えなくなるし、自分たちも生きてゆけない。といって、この子どもらを住みかに置いたまま出て行けば、空を飛ぶ鳥に襲われて食われたり、地を走る獣に取っていかれるだろう。このようにあれこれ思い悩んで住みかから離れられずにいるうち、すっかり腹をへらして餓死寸前になった。

どうしたらよかろうかと思いめぐらしたすえ、親猿はふと思いついた。「この山のほら穴に一頭の獅子《しし》が住んでいる。この子どものことをこの獅子に頼み、自分たちは山野に行って木の実・草の実を拾い、子どもらを養うとともに自分たちの命をも全うしよう」。そこで獅子のほら穴に出かけていって、獅子に、「獅子はあらゆる獣の王でいらっしゃる。ですから、すべての獣をとりわけいつくしんでくださるはずです。となると、私も獣のはしくれですから、いつくしんでいただくうちに入ります。ところで私は二匹の子を産みました。幼いときは夫婦たがいに一匹を背に負い一匹を腹に抱いて山野に行き、木の実・草の実を拾って子どもらを養い、われわれも生き長らえてきました。ところが、子どもらがしだいに成長してからは、背負うことも抱くこともできず、山野に出て行けなくなりました。そのため、いまや子どもらもわれわれもともに命が絶えそうです。さりとて子どもらを置いて出て行けば、多くの獣のためにどうされるか、じつに恐ろしくてなりません。そう思って出て行かずにいるうち、すっかり腹をへらして私の命も絶えてしまいそうになりましたが、いかがでしょう、私らが木の実・草の実を拾うために山野に行っている間、この子どもらをあなたさまにお預かりいただけないでしょうか。その間だけ無事にお守りくだされればありがたいことに存じます」という。

獅子はこれを聞いて、「そなたの言うことはもっともじゃ。さっそくその子どもらを連れて来てわしの前に置くがよい。そなたたちが帰って来るまでわしが護ってやろう」といって引き受けた。

猿《さる》は喜んで子どもらを獅子《しし》の前に置き、安心して山野に走り出、木の実・草の実を拾い歩いた。獅子《しし》は前に猿の二匹の子を置いてよそ見もせずに守っていたが、そのうち眠気を催し、ほんのちょっと居眠りをした。そのとき、ほら穴の前の木に飛んで来て梢《こずえ》に隠れとまりながら、隙《すき》あらば猿の子をさらって行こうとねらっていた一羽の鷲《わし》が、獅子の居眠りを見るや、さっと飛びかかり、左右の足で二匹の猿の子をつかみ取り、もとの木に飛び帰ってそれを食おうとした。瞬間目をさました獅子は前を見ると、猿の子は二匹ともいない。仰天《ぎょうてん》してほら穴から飛び出しあたりを見回すと、ま向かいの木に一羽の鷲《わし》がとまり、猿の子二匹を左右の足で一匹ずつつかみおさえ込んで、まさに食おうとしているところだった。

獅子はこの様子を見て大いに驚き、その木のもとに行って鷲に向かい、「あなたは鳥の王である。わしは獣の王だ。たがいに王としての思慮分別があってしかるべきです。ところで、このほら穴の傍らにいる猿がわしのところに来て、『私は木の実・草の実を拾って子どもらを養い、自分も生きていこうとしていますが、二匹の子どものことが気にかかり、住みかから出るに出られず思い悩んでいます。そこで、私が山野に出て行っている間、この二匹の子を護ってください』といって、わしに預けて出ていったが、そのわしが居眠りをしている隙《すき》にあなたが奪って行かれたのです。その子猿はどうかわしに免じて助けてやってください。わしは親猿に承諾を約しながら、この子猿どもを失ってしまったことが肝《きも》を裂かれるように思われるのです。また、わしのこの願いを聞いて返してくださらぬわけにもゆくまいと思う。わしが激怒して咆哮《ほうこう》したなら、あなたたちもけっして無事ではおられますまい」という。

鷲はこれを聞いて、「おっしゃるところまことにごもっともです。だがこの二匹の猿の子はわしの今日の食料に相当するものです。これをお返ししてはわしもまた今日の命が絶えてしまうでしょう。獅子の仰せが恐ろしく、かつ、かたじけなく思うのも、わが命をたいせつに思うがためです。それゆえ猿の子はお返しできません。すべてわが命を全うしようがためなのです」と答えた。すると獅子はまた、「あなたのおっしゃることもまた道理です。ではこの猿の子の代りにわしの肉をさしあげよう。それを食べてあなたの今日の命をつないでくだされ」といって、その剣のような爪をもってわが腿《もも》の肉をえぐり取り、猿の子二匹の大きさに丸めて鷲に与えた。

そのうえで猿の子の返却を求めると、鷲は、「ではお返し申さぬわけにはいきませんな」といって返してよこした。獅子は二匹の猿の子をもらい受け、血まみれになってもとのほら穴にもどった。そのとき、この猿の母が木の実・草の実を拾い集めて帰って来た。獅子が事のしだいを猿に話して聞かせると、猿は雨のように涙を流した。獅子は、「わしがこのようなことをしたのは、お前の頼みごとの重大さのためではない。約束して、それを破ることがこのうえなく恐ろしいからなのだ。それに、わしはすべての獣をいとおしむ心が深いからだ」といった。

その獅子というのは今の釈迦仏その方である。雄《おす》猿というのは今の迦葉尊者《かしようそんじゃ》であり、雌《めす》猿というのは今の善護比丘尼《ぜんごびくに》である。二匹の猿の子というのは今の阿難《あなん》・羅睺羅《らごら》であり、鷲というのは今の提婆達多《だいばだった》その人である、とこう語り伝えているということだ。

〈語釈〉

○**鷲に向かい**　獅子《しし》と鷲のやりとりは『法苑珠林』では、すべて偈《げ》になっている。「即向テ二鷲王ニ一而説キテレ偈ヲ言《いは》ク、我今啓シテ請フ二大鷲王ニ一、唯願ハクハ至心ニ受ケヨ二我語《こと》ヲ一、幸見為故放二捨之ヲ一、莫《なか》レレ令《し》ムル下失ヒレ信ヲ生《ぜ》中慚恥《ざんち》ヲ上」。

○**善護比丘尼**《ぜんごびくに》　未詳。○**阿難**《あなん》　阿難陀。仏十大弟子の一。多聞《たもん》第一の人。

○**羅睺羅**《らごら》　釈尊出家以前の子。のち仏弟子となる。密行第一の人。

○提婆達多《だいばだった》　底本・鈴鹿本等はこれを空格とする。『法苑珠林』はここを「舎利弗」としている。舎利弗は仏十大弟子の一。智恵第一の人。内閣文庫林家旧蔵本（流布本系）や『攷証今昔物語集』は「提婆達多《だいばだつた》」を入れる。『法苑珠林』の話では、鷲《わし》は獅子に対し、猿の子を助けようとする捨身の心をほめ、その身を害することをとめた。この点から舎利弗の前生《ぜんしよう》として妥当であるが、本話の鷲は最後に猿の子を獅子《しし》に返してはいるが、獅子は鷲のために自分の身を裂き与えていて、この鷲は舎利弗の前生としてはとらえ難いものとなっている。

一方、提婆達多は釈尊の従弟で、のちにその弟子になったが、つねに釈尊に敵対行為をとっていた者であり、巻一第十話にも釈尊に傷を負わせた話があるが、本話で釈尊の前生を獅子とすれば、獅子を傷つけた鷲こそ提婆達多の前生にふさわしいものとして、のちの前記諸本が空格の箇所に「提婆達多」を当てたのであろう。本書もこれに従った。

鈴鹿本等の古本が空格のままであるのは、本集の原本の姿を踏襲したもので、その原本は、『法苑珠林』にあるような原話が本話のように作り変えられた時にはまだ「舎利弗」とあったものを、本集にとり入れる時、それを適当でないとして空格にした、そういう姿のものであったろう。だが以上はすべて推察である。

天竺《てんじく》の王宮焼くるに歎《なげ》かざりし比丘《びく》の語《こと》、第十五

今は昔、天竺《てんじく》の国王の宮殿から火災が生じ、片端から焼けていったので、大王をはじめ

后・王子・大臣・百官たちはみなあわてふためき、寄り集ってさまざまな財宝を持ち出そうとした。

そのとき、一人の比丘《びく》がいた。この比丘は国王の護持僧《ごじそう》として王から絶大な帰依《きえ》を受けていたが、それがこの火災を見るや、首を振り頭を撫《な》でながら大喜びして、財宝を運び出すのを制止した。国王はこれを怪しみ、比丘に向かって、「そなた、なにゆえに宮中の火事を嘆こうとせず、わしの莫大《ばくだい》な財宝の焼けるのを見て、首を振り頭を撫でて喜ぶのか。もしやこの火事はそなたのしわざではないか。となれば、そなたは重罪を免かれぬぞ」とおっしゃる。

比丘は、「この火事は私のしわざではありません。だが、大王はつねづね財宝をむさぼっておられるので三悪道に堕《お》ちなさるはずのところ、今日、なにもかもみな焼け失《う》せてしまわれたので、三悪道に堕《お》ちなさる報いから逃れなさいました。これはまことに喜ばしいことです。人が悪道から逃れられず、六道《りくどう》に輪廻《りんね》するのは、ただほんのわずかの蓄えを貪ぼるがゆえです」とお答えした。国王はこれを聞いて、「比丘のいうことはもっとも至極《しごく》じゃ。わしは以後、財宝をむさぼることをやめよう」とおっしゃった、とこう語り伝えているということだ。

〈語釈〉

○**比丘《びく》**　僧。出家得度《とくど》して具足《ぐそく》戒を受けた男。

○**護持僧《ごじそう》**　わが国にて天皇加護の加持祈禱をするため、とくに置かれた僧職。御持僧《ごじそう》とも夜居《よい》の僧ともいう。桓武朝（七八二〜八〇六）に初めて設置され、以後天台宗の延暦寺《えんりやく》・三井寺《みいでら》、真言宗の東寺《とうじ》より高徳の僧を選出して任命した。天台宗では、延暦十六年（七九七）に最澄が初めて任ぜられ、真言宗では、弘仁元年（八一〇）に空海が任ぜられたのを初めとする。本話では国王が帰依する比丘を日本風にとりなして護持僧といったもの。
○**帰依**《きえ》　帰入・帰投の義。仏または法または僧に帰投依憑《きとういひょう》すること。それらに服従しすがること。
○**三悪道**　地獄・餓鬼・畜生の三世界。
○**悪道**　悪趣。悪事を行なったため生まれる所。これに三悪道（前項）・四悪道（三悪道に修羅《しゅら》道を加える）・五悪道（三悪道に人間・天上を加える）等がある。
○**六道**《りくどう》　地獄・餓鬼・畜生・修羅・人間・天上（六欲天）の六世界。○**輪廻**《りんね》　衆生が天地の開ける前から今に至るまで、ずっと六道の生死をめぐりめぐっているということ。このことは車輪がはてしなく回転するのに似ているのでこのようにいう。「流転《るてん》」もほぼ同義。

天竺《てんじく》の国王美菓《びか》を好《この》み、人美菓《びか》を与うる語《こと》、第十六

今は昔、天竺《てんじく》に国王がおいでになった。常日ごろ、おいしい果物を好み、喜んでそれを召しあがっておられた。ところで当時、王宮の門衛に一人の男がいた。この男が池のほとりで一個の果物を見つけ、これは国王がお喜びになるものだと思い、手に取って国王に献上した。

国王がこれを食べてごらんになると、世間一般の果物の味とはことかわり、なんともいえずおいしい。そこで門衛を召し出して、「そちが献上した果物はたぐいまれな味わいである。この果物はいずこにあるぞ。そちはそのありかを知っているはずじゃ。されば今後つねにこの果物を献上いたせ。もし献上を怠るならそちを罪科に処するであろう」と仰せられた。門衛の男は果物を見つけたときの様子を申し述べたが、国王はいっこうにお取りあげにならない。門衛は嘆き悲しみ、池のほとりに行って泣いていた。

そのとき、ひとりの人がやって来て、「そなたはなんで泣いているのか」と尋ねる。門衛は、「昨日、この池のほとりでひとつの果物を見つけました。それを取って国王に献上しましたところ、国王は召しあがって、『さっそくあらためてこの果物を献上せよ。もし献上を怠るようなことがあれば罪に処するであろう』と仰せられました。しかし、ふたたび見つけるすべもないので、嘆き悲しんで泣いていたのです」と答えた。

するとその人は、「わしは竜王である。昨日の果物はわしの物である。これを大王がご入用なら、一駄《いちだ》分さし上げよう。その代わりわしに仏法を聞かせてほしい」といって、即座にこの果物一駄を出してよこし、さらに、「もしわしに仏法を聞かせなかったなら、今日から七日以内にこの国全土を海にしてしまうぞ」という。門衛は国王にこの果物を献上するとともにこのことを申しあげた。

これを聞くや、国王をはじめ大臣たちは驚いて大騒ぎとなり、「この国内では昔から今に至るまで仏法というものを見たことも聞いたこともない。あるいはもしかしたらわが国内にも他の国にも、仏法というものがあるかもしれない。捜し出してわしによこさせよ」という。そこで広範囲に捜したが、仏法があったという者もない。ところが、国内に一人の老翁がいた。年は百二十余りである。

これを召し出して、「そなたはひどく年をとっている。もしや昔、仏法というものを聞いたことはないか」とお尋ねになった。すると老翁は、「いまだかつて仏法というものを見たことも聞いたこともありません。だがこの翁の祖父が、『わしの幼いころ、この世に仏法というものがあったと聞いたことがある』と申しておりました。そのほか、この翁の家には不思議なことがございます。光を放つ柱が一本立っておりまして、『これは何か』と聞いたところ、『これは昔、仏法があったときに立てた柱だ』という言い伝えがありました」とお答えした。

それを聞いて大王は喜び、さっそくその柱を取りよせ、切り割ってごらんになると、中に二行の文章が書かれていた。これは八斎戒《はちさいかい》の文だということである。これが仏法というのであろうと思って信じ尊ぶと、柱はますます光を十方に放ち、衆生に利益《りやく》を垂れ給うた。竜王も喜ぶとともに、そのとき以来この国に仏法がはじまり、のちには大いに栄えて、国も平和に民も安穏に世も豊かになった、とこう語り伝えているということだ。

〈語釈〉

○一駄《いちだ》　一匹の馬の背に乗るだけの分量。『百縁経』は「於レ時化人聞キ二是語ヲ一已《をは》リテ還《かへ》リ二入リ水中一ニ。取リテ二好美果ヲ一著キ二金盤上一ニ持チ二与フ園子一ニ」とする。

○**八斎戒**《はちさいかい》　八関斎戒・八戒斎・八戒・八支斎法・八所応離ともいう。在家の者が一日一夜の間保つ出家の戒律で、不殺生戒・不偸盗《ちゅうとう》戒・不邪婬《じゃいん》戒・不妄語《もうご》戒・不飲酒《おんじゅ》戒・不塗飾香鬘歌舞観聴《ふとしきこうまんかぶかんちょう》戒・不《ふ》眠坐高広厳麗床座《めんざこうこうごんれいしょうざ》戒・不非時食《ふひじじき》戒の八戒をいう。このうち第八が正しく斎（心の汚れを浄める）で、前の七が戒（身の過非を止める）である。また第六を不著花鬘瓔珞《ふじゃくけまんようらく》戒・不習歌舞戯楽《ふしゅうかぶけらく》戒の二に分けて、八戒と一斎を合わせたものとすることがある。巻三第二十七話には、摩竭陀国《まかだこく》の頻婆沙羅《びんばしゃら》王が子の阿闍世《あじゃせ》太子により牢に幽閉されたとき、遠く耆闍崛山《ぎしゃくっせん》で説法中の釈尊に向かい、八斎戒を授けてくれるよう祈請した話がある。

○**十方**　東・南・西・北・四維《しい》（東南・西南・東北・西北の四隅）・上・下。

天竺《てんじく》の国王、鼠《ねずみ》の護《まぼり》に依《よ》りて合戦《かっせん》に勝つ語《こと》、第十七

今は昔、天竺《てんじく》にある小国があった。国名を崛遮那《くつしゃな》国という。国は小さいがひじょうに豊かで多くの財宝を蓄えていた。天竺というのは元来、大きくて広いけれども、食物は乏しく、木の根・草の根をもって日常の食物とし、麦や大豆などをぜいたくな食物とするほどで、米はほとんど手に入らぬ所である。ところがこの国は食物も多く、衣料も豊かであった。ところで、この国の国王はもともと毘沙門天《びしゃもんてん》の御額《ひたい》が左右に裂け、そこから生まれ出た人である。生まれたときから容姿端麗な男児で、取り上げてから乳母《めのと》に預けて養ったが、乳をまったく飲まず、他のものを食べさせてもけっして食べようとしない。これではなんとも育

ちようがない。乳も飲まず、ものも食べないとなれば、いったいどうして生きていけようかと人々は嘆きあい、もとの毗沙門天の前に行ってお願いした。

するとこの毗沙門天の御乳のあたりがにわかにうずたかく盛りあがった。その形は女の乳のように大きく高くふくらんでいる。御乳が急にこのようになったのを見て人々は不思議に思い、「いったいどうしたことだろう」といい合っていると、この子がよちよち近づいて、手でこの御乳の高くなったところを掻き開けると、そこから人の乳のようなものがどんどん涌き出しこぼれ落ちる。そのとき、この子はそばに寄ってこれを飲んだ。飲んだあとぐんぐん大きくなり、ますます容姿端麗になっていった。その後成長して、このように国王となり国を治めているのである。

この国王は軍略に長《た》け、武勇に勝れていたので、次々と近隣の国を討ち平らげて版図を広げ民衆を従え、並びない威勢を誇っていた。ところが、隣国に住む凶悪な者どもが心を合わせて百万人ほどの軍勢を集め、にわかにこの国に攻め込み、遠く広々とした野を埋めるように布陣した。

国王は大いに驚き、急遽軍兵を召集したが、兵力においてひどく劣勢である。といってそのままにもしておけず、四十万人ほどの軍勢を率いてうち向かったが、日が暮れて戦は行なわれなかった。その夜は敵と大きな塚を隔てて夜営する。敵の軍勢はひじょうに強力で、並たいていでは対抗できそうもない。それにひきかえ、こちらは国王こそ軍略に長《た》けているとはいえ、にわかに襲撃されたので、軍容も調わず、そのうえ敵は百万人、とうてい戦になららない。

「どうしたらよかろう」と嘆いているところに、三尺ほどもある大きな金色のねずみが出てきて、何かを食って走っていった。国王はこのねずみを見て怪しみ、「そこなねずみ。お前はなにものだ」と聞く。ねずみは「わたしはこの塚に住んでいるねずみです。この塚はねずみ塚《づか》と申します。わたしはねずみの王です」と答えて走り去った。

それを聞いた国王はこの塚の前に行きこういった。「さきのねずみの姿を見るに、ただのねずみではない。獣とはいえ、まぎれもなく神である。よくよくお聞きくだされ。わが身はこの国の王である。ねずみの王もまたこの国にお住みじゃ。されば、このたびの合戦には力を貸して勝たしてほしい。もし助勢して勝たせてくれたなら、わしは毎年欠かさず盛大な祭りを催して、国を挙げて崇《あが》め申そう。さもなければ、この塚に火を付けてことごとく焼き殺してしまうであろう」。

〈語釈〉

○**崛遮那国**《くつしやな》 瞿薩旦那《くさたんな》・豁丹《かつたん》・屈丹《くつたん》・忽炭《こつたん》とも書き、また于闐《うてん》・于塡《うてん》・于窴《うてん》・于遁《うとん》ともいう。いまの中国新疆《しんきょう》省和闐《わてん》に当たる。南は崑崙《こんろん》山、北はタクラマカン沙漠に接し、白玉《はくぎょく》・黳玉《わいぎょく》の二河が市街の東西を流れ、沙漠中で合流する。これを和闐河といい、東西に広がる沙漠を中央で縦断し、亀茲《きじ》国（庫《く》車《しゃ》）の南でタリム川に注ぐ。この国は土地が豊饒《ほうじょう》であるとともに東西両河から産出する玉はとくに珍重されている。

国名については、土俗は渙那《かんな》といい、匈奴《きょうど》は于遁、諸胡国《ここく》は豁丹《かつたん》、インドは屈丹《くつたん》という。『大唐西域記』は瞿薩旦那《くさたんな》というが、これは梵語《ぼんご》の地乳の義であり、これにかかわる国名由来談が本話に述べられている。

建国については、西蔵《チベット》人はリュルと称して離車《りしや》族の国土の義とし、昔、中インド吠舎離《べしやり》城附近に住んでいた同種族の一部が尼波羅《にはら》・西蔵等を縦断してこの地に移住したものだとし、『西域記』第十二では阿育《あいく》王に駆逐された健駄羅《けんだら》民族がこの地に来たとき、東方から来た一民族がこれを征服してその首長が王となったと記している。

この地は西の大夏・安息国と中国本土との通路に当たり、大乗仏教も早く流伝されていて、『大品《だいぼん》般若《はんにゃ》』『涅槃《ねはん》大経』『新旧華厳《けごん》』『大集経』『法華経』の梵本もここから中国に伝えられたと言い、城南ボラザン地方からは仏教の貴重な遺物が発掘されている。

○**国は小さいが**　『西域記』は「周四千余里。沙磧大半壌土隘狭《あいけふ》。宜ク二穀稼《こくか》一多シ二衆菓一。出ヅ二氍毹細氈《くしゆさいせん》一。工《たく》ム二紡績施紬《せちう》一ヲ」とする。これによれば版図は広いが耕地面積は狭い。しかし農産物は豊かで織物を多く産出している。○**この国の国王は**　『西域記』に「王甚ダ驍武ニシテ敬二重ス仏法一ヲ。自ラ云ク毘沙門天之祚胤也ト」とある。

○**毘沙門天《びしやもんてん》**　四天王の一。多聞《たもん》天に同じ。倶吠羅《くびら》ともいう。須弥山《しゆみせん》の中腹第四層の水精楼に住し、夜叉《やしや》・羅刹《らせつ》の二鬼を従え北方を守護する。形像は普通甲冑《かつちゆう》をつけ、左手に塔を捧げ右手に宝棒を持つ。古くインドで北方の守護者・福徳の鬼神として尊崇されていた。

するとその夜の夢に金色のねずみが現われて、「王よ、お騒ぎなされるな。わたしが加勢してかならず勝たせてあげましょう。よろしいか、夜が明けるやいなや合戦を始めて敵を襲撃なさい」という、と見るや目がさめた。王は心中うれしく思い、夜の間に象に鞍《くら》を置き車輪の点検をし、馬に鞍を置き、弓の弦や胡簶《やなぐい》の緒《お》など十分に整備して夜明けを待ち、明けると同時に全軍一丸となって、大皷《おおつづみ》を打ち、旗《はた》をなびかせ、楯《たて》を並べ、大象に乗り、兵車に乗り、馬にまたがり、甲冑《かっちゅう》に身を堅めた軍勢四十万人が獅子奮迅《ししふんじん》の勢いで敵陣に襲いかかった。

敵方は、日が高く上ってから攻め寄せて来るだろうと思っていたところをにわかに襲われて飛び起き、象に鞍を置かせようとあたりを見れば、ありとある武具《もののぐ》、馬の腹帯《はるび》といわず手綱《たづな》といわず、鞦《しりがい》といわず、ことごとくねずみに食いちぎられて、完全な物は何ひとつない。また、弓の弦・胡簶《やなぐい》の緒・弦巻《つるまき》なども食い荒らされ、甲冑《かっちゅう》・太刀・剣の緒に至るまで食い切られて全軍裸になり、着るものとてなかった。象も馬も、つないでおいた鎖が切られてしまったのでどこかへ逃げ去り、一頭もいない。兵車もみな食い荒らされていた。楯を見れば籠《かご》の目さながら、人がくぐり抜けられそうに食い開けられて、矢の防ぎようもない。

百万人の軍勢はどうするすべもなくひたすら騒ぎまどうばかりだった。転げまわるようにして逃げ出し、進んで立ち向かって来る者もない。たまたま見つけられた者は首をはねられた。こうして国王は戦に勝ち、城に帰った。

その後、毎年この墓において祭を催し、国を挙げて尊び崇《あが》めた。そこで国も平和に治まり、前にもまして楽しい日々を送るようになった。以来、この国の人々はなにか願いごとがある折、ここに来て祈願すると、何ひとつかなえられないことはなかった、とこう語り伝えているということだ。

〈語釈〉

○**胡籙**《やなぐい》　矢を入れて背に負う道具。○**大皷**《おおつづみ》　戦場においては士気鼓舞・命令伝達のために打ちならすもの。今の太鼓のこと。○**甲冑**《かっちゅう》　よろい（甲）・かぶと（冑）。○**ありとある武具**《もののぐ》　武具。以下にのべるものを総称していっている。○**腹帯**《はるび》　「はらおび」の転。馬の腹にかける帯。○**鞦**《しりがい》　「しりかき」の音便。牛や馬の鞍から尾・胸・頭に掛ける組緒《くみお》。○**弦巻**《つるまき》　掛け替えの弓の弦を巻いておく道具。弦袋《つるぶくろ》ともいう。

身の色九色《くしき》の鹿、住める山を出《い》で河の辺に人を助くる語《こと》、第十八

今は昔、天竺《てんじく》にある山があった。その山の中に、身の色は九色で角の色の白い鹿が住んでいた。だが、その国の人はこういう鹿がいるということを知らなかった。また、この山のふもとに大きな川が流れていた。山には一羽の鳥が住んでおり、長年この鹿と心を合わせて生きてきていた。

あるとき、この川をひとりの男が渡っているうち水に呑《の》まれ、浮きつ沈みつしながら流れ下り、まさに溺死《できし》しそうになった。男は木の枝にしがみついて流されながら、「山の神よ、木の神よ、もろもろの天の神よ、竜神よ、どうか私をお助けください」と大声で叫び続けたが、あたりに人影もなく、だれも助けてくれない。ところが、この山に住むかの鹿がたまた

ま川のほとりにやって来た。この叫び声を聞きつけ、男に向かって、「もう、だいじょうぶですよ。わたしの背中に乗って両方の角をつかまえなさい。わたしはあなたを背負って岸につけてあげますから」と声をかけるや、水中を泳いでいってこの男を助け、岸に引き上げた。

男は命の助かったことを喜び、鹿に向かって手をすり合わせ、涙ながらに、「今日私の命が助かったのはあなたのお陰です。どのようにしたらこのご恩に報いることができましょうか」というと、鹿は、「あなたはどんなことをしてわたしに恩返しをするのでしょうか。ただ、わたしがこの山に住んでいるということを、けっして人にしゃべらないでください。わたしの身の色は九色で、この世にまたとないものです。角の白さは雪のようです。もし人がわたしのことを知ったなら、毛や角を手に入れようがために、わたしはかならず殺されてしまうでしょう。これが恐ろしいので深い山奥に隠れ住み、絶対に人に知らせなかったのです。だが、あなたの叫び声をほのかに聞いて、かわいそうにと思う心に堪えられず、出て来て助けてあげたのです」という。男は鹿のいう約束を聞いて、泣く泣く人に話さないということを承知して別れ去った。

男は自分の郷里に帰り月日を送っていたが、このことはだれにも話さなかった。そのころ、この国の后が夢をご覧になった。それは、大きな鹿がいて、身の色は九色、角の色の白い鹿の夢である。夢さめてのち、その鹿をどうにかして手に入れたいと思うあまり病気になって床につかれた。国王が「どうして起きてこないのか」とお尋ねになると、后は、「わたくしは夢でこうこういう鹿を見ました。この鹿はかならずやこの世のどこかにいることでしょう。それを捕えて皮を剝《は》ぎ角を取ろうと思います。大王さま、ぜひともそれを捜し出してわたくしにお与えください」と申された。王は即座に宣旨《せんじ》を下し、「もしこうこういう鹿を捜し出して献上した者があれば、その者には金銀などの宝を与えるとともに、所望どおりの物を与えよう」と仰せられた。

そのとき、この鹿に助けられた男が宣旨の内容を聞き知り、貪欲《とんよく》の心を押さえ切れず、たちまち鹿の恩を忘れ、国王に、「これこれの国のこれこれの山に、お求めになる九色の鹿がおります。私はその場所を知っています。さっそく軍勢をいただいて捕えてきてさしあげましょう」と申し出た。王はこれをお聞きになり、喜んで、「わし自身軍を率いてその山に出かけよう」とおっしゃって、ただちに多くの軍勢を引き連れその山においでになった。男は御輿《みこし》に付き添って道案内をした。こうして王はその山にお入りになった。九色の鹿はこのことをすこしも知らず、わが住むほら穴の奥で寝入っていた。

〈語釈〉

○**九色**《くしき》　『法苑珠林』『諸経要集』に「九色鹿経云。昔者菩薩《ぼさつ》身為リニ九色ノ鹿ト一。其毛九種色。角ノ白キコト如シレ雪ノ」と。『宇治拾遺物語』は五色とする。もとは「九」であったものが、その草体を「五」と誤認して伝写されたものか。

○**宣旨**《せんじ》　国王の命令書。

○**貪欲**《とんよく》　三毒（貪《とん》・瞋《じん》・痴《ち》）の一。貪愛・貪著《とんじゃく》・貪ともいう。世間の色欲・財宝等をむさぼり足るを知らぬこと。

このとき、かの心を通《かよ》わせていた親友の烏がこの国王の行幸を見てひじょうに驚き、鹿の所に飛んで行って高い声をあげて目をさまさせようとした。だが、鹿はさっぱり起きようとしない。そこで烏は木から降りて近寄り、鹿の耳に食い付いて引っぱると、鹿ははじめて目をさました。

烏は鹿に向かって、「この国の大王が鹿の身の色を賞《め》でてこれを必要とされ、多くの軍勢を率いてこの谷を取り囲まれました。こうなってはお逃げになろうとも命が助かることはありますまい」と告げ知らせるや、鳴きながら飛び去った。鹿は驚いてあたりを見ると、ほんとうに大王が大軍を率いて来ておられる。絶対逃れうるすべはない。そこで鹿は大王の御輿《みこし》の前に歩み寄った。兵士たちはおのおの矢を番《つが》えてこれを射ようとする。

これを見た大王は、「お前ら、しばらくこの鹿を射てはならぬ。鹿の様子を見ると、これはただの鹿ではない。軍勢に恐れもせずわしの輿の前に出て来た。すこしの間あれのするままにさせて、どんなことをするか、その様子を見るがよい」とおっしゃる。兵士たちは矢をはずして見ていた。

鹿は大王の御輿《みこし》の前にひざまずいて、「わたくしは、わが毛の色を恐れて長年深山に隠れていました。だれひとりわたくしのことを知る者はありません。それなのに大王さまはどうしてわたくしの住《す》みかがおわかりになったのですか」と申しあげる。大王は、「わしは長い年月鹿の住みかを知らなかった。ところが、この輿のそばにいる、顔に痣《あざ》のあるその男の知らせによってやって来たのだ」とおっしゃった。鹿は王のお言葉を聞いて、御輿のそばにいる男を見やると、顔に痣《あざ》がある。自分が助けてやった男であった。

鹿はその男に向かい、「あなたは、わたしが命を助けてあげたとき、その恩を喜んでわたしのことをだれにも話さないと返すがえす約束をした人だ。それなのにその恩を忘れて、いま大王に申しあげてわたしを殺させるというのはどういうことですか。水に溺《おぼ》れて死のうとしたとき、わたしは自分の命を顧みず泳いでいって、あなたを岸に付けさせました。ところがその恩を思わないとはじつにこのうえもなく恨めしいことだ」といって、とめどなく涙を流して泣く。男は鹿のいう言葉を聞いて返すことばもなかった。

そのとき国王は、「今日からのちは国内において鹿を殺してはならぬ。もしこの宣旨《せんじ》に背き、一頭でも鹿を殺す者があれば、当人を殺すのみならずその一族を滅ぼすことにする」とおっしゃって、軍勢を率いて王宮にご帰還になった。鹿も喜んで帰っていった。以来、この国では雨が時に応じて降り、荒い風も吹かず、国内に疫病の起こることもなく、五穀は豊かに実り、貧しい者がひとりもなくなった。

されば、恩を忘れるのは人間にあることで、人を助けるのは獣の中にあることである。このことは今も昔も同じだ。かの九色の鹿は今の釈迦仏でおわします。心を通《かよ》わせていた烏というのは阿難《あなん》であり、后というのは今の孫陀利《そんだり》である。水に溺《おぼ》れた男は今の提婆達多《だいばだった》である、とこう語り伝えているということだ。

〈語釈〉

○阿難《あなん》　阿難陀。仏十大弟子の一。多聞《たもん》第一の人。なお、『珠林』『要集』は烏を今の阿難とする記事のあとに国王を今の「悦頭檀《えずだん》（浄飯王《じょうぼん》）」とする記事が入っている。

○孫陀利《そんだり》　釈尊の異母弟で仏弟子である難陀《なんだ》（孫陀羅難陀《そんだら》）の妻。美人であったため夫の難陀は出家を渋り、しばしば愛妻のもとに帰ろうとしたが、釈尊は方便によって天上界の楽しみ、地獄のさまを見せて彼を導き、ついに仏道に入らせた。この話は巻一第十八話に見える。

○提婆達多《だいばだった》　釈尊の従弟。つねに釈尊と争った。

天竺《てんじく》の亀《かめ》、人に恩を報ずる語《こと》、第十九

今は昔、天竺《てんじく》のある人が亀《かめ》を釣り上げ、それを持って歩いていた。道心《どうしん》ある者が道の途中でこの人に出会い、その亀を熱心に所望して、言い値で買い取って水に放ってやった。

その後数年たって、この亀を放してやった人が寝ているとき、枕《まくら》のあたりでごそごそするものがある。頭を持ちあげて、「いったいなんだろう」と目をやると、枕もとに三尺（約一メートル）ぐらいの亀がいた。びっくりして飛び起き、「お前はどういう亀だ」と聞くと、亀は、「わたしは先年あなたが買い取って放してくださった亀です。釣り上げられてすでに殺しに連れて行かれる途中、買い取って放してくださったうれしさのご恩報じを、なんとかいたしたいものと思っておりましたが、それも果たさず数年過ぎてしまいました。ところ

で、今日ここに参りましたのは、近くこのあたり一帯に大変なことが起こりますので、それをお知らせしようがためなのです。その大変なことというのは、この前の川がものすごく増水して、人といわず馬・牛といわず、ありとあるものがみな流されて死んでしまうでしょう。そしてこのお宅《たく》も水の底になってしまいます。すぐさま船の用意をし、川上から大水が流れて来たならば、親しい人々といっしょにその船に乗り込んでお命を全うなさってください」といって去っていった。

あやしいことだと思ったが、「ああいうからにはなにかわけがあるのだろう」と思い、船の用意をして家の前に繋ぎ、それに乗る手はずを整えて待っているうち、その日の夕刻から大雨が降り強風が吹きはじめて、一晩じゅうやまない。夜明け近くなって川上から増水し、山のように流れ下る。乗る用意をしていたので、家の者たちはみな大急ぎで船に乗った。

そして、高みを目指して漕いで行くと、近くを大きな亀が水に流されながら泳いでいた。その亀が、「わたしは昨日お伺いした亀です。このお船に乗せてください」というので、喜んで、「早く乗れ」といって乗せてやった。

すると次に大きな蛇が流れて行く。蛇は船を見て、「どうか助けてください。死にそうです」という。船主の男がまだ「蛇を乗せよう」ともいわぬうちに、亀が、「あの蛇は死にそうにしています。お乗せください」という。だがこの男は、「絶対乗せてはいけない。小さな蛇さえ恐ろしいのに、ましてこんな大きな蛇をどうして乗せられるものか。呑《の》まれてしまうだろう。そんなことにでもなったら、まったくばからしい」といって承知せずにいると、亀は、「けっして呑んだりしません。どうぞお乗せください」といい、「このようなものを助けるのがよいことなのです」と頼むので、この亀が心配ないというからはよかろうと思い、乗せてやった。蛇は舳《へさき》の方でとぐろを巻いていた。大きな蛇だが、船が大きいのでそのため狭苦しくなることもなかった。

さらに漕いで行くうち、こんどは狐《きつね》が流されていた。この船を見て、蛇と同じように助けてくれと叫ぶ。亀がまた、「あれを助けてください」というので、亀のいうままに狐を乗せてやった。

こうして漕いで行くと、また一人の男が流されている。船を見て、助けてくれと叫ぶ。船主の男がこれを助けようと船を漕ぎ寄せたところ、亀は、「あれをお乗せになってはいけません。獣は恩を知るものですが、人は恩を知りません。このままではあの男は死ぬでしょうが、それは人の罪にはなりません」という。だが船主は、「あの恐ろしい蛇でさえ慈悲心を起こして乗せてやった。まして同じ人の身で、どうして乗せぬわけにいこうか」といって、漕ぎ寄せて乗せる。男は喜んで手をすり合わせ、とめどなく泣いた。その後、適当な場所に漕ぎ寄せ、しばらく待っているうち、水もしだいに引いて川はもとのようになった。人々はみな船からおりておのおの家に帰って行った。

〈語釈〉

○亀　『法苑珠林』は「鱉（鼈に同じ、すっぽん）」とする。

○道心《どうしん》ある者　『珠林』は菩薩《ぼさつ》とする。「昔者菩薩為ニテ大理家一ト積ニ財ス巨億一ヲ」。大理家は刑獄をつかさどる官。わが国の検非違使別当《けびいしべっとう》に当たる。○**言い値で**　『珠林』は亀の持ち主が菩薩の富裕なのを知って、値段を「百万」と吹き掛けたが、菩薩は「大善」と言って買い取った、とある。

数日後、船主の男が道を歩いていると、船に乗せてやった蛇に出会った。蛇は男に、「ここ数日、お話ししたいと思っておりましたが、お目にかかる折がありませんでしたのでお話しできずにおりました。わたしの命をお助けくださったお礼を申したいと存じます。どうかわたしのあとについておいでください」といって這《は》って行く。あとについて行くと、大きな墓があり、蛇はその中に這い込んだ。そして、「わたしのあとについておはいりください」というので、恐ろしくはあったが、そのあとから穴に入る。すると蛇は墓の中で、「この墓の中にはたくさん財宝があります。みなわたしの物です。これを、命を助けてくださったお礼にさしあげます。ある限り全部取ってお使いください」といい、穴から這《は》い出て去っていった。そのあとで男は人を連れて来て、この墓の中の財宝をある限りみな家に運んだ。

こうして家の中が豊かになり、この財宝を思う存分使おうとしていると、船に助けあげた男がやって来た。家主《いえあるじ》の男が、「何の用があって来たのか」と聞くと、「命を助けていただいたお礼を申しにまいりました」といいながら、家の中にたくさんの財宝が積みあげてあるのを見て、「この財宝はどうしたのですか」と問う。そこで一部始終を語って聞かせると、その男は、「ではこの財宝は思いがけず手に入れなさったものですね。ひとつ私にも分けてくださいませんか」という。家主の男はすこし分けてやった。

するとと男は、「これはまたいやにちょっぴりお分けくださったものですね。長年かかって蓄えた財宝というわけでもなく、思いがけず手に入れなさった物じゃないですか。半分分けてくださってもいいはずだ」という。家主は聞いて、「まったく無茶なことをいう。これは私が蛇を助けたから、蛇がその恩に報いようと私にくれたものだ。あなたは蛇のように私に恩返しをすることはないだろうが、それだけでなく、私がもらった物までもそのようにほしいといわれる。けったいなことだと思ったが少々分けてあげた。それさえ、まったくすじが通らぬことなのに、なにゆえ『半分くれ』などといわれるのか。じつに無茶だ」と突っぱねると、男は腹を立て、もらった物を全部投げ捨てて去っていった。

男はその足で国王の御前に参上し、「こうこういう者は墓をあばいて多くの財宝を盗んでいます」と訴えたので、国王は家来をやってこの家主の男を捕え、獄に投じた。そして厳重に縛りあげ、手足を張りつけにして横たわらせ、息つくひまもなく拷問《ごうもん》する。悲鳴をあげ、ひたすら苦しみ悶《もだ》えた。その後、倒れ臥《ふ》していると、枕《まくら》もとの方でごそごそ音を立てるものがある。

見ると、例の亀が来ていた。「どうしてこんな所に来たのか」というと、亀は、「あんな非道なことで悲しい罪をこうむっておいでになると聞いたのでやって来たのです。だから前に申したでしょう、人を船にお乗せになってはいけないと。人というのはこのように恩を知らないのです。いまはそんなことを言ってもしかたありません。だが、こんな堪え難い目をいつまでもみなさることはありません」といっておいてから恩を受けた亀と狐と蛇が集まり、罪が許される手だてを画策した。「まず狐を王宮の中でさかんに鳴かせよう。そうすると国王は驚いて占い師に吉凶をお尋ねになるだろう。国王にはこのうえなくたいせつになさっている姫宮が一人おられるが、そのとき、その姫宮に重大なことが生じると占わせよう。そのあとで、蛇と亀とで姫宮が重病になる手段を講じることにしよう」と約束して去っていった。

その翌日、牢獄の前に人々が集まり、「王宮で百千万の狐がさかんに鳴くので、国王はひどく驚かれ、占い師にお尋ねになると、国王と姫宮に重大なことが生じるという占いを立てたが、やがて姫宮が重病にかかられ、腹がふくれて今にもお亡くなりになるご様子なので、王宮内は上を下への大騒ぎになっているぞ」など話し合っているところに牢獄の役人がやって来て、「姫宮のご病気について国王が占い師に『これは何の祟《たた》りか』とお尋ねになると、『罪のない人を非道に獄につないだ祟りであります』と占った。そこで牢獄の役人に『そのような者がいるか』とご下問があったのだ」といい、獄に収容されている者を片端から問い調べて行くうち、この男に尋ね当たった。役人は「まさにこの男だ」といって、王宮に帰り、事のしだいを奏上する。

国王はこれをお聞きになり、男を呼び出して事情をお尋ねになると、男は事のはじめからしまいまで隠さず申しあげる。国王は、「罪のない者を罰してしまった。即刻釈放せよ」とおっしゃって、男は罪を赦された。

さて、「濡《ぬ》れ衣《ぎぬ》を着せた奴を罰すべきである」ということで、訴え出た男を召し出して重罪を科した。かようなわけで、亀が、「人は恩を知らぬものだ」といったのは間違いのないことであったと、この男は思い知った。こう語り伝えているということである。

天竺《てんじく》の狐《きつね》、自ら獣《けだもの》の王《おう》と称し獅子《しし》に乗りて死ぬる語《こと》、第二十

今は昔、天竺《てんじく》にひとつの古寺があった。そこに一人の比丘《びく》がいて一つの僧房に住み、つねに経を読んでいた。一匹の狐《きつね》がこの経を聞いていたが、その経には、「およそ人であろうと獣であろうと気位《きぐらい》を高く持てばその王となる」とあった。

狐はこれを聞いて、「おれも気位を高く持って獣の王となろう」と思い、この寺を出て歩いて行くうち一匹の狐に出会った。そこで、首を高く持ち上げてこの狐をおどす。この狐はもとの狐の昂然《こうぜん》とした様子を見て恐れ敬い、その場にうずくまった。これを見たもとの狐はうずくまった狐をそばに呼び、その背にまたがった。

こうして先に進んで行くうち、また別の狐に出会った。その狐が見ると、狐に乗っている狐がいとも昂然とした様子を示しているので、「これはなにか子細のある狐だろう」と思い、うやうやしくうずくまった。するとその狐を召し寄せ、乗った狐の轡《くつわ》を取らせる。このようにして、次々に出会う狐どもをみな家来にし、左右の轡を取らせ、千万の狐を後ろに従えて行くうち、犬に出会った。犬はこの様子を見て、「これは獣の王であろう。ならば恭順

の態度を取ろう」と思いうずくまるのを、他の狐のように召し寄せた。すると多くの犬が集って来たので、こんどは犬にまたがり、犬に轡を取らせた。次には虎・熊を集めてそれに乗り移った。このようにしてさまざまの獣を集め、それを家来にして道を進んでいると、象に出会った。象も不思議に思い、道のかたわらにかしこまり、うずくまるのを召し寄せて象に乗り移る。こうして多くの象を集めた。そこで、狐をはじめとして象に至るまで、さまざまの獣を従えてその王となった。

次に獅子《しし》に出会った。獅子が見ると、象に乗った狐が千万の獣を家来に従えて通っているので、「よほど偉いものであろう」と思って、道のかたわらに膝《ひざ》を折ってうやうやしくうずくまった。狐の身分としてはこのあたりが限度であるのに、思いあがりのあげく、「かように多くの獣を従えたからには、今度は獅子の王になろう」と思う心が生じ、獅子を召し寄せた。獅子は恐れかしこんでおそばにまいる。狐は獅子に向かい、「おれはお前に乗ろうと思う。すぐに乗らせよ」という。

獅子は、「あなたさまはすべての獣の王とおなりになったからは、一言もございません。ただちにお乗りくださいますよう」と申した。狐は、「おれは狐の身をもって象の王となるさえ思いもよらぬことであった。まして獅子の王となるなど希代《きたい》のことだ」と思いながら獅子に乗った。そしていちだんと頭を高く持ちあげ、耳をぴんと立て、鼻息荒々しく、世の中のことなど意に介さぬというように見くだして、獅子に乗り象に左右の轡《くつわ》を取らせ、「今度は獅子をたくさん集めよう」と思って広い野を進んでいった。

〈語釈〉

○比丘《びく》　僧。出家得度《とくど》して具足戒《ぐそくかい》を受けた男をいう。『五分律』からの転載である『法苑珠林』の話は「一摩納《まのう》」とする。摩納は摩納縛迦《ばくか》・摩納婆《ば》・摩耶婆《まやば》ともいい、儒童・善慧・年少浮行と意訳する。釈尊が燃燈仏《ねんとうぶつ》の所にあって菩薩《ぼさつ》であったときの名。

こうして進んで行きながら、象をはじめとして多くの獣たちは、「獅子というものは、その声を聞いてさえすべての獣が心を転倒させ肝《きも》をつぶし、半ば死んだようになるものだ。それなのに、わが君お狐様のおかげをもってこのように友だちとなり、心おきなく交わることができるとは思いもよらぬことだ」と思っていた。

ところで、獅子は日に一度はかならず咆哮《ほうこう》する。このときも、日が正午を指すころになって、獅子はにわかに頭を高く持ちあげ、鼻息も荒々しく、わずらわしげな眼付きをして前後左右を睨《にら》みはじめた。象をはじめ多くの獣たちは、「なにごとが起こるのだろう」と思うと、半ば死ぬ思いがして体じゅう凍りつくようであった。

乗っている狐も、獅子が鬣《たてがみ》を逆立て耳をぴんと立てた様子を見ると転げ落ちそうな思いがしたが、気を強く取りもどし、「おれは獅子の王なのだ」と、しいて心を励まして背中にしがみついているうち、獅子は万雷の響くような声を放ち、足を高々とあげて、はるか彼方《かなた》に怒《いか》るがごとく咆哮《ほうこう》した。とたんに、乗っていた狐は真っ逆さまに転落し絶命した。轡《くつわ》を取っていた象をはじめ数々の獣はことごとくいっせいに倒れて気を失う。

このとき、獅子は、「おれに乗っていたこの狐は、獣の王だと思ったからこそ乗せたのだ。おれがあのように、たいしたこともないほどの声ですこしばかり咆《ほ》えたからといって、こんなに肝《きも》をつぶして転がり落ち、死んでしまうなんて。まして、おれがほんとうに怒って、前の足で土を掻き掘り、大声を放って咆《ほ》えたなら、とてもたまったものではあるまい。考えのないつまらぬやつにだまされて、背に乗せてやったものだ」と思い、山の方をさして悠然と歩いていった。

その時になって、気を失っていた獣たちはみな息をふき返し、呆然《ぼうぜん》としてよろけよろけ帰って行った。獅子に乗った狐は絶命したが、他の獣の中にも命を失ったものがあった。だから、象に乗る程度で満足しておればほんとうによかったのに、獅子に乗ったのが分《ぶん》に過ぎたことだったのである。

人もわが身のほどに合わせて振舞い、分に過ぎたことはやめるべきである、とこう語り伝えているということだ。

天竺《てんじく》の狐《きつね》、虎《とら》の威《い》を借り責められて菩提心を発《おこ》す語《こと》、第廿一

今は昔、天竺《てんじく》に一つの国があった。そこに一つの山があり、その山に一匹の狐《きつね》が住んでおり、また一頭の虎《とら》が住んでいた。この狐はその虎の威を借りて多くの獣を脅《おど》していた。虎はこれを聞いて狐の所に行き、「お前はどうしておれの威を借りて多くの獣を脅すのか」と責

めた。狐は天地の神に誓ってそのようなことはないと釈明したが、虎はてんで信じようとしない。狐はどうしようもなく、逃げ去ろうと思い、走って逃げて行く途中、思いがけずそこにあった陥穽《おとしあな》に落ち込んだ。その穽《あな》は深くて、とうてい抜け出られそうもない。穽の底に横たわりながら、この世の無常を観じ、一念の菩提《ぼだい》心を起こす、「昔の薩埵《さった》王子は虎にわが身を与えて菩提心を起こした。わたしもそれと同じである」。

この瞬間、大地が六種に震動し、六欲天《ろくよくてん》はことごとく揺らいだ。これにより、文殊《もんじゅ》と帝釈天《たいしゃくてん》がともに仙人の姿に化し、陥穽《おとしあな》のそばにおいでになって、狐に、「そなたはどのような心を起こし、またどのような願《がん》を立てたのか」とお尋ねになる。狐は、「あなたがもしわたしの思っていることを知りたいのなら、まずわたしを引き上げてくれ。そのあとで言おう」と答えた。そこでいうとおりに引き上げてやった。

そのあとで、「早く言え」と責めたてたが、狐は穽《あな》から出られたので、とたんに菩提《ぼだい》心を忘れ、なにもいわずに逃げようと思う心が生じた。その心を知った仙人は、たちまち降魔《ごうま》の相を現わし、剣や鉾《ほこ》を手にして責め立てると、狐は前に述べたことを語った。仙人はこれを聞いて慈悲心を起こし、狐に向かって、「そなたは一念の菩提心を起こしたがために、その死後、釈迦仏がこの世に出られたとき、菩薩となって二つの名を得るであろう。その一は大《だい》弁才天《べんざいてん》といい、その二は堅牢地神《けんろうじじん》という。そして八万四千の鬼神を従者として一切衆生に福を授けることになろう」と讃《ほ》めたたえて、かき消すように見えなくなった。

そのときの仙人というのは今の文殊《もんじゅ》その方である。そのときの狐というのは今の堅牢地神《けんろうじじん》である。この菩薩は身長が千丈、八つの手があって、二つの手は合掌をし、六つの手にはそれぞれ鍵《かぎ》・鍬《くわ》・鎌《かま》・鋤《すき》などを持って、一切衆生に五穀を作らせ、福を与えるのである。九億四千の鬼神を従者にしている。されば、一念の菩提心というのは不可思議の功徳《くどく》があるものである。また世間で、「狐は虎の威を借りる」という諺《ことわざ》は、このことをいっているのである、とこう語り伝えているということだ。

〈語釈〉

○**無常**　すべてのものは生滅変化してやまぬこと。常は不変・常住の意。

○**菩提《ぼだい》心**　上は菩提（正覚・悟り）を求め、下は衆生《しゅじょう》を教化《きょうけ》しようとする心。この心の内容は「衆生無辺誓願度、煩悩無尽誓願断、法門無量誓願知、仏道無上誓願証」の四弘誓願《しぐぜいがん》で、菩薩《ぼさつ》はこの広大な自利・利他の願心を発《おこ》し、三僧祇《そうぎ》百大劫（長大な時間）の間、六度（六波羅蜜《ろくはらみつ》）等の行を修してついに仏果を証得するのである。

○**薩埵《さった》王子**　薩埵王子（太子）は釈尊の前生における名。虎に身を与えた話は『金光明《こんこうみょう》経』捨身品に見える釈迦本生譚で、『三宝絵詞《さんぼうえことば》』上巻第十一話にも、『私聚百因縁集』にも引かれる。いわゆる捨身飼虎の話で、『三宝絵詞』によれば、薩埵王子は餓死しようとする林中の虎をあわれみ、そのかたわらに行き、衣を脱ぎ竹に掛け、「われ法界《ほっかい》の諸《もろもろ》の衆生のために無上道を志し求む。まさに凡夫所愛の身を捨て智者の所楽の大慈悲を可シレ愛ス」といい、虎の前に身を投げて食わせた、とある。

○**大地が六種に震動**　「六種震動」は世に祥瑞《しょうずい》がある時、大地が震動する六種の相。動・起・涌《ゆう》・震・吼《く》・覚《かく》。

○**六欲天**《ろくよくてん》　天上界すなわち三界《さんがい》（欲界・色界・無色界《むしきかい》）のうち、欲界に属する四王天《しおうてん》・忉利天《とうりてん》等の六種の天。この中の天人はみな欲楽を持つのでこの名がある。

○**文殊**《もんじゅ》　文殊師利《しり》。文殊菩薩。知恵をつかさどる菩薩で釈迦の脇士《わきじ》である。

○**降魔**《ごうま》**の相**　悪魔を退治し降伏《ごうぶく》するときに示す姿をいう。悪魔は身心を攪乱し仏法を障礙《しょうげ》し善事を破壊し知恵を奪うものであって、つねに修行者を苦しめようとする。そこで修行者は禅定《ぜんじょう》に入り、知恵の力をもってこれを退治し降伏《ごうぶく》させなければならない。仏・菩薩などは衆生を化益《けやく》するために、その禅定・知恵の力をもってこれを降伏《ごうぶく》する。例えば不動明王が持つ剣などは降魔の剣と称せられ、その姿を降魔の相とする。釈迦八相（降兜率・托胎・出生・出家・降魔・成道・転法輪）の一に降魔の相があり、釈尊が菩提樹下においてまさに成道しようとするとき、欲界の第六天は悪魔の相を現じて来り、あるいは甘言をもってたぶらかし、あるいは暴威をもって迫ったが、釈尊は静かに禅定に座し知恵力によってこれをことごとく降伏《ごうぶく》した。巻一第六話はその話である。

○**釈迦仏がこの世に**　「釈迦仏」は過去七仏（毘婆尸《びばし》・尸棄《しき》・毘舎浮《びしゃふ》・倶留孫《くるそん》・倶那含牟尼《くなごんむに》・迦葉《かしょう》波《は》・釈迦牟尼《しゃかむに》）の一としての釈迦牟尼仏をさす。本話の現在時は迦葉波仏の時以前であり、狐はそのときに死んで未来である釈迦牟尼仏《しゃかむにぶつ》の世に菩薩《ぼさつ》となって生まれかわるというのである。

○**大弁才天**《だいべんざいてん》　Sarasvatī、薩羅薩伐底と音訳する。大弁天・大弁功徳天・弁才天・美音天・妙音天と意訳し、弁財天とも書く。歌詠・音楽のことをつかさどる女神で、無礙《むげ》の弁才をもち、仏法を流布し、怨敵《おんでき》退散・財宝満足の利益《りやく》を施すという。形像は頭に白蛇を飾った宝冠を戴き、右手に剣を執り左手に宝珠を捧げたもの、八臂《はっぴ》をもち青色の蚕衣《さんえ》をつけ、弓・箭《や》・長《ちょう》稍刀《しょうとう》・桙《ほこ》などを持ってつねに片足をそばだてたもの、二臂で左膝《ひざ》を立てて琵琶《びわ》を弾くものなどがある。わが国では池水の辺にこれを祭り、白蛇をその使者とし、七福神の一に加える。原名称には流水の義があり、インドでは古くから河流の女神とされていた。

○**堅牢地**《けんろうじ》**神**《じん》　大地をつかさどる神の名。この神はよく大地を堅固ならしめるからこの名がある。また、つねに教法の流布するところにおもむき、法座の下にあって説法者を警護するという。密教ではこの神をもって胎蔵大日《たいぞうだいにち》の随類応現の身となし、その后とともに胎蔵界曼荼羅《まんだら》外金剛部（東方）に列している。形像は肉色で女形をなし、左手に鮮花を盛った鉢《はち》を持っている。その鉢は大地を表わし、鮮花は諸物生成の徳を示したものである。

○**鬼神**　恐ろしい自在力をもつ者。これに悪行を恣《ほしいまま》にし、人・畜を悩ます悪鬼神（夜《や》叉《しゃ》・羅《ら》刹《せつ》・風神・雷神等）と、善行為をなし、国土を守護する善鬼神（梵天《ぼんでん》・帝釈《たいしゃく》・竜王等）がある。

○**不可思議**　思慮を越えて絶妙なこと。○**狐は虎の威を借りる**　虎の威を借る狐、ともいう。家臣・役人が主君の権威を利用して一般民衆を恐喝するのを例える諺《ことわざ》。この出所は中国の書である『戦国楚策』で、「楚王問フ二群臣一ニ、北方畏ルルハ二昭奚恤《せうけいじゅつ》一（楚の臣）何如ト、江乙曰、虎求メテ二百獣一ヲ而食フニレ之ヲ、得タリレ狐ヲ、狐曰ク、子無《なか》レ二敢テ食フコト一レ我ヲ也、天帝使ム三我ヲシテ長タラ二百獣一ニ、今子食フハレ我ヲ、是レ逆ラフ二天帝命一ニ也、子以テレ我ヲ為サバ二不信一ト、吾為ニレ子ノ先行セン、子随ヒテ二我ガ後一ニ観ヨ、百獣之見テレ我ヲ而敢テ不ランヤレ走ラ乎、以テ為シレ然リト、故ニ遂ニ与レ之行ク、獣見テレ之ヲ皆走ル、虎不レ知ラ二獣ノ畏レテレ己《おのれ》ヲ而走ルヲ一也、以テ為スレ畏ルトレ狐ヲ也、今北方非ズレ畏ルルニ二昭奚恤一ヲ、実ニ畏ルル二王ノ甲兵一ヲ也」とある。

東城国《とうじょう》の皇子善生人《ぜんしょうにん》、阿就頭女《あしゅくにょ》と通ずる語《こと》、第廿二

今は昔、東城国《とうじょう》にひとりの国王があった。明頸演現《みょうきょうえんげん》王という。それに一人の王子があって、その名を善生人《ぜんしょうにん》といった。この王子は成人したが、まだ妻がなかった。

一方、西城国《さいじょう》に王がおり、一人の女子がいたが、名を阿就頭女《あしゅくにょ》といい、並ぶ者のないほど美しかった。東城国の善生人は、この阿就頭女がたいそう美しいと聞いて妻にしようと思い、その国に出かけて行くことにした。そこで三尺の観音《かんのん》像を造り、「道中の海難からお守りください」とお願いした。ところで、この両国の中間に舎衛国《しゃえこく》があり、また、海上七日の大海があった。善生人がその大海を渡っているとき、にわかに逆風が起こり、他国に吹き流されていった。

そのとき、善生人は、「観音《かんのん》様、なにとぞ私をお助けください」と涙を流してお願いすると、たちまち逆風はおさまり、順風が吹き出した。喜んで航海を続け、三日目に無為《むい》の津に着いた。そこから従者たちをみな本国に返してしまい、善生人ただひとり旅を続けたが、十五日目に目指す西城国の王のもとに行き着いた。

門の近くに立っていると、阿就頭女は善生人がやって来るだろうと前もって察知し、門から出て外を見た。そこに美しい男が一人立っている。これこそ善生人であろうと思い、「あなたはどこからおいでになりました」と聞く。「私は東城国の王子、善生人です」と答え

た。阿就顛女は喜んでそっと寝室に連れ込んだが、他の者は連れて行かなかった。それから七日目、阿就顛女の父の王が人を呼んで、「寝室にだれかいるようだが、あれはなに人じゃ」とお尋ねになる。「東城国の王子、善生人でございます」とお答えした。

それを聞いた国王は善生人を呼び出し会ってごらんになると、その美しいこと、並ぶ者もない。そこでこのうえなくたいせつにお取り扱いなさる。そのうち阿就顛女は懐妊した。国王の后は阿就顛女にとっては継母《ままはは》でいらっしゃるので、この善生人のことを認めようとせず、王がおいでになるときは白い飯を与え、王のご不在のときには雑穀交りの飯を与えた。善生人は阿就顛女に、「私の家には無数の財宝がある。家に行ってそれを取って来てそなたに与えよう」というと、「わたしはすでにあなたの子を身ごもりました。あなたがお帰りになるまで、わたしひとりでどうして過したらいいのでしょう」といったが、善生人は一月《ひとつき》かかって東城国に行き着いた。

〈語釈〉

○**東城国《とうじよう》・西城国《さいじよう》**　未詳。現存最古の写本といわれる鈴鹿本は「城」を「域」とするが、底本は「城」。鈴鹿本より古い成立（十二世紀後半）と目されている『覚禅鈔』に「大乗毘沙門《びしやもん》経云」として本話と原拠を同じくする話を要約したような記事があり、それも「城」となっている。そのほかやはり原拠は同じと考えられる中世末期から近世初期にかけて作られた本地物《ほんじもの》の物語、『阿弥陀《あみだ》の本地』諸本、『いつくしまの御ほん地』『いつくしまのゑんぎ』、説経正本『ほう蔵びく』、古浄瑠璃『あみだのほんぢ』など、みな「とうじやうこく・さいじやうこく」、「東城国・西城国」とする。

『私聚百因縁集』巻四第八話に「平等観音本迹之事」という一話があり、これに「天竺中国ノ並《ならび》ノ国ニ即チ云フ二東城国西城国ト一国アリ。互ニ中《なか》悪、王 各《おのおの》有リ二軍奪心一」とするが、諸説ある天竺十六大国中にも見えず、思うに両国は東西に対立する架空の国名であろう。

○**明頸演現王**《みようきようえんげんおう》 未詳。『覚禅鈔』は「普賢王」、『阿弥陀の本地』諸本は「月そうてんりんじやうわう」、『いつくしまの御本地』は「とうせんわう」、『いつくしまのゐんぎ』は「東善王」、お伽草子『朝顔の露の宮』は「転輪聖王《てんりんじやうわう》」とする。

○**善生人**《ぜんしようにん》 未詳。『覚禅鈔』は「善生」、『阿弥陀の本地』諸本は「せんしやうたいし」「せんちやう太子」、説経『ほう蔵びく』は「千じやう」、『いつくしまの御ほん地』『いつくしまのゐんぎ』『厳島縁起残巻』はそれぞれ「せんざいわう」「ぜんざひわう」「善哉王」とし、『朝顔の露の宮』は「善生太子」とする。

○**阿就頭女**《あしゆくによ》 未詳。『覚禅鈔』は「阿皺女《あしゆくによ》」、『阿弥陀の本地』諸本、説経『ほう蔵びく』は「あしゆくふにん（夫人）」、『いつくしまの御ほん地』『いつくしまのゐんぎ』『厳島縁起』は「あしびき（足引）の宮」、『朝顔の露の宮』は「阿就頭女」とする。

○**観音**《かんのん》 観世音、観世自在、観自在等ともいう。大慈大悲をもって広く衆生を救済することを本願とする菩薩《ぼさつ》。○**舎衛国**《しやえこく》 中インド、迦毗羅衛《かびらえ》国（釈尊の生地）の西北にあった国。釈尊が説法教化した地で、波斯匿《はしのく》王および瑠璃《るり》王が統治した。南方に祇園精舎《ぎおんしようじや》がある。

○**海上七日の大海** 渡るのに七日かかる大海。『阿弥陀《あみだ》の本地』や『いつくしまのゐんぎ』などは途中に海はなく、西城国まで三年三月とか六年かかるとかいう。

○**無為**《むい》**の津** 「津」は港の意であるが、この港名は架空のもの。「無為」は生滅変化することのない真理、諸法（森羅万象《しんらばんしょう》）の真実体をいう。涅槃《ねはん》・法性・実相などは無為の異名である。有為《うい》の対。この「無為」を港名としたのは本話の主人公たちがこの地で死に、死後菩薩・諸天になったことにもとづくものか。

阿就頭女《あしゅくにょ》はその後八ヵ月たって、一度に二人の男の子を産んだ。父王はこのうえなくこれをおかわいがりになる。兄を終尤《じゅうゆう》といい、弟を明尤《みょうゆう》といった。善生人はすぐにもどってくるつもりだったが、わが父王の亡くなられる日に、そのご臨終に立ち会おうと思って一日延ばしにしているうち、いつしか数年たった。二人の子は三歳になった。

阿就頭女《あしゅくにょ》は二人の子を前にして、「わたしはおまえたちの父を待っていたが、いつまでたっても帰って来ません。といってほかの夫を持つつもりは毛頭ありません。だからわたしはおまえたちの父である善生人《ぜんしょうにん》のところへ行こうと思います。たとえ命がなくなってもほかの人の体に触れようとは思いません」と語り聞かせて、ひそかに米五升を持ち、一人を背負い、一人を前に歩かせ、道々背負い替えながら東城国を指して歩いていった。七日たって五升の米が尽きた。着ていた単衣《ひとえぎぬ》を脱いで四升の米を買い求め、それを持ってさらに歩き続けた。今日じゅうには無為《むい》の津に行き着けると思っていた、その道の途中で阿就頭女《あしゅくにょ》は重い病にかかり、路傍に倒れ伏した。

二人の子は母のそばを離れず泣き悲しむ。阿就頭女は子に向かい、「わたしの命も今日が最後です。死んだあと、ここから離れず、往き来《ゆきき》の人に一合ほどの食べ物をもらい、それを食べていなさい。人が、『おまえたちは何という者の子か』と尋ねたら、『私の母は西城国の王の娘、阿就頡女です。父は東城国の王子、善生人です』と答えなさい」と言い聞かせておいて、そのまま息絶えた。

二人の子は母が言い聞かせたとおり、その遺骸《いがい》のそばの藪《やぶ》の下に入っていて、食物を乞いそれを食べながら一月たった。そのとき、善生人が東城国から数万の従者を引き連れてやって来た。二人の子は藪の下から出てきて一合の米をもらい受け、もとの所にもどって、「お父さまぁ、お母さまぁ」と叫びながら泣く。それを見た善生人が、「お前たちはだれの子かね」と聞くと、子供たちは、「私の母は西城国の王の娘、阿就頡女です。父は東城国の王子、善生人です」と答えた。

これを聞くや、善生人は二人の子を抱き上げ、「お前たちは私の子だったのだ。私はお前たちの父だよ。母はどこにおいでだ」という。「ここから東の方にある木の下で亡くなられました」と答えると、善生人は子に案内させてそこに行く。あたりには青草が生い茂り、その中に遺骸が散乱していた。善生人は気を失うばかりにもだえ嘆き、遺骸をかき抱《いだ》いて、「私が莫大《ばくだい》な財宝を蓄え、ここに持って来たのはすべてあなたのためだ。どうして死んだりなさったのか」といって泣き悲しみ、即座にその地に十人の高僧を招いて、一日に二十巻の『毗盧遮那《びるしやな》経』を書写し供養し奉った。

そして、善生人もその地で命を終え、二人の子もまた同じ場所で命を終えた。いま、釈迦仏はその場所を法界三昧《ほつかいざんまい》と名付け、その地で、「昔の善生人は今の善見菩薩《ぜんけんぼさつ》である。昔の阿《あ》就頭《しゅく》女《にょ》は今の大吉祥《だいきちじょう》菩薩である。昔の、兄の終尤《じゅうゆう》は今の多聞天王《たもんてんおう》であり、弟の明尤《みょうゆう》は今の持《じ》国天《こくてん》である」と説き示された。これらはおのおの仏法を護持し、一切衆生にご利益《りやく》を与えてくださる、とこう語り伝えているということだ。

〈語釈〉

○終尤《じゅうゆう》・明尤《みょうゆう》　『阿弥陀《あみだ》の本地』諸本、古浄瑠璃『あみたのほんぢ』、説経『ほう蔵びく』などは「せんくわう（善光）・せんしん（せんし）」とする。**○わが父王の亡くなられる日に**　父王はこのときかなりの老齢か病弱で余命いくばくもなかったことになる。

○毗盧遮那《びるしゃな》経　正しくは『大毗盧遮那仏神変加持《だいびるしゃなぶつじんぺんかじ》経』。普通は『大日《だいにち》経』という。真言三部経（大日・金剛・蘇悉地《そしつじ》）の一。

○法界三昧《ほっかいざんまい》　「法界」は宇宙万有、森羅万象《しんらばんしょう》。「三昧」は梵語 Samādhi の音訳で、定《じょう》・等持《とうじ》・正受《しょうじゅ》・正心行処《しょうしんぎょうしょ》などと意訳し、散乱心を一境にとどめて妄念雑慮から離れることをいうが、その意から転じて、葬場・墓地をもいう。法界三昧は『華厳経《けごんきょう》』などで説くもので、法界に証入する観法《かんぽう》をいい（法界三観）、一切諸法はもと実性なく、有《う》と空《くう》との二執を離れた真空であることを観じ、差別の事法（現象）と平等の理法（本体）とは炳然《へいねん》として存し、しかもよくたがいに融合することを観じ、宇宙間の事々物々はみなことごとくたがいに含容していることを観じるのである。すなわち、善生人など四人が死んだ場所を法界三昧の地と名づけたのである。

○善見菩薩《ぜんけんぼさつ》　「善見」は摩竭陀《まかだ》国王阿闍世《あじゃせ》の若年時の一名（『法華文句』）であるが、父の頻婆娑羅《びんばしゃら》王を殺し母を幽閉した悪王として著名。のち仏教教団の外護者とはなったが（巻三第二十七話）、本話の善生人をこれの前生とするのは不適である。『新注今昔物語集選』（今野達編）の頭注は帝釈天《たいしやくてん》を指しているか、とあるが、妥当性がある。帝釈は忉利天《とうりてん》（六欲天の第二天で、須弥山《しゆみせん》の頂上）にある善見《ぜんけん》城（喜見《きけん》城ともいう）の主である。多聞《たもん》・持国《じこく》は須弥山《しゆみせん》の中腹にある四王天（六欲天の第一天）の中の二天の王であり、これらは帝釈に臣従している。帝釈の前生を善生人とすれば、多聞《たもん》・持国《じこく》の両天王の前生を二人の子とするのは適当といえよう。なお、「善見」を「喜見」の誤記とすれば、「喜見菩薩」は「一切衆生喜見菩薩」の略称で、薬王菩薩の前身。『法華経』を供養するために身を焼いた（法華経薬王品）。『覚禅鈔』は「千手観音」とする。『阿弥陀の本地』系の話では「ぜんしやう太子」は法蔵比丘（菩薩《ぼさつ》）になり、修行ののち阿弥陀仏となったとする。『朝顔の露の宮』『はもちの中将』も阿弥陀仏とする。

○**大吉祥《だいきちじよう》菩薩**　吉祥天・功徳天ともいう。本来、婆羅門《ばらもん》教の女神であったのを仏教にとり入れたもの。父は徳叉迦《とくしやか》、母は鬼子母《きしも》。毗沙門《びしやもん》天（多聞《たもん》天）の妹とも后ともいい、功徳成就して衆生に大福徳を与えるといわれる。『阿弥陀の本地』系の話では「薬師如来」、『いつくしまの御本地』などは「十二面観音」とする。

○**多聞天王《たもんてんおう》・持国天《じこくてん》**　多聞天王は毗沙門《びしやもん》天に同じ。多聞・持国の二天王は四天王中の二で、四天王は六欲天の第一天である四王天の王である持国天・増長《ぞうじよう》天・広目《こうもく》天・多聞天をいう。『阿弥陀の本地』系の話、『朝顔の露の宮』『はもちの中将』では「観音・勢至《せいし》」とする。

舎衛国《しやえこく》の鼻欠猿《はなかけざる》、帝釈《たいしやく》を供養《くよう》する語《こと》、第廿三

今は昔、天竺《てんじく》の舎衛国《しやえこく》に一つの山があった。その山には一本の大きな木があったが、その木に千匹の猿《さる》が住んでいた。これらはみな心を合わせて帝釈天《たいしやくてん》を供養し奉っていた。その猿のうちの九百九十九匹には鼻がない。あとの一匹には鼻があった。この多くの鼻なし猿が集まって一匹の鼻のある猿をやたらと笑いあざける。「お前は変だ。われわれと仲間づき合いはごめんだぜ」といって、同じ場所にいさせようともしない。そこでこの一匹の猿は嘆き悲しんでいたが、九百九十九匹の猿がさまざまの珍らしい果物をとってきて帝釈天に供養し奉ったところ、帝釈天はこれをお受けなさらず、この一匹の鼻のある猿が供養した物をお受けになった。

そのとき、九百九十九匹の猿は帝釈天に向かって、「どういうわけでわれわれの供養をお受けなさらず、やつの供養をお受けになるのですか」とお尋ねすると、帝釈天は、「おまえたち九百九十九匹は前世に仏法を謗《そし》った罪により、六根《ろつこん》（眼《げん》・耳《に》・鼻《び》・舌《ぜつ》・身《しん》・意《い》）を完備せず、鼻がないという果報《かほう》を得ることになったのだ。この一匹の猿は前世の功徳《くどく》により六根を完備した。ただ、愚かなため師僧の言葉を疑ったことにより、しばらく畜生《ちくしよう》の身と生まれたのである。すぐにも仏道に入ることになろう。お前たち九百九十九匹は、完全に備わった者を笑いあざけったのだ。そのためわしはおまえたちの供養を受けないのである」とお答え

になった。これを聞いて以来、九百九十九匹の猿は、わが身の六根の欠けていることに深く思いをいたし、一匹の猿を笑いあざけることがなくなった。

この例え話は、なまけ怠り、したい放題のことをする衆生が、真剣に仏道に励み、戒律を堅く守っている人に対して悪口をいうのになずらえて、仏が説き示されたものである。また、世間で「鼻欠け猿」という諺《ことわざ》はこのことをいうのである、とこう語り伝えているということだ。

〈語釈〉

○**一つの山**　『私聚百因縁集』に「泰山」とある。○**六根**《ろくこん》　客観万有の対象を色《しき》・声《しょう》・香《こう》・味《み》・触《そく》・法《ほう》の六境とし、この六境に対してそれぞれ見《けん》・聞《もん》・嗅《きゅう》・味《み》・触《そく》・知《ち》の識別作用のある眼《げん》識・耳《じ》識・鼻《び》識・舌《ぜつ》識・身《しん》識・意《い》識の六識を立てるが、この六識を起こし対境を認識させるもの。すなわち眼根・耳根・鼻根・舌根・身根・意根の六つをいう。六官。

○**果報**《かほう》　果と報と。因より生じる結果。

○**前世の功徳**《くどく》　「功徳」はよい報いを得るような善行をいう。

○**畜生**《ちくしょう》　他のために畜養される生類。苦多く楽少なく、性質無知にして貪欲・婬欲の情のみ強く、父母兄弟の差別なくあい残害する禽獣《きんじゅう》虫魚など。十界・六道の一。また三悪道の一。

○**鼻欠け猿**　多数の愚者が少数の賢者を軽べつし嘲笑《ちょうしょう》することの例えに用いる。

亀《かめ》、鶴《つる》の教《おしえ》を信ぜずして地に落ち甲を破る語《こと》、第廿四

今は昔、天竺《てんじく》で世の中一帯がひでりとなり、どこもかしこも水が涸《か》れて、青い草一本もなくなった時があった。その折、ある所に一つの池があって、そこに一匹の亀《かめ》が住んでいたが、池の水が干上がって、亀はまさに死にそうになった。

このとき、一羽の鶴《つる》がこの池に来て餌《えさ》をあさっていた。亀は出ていって鶴のそばに行きこういった。「そなたとわたしとは前世の縁があり、鶴と亀は一対のものであると仏は説いておられる。経文にもさまざまなものを例えて鶴亀といいます。ところでいま世の中いたるところひでりとなり、この池の水も涸《か》れて、私の命も絶えてしまいそうです。どうか私を助けてください」。

すると鶴が、「まさにそなたのいうとおりです。私もそれは道理だと思います。ほんとうにあなたの命は今日明日《きょうあす》に迫っている。じつにかわいそうなことだ。ところで私は、この世界を高くも低くも自由自在に飛び翔《か》けることができます。春になれば世界じゅうの花が色とりどりに美しく咲いているのを見ることができるし、夏はさまざまの農作物が勢いよく生い茂っているのを見ることができます。秋ともなればあちこちの山すそに広がる荒野が一面にすばらしい紅葉に変わるのを見ることができ、冬はつめたい霜や雪の積もった風景とか、川や入江が氷にとざされて鏡のような美しいながめを見ることができます。

このように四季折々の風物はどれをとってもじつに美しいものです。このほか、極楽世界の七宝の池の、おのずからなるすばらしい美しさも、私はことごとく見ることができます。それに引きかえ、そなたはこの小さな池たった一つの中のことさえあまり知っていない。そなたを見るとほんとうに気の毒な気がします。

そこで、そなたが言い出さぬ前に、どこか水のあるあたりに連れて行こうと思っていました。とはいっても、私はそなたを背負うことはできず、抱こうにも力がなく、口にくわえようとしてもうまくゆきません。ただできそうなことといえば、一本の木をそなたにくわえさせ、われわれ二羽がその木の両端をくわえて連れて行くことです。こうしたらどうかと思うのですが、そなたは元来いたっておしゃべりです。もしそなたが何かものを尋ね、私もまたあやまってものを言ったりして、たがいに口を開けたなら、そなたは墜落してその身も命もだめになってしまいますが、いかがです」という。亀は、「連れて行ってくださるとおっしゃるならば、私は口を縫いつけて、けっしてものを言いません。この世に生きているもので、わが身を思わぬものがありましょうか」と答えた。

鶴が、「それでも、身についた病《やまい》はなかなかなおらないものですよ。まだ信じられませんね」というと、亀は、「間違いなく、絶対ものをいいません。どうか連れて行ってください」というので、鶴は二羽で木の両端をくわえ、亀にもそれをくわえさせて空高く飛んで行った。こうして飛んで行きながら、亀はそれまで一つの池の中だけに住み慣れ、まだ一度も見たこともない山・川・谷・峰の色とりどりに美しい風景をはじめて見たものだから、なんとも感に堪えず、「ここはどこですか」と聞いた。鶴もまたわれを忘れて、「ここですか」といった。とたんに口が開いたので、亀は空から落ちて命を失ってしまった。

このようなわけで、おしゃべりの習性のある者はわが身わが命のことさえ顧みようとしないのである。仏が経文で、「口を守り意を摂《おさ》め、身に犯《おか》すことなかれ」などといっておられるのは、これを説かれたものであろう。また世間で、「不信の亀は甲《こう》を破る」といっているのはこのことをいうのである、とこう語り伝えているということだ。

〈語釈〉

○**一つの池**　『法苑珠林』は「阿練若池《あれんにゃ》」とする。阿練若は阿蘭若《あらんにゃ》などとも書き、僧の住みかの意。騒音のない閑静な場所で、修行するに適する森林・原野・砂磧《しやせき》を指す。

○**一匹の亀《かめ》**　『旧雑譬喩《ひゆ》経』は「鼈」。

○**一羽の鶴《つる》**　『旧雑譬喩経』は「大鵠」、『珠林』（巻四十六思慎篇）は「大鶴」、同（巻八十二、六度篇は五分律を引く）は「二雁」、『根本説《こんぽんせつ》一切有《いっさいう》部《ぶ》毘《び》奈《な》耶《や》』は「衆鵝群」とする。

○**鶴と亀は一対**　「亀鶴」を長寿の象徴として人の長寿を予祝するようになったのは中国に始まるものであろう。梁粛《りょうしゅく》の『神仙伝論』に「仙人之徒、化シテレ金ヲ以テ為シレ丹ト、錬リテレ気ヲ以テ存《ながら》フレ身ヲ、顗《み》ルニ三千百年居ルヲ二於六合《りくがふ》之内ニ一、是レ類シ二亀鶴大椿《たいちん》ニ一、愈《いよい》ヨ長ク且ツ久シク不レ足ラレ尚スルニ也」とあり、また郭璞《かくぼく》の『遊仙詩』に「借問ス蜉《ふ》蝣《いう》ノ輩、寧《いづくん》ゾ知ラン二亀鶴ノ年ヲ一」とある。わが国にも古くから伝わった。

○**経文**　仏教では本来は鶴亀などによって長寿を祝うことはしない。これは中国の神仙的発想である。

○**極楽世界**　極楽浄土。梵語 Sukhāmatī または Sukhāvatī。須呵摩提《すかまだい》・須摩提《すまだい》・蘇訶嚩帝《そかばてい》と音訳し、安楽・安養・安穏・妙楽・一切楽・楽無量・楽有とも意訳し、極楽世界・極楽国土・極楽浄土ともいう。この娑婆《しゃば》世界より西方十万億の仏土を過ぎたところにある阿弥陀《あみだ》仏の浄土のこと。これは阿弥陀仏の前身である法蔵比丘《びく》の理想実現の国土で、現に阿弥陀仏がいてつねに説法し、諸事円満具足し、楽のみあって苦のない、円満無欠自由安楽の理想郷である。○**七宝の池**　『仏説阿弥陀経』に「又舎利弗《しゃりほつ》。極楽国土。有リ二七宝池一。八功徳水充満シ二其中一ニ。池底純ニシテ以金沙布《し》キレ地ニ。四辺ノ階道ハ。金《こん》・銀《ごん》・瑠璃《るり》・玻瓈《はり》合成シ。上ニ有リ二楼閣一。亦以テ二金・銀・瑠璃・玻瓈《はり》・硨磲《しゃこ》・赤珠《しゃくしゅ》・瑪瑙《めなう》一ヲ。厳《ごん》二飾《じき》ス之ヲ一」とある。

○**口を縫いつけて**　しっかりと口を閉じて。

○**口を守り意を摂《おさ》め、身に犯《おか》すことなかれ**　身《しん》・口《く》・意《い》は身業《しんごう》・口業《くごう》・意業《いごう》に同じ。これを三業といい、人の身体・言語・意識の作用をいう。仏教でいましめる十悪は、身三（殺生《せっしょう》・偸盗《ちゅうとう》・邪婬《じゃいん》）・口四（妄語《もうご》・綺語《きぎょ》・悪口《あっく》・両舌《りょうぜつ》）・意三（貪欲《とんよく》・瞋恚《しんい》・愚痴《ぐち》＝三毒）をいう。

○**不信の亀は甲《こう》を破る**　約束を守らぬ亀は甲羅《こうら》をこわす。

亀《かめ》、猿《さる》の為に謀《たばか》らるる語《こと》、第廿五

今は昔、天竺《てんじく》の海のほとりに一つの山があった。その山に一匹の猿《さる》がいて、木の実を食べて住みながらえていた。一方、その近くの海に二匹の亀《かめ》がいた。夫婦である。あるとき、妻の亀が夫の亀に向かい、「わたしはあなたの子を身ごもりました。だがわたしは腹の病があるので、さだめし、うまく産めないでしょう。あなたがわたしに薬を飲ませてくれたなら、あなたの子を無事に産むことができるのですが」といった。

そこで夫が、「いったい何が薬になるのかね」というと、妻は、「聞くところによれば、猿の肝《きも》が腹の病には一番の薬だといいます」という。それを聞いた夫は海岸に出かけていってかの猿に会い、「あなたの住んでいるあたりはなんでも豊かにありますか」と尋ねた。猿は、「いや、いつも不自由していますよ」と答える。亀は、「私の住みかの近くには四季折々の木の実・草の実の絶えたことのない広い林があります。ああ、あなたをそこに連れて行って、思う存分食べさせてあげたいものだなあ」といった。

猿はだまされたとも知らず、喜んで、「それはすばらしい。ぜひ行ってみたい」というので、亀は、「それなら、さあまいりましょう」といい、猿をその背に乗せて連れて行きながら、「お前さんは知らぬだろうが、じつはおれの女房《にようぼう》が身ごもったのだ。だが腹の病があり、猿の肝《きも》がそれの薬になると聞いて、お前さんの肝を取るためにだまして連れて来たのだよ」という。

すると猿がいった。「あなたはじつに残念なことをなさった。正直に打ち明けてくだされぱいいものを。まだ聞いたことはありませんか、われわれ猿仲間は、もともと体の中に肝を入れていないのです。肝はそばの木に掛けて置いてあるのです。あなたがあそこでそう言ってくれたなら、私の肝も、他の猿の肝も取ってさしあげたでしょうに。たとえ私をお殺しなさったとて、体の中に肝があればこそお役に立つというものです。なんともお気の毒なことですね」。猿にこういわれた亀はすっかり信じ込み、「では、さあいっしょに帰ろう。肝を取ってきて私にください」というと、猿は、「それはまことにたやすいことです。さっきの所に行き着きさえしたら、なんでもないことですよ」というので、亀は前のように猿を背に乗せてもとの所に引き返した。

さて、もとの場所で背から降ろすと、猿は降りるやいなや走って行って、木の梢《こずえ》はるかに登り、下を見おろして亀に向かい、「亀よ、お前はばかだなあ。体から離れた肝があるとでも思っているのか」と嘲《あざけ》る。亀は、「さてはおれをだましたのだな」と思ったが、どうするすべもなく、梢にいる猿を見上げて、言いようもないままに、「猿よ、お前はばかだなあ。どんな大海の底に木の実があると思っているのか」といって海に入って行った。

昔も獣はこのように考えの浅いものであった。人も愚かなものはかれらと同じである。このように語り伝えているということだ。

〈語釈〉

○**一匹の猿《さる》** 経典および経典を引いた『経律異相』『法苑珠林』の同話・類話は「獼猴」とする。『沙石集《しゃせきしゅう》』は「猿」。○**亀《かめ》** 前記「一匹の猿」項の「獼猴」に対してはおおむねは「鼈」とするが、『仏本行経《ぶっほんぎょうきょう》』および『沙石集』は「虬《きゅう》」（竜の一種）とする。

○**肝《きも》** 『珠林』（『仏本行経』所引）は「心」。

天竺《てんじく》に林中の盲象、母の為に孝《きよう》を致《いた》す語《こと》、第廿六

今は昔、天竺《てんじく》のある所に林があった。その林の中に一頭の盲目の母象が棲《す》んでいた。子象が一頭いたが、これが、盲目のためどこにも行けない母象を養っていた。木の実や草の実を捜しては食べさせ、清水を汲んでは飲ませる。

このようにして何年も養い続けていたが、あるとき、一人の男がこの林の中に入り込んで道に迷い、出ることもできずひたすら嘆き悲しんでいると、この象の子がこれを見て気の毒に思い、道を教えて帰してやった。この男は喜んで無事に山から出、家に帰った。それからさっそく国王のもとに行き、「私は香象《こうぞう》が棲《す》んでいる林を知っております。この象はまだ見たこともない、この世にまたとないすばらしい象であります。すぐさまそれをお捕《とら》えくださいますよう」と申し出た。国王はこれを聞いて、ご自身軍勢を率いてその林にお出かけになり、この申し出た男を道案内にして象を狩ろうとなさった。この男は象の居場所を指さして王に教える。

その瞬間、男の両ひじが自然に折れて地に落ちた。まるで人が切り落としたようである。王はこれを見て驚き怪しまれたが、それでも象の子を捕え、王宮に曳《ひ》いてきて象舎につないだ。象はつながれてからはまったく水も飲まず草も食わない。

象舎番がこれを見て不思議に思い、国王に、「この象は水も飲まず草も食いません」と申

しあげた。国王はご自身象の前に行って、「お前はなにゆえ水も飲まず草も食わないのか」とお尋ねになると、象は、「わたしの母は目が見えないので歩くことができません。ですから長年の間わたしが養って命をつないできました。ところが、このようにわたしが捕えられたため、母は何日も養う者がなくて、きっと飢えに苦しんでいることでしょう。これを思うと悲しくてしかたありません。どうしてわたしだけが水を飲んだり草を食べたりできましょう」と答えた。国王はこれを聞いて哀れみの心が生じ、象を解き放ってやった。象は喜んで林に帰っていった。

この象の子というのは今の釈迦仏でおわします。菩提樹《ぼだいじゅ》の東、尼連禅河《にれんぜんが》を渡って大きな林がある。その中に卒塔婆《そとば》がある。その北に池があるが、そこにこの盲目の象が棲《す》んでいた、とこう語り伝えているということだ。

〈語釈〉

○**香象**《こうぞう》　梵語 Gandhahastin 乾陀阿昼と音訳する。交尾期の象のこと。この期間においてはその額上より mada と称する香気ある一種の漿《しょう》を出す。なお、賢劫《けんごう》十六尊の一で、金剛界《こんごうかい》外院方壇南方四尊中の第一位に位する菩薩《ぼさつ》の名をもいい、また秘密灌頂《かんじょう》道場に用いる道具の一種（象爐）をもいう。
○**菩提樹**《ぼだいじゅ》　畢波羅樹《ひっぱらじゅ》ともいう。クワ科に属する植物。中央インドおよびベンガル地方に繁殖する常緑高木でイチジクに似ている。釈尊がこの木の下で成道したので菩提樹という。
○**尼連禅河**《にれんぜんが》　インドのビハール（古代の摩竭陀国《まかだ》）にある川。ガンジス川（恒河《ごうが》）の一支流で、今はバルダ川という。河畔《かはん》の菩提樹下に釈尊が結跏趺坐《けっかふざ》して悟りを開いたと伝える。○**卒塔婆**《そとば》　遺骨または経巻を埋蔵し、またはとくに霊地の標示または伽藍《がらん》建築の一荘厳《しょうごん》として設けた建造物をいい、あるいは三重・五重の屋根を有する高い建築を塔、小形の板塔婆を卒塔婆・塔婆と通称する。

天竺《てんじく》の象、足に杙《くい》を蹈《ふ》み立てて人を謀《はか》りて抜か令《し》むる語《こと》、第廿七

今は昔、天竺《てんじく》に一人の比丘《びく》がいた。深い山の中を通っているとき、はるか遠くに大きな象を見付けて恐怖を覚え、急いで高い木によじ登り、茂った葉の陰に隠れているうち、象は木の下を通っていった。比丘はうまく隠れおおせたと思ったが、それもつかのま、象は思いもよらず比丘を見付けた。比丘は前にもまして恐怖におののいていると、象は木の下に寄って来て根元を掘りはじめた。比丘は仏を念じ奉り、「なにとぞ私をお助けください」と思い続けているうちに、木の根元は深く掘られて、木は根こそぎ倒れた。

すると象が近づいて来て、比丘を鼻にひっかけ、高々とさしあげてさらに深い山奥に連れて行く。比丘はもはやこれが最後だと思うと目もくらんで、どこがどこやらさっぱりわからない。やがて山の奥深くに入り込んだ。ふと見ると、この象のほかにもっと堂々とした大きな象がいる。その象のそばに比丘を連れて行って下に降ろした。比丘は心中に、「さては自分をこの大きな象に食わせるためにここに連れて来たのだ」と思い、いま食われるか、いま食われるかと待っていると、この大きな象はもとの象の前でころげまわるようにしながら、いいようもなく喜んだ。

比丘はこの様子を見るにつけ、これは自分をここに連れて来たので、こんなに喜んでいるのだろうと思うと、まったく生きた空《そら》もなかった。ところが、この大きな象は足をさし伸ばしたまま立ち上ろうともしない。そこで、よくよく見ると、足には踏《ふ》み抜いた大きな杭《くい》が突き刺さっていた。象はその足を比丘のいる方に差し出してうれしそうなそぶりをするので、比丘は、もしかしたらこの杭を抜いてくれというつもりかもしれぬと思い、杭をつかんで力いっぱい引き抜くと、杭は抜け取れた。

するど大きな象はいっそう喜んで、あたり一面をころげまわるようにする。比丘も、この象は杭を抜かせるつもりだったのだと思うと、これですっかり安心した。その後もとの象は比丘をまた鼻にひっかけ、はるか遠くに連れて行ったが、そこに大きな墓があった。その墓に入らせる。比丘は不思議に思ったが、入って見るとそこにはたくさんの財宝があった。これは杭を抜いてやったお礼に、自分にくれるつもりなのだと思い、おそるおそるこの財宝をみな取って外に出ると、象はまた比丘を鼻にひっかけて、前の木の下に連れて行き、地に降ろす。象はそのまま山の奥に入って行った。

このとき、比丘はやっと気がついた、「そうだ、あの大きな象はこの象の親だったのだ。親の足に踏み抜いた杭が刺さっていたのを抜き取らせようとして、自分を連れて行ったのだ。そしてその杭を抜き取ってやったお礼に、この財宝をくれたのだ」。こうして、比丘は思いがけぬ財宝を手にしてわが家に帰っていった、とこう語り伝えているということだ。

〈語釈〉

〇**比丘《びく》**　僧。『大唐西域記』は「沙門《しやもん》」、『大唐大慈恩寺三蔵法師伝』は「苾芻《びつしゆ》」（比丘に同じ）とする。

〇**大きな墓**　動物と墓《つか》に関する話は第十七話に「ねづみ塚」があり、第十九話に蛇が人を墓に案内することがあった。後者は墓の中の財宝を人に与えたが、ここもそれと類似する。ただし、『西域記』にも『三蔵法師伝』にもこのことはなく、象の足を治療した場所で「仏牙」（仏の牙舎利《げしやり》）の入った「金函」をもらうことになっている。

天竺《てんじく》の五百の商人《あきびと》、大海《だいかい》に於《お》いて摩竭大魚《まかだいぎよ》に値《あ》う語《こと》、第廿八

今は昔、天竺《てんじく》のある商人が五百人の仲間とともに財宝を買い求めようと、船に乗って海を渡っている途中、船長が物見櫓《ものみやぐら》に上っている男に、「おーい、なにか見えるか」と大声で聞いた。

物見やぐらの男は、「日が二つ見える。白い山も見える。また、水が一方に向かって、まるで大きな穴にでも吸い込まれるように、ものすごい勢いで流れている」と叫ぶ。すると船長が乗客たちに向かい、「これはえらいことだぞ。あなたがた、魚の王が出て来たのだ。二つの日と見えるのはその魚の二つの目だ。白い山と見えるのは、その魚の歯だ。水が一方に流れていると見えるのは、その魚の口に水が吸い込まれているのだ。こいつは恐ろしいなんてなまやさしいものじゃない。あなたがた、はやく五戒を保ち、仏の御名《みな》を唱え申して、こ

の災難を逃れなさい。船が魚の口に近づいたなら、もう引き返すことはできない。あなたがた、この流れの早いのをよく見るがいい」という。

それを聞いた五百人の者はみな心を合わせて仏の御名を称したり、観音の御名を唱えたりして、「どうかこの災難からお救いください」と願った。すると、とたんに魚は口を閉じて海中にもぐり込んでしまった。そこで、五百人の商人は無事本国に帰り着くことができた。また、この魚はその命が尽きたのち人間と生まれ、比丘《びく》となって羅漢果《らかんか》を証したといわれている、とこう語り伝えているということだ。

〈語釈〉

○**五百人の仲間とともに**　『大智度論《だいちどろん》』に「昔有リ二五百估客一入リテレ海ニ採ルレ宝ヲ」とする。『衆経撰雑譬喩《ひゆ》経』は「昔有リ二賈客五百一乗リテレ船ニ入リレ海ニ欲二求ス珍宝ヲ一」とある。

○**魚の王**　表題の「摩竭大魚《まかだいぎょ》」のこと。「摩竭魚《まかぎょ》」「摩伽羅魚《まからぎょ》」ともいう。「マカ」は「大」の意があり、海中に住む巨大な魚をいう。鯨《くじら》・鱶《ふか》または鰐《わに》のこととし、一定しない。『慧苑音義《えおんおんぎ》』に「其の両目は日の如《ごと》く、口を張れば暗谷の如し、舟を呑む、凡《およ》そ濆流を出すこと潮《うしほ》の如し」とあるのは本話と同じである。

○**五戒**　出家、在家を問わず仏教徒すべての守るべき五つの戒律。不殺生《せっしょう》・不偸盗《ちゅうとう》・不邪淫・不妄語《もうご》・不飲酒の戒。このところ『大智度論』は「中ニ有リテ二五戒ノ優婆塞《うばそく》一語リテ二衆人ニ一言ク。吾等当《まさ》ニベシ三共ニ称フ二南無仏ヲ一」とする。○**観音**　観世音。大慈悲を本誓《ほんぜい》とする菩薩《ぼさつ》の名。「観音の御名を唱」えるのは『大唐西域記』だけで、「於レ是商主告ニ二諸侶ニ一曰。我聞観自在菩薩。於テ二危厄ニ一能ク施ス二安楽ヲ一。宜シク三至シレ誠ヲ称《とな》フ二其名字ヲ一」とある。
○**比丘《びく》**　僧。『大智度論』に「是ノ魚ノ先世ハ是仏破戒弟子。得二宿命智一ヲ。聞キ二称フル仏ヲ声一ヲ心自《おのづか》ラ悔悟」とある。○**羅漢果《らかんか》**　阿羅漢果。声聞《しょうもん》四果の最上位。

五人、大魚《だいぎょ》の肉《しし》を切りて食《じき》する語《こと》、第廿九

今は昔、天竺《てんじく》のある海岸の浜に大きな魚が打ち寄せられた。そのとき、たまたま五人の木《き》伐《こ》りが通りかかったが、この大きな魚を見つけて近寄り、その肉を切り取ってみなで食いあさった。

これをはじめとして、このことを聞き知った世間の者たちが、次々にやって来て、この魚の肉を切り取って食った。その魚というのは今の釈迦仏でおわします。釈迦仏は大魚の身となって道行く木伐《きこ》りにわが肉をお与えになろうとしたのである。今の世において仏となられてのち、先の世でかの魚の肉を切り取って食った五人の者を最初に教化《きょうけ》して悟りを開かせなさったのである。その五人というのは、いわゆる拘隣比丘《くりんびく》・馬勝比丘《めしょうびく》・摩訶男《まかなん》・十力迦葉《じゅうりきかしょう》・拘利太子《くりたいし》これらの者である、とこう語り伝えているということだ。

〈**語釈**〉
○**五人の者を最初に教化《きょうけ》**　「五人」は五比丘のこと。「教化」は人を教えて悪を善に化すこと。勧化ともいう。『注好選集』に「是ヲ以テ釈迦成道ノ初メ先ズ度スニ五人ヲ一是也」とあって五人の名を並べる。『賢

愚経』は「憍陳如《けうぢんによ》等五比丘是《ナリ》」とするのみ。釈尊成道後の初説法（初転法輪）の話は巻一第八話に見えるが、そこでは、「五人と云うのは一人は憍陳如《きようじんによ》、一人は摩訶迦葉《まかかしよう》、一人は頞鞞《あへい》、一人は跋提《だい》、一人は摩男狗利《まなんくり》という者である」とあった。この五人と本話の五人との関係は次項以下に記す。

○拘隣比丘《くりんびく》　憍陳如《きようじんによ》のこと。阿若《あにや》憍陳如ともいう。釈尊が出家したとき、釈尊の父浄飯王《じようぼん》の命により仕えたが、釈尊が苦行を捨てたのでそのもとを去った。のち釈尊の教化をうけ弟子となる。**○馬**《め》**勝比丘**《しようびく》　頞鞞《あへい》・阿闍踰時《あじやゆじ》・阿闍波闍《あじやはじや》などともいう。威儀端正で名高く、舎利弗《しやりほつ》を導き釈尊に帰依《きえ》させた。

○摩訶男《まかなん》　摩訶南・摩訶那摩とも書き、摩男拘利《まなんくり》（中本起経）とも称し、大号・大名と意訳する。釈尊が出家修行中、浄飯王の命により随侍し、のち仏弟子となる。『注好選集』にも「摩訶男」と書く。なお、『仏所行讃《ぶつしよぎようさん》』によれば「十力迦葉《じゆうりきかしよう》」のこととする。

○十力迦葉《じゆうりきかしよう》　婆敷《ばふ》のこと。波渋波・婆沙波・跋破・婆師婆・婆戸波などとも書き、起《き》気《き》・気《き》息《そく》・涙《るい》出《しゆつ》・正悟と訳し、異名を十力迦葉という。憍陳如《きようじんによ》らとともに鹿野苑《ろくやおん》において仏の教化を受け最初の弟子となったのはこの人で、以来各地を遊化《ゆけ》したという。ところで、「迦葉」と呼ばれる人物には他に三迦葉（優楼頻螺《うろひんら》迦葉・那提《なだい》迦葉・伽耶《がや》迦葉）および摩訶迦葉（仏十大弟子の一で頭陀《ずだ》行《ぎよう》第一の人、大迦葉ともいう）が知られており、過去七仏の一としての迦葉仏（迦葉波仏）もある。このうち「摩訶迦葉」は仏伝説話にしばしば登場するので、巻一第八話中の五比丘の一人にこれを誤って入れたが、正しくは「十力迦葉」とすべきところである。

○拘利太子《くりたいし》　「摩訶男」の別名。「摩男拘利《まなんくり》」ともいう。「太子」といわれるのは、摩訶男があるいは釈尊の母摩訶摩耶《まかまや》の故郷である拘利城主の一族であったのかもしれない。いずれにせよ、摩訶男と拘利太子が別人としてとらえられたので、巻一第八話の五比丘の一人「跋提《ばだい》」が抜けてしまった。これは本話の誤りである。五比丘各人の呼称に種々あるのでこのような誤認が生じたのであろう。なお、「跋提」は跋提梨迦《ばだいりか》ともいい、釈迦種族の出身で、斛飯王《こくぼん》の子とも、白飯王《びゃくぼん》の次子とも、また甘露飯王《かんろぼん》（浄飯王、斛飯王の弟）の子ともいう。『注好選集』の五比丘の名は本話と同じ。

天帝釈夫人舎脂《てんたいしゃくぶにんしゃし》の音《こえ》聞きし仙人の語《こと》、第三十

今は昔、舎脂夫人《しゃしぶにん》という方がおられたが、これは帝釈天《たいしゃくてん》の御妻で、毗摩質多羅阿修羅王《びましったらあしゅらおう》の娘である。さて、仏がまだこの世に出現されぬ以前に、一人の仙人がいたが、名を提婆那延《だいばなえん》という。帝釈は常にその仙人の所に行って仏法を問い学んでいた。ところが、舎脂夫人は心中に、「帝釈はよもや仏法を習いに行くのではあるまい。きっとほかに愛人がいるのだろう」と思い、ひそかに帝釈のあとを見え隠れにつけて行くと、帝釈はほんとうに仙人の前に行っておられた。帝釈は夫人がひそかにあとをつけて来たのをご覧になり、「仙人の術は女には見させず、また聞かせぬものだ。とっととお帰りなされ」としかりつけ、蓮《はす》の茎をもって舎脂夫人を叩いた。

するとと舎脂夫人は媚《こび》を含んだしぐさで帝釈にまつわりついた。そのとき、仙人は夫人の魅惑的な声を聞いて心が汚れ、たちまち仙人の神通力《じんずうりき》を失い、凡人になりさがってしまった。

されば、仙人の術にとって、女は大きな妨《さまた》げとなるものだ、とこう語り伝えているという

ことだ。

〈語釈〉

○**舎脂夫人**《しゃしぶにん》『経律異相』は「舎芝」とする。別名「悦意《えつい》」。舎脂には可愛・研の意がある。『観仏三昧経《さんまいきょう》』に「其女顔容端正挺特《たんじやうていとく》。天上天下更ニ無シレ有ルレ比《たぐひ》」とする（挺特はぬきんでる意）。帝釈の形像は舎脂夫人や六欲天等に囲まれて須弥山《しゅみせん》上に座し、宝冠をいただき瓔珞《ようらく》をつけ伐折羅《ばきら》（杵《しょ》）を手にしている（『大日経疏《しょ》』による）。○**帝釈天**《たいしゃくてん》 憍尸迦《きょうしか》。憍釈迦は異名。

○**毘摩質多羅阿修羅王**《びましったらあしゅらおう》 四大阿修羅王（羅睺《らご》・勇健《ゆうけん》・華鬘《けまん》・毘摩質多羅）の一。乾闥婆《けんだつば》の娘を娶《めと》って舎脂夫人を生み、帝釈に嫁せしめた。乾闥婆《けんだつば》は天竜八部衆の一で、帝釈に仕え雅楽をつかさどるが、また地上の宝山中に住し、酒肉を食わず香のみ食べるという。阿修羅王はつねに梵天《ぼんでん》・帝釈と戦い正法を滅ぼそうとするもの。また一方では仏法の守護神ともされる。巻一第三十話では、舎脂夫人を羅睺阿修羅王の娘とし、阿修羅王と帝釈の合戦のことを記す。

○**提婆那延**《だいばなえん》『異相』は提婆延那（迦尸国《かしこく》の出身）とし、『注好選集』は提婆那羅巡仙とする。「巡」は「延」の誤記か。

○**神通力**《じんずうりき》**を失い、凡人に** 仙人には五神通（五通）があるが羅漢《らかん》などの具えている六通のうちの漏《ろ》尽通《じんつう》を欠いているので、時に欲心を生じて五通までも失うことがある。この仙人も色欲を生じて凡人になったのであり、第四話の一角《いっかく》仙人と同じである。『異相』は「而起ニ欲愛一。螺髻《らけい》即チ落チ耳識而退ク」とし、『注好選集』は「失ヒテ二仙通力ヲ一返ル二凡夫ニ一」とする。

○**仙人の術** 仙人になるための外道《げどう》の法をいう。インドで仏教者が他の教法を外道と呼ぶが、その法を修して証果を得たものを仙人とする。九十六術などがいわれる。前に「帝釈は常にその仙人の所に行って仏法を問い学んでいた」とあるが、仙法も仏法の一部と考えられていたのであろう。『注好選集』は「是ヲ以テ女人為ニス仙法ノ大障一ト也」とするが、前文の内容からすれば「仙法」とあるほうがより妥当であるが、「仏法」としても意は通じる。

天竺《てんじく》の牧牛の人、穴に入りて出でず、石《いわ》と成る語《こと》、第卅一

今は昔、天竺《てんじく》において、仏がまだこの世に出現なさらない時のこと、一人の牛飼いがいた。数百頭の牛を放し飼いしながら林の中までやって来ると、いつも一頭の牛が群れを離れてどこかに行ってしまう。どこへ行くのかさっぱりわからない。牛を放し飼いしたあと、日暮れになって帰ろうとすると、牛はもどって来ているが、その牛を見るとほかの牛とはまったく違い、格段に美しい姿をしている。また鳴き吠《ほ》える声もふだんとは違っていた。ほかの多くの牛はこの牛を恐れて近付こうとしない。

　このようにして数日が過ぎた。牛飼いの男は恐ろしく思ったが、どうしてこうなるのかわからない。そこで男は牛の行く先を見とどけようと思い様子をうかがっていた。すると、山のはずれに一つの岩穴があったが、この牛がその穴に入っていった。男もまた牛のあとについて入った。四、五里ほど中を進んで行くと、広々とした野原があった。それは天竺《てんじく》とも思われぬほど美しい花が咲き乱れ、さまざまの果物が豊かに実っていた。牛はと見れば、一ヵ

所に立ちどまって草を食《は》んでいる。男はこの果物のなった木を見ると赤みがかった黄色で、金のようである。その果物一つを取り、すぐさまかぶりつきたいほどの食欲にそそられたが、なにやら恐ろしい気がして思いとどまった。

そのうち、牛は引き返してもとの岩穴から出て行った。男もまた牛のあとについて出て行こうとした。岩穴の所まで来て、いざ出ようとする直前、ひとりの悪鬼が現われて、男が手に持った果物を奪い取ろうとした。男はあわててその果物を口に放り込んだ。すると鬼は男の喉《のど》を捜《さぐ》って取り出そうとする。とっさに飲み込んだ。果物が腹の中に収まったとみるや、たちどころに男の体は太りに太る。穴から出ようとしても、頭だけは外に出たが、体が穴いっぱいにつまって出ることができない。外を通る人に助けてくれと声を掛けても、助ける人もない。

家の者がこのことを聞きつけて来て見ると、男の姿がすっかり変っていて恐ろしいことこのうえない。男は穴の中にいて自分の経験したことを語った。家の者は大ぜいの人を呼んで来て、男を引っ張り出そうとするが、びくともしない。国王もこれを聞いて、人をやって掘り出させようとしたが、それでもびくともしない。こうして数日たつうち、男は死んでしまった。やがて年月が積もって男は石と化したが、人の形をして残っていた。

その後、国王は、このようになったのは仙薬を飲んだからとお思いになって、大臣に、「あの男はまさに薬によって変身したのである。石とはいえ、その体はまごうかたなく神霊である。人をやって少々削り取って来い」と命じられた。大臣は王の仰せを承わり、石工を連れてそこに行き、力の限り削り取ろうとしたが、十日たっても一片すら削りえなかった。その石人の体は今もまだそこにある、とこう語り伝えているということだ。

〈語釈〉

○**牛飼い**　表題の「牧牛の人」に同じ。『大唐大慈恩寺三蔵法師伝』に「先仏未《いま》ダざルレ出デ之時有リ二一牧牛人一。牧ス二数百頭ヲ一。駆リテ至ル二林中ニ一」とある。『法苑珠林』は「西国志云。中印度在リ二瞻波《せんば》国一。西南山石《せき》澗中《かんちゅう》。有リ二修羅窟《しゅらくつ》一。有リテレ人因リ二游ビレ山ニ修道スルニ一遇《たまた》マ逢フ二此窟ニ一」とする。『宇治拾遺物語』『打聞集《うちぎき》』は唐の僧。

○**群れを離れて**　『三蔵法師伝』は「有リ二一牛一離レレ群ヲ独リ去リ常ニ失シテ不レ知ラ二所在ヲ一」とする。

○**仙薬**　仙人の用いる薬。『三蔵法師伝』は「後更有レ王知ル三其為ルヲ二仙菓所ロレ変。謂ヒテ二侍臣ニ一曰ク。彼既因リテレ薬ニ身変ス」とする。

七十に余る人を他《ほか》の国に流し遣《や》る国の語《こと》、第卅二

今は昔、天竺《てんじく》に、年が七十を過ぎた老人を他国に流し遣ることを定めとしている国があった。さて、その国に一人の大臣がいたが、彼には年老いた母があった。朝な夕な母のめんどうをみて、このうえなく孝養を尽くしていた。このようにして年月が過ぎ母はいつしか七十を越えた。朝、母の顔を見て、夕方に見ないことでもあれば、それさえ堪えがたいほど心配であるのに、ましてはるか遠い国に流し遣って、長いあいだ顔を見ないでいるのはどうにも

堪えられないと思い、家の片すみにひそかに土室《つちむろ》を掘ってそこに隠し住まわせた。家の人さえそれを知らない。まして世間の人の知るはずもなかった。

こうして何年もたったが、あるとき、隣国からまったく同じような牝馬《めすうま》二頭を送ってよこし、「この二頭の親子を判別し、注《しる》しを付けて送り返せ。もしそれをしなかったなら、大軍を発して七日以内に国を滅ぼすであろう」といってきた。そこで国王はこの大臣を召し寄せ、「これについて、どのようにいたしたらよかろう。なにか思いつくことがあったら申してみよ」と仰せられた。大臣は、「このことはそうたやすくお答しうる事柄ではございません。いったん家に帰り、よくよく考えてお答え申しあげましょう」といって、心中、「隠し置いてあるわが母は年老いているので、このようなことについて聞き及んでいることがあるかもしれぬ」と思い、急いで家に帰った。

それから、そっと母のいる土室《つちむろ》に入り、「こうこういうことになりましたが、どのようにお答えしたらよろしいでしょう。もしやお聞き及びのことでもおありでしょうか」というと、母は、「昔、私の若いころ、これについて聞いたことがあります。同じような馬の親子を判別するには、二頭の馬の間に草を置いてみるといい。進んでむさぼり食うのが子とわかり、子に思うまま食わせておいて、あとからゆっくり食うのが親だと思うがよい、と、このように聞きました」という。大臣はこれを聞いて王宮にもどって来ると、国王が、「どのような考えを思いついたか」とお尋ねになる。大臣は母の言ったとおりに、「こうこういたせばよろしいかと思いつきました」と申しあげた。国王は、「それは名案である」と仰せられ、すぐさま草をとり寄せて二頭の馬の間に置いてみると、一頭は盛んに食いはじめたが、一頭はそれが食い残した草をゆっくり食った。

それを見て親子がわかり、双方に札《ふだ》を付けて隣国に送り返した。

〈語釈〉

○他《ほか》の国に流し遣《や》る国　『雑宝蔵経』および、これを引く『法苑珠林』は「棄老国」とする。本話は話の末尾で「老人を捨てる国というこの国の名」と言い代えている。『賢愚経』の話は「舎衛《しやえ》国《こく》」とするが棄老のことはない。**○一人の大臣**　『賢愚経』は名を「梨耆弥《りきみ》」とする。**○年老いた母**　『雑宝蔵経』は老父とする。『賢愚経』は「兒婦」（子の嫁）。**○隣国**　『賢愚経』は「特叉尸利《とくしやしり》国」。『雑宝蔵経』は「天神」が国王に九つの難題を出し、解答しなければ七日以内に国を滅ぼすということになっている。**○牝馬《めすうま》**　『雑宝蔵経』は第九番目の難題で、「二白騲馬《そうば》」の母子、『賢愚経』は「騲馬《じば》二匹」の母子。

その後また、両端を同じように削った木に漆《うるし》を塗ったものを送りつけ、「この木のどちらが根元の方か梢《こずえ》の方か見きわめよ」といってきた。国王はこの大臣を呼び寄せて、また、「これをどのようにいたせばよかろう」とお尋ねになる。大臣は前と同じように申して退出した。そして母のいる土室《つちむろ》に行き、また、「こうこういうことがあります」というと、母は、「それはいたってたやすいことです。水に浮かべてみて、少し沈むのを根元のほうと思えばよい」と教えた。大臣は王宮にもどって来て、またこのことを申しあげると、王はすぐに水に入れてご覧になる。そして少し沈んだ方を根元の方と書き付けて送り帰した。その後また、象を送りつけ、「この象の重さがどれほどあるか計って知らせよ」といってきた。これを聞いた国王は、このようなことをいってくるとはじつに困ったことだとお悩みになり、この大臣を呼び出して、「これについてはどういたしたらよかろう。このたびはまったく考えも及ばぬことである」と仰せられる。大臣も、「まことにさようでございます。しかしながら、退出いたしてよくよく考え、そのうえでご返事申しあげましょう」といって家に帰った。そのとき国王は、「この大臣はわしの面前でも考えうるであろうに、このように家に帰って考え出して来るとはすこぶる不審である。家にどのようなことがあるのだろうか」とお疑いになった。

やがて大臣が王宮にもどって来た。国王は、大臣はうまく解決できないのではなかろうか、と今回も心配なさりながら、「どうであった」とお尋ねになる。大臣は、「今度の件もいささか思い寄るすじがございます。まず象を船に乗せて水に浮かばせます。そして船が沈下したとき、船端《ふなばた》の水際に墨で注《しる》しを書き付けておきます。その後、象を降ろします。次に船に石を拾い入れます。象が乗った折に書いた墨の所まで水が来たとき、石を取り出して一つ一つ秤《はかり》に掛けます。そのあとで石の目方を総計し、それを象の重さとして、象の重さはこれだけあると知りうるのです」と申しあげた。国王はこれを聞き、大臣の言うとおりに計量し、「象の重さはこれこれである」と書いて送り返した。

相手の敵国は、この国が三つの難題を一つも間違えず、そのたびごとにうまく返事したので、ひどく感嘆し、「あの国は賢人の多い国だ。並々《なみなみ》の才人では考え及ばぬことをこのように言い当ててよこすとすれば、よほど賢い国である。そんな国を討ち滅ぼそうなど考えては、かえって計略にかかり、こちらが討ち取られてしまうだろう。だからたがいに相手を尊重し友好関係を結ぶべきである」といって、長年の挑戦的態度をきっぱり捨てて、この旨《むね》の文書をとりかわし友好国となった。

そこで国王はこの大臣を召し出し、「わが国の恥辱をも防ぎ、敵国の心をもやわらげたのは、そなた大臣のお陰である。わしはこのうえなくうれしく思うぞ。だが、あのようなきわめてむずかしいことをよくも知っていた。これについては、なんぞわけがあるか」とおっしゃる。

そのとき、大臣はこぼれ落ちる涙を袖《そで》でおし拭《ぬぐ》いながら、国王に申しあげた。「この国では昔から七十を過ぎた老人を他国に流し遣ることを掟《おきて》としております。今にはじまった政令ではありません。ところが、私の母は七十を越えること今年で満八年に及びました。その母に朝夕孝養を尽くそうと、ひそかに家の中に土室《つちむろ》を造り、そこに隠し置いたのでございます。ところで、年老いた者は見聞が広うございますから、このたびの件につきましても、もしや聞き及んでいることもあろうかと、その都度《つど》退出して問い尋ね、その言葉どおりにみな申しあげたのでございます。この老人がおりませんでしたら、どういうことになりましたことやら」。これを聞いた国王は、「いかなるわけがあってこの国では昔から老人を捨てることにしたのか。今回の事件に鑑《かんが》みていかにあるべきかを考えてみるに、老人は尊ぶべきものであるということが今はじめてわかった。されば、遠い所に流し遣った老人どもは、貴賤男女を問わず、ことごとく召し返すべしという宣旨《せんじ》を下すがよい。また老人を捨てる国というこの国の名を改めて、老人を養う国と称するようにせよ」との宣旨を下された。

その後、国は平和に治まり、民も平穏に、国じゅう豊かになった、とこう語り伝えているということだ。

〈語釈〉

○**宣旨**《せんじ》　国王の命令書。わが国で天皇の命を伝える公文書としての「宣旨」にあてて用いている。『雑宝蔵経』は「即便チ宣令シテ、普《あまね》ク告グ二天下ニ一」とする。

本書は一九七九〜八一年刊の講談社学術文庫『今昔物語集』㈠〜㈤より抜粋、再編集したものです。

国東文麿（くにさき　ふみまろ）

1916-2012。旧制早稲田大学文学部卒業。専門は日本文学。早稲田大学名誉教授。著書に『今昔物語集成立考』『今昔物語集作者考』。

講談社学術文庫

定価はカバーに表示してあります。

今昔物語集《こんじゃくものがたりしゅう》　天竺篇《てんじくへん》

全現代語訳

国東文麿《くにさきふみまろ》 訳

2019年11月11日　第1刷発行

発行者　渡瀬昌彦

発行所　株式会社講談社

東京都文京区音羽 2-12-21 〒112-8001

電話　編集（03）5395-3512

販売（03）5395-4415

業務（03）5395-3615

装　幀　蟹江征治

印　刷　豊国印刷株式会社

製　本　株式会社若林製本工場

本文データ制作　講談社デジタル製作

ISBN978-4-06-517870-6

「講談社学術文庫」の刊行に当たって

これは、学術をポケットに入れることをモットーとして生まれた文庫である。学術は少年の心を養い、成年の心を満たす。その学術がポケットにはいる形で、万人のものになることは、生涯教育をうたう現代の理想である。

こうした考え方は、学術を巨大な城のように見る世間の常識に反するかもしれない。また、一部の人たちからは、学術の権威をおとすものと非難されるかもしれない。しかし、それはいずれも学術の新しい在り方を解しないものといわざるをえない。

学術は、まず魔術への挑戦から始まった。やがて、いわゆる常識をつぎつぎに改めていった。学術の権威は、幾百年、幾千年にわたる、苦しい戦いの成果である。こうしてきずきあげられた城が、一見して近づきがたいものにうつるのは、そのためである。しかし、学術の権威を、その形の上だけで判断してはならない。その生成のあとをかえりみれば、その根は常に人々の生活の中にあった。学術が大きな力たりうるのはそのためであって、生活をはなれた学術は、どこにもない。

開かれた社会といわれる現代にとって、これはまったく自明である。生活と学術との間に、もし距離があるとすれば、何をおいてもこれを埋めねばならない。もしこの距離が形の上の迷信からきているとすれば、その迷信をうち破らねばならぬ。

学術文庫は、内外の迷信を打破し、学術のために新しい天地をひらく意図をもって生まれた。文庫という小さい形と、学術という壮大な城とが、完全に両立するためには、なおいくらかの時を必要とするであろう。しかし、学術をポケットにした社会が、人間の生活にとってより豊かな社会であることは、たしかである。そうした社会の実現のために、文庫の世界に新しいジャンルを加えることができれば幸いである。

一九七六年六月　　　野間省一